토니오 크뢰거·트리스탄
베네치아에서의 죽음

Tonio Kröger · Tristan · Der Tod in Venedig

세계문학전집 **8**

토니오 크뢰거·트리스탄
베네치아에서의 죽음

Tonio Kröger · Tristan · Der Tod in Venedig

토마스 만

안삼환, 임홍배, 한성자 옮김

민음사

일러두기

1 이 책은 피셔(Fischer) 출판사의 1975년판 『토마스만 선집』(제8권)을 저본으로 삼아 번역했다.

2 본문의 각주는 모두 옮긴이주이다.

차례

토니오 크뢰거

1

비좁은 도시 상공에 겹겹이 낀 구름 뒤에서 겨울 해는 단지 우윳빛으로 희미하게 빛날 따름이었다.

합각머리 지붕들이 늘어선 작은 골목들은 축축이 젖어 있었고 바람이 불고 있었으며, 이따금 얼음도 눈도 아닌 부드러운 싸라기눈이 내리고 있었다.

학교 수업이 끝났다. 포석이 깔려 있는 학교 마당 위로, 그리고 쇠창살이 쳐진 문 바깥으로 이제 막 해방된 학생들의 무리가 쏟아져 나왔다. 그러고는 좌우로 흩어져 서둘러 집으로 돌아가고 있었다. 키가 큰 아이들은 점잔을 빼는 태도로 책가방을 왼쪽 어깨 위에 높다랗게 올려놓은 채 오른팔을 마치 바람에 거슬러 노를 젓듯이 흔들면서 점심 식사가 기다리고 있는 집을 향해 가고 있었으며, 키가 작은 아이들은 명랑하게 종종걸음을 치고 있었는데, 그 바람에 눈 섞인 물이 주위로 튀었고 물개 가죽 가방 안에 든 온갖 학용품들이 달그락거렸다. 그러나 챙이 넓은 모자를 쓰고 주피터처럼 수염을 기른 채 뚜벅뚜벅 걸어가는 주임 교사 앞에서는 모두가 공손한 눈빛으로 모자를 벗고 인사를 드렸다.

"한스, 너 이제야 오는 거니?" 차도 위에서 오랫동안 기다리고 있던 토니오 크뢰거가 말했다. 그는 미소를 머금고서 다른 급우들과의 이야기에 열중하며 교문을 나오는 자기 친구에게로 다가갔다. 그러나 그 친구는 딴 아이들과 함께 막 그곳을 떠나려 하고 있었다. "무슨 말이지?" 그 친구가 토니오의 얼굴을 쳐다보며 물었다. "아 참, 그렇구나! 자, 그럼 조금 같이 걸어 보기로 하자."

토니오는 입을 다물었다. 그리고 그의 두 눈은 흐려졌다. 둘이서 오늘 오후에 잠시 함께 산책을 하자고 했던 사실을 한스가 잊었단 말인가? 한스는 그것이 이제서야 비로소 생각났단 말인가? 그런데 그는 약속을 한 이래로 거의 잠시도 잊지 않고 지금 이 순간을 고대해 오지 않았던가!

"자 그럼, 너희들 잘 가!" 한스 한젠은 친구들에게 말했다. "나는 크뢰거하고 조금 걸어야겠다." 그리하여 그들 둘은 왼쪽으로 방향을 돌렸고, 다른 아이들은 오른쪽으로 건들건들 걸어갔다.

한스와 토니오는 학교 수업이 끝나고 나서 산책할 시간이 있었는데, 그것은 그들이 네 시에야 비로소 점심 식사를 하는 여유 있는 집안의 아이들이었기 때문이다. 그들의 아버지들은 대상인으로서 시의 공직(公職)도 겸하고 있었으며 이 도시의 유력 인사들이었다. 한젠 가(家)는 이미 여러 세대 전부터 저 아래 강변의 널찍한 목재 적재장을 소유하고 있었는데, 거기서는 굉장히 큰 기계 톱들이 쉿쉿 칫칫 하는 소리를 내면서 통나무들을 잘라 내고 있었다. 토니오는 크뢰거 영사(領事)의 아들이었다. 사람들은 크뢰거 영사가 경영하는 상회의 큼지막하고 시커먼 스탬프가 찍혀 있는 곡물 자루들이 마차에 실려 거리를 지나가는 광경을 매일 목격할 수 있었다. 그리고 그의 조상들이 대대로 살아온, 크고 유서 깊은 저택은 도시 전체를 통틀어 가장 훌륭한 집이었다. 두 친구는 아는 사람들이 많은 탓에 끊임없이 모자를 벗고 인사를 하지 않으면 안 되었으며, 심지어는 이 열네 살짜리 아이들이 많은 사람들로부터 먼저 인사를 받기도 했다.

둘은 책가방을 양어깨에 메고 있었으며, 둘 다 따뜻하고 좋은 옷을 입고 있었다. 한스는 짧은 해군 반코트를 걸치고 있었는데, 그 위로는 해군복 상의의 널따랗고 파란 칼라가 어깨와 등 너머까지 늘어져 있었다. 그리고 토니오는 허리띠가 달린 회색 외투를 입고 있었다. 한스는 짧은 리본이 달린 덴마크식 선원 모자를 쓰고 있었는데, 그 아래로는 연한 금발 머리카락 뭉치가 꼬불꼬불 비어져 나와 있었다. 그는 빼어나게 귀엽고 잘생긴 데다 어깨는 떡 벌어지고 허리는 날씬했으며, 눈썹 사이가 널찍하고 예리하게 빛나는 강철색의 파란 눈을 가지고 있었다. 반면 토니오의 모피로 된 둥근 모자 아래에는 아주 남국적이고 날카로운 윤곽의 갈색빛이 도는 얼굴이 자리 잡고 있었으며, 부드럽게 그늘진 검은 두 눈이 너무 무거운 눈꺼풀을 한 채 꿈꾸는 듯이 그리고 약간 수줍은 듯이, 바깥 쪽을 내다보고 있었다. 그의 입과 턱은 유별나게 부드러운 모습이었다. 그는 그저 되는대로 아무렇게나 걸어가고 있었지만, 한스는 검은 양말을 신은 날씬한 두 다리로 아주 탄력 있게 성큼성큼 걸어가고 있었다.

토니오는 말이 없었다. 그는 고통을 느끼고 있었다. 약간 비스듬한 두 눈썹을 모으고 휘파람이라도 불듯이 입술을 둥글게 한 채 고개를 삐뚜름히 하고서 먼 곳을 바라보았다. 이런 자세와 표정은 그만의 독특한 것이었다.

갑자기 한스는 자기 팔을 토니오의 팔 밑에 끼워 넣으면서 옆에서 토니오의 얼굴을 쳐다보았다. 한스는 지금 문제가 되고 있는 것이 무엇인지를 잘 알고 있었다. 그러고 나서 몇 걸음 걸어가는 동안 아직 토니오는 입을 떼지는 않았지만, 갑자기 기분이 푹 누그러졌다.

"정말이지 아주 잊어버렸던 건 아니야, 토니오!" 한스가 말했다. 그러고는 자기 발아래의 보도를 내려다보았다. "이렇게 축축하고 바람이 부는 날씨라서 오늘은 아마 산책이 힘들겠구나 하고 생각했던 것뿐이야. 하지만 그래도 난 괜찮아. 그럼에도 네가 나를 기다려 줘서 참 기뻤어. 난 네가 벌써 집으로 가 버린 줄 알고 화가 나던 참이야……."

이 말에 토니오는 마음속으로 떨 듯이 기뻤다.

"자, 그럼 이제 둑 위를 걸어가 보자!" 그는 감동한 목소리로 말했다. "물레방아 둑길과 홀스텐 성문 쪽의 둑길을 걷자구. 그렇게 해서 너의 집까지 데려다줄게⋯⋯. 아냐, 아냐, 나중에 나 혼자 집으로 가야 하는 건 전혀 상관없어. 다음번에는 네가 나를 데려다주면 되잖니."

사실 그는 한스가 말한 것을 아주 완전히 믿지는 않았으며, 한스가 그들 둘이서 하는 이 산책에 자기가 생각하는 절반만큼의 비중도 두지 않고 있다는 사실을 분명히 느꼈다. 그러나 그는 한스가 약속을 잊은 것을 뉘우치고 있고 그와 화해하려고 마음을 쓰고 있는 것을 알아차릴 수 있었다. 그리고 그는 화해를 하고자 하는 한스의 이런 노력을 물리칠 의향은 전혀 없었다.

문제는 토니오가 한스 한젠을 사랑하고 있고 한스로 인해 벌써 많은 고통을 겪어 왔다는 사실이었다. 가장 많이 사랑하는 자는 패배자이며 괴로워하지 않으면 안 된다. 이 소박하고도 가혹한 교훈을 열네 살 난 그의 영혼은 이미 삶으로부터 터득하고 있었다. 그는 이와 같은 경험들을 잘 유념했다가, 말하자면 마음속에 새겨 두고는 거기에서 어느 정도 기쁨을 느끼곤 했지만, 그렇다고 그런 경험에 순응하거나 그로부터 실용적인 이득을 끌어내는 성격은 아니었다. 또한 그는 학교에서 그에게 강요하는 지식보다도 이런 교훈을 훨씬 더 중요하고 흥미롭게 생각하는 편이었다. 사실 그는 고딕식 아치로 되어 있는 교실 안에서의 수업 시간에도 대개는 이렇게 통찰한 것을 그 근저에 이르기까지 느껴 보고, 또 그 궁극에 이르기까지 생각해 보는 데에 몰두하곤 했다. 이런 일에 몰두하다 보면 그는 마치 자기 방에서 바이올린(그는 바이올린을 연주할 줄 알았다!)을 들고 왔다 갔다 하면서 될 수 있는 대로 부드러운 소리를 내어 저 아래 정원의 해묵은 호두나무 가지 아래에서 춤을 추며 솟아오르고 있는 분수의 찰랑거리는 물줄기 소리에 화음을 넣어 줄 때와 아주 비슷한 만족감을 느꼈다.

분수, 해묵은 호두나무, 그의 바이올린, 그리고 저 멀리 있는 바다, 방학이 되면 찾아가 그 여름 나절의 꿈에 귀를 기울일 수 있는 발트해. 이런 것들이 그가 사랑하는 것들이었고, 말하자면 그는 이런 것들에 둘러싸여 있었으며, 이런 것들 사이에서 그의 내적인 삶이 영위되고 있었다. 이런 이름들이야말로 시를 쓸 때 효과적으로 응용할 수 있는 것들이었으며, 토니오 크뢰거가 가끔 써 내는 시들에는 아닌 게 아니라 이런 이름들이 언제나 반복해서 울려 나오곤 했다.

그가 자작시들을 적어 놓은 한 권의 노트를 갖고 있다는 사실이 그 자신의 실수로 알려지게 되었는데, 이것으로 그는 동급생들이나 교사들한테 좋지 않은 소리를 들어야 했다. 영사 크뢰거의 아들은 한편으로는 그들의 이런 태도에 대해 거부감을 표시하는 것이 어리석고 비천한 행동이라고 여겼다. 그래서 그는 거부감을 표시하는 대신에 동급생들과 교사들을 경멸했다. 그렇지 않아도 그는 그들의 좋지 않은 생활 습관을 역겹게 여기고 있었고, 그들 개개인의 약점을 이상할 정도로 훤히 통찰하고 있었다. 그러나 다른 한편으로, 시를 쓴다는 것이 방종한 짓이며 원래 온당치 않은 짓이라는 것은 그 자신도 느끼고 있었으며, 그것을 이상한 짓거리라고 간주하는 사람들의 의견에 어느 정도 수긍하지 않을 수 없었다. 그러나 그렇다

고 해서 이 사실이 그로 하여금 시를 쓰는 것을 그만두도록
할 수는 없었다.

그는 집에서는 시간을 헛되이 보냈고 학교에서는 태만하고
산만한 정신으로 수업 시간을 보냈으며 선생님들한테는 좋지
않은 평점을 받고 있었다. 그래서 그는 항상 허무하기 짝이 없
는 성적표를 집으로 가져왔다. 이에 대해, 사색적인 파란 눈에
세심하게 옷을 입고 항상 들꽃 한 송이를 단춧구멍에 꽂고 다
니는 키가 훤칠한 신사인 아버지는 대단히 화를 냈고 걱정스
러운 기색을 보였다. 하지만 토니오의 어머니, 검은 머리의 아
름다운 어머니, 콘수엘로라는 이름으로 불리던 어머니, 그 언
젠가 아버지가 지도의 저 아래쪽에 표시된 곳에서 데려왔기
때문에 이 도시의 다른 부인들과는 아주 달랐던 어머니에게
는 성적표 따위는 아무래도 좋았다.

토니오는 피아노와 만돌린을 아주 잘 연주할 줄 아는, 검은
머리의 정열적인 어머니를 사랑했다. 그리고 그는 그녀가 아들
이 사람들한테서 받고 있는 의심스러운 평가 때문에 괴로워
하지 않는다는 사실이 기뻤다. 그러나 다른 한편으로 그는 아
버지의 노여움이 훨씬 더 위엄 있고 존경할 만하다고 느꼈다.
그는 비록 꾸지람을 듣더라도 근본적으로는 아버지의 태도에
공감했으며, 어머니의 명랑한 무관심을 약간 방종한 태도라
고 느끼고 있었다. 이따금 그는 이런 생각에 잠기곤 했다. '현
재 있는 그대로의 나로 족할 뿐, 나 자신을 고치고 싶지도 않
고, 또 고칠 수도 없는 노릇이야. 느슨하게 살아가고 있고, 고
집불통이며, 보통은 아무도 생각하지 않는 것들에 마음을 쓰

고 있는 꼴이지. 적어도 이런 나를 엄하게 나무라고 벌을 주어야 마땅하겠지. 키스를 퍼붓거나 음악으로 적당히 얼버무리고 넘어갈 일이 아냐. 우리들은 그래도 초록색 마차를 타고 유랑하는 집시족이 아니라 점잖은 사람들이지. 영사 크뢰거의 가족들, 크뢰거 가문의 일족이란 말이야.' 또한 그는 간혹 이렇게 생각하기도 했다. '대체 나는 왜 이렇게 이상하게 생겨 먹어서 모든 사람과 충돌하는 것일까? 선생님들과는 왜 사이가 좋지 않고, 다른 소년들 사이에 있으면 왜 서먹서먹하게만 느껴지는 것일까? 저 선량한 학생들과 건전한 평범성을 갖춘 학생들을 좀 봐! 그들은 선생님들을 우스꽝스럽다고 여기지도 않고, 시를 쓰지도 않으며, 누구나 그렇게 생각하고 큰 소리로 말할 수 있는 것만을 생각한다. 그들은 자신들이 정말 정상적이라고 느낄 것이고, 모든 세상사, 모든 세상 사람들과 진정으로 일체감을 느낄 것임에 틀림없어! 그건 정말 기분 좋은 느낌일 테지! 그러나 나라는 인간은 어떻게 된 것이지? 이 모든 것은 앞으로 어떻게 되어 갈까?'

자신을 성찰하고 삶에 대한 자신의 관계를 관찰하는 이런 시각과 버릇이 한스 한젠에 대한 토니오의 사랑에 중요한 역할을 했다. 그가 한스를 사랑한 것은 우선 한스가 미소년이었기 때문이다. 그다음에는 한스가 모든 면에서 그 자신과는 정반대되는 상대로 여겨졌기 때문이다. 한스 한젠은 우등생이었을 뿐만 아니라, 마치 영웅과도 같이 승마를 하고 체조를 하며 수영을 하는 씩씩한 장부였고 모든 사람들한테서 인기를 누리고 있었다. 선생님들은 거의 애정에 가까운 호의로 그를 대하고 있었고 그를 부를 때에는 성명(姓名)이 아니라 이름만 불렀으며 온갖 방법으로 그를 잘 이끌어 주려고 했다. 또한 동급생들도 그의 환심을 사려고 애를 썼다. 길거리에서는 신사들과 귀부인들이 그를 붙잡아 세우고는 그의 덴마크식 선원 모자 아래로 꼬불꼬불 비어져 나온 연한 금발의 머리카락을 만지면서 이렇게 말하는 것이었다. "안녕, 한스 한젠? 머리털이 예쁘기도 하구나! 여전히 반에서 일등이니? 장한 도련님, 엄마 아빠한테 안부 전해 주렴!"

한스 한젠은 이런 식이었다. 토니오 크뢰거는 그를 알게 된 이래로 그만 보면 금방 동경을 느꼈는데, 그것은 가슴을 짓누르는 듯이 불타오르는 질투심 섞인 동경이었다. '너처럼 그렇게 파란 눈을 하고 온 세상 사람들과 정상적이고 행복한 관계 속에서 살 수 있다면 얼마나 좋을까!' 토니오는 생각했다. '너는 언제나 단정하고 모든 사람들이 인정하는 일을 한다. 학교 숙제를 다 하고 나면 너는 승마 교습을 받거나 실톱을 가지고 세공 작업을 한다. 방학 중에도, 바닷가에 있을 때조차도, 너는 노를 젓거나 돛배를 띄우거나 수영을 하느라고 여념이 없지. 네가 그러는 동안에 나는 빈둥거리며 혼자 외로이 모래사장에 누워서는 해면 위를 휙휙 스쳐 가며 신비롭게 뒤바뀌는 자연의 표정들을 응시하고 있을 따름이지. 그러나 바로 그렇기 때문에 네 두 눈은 그렇게 맑을 수 있는 것이겠지! 나도 너처럼 되고 싶구나!'

그는 한스 한젠처럼 되고자 시도해 보지는 않았다. 모르긴 몰라도 그가 진정으로 그런 소망을 지니고 있는 것은 결코 아니었을 것이다. 그러나 그는 있는 그대로의 자신을 한스 한젠이 사랑해 주기를 열망하고 있었다. 그래서 그는 자기 나름대로, 즉 천천히, 진정으로, 헌신적으로, 괴로워하면서, 그리고 애수에 젖은 채 한스의 사랑을 구하고 있었다. 이 애수로 말하자면, 사람들이 그의 이국적인 외모를 보고 상상할 수 있을 법한 그 어떤 격렬한 열정보다도 더 심각하고 더 애타게 불타오르는 그런 애수였다.

그런데 이런 그의 구애가 아주 헛된 것만은 아니었다. 사실, 한스도 토니오의 어떤 우월성, 즉 어려운 사물을 입 밖에 내어 말할 수 있는 일종의 구변(口辯) 능력 같은 것을 인정할 수 있었다. 그 결과 한스는 토니오의 우정에는 자기에 대한, 비상히 강렬하고 애정 어린 감정이 살아 숨쉬고 있다는 사실을 잘 알고 있었고, 이에 대해 고마운 마음을 나타내 보였으며, 자기 편에서도 호의를 표해 줌으로써 토니오에게 여러 번 행복감을 안겨 주기도 했던 것이다. 그러나 한스는 또한 토니오에게 질투 및 환멸의 고통, 그리고 정신적 공동체를 만들어 보려는 노력이 허사가 되어 버리는 고통도 여러 번 안겨 주었다. 왜냐하면, 한스 한젠의 존재 양식을 진정 부러워하고 있는 토니오였지만, 이상하게도 그는 한스를 자기 자신의 존재 양식 쪽으로 끊임없이 끌어당기고자 애를 쓰고 있었는데, 이런 시도란 기껏해야 순간적으로나 성공할 수 있는 성질의 것이고, 설령 성공한다손 치더라도 실은 단지 성공한 것처럼 보이는 것에 불과했기 때문이다.

"난 요즘 놀라운 것을 읽었어, 뭔가 굉장한 거야!" 토니오가 말했다. 둘은 걸어가면서, 뮐렌 가에 있는 이버젠 씨의 가게에서 10페니히를 주고 산 한 봉지의 과일 사탕을 나눠 먹고 있었다. "한스, 너도 그걸 읽어 봐. 그건 쉴러의 『돈 카를로스』라는 작품이야. 그 책을 빌려줄게, 네가 원한다면……."

"아냐, 그만둬, 토니오!" 한스 한젠이 말했다. "그건 내겐 어울리지 않아. 난 계속 말[馬]에 관한 책이나 읽겠어, 너도 알잖아. 거기에는 근사한 사진들이 정말 많아! 언젠가 우리 집에 오면 그것들을 보여 줄게. 그건 고속 촬영한 스냅 사진들인데, 속보(速步), 질주, 그리고 도약 중인 말들을 볼 수 있어. 너무 동작이 빨라서 우리가 실제 육안으로는 도저히 볼 수 없는 말들의 온갖 자세들을 다 볼 수 있단 말이야……."

"온갖 자세들을 다?" 토니오는 체면상 그저 마지못해 되물었다. "음, 그건 참 대단하군! 하지만 『돈 카를로스』에 관해서 말해 보자면, 그건 모든 상상을 초월하는 거야. 정말이야, 그 작품에는 아주 아름다운 대목이 있어서, 읽는 사람의 가슴을 아주 쾅! 하고 소리 나게 친단 말이야……."

"쾅! 하고 소리가 난다구?" 한스 한젠이 물었다. "어째서?"

"예를 들어 그 책에는 후작(侯爵)에게 속은 왕이 우는 대목이 나와. 그러나 후작도 실은 단지 왕자를 위하는 마음에서 왕을 속인 거야, 알겠니? 말하자면 후작은 왕자를 위해 자신을 희생한 것이지. 그런데 그때 밀실로부터 별실로 왕이 울었다는 소식이 전해지는 거야. '폐하께서 우셨다고?' 궁정의 모든 신하들이 심히 당황하고, 그 소식이 사람들의 가슴 밑바닥까지 파고들 지경이 돼. 왜냐하면 평소의 왕은 지독히 완고하고 엄격했거든! 그러나 왕이 운 이유는 충분히 이해할 수 있어. 그래서 나는 실은 왕자가 안쓰럽고 후작이 안쓰러운 마음을 합한 것보다도 더 왕이 안됐다는 생각이 든단 말이야. 왕은 항상 아주 외롭고 아무에게서도 사랑을 받지 못하고 있다가 이제서야 마침내 한 사람을 발견했다고 생각하고 있는데, 그 사람마저 그를 배반하니…….”

한스 한젠은 옆에서 토니오의 얼굴을 쳐다보았다. 이 얼굴 속의 무엇인가가 그의 마음을 움직여 이 화제에 관심을 갖도록 했음에 틀림없었다. 한스가 갑자기 자기 팔을 토니오의 팔 밑에 다시금 끼워 넣으면서 다음과 같이 물었기 때문이다.

“토니오, 그 사람이 대체 어떻게 왕을 배반했는데?”

토니오는 감동으로 가슴이 뭉클해졌다.

“응, 그건 이렇지.” 토니오는 말하기 시작했다. “브라반트와 플랑드르로 가는 모든 서신이…….”

“저기 에르빈 이머탈이 온다!” 한스가 말했다.

토니오는 입을 다물었다. ‘저 이머탈이란 놈! 지옥이 입을 벌려 그만 저 놈을 삼켜 버렸으면 좋으련만! 왜 저 녀석이 나타나 우릴 방해하는 거지? 제발 저 녀석이 우리와 함께 걸어가면서 산책길 내내 승마 교습에 관해 이야기하는 일만 없으면 좋겠는데!’ 토니오가 이렇게 생각하는 이유는 에르빈 이머탈도 한스와 마찬가지로 승마를 배우고 있기 때문이었다. 그 아이는 은행장의 아들이었으며, 여기 성문 앞에 살고 있었다. 구부러진 두 다리와 가는 실눈을 가진 그는 벌써 책가방이 없는 홀가분한 차림으로 가로수길을 걸어 그들 둘을 향해 다가

오고 있었다.

"안녕, 이머탈!" 한스가 말했다. "나는 크뢰거와 잠시 산책을 하고 있어……."

"난 시내로 가야 해." 이머탈이 말했다. "볼일이 좀 있거든! 하지만 한동안은 너희들과 같이 걸을 수 있어. 너희들 과일 사탕을 갖고 있구나! 응, 고맙다. 나도 몇 개 먹어 볼게. 한스, 우린 내일 다시 교습이 있어." 여기서 교습이라는 것은 승마 교습을 말하는 것이다.

"와 신난다!" 한스가 말했다. "이머탈, 난 이제 가죽 각반을 받게 됐다! 요전번 평가에서 '수'를 받았거든……."

"크뢰거, 넌 아마 승마 교습을 받지 않지?" 하고 이머탈이 물었는데, 이때 그의 두 눈은 단지 한 쌍의 반짝이는 틈새에 불과한 것 같았다.

"그래……." 토니오는 불분명한 어조로 대답했다.

"크뢰거, 너도 네 아버지한테 부탁드려서 교습을 받지 그러니?" 한스 한젠이 자신의 의견을 덧붙였다.

"응……." 토니오는 성급하고도 무관심하게 대답했다. 한스가 그의 이름이 아닌 성(姓)을 부르며 말을 걸어왔기 때문에 그는 일순간 목구멍이 죄어드는 듯한 기분이었다. 한스도 이 사실을 알아챈 것 같았다. 그가 금방 다음과 같이 변명하는 말을 덧붙였기 때문이다.

"나는 널 크뢰거라고 부르는데, 그건 네 이름이 정말 이상하기 때문이야. 미안하다. 하지만 난 네 이름이 썩 마음에 들지 않아. '토니오'라니, 이건 도대체 이름이 아니잖아. 하긴 그것이 네 탓은 아니지. 아니고말고!"

"네 탓은 아니야! 네 이름이 그런 인상을 주는 것은 그것이 이국적으로 들리는 데다 좀 유별나기 때문이야." 이머탈이 될 수 있는 대로 좋게 말해 주려는 듯한 태도를 취하며 말했다.

토니오의 입이 실룩거렸다. 그는 정신을 바짝 차리고 이렇게 말했다.

"그래, 바보 같은 이름이지. 정말이지 나도 차라리 하인리히나 빌헬름이라는 이름으로 불릴 수 있다면 좋겠다. 이건 진심이야. 그런데 나에게 세례명을 물려주신 외삼촌 한 분의 이름이 안토니오였기 때문에 이렇게 된 거야. 내 어머니는 저 아래 남미에서 오셨거든……."

그러고 나서 그는 입을 다물어 버렸다. 그러고는 그 둘이 말과 승마용 가죽 제품들에 관해 이야기하도록 내버려두었다. 한스는 벌써 이머탈과 팔짱을 끼고 있었으며, 『돈 카를로스』 따위로는 그에게 결코 불러일으킬 수 없을 그런 굉장한 관심을 보이면서 거침없이 술술 이야기를 하고 있었다. 이따금씩 토니오는 울고 싶은 충동이 코끝으로 찌릿하게 치밀어 오르는 것을 느꼈다. 그는 자꾸만 떨리는 턱을 억지로 고정시키려고 무진 애를 쓰지 않으면 안 되었다.

그의 이름을 한스가 좋아하지 않았던 것이다. 그렇다고 어쩌겠는가? 그 아이는 한스라는 이름으로 불리고 이머탈은 에르빈이라는 이름을 갖고 있다. 좋다, 그 이름들은 어느 누구에게도 이상한 생각이 들게 하지 않는, 일반적으로 인정받는 이름들이 아닌가. 그러나 '토니오'는 어딘가 이국적이고 유별난 이름이었다. 그렇다, 그는 그가 원하든 원하지 않든 모든 점에서 어딘가 유별난 데가 있었다. 초록색 마차를 타고 유랑하는 집시족이 아니라 영사 크뢰거의 아들이었고 크뢰거 가문 출신임에도 불구하고, 그는 고독했으며, 정상적이고 평범한 사람들로부터 소외되어 있었다. 그러나 단둘이 있을 때에는 그를 토니오라고 불러 주던 한스가 누군가 끼어들면 왜 그와 함께 있는 것을 부끄럽게 생각하기 시작하는 것일까? 때로는 한스가 그와 친근해지고 그의 사람이 되기도 했다. 그건 사실이었다. "토니오, 그 사람이 대체 어떻게 왕을 배반했는데?" 하고 물으면서 한스가 자기 팔을 그의 팔 밑에 끼워 넣지 않았던가? 그럼에도 잠시 후에 이머탈이 오자 한스는 안도의 한숨을 내쉬면서 그를 버리고는, 꼭 그럴 필요가 없었는데도 그의 낯선 이름을 비난했던 것이다. 이 모든 것을 꿰뚫어 보지 않으면 안 된다는 것은 얼마나 가슴 아픈 일인가……. 한스 한젠은 그들이 단둘이 있을 때에는 사실 그를 약간은 좋아했다. 그는 그것을 알고 있었다. 그러나 제삼자가 오면, 한스는 그 사실을 부끄러워하면서 그를 희생시켰다. 그리하여 그는 다시금 고독해지는 것이었다. 그는 필립 왕을 생각했다. 왕은 울었다…….

"아이구, 큰일 났군!" 에르빈 이머탈이 말했다. "이제 난 정말 시내로 가야 해! 너희들 잘 가라. 그리고 과일 사탕 잘 먹었다!" 이렇게 말하고 나서 그는 길가에 있는 벤치 위로 풀쩍 뛰어올라서는 구부정한 두 다리로 그 위를 따라 달리다가 급한 걸음걸이로 가 버렸다.

"나는 이머털이 좋아!" 한스가 힘주어 말했다. 한스는 자신의 친근감과 혐오감을 공표하고, 말하자면 선심을 쓰듯 자신의 감정을 세상에 골고루 나누어 주는 그런 어리광과 자의식이 뒤섞인 버릇을 지니고 있었다. 그러고 나서 한스는 내친 김에 계속 승마 교습에 관해 이야기를 해 댔다. 이제 한젠 가의 저택까지도 더 이상 그렇게 먼 거리가 아니었다. 둑들을 넘는 그 산책길은 그렇게 많은 시간을 요하지 않았다. 그들은 모자를 손으로 꽉 움켜잡고서, 나무들의 앙상한 가지들 속에서 우드득거리며 신음 소리를 내고 있는 습기 찬 강풍 앞에 고개를 숙인 채 걸어가고 있었다. 그러는 동안에도 한스는 말을 계속했고 토니오는 단지 가끔 그저 마지못해 '아 그래', '응·응' 하는 꾸며 낸 대답을 한스의 말에 섞어 넣을 따름이었으며, 한스가 이야기에 열중한 나머지 다시금 팔짱을 낀 사실에 대해서도 별로 기뻐하지 않았다. 왜냐하면 그것은 단지 아무런 의미도 없는 겉보기의 접근에 지나지 않았기 때문이다.

이윽고 그들은 기차역에서 멀지 않은 곳에서 둑의 초지(草地)를 벗어났다. 그러고는 기차가 연기를 내뿜으며 굼뜨면서도 조급하게 지나가는 광경을 바라보면서, 연결된 차량들의 수를 심심풀이로 세어 보았으며, 모피로 몸을 감싼 채 맨 끝 차량 위에 우뚝 앉아 있는 한 남자에게 손짓을 해 보였다. 그러다가 보리수광장 옆에 있는 대상인 한젠 씨의 저택 앞에서 멈춰 서게 되었다. 한스는 아래쪽에 있는 정원 문 위에 몸을 싣고 그 돌쩌귀에서 삐그덕삐그덕 소리가 나도록 좌우로 몸을 흔들어 보는 것이 매우 재미있는 장난이라는 것을 상세히 실연해 보였다. 그러나 그다음에는 곧 작별을 고했다.

"자, 이제 난 들어가야겠다." 그가 말했다. "잘 가라, 토니오! 다음번에는 내가 너를 집으로 데려다줄게. 정말이야, 믿어 줘!"

"안녕, 한스!" 토니오가 말했다. "산책 잘 했어."

악수를 하는 그들의 손은 매우 축축했으며 정원 문의 녹이 묻어 있었다. 그러나 토니오의 눈에 비친 한스의 귀여운 얼굴에는 후회하는 것 같은 기색이 보였다.

"참, 말이 났으니 말인데, 다음번에는 나도 『돈 카를로스』를 읽어 볼게!" 하고 그가 재빨리 말했다. "밀실에서 우는 그 왕 이야기는 틀림없이 재미있을 거야!" 이렇게 말하고 나서 그는 자기 가방을 팔 밑에 꼈다. 그러고는 앞마당을 통해 달려 들어 갔다. 집 안으로 사라지기 전에 그는 다시 한번 뒤를 돌아보면서 고개를 끄덕여 보였다.

토니오 크뢰거는 마음이 아주 밝아져 날 듯이 가벼운 걸음으로 그곳을 떠나갔다. 바람이 그를 뒤에서 밀어 주긴 했지만, 그가 그다지도 가벼운 마음으로 그곳을 떠날 수 있었던 것은 결코 바람 탓만은 아니었다.

한스는 『돈 카를로스』를 읽을 것이다. 그러면 그들 둘은 이 머탈이나 다른 그 어느 누구도 감히 끼어들 수 없는 둘만의 화제를 갖게 될 것이다! 그렇게 되면 그들 둘은 얼마나 서로 잘 이해하게 될 것인가! 누가 아는가, 혹시 한스도 그와 마찬 가지로 시를 쓰게 될 수 있을지! 아니, 아니야, 그는 그것을 원 치 않는다! 한스는 토니오처럼 되어서는 안 되며, 지금 상태 그대로 있어야 한다. 모두가 사랑하고 토니오가 가장 사랑하는 바로 그 밝고 씩씩한 한스로 그대로 있어야 한다. 그러나 한스가 『돈 카를로스』를 읽는다는 것은 그럼에도 해로울 건 없을 것이다. 이런 생각을 하면서 토니오는 그 유서 깊은 땅딸막한 성문을 통해 걸어갔다. 그러고는 항구를 따라 가다가 합각머리 지붕들이 늘어서 있는 그 가파르고 바람 불며 축축한 골목길을 걸어 자기 양친의 저택이 있는 데까지 올라갔다. 그때 그의 심장은 살아 있었다. 그 속에는 동경이 숨 쉬고 있었으며, 우울한 질투와 약간의 경멸감, 그리고 순결하기 짝이 없는 행복감이 함께 숨 쉬고 있었다.

2

금발의 잉에, 잉에보르크 홀름! 높다랗고 뾰족한 여러 겹의 고딕식 아치들을 이룬 지붕 아래에 우물이 있던 저 광장 거리에 살던 의사 홀름의 딸! 그녀가 바로 토니오 크뢰거가 열여섯 살 때 사랑했던 사람이었다.

어쩌다가 그렇게 되었던가? 그전에도 이미 그는 수백 번이나 그녀를 보아 왔다. 그런데 어느 날 저녁, 그는 그 어떤 불빛 아래에 있는 그녀를 보았던 것이다. 그녀는 여자 친구와 얘기를 나누면서 오만한 투로 깔깔 웃으며 고개를 옆으로 돌리고, 한 손을 — 유별나게 섬세하지도 않고 유별나게 고상하지도 않은, 흔히 볼 수 있는 소녀의 손을 — 뒷머리께로 가져갔는데, 이때 그는 반투명한 천으로 된 그녀의 소매가 어깨 쪽으로 흘러내려 그녀의 팔꿈치가 드러나는 것을 보았다. 그리고 그는 그녀가 어느 단어 하나를, 대수롭지 않은 단어 하나를 특정한 투로 강조해서 발음하는 것을 들었는데, 그때 그녀의 목소리 속에는 어떤 따뜻한 여운이 울리고 있었다. 그때부터 그의 심장이 어떤 황홀한 감정에 휩싸이게 되었다. 그것은 그가 이전에, 그가 아직 아무것도 모르는 조그만 소년이었을 그 당시에, 한스 한젠을 바라보면서 간혹 느끼곤 했던 황홀감보다도 훨씬 더 강렬한 것이었다.

그날 저녁 그는 굵게 땋아 내린 금발과 웃고 있는 길쭉한 푸른 두 눈과 주근깨가 있는 조금 오똑한 콧마루를 가진 그녀의 모습을 가슴에 담아 집으로 갔다. 그녀의 목소리 속에서 울리던 그 따뜻한 여운이 귀에 쟁쟁해 잠을 이룰 수 없었다. 그는 그녀가 그 대수롭지 않은 단어를 발음할 때의 악센트를 나직이 흉내 내어 보면서 짜릿한 전율을 느꼈다. 경험에 비추어 그는 이것이 사랑이라는 것을 알았다. 그리고 사랑이 그에게 많은 고통과 번민, 그리고 굴욕을 강요할 뿐만 아니라 마음의 평화를 깨뜨리고 그의 마음을 온갖 멜로디로 가득 채움으로써 어떤 일을 마무리 지어 침착하게 무엇인가 완벽한 것을 완성해 낼 수 있는 항심(恒心)을 갖지 못하게 하리라는 것을 잘 알고 있었다. 그럼에도 그는 그 사랑을 기쁜 마음으로 받아들여 거기다가 자신을 완전히 내맡겼다. 그리고 전심전력을 다해 그것을 가꾸어 나갔다. 왜냐하면 사랑이 풍요로움과 생동감을 불러일으킨다는 것을 알고 있었기 때문이며, 그는 침착하게 무엇인가 완벽한 것을 창조해 내는 것보다는 풍요롭고 생기 넘치게 되기를 동경하고 있었기 때문이다.

토니오 크뢰거가 명랑한 잉에 홀름에게 홀딱 반한 이 일은 후스테데 영사(領事) 부인의 널찍하게 치워 놓은 응접실에서 일어났다. 그날 저녁은 마침 후스테데 부인이 춤 교습 장소를 마련할 차례였던 것이다. 그것은 일류 가정의 자제들만이 참가하는 개인 교습 과정이었는데, 아이들은 그들의 부모들의 집에 차례로 돌아가면서 모여서는 춤과 예절에 관한 수업을 받게 되어 있었다. 바로 이 목적을 위해 매주 함부르크에서 크나크라는 발레 선생이 특별히 초빙되어 오고 있었다.

프랑수아 크나크(François Knaak)가 그의 이름이었다. 그런데 그는 어떤 남자였던가! "여러분에게 제 자신을 소개할 수 있게 된 것을 영광으로 생각합니다.(J'ai l'honneur de me vous repré-senter.)" 그가 말했다. "제 이름은 크나크입니다.(Mon non est Knaak.) 그런데 이런 자기 소개는 고개를 숙이는 동안에 하는 것이 아니라 다시 똑바로 선 자세에서 해야 하는 겁니다. 목소리는 낮춰야 하지만 그럼에도 분명히 말해야 합니다. 자기 자신을 프랑스어로 소개할 일이 매일 있는 것은 아니지요. 그러나 이 언어로 정확하고 나무랄 데 없이 자기 소개를 할 수 있다면, 독일어로도 비로소 탈 없이 잘할 수 있게 되는 것입니다." 비단처럼 새카만 연미복이 그의 살찐 엉덩이에 찰싹 달라붙어 있는 모양은 얼마나 놀라운지! 그의 바지는 부드러운 주름을 이루며 널따란 공단(貢緞) 나비 리본이 달린 그의 에나멜 구두 위로 내려와 있었으며, 갈색 두 눈은 자신의 아름다움에 대한 노곤한 행복감에 취해 이리저리 주위를 둘러

보고 있었다.

그의 과도한 자신감과 단정한 태도에는 누구든지 압도당하지 않을 수 없었다. 그는 이 댁의 안주인한테로 걸어가서(그런데 아무도 그와 같이 탄력 있게, 물결치듯 몸을 흔들면서도 마치 왕처럼 기품 있게 걸을 수는 없을 것이다!), 고개 숙여 인사를 한 다음, 상대방이 손을 내밀 때까지 기다렸다. 그 손을 얻게 되었을 때에는 나지막한 목소리로 감사의 말을 하고는 탄력 있는 동작으로 뒤로 물러서서는 왼발을 축으로 하여 몸을 돌리는 동시에 발끝이 바닥을 향하고 있던 오른발을 옆으로 갑자기 들어 올리는 것이었다. 그러고는 허리를 흔들면서 그 자리를 떠나갔다.

사람들이 모여 있는 곳에서 나가려고 할 때에는 뒷걸음질을 쳐서 허리를 굽힌 채 문 쪽으로 나가야 했다. 의자를 하나 가져올 때에도 의자의 다리 하나를 잡는다거나 바닥에 질질 끌고 와서는 안 되고 등받이를 살짝 잡고 옮겨 와야 하며 소리 없이 내려놓아야 했다. 서 있을 때에도 두 손을 배 위에 깍지 끼고 있거나 혀로 입술 가장자리를 핥고 있으면 안 되었다. 이런 주의에도 불구하고 그런 짓을 하는 사람이 있으면, 크나크 씨는 그런 모습을 똑같이 흉내 내어 평생 그런 자세에 대해 구역질을 느끼지 않을 수 없도록 만드는 버릇이 있었다.

이것이 그의 예절 교육이었다. 그러나 춤에 관해서라면, 크나크 씨는 아마도 예절 분야보다는 훨씬 더 높은 기량을 갖추고 있는 것 같았다. 널찍하게 치워 놓은 응접실 안에는 샹들리에의 가스등들과 벽난로 위의 촛불들이 타고 있었다. 마룻바닥 위에는 활석 가루가 뿌려져 있었고 생도들은 말이 없는 가운데 반원형으로 빙 둘러서 있었다. 좌우로 갈라 쳐 놓은 커튼 저편, 즉 바로 옆방에서는 어머니들과 다른 부인들이 벨벳 의자 위에 앉아서 손잡이 달린 안경을 통해 크나크 씨가 구부린 자세로 양손의 두 손가락을 사용하여 자기 연미복의 옷자락을 살짝 잡고서 탄력 있는 두 다리로 마주르카 춤의 각 동작들을 시범 보이고 있는 모습을 관찰하고 있었다. 그는 자기 관객들을 깜짝 놀라게 하고 싶을 때면, 꼭 그래야 할 이유도 없는데 갑자기 마룻바닥으로부터 솟구쳐 올라 자기 두 다리를 공중에서 빠른 속도로 어지럽게 서로 비비 꼬면서 투닥거리는 북소리 같은 것을 내다가는 이윽고 그의 파티에 모여든 모든 사람들의 가슴을 철렁하게 하고도 남을 쿵! 하는 육중한 소리를 내면서 이 지상으로 다시 내려오는 것이었다.

'이 무슨 이해할 수 없는 원숭이인가!' 하고 토니오 크뢰거는 마음속으로 생각했다. 그러나 그는 잉에 홀름, 그 명랑한 잉에가 자주 무아지경의 미소를 흘리며 크나크 씨의 동작들을 관찰하고 있는 것을 보았다. 그리고 그가 이 모든 놀라운 몸동작들에 사실 경탄 비슷한 감정을 느끼지 않을 수 없었던 것은 비단 그 때문만은 아니었다. 크나크 씨의 두 눈은 얼마나 안정되어 있는가! 그것은 전혀 교란시킬 수 없는 시선이었다. 그 눈은 사물이 복잡하고도 슬프게 되는 곳까지 들여다보지 않았다. 그의 두 눈은 갈색이고 자신이 아름답다는 것 말고는 아는 것이 없었다. 하지만 바로 그 때문에 그의 자세는 그렇게도 당당할 수 있는 것이었다! 정말이지 누구든 그와 같이 그렇게 걸어갈 수 있으려면 우선 어리석지 않으면 안 될 것이다. 그래야만 다른 사람들의 사랑을 받을 수 있게 되는 것이다. 그가 사랑스럽게 보이기 때문이다. 토니오는 잉에가, 그 금발의 귀여운 잉에가 크나크 씨를 쳐다보는 것을 사실 그대로 아주 잘 이해할 수 있었다. 그러나 어떤 소녀가 그 자신을 그렇게 쳐다보는 일은 있을 수 없단 말인가?

하지만 그런 일도 있었다. 변호사 페어메렌의 딸, 막달레나 페어메렌 같은 소녀가 그랬다. 온화한 입에 진지함과 몽상으로 가득 찬 크고 검고 빛나는 두 눈을 가진 그 소녀가 그랬다. 그녀는 춤을 출 때 자주 쓰러지곤 했지만, 숙녀 쪽에서 상대를 선택해도 좋은 기회가 오면 그에게로 다가왔다. 그녀는 그가 시를 쓰고 있다는 사실을 알고 있었고 자기한테 그 시들을 보여 달라고 두 번 청했으며 가끔 멀리서 고개를 숙인 채 그를 바라보곤 했다. 하지만 그것이 그에게 무슨 상관이었던가? 그는 잉에 홀름을, 그 금발의 명랑한 잉에를 사랑하고 있었다. 그가 시 나부랭이를 쓰고 있다는 사실 때문에 틀림없이 그를 경멸하고 있을 그녀를……. 그는 그녀를 바라보았다. 행복감과 경멸로 가득 차 있는 그녀의 푸른 실눈을 바라보았다. 질투 비슷한 그리움이, 그녀로부터 소외되고 그녀에게 영원히 낯선 존재일 수밖에 없다는 아프고도 절박한 고통이 그의 가슴속에서 불타고 있었다.

"1조 앞으로(en avant)!" 크나크 씨가 말했다. '앞으로!'라고 말할 때 이 남자가 프랑스어의 콧소리를 얼마나 훌륭하게 발음하는지는 어떤 말로도 설명할 수 없을 지경이었다. 카드리유(Quadrille)[1]를 추는 연습이 행해지고 있었는데, 토니오 크 뢰거는 자기가 잉에 홀름과 같은 조에 들어 있는 것을 알고 깜짝 놀랐다. 그는 될 수 있는 대로 그녀를 피했지만, 그럼에 도 끊임없이 그녀의 근처로 빠져들곤 했다. 그는 그녀에게 접 근하지 않으려고 눈을 피했지만, 그럼에도 그의 시선은 끊임없 이 그녀에게로 향하게 되었다. 이제 그녀는 빨간 머리의 페르 디난트 마티센의 손에 이끌려 미끄러지듯 달려와서 땋은 머리 다발을 뒤로 젖혀 던지고는 길게 숨을 내쉬면서 그의 맞은편 에 섰다. 피아노 연주자 하인첼만 씨는 뼈마디가 굵은 손으로 건반을 두드리기 시작했고 크나크 씨가 구령을 내리자 곧 카 드리유가 시작되었다.

그녀는 그의 앞에서 이리저리 움직였다. 앞으로 뒤로, 그리 고 걸어가면서 또는 몸을 돌리면서 움직이고 있었다. 그녀의 머리카락에서, 또는 그녀가 입고 있는 옷의 섬세한 흰색 천에 서 나는 향내가 이따금 그에게 풍겨 왔다. 그래서 그의 두 눈 이 점점 더 흐릿해져 갔다. '너를 사랑해, 사랑하는 귀여운 잉 에!' 하고 그는 속으로 말했다. 그러면서 그는 그녀가 그다지 도 즐겁게 춤에 열중하여 자기 따위는 안중에도 없는 데에 대 한 자신의 모든 고통을 이 말 속에다 섞어 넣었다. 슈토름[2]의 그지없이 아름다운 시 한 편이 그의 머리에 떠올랐다. "난 잠 이 오는데, 넌 춤을 춰야겠다는구나." 사랑하고 있는데 춤을

---

1) 18~19세기에 유행한 4인조 프랑스 사교춤의 일종.
2) 테오도어 슈토름(Theodor Storm, 1817~1888). 19세기 후반에 활동한 독 일의 시인이자 소설가.

쳐야 하는 이 굴욕적인 모순이 그를 괴롭혔다.

"1조 앞으로!" 하고 크나크 씨가 말했는데, 그것은 춤이 다시 반복될 참이었기 때문이다. "인사(Compliment)! 「숙녀들의 작은 물레방아(Moulinet des dames)」! 손을 맞잡아요(Tour de main)!" 이렇게 말할 때 그가 프랑스어 드(de)의 악센트 없는 '으' 모음을 꿀꺽 삼키듯 하며 얼마나 우아하게 발음하는지는 아무도 묘사할 수 없을 것이다.

"2조 앞으로!" 토니오 크뢰거와 그의 여자 파트너의 차례가 되었다. "인사!" 토니오 크뢰거는 고개를 숙여 절을 했다. "숙녀들의 작은 물레방아」!" 그래서 토니오 크뢰거는 머리를 떨구고 눈썹을 음울하게 찌푸린 채 자기의 한 손을 네 숙녀들의 손 위에다, 따라서 잉에 홀름의 손 위에도 얹었다. 그러고는 「작은 물레방아」를 추기 시작했다.

주위에서 킥킥거리며 웃는 소리가 났다. 크나크 씨가 상투적으로 놀라움을 뜻하는 발레 포즈를 해 보였다. "아, 이럴 수가!" 크나크 씨가 외쳤다. "그만, 그만! 크뢰거 군이 숙녀들한테 끼어들었어요! 뒤로 물러나요, 크뢰거 양! 뒤로 물러나, 원 이런! 모두들 잘 알아들었는데, 단지 도련님만 이해를 못 하셨군! 빨리! 물러나요! 썩 물러나란 말이야!" 이렇게 말하면서 그는 노란 비단 손수건을 꺼내더니 그것을 휘둘러 토니오 크뢰거를 그의 자리로 쫓아 보냈다.

모두들 웃었다. 소년들과 소녀들도 웃었고, 커튼 너머의 귀부인들조차도 웃었는데, 그것은 크나크 씨가 그 돌발적인 실수를 아주 우스꽝스러운 소동으로 만들어 놓았기 때문이었다. 그래서 모두들 극장에라도 온 것처럼 즐거워했다. 단지 하인첼만 씨만이 무미건조한 사무적 표정을 하고서 연주를 계속하라는 지시가 내려지기를 기다리고 있었는데, 그는 크나크씨의 호들갑이 자아내는 효과에 대해서는 이미 감각이 무뎌져 있었던 것이다.

이윽고 카드리유가 다시 시작되었다. 그리고 휴식 시간이 되었다. 하녀가 포도 젤리를 듬뿍 채운 유리잔들을 쟁반 위에 받쳐 들고 달그락거리는 소리를 내면서 안으로 들어왔으며, 그녀의 뒤를 따라 요리사 아주머니가 자두 케이크 한 판을 들고 들어왔다. 그러나 토니오 크뢰거는 그 자리를 살짝 빠져나와 남몰래 복도로 나왔다. 그러고는 두 손으로 뒷짐을 진 채 덧창이 내려진 창문 앞에 서 있었다. 그는 덧창을 통해서는 아무것도 내다볼 수 없기 때문에 그 앞에 서서 바깥을 내다보는 척하는 것 자체가 우스꽝스럽게 보이리란 사실은 미처 생각하지 못하고 있었다.

그러나 그는 사실 밖이 아니라 안을, 그다지도 많은 상심과 그리움으로 가득 차 있는 자신의 마음속을 들여다보고 있었다. 왜, 무엇 때문에 그는 여기에 와 있는 것일까? 왜 그는 자기 방 창가에 앉아 슈토름의 「이멘 호수」[3]를 읽으며 때때로 눈을 들어, 해묵은 호두나무의 가지가 육중한 소리를 내고 있는 저녁 무렵의 정원을 내다보고 있지 않은가? 그곳이 그가

---

3) 「이멘 호수(Immensee)」는 어린 시절의 아름다운 사랑을 회상하는 형식으로 되어 있는 애상적 단편 소설이다.

있을 자리일 것이다. 다른 사람들이야 춤을 추면서 마음껏 활기와 재치를 부리라지! 아니, 아니야! 그럼에도 그가 있을 자리는 여기다. 여기서 그는 자신이 잉에의 근처에 있음을 알 수 있으니까. 비록 그가 고독하게 멀리 떨어진 곳에 서서 저 안쪽에서 들려오는 웅얼거리고 쨍그렁거리는 소리와 웃음소리 속에서 그녀의 목소리를 구별해 내려고 애쓰고 있긴 하지만! 그 목소리 속에는 따뜻한 삶의 울림이 있으니까. 너 금발의 잉에여! 웃고 있는 네 길쭉한 푸른 두 눈이라니! 「이멘 호수」를 읽지 않고, 그런 작품을 쓰려는 시도를 결코 하지 않는 사람만이 너처럼 그렇게 아름답고 명랑할 수 있는 것이다. 하지만 그건 슬픈 일이지!

그녀가 와야 할 것이다! 그녀는 그가 없는 걸 알아차리고 그의 기분이 어떤지를 짐작해야 할 것이다. 그러고는 살며시 그를 뒤쫓아 와서는 단지 동정심에서만이라도 좋으니 그의 어깨 위에 손을 얹고 "우리들 있는 데로 들어와요. 기분 풀어요. 난 당신을 사랑해요." 하고 말해야 할 것이다. 그래서 그는 자기 등 뒤에서 날지도 모르는 인기척에 귀를 기울이면서 그녀가 올지도 모른다는 어리석은 긴장감 속에서 기다렸다. 그러나 그녀는 결코 오지 않았다. 그런 일은 이 세상에서는 일어나지 않는 법이다.

다른 모든 사람들과 마찬가지로 그녀도 역시 그를 비웃었던가? 그랬다. 그가 그녀를 위해서나 자기 자신을 위해서 그걸 부인하고 싶은 마음이 간절했음에도 불구하고 사실 그녀도 그를 비웃었던 것이다. 그런데도 그는 단지 그녀 가까이에 있다는 사실에 몰두해 있었다는 이유 때문에 「숙녀들의 작은 물레방아」를 같이 추게 되었던 것뿐이다. 그런데 그게 뭐 어쨌다는 것이지? 아마도 언젠가는 사람들이 비웃는 일을 그만두게 될지도 모르지! 이를테면 최근에 어떤 잡지사에서 그의 시 한 편을 채택해 주지 않았던가! 비록 그 시가 채 출간되기도 전에 그 잡지가 폐간돼 버리긴 했지만 말이다. 그가 유명해져서 그가 쓰는 모든 작품이 인쇄되는 날이 올 것이다. 그렇게 돼도 그것이 잉에 홀름에게 아무런 감명도 주지 않을지 두고 볼 일이다. 하긴 그래도 아무런 감명도 주지 않을 것이다. 주지 않고말고! 그게 사실이다. 언제나 넘어지는 막달레나 페어메렌에게는, 그래 그녀에게는 감명을 줄 거야. 그러나 잉에 홀름에게, 푸른 눈의 명랑한 잉에에게는 결코 감명을 줄 수 없을 것이다. 그렇다면 유명해지는 것도 다 소용이 없는 게 아닌가?

이런 생각을 하니 토니오 크뢰거는 가슴이 고통스럽게 죄어들었다. 유희적이고도 우울한 창조력이 자기 자신의 내부에서 경이롭게 꿈틀거리고 있음을 감지하면서 그와 동시에, 자신이 동경하는 사람들은 그 창조력이 닿지 않는 대안(對岸)에서 그런 것 따윈 전혀 아랑곳하지 않고 명랑하게 살아가고 있음을 인식한다는 것은 매우 고통스러운 일이다. 그러나 비록 그가 닫힌 덧창 앞에 외로이, 국외자의 신세가 되어 희망도 없이 서서는 상심한 나머지 마치 창밖을 내다볼 수 있는 척하고 있었지만, 그럼에도 그는 행복했다. 왜냐하면 그때 그의 심장이 살아 있었기 때문이다. 그 심장은 따뜻하고 슬프게 너 잉에보르크 홀름을 위해 뛰고 있었던 것이며 그의 영혼은 행복한 자기부정 속에서 건방지면서도 평범한 금발의 너, 그 밝고 도 조그만 인격을 감싸안았던 것이다.

그가 달아오른 얼굴을 하고서 음악과 꽃향기가 퍼져 나오 고 유리잔이 부딪치는 소리가 아슴푸레 들려오는 외로운 장 소에 이렇게 서서, 멀리서 들려오는 파티의 소음 속에서 그녀 의 낭랑한 목소리를 가려 들으려고 애쓴 적이 한두 번이 아니 었다. 비록 그녀 때문에 고통스러워하고 있었지만, 그래도 그 는 행복했다. 항상 넘어지는 막달레나 페어메렌과는 말이 통 했고, 그녀가 그를 이해하면서 그와 더불어 웃거나 진지한 표 정을 짓는 반면에, 금발의 잉에는, 그가 그녀 옆에 앉아 있을 때에도, 그에게는 멀고 낯설게 느껴졌고 전혀 딴사람같이 생 각될 따름이었는데, 그것은 그의 언어는 그녀의 언어가 아니 었기 때문이다. 그럼에도 그는 행복했다. 왜냐하면 행복이란 사랑받는 것이 아니라고 그는 자신에게 다짐했기 때문이다. 사랑받는 것, 그것은 허영심을 채우려는 구역질 나는 만족감 에 다름 아니다. 행복은 사랑하는 것이다. 그리고 아마도 사랑 하는 상대에게 아무도 모르게 살그머니 다가갈 수 있는 작은 기회들을 포착하는 것이다. 그는 이런 생각을 마음속 깊이 새 겨 두었다. 그리고 이것을 속속들이 생각해 보았으며 이것을 그 밑바닥까지 느껴 보았다.

'변치 않는 마음!' 하고 토니오 크뢰거는 생각했다. 내 마음 변치 않으리라. 그리하여 이 목숨 살아 있는 한, 잉에보르크, 너를 사랑하리라. 그는 이렇게 좋은 마음을 가졌다. 그럼에도 그의 마음속에서는 일말의 희미한 두려움과 슬픔이 속삭이고 있었다. 넌 매일같이 한스 한젠을 보면서도 그를 완전히 잊었잖아! 그리고 꼴사납고도 가련한 노릇은 이 희미하고도 약간 심술궂은 마음의 소리가 옳다는 사실이었다. 그렇다, 세월이 가고 토니오 크뢰거가 아무리 그 명랑한 잉에를 위한 일이더라도 더는 죽을 각오까지는 하지 않는 날이 왔다. 그는 자기 나름으로 이 세상에서 많은 진기한 일을 해낼 수 있는 의욕과 힘을 자기 안에서 느낄 수 있게 되었던 것이다.

그래서 그는 그 티 없이 맑고 순수한 자기 사랑의 불꽃이 재가 되어 발갛게 타고 있는 제단 주위를 조심스럽게 빙빙 돌다가 그 앞에 무릎을 꿇고 앉았다. 그리고 변치 않는 마음을 지키고 싶었기에 온갖 방법을 다 써서 그 불꽃을 북돋우며 불씨를 살리려고 했다. 그러다가 얼마 지나지 않아, 알지 못하는 사이에, 무슨 야단스러운 조짐이나 시끄러운 소리도 없이 그 불꽃은 그럼에도 꺼져 버렸다.

그러나 토니오 크뢰거는 변치 않는 마음이란 이 지상에 있을 수 없다는 사실에 대한 놀라움과 환멸감에 가득 찬 채, 그 불 꺼진 제단 앞에 한동안 서 있었다. 이윽고 그는 양어깨를 한번 으쓱하고는 자기 갈 길을 갔다.

3

그는 약간 태만하고도 어슬렁거리는 태도로 혼자 휘파람을 불며 고개를 삐뚜름히 하고 먼 산을 바라보면서 자기가 가지 않으면 안 될 길을 갔다.

　그런데도 만약 그가 길을 잘못 갔다면, 그것은 몇몇 사람에게는 바른 길이라는 것이 애당초 없기 때문이었다. 사람들이 그에게 대체 무엇이 되고 싶으냐고 물을 때면, 그는 일정하지 않은 대답을 하곤 했다. 사실 그는 수천 가지의 존재 가능성을 자신 속에 품고 있지만, 동시에 이것들이 실은 전부 불가능한 것일 뿐이라는 은밀한 의식도 함께 갖고 있다고 말하곤 했으며, 이런 생각을 이미 글로 써 놓기도 했었다.

　그가 협소한 고향 도시를 떠나기 전에 이미, 그 도시가 그를 붙잡고 있던 고리들과 끈들이 소리 없이 풀려 있었다. 유서 깊은 크뢰거 가문은 차츰차츰 허물어지고 와해되는 상태에 빠져들게 되었으며, 사람들이 토니오 크뢰거의 존재와 본성을 이와 같은 상태가 보여 주는 특징들 중의 하나로 치부하는 데에도 그럴 만한 이유가 있었다. 이 집안의 어른인 그의 아버지의 어머니가 죽었고, 얼마 지나지 않아 그의 아버지, 단춧구멍에 들꽃을 꽂고 세심하게 옷을 입는, 사색적이고 키가 큰 그 신사도 그녀의 뒤를 따라 죽음의 길을 갔다. 크뢰거 가의 큰 저택은 그 근엄한 역사와 함께 팔려고 내놓은 물건이 되었고, 회사는 등록이 말소되었다. 하지만 토니오의 어머니, 피아노와 만돌린을 잘 연주할 줄 알고 이 모든 것에는 아무 관심도 없는 그의 아름답고 정열적인 어머니는 일 년의 상기(喪期)가 지난 뒤에 새로 결혼을 했다. 상대는 음악가, 이탈리아식 이름을 지닌 연주가였는데, 그녀는 푸른 하늘이 있는 먼 나라로 그를 따라갔다. 토니오 크뢰거는 이런 어머니의 처신을 약간 방종하다고 생각했다. 그러나 '그라는 인간'이 그녀를 말릴 수 있는 자격이 있었던가? 시 나부랭이나 끼적거리면서 대체 장차 무엇이 될 생각이냐는 물음에 대답조차 변변히 못 하는 주제에.

그래서 그는 습기 찬 바람이 뾰족한 합각머리 지붕들을 맴돌며 휘파람 소리를 내는 그 고향 도시를 떠났다. 그의 어린 날의 친구들인 분수와 정원의 해묵은 호두나무를 떠났고, 그가 그렇게도 사랑하던 바다도 떠났으며, 이 이별에서 고통을 느끼지도 않았다. 그 사이에 그는 자라고 철이 들었으며, 그가 처해 있는 상황도 올바르게 파악하고 있었기 때문이다. 그는 자신을 그렇게 오랫동안 품 안에 안고 지켜 준 그 평범하고 저속한 생활 방식에 대해 조소를 금할 수 없었다.

그는 이 지상에서 가장 숭고한 것으로 생각되는 힘에 전적으로 헌신했으며, 그것을 위해 봉사하는 것이 자신의 사명이라고 느끼는 힘, 그에게 고귀함과 명예를 약속하는 힘, 무의식적이고 말 없는 삶 위에 미소를 머금고 군림하는 정신과 언어의 힘에 완전히 몸을 바쳤다. 젊은 정열을 다하여 그는 그 힘에 헌신했는데, 그 힘은 자신이 선사할 수 있는 모든 것으로 그에게 보상했으며, 자신이 그 대가로서 가져가곤 하는 모든 것을 그에게서 가차 없이 빼앗아 가기도 했다.

그 힘은 그의 눈초리를 날카롭게 만들었고 그로 하여금 사람들의 가슴을 부풀게 하는 위대한 단어들의 실체를 꿰뚫어 보도록 만들었으며, 그에게 사람들의 영혼과 자기 자신의 영혼을 들여다볼 수 있게 해 주었다. 그 힘은 그에게 혜안을 주고 세계의 내부를 보여 주었으며 말과 행동 뒤에 숨어 있는 모든 궁극적인 것을 보여 주었다. 그러나 그가 본 것은 결국 우스꽝스러움과 비참함에 다름 아니었다. 그랬다. 바로 우스꽝스러움과 비참함이었다.

그때 인식의 고통, 인식의 자만과 함께 고독이 찾아왔는데, 즐겁고도 둔한 감성을 지닌 순진한 사람들은 그를 좋아할 수 없었다. 그의 이마에 뚜렷이 보이는 표지(標識)가 그들의 기분을 거북하게 만들었기 때문이다. 그러나 그에게는 차츰차츰 언어와 형식에 대한 쾌락 역시 감미롭게 느껴졌다. 사실 그는 표현의 즐거움이 우리를 깨어 있게 하고 우리에게 활기를 주지 않는다면 영혼을 아는 것만으로는 틀림없이 우울하게 되고 말 것이라고 말하곤 했으며, 이런 생각을 이미 글로 써 놓기도 했다.

그는 대도시들에서 살았고, 그 햇볕을 받아 자기 예술이 보다 더 풍요롭게 성숙하기를 기대했기 때문에 남국에서 살았다. 그리고 그를 그쪽으로 끌어당긴 것은 아마도 어머니의 피였을지도 몰랐다. 그러나 그의 심장이 사랑을 느끼지 못하고 죽어 있었기 때문에 그는 육체의 모험에 빠져들게 되어 육욕과 뜨거운 죄의 구렁텅이로 깊숙이 추락했으며 그 속에서 이루 말할 수 없이 괴로워했다. 아마도 저 남쪽에서 그로 하여금 그다지도 괴로움에 시달리게 했던 것은 그의 체내에 있는 아버지의 유산이었을 것이다. 단춧구멍에 들꽃을 꽂고 말쑥하게 옷을 입던 사색에 잠긴 그 키 큰 신사 말이다. 남쪽에 있을 때 이따금 그의 마음속에서는 그립고 아련한 추억이 꿈틀거리곤 했는데, 그것은 한때는 자신의 것이었으나 그가 그 온갖 환락 속에서도 다시 찾을 수 없던 영혼의 즐거움에 대한 추억이었다.

관능에 대한 구역질 나는 증오와 순수성과 단정한 평화를 향한 갈구가 그를 사로잡았지만, 그러는 동안에도 그는 비밀스러운 생식의 환희 속에서 준동하고 들끓고 눈뜨는 상춘(常春)의 미지근하고도 들척지근하며 향기를 머금은 공기, 예술의 공기를 호흡해야 했다. 그 결과 그는 심한 양극단 사이, 냉혹한 정신과 소모적인 뜨거운 관능 사이를 오락가락하면서 양심의 가책을 느끼는 가운데 기진맥진한 삶을 영위하게 되었다. 그것은 엄청나게 유별난, 방종하고도 비상한 삶이자 토니오 크뢰거가 근본적으로 혐오해 마지않는 삶이었다. 이 얼마나 잘못된 길인가! 그는 가끔 생각했다. 내가 이 모든 이상한 모험에 빠져들다니, 어떻게 이런 일이 일어날 수 있나? 나는 태생부터가 초록색 마차를 타고 다니는 집시는 아니지 않은가!

그러나 그의 건강이 악화되는 만큼 그의 예술가적 재능은 날카로워졌고 꾀까다롭고 뛰어나고 소중하고 섬세해졌으며 진부한 것에 대해서는 예민하게 반응하고 분별과 취향의 문제에 지극히 민감했다. 그가 처음 등단하자 관계자들 사이에서 많은 박수갈채와 큰 환성이 터져 나왔다. 그가 내어놓은 것은 값지게 세공한 물건으로서 유머에 가득 차 있고 괴로움을 알고 있는 작품이었기 때문이다. 그리하여 그의 이름, 한때 그의 선생님들이 꾸짖으면서 부르던 그 이름, 그가 호두나무와 분수와 바다에 부치는 그의 첫 시 아래에다 서명을 했던 그 이름, 남국과 북국이 복합된 그 울림, 이국적인 입김이 서린 이 시민 계급의 이름은 순식간에 탁월한 것을 지칭하는 대명사가 되었다. 거기에는 체험의 고통스러운 철저성에다가 끈질기게 견디면서 명예를 추구하는 희귀한 근면성이 한데 어울려 있었기 때문이며, 또한 이 근면성이 꾀까다롭고 신경과민인 그의 취향과 싸우면서 격렬한 고통을 느끼는 가운데 비상한 작품을 창조해 내었기 때문이다.

그는 생활을 위해 일하는 사람처럼 일하지 않았다. 그는 생활하는 인간으로서의 자신은 전혀 개의치 않고 단지 창조자로서만 간주되기를 원하고, 그 외에는 화장을 지운 배우가 아무 역도 하지 않을 때에 아무 존재도 아닌 것과 꼭 마찬가지로 희미하고도 눈에 띄지 않게 돌아다니기 때문에 일 이외에는 아무것도 원하지 않는 사람처럼 일했다. 그는 말없이, 혼자 동떨어져서, 보이지 않게 일하면서, 재능을 사교를 위한 장식품 정도로 생각하는 소인배들을 한없이 경멸했다. 그들은 가난하든 부자든 상관없이 야하고도 남루한 옷차림을 하거나 특수하게 맞춘 넥타이를 매는 등 사치를 일삼으면서 행복하고 근사하게, 그리고 예술가풍으로 사는 것을 제일 먼저 염두에 두고 있는 족속들로서, 좋은 작품들이란 곤궁한 생활의 압박하에서만 생겨나는 법이고 생활하는 자는 창조하지 못하는 법이며 죽어서야 비로소 완전히 창조자가 될 수 있다는 사실을 모르는 소인배들인 것이다.

4

"제가 방해가 되나요?" 토니오 크뢰거는 아틀리에의 문턱에서 물었다.

리자베타 이바노브나는 모든 걸 털어놓을 수 있는 그의 여자 친구였음에도 불구하고 그는 모자를 벗어 손에 들고 있었고 심지어는 허리까지도 약간 굽혀 보였다.

"어머, 웬 엉뚱한 짓이에요, 토니오 크뢰거 씨, 격식 차리지 마시고 들어오세요!" 그녀는 버릇대로 통통 튀는 억양으로 대답했다. "당신이 훌륭한 가정교육을 받으셨고 예절 바르시다는 건 다 알아요." 이렇게 말하면서 그녀는 붓을 왼손에 들고 있던 팔레트 위에 놓고는 그에게 오른손을 내밀었다. 그러고는 깔깔 웃고 고개를 좌우로 흔들면서 그의 얼굴을 바라보았다.

"하지만 일을 하고 계시잖아요." 그가 말했다. "어디 좀 봅시다. 아, 그동안 일을 많이 하셨군요." 이렇게 말하고 나서 그는 화가(畵架)의 양쪽으로 의자들 위에 기대어져 있는 다채로운 스케치들을 이것저것 관찰했다. 그러고는 격자로 선이 그어진 커다란 캔버스를 바라보았다. 형체가 아슴푸레한 어지러운 목탄화 스케치 위에 이제 막 첫 물감 자국들이 나타나기 시작하고 있었다.

이것은 뮌헨, 셸링 가의 어느 뒷건물 안, 여러 층을 올라간 방에서의 일이었다. 널따란 북향 창 너머, 바깥에는 푸른 하늘, 새들의 지저귐, 그리고 햇볕이 있었다. 열어 놓은 천창(天窓)을 통해 흘러 들어오는 봄의 신선하고도 감미로운 숨결이 널찍한 작업실을 가득 채우고 있는 정착제와 물감 냄새에 뒤섞이고 있었다. 밝은 오후의 황금빛 햇살이 아무 방해도 받지 않은 채 휑뎅그렁한 아틀리에 안으로 밀려 들어와서는 약간 손상된 마룻바닥과 작은 병들, 튜브들, 붓들로 뒤덮여 있는 창문 아래의 막 쓰는 탁자와, 칠이 안 된 벽면 위에 액자 없이 걸려 있는 습작들을 거침없이 비추고 있었으며, 찢어진 비단으로 된 병풍 하나를 비추고 있었는데, 이 병풍이 문 근처에 근사한 양식의 가구들을 비치한 하나의 공간을 만들어 거실 겸 휴게실로 쓸 수 있었다. 그 황금빛 햇살은 또한 화가(畵架) 위에서 완성되어 가고 있는 작품과 그 앞에 있는 화가와 시인도 비추고 있었다.

그녀는 대략 그와 비슷한 나이, 즉 30대를 약간 웃도는 나이인 것 같았다. 그녀는 여기저기 물감이 묻어 있는 암청색 앞치마를 입고서 나지막한 걸상 위에 앉은 채 한 손으로 턱을 괴고 있었다. 잘 다듬었으나 귀밑머리가 이미 약간 세기 시작한 그녀의 갈색 머리카락은 살짝 넘실대면서 양쪽 관자놀이를 뒤덮고 흘러내림으로써 슬라브 혈통처럼 생겨 말할 수 없이 호감이 가는 갈색 얼굴을 에워싸고 있었다. 그 얼굴에는 뾰족하지 않은 코와 날카롭게 튀어나온 광대뼈와 새카맣게 반짝이는 조그만 두 눈이 있었다. 그녀는 긴장되고 마음에 들지 않는 듯한, 말하자면 거의 화가 난 듯이 눈을 반쯤 감은 삐뚜름한 시선으로 자신의 작품을 훑어보고 있었다.

그는 그녀 옆에 서서 오른손을 허리에 받친 채 왼손으로는 성급하게 자신의 콧수염을 비비 꼬고 있었다. 비스듬하게 기운 그의 두 눈썹은 긴장한 나머지 침울하게 씰룩거렸지만, 그는 여느 때와 마찬가지로 들릴락 말락 하게 혼자 휘파람을 불고 있었다. 그는 무척 세심하고도 견실한 옷차림을 하고 있었는데, 신중히 재단된 차분한 회색 양복을 입고 있었다. 그러나 검은 머리카락을 지극히 단순하고도 정확하게 가르고 있는 가르마 아래로 훤칠하게 드러나 보이는 이마에는 신경질적인 경련이 지나가고 있었고, 남국적으로 생긴 얼굴의 표정은 마치 단단한 석필로 모형을 그려 뚜렷하게 새겨 놓기라도 한 것처럼 이미 날카로워져 있었다. 다른 한편, 그의 입매는 아주 온화했고 턱선은 아주 부드러웠다. 잠시 후에 그는 한 손으로 이마와 눈을 쓰다듬으면서 돌아섰다.

"여기 오지 말 걸 그랬나 봅니다." 그가 말했다.

"왜 그런 생각을 하시죠, 토니오 크뢰거 씨?"

"리자베타 씨, 저는 제 작품을 쓰다가 방금 막 일어선 길입니다. 그러니까 제 머릿속도 이 캔버스 위와 같은 꼴이지요. 하나의 구조, 여러 번 수정하여 더러워진 희미한 스케치가 드러나고 두세 군데 색칠한 흔적들도 나타났지요. 그랬답니다. 그런데 여기 오니 똑같은 꼴을 보게 되는군요. 그리고 여기서도 집에서 저를 괴롭히던 그 갈등과 모순을 재발견하게 되는군요." 하고 그가 말하면서 허공에다 대고 코를 킁킁거렸다. "참 이상하네요. 한 가지 생각에 사로잡히게 되면 도처에 그 생각이 표출되어 있는 것 같단 말입니다. 바람 속에서조차도 그 생각의 '냄새'를 맡게 되거든요. 어디서나 정착제 냄새와 봄의 향기가 난단 말이지요, 그렇지 않습니까? 그것은 또한 예술과…… 참, 예술에 대응되는 다른 개념은 무엇이겠습니까? '자연'이라는 말씀은 마세요, 리자베타! '자연'이라면 사람을 이렇게 기진맥진하게 만들지는 않지요. 아, 아네요, 차라리 저는 산책이나 할 걸 그랬어요. 하긴 산책을 했다고 해서 제 기분이 더 좋았을지는 의문이긴 하지만요. 5분 전에 여기서 얼마 떨어지지 않은 곳에서 한 동료를 만났습니다. 아달베르트라고 단편 소설을 쓰는 작가지요. '빌어먹을 봄이라니!' 하고 그는 공격적인 어투로 말을 하기 시작했습니다. '봄은 가장 추악한 계절임에 틀림없습니다! 크뢰거 씨, 당신의 핏속에서 무엇인가가 점잖지 못하게 곰지락거리고 가당치도 않은 선정(煽情)이 요동을 치며 당신을 불안하게 하는데도, 당신은 올바른 생각을 할 수 있나요? 그런데도 침착성을 유지한 채 아주 미세한 핵심적 효과를 위해 작품을 다듬을 수 있단 말입니까? 이런 감정의 실체가 무엇인가 하고 한번 잘 살펴보면 그것은 금방 그야말로 진부하기 짝이 없고 완전히 쓸데없는 것으로 그 정체를 드러낸단 말입니다. 그러니 나는 이제 카페로 갑니다. 거기는 계절의 변화와는 무관한 중립 지역이니까요. 아시겠어요? 말하자면 그곳은 문학적인 것을 위한 선경(仙境)이며, 고귀한 착상들만을 떠올릴 수 있는 고상한 영역이란 말입니다.' 이렇게 말하고 나서 그는 카페로 가 버렸습니다. 저역시 아마도 그를 따라 그리로 가야 했을지도 모르겠군요."

리자베타는 재미있어하는 표정을 지었다.

"그것 참 재미있군요, 토니오 크뢰거 씨! '점잖지 못하게 곰지락거린다'는 그 표현 말이에요. 그 양반 말씀이 어느 정도는 맞습니다. 아닌 게 아니라 봄은 일하기에 특히 알맞는 계절이라고 할 수는 없으니까요. 하지만 제 말씀 좀 들어 보세요. 그럼에도 지금 저는 여기 이 조그만 일을 끝내야겠어요. 아달베르트라면 사소한 핵심적 효과라고 부를 사소한 작업이지요. 그러고 난 다음 '담화실'로 옮겨 차를 마시기로 하죠. 그때 하고 싶으신 말씀을 다 하세요. 오늘은 하실 말씀이 아주 많은 게 눈에 훤히 보이네요. 그때까지 어디엔가 좀 앉으시지요. 예컨대 저기 저 궤짝 위에라도 앉으세요. 당신이 입고 계신 그 도시 귀족풍 신사복이 더러워질까 걱정되지 않으시다면 말이에요."

"아, 리자베타 이바노브나 씨, 저의 옷 같은 건 염려 마십시오! 설마 제가 찢어진 벨벳 상의나 붉은 비단 조끼를 입고 돌아다니는 것을 원하진 않으시겠지요? 예술가란 족속은 마음속에 이미 충분히 많은 모험을 늘 품고 있는 자들입니다. 그러니, 젠장! 옷이라도 잘 차려입고서 마치 단정한 사람인 것처럼 행동해야 하겠지요. 아닙니다, 할 말이 잔뜩 있는 건 아닙니다." 그는 이렇게 말하며 그녀가 팔레트 위에다 물감을 섞는 것을 바라보았다. "앞서 말했다시피 제 심중에 들어와 제 일을 방해하는 것은 단지 한 가지 모순되는 문제일 따름입니다. 아, 방금 우리가 말하던 화제가 무엇이었지요? 단편 소설을 쓰는 아달베르트에 관해서였군요! 정말 자긍심에 찬 확고한 남자입니다. '봄은 가장 추악한 계절입니다.'라고 말하면서 그는 카페로 가 버렸습니다. 사람은 자기가 원하는 바를 정확히 알아야 합니다, 그렇지 않습니까? 실은 봄에는 저 자신도 신경질적이 됩니다. 저 자신도 봄이 일깨워 주는 갖가지 추억과 감정의 아름다운 통속성 때문에 혼란에 빠진답니다. 단지 저는 그 때문에 감히 봄을 욕하고 능멸할 수가 없을 따름입니다. 왜냐하면 사실 저는 봄 앞에서 저 자신을 부끄럽게 느끼기 때문입니다. 봄이 지닌 순수한 자연성과 그 의기양양한 젊음 앞에서 저 자신을 부끄럽게 느낀단 말입니다. 그러니 저는 아달베르트가 이런 사실을 전혀 모르고 있는 점 때문에 그를 부러워해야 할지 경멸해야 할지 모르겠군요.

봄에는 일이 잘 안 됩니다. 그건 확실해요. 왜 그럴까요? 사람들이 느끼기 때문입니다. 그런데 창작하는 사람은 느껴야 한다고 믿는 자는 풋내기지요. 정직한 진짜 예술가라면 누구나 서투른 자의 이런 소박한 오해에 대해 미소를 띠게 될 것입니다. 그것은 아마도 우울한 미소이겠지만, 하여튼 미소를 참지 못할 것입니다. 왜냐하면 아시다시피 말하는 내용은 결코 예술의 핵심이 될 수 없고 단지 그 자체로서 무심하게 널려 있는 소재에 불과하기 때문입니다. 예술적 형상을 만들어 내려면 유희적이고도 냉담한 우월성을 지니고 이 소재를 짜 맞출 줄 알아야 하는 것이지요. 당신이 말해야 할 내용에 너무 지나치게 신경을 쓰거나 그 내용을 위해 당신의 심장이 너무 따뜻하게 된다면, 당신은 틀림없이 완전히 실패하고 말 것입니다. 당신은 격정적이 되고 감상적이 될 것이며, 당신의 손에서 무엇인가 어색한 것, 졸렬하게 진지한 것, 서투른 것, 반어성이 결여되어 양념이 덜 된 것, 지루하고 진부한 것이 작품이라고 나오게 될 것입니다. 그렇게 되면 당신은 결국 사람들한테서 무관심한 반응 이외에는 아무것도 얻지 못하게 되고 당신 자신에게서는 단지 환멸과 참담한 고통만을 느끼게 되는 것입니다. 이것을 조금 더 설명해 보도록 하겠습니다, 리자베타! 감정, 따뜻하고 마음에서 우러나오는 감정은 언제나 진부하고 쓸모없는 것입니다. 예술적인 것은 단지 우리의 타락한, 기예적인 신경 조직의 불안 초조감과 냉철한 황홀경일 따름입니다. 인간적인 것을 연기해 내고 그것과 더불어 놀기 위해서는, 그리고 인간적인 것을 효과적으로 멋있게 표현할 수 있으려면, 또는 그렇게 하려는 시도라도 하고 싶으면, 우리 예술가들 자신은 인간 외적인 것, 비인간적인 것이 되지 않으면 안 되며, 인간적인 것과 이상하게도 동떨어지고 무관한 관계에 빠지지 않으면 안 된다는 것이지요. 양식과 형식, 그리고 표현을 위한 재능을 지니고 있다는 것은 이미 인간적인 것에 대한 이처럼 냉담하고도 꾀까다로운 관계, 말하자면 인간적 빈곤화와 황폐화를 전제로 하고 있습니다. 어쨌든 확실한 것은 건강하고도 힘찬 감정은 몰취미하다는 사실입니다. 예술가가 인간이 되고 느끼기 시작하면 그는 끝장입니다. 이것을 아달베르트는 알고 있었던 것입니다. 그 때문에 그는 카페로, 그런 '동떨어진 영역'으로 가 버린 것입니다, 예, 바로 그겁니다!"

"당신도 참! 그렇다면 그 사람은 그냥 내버려두면 되잖아요!" 하고 말하면서 리자베타는 양철 대야에 손을 씻었다. "당신이 그를 따라갈 필요는 없지요."

"그럼요, 리자베타, 나는 그를 따라가지 않습니다. 그런데 그것은 단지 내가 가끔 봄 앞에서 내 예술가 기질을 부끄러워할 줄 알기 때문입니다. 내 말 좀 들어 보십시오. 이따금 나는 낯선 사람이 쓴 편지들을 받는답니다. 내 독자들한테서 오는 칭찬과 감사의 편지들인데, 감동을 받은 사람들이 보내오는 찬탄의 글들이지요. 나는 이 편지들을 읽습니다. 그리고 내 예술이 여기 불러일으켜 놓은 그 따뜻하고 서투른 인간적 감정에 직면하여 감동을 느낍니다. 그런데 한편으로 그 편지들이 표현하고 있는 열광적인 소박성을 보고 일종의 연민을 느끼지 않을 수 없습니다. 만약 그 독자가 여기 무대 뒤를 한번 들여다본다면 얼마나 실망할까, 그리고 그 순진한 독자가 올바르고 건전하고 착실한 사람이라면 애초에 글을 쓰거나 연극을 하거나 작곡하는 따위의 일을 하지 않는다는 사실을 깨닫게 된다면, 그 정직한 독자는 얼마나 놀라고 제정신이 번쩍 들까 하는 생각에 나는 얼굴이 다 붉어집니다. 물론 나는 이런 생각에도 불구하고 독자의 감탄을 나 자신의 창조적 재능을 위해 이용합니다. 그런 찬탄을 굉장히 진지한 것으로 받아들여 나 자신을 고양시키고 나 자신에게 자극을 주는 데에 활용하면서, 위대한 인간의 배역을 연기해 내는 원숭이와 같은 표정을 짓는 것이지요. 아, 리자베타, 내 말을 가로막지 말아요. 나는 인간적인 것에 동참하지 못하면서 인간적인 것을 표현해 내느라고 가끔 죽도록 피곤하단 말입니다. 예술가가 도대체 남자일까요? 거기에 대해서는 '여자'한테 물어봐야겠지요! 내가 보기에 우리 예술가들이란 모두 약간은 교황청의 저 거세된 성가대원들의 운명을 띠고 있는 것 같아요. 우리는 아주 감동적으로 노래를 합니다. 하지만……."

"토니오 크뢰거 씨, 당신은 조금은 부끄러운 줄을 아셔야 합니다. 이제 차를 마시러 가요. 물이 곧 끓을 거예요. 그리고 여기에 러시아 궐련도 있으니 피우세요. 소프라노로 노래하는 데까지 이야기하다 마셨어요. 그러니 거기서부터 계속 이야기해 보세요. 그러나 부끄러운 줄을 아셔야 합니다. 당신이 얼마나 자랑스러운 열정을 지니고서 당신의 천직에 헌신하고 계시는지 제가 모르고 있다면 또 몰라도 그런 당찮은 말씀을 하시다니."

"리자베타 이바노브나, 천직이니 소명(召命)이니 하는 말은 하지 마십시오! 문학이란 것은 소명이 아니라, 당신에게 분명히 말해 두고 싶습니다만, 일종의 저주입니다. 언제부터 이것이, 이 저주가 느껴지기 시작하지요? 일찍부터, 엄청나게 일찍부터지요. 아직도 의당 하느님과 세상 사람들과 더불어 평화로운 화해 속에서 살아야 할 그런 시기에 벌써 이 저주가 찾아옵니다. 당신은 자기 자신에게 어떤 낙인 같은 것이 찍혀 있는 것처럼 느끼기 시작하고 다른 사람들, 평범하고도 정상적인 사람들과 이유를 알 수 없는 갈등에 빠져 있는 자기 자신을 발견하게 되지요. 당신을 모든 사람들로부터 분리시키고 있는 반어, 불신, 반항, 인식, 그리고 감정의 심연이 점점 더 깊어지기만 해서, 당신은 고독해지고 그때부터는 더 이상 서로 간에 이해가 불가능하게 되는 것입니다. 이 무슨 운명입니까! 이런 운명을 끔찍하다고 느낄 수 있을 정도로 당신의 마음이 충분히 생동하고 있고 사랑으로 충만하다는 전제하에서 하는 말이지요. 수천 명 가운데 섞여 있어도 당신은 당신의 이마에 새겨져 있는 그 낙인을 누구나 감지할 수 있고 금방 알아본다는 것을 느낍니다. 그 때문에 당신의 자의식은 불타오르게 되는 것입니다. 전에 나는 한 천재적인 배우를 알고 있었는데, 인간으로서의 그는 병적인 소심함과 불안감에 시달리곤 했습니다. 예술가로서는 완전하지만 인간으로서는 불쌍한 그 사람을 그렇게 만든 것은 좋은 배역이 돌아오지 않아 극도로 예민해진 그의 자의식이었지요. 예술이 시민으로서의 직업이 아니라 미리 운명으로 정해진 저주받은 직업일 수밖에 없는 한 예술가, 그런 진정한 예술가를 군중 속에서 식별해 내는 데에는 그다지 날카로운 형안이 필요 없습니다. 자신이 군중보다 유별나고 그들과 어울리지 않는다는 감정, 그들에게 인지되어 관찰당하고 있다는 느낌, 왕과 같이 의젓한 동시에 어딘가 당황한 모습이 그의 얼굴에 쓰여 있거든요. 평복을 입은 채 많은 백성들 속을 걸어가는 군주의 얼굴 표정에서 이와 비슷한 모습을 관찰할 수 있을 겁니다. 그러나 리자베타, 이런 경우에는 평복도 아무 소용이 없지요! 변복을 하고 가장을 해 보십시오! 외교관이나 휴가 중인 근위대 중위와 같은 옷차림을 해 보십시오! 아무리 그래 봤자 당신이 눈을 뜨자마자, 한마디 말을 입 밖에 내기가 무섭게 이미, 누구나 당신이 인간이 아니라 그 무엇인가 낯선, 이상한 느낌을 주는 별난 존재라는 것을 알게 될 것입니다.

그러나 예술가란 대체 '어떤 존재인가'라는 물음으로 되돌아가 보지요. 인류란 원래 안이하고 인식에 대해서는 직시하지 않으려는 나태한 태도를 보여 왔지만, 이 질문에 대한 답변 태도에서만큼 이와 같은 안이성과 나태성이 그 구제 불능의 진면목을 보여 준 적이 없습니다. 어느 예술가에게 감화된 착실한 사람들은 '그런 것은 하늘이 내린 재능이야!' 하고 겸허하게 말하곤 하지요. 그들의 호의적인 의견에 의하면, 이렇게 청랑(晴朗)하고 고상한 감화를 준다면 그 원천인 예술가 또한 무조건 청랑하고 고상한 사람임에 틀림없다는 것이지요. 그 때문에 어쩌면 여기서 문제가 되고 있는 것이 극도로 어려운 조건하에서 생겨난, 극도로 의심스러운 '재능'일 수도 있다는 혐의는 아무도 품지 않는단 말입니다. 예술가들이 걸핏하면 모욕을 느끼고 화를 잘 낸다는 것은 주지의 사실입니다. 그런데 건실한 바탕의 자기 감정과 건전한 양심을 지니고 있는 사람들에게는 이런 일이 잘 일어나지 않는다는 사실 또한 잘 알려져 있지요. 사실 나는, 리자베타, 내 영혼 깊숙한 곳에서 예술가란 유형에 대하여 — 정신적인 의미의 비유이긴 합니다만 — 수상쩍은 '혐의'를 품고 있답니다. 저 북쪽의 협소한 도시에 사셨던 명예로운 내 조상들이라면 누구나 자기 집에 온 그 어떤 마술사나 아슬아슬한 모험을 일삼는 곡예사들에게 품었을 바로 그런 '혐의' 말입니다. 이 이야기를 한번 들어 보십시오. 나는 한 은행가를 알고 있는데, 백발이 성성한 이 사업가는 단편 소설에 재능이 있습니다. 그는 여가에 이 재능을 활용하는데, 그가 내어놓는 작품들은 이따금 아주 탁월하지요. 이 남자는 이러한 섬세한 자질에도 불구하고 — '불구하고'를 강조합니다만 — 흠결(欠缺)이 완전히 없진 않습니다. 그 반대로, 그는 이미 중한 벌을 받아 옥살이를 한 적도 있는데, 그것도 충분한 근거가 있어서였습니다. 실은 그가 자신의 재능을 인식하게 된 것도 감옥 안에서 비로소 생긴 일이었으며, 죄수로서의 경험들이 그의 모든 작품들에 나타나는 근본 주제가 되고 있습니다. 이런 사실에서 약간 대담한 추론을 해 보자면, 시인이 되기 위해서는 교도소 같은 곳에 정통할 필요가 있다고도 말할 수 있을 것입니다. 그러나 그의 예술의 근본적 원천과 내밀한 관련이 있는 것은 교도소에서의 체험들이라기보다 오히려 '그를 그곳으로 가게 한 그 성향 자체'일지도 모르겠다는 의심이 생기지는 않나요? 단편 소설을 쓰는 은행가 ── 그건 드문 경우가 아닐까요? 그러나 범죄와 무관한, 흠결이 없는 건전한 은행가가 소설을 쓴다 ── '그런 일은 없는 법입니다'. 웃으시는군요! 그럼에도 나는 반쯤은 진담입니다. 예술성과 그 인간적 감화의 문제는 아주 골치 아픈, 이 세상에서 가장 골치 아픈 문제입니다. 가장 전형적인, 그리고 그 때문에 가장 강력한 예술가의 가장 경이로운 작품을 떠올려 보세요. 「트리스탄과 이졸데」 같은 아주 타락하고 심히 외설적인 작품 하나를 택하여 이 작품이 스스로를 아주 정상적이라고 생각하는 한 건전한 청년에게 끼치는 영향을 관찰해 보십시오. 그 청년은 정신이 고양되고 힘찬 격려를 받는 것 같은 기분이 될 것이며 따뜻하고 성실한 감격에 사로잡혀 아마 자기도 한번 '예술가다운' 창작 활동을 해 보고 싶다는 자극까지 받는 것을 관찰하게 되실 것입니다. 선량한 딜레탕트[4]

---

4) 예술이나 학문 따위를 직업으로 하는 것이 아니라 취미 삼아 하는 사람.

지요! 막상 우리 예술가들의 내면을 들여다본다면, 그곳은 그 딜레탕트가 '따뜻한 가슴'과 '정직한 열광'을 갖고서 꿈꾸고 있는 것과는 근본적으로 딴판이란 말입니다. 예술가들이 여자들과 청년들의 무리에 둘러싸여 환호와 찬사를 받는 광경을 자주 봅니다만, 나는 그들의 속사정을 '훤히 들여다보고' 있지요. 예술가 기질의 유래, 예술가 기질에 부수적으로 따라오는 현상들, 그리고 그 기질의 조건에 관해서 우리는 항상 진기하기 짝이 없는 경험들을 하곤 하지요."

"다른 예술가들한테서요, 토니오 크뢰거 씨? 혹은, 실례지만, 자기 자신한테서도 그런 경험들을 하는 건가요?"

그는 아무 대답도 하지 않았다. 그는 비스듬한 두 눈썹을 모아 찌푸렸다. 그러고는 자기 혼자 휘파람을 불었다.

"찻잔을 이리 주세요, 토니오 씨! 진한 차가 아니니까 한 잔 더 드세요. 그리고 담배도 한 개비 더 피우세요. 참 말이 났으니 말입니다만, 당신이 사물을 보듯이 꼭 그렇게 사물을 볼 필요는 없다는 건 당신 자신도 잘 아시죠?"

"리자베타 씨, 그건 호레이쇼[5]의 대답이군요. '그렇게 관찰하는 것은 사물을 너무 세밀하게 관찰하는 것 같다'라던 대답이었지요, 그렇지 않습니까?"

"토니오 크뢰거 씨, 저는 다만 다른 쪽에서도 마찬가지로 꼭 그렇게 세밀하게 관찰할 수 있다는 점을 말하고 싶을 뿐이에요. 저는 그저 그림 그리는 어리석은 여자에 지나지 않습니

---

5) 셰익스피어의 비극 『햄릿』에 등장하는 햄릿의 충직한 친구.

다. 제가 당신의 말에 무엇인가 대답이라는 것을 할 수 있다면, 그리고 당신의 그 독설로부터 당신의 직업을 약간 변호할 수 있다면, 제가 하는 말은 틀림없이 전혀 새로운 말이 아니라, 다만 당신 자신이 이미 잘 알고 계시는 것을 상기시켜 드리는 것에 지나지 않을 거예요. 그러니까 그건 이를테면 정화시켜 주고 신성하게 만들어 주는 문학의 작용이라든가 인식과 언어를 통하여 열정을 식힐 수 있다는 사실 같은 것입니다. 이해하고 용서하고 사랑하기 위한 도정으로서의 문학, 구원의 힘을 가진 언어, 인간 정신 전체를 두고 볼 때 가장 고귀한 현상인 문학적 정신, 문학하는 사람은 완전한 인간이며 성자(聖者)와도 같다는 것, 이렇게 관찰하는 것은 사물을 충분히 세밀하게 관찰하지 않는 걸까요?”

“리자베타 이바노브나 씨, 당신은 그렇게 말씀하실 권리가 있습니다. 당신네 나라 시인들의 작품, 경배할 만한 러시아 문학을 두고 볼 때에는 그렇습니다. 러시아 문학이야말로 정말 진정한 의미에서, 당신이 말씀하시는 그런 신성한 문학이지요. 그러나 나는 당신의 항변을 무시한 것이 아닙니다. 그것도 오늘 내가 마음속에 두고 있는 생각의 일부를 이루고 있답니다. 나를 보십시오. 나는 뭐 별나게 활기찬 모습을 하고 있지는 않지요, 어때요? 약간 나이가 들어 보이는 데다 예민하고 피곤한 모습을 하고 있지요, 그렇지 않습니까? 이제 아까 그 ‘인식’의 문제로 되돌아가 보자면, 천성부터가 선량하고 온화하며 호의적인 데다 약간 감상적이고 남의 마음을 꿰뚫어 보는 눈을 갖고 있어 완전히 심신이 지치고 파멸 상태에 이르게 된 한 인간을 상상해 보십시오. 그는 슬픈 세상사에 압도당하지 않고, 관찰하고 주의 깊게 살피다가 아무리 고통스러운 일도 자신의 사고 체계 안으로 받아들여야 합니다. 그러면서도 또한 존재의 혐오스러운 허구에 대해 미리부터 도덕적 우월감에 가득 차서 기분이 좋은 척해야 합니다. 예, 물론 그래야지요! 하지만 표현의 온갖 즐거움에도 불구하고 이런 행동을 한다는 것이 가끔은 약간 벅차게 느껴질 때도 있단 말입니다. 모든 것을 이해한다는 것은 모든 것을 용서한다는 것일까요? 나는 정말 모르겠어요. 리자베타, 인식의 구토라고 부르고 싶은 것이 있지요. 우리 인간이 어떤 사물을 통찰하는 것만으로도 벌써 죽고 싶을 정도로 구역질 나는(그런 중에도 그것과 화해할 기분이라곤 전혀 나지 않는) 그런 상태 말입니다. 햄릿의 경우가 그렇지요. 전형적인 문학인인 저 덴마크인의 경우가 바로 그런 상태이지요. 앎에의 천분을 타고나지 못했으면서 알아야 할 사명을 지니게 되었다는 것이 무엇을 의미하는지 햄릿은 알고 있었습니다. 감정의 베일이 눈물에 젖어 있는데도 그것을 꿰뚫고 통찰해야 하며, 인식하고 주의 깊게 살피고 관찰해야 합니다. 손과 손이 서로를 휘어잡고 입술과 입술이 서로를 더듬어 찾고 있어 인간의 시선이 감정에 눈이 멀어 앞을 보지 못하는 순간들에도 방금 관찰한 것을 미소를 띠고서 별도로 기억해야 하는 것입니다. 이것은 파렴치한 짓입니다, 리자베타, 이것은 비열하며 분노를 불러일으키는 짓입니다. 그러나 분노한다고 무슨 소용이 있겠습니까?

이것의 또 다른 일면, 이에 못지않게 재미있는 일면을 말하자면, 그건 물론 모든 진리에 대한 오만불손한 둔감성, 무관심, 반어적인 권태입니다. 주지하다시피 이 세상에서 똑똑한 사람들 사이에 끼어 있을 때만큼 할 말이 없고 무미건조한 경우도 없지요. 그들은 이미 산전수전을 다 겪은 사람들이니까요. 모든 인식이 그들에게는 이미 낡고 지루한 것일 따름이지요. 어떤 진리를 말해 보십시오. 그것을 터득하게 된 데에 대해 아마도 당신이 일말의 젊은이다운 기쁨을 떨쳐 버릴 수 없는 그런 진리 말입니다. 그들은 당신의 진부한 깨달음에 대해 콧방귀를 뀌고 말 것입니다. 아, 그렇습니다, 리자베타, 문학은 사람을 피곤하게 만듭니다. 정말입니다. 인간 사회에서는 회의(懷疑)하고 의견 개진을 자제하면 바보 취급을 받는 수가 있지요. 사실은 단지 거만하고 말할 용기가 없어서 그러고 있는 것인데도 말입니다. '인식'에 대해서는 이쯤 해 두지요. 이제 '언어'에 대해 말하자면, 이것이 인간을 구원해 준다기보다는 오히려 인간 감정을 차갑게 만들고 우리 인간의 마음을 얼음 위에 갖다 놓는 것이 아닐까요? 농담이 아닙니다. 우리의 감정을 문학적 언어를 통해 신속하고도 피상적으로 처리해 버리는 데에는 얼음처럼 냉혹하고 분개할 만큼 외람된 행태가 숨어 있는 것입니다. 당신의 가슴이 터질 것 같고, 당신이 어떤 감미로운 또는 숭고한 체험에 의해 너무나 큰 감동을 느꼈다고 칩시다. 더 이상 간단한 일이 없지요! 글쟁이한테로 가는 겁니다. 그러면 모든 것이 순식간에 정리되어 나옵니다. 그는 당신을 위해 당신의 일을 분석하고 공식화하여 기존 개념으로 명명한 다음, 표현을 하고 일 자체가 저절로 말하도록 해 줄 것이고, 그 모든 문제를 영구적으로 처리하여 아무 관심도 가지지 않는 것으로 만들어 주고는 고맙다는 인사말조차 필요 없다는 듯한 태도를 취할 것입니다. 그러면 당신은 마음이 가벼워지고 냉정과 분별을 되찾아 집으로 돌아가서는 그 일 가운데서 대체 무엇이 조금 전까지 당신을 그렇게 감미로운 혼란 속에 빠뜨릴 수 있었던 것인지 의아해할 것입니다. 그런데 이런 냉혹하고도 허영심에 찬 사기꾼을 진정으로 편드시려는 겁니까? 한번 말로 표현된 것은 이미 처리된 것이다, 이것이 그의 신조입니다. 온 세계가 말로 표현되었으면 그것으로 세계가 처리된 것이고 구원된 것이며, 그것으로 끝났다는 것이지요. 거 참 그럴듯한 생각이지요! 하지만 난 허무주의자는 아닙니다."

"아니지요, 당신은……" 하고 리자베타가 말했다. 그녀는 찻숟가락으로 차를 떠서 막 입으로 가져가려던 참이었으나 그 자세로 그냥 굳어 버리고 말았다.

"아, 그럼요. ……아, 그렇지요. ……정신 차리세요, 리자베타! 내 당신에게 고백하지만, 살아 있는 감정에 관한 한 나는 허무주의자는 아닙니다. 글쟁이가 근본적으로 이해하지 못하는 것이 무엇인지 아십니까? 삶이 이미 말로 표현되고 '처리되었다' 해도, 삶은 그것을 부끄러워하는 법 없이 여전히 계속 살아가리라는 사실이지요. 보십시오, 문학을 통한 온갖 구원에도 불구하고 삶은 조금도 굴하지 않고 계속 죄악을 범해 가고 있지 않습니까! 정신의 눈에는 모든 행동이 죄악으로 보일 테니까 하는 말입니다만.

리자베타, 나는 결론을 내릴 단계에 이르렀습니다. 내 말을 들어 주십시오. 나는 삶을 사랑합니다. 이것은 일종의 고백입니다. 이 고백을 받아들여 주시고 간직해 주십시오. 나는 아직 아무한테도 이 고백을 하지 않았거든요. 사람들은 내가 삶을 미워하거나 두려워한다, 또는 경멸하거나 혐오한다고 말하기도 했고, 글로 써서 활자화한 적도 있지요. 나는 그런 말을 즐겨 들었으며, 그런 말이 솔깃하기도 했지요. 그러나 그렇다고 해서 그 말의 부당성이 감소될 수는 없는 것이지요. 나는 삶을 사랑합니다. 미소를 띠고 계시는군요, 리자베타, 나는 그 미소의 이유를 압니다. 그러나 제발 부탁입니다만, 제가 지금 말하는 것을 문학이라고 간주하지 말아 주십시오. 체사레 보르자[6]나 그를 추앙하는 그 어떤 도취적 철학을 생각하지는 말아 주십시오. 그는, 저 체사레 보르자는, 내게는 아무런 의미도 없습니다. 나는 그를 조금도 중히 여기지 않으며, 그런 비정상적 마성(魔性)이 어떻게 이상으로서 추앙받을 수 있는지 결코, 영원히, 이해할 수 없을 것입니다. 그렇습니다, '삶'은 정신과 예술의 영원한 대립 개념으로서 우리 같은 비정상적인 인간들에게는 피비린내 나는 위대성과 거친 아름다움의 환상으로 나타나거나 비정상적인 것으로서 나타나는 것이 아닙니다. 정상적이고 단정하고 사랑스러운 것이야말로 우리들이 동경하는 나라이며, 그것이 바로 유혹적인 진부함 속에 자리 잡고 있는 삶인 것입니다! 친애하는 리자베타, 세련되고 상궤를

---

6) Cesare Borgia(1475~1507). 르네상스 시대 이탈리아의 전제 군주. 권력도취적 인간 유형의 상징.

벗어난 것, 악마적인 것을 궁극적 목표로 삼고 그것에 깊이 열중하는 자는 아직 예술가라 할 수 없습니다. 악의 없고 단순하며 생동하는 것에 대한 동경을 모르는 자, 약간의 우정, 헌신, 친밀감, 그리고 인간적인 행복에 대한 동경을 모르는 자는 아직 예술가가 아닙니다. 평범성이 주는 온갖 열락(悅樂)을 향한 은밀하고 애타는 동경을 알아야 한단 말입니다, 리자베타!

한 명의 인간적인 친구! 내가 사람들 속에 친구 하나를 갖고 있다는 사실만으로 자랑스럽고 행복해질 수 있다는 사실을 믿어 주실 수 있겠습니까? 그러나 지금까지 나는 단지 악마나 요정들, 하계(下界)의 괴물들이나 인식으로 말미암아 말을 잃은 유령들 가운데서, 즉 글쟁이들 가운데서만 친구들을 가지고 있었습니다.

간혹 나는 어느 강단으로 나아가 어느 홀 안에서 내 말을 들으러 모인 사람들과 마주하게 될 때가 있습니다. 그럴 때면, 아, 청중을 휘이 둘러보고 있는 나 자신을 관찰하게 된답니다. 나한테로 온 사람들이 누구인가, 누구의 찬사와 감사가 내게로 밀려들고 있는가, 나의 예술이 이 자리에서 누구와 이상적인 결합을 이룰 것인가 하는 질문을 가슴에 품고서 남몰래 강당 안을 살펴보는 나 자신을 발견하게 된단 말입니다. 리자베타, 나는 내가 찾는 사람들을 찾을 수 없습니다. 거기에는 내가 익히 알고 있는 교구민들뿐입니다. 말하자면 초기 기독교도들의 예배 모임과도 같이 성하지 않은 몸과 섬세한 영혼을 지닌 사람들뿐이지요. 언제나 발을 헛디뎌 넘어지곤 하는 사람들, 말하자면, 당신은 이 말의 뜻을 이해하시겠지만, 시를 삶에 대한 가벼운 복수로 여기는 사람들뿐이지요. 언제나 괴로워하고 동경에 젖어 있는 불쌍한 사람들뿐이고, 저 다른 부류의 사람들, 눈이 파란 사람들 중에서는 결코 아무도 오지 않는단 말입니다. 리자베타, 그들은 정신을 필요로 하지 않으니까요!

사정이 다르다면 좋겠다고 생각하는 것도 유감스럽지만 금방 논리적 일관성이 부족한 것이 되지 않을까요? 삶을 사랑함에도 불구하고 온갖 술책을 다하여 그 삶을 자기 쪽으로 끌어당기려고 애를 쓰는 것, 그 삶을 섬세함과 우울함의 친구로, 문학의 온갖 병든 귀족성의 친구로 만들려고 하는 것은 모순이지요. 예술의 나라는 점점 커지는 반면, 건전하고 순진무구한 사람들의 나라는 이 지상에서 점점 줄어들고 있습니다. 우리는 그중 아직 남아 있는 부분을 아주 소중하게 보존해야 할 것이며, 스냅 사진이 실린 승마 교본을 즐겨 읽고 싶어하는 사람들을 시의 세계로 유혹하려 해서는 안 될 것입니다!

왜냐하면, 따지고 보면, 예술의 세계에서 자신의 능력을 발휘해 보려고 애쓰는 삶의 모습보다 더 초라한 광경이 어디 있겠습니까? 우리 예술가들은 누구보다도 딜레탕트를 가장 근원적으로 경멸합니다. 이 생활인들은 생활을 하는 중에 때로는 자신이 한번 예술가가 될 수 있을 것이라는 망상을 하지요. 다른 누구도 아닌 나 자신이 이런 종류의 경멸을 아주 절실하게 체험한 적이 있답니다. 나는 어느 훌륭한 집에 초대를 받아 손님들과 함께 있었어요. 사람들은 먹고 마시고 환담을 나누고 있었고 서로들 말이 잘 통했기에 나도 잠시 동안이나

마 순박하고 정상적인 사람들 사이에서 그들과 같은 부류의 사람으로 뒤섞일 수 있게 된 것에 대해 기쁘고 고마운 기분을 느끼고 있었지요. 갑자기 ─ 이제부터 내 체험담이 시작됩니다만 ─ 한 장교가 자리에서 일어났어요. 어느 소위였는데, 나는 어깨가 떡 벌어진 그 미남자가 설마 자신의 명예로운 제복에 어울리지 않는 행동을 하리라곤 상상도 할 수 없었지요. 그가 오해의 여지 없이 분명한 몇 마디로 허락을 구했는데, 그것은 자작시를 낭독하겠다는 것이었어요. 사람들은 당황해서 미소를 띠면서 그것을 허락했습니다. 그래서 그는 자기 계획을 실행에 옮기게 되었습니다. 그는 지금까지 자기 상의 자락 안에 감춰 두고 있던 종이 쪽지 하나를 보면서 자신의 작품을, 음악과 사랑에 바치는 그 무엇을 낭독했는데, 요컨대 그것은 깊이 느낀 흔적은 보여 주고 있었으나 또 그만큼 감동을 주지 못하는 시였습니다. 그때 나는 이 세상 누구든 붙들고 물어보고 싶었습니다. 소위가! 이 세상의 주인이! 정말이지 그는 이런 짓을 할 필요가 없는 사람이었습니다! 그런데, 아니나 다를까, 당연한 결과가 찾아왔습니다. 모두들 실망한 얼굴에다 입을 다물고 있었고 약간 인위적인 박수 소리가 나더니 주위에 심히 편치 못한 분위기가 감돌았습니다. 내가 의식하게 된 최초의 정신적 사실은 이 사려 깊지 못한 청년이 좌중에 뿌려 놓은 당혹감에는 나도 죄가 없지 않다는 것이었습니다. 그리고 의심할 나위 없이 나한테도 조소하는 듯한, 경원하는 듯한 사람들의 시선이 쏠렸습니다. 그 청년이 내 영역에 들어와 서투른 수작을 했기 때문이지요. 그러나 내가 두 번째로

의식한 사실은 조금 전까지만 해도 내가 인품과 본성을 아주 충심으로 존중했던 그 사람이 내 눈에 갑자기 조그맣게, 조그맣게, 조그맣게 비치는 것이었어요. 나는 동정심에 가득 찬 호의를 느꼈습니다. 나는 용기 있고 마음씨 좋은 몇몇 신사들과 마찬가지로 그에게 다가가 격려해 주었습니다. '축하합니다, 소위님!' 나는 말했습니다. '정말 훌륭한 재주군요! 정말입니다, 대단한 재주였습니다!' 이렇게 말하면서 나는 하마터면 그의 어깨를 두드려 줄 뻔했습니다. 그러나 호의란 것이 소위를 상대로 느껴야 하는 감정일까요? 그의 탓이지요! 그는 거기 그렇게 서서 몹시 낭패한 가운데 자신이 저지른 오류의 값을 치르고 있었습니다. 자신의 목숨을 그 대가로 지불하지 않고서 예술이란 월계수에서 한 잎, 이파리 하나쯤은 따도 되겠다고 생각한 오류 말입니다. 안 될 일이고말고요, 이 점에서는 나는 나의 동료인 저 은행가와 한통속입니다. 그런데 리자베타, 내가 오늘은 햄릿처럼 말이 많다고 생각하지 않나요?"

"이제 말씀이 끝났나요, 토니오 크뢰거 씨?"

"아뇨. 하지만 더 이상 아무 말도 하지 않겠습니다."

"그만하면 충분하기도 해요. 어떤 대답이 나오기를 기대하시나요?"

"대답해 주실 말이 있습니까?"

"있을 것 같군요. 토니오, 전 당신이 하시는 말씀을 처음부터 끝까지 경청했는데, 당신이 오늘 오후에 말씀하신 모든 것에 어울리는 대답을 드리지요. 이것이 당신을 그다지도 불안하게 하고 있는 그 문제에 대한 해답이기도 합니다. 자, 그럼!

그 해답이란 이렇습니다. 거기 그렇게 앉아 계시는 당신은 그대로 한 사람의 시민입니다.”

“내가요?” 그는 이렇게 물었다. 그러고는 약간 몸을 움츠렸다.

“그렇지요? 충격이 심할 겁니다. 또 당연히 그래야 하구요. 그 때문에 판결을 약간 감량해 드릴까 합니다. 그럴 수 있을 것 같으니까요. 당신은 그릇된 길에 접어든 시민입니다, 토니오 크뢰거 씨, 길 잃은 시민이지요.”

침묵이 흘렀다. 이윽고 그는 단호히 일어서서 모자와 지팡이를 집어 들었다.

“고맙습니다, 리자베타 이바노브나. 이제는 안심하고 집으로 갈 수 있습니다. 나는 ‘처리되어’ 버렸으니까요.”

5

가을 무렵 토니오 크뢰거가 리자베타 이바노브나에게 말했다.

“자, 리자베타, 이제 난 여행을 떠나요. 바람을 좀 쐬어야겠습니다. 훌쩍 떠나 어디 먼 곳을 찾아가 볼까 합니다.”

“그래요, 어떻게요? 다시 이탈리아로 갈 생각이에요?”

“맙소사, 리자베타, 이탈리아는 말도 꺼내지 마십시오! 난 이제 이탈리아는 경멸하고 싶을 정도로 무관심해졌습니다. 내가 그곳에 속해 있다는 망상을 했던 것도 이미 오래전의 일입니다. 예술의 세계, 그렇지요? 우단처럼 푸른 하늘, 뜨거운 포도주, 감미로운 관능……. 요컨대 난 그것을 좋아하지 않습니다. 난 포기하겠습니다. 그런 남국적 아름다움은 나의 신경을 날카롭게 만들지요. 또한 나는 저 아래쪽에 사는 그 모든 지독하게 활기찬 사람들, 동물적인 검은 시선을 하고 있는 사람들을 좋아할 수 없습니다. 그들 라틴족들의 눈에서는 양심을 읽을 수가 없거든요. 아닙니다, 난 지금 잠시 덴마크로 갈까 합니다."

"덴마크로요?"

"그렇습니다. 그곳 여행이 내게 좋으리라 기대하고 있습니다. 어릴 적에 그 나라 국경 근처에 살았지만, 우연하게도 거기까지는 한번도 못 가 봤답니다. 그럼에도 난 옛날부터 그 나라를 잘 알고 있었고 사랑해 왔습니다. 이러한 북구적 경향을 아마도 난 아버지로부터 물려받은 것 같아요. 내 어머니는 원래 남국적 아름다움의 편이었거든요. 하기야 어머니한텐 모든 것이 아무래도 좋았지만요. 그러나 리자베타, 저기 저 위쪽에서 쓰여지는 책들, 그 심원한 내용의, 순수하고도 유머에 넘치는 책들을 생각해 보십시오. 나는 그보다 더 나은 책들을 모릅니다. 난 그것들을 사랑합니다. 저 스칸디나비아식 식사들을 생각해 보십시오. 그 비할 바 없는 식사들은 세찬 바닷바람 속에서만 먹어 낼 수 있지요. 내가 아직도 그런 음식을 먹어 낼 수 있을지는 모르겠지만, 나는 어릴 적부터 그런 음식을 약간 알고 있지요. 우리 고향에서만 해도 벌써 그렇게들 식사를 하니까요. 또한 이름들도 한번 생각해 보십시오. 저 위에 사는 사람들에게 붙여져 있는 그 세례명들 말입니다. 내 고향

토니오 크뢰거   65

에만 해도 벌써 그런 이름들이 많답니다. 이를테면 '잉에보르크' 같은 이름의 울림은 한 점 흠결도 없는 시가 하프를 타고 흘러나오는 소리와 같지요. 그리고 또 바다를 생각해 보십시오. 그들한테는 저 위쪽에 발트해가 있지요! 한마디로 말해서, 리자베타, 나는 위로 올라갑니다. 발트해를 다시 보고 싶고 그런 세례명들을 다시 듣고 싶고 그런 책들을 현지에서 읽어 보고 싶습니다. 또한 나는 '유령'이 햄릿에게 나타나 그 불쌍하고도 고귀한 청년을 곤궁한 처지로 내몰고 끝내 죽게 만든 저 크론보르 성채(城砦) 위에도 한번 서 보고 싶습니다."

"어떻게 가시려는지 물어봐도 돼요? 어떤 경로를 택하시나요?"

"보통 가는 경로입니다." 그는 어깨를 으쓱해 보이면서 말했다. 그러고는 눈에 띄게 얼굴이 붉어졌다. "그래요, 리자베타, 나는 내 고향, 내 출발점을 경유합니다. 13년 만이지요. 이건 제법 이상한 여행이 될 수도 있겠습니다."

그녀는 빙그레 웃었다.

"그게 바로 내가 듣고 싶었던 말이에요, 토니오 크뢰거 씨. 자, 그럼 안녕히 다녀오세요. 내게 편지 쓰는 것도 잊지 마세요, 듣고 계시나요? 많은 체험이 담긴 편지가 기대되네요, 당신의 그 귀향 여행으로부터는…… 참, 덴마크 여행이라 하셨죠?"

6

그리하여 토니오 크뢰거는 북쪽으로 갔다. 그의 여행은 사치스러울 정도로 편안한 것이었다.(내면적으로 여느 사람들보다 훨씬 견디기 힘든 사람은 외적인 쾌적함을 조금 누릴 수 있는 당연한 권리가 있다는 말은 그가 평소 즐겨 하던 말이기도 했다.) 그는 중간에 머무르는 데 없이 계속 여행을 했다. 마침내 그가 오래전에 떠나온 그 협소한 도시의 첨탑들이 회색의 하늘 위로 치솟아 있는 광경이 그의 눈앞에 보이게 되었다. 거기서 그는 짧지만 진기한 체류를 하게 되었던 것이다.

기차가 좁고 검게 그을은, 이상하게도 퍽 친밀하게 느껴지는 반원형의 역사(驛舍) 안으로 들어왔을 때는 우중충하던 오후가 벌써 저녁으로 넘어가고 있었다. 그을음으로 더러워진 유리 지붕 아래로는 아직도 연기가 몇 뭉치씩 둥그렇게 피어올라서는 길쭉하게 찢어지면서 이리저리 흩어지고 있었는데, 그 광경은 토니오 크뢰거가 가슴에 조소(嘲笑)만을 품고서 이곳을 떠나갔던 그 당시와 조금도 변함이 없었다. 그는 자기 짐을 찾아 그것을 호텔로 옮겨 달라 부탁해 놓고는 역사 밖으로 걸어 나왔다.

바깥에 한 줄로 늘어서 있는 저 검은, 터무니없이 높고 널따란 이두(二頭) 마차들이 바로 이 도시의 여객 마차들이었다! 그는 그 마차들 중 하나를 잡지 않고 다만 바라보기만 했다. 비단 마차들뿐만 아니라 그는 모든 것을 그렇게 유심히 바라보았다. 근처의 집들을 내려다보며 이쪽으로 인사를 보내고 있는 좁다란 합각머리 지붕들과 뾰족한 첨탑들을 바라보았고, 그의 주위를 오가는 느슨하고도 볼품없는 금발머리의 사람들을 바라보았다. 질질 끄는 억양에도 불구하고 재빠른 말투를 지닌 사람들이었다. 그의 마음속에서는 신경질적인 홍소(哄笑)가 치밀어 올라 왔는데, 그것은 흐느낌과 내밀한 유사성을 지닌 그런 웃음이었다. 그는 걸어갔다. 천천히 걸었다. 끊임없이 불어오는 눅눅한 바람의 압력을 얼굴에 느끼면서 그는 난간에 신화에 나오는 인물들의 입상이 서 있는 다리를 천천히 건너갔으며, 항구를 따라 조금 거닐기도 했다.

이런, 이 모두가 얼마나 왜소하고 촌스러운가! 그 모든 세월 동안 합각머리 지붕들 사이로 난 이 좁다란 골목들은 여기서 이렇게 우스꽝스러울 정도로 가파르게 시내로 뻗어 올라가고 있었단 말인가? 선박의 굴뚝들과 돛대들이 흐린 강물 위에서 바람을 받아 황혼의 희미한 빛 속에 조금씩 흔들리고 있었다. 그의 심중에 있는 그 집이 위치한 저기 저 길로 올라가야 할까? 아니다, 내일 가 보기로 하자. 지금은 몹시 졸리다. 그의 머리는 오랜 여행으로 무거웠고, 안개같이 희미한 완만한 사념들이 그의 마음을 스쳐 지나가고 있었다.

지난 13년 동안 위(胃)에 탈이 났을 때 가끔 그는 자기가 다시금 비탈진 골목길에 있는, 소리가 쩌렁쩌렁 울리는 그 고택(古宅)에 돌아와 있는 꿈을 꾸었다. 아버지도 다시 거기 계셨는데, 타락한 생활을 영위하고 있다고 그를 심하게 꾸짖으셨고, 그는 부친의 이런 꾸짖음을 매번 매우 당연한 것으로 느끼곤 했다. 그런데 지금 현재 그의 상태도, 사람을 미혹시키는 줄 뻔히 알면서도 그 그물에서 벗어나기 어려운 그런 꿈 장면들 중 하나와 조금도 다른 점이 없었다. 그런 꿈속에서 사람들은 흔히들 이것이 꿈이냐 생시냐 자문하고, 어쩔 수 없이 생시가 틀림없다고 믿게 되지만, 그럼에도 결국에는 꿈에서 깨어나고 마는 것이 아니던가. 그는 행인이라곤 거의 보이지 않는 바람 부는 길거리들을 걸어가고 있었다. 그는 바람이 불어오는 쪽을 향해 고개를 숙인 채 마치 몽유병 환자와도 같이, 그가 묵으려는 호텔, 이 도시의 최상급 호텔 쪽으로 걸어갔다. 허리가 구부정한 사내 하나가 끝에 조그만 불꽃이 타고 있는 장대 하나를 든 채 건들거리는 선원 특유의 걸음걸이로 그의 앞으로 걸어오더니 거리의 가스등에 불을 붙였다.

그의 상태는 지금 어떠한가? 피곤의 잿더미 밑에서 밝은 불꽃으로 타오르지 못한 채 이렇게 어둡고 고통스럽게 내연(內燃)하고 있는 이것들은 다 무엇이란 말인가? 조용히, 조용히! 아무 말도 입 밖에 내지 말자! 말로 표현하지 말자! 그는 꿈에서 보던 것처럼 친숙한 그 어둑어둑한 좁은 골목들을, 바람을 맞아 가며 오래오래 그렇게 걸어가고 싶었다. 그러나 모든 것이 그렇게 좁고 가깝게 다닥다닥 붙어 있었다. 그는 금방 목적지에 당도하고 말았다.

시내의 높은 지대에는 아치형의 가로등들이 있어서 마침 불이 켜졌다. 거기에 그 호텔이 있었다. 그 앞에 놓여 있는 것은 그가 어릴 적에 무서워했던 두 마리의 검은 돌사자였다. 그들이 마치 재채기라도 하려는 듯한 표정으로 서로 마주 바라보고 있는 것은 예나 다름없었다. 그러나 그 사자들은 그 당시보다 훨씬 더 작아진 것 같았다. 토니오 크뢰거는 그 사자들 사이로 걸어 들어갔다.

도보로 왔기 때문에 그는 그다지 대단한 영접을 받지 못했다. 수위와 검은 예복을 입은 매우 세련된 신사가 그를 맞이했는데, 그 신사는 허리 굽혀 인사를 하고는 가는 손가락으로 끊임없이 자기의 커프스 단추를 소매 안으로 밀어 넣고 있었다. 그들 두 사람은 마치 시험하는 듯, 측정하는 듯, 그를 머리에서 발끝까지 훑어보면서, 다소나마 그의 사회적 지위를 규정하고 계층적, 시민계급적으로 그를 대충 어림잡아 그들 나름으로 적당한 자리매김을 해 보려고 애를 썼지만 만족할 만한 결론에 도달할 수 없어서 보아하니 중간쯤 되는 대접을 하기로 결단을 내린 것 같았다. 양 볼에 희미한 금발의 구레나룻을 하고 오래되어 반질반질해진 연미복을 입은 데다 장미꽃 장식이 달린 소리 나지 않는 구두를 신은 온순해 보이는 급사 하나가 그를 두 개의 층계 위로 안내해 주었다. 그리하여 그는 고풍스러운 서민적 가구가 비치된 어느 깨끗한 방 안에 들어서게 되었다. 창문 뒤로는 초저녁의 어스름한 빛 속에 가정집 마당들, 합각머리 지붕들, 그리고 바로 곁에 있는 교회 건물의 기이한 몸체가 마치 중세의 아름다운 경관처럼 내다보였다. 토니오 크뢰거는 그 창문 앞에 한동안 서 있었다. 이윽고 그는 팔짱을 긴 채 널따란 소파 위에 앉아서는 두 눈썹을 짓모았다. 그러고는 혼자 휘파람을 불었다.

등불이 왔고 그의 짐도 운반되어 왔다. 동시에 그 온순한 급사가 숙박계를 탁자 위에 갖다 놓았다. 그래서 토니오 크뢰거는 고개를 삐뚜름히 한 채 거기에다 성명, 가족 관계, 출생지 등과 같은 것들을 적어 넣었다. 그러고 난 다음 그는 저녁 식사를 주문하고 소파 구석에 앉아 계속해서 허공을 바라보았다. 식사가 그의 앞에 놓여졌는데도 그는 그것을 오랫동안 손대지 않고 그냥 두었다가 마침내 한두 입 먹었다. 그러고는 다시 한 시간 동안 더 방 안을 왔다 갔다 했는데, 그러다가 가끔 걸음을 멈추고는 두 눈을 감았다. 그런 다음 그는 느린 동작으로 옷을 벗고는 잠자리에 들었다. 그는 이상한 동경에 잦아드는 어지러운 꿈을 꾸면서 오랫동안 잠을 잤다.

잠에서 깨어났을 때 그는 방이 밝은 빛으로 충만해 있는 것을 보았다. 헝클어진 마음속에서 그는 조급하게 자기가 지금 있는 곳을 생각해 냈다. 그러고는 창문 쪽으로 걸어가 커튼을 열어젖혔다. 파란색이 이미 약간 퇴색해 버린 늦여름의 창공에는 바람에 짓찢긴 얇은 구름 조각들이 가득 흘러가고 있었다. 하지만 그의 고향 도시의 상공에는 태양이 빛나고 있었다.

그는 몸치장에 여느 때보다 더 세심한 주의를 기울였는데, 공들여 세수와 면도를 했으며, 마치 고상하고 탓할 데 없는 인상을 주어야 하는, 예의범절이 바른 명문가라도 예방하려는 것처럼 그렇게 활기에 넘치고 산뜻하게 단장했다. 그리고 옷을 입는 동안에도 그는 자기 가슴이 불안하게 두근거리는 소리에 가만히 귀를 기울여 보곤 했다.

저 바깥은 얼마나 밝은가! 차라리 어제처럼 길거리에 땅거미가 깔려 있었더라면 그의 마음이 더 편할 것 같았다. 그런데 지금 그는 사람들이 모두 그를 쳐다보는 가운데 저 밝은 햇볕을 뚫고 걸어가야 하는 것이다. 아는 사람들을 만나 멈춰 서게 되고 지난 13년 동안 어떻게 지냈느냐는 질문을 받고 거기에 대한 답변을 해야 하는 일이 생기지나 않을까? 아니야, 천만다행히 그를 아는 사람이 더 이상 아무도 없다. 그리고 설령 누군가가 그를 기억한다 하더라도 그를 알아보지 못할 거다. 그동안 그는 아닌 게 아니라 약간 변했으니 말이다. 그는 거울 속에 비친 자신을 주의 깊게 관찰해 보았다. 그리고 문득 그는 자기가 이 가면 뒤에서라면, 자기 나이보다 늙어 보이는, 일찍 온갖 풍상을 다 겪은 이 얼굴 뒤에서라면 꽤 안전할 것이라고 느꼈다. 그는 아침 식사를 방으로 가져오게 했다. 이윽고 그는 외출했다. 수위와 검은 예복을 입은 그 세련된 신사의 깔보는 듯한 시선을 받으며 현관의 홀을 지나고 두 마리의 돌사자들 사이를 지나 옥외로 나섰다.

그는 어디로 가는가? 그 자신도 확실히 알 수 없었다. 어제와 꼭같았다. 그가 이 묘하게 품위 있고 아득한 옛날부터 잘 알고 있는 합각머리 지붕들, 첨탑들, 아케이드와 우물들이 다닥다닥 붙어 있는 광경을 자기 주변에서 다시 보게 되자마자, 그리고 먼 꿈속으로부터 정답고도 쓰린 향내를 실어 오는 바람, 그 세찬 바람의 압력을 다시금 얼굴에 느끼자마자, 마치 안개로 된 베일과도 같은 그 무엇이 그의 의식을 뒤덮어 버렸던 것이다. 그래서 그의 안면 근육이 느슨해졌고, 그는 차분해진 시선으로 사람들과 사물들을 바라보고 있었다. 어쩌면 저기 저 길모퉁이에 이르면, 그럼에도 그가 잠에서 깨어날지도 모를 일이다.

그는 어디로 가는가? 그는 그가 접어든 이 방향이 마치 간 밤에 꾼 이상하게도 회오에 찬 슬픈 꿈과 관계 있는 것 같은 기분이었다. 그는 정육점 주인이 피 묻은 손으로 고기를 저울에 달고 있는 시청 건물 내의 아케이드를 지나 시장 쪽으로 갔으며, 우물 상공에 지어 놓은 고딕식 지붕이 높다랗고 뾰족하게, 여러 각을 만들며 서 있는 시장 광장으로 갔다. 거기서 그는 어떤 집 앞에서 멈춰 섰다. 다른 집들과 마찬가지로 좁다랗고 소박한 합각머리, 양 날개에 투조(透彫)를 해 놓은, 활 모양으로 휘어져 올라간 합각머리 지붕을 하고 있는 집이었는데, 그는 그 합각머리 지붕을 바라보는 데에 여념이 없었다. 그는 현관문에서 문패를 읽었다. 그다음에는 창문 하나하나를 잠시 동안 눈여겨 바라보았다. 이윽고 그는 천천히 몸을 돌리고는 계속해서 걸어갔다.

그는 어디로 가는가? 집으로 가고 있었다. 그러나 그는 우회로를 택했으며, 시간이 있었기 때문에 성문 앞까지 산책을 했다. 그는 물레방아 둑길과 홀스텐 성문 쪽의 둑길을 넘어갔으며, 나무들 속에서 쏼쏼거리고 우드득거리는 소리를 내고 있는 바람 앞에서 자기 모자를 꽉 움켜잡았다. 이윽고 그는 정거장에서 멀지 않은 곳에서 둑의 초지(草地)를 벗어났다. 그러고는 기차가 굼뜨면서도 조급하게 연기를 내뿜으며 지나가는 광경을 바라보고, 심심풀이로 연결 차량의 수를 세어 보았으며, 맨 끝 차량 위에 우뚝 앉아 있는 한 남자를 바라보았다. 보리수 광장에서 그는 거기 늘어서 있는 아름다운 빌라들 중의 하나 앞에 걸음을 멈추고는 오랫동안 정원 안을 엿보거나 창문들을 올려다보다가 마침내는 정원 문을 ― 돌쩌귀 속에서 삐그덕삐그덕 소리가 나도록 ― 좌우로 흔들어 보았다. 그런 뒤에 그는 잠시 차가운 녹이 묻은 자기 손을 바라보고는 계속해서 걸어갔다. 그리하여 그 유서 깊고 땅딸막한 성문 안으로 들어가 항구를 따라 걸었으며 가파르고 바람 부는 좁은 골목길을 올라가 그의 양친이 살았던 집으로 갔다.

그 집은 자신의 합각머리보다 더 높은 이웃집들 사이에 긴 채 300년 전부터 예나 다름없이 회색빛을 띠고 진지하게 거기에 서 있었다. 토니오 크뢰거는 현관문 위쪽에 반쯤 퇴색해 버린 글자로 적혀 있는 예의 경건한 격언을 읽었다. 그러고 나서 그는 큰 숨을 들이쉬고는 안으로 들어갔다.

그의 심장이 불안하게 뛰었다. 왜냐하면 그는 지금 그가 지나쳐 가고 있는 일 층의 문들 중 하나로부터 사무복을 입고 귀 뒤에 펜을 꽂은 그의 선친이 문득 걸어 나와 그를 불러 세우고는 그의 무절제한 생활 태도를 엄하게 꾸짖을지도 모른다는 생각을 했기 때문이다. 그런 꾸짖음을 들었다 해도 그는 매우 당연한 것으로 받아들였을 것이다. 그러나 그는 아무런 방해도 받지 않고 그냥 지나칠 수 있었다. 현관문은 닫혀 있지 않고 반쯤 열린 채였는데, 그는 이것을 꾸중 들을 만한 일로 느낌과 동시에 다른 한편으로는 마치 어떤 가벼운 꿈속에서 장애물들이 저절로 물러나면서 경이로운 행운에 힘입어 아무 방해도 받지 않고 앞으로 나아갈 수 있을 때와 같은 기분을 느꼈다. 큼직큼직한 사각형의 포석이 깔린 널찍한 마루에 그

의 발소리가 메아리쳤다. 쥐 죽은 듯이 고요한 부엌 건너편에
는 예나 다름없이 마룻바닥에서 상당히 높은 곳에 이상하고
멋이 없기는 하지만 깨끗하게 칠이 된 목조 단칸방들이 벽에
서부터 공중으로 튀어나와 있었는데, 이것들은 하녀들의 방으
로 마루에서 거기로 올라가려면 일종의 이동 사다리를 이용
하는 수밖에 없었다. 그러나 여기에 세워져 있던 그 큰 장(欌)
들과 조각이 새겨진 궤짝은 이제 없었다. 이 저택의 아들은
그 육중한 계단을 올라가면서, 흰 칠을 하고 장식으로 구멍을
뚫은 나무 난간 위에다 손을 짚곤 했다. 그는 발걸음마다 손
을 쳐들었다가는 그다음 발걸음을 옮겨 놓을 때는 다시금 그
난간 위에다 손을 내려놓곤 했는데, 그렇게 함으로써 그는 마
치 그 오래되고 견고한 나무 난간으로부터 예전의 친밀감을
다시 불러오고자 수줍은 시도를 하고 있는 듯했다. 그러나 그
는 중간층으로 들어가는 입구 앞 층계참에서 그만 멈춰 서고
말았다. 문에는 흰 팻말이 부착되어 있었는데, 거기에는 검은
글자로 '민중 도서관'이라고 쓰여 있었다.

민중 도서관이라? 토니오 크뢰거는 생각에 잠겼다. 왜냐하
면 그는 여기가 민중과도, 문학과도 전혀 무관하다고 여겼기
때문이다. 그는 문을 두드렸다. 들어오라는 소리가 들려왔기
에 그는 그 말대로 따랐다. 어두워서 미처 잘 보이지 않는 내
부를 긴장한 채 들여다본 그는 아주 어울리지 않는 변화에 직
면하게 되었다.

그 층에는 방이 세 칸 연달아 나 있었는데, 각 방들을 연
결하고 있는 문들은 활짝 열린 채였다. 네 벽면은 어두운 서

토니오 크뢰거

가들 위에 길게 줄지어 꽂혀 있는, 같은 형태로 제본된 책들로 거의 천장에 닿을 정도로 뒤덮여 있었다. 각 방마다 일종의 카운터 탁자 뒤에 초라한 행색의 남자가 한 사람씩 앉아서 무엇인가를 쓰고 있었다. 그중 둘은 토니오 크뢰거 쪽을 향해 고개만 돌릴 뿐이었지만, 입구 쪽 방에 있던 남자는 급히 벌떡 일어나더니 두 손으로 탁자의 목판을 짚고는 고개를 앞으로 쑥 내민 채 입술을 뾰족하게 하고 두 눈썹을 치켜올리면서 조급하게 깜빡거리는 눈으로 방문객을 쳐다보는 것이었다.

"실례합니다." 토니오 크뢰거는 그 많은 책들로부터 시선을 떼지 않은 채 말했다. "지나가는 여행객입니다. 이 도시를 좀 둘러보고 있습니다. 그러니까 여기가 민중 도서관이군요? 잠깐 장서를 살펴봐도 되겠습니까?"

"그러시죠!" 그 관리가 말하면서 더욱더 심하게 눈을 깜빡거렸다. "그럼요, 누구한테나 개방되어 있습니다. 단지 둘러보시기만 하시겠습니까. 도서 목록을 드릴까요?"

"괜찮습니다." 토니오 크뢰거는 대답했다. "금방 알아볼 수 있으니까요." 이렇게 말하고 나서 그는 벽을 따라 천천히 걷기 시작하면서 책등 위에 적힌 제목들을 살펴보는 척했다. 그러던 끝에 서가에서 책 한 권을 뽑아 들고 그것을 펼쳐서는 창문 곁에 가 섰다.

여기는 아침 식사를 하는 방이었다. 파란색 장식용 걸개융단에 그려진 제신(諸神)들의 흰색 흉상들이 돋보이는 저 위의 큰 식당이 아니라 여기서 매일 아침 식사를 했다. 저기 저 방은 침실로 쓰였다. 저기서 그의 아버지의 어머니가 돌아가셨다. 할머니는 고령이었음에도 오랜 투병 끝에 돌아가셨는데, 그것은 그녀가 향락을 즐기는 사교계의 귀부인으로서 인생에 큰 애착을 지니고 계셨기 때문이었다. 그리고 나중에는, 단춧구멍에 들꽃을 꽂고 다니는 키가 훤칠하고 정확하며 약간 침울하고 생각에 잠긴 듯한 신사인 아버지 자신이 저기서 마지막 숨을 거두셨다. 그 당시 토니오는 부친을 임종하는 침대의 발치에 앉아서 두 눈에는 뜨거운 눈물을 머금고 말없는 격렬한 감정에다, 사랑과 고통에다 정직하게, 그리고 송두리째 자신을 내맡기고 있었다. 그리고 그의 어머니, 아름답고 정열적인 어머니 역시 뜨거운 눈물에 몸이 완전히 녹아 버린 형상으로 그 침상 곁에 무릎을 꿇고 앉아 있었다. 그런 다음 그녀는 남국의 예술가와 더불어 파란 하늘의 먼 나라로 가 버렸다. 그러나 저기 저 뒤에 있는, 지금은 마찬가지로 책들로 가득 차 있고 한 초라한 남자가 지키고 있는 세 번째의 저 조그만 방은 오랜 세월 동안 그 자신의 방이었다. 학교 수업을 마치면 그는 바로 조금 전처럼 산책을 한 뒤에 저 방으로 돌아왔던 것이며, 바로 저 벽면에 그의 책상이 놓여 있었고, 바로 그 서랍 속에 그는 자신의 절실하고도 안타까운 첫 시를 보관해 두었던 것이다…… 「호두나무」…… 찡한 애수가 경련처럼 그의 온몸을 스치고 지나갔다. 그는 옆으로 창밖을 내다보았다. 정원은 황폐해 있었다. 그러나 그 해묵은 호두나무는 바람을 맞아 힘겹게 우드득거리고 쏼쏼거리면서 제자리에 서 있었다. 이윽고 토니오 크뢰거는 그가 두 손에 들고 있던 책 위로 다시금 시선을 주었는데, 그것은 탁월한 문학 작품으로서 그도 잘 알고 있는 책이었다. 그는 그 검은 몇 줄의 문장을 내려다보면서 한동안 서술의 정교한 흐름을 따라가 보았다. 서술이 형상화의 열정 속에서 바야흐로 어떤 핵심적 효과로까지 상승되었다가 이윽고 커다란 성과를 거두며 차분하게 가라앉고 있었다.

"음, 그것 참 잘 썼군." 그는 이렇게 말하면서 그 작품을 도로 제자리에 꽂아 두고는 돌아섰다. 그때 그는 그 관리가 아직도 여전히 꼿꼿이 선 채 열성적 근무 태도와 꺼림칙한 불신이 뒤섞인 표정으로 눈을 깜빡거리고 있는 것을 보았다.

"제가 보기엔 훌륭한 장서로군요." 하고 토니오 크뢰거가 말했다. "이제 대충 살펴본 셈입니다. 대단히 감사합니다. 안녕히 계십시오." 이렇게 말하고 나서 그는 문밖으로 나왔다. 그러나 그것은 수상쩍은 퇴장이었으며, 그는 관리가 그의 방문에 대해 매우 불안해하면서 여전히 몇 분 더 거기에 서서 눈을 깜빡거리고 있으리라는 것을 분명히 느낄 수 있었다.

그는 그 집 안에 더 들어가 보고 싶은 흥미는 느끼지 못했다. 그는 고향집에 들러 보았던 것이다. 위층의 주랑(柱廊) 현관 뒤에 있는 큰 방들에는 다른 사람들이 거주하고 있는 모양이었다. 왜냐하면 계단 꼭대기가 전에는 없던 유리문으로 폐쇄되어 있었고 거기에 누군가의 문패가 붙어 있었기 때문이다. 그는 거기를 떠나 층계를 내려왔으며 발소리가 메아리치는 마루를 건너 자신의 생가를 떠났다. 어느 식당의 구석진 자리에서 그는 혼자 생각에 잠긴 채 무겁고 기름진 식사를 하고 나서 호텔로 돌아왔다.

"볼일이 끝났습니다." 그는 검은 예복을 입은 그 세련된 신사에게 말했다. "오늘 오후에 떠나겠습니다." 이렇게 말하고 나서 그는 계산서를 달라 하고 코펜하겐으로 가는 증기선을 타는 항구로 그를 데려다줄 마차를 요청했다. 그러고 나서 그는 자기 방으로 가 책상에 앉았다. 그러고는 말없이 꼿꼿한 자세로 앉은 채 손으로 한쪽 뺨을 괴고 초점 없는 눈길로 책상 위를 내려다보고 있었다. 나중에 그는 계산서에 적혀 나온 금액을 지불하고 그의 물건들을 챙겼다. 약속된 시간이 되자 마차가 도착했다는 전갈이 왔다. 토니오 크뢰거는 떠날 채비를 갖추어 내려갔다.

아래층, 계단을 다 내려간 곳에서는 검은 예복을 입은 그 세련된 신사가 그를 기다리고 있었다.

"죄송합니다!" 그 신사가 말했다. 그러고는 가는 손가락으로 자기의 커프스 단추를 소매 안으로 밀어 넣고 있었다. "손님, 실례입니다만, 잠깐 말씀드릴 게 있습니다. 이 호텔의 주인이신 제하제 씨께서 손님과 몇 마디 말씀을 나누고 싶어하십니다. 형식적 용무입니다. 저 뒤에 계십니다. 저와 함께 그리로 가 주시겠습니까. 호텔 주인이신 제하제 씨만 계십니다."

이렇게 말하고 나서 그는 어서 따라오라는 몸짓을 해 보이며 토니오 크뢰거를 로비 홀의 뒤편으로 데리고 갔다. 거기에는 아닌 게 아니라 제하제 씨가 서 있었다. 토니오 크뢰거는 예전부터 그의 얼굴을 알고 있었다. 그는 키가 작고 살이 찐데다 다리가 구부정한 사람이었다. 면도로 손질한 그의 볼수염은 새하얗게 세어 있었다. 그러나 아직도 그는 가슴이 트이게 재단한 연미복을 입고 있었고 게다가 초록색 수를 놓은 벨벳 모자를 쓰고 있는 것도 예나 다름없었다. 그런데 그는 혼자가 아니었다. 그의 옆, 벽면에 붙여 놓은 조그만 간이 탁자 곁에는 헬멧을 쓴 경찰관 하나가 서 있었다. 그 경관은 자기 앞 탁자 위에 놓여 있는 여러 가지 색깔의 글씨가 적힌 서류 위에다 장갑을 낀 자기 오른손을 올려놓고 있다가 정직한 병사의 얼굴을 하고서 토니오 크뢰거를 마주 바라보았는데, 그 표정은 마치 상대가 자기를 바라보자마자 금방 땅바닥에 그대로 주저앉지 않을 수 없으리라고 기대하고 있는 듯했다.

토니오 크뢰거는 두 사람을 차례로 쳐다보았다. 그는 그냥 기다려 보기로 했다.

"뮌헨에서 왔지요?" 마침내 경찰관이 온화하고도 묵직한 목소리로 물었다.

토니오 크뢰거는 그렇다고 대답했다.

"코펜하겐으로 가시지요?"

"그렇습니다. 덴마크의 어느 해수욕장으로 가는 길입니다."

"해수욕장? 그래요, 신분증명서를 제시해 주셔야 되겠습니다." 그 경찰관이 말했는데, 이때 그는 '제시'란 말을 특히 만족스러운 듯이 발음했다.

"증명서라……." 그는 아무 증명서도 갖고 있지 않았다. 그는 자기 손가방을 꺼내어 그 속을 들여다보았다. 그러나 거기에는 몇 장의 지폐가 있을 뿐, 그 외에는 그가 여행 목적지에서 처리하려고 생각했던 단편 소설의 교정쇄가 있을 뿐이었다. 그는 관리들과 상대하기를 좋아하지 않았으며, 지금까지

한 번도 여권을 발급받은 적이 없었다.

"미안합니다." 그가 말했다. "나는 증명서를 휴대하고 다니지 않습니다."

"그래요?" 경찰관이 말했다. "아무 증명서도 없단 말이오? 성명이 어떻게 됩니까?"

토니오 크뢰거는 그에게 자기 성명을 댔다.

"그게 사실이겠지?!" 경찰관이 말했다. 그러고는 허리를 쭉 펴고는 갑자기 콧구멍을 한껏 크게 벌름거리는 것이었다.

"틀림없는 사실입니다." 토니오 크뢰거가 대답했다.

"대체 직업이 무엇이오?"

토니오 크뢰거는 마른침을 삼켰다. 그러고는 확고한 목소리로 그의 직업을 말했다. 제하제 씨가 고개를 들고는 호기심에 차서 그의 얼굴을 올려다보았다.

"흠!" 경관이 말했다. "그렇다면 당신은 우리가 찾는 인물과 동일인이 아니라고 진술하시는 거군요." 경관은 '인물'이라고 말하면서 여러 가지 색깔로 글씨가 적혀 있는 그 서류를 보며 여러 종족의 음운이 혼합된 것으로 보이는 아주 복잡하고 낭만적인 이름의 철자 하나하나를 불러 주었는데, 토니오 크뢰거는 그 이름을 다음 순간에 금방 다시 잊어 먹고 말았다. "양친도 모르고 신분도 불확실한 그 인물은,." 하고 경관이 계속해서 말했다. "여러 가지 사기 행각과 기타 범법 행위 때문에 뮌헨 경찰에 의해 수배를 받고 있으며 아마도 덴마크로 도주 중이라 하는데?"

"그런 사람과 동일인이 아니라고 진술할 뿐만 아니라……."

토니오 크뢰거는 이렇게 말하면서 신경질적으로 어깨를 들썩였다. 이 몸짓이 모종의 인상을 불러일으켰다.

"뭐라구요? 아, 그렇습니까, 물론 그런 인물이 아니시겠지요!" 경관이 말했다. "그러나 아무 증명서도 제시할 수 없지 않습니까."

제하제 씨도 토니오 크뢰거를 진정시키면서 중재하려고 끼어들었다.

"이 모든 것은 형식적 절차입니다." 그가 말했다. "그 이상 아무것도 아닙니다! 이 경찰관은 단지 자기 직무를 수행하고 있을 뿐이라는 점을 생각해 주셔야 합니다. 어떻게든 신분을 증명하실 수 있으면 좋겠는데…… 무슨 서류라도 좋으니……."

모두들 침묵하고 있었다. 그가 자신의 정체를 알림으로써, 제하제 씨에게 자기가 신분 불명의 사기꾼이 아니며, 초록색 마차를 타고 다니는 집시 태생이 아니고, 크뢰거 영사의 아들, 크뢰거 집안 출신이라고 털어놓음으로써 이 사건에 그만 결말을 내어 버릴 것인가? 아니다, 그는 그럴 생각이 없었다. 그리고 시민적인 질서를 지키려는 이 사람들의 처사가 근본적으로 볼 때 약간은 옳지 않은가 말이다! 그는 그들의 처사에 어느 정도까지는 완전히 동의하고 싶은 심정이었다. 그는 양어깨를 으쓱해 보였다. 그러고는 계속 잠자코 있었다.

"거기 가지고 있는 건 대체 뭡니까?" 경관이 물었다. "거기 그 손가방 안에 든 것 말이오."

"여기 이것 말이오? 아무것도 아닙니다. 교정쇄입니다." 토니오 크뢰거가 대답했다.

"교정쇄라? 그게 뭐요? 어디 좀 보여 주시오."

그래서 토니오 크뢰거는 경관에게 자신의 작품을 건네주었다. 경관은 그 작품을 탁자 위에 펼쳐 놓고는 읽기 시작했다. 제하제 씨 역시 가까이 다가오더니 함께 읽기 시작했다. 토니오 크뢰거는 그들의 어깨너머로 시선을 주어 그들이 어느 대목을 읽고 있는지 살펴보았다. 그것은 괜찮은 장면으로서 그가 탁월한 솜씨를 발휘하여 핵심적 효과를 이룩해 놓은 대목이었다. 그는 스스로 흡족한 기분이 되었다.

"보십시오!" 그가 말했다. "거기에 제 이름이 적혀 있습니다. 제가 그 글을 쓴 것이고, 이제 그것이 출판되는 것입니다, 아시겠습니까?"

"자, 이것으로 충분해요!" 제하제 씨가 단호하게 말하고는 그 교정쇄들을 간추리더니 도로 접어서 그에게 되돌려주었다. "이것으로 충분해, 페터젠!" 그는 짤막하게 반복해 말하면서 슬쩍 두 눈을 감아 보이고는 그만두라는 듯이 고개를 좌우로 흔들었다. "이 손님을 더 이상 지체시켜서는 안 되네. 마차가 기다리고 있네. 손님, 잠시 방해가 된 것을 용서하시기 바랍니다. 보시다시피 이 경찰관은 다만 자기 의무를 행했을 뿐입니다. 물론 저는 이 사람에게 즉각 말했었지요, 잘못된 추적을 하고 있다고 말입니다."

'그럴까?' 하고 토니오 크뢰거는 생각했다.

경찰관은 완전히 납득이 가지 않은 눈치였다. 아직도 그는 무슨 '인물'이니 '제시'니 하면서 약간의 이의를 달고 있었다. 그러나 제하제 씨가 거듭 유감의 뜻을 표하면서 자기 손님을 안내하여 로비 홀을 나오도록 했으며, 두 마리 돌사자 사이를 지나 마차가 서 있는 곳까지 배웅하고는 그가 마차에 타자 경의를 표하며 손수 마차 문을 닫아 주었다. 그러자 그 터무니없이 높고 널따란 마차는 엎어질 듯 삐걱거리는 소음을 내면서 가파른 좁은 골목길들을 굴러 내려가 항구에 가 닿았다.

이것이 토니오 크뢰거가 그의 고향 도시에서 겪었던 기이한 체류였다.

7

밤이 내리깔리고 있었다. 그래서 토니오 크뢰거가 탄 배가 넓은 바다에 들어왔을 때에는 출렁이는 은물결의 반짝임과 더불어 이미 달이 솟아오르고 있었다. 그는 점점 더 거세지는 바닷바람을 피해 외투로 몸을 감싼 채 뱃머리의 비스듬한 돛대 곁에 서 있었다. 그러고는 저 아래의 세차고도 평활한 파도의 몸체들이 어둠 속에서 이동하고 표류하는 모습을 내려다보고 있었다. 파도는 서로 얼싸안고 흔들리다가 철썩 하면서 서로 부딪쳤다가는 전혀 엉뚱한 방향으로 흩어지면서 갑자기 거품을 내며 새하얗게 반짝이곤 했다.

그는 그네를 타고 있는 듯한 고요한 황홀감에 충만한 기분이었다. 그는 고향에서 자기를 사기꾼이라며 체포하려고 했던 것 때문에 ─ 비록 그가 그 일을 어느 정도까지는 당연한 것으로 여기기도 했지만 ─ 그래도 약간 의기소침해 있었다. 그러나 이윽고 그는 배에 올라타게 되어 소년 시절에 아버지와 함께 가끔 그랬던 것처럼 화물을 선적하는 광경을 구경했는데, 일꾼들은 그때처럼 덴마크어와 저지 독일어가 뒤섞인 소리를 외치면서 기선의 깊숙한 선복(船腹)을 화물로 가득 채우고 있었다. 또한 그는 포장된 짐꾸러미와 상자들 외에도 북극곰 한 마리와 벵골 호랑이 한 마리가 굵은 쇠창살 우리에 갇힌 채 밑으로 내려가는 광경을 보았는데, 아마도 그것들은 함부르크로부터 실려 오는 동물들로서 덴마크의 어느 서커스단으로 보내지는 것 같았다. 이 모든 광경을 보고 있노라니 그는 의기소침하던 기분이 좀 풀렸다. 그 후에 배가 양쪽의 얕은 강안 사이에서 강물을 따라 미끄러져 가는 동안, 그는 경찰관 페터젠의 검문 따위는 까마득히 잊게 되었으며, 간밤의 그 감미롭고도 회오에 찬 슬픈 꿈, 그가 했던 산책, 다시 바라보았던 호두나무 등 그전에 있었던 모든 일이 다시금 그의 영혼 속에서 강력하게 되살아났다. 그리고 그때 마침 바다가 활짝 열렸기 때문에 그는 소년 시절에 바다의 여름철 꿈에 귀를 기울이곤 했던 그 해변을 멀리서부터 볼 수 있었고, 등대의 불빛을 보았으며, 그가 양친과 함께 묵곤 했던 요양 호텔의 불빛도 보았다. 발트해다! 그는 아무런 방해도 받지 않고 마구 휘몰아쳐 오는 세찬 바닷바람을 향해 고개를 내밀고 있었다. 소금기가 서린 듯한 바닷바람은 그의 두 귀를 휩싸고 돌았으며 가벼운 현기증과 얼얼한 마비를 불러일으켰다. 이런 마비 작용 속에서 모든 나쁜 일, 고통과 방황, 욕망과 수고에 대한 기억이 슬그머니, 그리고 복되게도 사라져 갔다. 그리고 그의 주변에서 들려오는 그 쏴쏴 하는 소리, 철썩거리는 소리, 거품을 내뿜으며 치직거리는 소리 속에서 마치 그 해묵은 호두나무가 쏼쏼거리고 우드득거리는 소리, 어느 정원의 대문이 삐그덕거리는 소리가 들리는 듯했다. 점점 더 어두워지고 있었다.

"별들입니다, 아, 저 별들 좀 보십시오." 갑자기 누군가 굵직하게 노래 부르는 어조로 말하는 것이 들렸다. 그것은 무슨 통(桶) 안에서부터 울려 나오는 듯한 목소리였다. 토니오 크뢰거는 그 목소리를 이미 알고 있었다. 그 목소리의 주인은 붉은색이 도는 금발의 남자로 수수한 차림새에 눈꺼풀이 충혈되어 있었으며, 방금 목욕이라도 한 것처럼 축축하고 차가운 외모를 하고 있었다. 그는 선실에서 저녁 식사 때 토니오 크뢰거의 옆에 앉았었는데, 소심하고 눈에 띄지 않는 동작으로 놀랄 만한 양의 가재 오믈렛을 먹어 치우던 남자였다. 그 남자가 지금 그의 옆 난간에 기대고 서 있었다. 그러고는 엄지손가락과 집게손가락으로 자기 턱을 받치고서 하늘을 올려다보고 있었다. 그 남자는 의심할 바 없이 저 비상한 명상적 축제 기분에 잠겨 있는 것 같았다. 인간과 인간 사이의 빗장이 풀어져 버리고 낯선 사람에게도 마음이 열리며, 여느 때는 부끄러워 언급을 회피하는 사물에 대해서도 입을 열어 말을 하게 되는 그런 축제 기분 말이다.

"저 별들을 좀 보십시오, 선생님! 총총한 별들이 반짝이네요. 원, 하늘이 온통 별투성이네요. 그런데 말입니다, 우리가 저 하늘을 올려다보면서 저 별들 중 많은 별들이 지구보다 100배 이상이나 더 크다는 사실을 생각해 본다면 어떤 기분이 들겠습니까? 우리 인간들은 전보를 발명했습니다. 전화와 그 외에도 근세의 많은 성과물들을 갖고 있습니다. 그렇지요, 우리는 그런 걸 갖고 있습니다. 그러나 저기 하늘을 올려다보면, 우리는 우리가 근본적으로는 벌레, 보잘것없는 미물이고, 그 외에 더 이상 아무것도 아니라는 사실을 인식하고 납득하지 않을 수 없게 됩니다. 선생님, 제 말이 맞습니까, 틀립니까? 그렇습니다, 우리들은 미물에 불과합니다!" 그는 자기 질문에 스스로 대답하면서 겸허하게, 그리고 뉘우치듯 하늘을 우러러보며 고개를 끄덕였다.

'아이구, 안 되겠군, 이 친구는 문학적 재치라곤 없어!' 토니오 크뢰거는 생각했다. 그러자 금방 그의 머릿속에는 최근에 읽은 어떤 글이 생각났다. 그것은 우주론적·심리학적 세계관에 대한 한 유명한 프랑스 작가의 논문이었는데, 정말 세련된 잡문이라 할 만했다.

토니오 크뢰거는 깊은 체험에서 우러난 그 젊은이의 말에 대답 비슷한 말을 해 주었다. 그러고 나서 그들은 배의 난간에 기대서서 불안하게 환한 가운데 파도가 거센 저녁 바다를 내다보면서 서로 대화를 계속했다. 같이 여행하는 사람은 함부르크 출신의 젊은 상인으로서 휴가를 이용하여 이렇게 증기선 유람을 하고 있다는 사실이 밝혀졌다.

"잠깐 증기선을 타고 코펜하겐까지 가 보는 거야! 난 이렇게 생각했습니다." 그 젊은 상인이 말했다. "그래서 지금 이렇게 서 있는 겁니다. 지금까지는 아주 좋았어요. 그러나 그놈의 가재 오믈렛 말인데, 그건 좋지 않았습니다, 선생님! 이제 두고 보십시오. 오늘 밤은 폭풍우가 칠 테니까요. 선장 자신도 그런 말을 했지요. 그런데 소화가 잘 안 되는 그런 음식을 배 속에 넣고 있다는 건 즐거운 일이 못 되거든요."

토니오 크뢰거는 은밀한 호감을 느끼면서 이 모든 싫지 않은 어리석은 말에 귀를 기울이고 있었다.

"그렇습니다." 토니오 크뢰거는 말했다. "이 위의 사람들은 모두들 너무 무거운 식사를 하지요. 그 때문에 사람들이 굼뜨고 우수에 잠기게 되지요."

"우수에 잠긴다고요?" 그 청년이 되묻고는 어리둥절해하며 그를 살펴보았다. "선생님은 아마 이 고장 분이 아니시지요?" 그가 갑자기 물었다.

"아, 예, 저는 먼 곳에서 왔습니다!" 토니오 크뢰거는 응답을 꺼리는 듯이 팔을 어정쩡하게 움직이면서 대답했다.

"그런데, 선생님 말씀이 맞네요." 그 젊은이가 말했다. "정말이지 우수에 잠기게 된다는 그 말씀은 맞는 것 같습니다. 저는 거의 언제나 우수에 잠겨 있거든요. 하늘에 별들이 총총한 오늘 같은 이런 저녁에는 특히 더 그렇답니다." 이렇게 말하고 나서 그는 다시금 엄지손가락과 집게손가락으로 자기 턱을 받치는 것이었다.

'이 사람은 틀림없이 시를 쓸 거야.' 토니오 크뢰거는 생각했다. '깊이, 그리고 정직하게 느낀 감정을 기록한 상인의 시를!'

저녁이 깊어졌다. 이제는 바람이 아주 세차게 불어 대화도 잘 못 하게 되었다. 그래서 그들은 약간 눈을 붙여 보기로 하고 서로 잘 자라는 인사를 나누었다.

토니오 크뢰거는 선실의 좁다란 침대 위에 사지를 주욱 뻗었다. 그러나 잠을 이룰 수가 없었다. 세찬 바람과 그 바람이 몰고 오는 상큼한 향내가 그를 묘하게 흥분시켰다. 그래서 그의 심장은 무엇인가 감미로운 것을 초조하게 기다리고 있기나 한 것처럼 불안하게 뛰었다. 배가 가파른 파도 꼭대기로부터 미끄러져 내리고 스크루가 바닷물 바깥에서 마치 경련을 일으킨 것처럼 겉돌 때마다 생기는 선체의 뒤흔들림도 역시 그에게 심한 구토감을 불러일으켰다. 그는 다시금 완전히 옷을 갖춰 입고는 갑판으로 나왔다.

구름들이 빠른 속도로 달을 스쳐 지나갔다. 바다는 춤을 추고 있었다. 둥글고 고른 파도들이 질서 정연하게 밀려오는 것이 아니라 바다는 저 멀리서부터 창백하고도 가물거리는 빛을 발하며 찢어지고 마구 매를 맞아 뒤흔들린 모습을 하고 있었으며, 불꽃과도 같이 뾰족한 거대한 혓바닥으로 핥고 튀어올랐다가는 거품으로 가득한 골짜기들 옆에 톱니 모양의 어마어마한 형상들을 치솟게 했다. 그러고는 굉장히 큰 두 팔을 휘둘러 광란이라도 하듯 물거품들을 사방으로 내동댕이치는 것 같았다. 배는 어려운 항해를 하고 있었다. 배는 아래로 꺼지려는 듯, 옆으로 기울어 버릴 듯, 끙끙대면서 그 광란의 와중을 뚫고 나아가고 있었는데, 이따금 뱃멀미를 앓는 북극곰과 호랑이가 배 밑바닥에서 포효하는 소리가 들려왔다. 밀랍초를 칠한 방수 외투를 걸치고 고깔을 머리 위에 덮어썼으며 허리띠에 등불을 찬 한 수부가 다리를 떡 벌린 채 애써 몸의 균형을 잡으며 갑판 위를 왔다 갔다 하고 있었다. 그러나 저기 뒤쪽에선 함부르크에서 온 그 청년이 뱃전 너머로 깊숙이 몸을 굽힌 채 서서 음식을 토하고 있었다. "정말 대단합니다!" 그는 토니오 크뢰거를 알아보자 속이 텅 비고 흔들리는 듯한 목소리로 말했다. "선생님, 자연의 이 엄청난 폭동을 좀 보십시오!" 그러나 다음 순간, 그는 말을 잇지 못하고 급히 몸을 돌려 구토를 계속하지 않으면 안 되었다.

토니오 크뢰거는 팽팽한 밧줄에 몸을 의지하고 제어할 수 없이 광분하는 바다의 온갖 모습들을 바라보았다. 그의 마음속에서 일종의 환호성이 일어났는데, 그에게는 마치 그 환호성이 폭풍과 밀물을 압도할 수 있을 만큼 강력한 것 같았다. 사랑에 감격하여 바다에 바치는 노래 한 가락이 그의 마음속에서 울려 나왔다. 그대, 내 젊음의 야성적 친구여, 언젠가 우리 아직 한 몸이었건만…… . 그러나 그것으로 그 시는 그만 끝이었다. 그것은 완성되지 못했고 완결된 형식을 얻지 못했으며 냉정한 가운데 무엇인가 완전한 것으로 빚어지지 못했다. 그의 마음이 살아 있었기 때문이다.

그는 오랫동안 그렇게 서 있었다. 이윽고 그는 일등 선실 곁에 놓여 있는 한 벤치 위에 몸을 주욱 뻗고 누워 별들이 반짝이는 하늘을 올려다보았다. 그는 잠깐 졸기까지 했다. 그리고 차가운 거품이 그의 얼굴에까지 튕겨 올 때마다 반쯤 잠이 든 그에게는 그것이 마치 일종의 애무처럼 느껴졌다.

달빛 속에서 유령처럼 수직으로 솟아 있는 백악(白堊)의 바위가 시야에 들어오더니 점점 더 가까이 다가왔다. 그것은 뫼엔 섬이었다. 그러자 다시금 졸음이 덮쳐 왔는데, 소금기를 머금은 물방울들이 쏟아져 내려 얼굴을 따끔따끔 찌르고 표정이 굳어지도록 만들 때에는 간혹 제정신이 들기도 했다. 그가 잠에서 완전히 깨었을 때는 이미 날이 밝아 있었는데, 밝은 회색의 신선한 아침이었으며, 초록빛 바다는 비교적 조용했다. 아침 식사 때 그는 그 젊은 상인을 다시 보게 되었는데, 그 청년은 아마도 어둠 속에서 그렇게 부끄러운 시적인 말들을 입 밖에 낸 것이 창피했던지 몹시 얼굴을 붉히면서 다섯 손가락을 다 동원해 자기의 불그스름하고 조그만 코밑수염을 쓰다듬어 올렸다. 그러고는 토니오 크뢰거에게 병사들이나 나누는 그런 짤막한 아침 인사를 큰 소리로 건네고 나서는 불안한 듯이 그를 피했다.

이윽고 토니오 크뢰거는 덴마크에 상륙했다. 그는 코펜하겐에 도착하여 팁을 받아야겠다는 듯한 표정을 하는 사람에게는 누구에게나 팁을 주면서 자기 호텔 방을 거점으로 하여 여행 안내서를 펼친 채 들고 다니며 사흘 동안 그 도시를 두루 돌아다녔다. 그러면서 그는 누가 봐도 견문을 넓히기를 원하는 품위 있는 여행객인 양 처신했다. 그는 '국왕의 새 광장'과 그 한가운데에 서 있는 '말'을 살펴보고, 마리아 교회의 원주들 곁에 서서 경의를 표하며 그 꼭대기를 쳐다보기도 하고, 토르발센[7]의 고상하고도 사랑스러운 조각 작품들 앞에서 오랫동안 서 있기도 했으며, '둥근 탑' 위에 올라가고 여러 궁성(宮城)을 견학하기도 하고 티볼리[8]에서 다채로운 이틀 밤을 보

---

7) 베르텔 토르발센(Bertel Thorvaldse, 1770~1844). 덴마크의 유명 조각가.

내기도 했다. 그러나 그가 정말 본 것은 이 모든 것들이 아니었다.

둥글게 휘어지거나 사다리 모양으로 층이 진 합각머리들을 하고 있는 그의 고향 도시의 유서 깊은 집들의 모습과 자주 완전히 일치하곤 하는 그 집들에서 그는 어린 시절부터 익히 잘 알고 있는 이름들을 보았던 것이다. 그 이름들은 그에게는 무엇인가 다정하고 귀중한 것을 표징하는 것같이 생각되었으며, 그럼에도 그것들은 그 어떤 비난, 비탄, 잃어버린 것에 대한 동경 같은 것을 품고 있었다. 그리고 그가 생각에 잠겨 느긋하게 숨을 쉬면서 습기 찬 바닷바람을 들이마시며 걸어가는 곳 어디서나 그는 푸른 눈, 금발의 머리카락을 보았으며, 그가 고향 도시에서 보냈던 그 밤에 이상하게도 슬프고 회오에 찬 꿈속에서 보았던 바로 그런 생김새의 얼굴들을 보았다. 길거리에서 어떤 눈길, 귀에 울리는 어떤 말 한마디, 어떤 깔깔대는 웃음소리가 그의 가장 깊은 내심에까지 와 닿기도 했다.

그는 그 활기찬 도시에서 오래 견디기가 어려웠다. 반은 추억이고 반은 기대이기도 한 일종의 달콤하고도 어리석은 불안감에다가 어느 해변엔가 조용히 누워 쉬고 싶은 욕구가 겹치고, 열렬한 호기심을 발휘하며 이것저것 탐색하고 다니는 관광객 행세를 더 이상 하지 않아도 된다면 좋겠다는 생각이 들자 그는 그만 슬슬 움직여 보기로 작정했다. 그래서 그는 새로

---

8) 코펜하겐 시내에 있는 공원.

이 배를 타고 어느 흐린 날(바다는 검게 출렁이고 있었다.)에 셸 란 섬[9]의 해변을 따라 북상하여 헬싱외르(Helsingör)로 갔다. 거기서부터 그는 지체 없이 마차를 타고 국도를 따라 여행을 계속했다. 항상 해수면보다 약간 위에 나 있는 길을 따라 45분 정도 더 달려가니, 마침내 종착지이며 그가 원래 오고자 했던 목적지에 이르게 되었는데, 그것은 초록색 덧창들이 난 백색 의 조그만 해변 호텔이었다. 그 호텔은 나지막한 집들로 된 주 택가의 한복판에 서 있었는데, 호텔의 목제 탑에서는 덴마크 와 스웨덴 사이의 해협과 저 멀리 스웨덴의 해변을 내다볼 수 있게 되어 있었다. 여기서 그는 마차에서 내려 종업원들이 안 내해 준 밝은 방에 들었다. 그러고는 가져온 짐으로 선반과 옷 장을 채우고, 여기서 한동안 살 채비를 했다.

8

벌써 9월이 성큼 다가와 있었다. 그래서 올스고르(Aalsgaard) 호텔에는 더 이상 많은 손님들이 머무르고 있지는 않았다. 천 장에 각목(角木)을 덧댄 큰 홀이 일 층에 있었는데, 이것이 식 당이었다. 식당의 높다란 창문들 바깥으로는 유리 베란다와 바다가 내다보였다. 이곳에서 식사를 할 때에는 이 호텔 여주 인이 좌장 노릇을 했다. 그녀는 생기 없는 눈, 부드러운 장밋

---

9) 덴마크 최대의 섬 이름.

빛 빰, 재잘거리는 듯한 불안정한 목소리에다 하얀 머리카락을 하고 있는 나이 지긋한 노처녀였는데, 항상 자신의 빨간 두 손이 식탁보 위에 조금이라도 보기 좋은 구도로 놓이도록 애를 쓰고 있었다. 얼음처럼 보이는 회색의 선원 수염을 기르고 푸르죽죽한 얼굴을 한 목이 짧은 노신사가 거기에 동석하곤 했는데, 그는 수도에서 온 어물 상인으로서 독일어를 잘했다. 그는 심한 변비를 앓고 있는 것 같았고 뇌졸중의 경향을 보이고 있었는데, 이런 짐작이 가능한 것은 그가 단속적으로 짧은 호흡을 하면서 때때로 반지를 낀 집게손가락을 쳐들어 한쪽 콧구멍을 막고는 다른 콧구멍을 세차게 킁킁거려 약간의 공기를 들이쉬곤 했기 때문이다. 그럼에도 그는 아침 식사 때는 물론이고 점심, 저녁 식사 때도 자기 앞에 놓여 있는 브랜디 병을 들어 끊임없이 한 모금씩 마시곤 했다. 그 외의 손님이라고는 훈육관인지 가정교사인지를 대동하고 있는 키 큰 미국인 소년 셋뿐이었는데, 그 가정교사는 말없이 자신의 안경을 고쳐 쓰곤 했으며, 낮 동안에는 소년들과 축구를 하곤 했다. 적황색의 머리 한복판에 가르마를 탄 소년들은 시무룩하고 무표정한 얼굴을 하고 있었다. "죄송하지만, 저기 저 소시지 같은 것 좀 건네주실래요(Please, give me the wurst-things there)!" 하고 한 소년이 말하면, "그건 소시지가 아냐. 그건 햄이야(That's not wurst; that's schinken)!" 하고 다른 소년이 말했는데, 이런 말 정도가 그 소년들과 그들의 가정교사가 좌중의 대화에 기여하는 전부였다. 그들은 그 외에는 말없이 앉아서 뜨거운 물이나 마시는 것이 고작이었다.

토니오 크뢰거는 식탁에 다른 종류의 사람들이 함께 앉았으면 하는 생각은 없었다. 그는 자신의 평화를 즐기면서 어물 상인과 여주인이 가끔 담소할 때에 들리는 덴마크어의 후음(喉音)들과 밝고 어두운 모음들에 귀를 기울이곤 했다. 그러다가 간혹 어물 상인과 날씨에 대해 간단한 의견을 교환하고는 몸을 일으켜 베란다를 통해 다시 해변으로 걸어 내려가곤 했다. 그는 이미 아침에 거기서 몇 시간을 보낸 터였다.

거기 해변에서는 이따금 조용하고 여름철 같은 기분이 들곤 했다. 파란색, 유리병 같은 초록색, 그리고 불그스름한 빛으로 여러 겹의 띠를 이룬 바다는 은빛 반사광을 반짝이며 나른하고 잔잔하게 쉬고 있었으며, 해초가 햇볕을 받아 건초처럼 말라 가고 있었다. 그리고 해파리들이 거기 모래사장 위에 흩어져 수분을 발산하고 있었다. 약간 썩는 냄새가 났다. 타르 냄새도 약간 났는데, 그것은 토니오 크뢰거가 모래 위에 앉아 등을 기대고 있는 어선에서 나는 냄새였다. 그는 탁 트인 수평선을 향해 앉아 있었지만 스웨덴 해안을 바라보도록 앉은 것은 아니었다. 바다의 고요한 숨결이 깨끗하고도 신선하게 만물을 어루만져 주면서 스쳐 지나가고 있었다.

그러다가 폭풍우가 휘몰아치는 회색의 날들이 오기도 했다. 파도가 마치 들이받기 위해 뿔을 겨눈 황소들처럼 머리를 숙이고 노호하면서 해변을 향해 돌진해 오곤 했는데, 해변은 높은 곳까지 파도에 씻기면서 물에 젖어 번쩍이는 해초와 조개들, 그리고 떠밀려 온 나뭇조각으로 뒤덮여 있었다. 길게 뻗은 파도의 언덕들 사이에는 구름에 뒤덮인 하늘 아래로 파도의 골짜기들이 연초록색 거품을 머금은 채 죽 펼쳐지고 있었다. 그러나 태양을 뒤덮은 구름 아래쪽의 수면은 마치 하얀 우단을 펼쳐 놓은 것처럼 반짝였다.

토니오 크뢰거는 자신이 그렇게도 사랑하는 그 영원한 포효, 사람을 얼얼하게 만드는 둔중한 포효 속에 침잠해서 바람과 물보라에 휩싸인 채 서 있었다. 그가 몸을 돌려 지금까지 서 있던 곳을 떠나노라면 갑자기 그의 주위에 아주 안온하고 따뜻한 기운이 감도는 것 같았다. 그러나 그는 자기 등 뒤에 바다가 있다는 것을 알고 있었으니, 바다는 소리쳐 부르고 손짓하며 인사를 하고 있었다. 그래서 그는 미소를 머금었다.

그는 초지 위에 나 있는 호젓한 길을 걸어 육지 안으로 들어가고 있었는데, 얼마 가지 않아 곧 너도밤나무 숲이 그를 맞이했다. 그 숲은 언덕을 이루며 그 지역의 안쪽으로까지 뻗어 있었다. 그는 한 나무에 기댄 채 이끼 긴 땅 위에 앉되 나무 둥치들 사이로 한 조각의 바다를 바라볼 수 있도록 자리를 잡았다. 이따금 파도 부서지는 소리가 바람에 실려 그에게까지 들려왔다. 그 소리는 마치 멀리서 널빤지들이 와르르 겹쳐 떨어지는 소리처럼 들렸다. 나무 꼭대기들 위에서는 까마귀의 쉰 울음소리가 황량하고 절망적으로 들려왔다. 무릎 위에 책을 한 권 올려놓고 있긴 했지만 그는 단 한 줄도 읽지 않았다. 그는 깊은 망각 상태, 공간과 시간을 초월한 구원받은 듯한 부유(浮遊) 상태를 즐기고 있었다. 다만 때때로 어떤 고통이 그의 가슴을 쿡쿡 찌르는 것 같았다. 그것은 동경 또는 회한과도 같이 잠시 스쳐 가는 쩡한 감정으로서, 그는 너무

나른하고 너무 깊은 생각에 몰두해 있었기 때문에 그것이 어디서 유래하는 어떤 감정인지 따져 보지는 않았다.

이런 식으로 여러 날이 흘러갔다. 그는 딱히 며칠이 흘러갔는지 말할 수 없었을 뿐만 아니라 그것을 알고 싶은 욕망도 없었다. 그러던 중 어떤 사건이 일어나는 날이 찾아왔다. 그 사건은 태양이 중천에 떠 있고 사람들도 주위에 있을 때 일어났으며, 토니오 크뢰거는 그 사건에 대해서 결코 크게 놀라지도 않았다.

그날은 아침 출발부터가 축제 분위기로 황홀하게 시작되었다. 토니오 크뢰거는 매우 일찍, 그리고 아주 급작스럽게 깨어나서 희미하고도 막연한 경악과 더불어 잠자리에서 벌떡 일어났으며, 자기가 지금 어떤 기적을 바라보고 있다고, 요정의 나라와도 같은 어떤 요술경(妖術鏡) 속을 들여다보고 있다고 믿었다. 유리문과 발코니가 스웨덴 쪽 해협을 향해 나 있고, 얇고 흰 망사 커튼으로 거실과 침실을 갈라놓고 있는 그의 방은 벽이 연한 색깔로 칠해져 있었고 비치되어 있는 가구들도 밝은 색의 가벼운 물건들이었기 때문에 항상 훤하고 마음에 드는 전망을 갖고 있었다. 그러나 지금 그 방은 그 어떤 초지상적인 변용과 성스러운 조명을 받으며 아직도 잠에서 덜 깬 그의 두 눈 앞에 놓여 있었으며, 이루 말할 수 없이 아름답고 향기로운 장밋빛 광선 속으로 조금씩 빨려 들어가고 있었다. 그 장밋빛 광선으로 말미암아 벽들과 가구들이 금빛으로 물들고 망사 커튼은 불타오르듯 온화한 붉은색으로 변해 가고 있었다. 토니오 크뢰거는 오랫동안 무슨 일이 일어나고 있는지 알아채지 못했다. 그러나 유리문 앞에 서서 바깥을 내다보았을 때 그는 그것이 막 떠오르고 있는 태양 때문이라는 것을 알았다.

여러 날 동안 우중충하고 비가 왔었다. 그러나 이제 하늘은 마치 청회색의 팽팽한 비단과도 같이 바다와 육지의 상공에서 청명하게 빛나고 있었다. 그리고 둥근 태양이 진홍색과 황금색으로 투사된 구름들에 의해 일부 가려지기도 하고 그런 구름들에 의해 둘러싸이기도 한 채 번들거리며 주름진 바다 위로 장엄하게 솟아오르고 있었다. 바다는 그런 태양 아래에서 전율하며 발갛게 몸이 달아오르는 것같이 보였다. 그날은 그렇게 시작되었다. 그래서 토니오 크뢰거는 들뜨고 행복한 마음으로 서둘러 옷을 주워 입은 다음, 아래층 베란다에서 다른 누구보다도 먼저 아침 식사를 했다. 그러고 나서 그 조그만 목조 해수욕 막사에서 해협 속으로 한참을 헤엄쳐 나가 본 다음, 몇 시간이고 해변을 따라 산책을 했다. 그가 호텔로 돌아왔을 때에는 여러 대의 합승 전세 마차들이 호텔 앞에 서 있었으며, 식당에서 그는 피아노가 있는 식당 바로 곁의 담화실은 물론이고 베란다에도, 베란다 앞에 있는 테라스에도 소시민 복장을 한 매우 많은 사람들이 둥근 탁자들 앞에 앉아 열띤 대화를 나누는 가운데 버터 바른 빵을 곁들여 맥주를 마시고 있는 것을 보았다. 가족들 나들이여서 나이 든 사람과 젊은 사람이 함께 있었으며 심지어는 아이들까지도 두세 명 있었다.

두 번째 아침 식사 때에(식탁 위에는 끓이지 않은 간이 음식들,

훈제 고기, 소금에 절인 음식들과 구운 과자들 따위가 두둑하게 차려져 있었다.) 토니오 크뢰거는 무슨 일이냐고 물어보았다.

"손님들입니다!" 하고 어물 상인이 말했다. "헬싱외르에서 소풍을 겸해서 무도회에 온 손님들이지요. 그렇습니다, 큰일 났습니다! 우린 오늘 밤, 잠은 다 잤습니다! 춤판이 벌어질 겁니다. 춤과 음악 말씀입니다. 밤늦게까지 계속되지 않을까 걱정된단 말씀입니다. 가족들 모임으로 사교 무도회를 겸한 소풍이라는데, 요컨대 미리 예약을 받은 관광 단체 같은 거랍니다. 좋은 날씨를 즐기게 되었군요. 그들은 배나 마차를 타고 왔습니다. 그래서 지금은 아침을 들고 있는 중입니다. 나중에 그들은 차를 타고 시골로 더 들어갑니다. 그러나 저녁에는 다시 온답니다. 그러고는 여기 이 홀에서 춤의 환락이 벌어지게 되는 것이지요. 그렇습니다, 원 빌어먹을! 우린 눈도 못 붙이게 될 겁니다."

"거 괜찮은 기분 전환이겠군요." 토니오 크뢰거가 말했다.

이 말이 있고 난 다음 좌중에서는 상당한 시간 동안 더 이상 아무 말도 나오지 않았다. 여주인은 그녀의 빨간 손가락들이 보기 좋게 놓이도록 신경을 쓰고 있었고 어물 상인은 오른쪽 콧구멍을 세차게 킁킁거려 약간의 공기를 들이쉬었으며, 그 미국인들은 뜨거운 물을 마시면서 시무룩한 표정을 하고 있었다.

그때 갑자기 그 사건이 일어났는데, 한스 한젠과 잉에보르크 홀름이 홀을 가로질러 지나간 것이었다.

토니오 크뢰거는 해수욕과 빠른 걸음의 산책을 하고 난 다음이라 쾌적한 피로 속에서 의자에 기대고 앉아 토스트에다 훈제 연어를 곁들여 먹고 있었는데, 그러니까 그 순간 그는 베란다와 바다를 향해 앉아 있었다. 그런데 갑자기 문이 열리고, 그 두 사람이 서로 손을 잡은 채 들어온 것이었다. 어슬렁거리며 서두르지도 않는 걸음걸이로 말이다. 잉에보르크는, 그 금발의 잉에는 크나크 씨의 춤 교습 시간에 늘 그랬던 것처럼 밝은 옷차림이었다. 꽃무늬가 있는 가벼운 치마는 단지 그녀의 복사뼈까지만 내려와 있었고, 어깨에는 백색의 폭 넓은 망사 레이스를 두르고 있었는데, V 자로 재단이 되어 있어서 그녀의 부드럽고 유연한 목이 미끈하게 드러나 보였다. 모자는 양쪽 끈을 잡아매어 그녀의 한쪽 팔에 걸고 있었다. 아마도 그녀는 전보다 조금 더 성숙한 것같이 보였으며 그녀의 그 보기 좋은 땋은 머리를 지금은 머리 둘레에 휘감고 있었다. 그러나 한스 한젠은 늘 보던 모습 그대로였다. 그는 금단추가 달린 그 선원용 반코트를 걸쳤는데, 예의 그 폭 넓은 파란 칼라가 양 어깨와 등을 뒤덮고 있었으며, 짧은 리본이 달린 선원모(船員帽)를 축 늘어뜨린 손에다 쥐고는 그것을 태평스레 이리저리 흔들고 있었다. 잉에보르크는 그녀의 그 길쭉한 실눈을 딴 데로 돌리고 있었는데, 아마도 식사를 하면서 그녀를 바라보고 있는 식당 사람들의 시선 때문에 약간 신경이 쓰이는 모양이었다. 그러나 한스 한젠은 이제 주위 사람들은 전혀 아랑곳하지 않고 식탁 쪽으로 고개를 돌렸다. 그러고는 강철처럼 파란 두 눈으로 도전적으로, 어느 정도는 경멸한다는 듯이 한 사람 한 사람씩 훑어보고 있었다. 심지어 그는 잉에보르크의 손까지 놓아 버리고는 자기가 어떤 사람인가를 보여 주기라도 하려는 듯 자신의 모자를 더욱더 격하게 이리저리 흔들어 보이는 것이었다. 이렇게 그들 둘은 조용히 푸른 빛을 발산하고 있는 바다를 배경으로 하여 토니오 크뢰거의 눈앞을 스쳐 지나갔으며 홀을 가로질러 반대편 문을 통해 피아노가 있는 방으로 사라졌다.

이것은 오전 열한 시 반에 일어난 일이었다. 그리고 요양객들이 아직도 식사를 하며 앉아 있는 동안 옆방에서, 그리고 베란다에서 그 일행들이 자리에서 일어섰다. 그러고는 누군가가 또 식당 홀에 들어오는 일은 없이 모두들 거기 있던 옆문을 통해서 호텔을 떠나갔다. 바깥에서 사람들이 농담과 떠들썩한 웃음을 주고받으며 마차를 타는 소리가 들렸고, 마차가 한 대씩 차례로 국도 위에서 삐걱거리며 멀리 굴러가는 소리가 들려왔다.

"그러니까 저 사람들은 다시 오는 거지요?" 토니오 크뢰거가 물었다.

"그렇습니다!" 어물 상인이 말했다. "아이구, 맙소사! 그들이 음악을 주문했다는 걸 아셔야 합니다. 그런데 나는 이 홀 바로 위층에서 자야 한단 말입니다."

"거 참 괜찮은 기분 전환감이네요." 하고 토니오 크뢰거는 조금 전에 했던 말을 되풀이했다. 그러고는 일어나서 그 자리를 떠났다.

그는 여느 날들을 보내 오던 것처럼 해변에서, 숲속에서 그날을 보냈다. 무릎 위에 한 권의 책을 놓고는 눈부신 태양을 올려다보곤 했다. 그러면서 단 한 가지 생각만을 하고 있었는데, 그것은 그 어물 상인이 말했던 대로라면 그들이 다시 와서 홀에서 댄스 파티를 열 것이라는 생각이었다. 그래서 그는 감정적으로 죽은 지난 오랜 세월 동안 더 이상 맛보고자 시도하지 않았던 그러한 불안하고도 달콤한 즐거움을 가지고서 다만 그 파티를 고대하는 것 외에는 아무것도 하지 않았다. 상상들이 서로 이어지다 보니 한번은 설핏 멀리 있는 지인이며 소설가인 아달베르트가 생각났다. 그는 자기가 원하는 것이 무엇인지를 알았기 때문에 봄기운을 피하기 위해 카페로 갔었다. 그는 그 친구를 생각하고 양어깨를 으쓱하고 추스르지 않을 수 없었다.

여느 때보다 더 일찍 점심 식사가 준비됐다. 그리고 홀에서는 벌써 무도회를 위한 준비가 시작되었기 때문에 저녁 식사도 마찬가지로 평소보다 더 일찍, 피아노 있는 방에서 해야 했다. 식당 안은 완전히 파티 분위기로 바뀌어 모든 것이 뒤헝클어져 있었다. 이윽고 날이 어두워져서 토니오 크뢰거가 자기 방 안에 앉아 있으려니까 앞의 국도가, 그리고 호텔 안이 다시금 활기를 띠기 시작했다. 소풍을 갔던 사람들이 되돌아온 것이었으며, 새로운 손님들도 헬싱외르 방향에서 자전거나 마차를 타고 도착했다. 호텔 아래층에서는 이미 바이올린을 조율하는 소리가 들렸고 클라리넷의 코 막힌 소리 같은 연습 음이 들려오고 있었다. 무엇을 보나 멋진 무도회가 벌어질 것이라는 기대를 가질 만했다.

이제 조그만 관현악단이 어떤 행진곡을 연주하기 시작했는데, 그 행진곡의 둔중한 음이 박자도 정확하게 위층으로 울려 왔다. 사람들이 폴로네즈(Polonaise)[10]로 무도회를 시작했던 것이다. 그래도 토니오 크뢰거는 한동안 조용히 앉아서 귀를 기울여 듣고 있었다. 그러나 행진곡 템포가 왈츠 박자로 넘어가는 순간 그는 일어나서 소리 없이 자기 방을 나왔다.

그 방 옆에 나 있는 복도에서 건물의 옆 층계를 통해 내려오면 호텔의 측면 출입구에 이를 수 있고 거기서부터는 어떤 방을 거치지 않고서도 유리 베란다 안으로 들어갈 수 있었다. 그는 마치 금단의 오솔길 위에라도 있는 것처럼 소리 없이 살그머니 이 통로를 이용했던 것이며, 그 복되게 출렁이는 어리석은 음악 소리에 저항할 수 없이 매료되어 조심스럽게 더듬으며 어둠을 뚫고 나아갔다. 그러자 그 음악이 울리는 소리가 이미 명확하고도 분명하게 그를 향해 밀려오고 있었다.

베란다에는 아무도 없었고 불도 밝혀져 있지 않았다. 그러나 눈부신 반사경을 단 두 개의 대형 석유등이 훤하게 밝혀져 있는 홀로 통하는 유리문은 열려 있었다. 그는 발소리를 죽인 채 그쪽으로 살금살금 다가갔다. 여기 어두운 곳에 서서 아무도 눈치채지 못하는 가운데 밝은 곳에서 춤추고 있는 사람들을 엿볼 수 있다는 도둑과도 같은 즐거움 때문에 그는 피부가 짜릿해지는 것을 느꼈다. 조급하고도 간절하게 그는 자기가 찾고 있는 그 두 사람을 향해 시선을 던졌다.

시작된 지 30분도 채 안 되었는데도 즐거운 파티 분위기가

---

10) 4분의 3박자의 폴란드 무곡.

이미 완전히 고조되어 있는 것같이 보였다. 그도 그럴 것이 그들은 한 일행이 되어 아무 걱정 없이 행복하게 온종일을 함께 보내고 나서 이미 몸이 달고 흥분된 상태로 이리로 왔기 때문이었다. 토니오 크뢰거가 조금만 더 앞으로 몸을 내밀면 피아노 있는 방까지 들여다보였는데, 거기에는 몇몇 나이 든 남자들이 모여 트럼프 놀이를 하면서 담배를 피우거나 술을 마시고 있었다. 그러나 다른 남자들은 그들의 아내들과 함께 전면에 놓여 있는 벨벳 의자에 앉거나 홀의 벽면에 기대고 앉아서 댄스를 구경하고 있었다. 그 남자들은 무릎을 쭉 뻗고 그 위에 두 손을 올려놓고는 여유 있는 표정으로 양 볼을 부풀리고 있었다. 한편, 리본이 달린 작은 모자를 머리 꼭대기 위에 올려 쓴 어머니들은 가슴 밑에 팔짱을 낀 채 고개를 삐뚜름히 하고서 젊은 사람들이 뛰노는 광경을 구경하고 있었다. 홀의 세로로 긴 한쪽 벽면에 일종의 단(壇)이 설치되어 있었고, 그 위에서 악사들이 그들의 최선을 다하고 있었다. 트럼펫도 하나 있었는데, 마치 자신의 소리를 두려워하는 듯이 어느 정도 주저하고 조심하는 태도로 불고 있었음에도 끊임없이 혼자 튀어나오거나 갑자기 소리를 바꾸곤 했다. 쌍쌍의 남녀들이 물결치듯 서로 빙빙 돌고 있었으며, 다른 쌍들은 팔짱을 낀 채 홀을 두루 걸어다니고 있었다. 사람들은 무도회를 위한 복장을 하고 있진 않았고 다만 야외에서 보내는 여름 일요일을 위한 차림일 따름이었다. 신사들은 소도시 스타일로 재단된 신사복을 입고 있었는데, 일주일 내내 입지 않고 아껴 두었던 옷이라는 것을 알 수 있었다. 젊은 처녀들은 밝고 가벼운 옷차림이었고 가슴에 들꽃을 꽂고 있었다. 홀에는 아이들도 두세 명 있었는데 자기들끼리 자기들 나름으로, 음악이 잠시 쉬고 있을 때조차도 춤을 추었다. 연미복 차림의 다리가 길쭉한 사람, 안경을 쓰고 파마를 한 시골 유지라고나 할까 덴마크 소설에 나오는 희극적 인물이 실제로 현현한 듯한 우체국 부국장이나 뭐 그런 종류의 인간이 이 파티의 사회자이며 이 무도회의 지휘자인 것처럼 보였다. 그는 땀을 흘리며 분망하게 돌아다니고, 일에 완전히 열중해서 동에 번쩍 서에 번쩍 연미복의 제비 꼬리를 휘날리며 일이 많아 죽겠다는 듯이 홀을 쏘다녔다. 그는 처음에는 재치있게도 발끝으로 선 채 등장해서는, 반들반들하고 코가 뾰족한 군용 부츠를 신은 두 발을 서로 엇갈리게 비비 꼬았고 두 팔을 허공에 휘저으며 지시들을 내리고 음악을 연주하라고 소리치고 손뼉을 쳤다. 권위의 상징으로 어깨 위에 부착된 커다란 오색 휘장의 리본들이 그가 이런 온갖 행동을 할 때마다 그를 뒤따라가며 휘날리곤 했는데, 이따금 그는 고개를 돌려 소중해서 못 견디겠다는 듯이 자기의 휘장을 확인했다.

그랬다. 그들이 거기 있었다. 오늘 낮에 햇빛 아래에서 토니오 크뢰거의 곁을 스쳐 지나갔던 그 두 사람이 거기 있었다. 그는 그들을 다시 보았으며, 그 둘을 거의 동시에 바라보게 되었을 때 기쁜 나머지 깜짝 놀랐다. 이쪽에, 문 바로 곁에, 그와 아주 가까운 곳에 한스 한젠이 서 있었다. 두 다리를 벌리고 몸을 약간 앞으로 굽힌 채 큼직한 카스텔라 한 개를 천천히 먹으면서, 떨어지는 부스러기를 받아내기 위해 빈 손을 턱 밑에 갖다 대고 있었다. 그리고 저기 벽 쪽에는 잉에보르크 홀름, 금발의 잉에가 앉아 있었는데, 마침 그 부국장 같은 인간이 연미복 꼬리를 흔들며 그녀에게로 가 한 손을 등 뒤로 돌리고 다른 손은 우아하게 가슴에 갖다 대면서 최상의 절을 하며 춤을 청하고 있었다. 그러나 그녀는 고개를 좌우로 흔들며 자기가 너무 숨이 차서 약간 쉬어야겠다는 표시를 했다. 그러자 그 부국장은 그녀 옆에 자리를 잡고 앉았다.

토니오 크뢰거는 그들을, 전에 자기가 짝사랑했던 그 두 사람 — 한스와 잉에보르크를 바라보았다. 그들이 그렇게 짝을 이룬 것은 개별적 특징이나 옷차림의 유사성 때문이라기보다는 종족과 유형이 동일하기 때문이었다. 강철처럼 파란 눈과 금발을 한 이 밝은 족속의 인간들은 청순성, 순수성, 명랑성, 그리고 또한 동시에 자랑스럽고 순박하며 쉽게 건드릴 수 없는 냉담성의 표상을 불러일으킨다. 그는 그들을 바라보았다. 그는 한스 한젠이 옛날과 조금도 다름없이 아주 늠름하고 잘생긴 모습으로 양어깨가 떡 벌어지고 허리는 잘록한 채 선원복을 입고 거기 서 있는 것을 바라보았다. 그리고 잉에보르크가 오만한 투로 깔깔 웃으면서 고개를 옆으로 내젓고 유달리 가냘프지도 유달리 섬세하지도 않은 소녀의 손을 특유의 방식으로 뒷머리께로 가져가자 가벼운 소맷자락이 그녀의 팔꿈치로부터 미끄러져 내리는 모습을 바라보았다. 그러자 갑자기 괴로운 그리움이 그의 가슴을 고통으로 뒤흔들어 놓았기 때문에 그는 아무도 자기 얼굴이 고통에 씰룩이는 꼴을 보지 못하도록 해야 한다는 생각에서 자기도 모르게 어둠 속으로 멀리 물러났다.

　너희들을 잊은 적이 있었던가? 그는 스스로에게 물었다. 아니, 결코 없었다! 너 한스도 잊은 적이 없고, 너 금발의 잉에도 결코 잊은 적이 없어! 정말이지 내가 작품을 써서 보여 주고 싶었던 것은 바로 너희들이었어. 그리고 내가 박수갈채를 받을 때, 난 남몰래 내 주위를 살펴보곤 했지, 그중에 너희들이 참석해 있나 하고. 한스 한젠, 네 집 정원 문 앞에서 약속한 대로 너 이제『돈 카를로스』를 읽었니? 읽지 마라! 난 너한테 그것을 더는 요구하지 않는다. 외로워서 우는 왕이 너한테 무슨 상관이겠니? 넌 우울한 시 나부랭이를 보다가 네 밝은 눈을 흐리게 하거나 어리석은 꿈에 잠기게 해서는 안 된다. 너처럼 되고 싶구나! 다시 한번 시작하여, 너처럼 올바르고 즐겁고 순박하게, 규칙과 질서에 맞게, 하느님과 세계의 동의를 얻으면서 자라나, 악의 없고 행복한 사람들한테 사랑을 받으면서, 잉에보르크 홀름, 너를 아내로 삼고, 한스 한젠, 너와 같은 아들을 두고 싶구나! 인식해야 하고, 창작의 고통을 감내해야 하는 저주로부터 벗어나 평범한 행복 속에서 살고 사랑하고 찬미하고 싶구나! 다시 한번 시작한다? 그러나 아무 소용도 없으리라. 다시 이렇게 되고 말 것이리라. 모든 것이 지금까지와 똑같이 되고 말 것이다. 왜냐하면 어떤 종류의 인간한테는 올바른 길이란 원래부터 존재하지도 않기 때문에, 그들이 길을 잃고 헤매는 것은 필연이니까 말이다.

　이제 음악이 그쳤다. 휴식 시간이다. 그래서 간식이 제공되고 있었다. 우체국 부국장 같은 남자가 손수 청어 샐러드를 수

북이 담은 쟁반을 들고 바쁘게 돌아다니면서 숙녀들을 대접하고 있었다. 그러나 그가 잉에보르크 홀름 앞에 와서 그녀에게 작은 샐러드 접시를 바칠 때는 한쪽 무릎을 꿇기까지 했다. 그래서 그녀는 기쁜 나머지 얼굴이 발그레해졌다.

이제 드디어 홀 안에서도 유리문 아래에서 구경하고 있는 사람에게 주의를 기울이기 시작했다. 예쁘장하고 상기된 얼굴들로부터 의아해하며 살피는 눈길들이 그를 향해 날아왔다. 그럼에도 그는 물러나지 않고 제자리를 지켰다. 잉에보르크와 한스도 거의 동시에 그를 힐끗 보았는데, 그 시선이야말로 거의 경멸로까지 보이는 완전한 무관심 그 자체였다. 하지만 갑자기 그는 어디에선가 한 시선이 자기를 향해 날아와 자기한테 머무르고 있는 것을 의식하게 되었다. 그는 고개를 돌렸다. 그러자 그의 두 눈은 방금 느끼고 의식했던 그 시선과 곧바로 마주치게 되었다. 그로부터 그다지 멀지 않은 곳에 창백하고 갸름하고 섬세한 얼굴의 한 아가씨가 서 있었는데, 이 얼굴은 조금 전에도 이미 그의 눈에 들어온 적이 있었다. 그녀는 춤을 많이 추지 않았는데, 신사들이 그녀에게 특별히 관심을 표하지 않았던 것이다. 그래서 그는 그녀가 입술을 꼭 다물고 외로이 벽면에 기대어 앉아 있는 것을 본 적이 있었다. 지금도 그녀는 혼자 서 있었다. 그녀도 다른 아가씨처럼 밝고 상쾌한 옷차림이긴 했지만, 그녀가 입고 있는 원피스의 투명한 천 아래로는 깡마르고 볼품없는 그녀의 어깨가 해말갛게 드러나 보였다. 그리고 야윈 목은 그 초라한 두 어깨 사이에 너무 깊숙이 박혀 있었기 때문에 그 조용한 아가씨가 약간 불구가 아닌가 생각될 정도였다. 그녀는 얇은 반(半) 장갑을 낀 두 손을 손가락들의 끝이 서로 살짝 맞닿도록 평평한 가슴 위에 올려 놓고 있었다. 그녀는 고개를 떨군 채 축축하게 젖은 검은 두 눈을 들어 아래로부터 토니오 크뢰거를 쳐다보고 있었다. 그는 시선을 돌려 버렸다.

저기, 그와 아주 가까운 곳에 한스와 잉에가 앉아 있었다. 한스는 그 사이에 그녀에게로 와서 그녀 곁에 앉아 있었는데, 그녀는 마치 그의 누이동생 같았다. 그들은 뺨이 불그레한 사람들에 둘러싸여 먹고 마셨고, 잡담을 하며 즐거워했으며, 낭랑한 목소리로 서로 놀리는 말을 주고받으면서 허공에다 대고 까르르 웃어 대기도 했다. 그들한테 조금 접근해 보면 안 될까? 그리하여 한스나 잉에에게 마침 떠오르는 한마디 농담을 건네어 그들이 그 농담에 대해 적어도 미소로나마 답하지 않을 수 없도록 할 수는 없을까? 그렇게만 된다면 그는 행복할 것이다. 그는 그것을 간절히 바랐다. 그렇게만 된다면 그는 그 두 사람과 조그만 공동체나마 이룰 수 있었다는 데에 어느 정도 만족해서 그의 방으로 돌아갈 수 있을 것이다. 그는 자기가 할 수 있는 말을 이것저것 궁리해 보았다. 그러나 그는 그것을 말할 용기가 없었다. 설령 용기가 있다 하더라도 사정은 정말이지 항상 매일반일 터였다. 그들은 그의 말을 이해하지 못할 것이며, 그가 용기를 내어 겨우 말한 것을 귀 기울여 들으며 멀뚱한 표정을 지을 것이다. 그럴 수밖에 없을 것이 그들의 언어는 그의 언어가 아닌 것이다.

이제 새로이 춤이 시작되는 모양이었다. 그 부국장이 포괄적인 활동을 전개하고 있었다. 그는 바삐 이리저리 돌아다니면서 모든 사람들에게 춤출 상대를 고르도록 권했고, 급사의 도움을 받아 의자들과 유리잔들을 치웠으며, 악사들에게는 음악을 시작하라는 명령을 내렸고, 어쩔 줄 모르고 우왕좌왕하고 있는 몇몇 굼뜬 사람들을 보고는 그들의 양어깨를 잡아 앞으로 밀고 있었다. 무엇을 하려고들 이러는 것일까? 네 쌍씩 조가 짜이고 있었다. 토니오 크뢰거는 몸서리나는 추억에 얼굴이 붉어졌다. 카드리유가 시작될 판이었다.

음악이 시작되었다. 그리하여 각 쌍들이 서로 인사를 하면서 섞여 들기 시작했다. 그 부국장이 지휘를 했다. 원, 이럴 수가! 그는 프랑스어로 지휘를 하고, 타의 추종을 불허하리만큼 뛰어나게 비음들을 발음했다. 잉에보르크 홀름이 토니오 크뢰거 바로 앞에서, 유리문 바로 곁에 있는 조에서 춤을 추고 있었다. 그의 앞에서 그녀는 이리저리 움직이고, 앞으로 갔다 뒤로 갔다 하면서 발걸음을 떼어 놓기도 하고 빙 돌기도 했다. 그녀의 머리카락에선가 원피스의 부드러운 천에선가 나는 어떤 향기가 이따금 그에게까지 와 닿았다. 그래서 그는 예전부터 자기가 잘 알고 있는 어떤 감정 속에 잠기며 두 눈을 감았다. 지난 며칠 내내 그는 이 감정의 훈향(薰香)과 쓰린 자극을 아련하게 느껴 왔는데, 이제 이 감정이 다시금 그를 찾아와 한껏 그 달콤한 억지를 부리는 것이다. 이게 무슨 감정이더라? 동경? 애정? 질투? 자기 경멸? 「숙녀들의 작은 물레방아」! 금발의 잉에여, 너는 웃었지? 내가 「숙녀들의 작은 물레방아」를 추어 그다지도 비참한 웃음거리가 되었을 때 너는 날 비웃

110

었지? 그런데 이제 내가 제법 유명한 사람이 된 오늘도 넌 날 비웃겠느냐? 그렇다, 너는 그럴 것이다. 그리고 그러는 것이 너무나도 당연하다. 설령 내가 아홉 개의 교향곡과 『의지와 표상으로서의 세계』와 「최후의 심판」을 순전히 혼자서 이룩해 내었다손 치더라도 너는 영원히 비웃을 권리가 있다. 그는 그녀를 바라보았다. 그러자 그의 머릿속에는 그가 오랫동안 새로 기억해 낸 적은 없지만 그 자신에게 아주 친숙하고 그 자신과 서로 통하는 시행(詩行) 하나가 떠올랐는데, "난 잠이 오는데, 넌 춤을 춰야겠다는구나."가 그것이었다. 그는 이 시행에서 뜻하고 있는 감정을 너무나도 잘 알고 있었는데, 그것은 애수적·북구적이며 진실하고도 서투른 중압감이 실린 감정이었다. 잠이 온다. 행동이나 춤으로 구체화되어야 한다는 의무감 없이 달콤하고도 느긋한 기분으로 자기 자신 속에 쉬고 있는 감정에 그냥 완전히 충실하게 살 수 있기를 열망한다. 그럼에도 불구하고 춤을 춘다. 제정신을 잃지 않은 채 예술이라는 어렵고 힘든, 위험한 칼춤을 민첩하게 추어 내야 한다. 그러면서도 사랑하는데 춤을 추지 않으면 안 된다는 굴욕적인 모순을 한순간도 완전히 잊을 수가 없는 것이다.

갑자기 전체가 자유분방하고 미친 듯한 동작으로 바뀌고 있었다. 카드리유의 조(組)들이 풀려 버리고 이제 모두들 뛰고 미끄러지면서 주위 사방으로 흩어지고 있었는데, 그것은 빠른 원무(圓舞)로 카드리유를 끝내려는 것이었다. 미친 듯이 빠른 템포의 음악에 맞추어 쌍쌍의 남녀들이 숨이 차서 짧은 웃음을 터뜨리는 가운데 추격하고 급히 달리고 서로 추월하면서 토니오 크뢰거의 곁을 스쳐 지나가고 있었다. 한 쌍의 남녀가 전체의 질주에 휩쓸려서 선회하며 총알처럼 앞으로 튀어나오고 있었다. 여자 쪽은 창백하고 섬세한 얼굴의 그 아가씨였는데, 양어깨가 비쩍 말라서 너무 높게만 보였다. 그런 중에 갑자기, 바로 그의 앞에서 누군가가 비트적거리고 미끄러져서 엎어지는 일이 생겼다. 그 창백한 아가씨가 넘어진 것이다. 그녀는 거의 위험하게 보일 만큼 심하고 세차게 부딪히며 넘어졌다. 그래서 그녀의 파트너까지도 함께 쓰러졌다. 이 신사는 자신의 파트너를 완전히 잊을 정도로 아주 심한 통증을 느꼈던지 단지 반쯤만 일어나서 얼굴을 찡그린 채 두 손으로 자기의 한쪽 무릎을 비벼 대기 시작했다. 그리고 그 아가씨는 언뜻 보기에 넘어지는 바람에 완전히 몸을 가눌 수 없게 된 듯 아직도 마루 위에 그냥 엎어져 있었다. 그래서 토니오 크뢰거는 앞으로 걸어 나가 그녀의 두 팔을 살짝 잡고는 그녀를 일으켜 세웠다. 그녀는 녹초가 되고 정신이 혼미한 가운데 불행한 눈빛으로 그를 올려다보았다. 그러자 갑자기 그녀의 부드러운 얼굴에 생기 없는 홍조가 떠올랐다.

"고맙습니다(Tak)! 대단히 고맙습니다(O, mange Tak)!" 그녀가 말했다. 그러고는 축축하게 젖은 검은 두 눈으로 아래에서부터 그를 올려다보았다.

"아가씨, 이젠 춤을 그만 추시는 게 좋겠군요." 그가 부드럽게 말했다. 그런 다음, 그는 다시 한번 '그들', 한스와 잉에보르크 쪽을 돌아보고는 그 베란다와 무도회를 뒤로하고 자기 방으로 올라갔다.

그는 자기가 동참하지도 않은 파티에 도취되어 있었으며 질투 때문에 피로했다. 옛날과 같았다. 옛날과 모든 것이 똑같다! 달아오른 얼굴로 나는 어두운 곳에 서서 너희들 금발의 행복한 생활인들의 환심을 사려고 괴로워했지. 그러다가 이윽고 외로이 그 자리를 떠났지. 이제 누군가가 와야 한다! 이제 잉에보르크가 와야 한다! 그녀는 내가 가 버린 것을 알아채고는 살그머니 내 뒤를 따라와서 내 어깨 위에 손을 얹고 "같이 들어가자! 기분 풀어! 난 널 사랑해!"라고 말해야 한다. 그러나 그녀는 결코 오지 않는다. 그런 일은 일어나지 않는 법이다. 그렇다, 그 당시와 같았다. 그리고 그는 그 당시와 마찬가지로 행복했다. 왜냐하면 그의 마음이 살아 있기 때문이었다. 그러나 그가 지금의 그가 되기까지의 지난 모든 세월 동안 무엇이 있었던가? 무감각, 황폐화, 냉혈화, 그리고 정신이 있었다! 그리고 예술이 있었다!

그는 옷을 벗고 자리에 누웠다. 그리고 불을 껐다. 그는 베개 속에다 대고 두 이름을 속삭였다. 북국풍의 이 순결한 두세 음절들이야말로 그에게는 사랑과 고통과 행복의 본원적인 원천, 즉 삶을 의미했고, 단순하고도 진실한 내적 감정, 즉 고향을 의미했다. 그는 그 당시로부터 오늘에 이르는 세월을 돌이켜 보았다. 그는 자기가 지금까지 겪어 온 관능과 신경과 사색의 비생산적 모험들을 떠올려 보았다. 그러고는 반어와 정신에 의해 침식당하고 인식으로 인하여 황폐화되고 마비되어 있으며 창조의 열기와 한기에 의해 반쯤은 소모돼 버린 자기 자신을 보았고, 극심한 양극성 사이에서, 성스러움과 욕정 사이에서 의지할 곳 없이 양심의 가책에 시달리며 이리저리 내던져진 꼴을 하고 있는 자기 자신을 보았으며, 예술적 수준이 높은 냉혹한 열광으로 인하여 마모되고 속이 쾽하게 비도록 기진맥진해진 자기 자신, 그리하여 길을 잃고 황폐화되어 곤비(困憊)하고 병들어 버린 자기 자신을 보았다. 그래서 후회와 향수에 젖은 나머지 흐느껴 울었다.

그의 주위는 조용하고 어두웠다. 그러나 아래층에서부터 삶의 달콤하고도 비속한 3박자가 둔탁하면서도 물결치듯 그에게까지 울려 오고 있었다.

9

토니오 크뢰거는 북국에 앉아 그의 여자 친구인 리자베타 이바노브나에게, 그가 그녀에게 약속했던 대로 편지를 썼다.

나도 곧 돌아갈 예정인 저 아래 아르카디아[11]에 있는 사랑하는 리자베타에게, 하고 그는 썼다. 그러니까 이제서야 편지 비슷한 글을 씁니다. 그러나 아마도 당신은 실망하실 겁니다. 왜냐하면 난 이 편지에서 약간 일반적인 투의 글을 써 볼 생각이기 때문입니다. 이야기할 게 아무것도 없어서가 아니고, 내 나름대로 이것저것 체험한 것이 없어서가 아닙니다. 고향

---

11) 전원시적 이상향을 뜻하지만, 여기서는 20세기 초 예술가들이 예술지 상주의적 생활을 하고 있던 독일의 남쪽 도시 뮌헨을 가리킨다.

에서, 내 고향 도시에서는 사람들이 나를 체포하려고까지 했답니다. 그러나 이에 관해서는 만나서 직접 말하겠습니다. 요즘 들어 나에게는 이야기를 하는 것보다는 무엇인가 일반적인 내용을 그럴듯하게 잘 표현해 보고 싶은 날이 가끔 있거든요.

리자베타, 어느 땐가 나를 가리켜 시민이라고, 길 잃은 시민이라고 말한 것을 아직도 기억하겠지요? 당신이 나를 그렇게 부른 것은 내가 그전에 부주의하게 입 밖에 흘렸던 다른 고백들에 휩쓸려 내가 '삶'이라고 부르는 것에 대한 내 사랑을 당신에게 고백한 시간에 일어난 일이었습니다. 당신은 자신의 그 말이 얼마나 진실에 적중했는지를 알았을까, 그리고 나의 시민성이 '삶'에 대한 나의 사랑과 완전히 동일하다는 사실을 과연 알고 있었을까, 나는 자문해 봅니다. 이번 여행은 나에게 그것에 대해 깊이 생각해 보는 계기가 되었습니다.

아시다시피 나의 선친은 북쪽 기질이셨지요. 청교도 정신에서 유래하는 사색적이고 철저하며 정확한 성품이셨고 우수에 잠기곤 하셨지요. 불확실한 이국적 혈통을 물려받으신 제 어머니는 아름답고 관능적이고 소박한 동시에 태만하고 정열적이었으며 충동적 방종성을 지닌 분이셨습니다. 이것이 비상한 가능성들 — 그리고 비상한 위험성들 — 을 내포한 혼혈인 것은 전혀 의심할 나위가 없습니다. 이 혼혈에서 생겨난 것이 바로 예술의 세계 속으로 길을 잃은 시민, 훌륭한 가정교육에 대한 향수를 지닌 보헤미안, 양심의 가책을 느끼는 예술가입니다. 정말이지 나로 하여금 모든 예술성 속에서, 모든 비상한 것과 모든 천재성 속에서 무엇인가 매우 모호한 것, 매우 불명예스러운 것, 매우 의심스러운 것을 알아차리도록 해 주는 것은 바로 이 시민적 양심이며, 나라는 인간의 내부를 단순한 것, 진심인 것, 유쾌하고 정상적인 것, 비천재적인 것, 단정한 것에 대한 맹목적인 사랑으로 가득 채워 주는 것도 바로 이 시민적 양심인 것입니다.

나는 두 세계 사이에 서 있습니다. 그래서 그 어느 세계에도 안주할 수 없습니다. 그 결과 약간 견디기가 어렵지요. 당신들 예술가들은 나를 시민이라 부르고, 또 시민들은 나를 체포하고 싶은 충동을 느끼게 됩니다. 이 둘 중 어느 쪽이 더 나의 마음에 쓰라린 모욕감을 주는지 모르겠습니다. 시민들은 어리석습니다. 그러나 나를 가리켜 냉정하다거나 동경이 없다고 말하는 당신들 미의 숭배자들이 염두에 두어야 할 것은 이 세상에는 애초부터, 운명적으로 타고난 모종의 예술가 기질도 존재한다는 사실입니다. 그 어떤 동경보다도 일상성의 환희에 대한 동경을 가장 달콤하고 가장 느낄 만한 동경으로 여기는 그런 심각한 예술가 기질 말입니다.

나는 위대하고도 마성적인 미의 오솔길 위에서 모험을 일삼으면서 '인간'을 경멸하는 오만하고 냉철한 자들에 경탄합니다. 그러나 난 그들을 부러워하지는 않습니다. 왜냐하면, 만약한 문사(文士)를 진정한 시인으로 만들 수 있는 그 무엇이 존재한다면, 그것은 인간적인 것, 생동하는 것, 일상적인 것에 대한 나의 이러한 시민적 사랑일 것이기 때문입니다. 모든 온정, 모든 선의, 그리고 모든 유머는 이 사랑으로부터 유래합니다. 그리고 나에게는 이 사랑이 "사람이 인간과 천사의 혀로 말할 수 있다 해도 이것이 없다면 단지 소리 내는 쇠붙이나 울리는 방울에 지나지 않느니라."라고 성경에 쓰여 있는 바로 그 사랑인 것처럼 생각될 정도입니다.

내가 지금까지 이룩한 것은 아무것도 아니고 별로 많지도 않습니다. 아무것도 하지 않은 것이나 마찬가지입니다. 리자베타, 나는 더 나은 것을 만들어 보겠습니다. 이것은 일종의 약속입니다. 지금 이 글을 쓰고 있는 동안, 바다의 물결 소리가 내게까지 올라옵니다. 그래서 나는 눈을 감습니다. 그러면 아직 태어나지 않은, 그림자처럼 어른거리고 있는 한 세계가 들여다보입니다. 그 세계는 나한테서 질서와 형상을 부여받고 싶어 안달입니다. 또한 나는 인간의 형상을 하고 있는 허깨비들이 우글거리는 광경을 바라보게 됩니다. 그들은 부디 마법을 걸어 자기들을 풀어 달라고 나에게 손짓하고 있습니다. 비극적인 허깨비들과 우스꽝스러운 허깨비들, 그리고 비극적인 동시에 우스꽝스러운 허깨비들인데, 나는 이것들에게 큰 애정을 갖고 있습니다. 그러나 마음속 아주 깊은 곳에 있는 아무도 모르는 나 혼자만의 사랑은 금발과 파란 눈을 하고 있는 사람들, 생동하는 밝은 사람들, 행복하고 사랑스럽고 일상적인 사람들에게 바쳐진 것입니다.

리자베타, 이 사랑을 욕하지 마십시오. 그것은 선량하고 생산적인 사랑이랍니다. 동경이 그 속에 들어 있습니다. 그리고 우울한 질투와 아주 조금의 경멸과 완전하고도 순결한 천상적 행복감이 또한 그 속에 들어 있습니다.

토니오 크뢰거

마리오와 마술사

어느 비극적인 여행 체험기

토레 디 베네레[1]에 대한 추억은 불쾌한 느낌으로 남아 있다. 처음부터 짜증스럽고 자극적이며 지나치게 긴장된 분위기가 감돌았고, 마지막에는 치폴라라는 끔찍한 인물 때문에 충격을 받았다. 이 인물은 특유의 사악한 기질이 몸에 배어 있었는데, 기필코 재앙을 불러올 그런 기질이 인간적으로는 아주 인상적인 느낌을 주면서 언제라도 위협적으로 터져 나올 것만 같았다. 끔찍한 일이 벌어졌던 마지막에는──나중에 생각해 보니 처음부터 조짐이 보였던 필연적인 귀결이었지만──이 괴상한 사내의 거짓 연기에 속아 뭔가를 오해한 탓에 슬프게도 아이들도 함께 현장에 있는 불상사를 겪었다. 그

---

1) 가공의 지명으로, 이탈리아어로 '비너스의 탑'이라는 뜻이다.

나마 다행히도 아이들은 어느 대목에서 그 엄청난 소동이 그치고 파국이 시작되었는지 깨닫지 못했고, 우리는 아이들이 모든 게 연극이었다는 행복한 착각에 빠져 있게 내버려두었다.

토레는 티리아 해안의 여름 피서지로 가장 인기 있는 휴양지 가운데 하나인 포르토클레멘테에서 15킬로미터가량 떨어져 있다. 포르토클레멘테는 우아한 정취를 풍기는 도시로 연중 몇 달씩 인파로 들끓었고, 각양각색의 숙박시설과 노변상점들이 해변 쪽으로 늘어서 있었다. 넓은 해변에는 깃발이 나부끼는 방갈로들이 들어서 있었고, 갈색으로 그을린 사람들로 뒤덮여 있었으며, 소란스러운 유흥장도 한 군데 있었다. 그다지 떨어져 있지 않은 산에서 내려다보면 삿갓솔 숲이 해안선을 따라 죽 이어져 있었다. 모래가 곱고 살기 좋은 해안이 바닷가를 따라 넓게 계속되고 있었기 때문에, 얼마 가지 않아서 포르토클레멘테와 경쟁이라도 하듯이 훨씬 더 한적한 곳이 나타나는 것도 전혀 놀라운 일이 아니었다. 그곳이 바로 토레 디 베네레였다. 이곳에 찾아오는 사람들은 대개 이곳의 지명이 유래한 탑을 찾느라 두리번거리게 마련이지만, 그 탑은 없어진 지 이미 오래였다. 인접한 큰 해수욕장에 딸려 있는 지점(支店)이나 다름없는 이 휴양지는 처음 몇 해 동안은 아주 소수의 사람들만 찾아오는 한적한 곳이어서, 세상의 때 묻지 않은 자연을 선망하는 사람들에게 피난처 구실을 했었다. 그렇지만 이런 곳이 대개 그렇게 변하고 말듯이, 이곳의 평화도 어쩔 수 없이 해안을 따라 한 구간 더 멀리 암벽 해안이나 혹은 아무도 모르는 또 다른 어딘가로 떠밀려 간 지 이미 오래였다. 알다시피 세상 사람들은 우스꽝스러운 동경심에서 평화를 찾아 몰려다님으로써 평화를 찾는답시고 몰아내고 만다. 평화와 결혼이라도 할 수 있을 것처럼, 자기들이 있는 곳에 평화가 있을 수 있기나 한 것처럼 망상을 하는 것이다. 평화로운 곳에다 대목장터를 벌려 놓고서도 여전히 평화를 유지할 수 있다고 믿는 것이다. 토레는 비록 포르토클레멘테에 비하면 아직은 한적하고 덜 알려진 곳이긴 하지만, 이미 그런 식으로 이탈리아 사람들과 외국인들이 상당히 많이 찾아드는 곳이 되었다. 사람들은 이제 세계적으로 이름난 해수욕장인 포르토클레멘테에는 더 이상 찾아가지 않게 되었다. 물론 그럼에도 포르토클레멘테는 여전히 세계적으로 이름난 해수욕장인 만큼 시끌벅적하게 붐볐다. 사람들은 내친 김에 토레에도 들렀다. 토레는 좀 더 우아하고, 게다가 비용도 더 적게 들었다. 사실 이런 장점 자체는 이미 사라졌지만, 그 장점이 남긴 매력은 계속 효력을 발휘하고 있는 것이다. 토레에는 대형 호텔이 한 채 들어섰고, 좀 더 소박하면서도 품위 있는 숙박업소들도 수없이 생겨났다. 해안을 따라 더 위쪽으로 거슬러 올라간 곳에 여름별장과 삿갓솔 정원을 가지고 있거나 빌려 쓰고 있는 사람들도 해변 쪽에 자리 잡은 경우에는 이제 더 이상 방해받지 않을 수 없게 되었다. 칠팔월에는 이곳 풍경도 어느 모로 보든 포르토클레멘테의 풍경과 전혀 다르지 않았다. 고함을 지르고, 실랑이를 벌이고, 환호성을 질러 대는 해수욕객들로 북적거렸으며, 미친 듯이 이글거리며 쏟아져 내리는 햇볕에 사람들의 맨살갗은 허물이 벗겨졌다. 현란하게 색칠한 납작한 보트들은 아이들을 싣고서 반짝거리는 파란 수면 위에서 흔들거렸고, 망을 보는 엄마들이 걱정스러운 나머지 쉰 목소리로 아이들 이름을 부르느라 내지르는 고함은 허공에 쟁쟁 울렸다. 그리고 굴, 음료, 꽃, 산호 장식, 뿔 모양의 버터 바른 작은 빵 따위를 파는 장사치들은 진을 치고 드러누워 있는 사람들의 팔다리 위를 지나가며 마찬가지로 거침없는 쉰 목소리로 호객을 했다.

우리가 도착했던 당시에 토레 해변의 풍경이 바로 그러했다. 정말 장관이었다. 하지만 우리는 너무 이른 철에 왔다는 것을 깨닫게 되었다. 때는 팔월 중순이었는데, 이탈리아의 피서철은 아직 한창이었던 것이다. 외국인으로서는 이곳의 매력을 제대로 음미하기에는 마땅치 않은 때였다. 해변의 산책로에 늘어선 야외 카페들은 오후가 되면 북새통을 이루었다. 가령 우리가 이따금 앉아 있던 '에스퀴지토' 카페 역시 마찬가지였다. 이 카페에서는 마리오라는 종업원이 우리의 시중을 들어주었는데, 이 인물에 관해서는 조만간 이야기할 기회가 올 것이다. 카페에는 빈자리가 거의 눈에 띄지 않았고, 악단들은 피차 안면 몰수한 채 서로 방해를 해 대는 통에 뒤죽박죽이 되었다. 더구나 오후가 되면 매일 포르토클레멘테에서 사람들이 몰려오곤 했다. 그쪽 유원지가 불편해진 휴양객들에겐 토레가 바람 쐬러 다녀올 만한 데로 인기를 끄는 것은 당연했다. 그리고 두 곳을 연결해 주는 지방 도로의 노변에 늘어선 월계수와 협죽도(夾竹桃) 덤불은 붕붕거리며 오가는 피아트 자동차 때문에 두께가 1인치는 되어 보이는 뿌연 먼지를 눈처럼 뒤집어쓰고 있었다. 눈에 거슬리는 진풍경이었다.

정말이지 토레 디 베네레에 가려면 해수욕장의 인파가 빠져나간 뒤인 9월이나, 아니면 남쪽 나라 사람들이 물에 뛰어들고 싶은 유혹을 느낄 정도로 바닷물의 수온이 올라가기 전인 5월이 좋다. 피서철을 전후해서도 비어 있는 것은 아니지만 그래도 한결 덜했고, 민족색이 덜 드러났다. 8월만 해도 보통 숙박업소의 식당이나 방갈로의 차양막 아래는 온통 영국, 독일, 프랑스 사람들로 꽉 들어차 있는 반면 대형 호텔은 완전히 피렌체 사람들과 로마 사람들이 독차지하다시피해서, 외국인이 들어가면 혼자 고립되고 잠시 이류 손님이 된 듯한 느낌이 들 정도였다. 우리는 이곳의 숙박업소 중에 개인적으로 아는 곳도 없었기에 대형 호텔에 투숙하게 되었다.

도착하던 날 저녁에 우리는 그런 경우를 겪게 되어 다소 기분이 언짢았다. 우리는 저녁을 먹으러 호텔 식당으로 들어갔는데, 담당 종업원이 어떤 자리로 안내해 주었다. 그 자리도 전혀 나무랄 데가 없긴 했지만, 유리창 너머로 바다가 내다보이는 매력적인 베란다의 광경에 매료되었다. 거기에도 홀과 마찬가지로 사람들이 들어차 있었지만 빈자리가 전혀 없지는 않았고, 작은 테이블마다 빨간 갓이 씌워진 램프가 발갛게 켜져 있었다. 아이들은 이 멋진 광경에 넋이 나갈 정도였다. 우리는 별 생각 없이 베란다에서 식사를 하면 더 좋겠다는 뜻을 전달했는데, 그것은 사정을 모르고 한 말이라는 것이 밝혀졌다. 종업원이 다소 당황하며 정중한 태도로 알려 준 바에 따르면, 그 아늑한 자리에는 '우리 고객들'만이 앉을 수 있다는 것이었다. 우리 고객이라니? 우리가 바로 이 집의 고객이 아닌가. 우리는 그냥 지나가는 손님이나 하룻밤 묵고 가는 손님이 아니라 3, 4주 동안이나 이 호텔에 묵을 고객이었던 것이다. 그렇지만 우리는 빨간 등불이 있는 자리에서 식사하는 손님들과 우리 같은 손님의 차이를 해명해 달라고 굳이 고집하지 않고, 평범하고 소박한 조명이 비추는 홀 안의 테이블에 자리를 잡고서 저녁 식사를 했다. 식사는 그저 평균 수준에 판에 박힌 호텔식이어서, 아무런 개성도 없고 맛도 별로였다. 그런 일이 있고 나서 우리는 물 쪽으로 열 걸음 정도만 더 들어가면 나오는 엘레오노라 여관의 식사가 훨씬 낫다는 것을 알게 되었다.

우리는 그러니까 그 대형 호텔에 채 익숙해지기도 전에, 사나흘 후부터 그쪽으로 숙소를 옮겼던 것이다. 베란다나 예쁜 등불 때문은 아니었다. 종업원이나 심부름꾼들과 금방 친해져서 바닷가 사람들 특유의 흥겨운 분위기에 반한 아이들은 그런 색깔의 유혹 따위는 금방 잊어버렸다. 그렇지만 베란다를 이용할 수 있는 일부 고객들, 정확히 말하면 그들 앞에서는 더 친절한 봉사를 하는 호텔 운영진 측과는 애초부터 지내기 불편한 인상을 심어 줄 법한 이런 유의 갈등이 금방 생겨났다. 그중에는 모 왕실 가문이라는 로마의 고위 귀족도 포함되어 있었다. 그들 일행이 투숙한 방들은 우리 방과 인접해 있었기에, 대단한 여자인 데다 열성적인 애 엄마이기도 한 그 귀부인은 우리 집 아이들이 바로 얼마 전에 함께 앓았던 백일해 기침의 뒤끝 증세를 보이자 질겁을 했다. 이제 기침이 낫기는 했지만, 여전히 밤이 되면 이따금 가벼운 후유증이 나타나서 평소에는 아무리 흔들어도 깨지 않는 작은 아이가 잠을 설치곤 했던 것이다. 이 병의 진상은 아직 거의 밝혀지지 않았기에 미신이 먹혀들 여지도 상당했다. 그래서 우리는 이 고상한 이웃집 여성이 백일해 기침은 급성으로 전염된다는 속설을 무조건 믿고 자기 아이들한테 나쁜 영향을 주지 않을까 두려워한다고 해서 그녀를 결코 밉게 보지는 않았다. 자신의 명망을 한껏 의식하는 여자답게 그녀는 호텔 운영진 측에 압력을 넣었고, 호텔 측에서는 얼굴이 잘 알려진 프록코트 차림의 지배인이 직접 서둘러 나서서 대단히 유감스럽지만 이런 상황에서는 어쩔 수 없이 부속 건물로 숙소를 옮길 수밖에 없겠다는 뜻을 전해 왔다. 우리는 아이들 병세가 다 나았다고 보아도 좋을 만큼 거의 가라앉는 단계이니 주위에 위험을 끼칠 우려는 전혀 없다고 아주 자신 있게 말했다. 그러자 우리의 권리를 인정한답시고 그쪽에서 내놓은 제안이란, 이 문제를 의학적인 견지에서 규명하도록 그 집안의 주치의를—우리가 불러오는 의사는 안 되고 오직 그 집안의 주치의만을—불러와서 결정을 내리자는 게 고작이었다. 우리는 이 제안에 동의했다. 그렇게 하면 그 귀부인을 안심시킬 수 있는 동시에 우리로서도 방을 옮겨야 하는 번거로움을 피할 수 있다고 확신했던 것이다. 그렇게 해서 불려온 의사는 자신의 학문을 충실하고 정직하게 받드는 사람이 분명했다. 그는 아이들을 진찰하더니 병이 다 나았으며, 조금도 염려할 필요가 없다고 말했다. 우리는 당

연히 그것으로 그 가벼운 소동이 해결되었다고 믿었다. 그런
데 지배인은 부속 건물로 숙소를 옮겨야겠다고, 의사의 확인
을 거쳤더라도 그럴 수밖에 없겠다고 단언하는 것이었다.

그런 식의 아첨 근성에 우리는 화가 치밀었다. 우리가 당한
이 뻔뻔스러운 식언이 그 귀부인의 뜻이라고는 믿지 않았다.
그 비굴한 업소 주인은 그녀에게 의사의 판정을 알려 줄 엄두
도 못 냈을 것이다. 어떻든 우리는 차라리 이 호텔을 당장 떠
나겠다는 뜻을 전하고는 짐을 쌌다. 우리는 홀가분한 심정으
로 그럴 수 있었다. 그 사이에 이미 우리는 가정집처럼 친근감
을 주는 외양부터가 금방 눈에 띄었던 엘레오노라 여관 쪽과
오다가다 인연을 맺게 되었고, 안주인 안지올리에리 부인과는
허물없이 지내는 사이가 되었던 것이다. 안지올리에리 부인은
검은 눈에 우아한 인상을 주는 여성으로 전형적인 토스카나[2]
지방 사람이었다. 나이는 삼십 대 초반 정도였고, 남쪽 나라 여
성들 특유의 은은한 상앗빛 피부를 갖고 있었다. 그녀의 남편
은 옷차림이 단정하고 말이 별로 없는 대머리 사내였는데, 피
렌체에 이보다 더 큰 여관을 가지고 있어서 여름철과 초가을
무렵에만 토레에 있는 이 분점을 관리하러 왔다. 그런데 예전
에는, 그러니까 두 사람이 결혼하기 전에는, 우리의 새 안주인
은 상류층 사람들의 말 상대가 되어 주거나 여행 안내자, 극
장의 의류 보관소 직원 등을 전전했으며, 두세[3]의 친구이기도

2) 이탈리아 중부의 주(州) 이름.
3) 이탈리아의 유명한 여배우 엘레오노라 두세(Eleonora Duse, 1859~1924)
를 말한다.

했다. 그녀는 그 당시를 당당하게 자신의 삶에서 멋지고 행복했던 시절로 여겼으며, 우리가 처음 그 집에 찾아갔을 때에도 금방 활기차게 그 시절에 대한 이야기를 시작했다. 진심 어린 헌사(獻辭)가 적혀 있는 그 유명한 여배우의 사진이 숱하게 많았고, 한때 그런 인물과 어울려 지내던 시절을 떠올리게 하는 또 다른 기념물들이 안지올리에리 부인의 방 안에 있는 작은 테이블과 장식장들을 꾸미고 있었다. 그녀의 흥미로운 과거에 대한 숭배가 지금 하고 있는 일의 매력도 어느 정도 높여 주는 것은 분명했다. 우리에게 집 안을 두루 구경시켜 주면서 들려준 이야기에 의하면 지금은 세상을 떠나고 없는 그 여주인공은 마음씨가 여린 선량한 여성이었고, 가슴에서 우러나오는 천재성을 지녔으며, 깊고 섬세한 감성의 소유자였다는 것이다. 우리는 탁탁 끊어지듯이 울리는 토스카나 지방 특유의 어조로 그녀가 들려주는 이야기를 재미있게 유심히 들었다.

우리는 그 집으로 짐을 옮겼다. 대형 호텔의 종업원들은 어린아이를 좋아하는 이탈리아 사람들 특유의 좋은 품성을 지녔기에 몹시 서운해했다. 어떻든 우리한테 할당된 방은 한적하고 아늑했다. 바다가 보이는 쪽으로는 어린 플라타너스가 늘어선 거리가 해변 산책로와 만나고 있어서 편안한 느낌을 주었고, 식당 홀에는 안주인이 자리를 지키고 있었다. 안지올리에리 부인은 매일 점심 때마다 시원하고 깔끔한 수프를 손수 담아 주었는데, 시중을 드는 태도가 세심하고 마음에 들었다. 음식 맛도 일품이어서 빈에서 이 집을 알고 찾아오는 사람까지 있을 정도였다. 우리는 저녁 식사를 마치고 그런 손님들과 집 앞에서 담소를 나누곤 했다. 그 밖에도 이 집을 알고 찾아오는 손님들은 더 있었다. 그렇게 해서 만사가 순조롭게 풀리는 듯했다. 우리는 숙소를 바꾼 것이 너무나 기뻤고, 흡족한 휴가를 보내기에 전혀 부족함이 없었다.

그런데도 도무지 기분이 썩 좋아지지는 않았다. 어쩌면 숙소를 옮기게 된 계기가 어이없어서 마음이 개운치 않았을지도 몰랐다. 내 개인적인 심정을 고백하자면, 그런 식으로 이 지방에서나 통용될 인간미를 발휘한답시고 아무 생각 없이 권력을 남용하는 불의와 비굴한 타락상을 겪고서 도저히 그냥 잊고 넘어가기는 힘들었다. 그 일은 너무 오래도록 뇌리에서 떠나지 않았으며, 화가 치밀어 두고두고 다시 생각하지 않을 수 없게 만들었다. 하지만 이런 현상이 터무니없이 자명하고 당연하게 통용되었기에 다시 생각해 보았자 부질없는 일이었다. 그러면서도 우리가 그 대형 호텔 쪽과 사이가 벌어졌다고 느낀 적은 한번도 없었다. 아이들은 전과 다름없이 그쪽 종업원들과 친하게 지냈고, 그쪽 직원이 아이들의 장난감을 고쳐 주기도 했던 것이다. 우리는 이따금 식당 정원에서 차를 마시기도 했는데, 그 귀부인과 얼굴이 마주치는 경우도 없지 않았다. 그녀는 산호처럼 붉게 입술을 칠하고 우아한 기품이 느껴지는 단호한 걸음걸이로 나타나서, 영국인 보모가 돌보고 있는 귀여운 아이들을 둘러보곤 했다. 우리 집 작은아이는 그녀가 나타나기만 하면 표정이 굳어지면서 헛기침도 제대로 나오지 않았건만, 정작 그녀는 우리가 신경이 쓰일 정도로 가까운 자리에 있으리라고는 전혀 짐작도 못 하는 것 같았다.

날씨는 찌는 듯이 무더웠다. 굳이 비교하자면 아프리카의 더위에 비길 만했다. 쪽빛의 시원한 해안에서 벗어나기 무섭게 폭염이 기승을 부렸다. 점심을 먹기 위해 해변에서 불과 몇 걸음만 걸어가는 것도 미리 한숨부터 나오는 고역이 될 만큼 지독한 더위였다. 아무것도 걸치지 않은 수영복 차림인데도 그랬다. 그런데도 이런 데가 좋으냐고 의아해하는 사람도 있을 것이다. 더구나 몇 주씩이나. 물론 좋다. 이곳은 남쪽 나라고, 고전적인 분위기를 맛볼 수 있다. 인간성이 꽃피는 문화적 풍토를 호흡할 수 있고, 호메로스가 예찬했던 바로 그 태양을 만끽할 수 있는 것이다. 이곳의 매력은 얼마든지 더 열거할 수 있다. 그런데 얼마 지나서 그런 매력에도 금방 심드렁해지자 나는 무료해서 어쩔 줄 모르게 되었다. 텅 비어 있는 이글거리는 하늘도 날이 갈수록 견디기 부담스러워졌다. 햇빛의 현란한 색조와 전혀 굴절되지 않은 채 거침없이 내리쬐는 햇살은 물론 축제의 기분을 불러일으켰고, 날씨가 변덕스럽게 오락가락하는 일은 전혀 없었기에 안심할 수 있었다. 그렇긴 하지만 애초부터 그럴 줄 알고 미리 마음의 준비를 하지 않은 상태에서는 뭔가 좀 더 심오한 것을 바라는, 덜 단순한 북방 기질의 사람은 오히려 마음이 메말라가는 듯한 불만을 느끼게 되고, 결국에는 모종의 경멸감까지 품게 마련이다. 백일해 기침으로 인한 어이없는 일만 벌어지지 않았어도 내가 그런 느낌을 갖지는 않았을 거라는 독자 여러분의 짐작은 옳다. 나는 자극받은 상태였기에 아마 그런 느낌을 떨치지 못했을지도 모른다. 이미 내 마음속에 준비되어 있는 정신적 성향을 반쯤은 무의식적으로 끄집어내어, 그런 북방인 특유의 느낌을 일부러 조성하지는 않았을지라도 정당화하고 강화시키려 했을 것이다. 그렇지만 이 경우에는 우리의 고약한 의지도 작용했다는 사실을 고려할 필요가 있다. 바다에 관해 말하자면, 오전 시간 동안 부드러운 모래에 파묻혀 바다의 끝없는 장관을 바라보면서도 그런 풍광을 문제 삼는다는 것은 있을 수 없는 일이다. 그런데도 우리는 그것마저 못마땅했다. 모든 경험에 어긋나게도 해변에서도 편치 않았으며, 유쾌한 기분에 잠길 수 없었던 것이다.

그러기엔 아직 너무 이른 철이었다. 이미 말했듯이 해변은 여전히 유별나게 쾌활한 이 나라 중산층 사람들의 수중에 있었던 것이다. 이 점에서도 독자 여러분의 짐작은 옳다. 젊은이들 중에는 품성이 좋고 건강한 세련미를 갖춘 경우를 많이 목격하긴 했지만, 나는 어쩔 수 없이 범속한 인간들과 소시민들에게 둘러싸여 있었다. 독자 여러분도 인정하겠지만, 그런 근성은 우리나라에 비해 이 나라에서는 매력이 떨어지게 마련이다. 이 나라 여자들은 목소리가 크다. 때로는 내가 서구 성악 예술의 본고장에 와 있다는 사실이 믿기지 않았다. "푸지에로!" 나는 지금까지도 그렇게 부르는 소리가 귀에 쟁쟁하다. 20일 동안의 오전 시간 중에 바로 옆에서 그 소리가 터져 나오는 것을 족히 백 번은 들었던 것이다. 전혀 가다듬지 않은 쉰 목소리에다 억양도 엉망이었고, '푸지에로' 할 때의 '에'는 쟁쟁 울리는 터진 소리로 발성했으며, 상투화된 절망의 감정을 내뱉는 소리였다. "푸지에로! 대답 좀 해!" 그럴 때 'sp'[4]는 통속적인 어투대로 더 두드러지게 소리 내기 위해 '슈프'로 발음되었다. 그렇지 않아도 기분이 잔뜩 상해 있는 마당에 그런 소리까지 들으니 짜증스러워 견딜 수 없었다. 그것은 어떤 꼴사나운 소년을 부르는 소리였다. 그 소년은 햇볕에 너무 노출되어 양 어깨 사이에 보기 역겨운 화상 자국이 있었다. 그 소년이 연출한 역겨움과 흉물스러움과 짓궂음은 내가 상상할 수 있는 한 가장 극단적인 것이었다. 게다가 그 녀석은 대단한 엄살쟁이여서, 통증을 참지 못하고 자지러지는 바람에 온 해수욕장을 발칵 뒤집어 놓기까지 했다. 그러니까 어느 날 물속에 들어갔다가 게한테 발가락을 물리자 그 대수롭지 않은 불쾌감 때문에 마치 고대 설화에 나오는 영웅들의 절규를 연상케 하는 비명을 질러 댔던 것이다. 그 비명 소리는 등골이 오싹해질 정도여서 끔찍한 재난이라도 당한 듯한 느낌을 불러일으켰다. 자기가 치명적인 독을 품은 게에게 물렸다고 생각하는 게 분명했다. 물으로 기어 나온 소년은 외관상으로는 참을 수 없는 고통 때문에 나뒹굴면서 '으아아!' 또는 '아이고!' 하며 울부짖었다. 그리고 팔다리를 세차게 버둥거리면서, 비통한 나머지 애원하다시피 아들을 달래려는 자기 어머니를 뿌리쳤고 또 어머니보다 뒤에 떨어져 있는 사람들이 말을 걸어오는 것도 한사코 마다했다. 이 소동 때문에 온 사방에서 사람들이 달려왔다. 의사도 불려 왔는데, 우리 아이의 백일해 기침에 대

---

4) 바로 앞에 나온 '대답 좀 해!'라는 말이 작품의 원문에는 이탈리아어로 'Rispondi al mèno!'라고 되어 있다. 따라서 여기서 말하는 'sp'는 Rispondi라는 낱말의 'sp'를 가리킨다.

해 그토록 침착한 판단을 내렸었던 바로 그 의사였다. 이번에도 그의 학문적인 정직함은 진가를 발휘했다. 그는 소년을 기분 좋게 달래면서 전혀 아무런 이상도 없다고 밝혔다. 그리고 가볍게 물린 상처를 찬물로 가라앉히려면 그저 환자를 다시 물속으로 데려가면 그만이라고 권했다. 그런데 그러는 대신 그 '푸지에로' 녀석은 마치 어디서 추락하거나 물에 빠진 사람처럼 즉석에서 만든 들것에 실려 수많은 사람들이 따라가는 가운데 해변을 떠나갔다. 그러더니 바로 다음 날 아침에 시치미를 떼고 다시 나타나 다른 아이들이 모래성을 쌓고 노는 것을 훼방 놓는 것이었다. 한마디로 꼴불견이었다.

그런데 이 열두 살짜리 소년은, 우리에게 너무 근사한 이 휴가를 자꾸만 기분 잡치게 만든 모종의 공공연한 분위기를 조성한 주범이었다. 이곳에는 딱히 뭐라고 꼬집어 말할 수 없는 그런 분위기가 감돌았다. 묘하게도 이곳 분위기에는 순박함이나 무엇에도 얽매이지 않는 활달함이 결여되어 있었다. 이곳 사람들은 체면을 중시했다. 처음에는 어찌된 영문인지 제대로 알아차릴 수 없었지만, 이곳 사람들은 품위를 지키려고 애썼고, 자기 나라 사람이든 외국인이든 유별나게 진지하고 신중한 태도로 대하면서 눈에 띄게 서로 명예심을 앞세웠다. 어째서 그랬을까? 금방 깨달은 사실이지만, 이것은 정치적인 문제와 관련이 있었다. 말하자면 민족 감정이 작용하고 있었던 것이다. 실제로 해변에는 애국소년단 아이들이 북적대고 있었다. 자연스럽지 못하고, 의기소침하게 만드는 현상이었다. 그러니까 아이들도 사람 구실을 하느라 별도의 사회 집단을 이루고,

말하자면 독자적인 민족 단위를 형성한 셈이 되는 것이다. 비록 짧은 어휘에 제각기 다른 나라 말을 사용하긴 하지만 아이들은 세계 어디서든 생활 형태가 비슷하기 때문에 당연히 서로 쉽게 어울리게 마련이다. 우리 집 아이들 역시 이 나라 아이들이나 또 다른 국적의 아이들과 금방 어울려 놀게 되었다. 그렇지만 우리 집 아이들은 까닭 모를 실망감 때문에 힘들어하는 게 분명했다. 모종의 자존심을 건드리는 민감한 문제들이 발생했던 것이다. 물론 이런 경우에 자존심이라는 것은 교육적인 견지에서도 너무 까다로운 문제여서 굳이 자존심이라는 말을 써야 할지도 의문이었다. 말하자면 아이들은 깃발을 가지고 실랑이를 벌이며 명예와 우열을 다투었다. 어른들이 개입을 해도 중재를 해 주기보다는 판정을 내려 주는 쪽이어서, 아이들이 다투는 기준을 그대로 고수하는 꼴이 되었다. 말투에서도 이탈리아의 위대함과 품위를 드러내려 했다. 아이들의 놀이를 망쳐 놓는 불쾌한 말투였다. 결국 우리는 우리 집 아이들이 기가 죽어 속수무책으로 물러서는 것을 보게 되었고, 아이들한테 어느 정도 사태를 납득시키려고 애쓰곤 했다. 우리는 설명하기를, 이 나라 사람들은 지금 막 병치레 비슷한 어떤 상태를 겪었고, 그래서 그 사람들 말마따나 유쾌한 일은 아니지만 아마 어쩔 수 없이 그럴 수밖에 없을 거라고 했다.

결국 우리 스스로 인정하고 당연시하고 만 그런 상태와 갈등을 일으키게 된 것은 우리 잘못 때문이었다. 우리가 부주의한 탓이었다. 게다가 또 다른 갈등까지 겹쳤다. 그러니까 앞서 벌어진 일들이 순전히 우발적으로 야기된 것은 아닌 듯했다.

요컨대 우리가 공중도덕을 어긴 꼴이 된 어떤 일이 벌어졌다. 여덟 살배기 우리 집 딸아이는 신체의 발육 상태로 보면 나이보다 족히 한 살은 더 어려 보였다. 참새처럼 몸이 마른 아이는 수온이 허락하는 한도 내에서는 비교적 오랫동안 물속에 들어가 있다가 다시 옷이 젖은 채로 해변에서 놀이를 계속하곤 했다. 그래서 아이는 우리한테 허락을 얻어서, 모래가 달라붙어 뻣뻣해진 옷을 물에 헹구려 했다. 더럽혀지지 않게 해서 다시 입으려는 것이었다. 그래서 아이는 불과 몇 미터 떨어져 있는 물까지 벗은 채로 달려가서 수영복을 털어 내고 돌아왔다. 그런데 아이의 그런 행동, 곧 우리의 행동이 사람들에게 한결같이 조소와 못마땅한 불쾌감을 불러일으킬 줄 누가 알았겠는가? 설교를 하려는 것은 아니지만, 어느 나라를 막론하고 지난 몇십 년 사이에 사람들이 인체를 대하는 태도, 특히 벌거벗은 몸을 대하는 태도는 사람들의 감정을 지배할 만큼 근본적으로 바뀌었다. 세상에는 사람들이 '아무런 생각 없이' 대하는 것들이 있게 마련이다. 전혀 자극적이지 않은 어린아이의 몸에 대해 우리가 한때 인정했던 그 자유로움도 바로 그런 예에 속한다. 그런데 여기서는 어린아이의 몸도 자극으로 받아들여지는 것이었다. 애국소년단 아이들은 괴성을 질렀다. '푸지에로' 녀석은 손가락을 입에 대고 휘바람을 불어 대기까지 했다. 우리 가까이 있던 어른들 역시 흥분해서 큰 소리로 이야기를 주고받는 것으로 보아 조짐이 심상치 않았다. 도시풍의 연미복에다 해수욕장에서는 어울릴 법하지 않은 중절모까지 걸친 어떤 신사가 당황해서 어쩔 줄 모르는 자기 부인한테 시정하는 조처를 취하겠다고 말하더니 우리 앞으로 다가와서 공개 비난을 하는 것이었다. 감각을 즐길 줄 아는 남쪽 나라 사람 특유의 온갖 열정이 엉뚱하게도 점잔을 빼며 미풍양속을 훈계하는 용도로 쓰이게 된 것이다. 그 사람 주장에 의하면, 우리가 잘못을 인정해야 하는 몰염치함은 손님을 환대하는 이탈리아의 호의를 고마운 줄도 모르고 모욕적으로 악용한 것이나 다름없기에 더욱더 비난받아 마땅하다는 것이었다. 연미복을 입은 그 신사는, 공공 해수욕장에서 지켜야 할 수칙의 조항과 정신뿐 아니라 조국의 명예까지도 파렴치하게 손상되었으며, 자기는 조국의 명예를 지키고자 우리의 국위 침해 행위가 그냥 어물쩍 넘어가지 못하도록 신경을 쓰겠다는 것이었다.

우리는 과연 그럴 수 있겠다는 듯이 고개를 끄덕이며 이 달변을 들어 주느라 최선을 다했다. 잔뜩 열이 오른 이 사람한테 맞서 보았자 또 다른 실수로 꼬리를 잡힐 게 뻔했기 때문이다. 물론 이런저런 할 말이 목구멍까지 올라왔다. 예컨대 손님을 환대한다는 말을 가장 순수한 의미로 이 자리에서 들먹이기에는 반드시 모든 상황이 들어맞지도 않았다. 또 솔직히 말하면 우리는 이탈리아의 손님이라기보다는, 바로 몇 해 전부터 유명한 여배우 두세의 친구로서 누리던 명성 대신 손님을 환대하는 것으로 이름난 안지올리에리 부인의 손님이기도 했다. 그리고 이 아름다운 나라에서 그렇게 덜떨어진 체면치레와 과민 반응이 반드시 그래야 되는 것처럼 수긍을 얻을 정도로까지 이 나라의 도덕적 무관심이 한심한 지경일 줄은 미처 몰랐노라고 응수하고 싶기도 했다. 하지만 우리는 자제심을 발휘하여, 이 나라 사람들을 자극하거나 무시하려는 뜻은 추호도 없었다고 다짐하면서, 어린 위반자가 아직 몇 살 되지도 않았고 신체적으로 문제 될 여지는 없다는 언급과 함께 사과를 하는 것으로 그쳤다. 그래도 아무 소용이 없었다. 우리의 다짐은 믿을 수 없고 우리의 변명은 설득력이 없으니, 본보기로 혼이 나야 된다고 우기는 것이었다. 아마도 그가 전화를 걸었는지 당국에 신고가 들어갔고, 담당자가 해변에 나타났다. 그는 이 사안을 매우 진지하게 받아들여 '엄중한 위반'이라 단언했고, 그래서 우리는 그 사람을 따라 관할 구청까지 가야만 했다. 그곳에서 직급이 더 높은 관리는 '엄중한 위반'이라는 잠정적 판정을 다시 한번 확인시켜 주었다. 그러고서 빳빳한 모자를 쓴 그 신사와 아주 똑같이 공공연히 지방색을 드러내는 교훈적인 어조로 우리의 행위를 나무라고는 벌금과 보석금을 합쳐 50리라를 부과했다. 우리는 이런 모험을 치르자면 이탈리아의 국고에 이 정도의 기여금은 낼 만하겠다고 생각하고서 벌금을 물고 나왔다. 이쯤 되면 이곳을 떠나야 하지 않았을까?

그랬으면 오죽 좋았을까! 그랬더라면 그 소름 끼치는 치폴라는 피할 수 있었을 것이다. 하지만 여러 사정이 겹쳐서 다른 곳으로 옮기려는 결심을 억누를 수밖에 없었다. 사람들이 고통스러운 상황에서 벗어나지 못하는 것은 나태하기 때문이라고 어느 시인은 말한 적이 있다. 우리가 고집을 버리지 못한 이유를 설명하자면 그런 통찰을 끌어들일 수도 있을 것이다. 또한 그런 일을 겪고 나면 금방 물러서고 싶지 않은 게 사람의 마음이기도 하다. 있을 수 없는 일을 당했다는 사실을 인정하고 싶지 않은 것이다. 특히 주위에서 공감을 표시하여 반발심을 북돋우는 경우에는 더욱 그렇다. 엘레오노라 여관 사람들은 하나같이 우리가 부당한 일을 당했다고 입을 모아 말했다. 식사 후의 테이블에서 알게 된 이탈리아 사람들은 그런 일이 결코 이 나라의 명예에 보탬이 되지 않을 거라고 주장하면서, 연미복을 입은 그 신사에게 같은 나라 사람의 입장에서 답변을 들어 보자는 의견을 피력했다. 하지만 당사자는 이미 해변에서 자취를 감추고 없었다. 사건 다음 날 벌써 자기 일행과 함께 이곳을 떠났던 것이다. 물론 우리 때문에 떠난 것은 아니었지만, 금방 이곳을 떠난다는 생각 때문에 그의 행동이 더욱 과감했을 법도 했다. 어떻든 그가 떠나가서 우리는 홀가분해졌다. 결론적으로 말하면, 우리가 그곳에 계속 머물러 있었던 것은 이 휴양지가 신기해 보이기 시작했기 때문이다. 신기함이란 편하든 불편하든 상관없이 그 자체로 어떤 가치를 의미하는 것이다. 어떤 체험이 완벽하게 유쾌함과 신뢰감을 주지는 않을 것 같다고 해서 대뜸 돛을 내리고 체험을 회피해야 옳을까? 인생에서 다소 섬뜩하고 꼭 편하지만은 않은 일이 벌어진다고 해서, 다소 괴롭거나 속상한 일이 생긴다고 해서 인생을 '떠나는' 것이 옳을까? 그럴 수는 없다. 그대로 머물러 있어야 하는 것이다. 인생을 구경해야 하고, 인생을 향해 자신을 드러내 보여야 한다. 그래야만 뭔가 배울 게 생기는 것이다. 그래서 우리는 그대로 머물러 있었다. 그리고 우리의 의연함에 대한 깜짝 놀랄 보답으로, 치폴라라는 인물이 인상적이고도 불길한 모습을 드러냈다.

미처 언급하지 않았지만, 우리가 당국의 제재를 받은 바로 그 무렵 피서철은 막 한고비를 넘겼다. 우리를 고발했던, 빳빳한 모자를 쓴 그 신사가 해수욕장을 떠나간 유일한 손님은 아니었다. 사람들이 대규모로 빠져나갔고, 물건 꾸러미를 실은 많은 손수레들이 정거장으로 가는 것을 볼 수 있었다. 해변에서 민족색은 자취를 감추었다. 토레에서 지내는 생활, 카페와 삿갓솔 가로수가 늘어서 있는 길거리에서 보내는 시간들은 좀 더 유럽적인 것이 되었고, 그만큼 더 친근감을 주었다. 어쩌면 이제는 그 대형 호텔의 유리 베란다에서 식사를 할 수 있을지도 몰랐다. 하지만 우리는 그 호텔에 대해서는 거리를 유지하면서, 안지올리에리 부인이 마련해 준 식탁에서 아주 편안하게 지내고 있었다. 편하게 지냈다고는 하지만 물론 이 고장 지신(地神)처럼 따라다니는 미묘한 분위기를 감안할 때 그랬다는 말이다. 하지만 기분 좋게 느껴진 이러한 변화와 더불어 날씨도 바뀌어서, 그 수많은 피서객의 휴가 달력과 미리 맞춰 놓기라도 한 듯이 거의 때가 들어맞았다. 하늘이 흐려지기 시작했다. 그렇다고 더 시원해지지는 않았다. 우리가 도착한 이래 18일 동안이나(아마도 이미 그보다 오래전부터) 거침없이 쏟아지던 뜨거운 열기가 가시는 대신 후텁지근한 시로코 바람5)이 불어오기 시작했던 것이다. 그리고 오전마다 나가 쉬곤 하던 빌로드 자리는 이따금 엷은 빗발에 적셔지곤 했다.

---

5) 아프리카에서 발생하여 지중해 연안으로 불어오는 고온다습한 바람.

또한 우리가 토레에서 보내기로 한 기간의 3분의 2가 그럭저럭 지나갔다는 사실도 언급해야겠다. 이제 김이 빠지고 빛깔이 흐려진 바다 수면 위로 게으른 해파리들이 떠오른 것도 어떻든 새로운 현상이었다. 햇볕이 거침없이 쏟아질 때에는 그렇게 원망을 했으면서, 이제 와서 다시 햇볕을 그리워한들 부질없는 생각일 것이다.

그러니까 이 시점에서 치폴라가 모습을 드러냈다. 어느 날 엘레오노라 여관의 식당을 비롯하여 온 사방에 포스터가 나붙었는데, 거기에는 '기사(騎士) 치폴라'라는 이름이 적혀 있었다. 그는 순회 예술가에다 연예인이요, 막강한 힘을 가진 마술사로서 술수에 뛰어난 달인이었다. 적어도 그 자신이 내세우는 직함은 그러했다. 그는 토레 디 베네레의 훌륭한 관객 여러분을 모시고 신비롭고 깜짝 놀랄 만한 묘기를 보여드릴 생각이라고 했다. 마술사라니! 그런 선전은 우리 집 아이들의 호기심을 사로잡기에 충분했다. 아이들은 아직까지 그런 공연을 구경한 적이 없었기에, 이를 계기로 이번 휴가 여행 중에 최고로 들뜨게 되었다. 그때부터 아이들은 마술사의 저녁 공연 입장권을 사 달라고 졸라 대기 시작했다. 우리는 공연 시작 시간이 아홉 시로 늦게 잡혀 있어서 처음부터 꺼림칙하긴 했지만, 아마 대단치도 않을 치폴라의 재주를 몇 가지 구경하고 집으로 돌아오자는 생각에 굴복하고 말았다. 아이들은 다음 날 아침에 푹 자면 될 거라는 계산도 했다. 그래서 우리는 안지올리에리 부인이 맡아 가지고 있던 여러 장의 우등석 입장권 중에 네 장을 구입했다. 그녀는 이 사람의 묘기가 과연 볼 만한지 자신하지 못했으며, 우리 역시 그런 기대는 거의 없었다. 하지만 어느 정도 기분 전환을 할 필요성은 우리 자신도 느꼈으며, 아이들의 조급한 호기심이 어떻게든 우리한테 옮아온 것도 분명했다.

기사가 자기 재주를 선보이기로 되어 있는 공연장은 한창 피서철에는 매주 다른 프로의 영화를 상영하던 홀이었다. 우리는 그곳에 들어가 본 적이 없었다. 그곳에 가려면 군주제 시대에 지어져서 지금은 개인 소유로 되어 있는 성곽 비슷한 담장을 지나, 약방과 이발소 그리고 온갖 잡화점들이 눈에 띄는 이 지역 중심가를 지나가야 했다. 말하자면 봉건 시대의 유적에서 출발하여 시민 시대를 거쳐 민중적인 생활 현장으로 이어지는 거리였다. 그 거리는 가난한 어부들의 주거지에서 여러 갈래로 갈라지면서 끝났던 것이다. 어부들의 집 대문 앞에서는 노파들이 그물을 꿰매고 있었다. 바로 이 동네에 '공연장'이 있었다. 대중적인 환경에 자리 잡은 셈이었다. 공연장이라고는 하지만 건물 자체는 판자로 지은 가건물보다 나을 게 없었다. 그래도 공간은 널찍했다. 대문 비슷하게 달아 놓은 입구의 양쪽은 천연색 포스터들로 겹겹이 장식되어 있었다. 공연 예정일에 우리는 저녁을 먹고 얼마쯤 있다가 어두컴컴한 길을 더듬어 그곳으로 갔다. 축제 분위기를 내는 옷차림을 한 아이들은 이렇게 많은 예외가 허용된 것에 너무나 기뻐했다. 며칠째 후텁지근한 날씨가 계속되고 있었고, 이따금 번개가 치면서 비도 조금 내렸다. 우리는 우산을 쓰고 갔다. 15분 정도 걸리는 거리였다.

통로에서 입장권 검사를 받고서 우리는 직접 우리 자리를 찾아가야 했다. 우리 자리는 세 번째 줄 왼쪽이었다. 자리에 앉으면서 깨달은 사실이지만, 그렇지 않아도 늦은 시작 시간은 더 헐렁하게 늦춰져 있었다. 이미 그럴 줄 알고 있었는지 관객들은 아주 늦게 느릿느릿 입장하기 시작해서 아래층에 자리들을 잡았는데, 어차피 칸막이 좌석이 따로 없었기 때문에 관람석은 아래층으로 한정되어 있었다. 이렇게 늑장을 부리자 우리는 다소 걱정이 되었다. 벌써 아이들 볼에는 기대감으로 인한 홍조에 피곤한 기색이 감돌았다. 그런데 유독 양쪽 통로와 뒤쪽에 있는 입석 자리들은 우리가 들어올 때 이미 꽉 차 있었다. 거기에는 가벼운 반팔 줄무늬 옷차림에 팔짱을 낀 온갖 부류의 남자들이 서 있었다. 어업에 종사하는 토레 디 베네레의 토박이들로, 눈초리가 부리부리한 사내들이었다. 우리는 이런 자리를 다채롭고 재미있게 해 주는 토박이 서민들이 와 있는 것을 너무 당연히 수긍했고, 아이들은 좋아서 어쩔 줄 몰랐다. 그중에는 아이들의 친구들도 있었고, 또 조금 떨어져 있는 해변으로 산책 가는 길에 얼굴을 익힌 사람들도 있었던 것이다. 한낮의 뜨거운 열기에 지친 태양이 바닷속으로 가라앉고 바닷가로 밀려오는 파도의 거품이 불그스레한 황금빛으로 물들 무렵이면 우리는 숙소로 돌아오는 길에 맨발의 어부 일행과 종종 마주치곤 했는데, 그들은 열을 지어 서서 길게 늘어지는 구령 소리에 맞춰 그물을 받치고 당기고 하면서 끌어올리고 있었다. 그러면서 대개는 얼마 되지 않는 바다의 수확물을 물이 뚝뚝 떨어지는 바구니에 추려 담고 있었다. 그러면 우리 집 아이들은 그들이 일하는 모습을 구경하다가 이탈리아 빵을 남자에게 건네주기도 하고 그물 당기는 일을 도와주기도 하면서 친해졌던 것이다. 이제 아이들은 입석 자리 사람들과 인사를 주고받았다. 저쪽에는 귀스카르도, 저쪽에는 안토니오 하는 식으로 이름까지 알고 있었다. 아이들은 손짓을 하면서 낮은 목소리로 인사말을 보냈고, 고개를 끄덕이거나 새하얀 이를 드러내며 웃어 보이는 식의 응답을 받았다. 그런데 한쪽에는 '에스퀴지토' 카페의 마리오도 보였다. 아이들한테 초콜릿을 가져다주는 마리오! 그도 마술사를 구경하려는 것이다. 일찍부터 와 있었던 게 분명했다. 거의 맨 앞쪽에 서 있었던 것이다. 하지만 우리를 알아보지는 못했다. 그는 주의를 기울여서 보지 않았다. 그는 원래 그런 친구였다. 음식점의 종업원인데도 말이다. 그 대신 우리는 해수욕장에서 작은 놀잇배를 빌려주는 사내한테 손짓을 했다. 맨 뒷자리이긴 했지만 그도 여기에 와 있었다.

아홉 시 십오 분이 지났고, 아홉 시 반이 거의 다 되었다. 독자 여러분도 이해하겠지만, 우리는 초조해졌다. 이러다가 언제나 아이들이 잠자리에 들 수 있을까? 아이들을 데려온 게 잘못이었다. 흥겨운 장면이 제대로 채 시작되기도 전에 단념하기를 기대하는 것은 너무 가혹한 처사일 것이다. 시간이 지나면서 일 층 앞쪽 자리도 제법 채워졌다. 토레 사람들이 거의다 모였다고 해도 좋을 정도였다. 대형 호텔의 손님들, 엘레오노라 여관과 여타 여관의 손님들, 해변에서 얼굴을 익힌 사람들도 있었다. 영어와 독일어도 들렸다. 프랑스어도 들렸고, 짐작건대 루마니아 사람들이 이탈리아 사람들과 이야기하는 소리도 들렸다. 안지올리에리 부인은 우리보다 두 줄 뒤쪽에 앉아 있었고, 그 옆자리에는 과묵한 대머리 남편이 있었는데, 그는 오른손 가운데 두 손가락으로 수염을 쓰다듬고 있었다. 모두들 지각을 했지만, 그렇다고 지나치게 늦게 오는 사람은 아무도 없었다. 치폴라는 관객들이 자신의 입장을 고대하도록 뜸을 들였던 것이다.

뜸을 들였다는 것은 아마 이 경우에 딱 들어맞는 표현일 것이다. 그는 늑장을 부림으로써 긴장을 고조시켰다. 관객들 역시 그런 매너를 이해할 줄 알았다. 하지만 이해하는 데에도 한도가 있게 마련이다. 아홉 시 반쯤 되자 관객들은 박수를 치기 시작했다. 더 이상 참지 않겠다는 당연한 권리를 애교스럽게 표현하는 방식이었다. 그런 박수는 덩달아 박수를 치고 싶게 만들기도 하는 것이다. 아이들은 박수를 함께 칠 수 있다는 것만으로도 벌써 즐거워했다. 아이들이란 모두 박수 치기를 좋아하게 마련이다. 군중의 분위기를 타서 누군가 힘차게 "어서 합시다!" 혹은 "시작하자구요!" 하고 외치는 소리가 들려왔다. 그다음 장면은 우리가 익히 보아 온 그대로였다. 어떤 장애가 그렇게 오랫동안 시작을 가로막았다 하더라도, 순식간에 시작은 용이해졌다. 시작을 알리는 종소리가 울렸고, 서 있는 자리 쪽에서 여러 사람이 '아!' 하는 감탄사로 그 소리에 응답을 하는 것과 동시에 막이 열렸다. 그러자 무대가 드러났는데, 무대장치로 보아 마술사의 연기장이라기보다는 학교 교실을 연상시키는 그런 무대였다. 특히 무대의 앞쪽 왼편에 받침대를 세워 놓고 그 위에 올려놓은 검은 칠판 때문에 더욱 그런 느낌이 들었다. 그 밖에도 흔히 보는 노란색 스탠드 옷걸이 하나와, 이 고장에서 흔히 사용하는 밀짚 쿠션 의자 몇 개가 놓여 있었다. 그리고 훨씬 뒤쪽에는 작은 원탁이 보였는데, 그 위에는 독특한 생김새의 쟁반에 물병과 컵, 그리고 연노랑색 액체가 가득 들어 있는 작은 술병과 조그만 술잔이 놓여 있었다. 이런 소도구들을 둘러보는 데에도 잠깐의 시간이 흘렀다. 그러고 나서 조명을 어둡게 하지 않은 채 치폴라 기사가 등장했다.

그는 빠른 걸음으로 들어왔다. 그의 걸음걸이는 관중들에게 뭔가를 보여 주겠다는 자세를 드러냈고, 또한 무대의 측면에 들어설 때부터 수많은 관객들에게 자기 얼굴을 보여 주기 위해 벌써 상당한 거리를 그런 속도로 걸어와서 막 도착한 듯한 착각을 불러일으켰다. 치폴라가 입고 있는 옷을 보면 그가 바깥에 있다가 막 들어온 듯한 느낌이 더했다. 이 사내는 나이를 짐작하기 힘들었지만, 젊지 않다는 것만은 분명했다. 얼굴은 날카로우면서도 찌든 인상을 풍겼다. 매서운 눈매에 입은 굳게 다물어 주름이 잡힐 정도였고, 작은 콧수염에는 기름을 발라 검은 윤기가 흘렀으며, 아랫입술과 턱 사이에 패인 골에는 이른바 파리수염이 나 있었다. 옷차림은 복잡하고 저녁 외출복 비슷해 보이게 멋을 낸 느낌을 주었다. 소매가 없고 통이 넓은 검정색 외투에 우단 칼라를 달았고, 그 위에 다시 공단으로 안을 댄 숄을 걸치고 있었다. 그는 흰 장갑을 낀 두 손으로 외투 앞자락을 거머쥐고 있어서 팔동작이 어색해 보였다.

그리고 목에는 하얀 목도리를 하고, 비스듬히 이마에 걸쳐진 둥그런 원통형 실크해트를 쓰고 있었다. 아마 이탈리아만큼이나 18세기가 그대로 살아 있는 나라도 드물 것이다. 그리고 18세기와 더불어, 장터에서 떠들썩하게 호객을 하듯이 웃음판을 벌이는 어릿광대 부류가 이만큼 그대로 남아 있는 나라도 없을 것이다. 그 시대에는 그런 어릿광대가 유행했으며, 오직 이탈리아에서만 당시의 모습을 상당히 근사하게 간직한 사례를 접할 수 있는 것이다. 치폴라는 전체적인 행색으로 보아 그런 역사적인 특징을 제법 간직하고 있었다. 그리고 어릿광대를 떠올리면 역시 빼놓을 수 없는 것이 과장되고 터무니없는 바보스러움인데, 그의 차림새에서 벌써 그런 인상이 풍겼다. 뭔가 굉장한 구실을 할 듯한 그의 의상은 잘못 펴거나 주름을 잘못 잡은 데가 여기저기 눈에 띄고 도무지 그의 몸에 어울리지 않아서 기묘한 느낌을 주었던 것이다. 마치 옷을 몸에다 그냥 걸어 놓은 듯한 차림새여서, 이 인물은 뭔가 제정신이 아니라는 느낌이 들었다. 나중에 더 분명히 드러났지만, 앞에서 보든 뒤에서 보든 마찬가지였다. 그렇지만 그의 성격 자체가 익살스럽다거나 태도가 광대 같지는 않았다는 사실을 나는 강조하지 않을 수 없다. 그의 표정이나 거동은 전혀 그렇다고 할 수 없었다. 그의 표정과 거동에서는 오히려 일체의 유머를 거부하는 듯한 엄격한 진지함이 엿보였다. 때로는 언짢아하는 듯한 자만심까지 드러냈는데, 그것은 예컨대 불구자가 자족감에 빠져 품위를 지키려는 듯한 태도를 연상시켰다. 그럼에도 처음에는 그의 태도가 장내의 여기저기서 웃음을 자아냈다.

그의 태도에서 관객들에게 봉사하겠다는 마음가짐은 전혀 찾아볼 수 없었다. 처음 무대에 등장할 때 발걸음을 재촉했던 것은 순전히 힘을 과시하기 위해서였지 관객을 받드는 공손한 태도와는 전혀 무관하다는 것이 밝혀졌다. 무대의 맨 앞쪽에 서서 느긋한 손놀림으로 장갑을 벗으면서 그는 기다랗고 누런 맨손을 드러냈는데, 한쪽 손에는 툭 튀어나온 유리알이 박힌 인장(印章) 반지를 끼고 있었다. 그러면서 그는 아래쪽이 축 늘어져 엄한 인상을 주는 작은 눈으로 장내를 한 바퀴 훑어보았다. 빠른 동작이 아니라, 여기저기 시선을 멈추고 사람 얼굴을 거만하게 뜯어보는 식이었다. 입을 다문 채 말은 한마디도 하지 않았다. 그러고서 말아 쥔 장갑을 상당한 거리에 있는 작은 원탁 위의 물컵 속으로 정확하게 던져 넣었는데, 그 솜씨가 놀랍기도 했지만 다른 한편으로는 상투적이라는 느낌도 들었다. 그러고는 여전히 말없이 주위를 둘러보며 속주머니 어딘가에서 작은 담뱃갑 하나를 꺼냈다. 겉포장으로 보아 아마 싸구려 전매품인 듯한 담뱃갑에서 그는 손가락 끝으로 담배 하나를 꺼내더니 이번에는 다른 데로 눈길을 주지 않은 채 금방 켜지는 석유 라이터로 불을 붙였다. 그러고는 거만한 표정으로 인상을 찌푸리고 양 입술을 오므린 채 한쪽 발을 가볍게 구르면서 깊이 들이마셨던 담배 연기를 내뱉었다. 그러자 잘못 써서 상한 듯이 보이는 뾰족한 이빨 사이로 회색 연기가 뿜어져 나왔다.

관객들은 그가 자신들을 훑어보는 것만큼이나 그를 날카롭게 관찰했다. 입석 자리의 젊은이들 중에는 양미간을 잔뜩 모은 채, 너무 자신만만한 이 연기자가 드러낼지도 모르는 허점을 찾아내고야 말겠다는 듯이 뚫어지게 주시하는 친구들도 있었다. 하지만 그는 어떤 허점도 보이지 않았다. 담뱃갑과 라이터를 꺼냈다가 다시 제자리에 놓기까지의 동작은 그의 차림새 덕분에 자세히 드러났다. 그러는 동안 그는 밤나들이용 외투를 뒤로 젖히고 있었는데, 그러자 왼쪽 팔목 아래쪽에 동여맨 가죽끈에 어울리지 않게도 갈퀴처럼 생긴 은제 T 자형 지팡이가 매달려 있는 것이 눈에 띄었다. 그리고 그가 입고 있는 옷이 연미복이 아니라 보통 프록코트라는 것도 알아볼 수 있었다. 그가 프록코트마저 걷어 올리자 여러 색깔의 무늬가 있는 띠를 반쯤은 조끼에 가린 채 몸에 두르고 있는 것도 눈에 띄었다. 우리 뒤에 앉아 있던 관객들 사이에서 그런 차림이 기사의 복장인 모양이라고 소곤거리는 소리가 들려왔다. 나는 그런 이야기를 흘려들었다. 기사의 칭호가 그런 식의 차림새와 무슨 상관이 있다는 이야기는 여지껏 들어 본 적이 없었기 때문이다. 이 곡예사가 말없이 버티고 서 있는 태도와 마찬가지로 그런 띠 역시 순전히 허풍이었을 것이다. 관객들에게 거드름을 피우며 너절하게 담배 연기나 내뿜는 것 말고는 아직 아무것도 보여 준 게 없었던 것이다.

이미 말했듯이 사람들은 웃음을 터뜨렸다. 그리고 입석 자리에서 누군가가 큰 소리로 덤덤하게 "안녕하시오!" 하고 저녁 인사를 하자 유쾌한 분위기는 거의 전체에 퍼져 나갔다.

치폴라는 잔뜩 긴장해서 귀를 기울였다. "누가 그랬죠?" 그는 기회를 잡았다는 듯이 물었다. "방금 말한 사람이 누구요?

그래서요? 처음에는 호기를 부리더니 이젠 겁을 먹었나? 겁을 먹었냐구?" 그의 목소리는 상당히 높았고 약간 천식 기미가 있는 듯했지만 금속성으로 울렸다. 그는 잠자코 기다렸다.

"내가 그랬소." 조용한 정적을 깨고 한 청년이 말했다. 그의 말투에는 도전적인 태도가 엿보였는데, 체면이 깎였다고 생각하는 것 같았다. 우리 바로 옆에 서 있던 그 청년은 얼굴이 잘생겼고, 무명 셔츠 차림에 겉옷은 한쪽 어깨에 걸치고 있었다. 검정색의 뻣뻣한 곱슬머리는 야성적으로 치켜올려져 있었다. 그의 깨어난 조국에서 이 무렵 유행하는 스타일인 듯했지만, 그 때문에 어쩐지 못나 보였고 아프리카에서 온 듯한 분위기를 풍겼다. "그래…… 내가 그랬소. 당신 일에 끼어들었다고 생각할지 모르지만, 나는 호응을 했을 뿐이오."

장내에는 다시 흥겨운 분위기가 조성되었다. 그 청년은 말재간이 있었다. "말도 잘하네." 우리 옆에 있는 누군가가 말했다. 드디어 치폴라가 관객 대중을 상대로 한 수 가르쳐 줄 호기를 잡은 셈이 되었다.

"아, 좋아!" 치폴라가 대답했다. "마음에 들어, 젊은이. 진작부터 자네를 지켜보고 있었다면 믿을 텐가? 자네 같은 사람한테 나는 특별한 공감을 느끼지. 나도 사람한테 공감을 표현할 줄 안다구. 자네는 확실히 사내 대장부야. 마음먹은 대로 하니까. 아니면, 혹시 마음먹은 것을 보여 주지 못했나? 아니면 원하지도 않은 일을 했나? 원하지 않았던 일이라고? 여보게, 내 말 좀 들어 보게. 늘 그렇게 대장부 노릇만 하려 들지 말고, 의지와 행동 둘 다 책임지려 들지만 않으면 틀림없이 마음이 편안해지고 재미있을 걸세. 분업이라는 걸 한번 도입해 볼 필요가 있지. 알다시피 미국식으로 말이야. 이를테면 지금 이 자리에 모인 존경스러운 관객 여러분께 혀를 내보일 수 있겠나? 혀뿌리까지 다 보이도록 말이야."

"천만에." 청년이 적의에 찬 어조로 말했다. "그러고 싶지 않아요. 그런 짓은 교양이 없다는 걸 드러낼 뿐이죠."

"아무것도 드러내지 않을 거야." 치폴라가 대꾸했다. "자네는 그저 '행동'만 하면 되니까. 나도 자네의 교양을 존중하긴 하지만, 내 생각에는 내가 셋을 헤아리기 전에 자네는 아마 고집을 꺾고 좌중 여러분께 혓바닥을 내밀게 될 걸세. 자네가 내밀 수 있다고 생각하는 것보다 더 길게 말이야."

그는 청년을 바라보았다. 그의 날카로운 눈초리는 더욱 깊이 어두운 심연 속으로 가라앉는 것 같았다. "하나!" 하면서 그는 팔목에 걸쳐서 늘어뜨린 마부용 채찍을 허공에 가볍게 한번 휘둘렀다. 그러자 청년은 관객들을 향해 마주 서더니 안간힘을 다해 혓바닥을 내밀었다. 혓바닥 길이로 보아 내보일 수 있는 데까지는 최대한 내밀었다는 것을 알 수 있었다. 그러고는 무표정한 얼굴로 다시 원래 자세로 되돌아갔다.

"내가 그랬소." 치폴라가 고개로 청년을 가리켜 보이며 그의 말을 흉내 냈다. "그래…… 내가 그랬소." 그러고는 관객들의 반응에는 아랑곳하지 않고 작은 원탁 쪽으로 몸을 돌리더니, 코냑이 들어 있음에 분명한 작은 병에서 한 잔을 따라 들이키고는 익숙한 폼으로 잔을 기울였다.

아이들은 배꼽을 잡고 웃었다. 치폴라와 청년 사이에 오간 말이 무슨 뜻인지는 거의 알아듣지 못했지만, 무대 위에 있는 이 신기한 사내와 관객 중의 누군가 사이에 방금 정말 웃기는 일이 벌어졌다는 사실에 아이들은 너무나 신이 났던 것이다. 그리고 이날 밤 공연에서 어떤 묘기를 보여 주기로 되어 있는 지 제대로 알지 못했기에 아이들은 이런 식의 시작을 근사하 다고 생각했다. 우리들로 말하면, 우리는 눈길을 한번 주고받 았고, 내가 기억하기로는 치폴라가 채찍을 허공에 휘두를 때 났던 소리를 나 자신도 모르게 나지막이 따라 했다. 여하튼 사람들은 마술사의 공연이 이렇게 매끄럽지 못하게 개막되는 것을 어떻게 받아들여야 할지 몰라 당황한 게 분명했고, 그 청년이 딴에는 관객의 몫을 한다는 게 어떻게 갑자기 관객들 에게 경우 없는 짓을 하는 걸로 변하게 되었는지 제대로 이해 하지 못하는 것도 분명했다. 사람들은 그의 행동을 대수롭지 않게 여겼으며, 그에게는 더 이상 신경을 쓰지 않고 연기자에 게 주의를 기울이고 있었다. 테이블에서 기운을 보충하고 제 자리로 돌아온 그는 다음과 같이 말을 이었다. "신사 숙녀 여 러분!" 천식 기미가 있는 금속성의 목소리로 그가 말했다. "여 러분이 방금 보신 대로, 이 전도유망한 소장 언어학자──이 탈리아 말을 그대로 옮기면 '퀘스토 링귀스타 디 벨레 스프란 체(questo linguista di belle speranze)'가 되는데, 사람들은 이 말 장난6)에 우스워했다.──가 저를 훈계하려 들었기 때문에 제

---

6) 'belle speranze'는 '말을 잘한다'는 뜻도 되고 '장래가 유망하다'는 뜻도 된다.

가 다소 민감한 반응을 보였습니다. 저도 약간의 자존심은 있는 사람인지라 그리 되었으니 양해하시기 바랍니다. 저는 진지하고 정중한 태도로 저녁 인사를 받지 않으면 달갑지 않습니다. 물론 그 반대의 태도로 저녁 인사를 받을 일은 거의 없지만 말입니다. 사람들이 저에게 저녁 인사를 할 때에는 자기들도 똑같은 인사를 받고 싶어하는 법이지요. 저한테 좋은 저녁 시간이 되어야만 관객 여러분도 좋은 저녁 시간을 가질 게 아닙니까. 그래서 토레 디 베네레의 아가씨들한테 인기가 좋은 이 청년이 ──그는 계속 그 젊은이를 비꼬았다.──오늘 제가 좋은 저녁 시간을 가질 수 있게 되었고, 말하자면 그 친구의 인사는 무시해도 좋다는 것을 증명한 셈이니 아주 잘된 일이지요. 오늘 저녁에는 거의 신나는 일만 기다리고 있을 거라고 감히 자부해도 되지 않을까 합니다. 물론 다소 언짢은 일도 벌어질 수 있겠지만, 그런 일은 드물 것입니다. 저에게 맡겨진 일은 막중하지만, 제 몸이 최고로 튼튼한 상태라고는 할 수 없습니다. 유감스럽게도 저에겐 한 가지 사소한 신체적 장애가 있는데, 그 때문에 저는 조국의 영광을 위해 참전할 수도 없었습니다. 저는 오로지 굳건한 마음과 정신력으로만 삶을 다스려 가고 있습니다. 그건 다시 말하면 제 자신을 잘 다스려서, 제 자랑 같기는 하지만, 제가 하는 일을 통해 교양 있는 관객 여러분의 존경 어린 관심을 불러일으키도록 한다는 뜻도 될 것입니다. 내로라하는 언론에서도 제가 하는 일의 가치를 제대로 평가할 줄 알게 되었습니다. 《코리에레 델라 세라》지(誌)[7]는 제가 정말 옳다는 것을 입증해 주었고, 저를 일컬어 보기 드문 인물이라 소개했습니다. 로마에서는 어느 날 저녁 공연장에서 영광스럽게도 관객들 중에 우리의 영도자 각하[8]의 동생 되는 분이 오신 것을 본 적도 있습니다. 그렇게 화려하고 고상한 무대에서도 너그럽게 양해받고 넘어갔던 저의 사소한 습관을, 어쨌거나 상대적으로 비중이 덜한 토레 디 베네레——사람들은 '가난한 소도시 토레'라는 뜻임을 알고서도 웃었다.——같은 곳에서 굳이 제 스스로 버려야 한다고 생각하지도 않았고 또 그 정도의 습관을 참아 내지 못하고 저를 나무라는 사람들이 나타날 줄은 몰랐습니다. 여자들이 예뻐해 주니까 다소 버릇이 없어진 모양이지요." 이번에도 다시 그 청년이 수모를 당해야 했다. 치폴라는 지칠 줄 모르고 그 청년을 바람둥이에다 닭장 속의 촌닭 역할로 끌어들여 놀려 먹고 있었다. 이때 그 청년이 보여 준 완강한 적의와 예민한 반응은, 치폴라가 분위기를 휘어잡고 자신감을 드러낸 것과는 눈에 띄게 대조되었다. 확실히 그 청년은 그저 치폴라가 매일 저녁 한 토막씩 끄집어내어 두고두고 씹어 대고 싶어할 여흥거리 노릇을 면할 수 없게 되었다. 하지만 치폴라의 조롱이 절정에 이른 대목에서는 진짜 증오심도 섞여 있었는데, 그 증오심이 인간적인 차원에서 무엇을 뜻하는가는 두 사람의 외모를 비교해 보면 알 만도 했다. 불구자인 치폴라가 그 미남 청년한테 여자 복이 터졌다고 줄곧 빗대지 않았더라도 말이다.

---

7) Corriere della Sera, 밀라노에서 발행되는 유력 석간지.
8) 이탈리아 독재자 베니토 무솔리니(Benito Mussolini)를 가리킨다.

치폴라가 말을 계속했다. "그러면 우리의 즐거운 시간이 시작될 수 있도록 좀 더 간편한 차림을 하겠으니 양해하시기 바랍니다."

그러고서 그는 옷을 벗기 위해 스탠드 옷걸이가 있는 쪽으로 걸어갔다.

"말을 정말 잘하는군." 우리 가까이 있는 사람이 확인해 주었다. 치폴라는 아직 아무것도 보여 주지 않았건만, 말만 가지고도 뭔가를 보여 준 것처럼 통했던 것이다. 그는 말만 가지고도 감탄을 자아낼 줄 알았다. 남쪽 나라 사람들 사이에서는 말이 삶의 즐거움을 보태는 중요한 요인이어서, 북방 사람들에 비해 훨씬 더 적극적으로 말의 사회적 가치를 존중한다. 남방 민족들에게는 한 민족을 결속시켜 주는 모국어가 모범적으로 존중받는 것이다. 그리고 그들이 말의 형식과 발성 체계를 배려할 때 보여 주는 흔쾌한 경외심은 즐거운 모범으로 받아들일 만하다. 그들은 기분 좋게 이야기하고, 기분 좋게 듣는다. 그리고 들으면서 판단한다. 어떤 사람이 어떻게 말하는가는 그 사람의 인격적 서열을 가늠하는 척도로 통하기 때문이다. 말하는 태도가 방만하거나 졸렬하면 경멸받게 되고, 말하는 태도가 우아하고 세련되면 인간적으로 존경받는 것이다. 무대 위의 왜소한 사나이가 자신의 영향력을 과시하는 대목에 이르러서는 금방 말을 골라서 하려고 애쓰면서 세심하게 가다듬었던 것도 그 때문이다. 그러니까 적어도 이런 관점에서 보면 치폴라는 눈에 띄게 관객을 사로잡았던 셈이다. 물론 그는 이탈리아 사람이 도덕적인 판단과 심미적인 판단이 독특하게 섞여 있는 태도로 '공감'하면서 말을 붙여 볼 만한 그런 위인은 전혀 아니었다.

실크해트와 목도리 그리고 외투를 벗어 놓은 그는 옷매무 새를 가다듬으며 커다란 단추들이 채워져 있는 소맷부리를 걷어올리고는 허세용 띠를 고쳐 매면서 다시 무대 앞쪽으로 걸어 나왔다. 그의 머리는 아주 보기 흉했다. 다시 말해 두개 골 윗부분은 대머리나 다름없었는데, 다만 정수리 쪽에만 검 게 염색한 가느다란 머리숱이 마치 풀로 붙여 놓은 것처럼 정 수리에서 앞쪽으로 늘어뜨려져 있었고, 역시 염색한 옆머리는 비스듬히 눈꼬리 쪽으로 처져 있었던 것이다. 이를테면 고리 타분한 서커스 단장의 머리 모양을 연상케 하는 우스꽝스러 운 모습이었다. 하지만 이 별난 인간형에게는 너무 잘 어울리 는 머리 모양이었다. 치폴라가 자기 머리에 어찌나 자신감을 보였던지, 관객들은 민감하게 그 우스꽝스러움을 알아차렸으 면서도 주눅이 들어 잠자코 있을 정도였다. 어떻든 치폴라가 몸을 앞으로 숙이며 말했던 '사소한 신체적 장애'는 이제 너 무나 분명히 드러났다. 그는 가슴이 불쑥 튀어나와 있었다. 그 장애가 어떤 성질의 것인지는 아직 완전히 해명되지 않았지 만, 꼽추인 사람은 대개 가슴이 튀어나오는 것이다. 그런데 그 는 보통 경우와 달리 등이 솟거나 혹은 양 어깨 사이가 솟은 것이 아니라 그보다 더 아래쪽이 솟아 있었다. 일종의 허리 혹 이나 엉덩이 혹인 듯했다. 그 때문에 걷는 데 장애가 될 정도 는 아니었지만 괴기스러운 느낌을 주었고, 걸음을 옮길 때마 다 기묘하게 돌출되어 보였다. 어떻든 몸이 좋지 않다는 사실은 당사자가 미리 언급했기에 관객들이 예민하게 받아들이지는 않았으며, 그런 모습을 접한 관객들 모두가 문명인답게 섬세한 감정을 취하고 있다는 것을 장내 분위기에서 느낄 수 있었다.

"이제 여러분께 뭔가를 보여 드리겠습니다!" 치폴라가 말했다. "여러분이 양해해 주신다면 몇 가지 산수 문제를 풀어 보는 것으로 우리의 프로그램을 시작할까 합니다."

산수라니? 그것은 마술 종목으로는 어울릴 법하지 않았다. 이 친구가 뭔가 엉뚱한 수작을 벌이고 있구나 하는 짐작이 벌써 고개를 들었다. 하지만 그가 정작 제대로 보여 주려는 게 뭔지는 여전히 불확실했다. 아이들이 딱해 보이기 시작했지만, 일단 아이들은 이 자리에 있다는 사실만으로도 기뻐하고 있었다.

이제 치폴라가 내놓은 숫자놀이는 아주 단순하면서도 깜찍하게 재치가 있었다. 그는 칠판의 오른쪽 상단에 압정으로 종이 한 장을 고정시켜 놓는 것으로 시작했다. 그러고서 종이를 들어 올리고는 칠판에 분필로 뭔가를 적었다. 그러면서 그는 쉴 새 없이 말을 했는데, 말로 연기를 계속 이끌고 뒷받침하여 분위기가 무미건조해지지 않도록 하기 위한 배려였다. 그러고 보면 그는 원래 한순간도 말문이 막혀 당황하지 않는 달변의 연사였다. 그럼으로써 그는 무대와 객석 사이의 간극을 금방 메워나갔다. 사실은 어부 청년과의 이상한 언쟁을 통해 이미 무대와 객석을 연결해 주는 다리가 놓인 셈이었다. 그리고 그는 누군가가 관객을 대표하여 무대 위로 올라와 달라고 재촉하면서, 객석에서 무대로 올라가는 나무 계단을 내려와 그의 고객들과 개인적인 접촉을 시도했는데, 그런 제스처 역시 그의 연기 스타일 가운데 하나로서 특히 아이들이 무척 좋아했다. 그런데 그는 무대에서 내려와 금방 또다시 관객 개개인들과 언쟁을 벌이고 말았다. 그러면서 그는 아주 진지하게 언짢은 태도로 일관하긴 했지만, 그런 실랑이가 과연 어느 정도나 그의 원래 의도와 계획 속에 들어 있었던 것인지는 모르겠다. 어떻든 관객들은, 적어도 서민층의 관객들은 그것도 공연의 일부라고 생각하는 모양이었다.

치폴라는 그러니까 칠판에 뭔가를 적었고, 적은 것을 종잇장으로 가린 다음에, 앞으로 할 계산을 보조할 수 있게 두 명이 무대 위로 올라왔으면 하는 의사를 표명했다. 전혀 어려운 일도 아니고, 계산을 잘 못하는 사람도 어려움 없이 맡을 수 있다는 것이었다. 이런 상황에서 대개 그렇듯이 아무도 나서는 사람이 없었다. 치폴라는 관객 중에 유복해 보이는 사람들을 귀찮게 하지는 않았고, 서민들 쪽에 의지했다. 그는 홀의 뒤쪽 입석 자리에 서 있는 건장한 청년 두 명에게 도움을 청하여 앞으로 나와 달라고 했다. 청년들에게 용기를 부추기기도 했으며, 또 칠칠치 못하게 하품이나 하면서 좌중의 마음에 드는 태도를 보여 주지 못한다면 비난받아 마땅할 것이라고도 했다. 그렇게 해서 결국 두 청년을 나오게 만들었다. 그들은 서투른 걸음걸이로 가운데 통로를 통해 앞으로 걸어 나와 계단을 오르더니 칠판 앞에 섰다. 동료들이 브라보 소리를 외치는 가운데 두 청년은 어색하게 히죽거리고 있었다. 치폴라는 그러고도 잠시 그들을 상대로 우스갯소리를 몇 마디 하더니, 그들의 팔다리가 영웅적으로 굳세어 보이고 손도 커 보인다고 추켜세웠다. 손이 크면 이 자리에 모여 있는 분들이 원하는 시중을 들어 주기에도 그만이라는 것이었다. 그러고는 그중 한 청년의 손에 분필을 쥐여 주면서, 그저 자기가 불러 주는 대로 숫자를 써 보라고 했다. 그런데 그 청년은 자기는 글씨를 쓸 줄 모른다고 했다. "나는 글을 못 써요." 그가 투박한 어조로 말하자 그의 동료도 "나도요." 하고 덧붙이는 것이었다.

청년들이 진실을 이야기한 것인지 아니면 그저 치폴라를 웃기자고 그랬는지는 아무도 모를 일이었다. 어떻든 치폴라는 상대방이 유발한 유쾌함에 공감하기는커녕 모욕감을 느끼며 역정을 냈다. 이 순간 치폴라는 밀짚 쿠션 의자에 다리를 꼬고 앉았더니 다시 싸구려 담뱃갑에서 담배를 한 대 꺼내어 피웠던 것이다. 얼간이들이 무대 쪽으로 뚜벅뚜벅 걸어가는 동안 치폴라는 두 번째 코냑을 들이켰고, 그가 피우는 담배는 그만큼 더 맛있어 보였다. 그는 이번에도 깊이 들이마셨던 연기를 드러난 이빨 사이로 내뿜었다. 그러면서 그는 다리를 건들거리며 마치 정말 경멸스러운 장면을 대면하고는 의연하게 자신을 추스르고 품위를 되찾겠다는 사람처럼 단호한 거부감을 드러내었고, 이때 그의 시선은 즐거워하는 두 명의 무뢰한과 관객들까지도 못 본 척 그냥 지나쳐서 허공을 바라보고 있었다.

"한심한 친구들 같으니라구." 그는 화가 치밀어 쌀쌀맞게 말했다. "제자리로 돌아가요! 이탈리아에서 글을 못 쓰는 사람은 아무도 없어요. 이 나라에서는 무지몽매함이 발붙일 데가 없단 말이오. 여러 나라에서 모인 손님들이 빤히 보고 있는 자리에서 생트집이나 잡는 것은 한심하고 웃기는 노릇입니다. 당신들 자신의 품위를 떨어뜨렸을 뿐 아니라, 이 나라 정부와 조국까지도 구설수에 오르게 생겼단 말이오. 정말로 토레 디 베네레가 아직 초보적인 지식도 못 깨우친 무지함이 남아 있는 이 나라의 마지막 사각지대라면, 내가 이런 데를 찾아온 것이 유감스러울 뿐입니다. 물론 이 고장이 로마에 비하면 어느 모로 보나 뒤떨어진 데라는 것은 익히 알고 있었지만……."

여기서 아프리카식 머리 모양에 상의를 어깨에 걸친 그 젊은이가 치폴라의 말을 중단시켰다. 그 청년은 그저 잠깐 공격 의욕을 잃었다가 이제 다시 고개를 쳐들고 자기 고향의 명예를 지키고자 나섰다.

"그만하시오!" 그가 큰 소리로 말했다. "토레를 우스갯거리로 만드는 소리는 그만하면 됐소. 우리는 모두 이 고장 사람들이란 말이오. 외지인들 앞에서 이 도시를 조롱하면 가만 있지 않겠소. 그 두 사람도 우리의 친구들이오. 그들이 유식하지는 않아요. 그러나 이 홀 안에 있는 많은 다른 사람들보다는 그래도 정신이 똑바로 박힌 청년들이오. 로마를 세우지도 않은 주제에 로마를 추켜세우는 사람들보다는 낫단 말이오."

과연 멋진 말이었다. 이 청년은 정말 용기가 있었다. 이런 식의 연극 같은 장면 때문에 원래 예정된 프로그램이 점점 지연되고 있었지만, 관객들은 재미있어했다. 어떻든 주거니 받거니 하는 수작은 언제 들어도 재미있는 것이다. 어떤 사람들에게는 그저 흥밋거리일 뿐이다. 그런 사람들은 남들이 당하는 어려움을 즐기기라도 하듯이 자기는 걸려들지 않았다는 사실에 즐거워한다. 그런가 하면 또 어떤 사람들은 마음이 조마조마해지면서 같이 흥분하게 되는데, 나는 그런 사람들의 심정을 너무 잘 이해한다. 그렇지만 당시에 나는 이 모든 장면이 어느 정도는 미리 짜고 벌이는 수작이며, 문맹인 두 명의 아둔한 친구들이나 상의를 걸치고 있는 청년 모두 다소간 무대 위의 연기자가 연극을 연출할 수 있게 도와주고 있다는 인상을 받았다. 아이들은 너무 재미있어하면서 열심히 귀를 기울이고 있었다. 아이들은 아무것도 알아듣지 못했지만, 말의 억양만 들어도 마음을 졸이곤 했던 것이다. 말하자면 아이들에겐 그것이 마술 공연으로, 적어도 이탈리아식 마술로 통했다. 아이들은 그런 것이 매우 근사하다고 느꼈던 것이다.

치폴라는 일어서서 허리가 유난히 불거져 보이는 걸음걸이로 두 걸음을 옮겨 무대의 앞쪽으로 왔다.

"아, 물론 일리가 있는 말입니다!" 그는 분을 삭이며 정색을 하고 말했다. "또 그 친구로군요! 말재주 좋은 그 청년이요!" (그는 '말재주 좋다'는 말을 '술라 링구아치아(sulla linguaccia)'라고 표현했는데, 이 말은 원래 '설태(舌苔)가 낀 혀'라는 뜻이어서 관객들을 한바탕 웃겼다.) "자네들은 들어가라구!" 그는 두 명의 얼간이들 쪽으로 몸을 돌리고 말했다. "자네들은 그만하면 됐어. 지금은 명예를 중시하는 이 친구한테 볼일이 생겼으니까. 비너스의 탑[9]을 지키는 친구 말일세. 이 친구는 탑을 잘 지켰다고

---

9) 이 고장의 지명인 '토레 디 베네레'를 가리킨다.

달콤한 감사의 말을 들을 테지……."

"농담은 그만해요! 진지하게 이야기하자구요!" 젊은이가 소리쳤다. 그는 눈초리가 번득였고, 정말로 상의를 벗어 던지고 직접 몸으로 한판 겨뤄 보겠다는 듯한 동작을 취했다.

치폴라는 전혀 당황하지 않았다. 우리 식구들이 서로 걱정스러운 눈길을 주고받은 것과는 달리, 그 기사는 어디까지나 한통속인 사람과 시비를 벌이고 있었으며, 말하자면 자기 물에서 놀고 있었던 것이다. 그는 계속 냉정한 태도를 취하면서 완벽한 우월감을 과시했다. 금방이라도 덤벼들 듯한 청년을 향해 미소를 지으며 고개를 설레설레 저었다. 그러면서 관객들을 향하고 있는 시선은, 생활 양식이 투박하다는 것을 드러내는 이 호전성의 증인이 되어 함께 웃어 주자고 촉구하는 듯했다. 그러자 다시 한번 이상한 일이 벌어졌다. 치폴라의 우월감은 석연치 않은 느낌을 주었고, 이 상황에서 비롯된 청년의 호전적인 도발이 창피하게도 결국 우스갯거리가 된 것도 납득하기 힘들었다.

치폴라는 청년 쪽으로 점점 가까이 다가가면서, 독특한 표정으로 청년의 눈을 똑바로 쳐다보았다. 그는 우리가 있는 자리의 왼쪽에서 관객석으로 이어지는 계단을 절반가량 내려오기까지 했으며, 그래서 싸울 태세를 갖춘 청년의 바로 앞쪽이면서, 그 청년을 약간 내려다볼 수 있는 데까지 내려오게 되었다. 그의 팔에는 말채찍이 매달려 있었다.

"이보게 젊은이, 자네는 농담할 기분이 아니군그래." 그가 말했다. "충분히 이해할 수 있어. 자네가 편치 않다는 것은 누가 봐도 알 수 있거든. 청결하지 못한 혓바닥만 보아도 소화기 계통에 급성 질환을 앓고 있다는 짐작이 가지. 자네 같은 몸 상태라면 야간 공연에는 오지 말았어야지. 모르긴 해도 자네 자신도 침대에 드러누워 물수건으로 복부에 찜질이나 하는 게 좋지 않을까 하고 망설였을 거야. 오늘 오후에 너무 시큼한 백포도주를 과음한 것은 경솔한 짓이었네. 지금 자네는 배가 아플 거야. 너무 아파서 몸을 비비 꼬고 싶을 지경이겠지. 부끄러워하지 말고 그러게나! 장(腸)에 경련이 일어날 때에는 그저 몸이 움직이는 대로 내버려두면 어느 정도 진정이 되거든."

치폴라는 한마디 한마디를 차분하고도 간곡하게, 일종의 엄격한 관심을 보여 주는 듯한 어조로 말했다. 그러면서 청년의 눈을 뚫어지게 쳐다보는 그의 눈은 눈물샘 위쪽 부위가 맥없이 늘어진 상태에서 벌겋게 달아오르는 것처럼 보였다. 매우 야릇한 느낌을 주는 눈이었다. 사람들은 지금 상대방 청년이 치폴라의 눈에서 시선을 떼지 못하고 있는 것은 단지 사나이의 자존심 때문만은 아니라는 것을 알 수 있었다. 파랗게 질려 있는 청년의 얼굴에서 그런 오기라고는 조금도 찾아볼 수 없었다. 청년은 입을 벌린 채 기사를 쳐다보고 있었고, 게다가 미소까지 짓고 있는 모습은 혼란스럽고 비참해 보였다.

"몸을 비비 꼬라니까!" 치폴라가 다시 말했다. "그러는 수밖에 없지 않은가? 그렇게 배가 아플 때에는 몸을 비비 꼬는 수밖에 없다니까. 단지 다른 사람이 권유하는 게 싫다는 이유만으로 자연스러운 반사작용을 거슬러서는 안 되지."

청년은 천천히 팔을 들어 올렸다. 그리고 팔로 몸통을 짓누르며 감싸쥐는 사이에 몸이 앞쪽으로 비스듬히 기울더니, 발이 제 위치를 잃고 무릎은 엇갈리면서, 점점 낮게 구부러졌다. 마침내 그는 어딘가를 삔 사람처럼 고통스러워하는 모습으로 거의 바닥에 웅크린 자세가 되었다. 청년을 잠시 그렇게 있도록 내버려두고 나서 치폴라는 채찍을 짧게 허공에 휘두르더니 거드름을 피우며 원탁으로 돌아가서는 코냑을 한 잔 들이켰다.

"술을 많이 마시는군요." 우리 뒤쪽에서 어떤 여자가 프랑스어로 말하는 소리가 들려왔다. 그 여자의 눈에 이상하게 보인 것은 그게 전부였을까? 우리는 관객들이 과연 어느 정도나 이런 상황의 내막을 간파하고 있는지 도무지 뚜렷한 판단이 서지 않았다. 청년은 다시 몸을 일으켰다. 마치 자기한테 무슨 일이 일어났는지 잘 모르겠다는 듯이 다소 당황스러운 표정으로 미소를 짓고 있었다. 여기까지의 장면을 숨죽이고 지켜보았던 관객들은 이 장면이 종료되자 "치폴라 만세!" 혹은 "젊은이 만세!" 하고 외치면서 박수갈채를 보냈다. 이 실랑이의 결말을 젊은 친구의 인격적인 패배로 보지 않고 오히려 하찮은 역할을 가상하게 해낸 배우처럼 그를 격려하는 것이 분명했다. 과연 아파서 몸을 뒤트는 그의 거동은 너무나 인상적이었다. 그 생동감은 말하자면 관객의 갈채를 받으려고 극적인 효과로 연출된 것이었다. 그렇지만 나는 과연 어느 정도나 관객들의 한결같은 태도가 우리와는 다른 남방 사람들의 우월한 장점인 인간적인 공감 때문이라고만 할 수 있을지, 또 그런 태도가 어느 정도나 사태의 핵심에 대한 통찰에서 우러나온 것인지 자신할 수 없었다.

　기세등등해진 기사는 새 담배에 불을 붙였다. 산수 놀이를 다시 시도할 참이었다. 뒷줄에 앉아 있던 어떤 청년이 어렵지 않게 나서서, 치폴라가 불러 주는 숫자를 칠판에 받아쓰겠다고 했다. 그 친구도 우리가 아는 얼굴이었다. 아는 사람이 워낙 많다 보니 오락이 전반적으로 가족적인 분위기를 띠어 갔다. 그는 중심가에 있는 수입상품점 겸 과일가게의 점원이었는데, 여러 차례 우리 식구들을 깍듯이 맞이한 적이 있었다. 그는 장사하는 친구답게 능숙한 폼으로 분필을 손에 잡았다. 그러는 사이에 치폴라는 우리가 있는 데까지 내려와 불편한 걸음걸이로 관객들 사이를 오가면서, 임의로 지목한 관객들의 입에서 나오는 두 자리, 세 자리 혹은 네 자리의 숫자를 다시 점원 청년한테 불러 주었고, 청년은 그 숫자들을 계속 아래로 써 내려갔다. 그러면서 자신과 관객 사이에 묵계된 합의에 따라 치폴라는 관객에게 여흥을 제공하거나 장난을 걸거나 혹은 말을 빙빙 돌리는 따위의 온갖 장면들을 용의주도하게 연출해 보였다. 이탈리아어의 숫자를 제대로 알지 못하는 외국인을 지목하는 경우도 없지 않았는데, 그러면 그는 기사다운 태도를 과시하며 한참 동안이나 그들과 함께 애쓰곤 했다. 그걸 보고 이탈리아 아이들이 공손한 태도로 재미있어하면, 다시 그 아이들한테 영어나 프랑스어로 나온 숫자를 이탈리아어로 옮겨 보라고 다그쳐서 난처하게 만들기도 했다. 몇몇 관객들은 이탈리아 역사에서 중대한 사건이 있었던 연도들을 말하기도 했다. 치폴라는 그것을 금방 알아채고는 계속 걸음을 옮기면서 애국적인 견해를 그 연도들과 결부시켰다. 또 누군가가 "제로!"라고 말하자, 이 기사는 누군가가 자기를 놀리려고 할 때 늘 그렇듯이 모욕감으로 굳어진 표정을 지으며 그건 두 자리 미만의 숫자라고 받아넘겼다. 그러자 또 다른 익살꾼이 "제로, 제로!"라고 외쳐서 좌중을 한바탕 웃기는 데 성공했다. 남쪽 나라 사람들 사이에서 그 말은 틀림없이 여성의 음부(陰部)를 가리키는 것이다. 그런데 기사만은, 바로 그 자신이 외설스러운 말을 유도했으면서도, 품위를 지키겠다는 듯이 거부감을 보였다. 하지만 그는 어깨를 으쓱해 보이면서 이 숫자도 받아쓰게 했다. 제각기 단위가 다른 열다섯 개 정도의 숫자가 칠판에 적히자 치폴라는 관객들에게 그 숫자들을 합산해 보라고 했다. 계산에 능통한 사람이면 앞에 있는 숫자를 보고 암산으로 해도 좋고, 그렇지 않으면 연필과 수첩을 사용해도 무방하다고 했다. 사람들이 합산을 하는 동안 치폴라는 칠판 옆에 있는 의자에 앉아서 인상을 찌푸린 채 담배를 피우고 있었다. 불구자가 자족감에 빠져서 뭔가 까다로운 요구를 내세울 때의 그런 태도였다. 다섯 자리 숫자의 합계가 금방 나왔다. 누군가가 합계를 말했고, 맞다고 확인하는 사람이 나왔다. 세 번째 사람의 합산은 조금 어긋났고, 네 번째 사람의 계산은 다시 들어맞았다. 치폴라는 일어서서 상의에 묻은 담뱃재를 툭툭 털어 내고는 칠판의 오른쪽 상단 구석에 붙어 있던 종이를 쳐들어 자기가 써 놓았던 숫자를 보여 주었다. 거기에는 백만 가까이 되는 정확한 합계가 이미 적혀 있었다. 관객들이 숫자를 대기 전에 미리 적어 놓았던 숫자였다.

감탄과 함께 박수갈채가 터져 나왔다. 우리 집 아이들은 완전히 매료되었다. 어떻게 그렇게 할 수 있는지 아이들은 알고 싶어했다. 우리는 얼른 파악하긴 쉽지 않지만 저건 속임수라고, 그러니까 저 남자는 마술사가 아니냐고 일러 주었다. 그러자 아이들은 그것이 마술사의 작품이라는 것을 알아차렸다. 처음에는 어부 청년이 몸이 아팠듯이, 이번에는 이미 계산된 합계가 칠판에 적혀 있었던 것이다. 그럴싸한 연기였다. 우리는 아이들의 눈초리가 아직 너무 말뚱말뚱하긴 했지만 시간이 벌써 열 시 반이나 된 것을 알고는 걱정이 되었다. 아이들을 중간에 데리고 나가기는 무척 힘들 것이다. 그러면 울고불고할 것이다. 하지만 이 곱사등이 사내가 제대로 된 마술을 보여 주지 못했다는 것은 분명했다. 적어도 능숙함이라는 기준에서 보면 그랬다. 그리고 이런 것이 아이들한테는 아무 의미도 없다는 것도 분명했다. 도대체 관객들이 속으로 어떤 생각들을 하고 있는지 다시금 궁금해졌다. 숫자들을 '임의'로 정했다고는 하지만, 거기에는 뭔가 확실히 미심쩍은 내막이 숨어 있는 것이 분명했다. 지목당한 사람들 중에 더러는 생각나는 대로 대답했을 법도 하지만, 전체적으로 보면 치폴라가 자기 사람들을 골라서 지목한 것이 분명했고, 미리 정해져 있는 합산 결과에 맞추어 전체적인 과정을 그의 뜻대로 이끌어 갔다는 것도 분명했다. 그렇다면 어떻든 그의 예리한 계산 감각은 감탄할 만했지만, 마술이라는 측면에서 보면 이상하게도 감탄하고 싶은 마음이 달아나 버렸다. 그의 애국심과 민감한 오만불손이 문제였다. 그 모든 허점에도 불구하고 이 기사와 같은 조국의 국민들은 아무런 악의 없이 자기들 기분을 즐기면서 우스갯거리에 선뜻 장단을 맞추었던 것이다. 그렇지만 외국인들에게는 그런 식으로 오락과 애국심이 뒤섞이는 것이 답답하게 느껴졌다.

그뿐 아니라 치폴라 자신은 자기가 부리는 재주가 어떤 성질의 것인지 딱히 이름이나 용어를 밝힌 것은 물론 아니지만, 어떻게든 내막을 아는 사람들에게는 의심받을 여지가 없도록 신경을 썼다. 그는 쉴 새 없이 지껄여 댔고, 자신의 마술에 관해서도 이야기하긴 했지만, 어디까지나 애매하고 오만하며 자기 과시적인 표현으로 일관했다. 그는 이미 시작한 연습 게임을 잠시 더 계속했는데, 처음에는 덧셈에다 다른 연산을 추가하여 더 복잡한 계산을 하다가 나중에는 아주 단순한 게임으로 넘어감으로써 숫자놀이가 어떤 방식으로 이루어지는가를 보여 주었던 것이다. 그는 가령 자기가 종이에다 미리 써 놓은 숫자를 그냥 '알아맞혀' 보라고 했다. 그런데 사람들은 거의 어김없이 알아맞혔다. 어떤 사람은 고백하기를, 원래는 다른 숫자를 대려고 했는데 바로 그 순간 기사의 채찍이 허공을 가르는 소리가 바로 앞에서 들리더니 자기도 모르게 다른 숫자를 말하게 되었고, 나중에 보니 똑같은 숫자가 칠판에 적혀 있더라는 것이었다. 치폴라는 어깨를 들썩이며 낄낄 웃어 댔다. 그러고는 질문받은 관객의 천재성에 감탄하는 듯한 말을 했다. 하지만 그의 칭찬에는 상대방을 비웃고 깔보는 태도가 엿보였다. 시험에 걸려든 인물들이 그런 칭찬에 미소를 지어 보였고 또 관객들의 갈채를 자기들한테 유리한 쪽으로 해석하고 싶었는지는 몰라도, 나는 그들이 그런 칭찬을 기분 좋게 받아들였다고는 생각하지 않는다. 또한 이 마술사를 관객들이 좋아한다는 인상도 받지 못했다. 오히려 줄곧 모종의 거부감과 적대감을 느낄 수 있었다. 하지만 그런 동요 상태를 자제하고 있는 관객들의 정중한 태도를 새삼 언급할 필요는 없을 것이다. 게다가 치폴라의 능력, 다시 말해 단호한 자신감은 어김없이 강한 인상을 주었으며, 내 생각에는 그의 채찍까지도 관객들의 반발을 억누르는 데에 일조했을 것이다.

치폴라는 단순한 숫자놀이에서 카드놀이로 넘어갔다. 그가 선보인 것은 두 가지 놀이였다. 내가 기억하는 한, 그가 구사한 카드놀이의 표본적인 기본 유형은 이런 것이었다. 즉, 그는 한쪽 패에서 세 장의 카드를 보지 않고 골라서 외투 속주머니에 숨겼으며, 그다음에는 시험을 받는 관객이 두 번째 패에서 마찬가지로 세 장을 뽑아서 과연 처음 것과 똑같은가를 맞춰 보는 식이었다. 물론 늘 완벽하게 같지는 않았다. 세 장 가운데 두 장만 일치하는 경우도 있었다. 그렇지만 대다수의 경우에는 치폴라가 자기가 뽑아 놓은 세 장을 공개하면 나중의 세 장과 들어맞았으며, 그는 관객들의 갈채에 가볍게 감사 표시를 했다. 관객들은 좋든 싫든 그가 보여 주는 힘을 인정하는 뜻에서 갈채를 보냈던 것이다. 우리 자리의 오른쪽 맨앞에는 어떤 젊은 신사가 앉아 있었는데, 그는 얼굴 표정에서 자부심이 풍기는 이탈리아 사람이었다. 자기가 한번 해 보겠다고 나선 그는 치폴라가 어떤 식으로 영향력을 행사해도 의식적으로 견제하면서 확실하게 자기 스스로의 의지대로 카드를 골라 보겠다고 단언했다. 그런데 치폴라는 카드놀이를 이쯤에서 마무리할 생각이었다. 그는 이렇게 대답했다. "그렇게 나오시면 제가 맡은 과제가 다소 어려워지게 됩니다. 당신이 맞서 보았자 결과는 조금도 달라지지 않습니다. 자유는 있고, 의지도 있습니다. 하지만 자유의지는 존재하지 않지요. 자신의 자유를 추구하는 의지란 결국 공허한 결과에 이르기 때문입니다. 카드를 뽑든 말든 그건 당신의 자유지요. 하지만 일단 뽑으면 똑같은 카드를 뽑게 될 것입니다. 당신이 자기 고집대로 해 보겠다고 할수록 더 확실하게 같은 카드가 나옵니다."

치폴라가 분위기를 휘저어서 상대방을 헛갈리게 만들기 위해 이보다 더 그럴싸한 말을 골라 하기도 힘들었을 거라는 사실은 인정하지 않을 수 없었다. 도전자는 신경질적인 태도로 잠시 주저하더니 다시 나섰다. 그는 카드 한 장을 뽑아 들고는 대뜸 숨겨 놓은 카드 중에 같은 것이 있는지 보자고 요구했다. "아니, 어째서 그러지요?" 치폴라가 어리둥절한 표정으로 말했다. "어째서 하다가 말지요?" 그래도 이 반항적인 청년은 미리 맞춰 보자고 계속 뻗대었다. 그러자 곡예사는 "좋을 대로 하지요."라고 하더니 다른 때와 달리 비굴한 표정을 지으면서, 시선은 딴 데로 돌린 채 그의 카드 세 장을 부채꼴 모양으로 펴 보였다. 왼쪽에 꽂혀 있는 카드가 청년이 뽑은 것과 똑같았다.

장내에 박수갈채가 요란한 가운데 자유의 투사로 나섰던 청년은 골을 내며 제자리에 앉았다. 치폴라가 자신의 타고난 재주에다 과연 얼마나 더 기계적인 속임수와 교묘한 수단을 가미했는지는 아무도 모를 일이었다. 타고난 재주와 속임수가 교묘하게 결합되어 있다고 가정하더라도 어떻든 모두가 숨김 없이 드러내는 호기심은, 누구도 부인할 수 없는 이 투철한 직업 근성을 인정하고 또 이 진기한 오락을 즐기고 있다는 점에서 일치했다. "잘하는군!" 우리 가까이 여기저기서 그렇게 치폴라를 인정하는 소리가 들렸다. 그런 말은 관객들의 반감과 속으로 삭이는 불쾌감에 대해 냉철한 사실이 승리했음을 뜻했다.

마지막에 거둔 성공은 미완성으로 끝났기에 관객들에게 오히려 그만큼 더 강한 인상을 주었다. 그러고서 치폴라는 만사 제치고 다시 코냑으로 기운을 돋우었다. 어느 관객의 말처럼 사실 그는 술을 많이 마시고 있었으며, 그것은 보기에 별로 좋지 않았다. 하지만 그는 긴장을 유지하고 충전시키기 위해 술과 담배를 필요로 하는 게 분명했다. 그 자신도 넌지시 내비치긴 했지만, 긴장을 유지하는 것은 여러모로 꼭 필요했을 것이다. 실제로 그는 중간중간에 몸 상태가 좋지 않은 듯 눈이 퀭하게 움푹 꺼져 보였다. 그럴 때마다 한 잔씩 마시는 술에 의지하여 다시 기운을 회복했고, 또 들이마셨던 담배 연기가 폐에서부터 자욱하게 뿜어져 나오는 동안에는 우쭐하게 생기가 돌면서 언변으로 공백을 채우곤 했다. 내가 확실히 기억하기로는 카드놀이를 마친 치폴라는 일종의 사교적인 유희로 넘어갔다. 그 유희는 인간의 본성 가운데 초이성적인 능력 혹은 이성보다 더 낮은 차원의 어떤 능력, 이를테면 마치 '자력(磁力)'에 끌리는 것과 같은 어떤 직감에 바탕을 둔 것이었다. 요컨대 저급한 형태의 종교적 계시에 바탕을 둔 것이라 할 수 있었다. 그의 이번 마술이 어떤 순서로 진행되었는지 자세히 기억나지는 않는다. 그렇기도 하고, 또 이런 놀이를 장황하게 묘사해서 독자 여러분을 지루하게 하고 싶지도 않다. 어떻든 누구나 아는 놀이였고, 누구나 한번씩은 그 놀이에 참여하게 되었다. 감춰져 있는 물건들을 찾아내는 놀이였다. 치폴라는 아직까지 앞에 나서지 않았던 관객들을 한 사람씩 차례로 찾아다니면서, 마술사와 관객들이 서로 손발을 맞추어 움직이는 이 놀이에 맹목적으로 끌려들게 만들었다. 이 놀이의 성격 역시 진짜 마술인지 속임수인지 애매하고 불투명해서 사람들을 헛갈리게 만들었으며, 이번에도 관객들은 누구나 호기심과 경멸감이 착종된 상태에서 고개를 설레설레 흔들며 잠시 의혹의 눈초리를 보냈다. 뭔가를 교묘하게 감춘 듯한 이 놀이는 놀이를 이끌어 가는 인물의 인간성에 비추어 보면 언제나 허세와 뒤섞이고 또 그 허세를 뒷받침하는 야바위와 뒤섞이는 식의 추잡한 양상을 띠곤 했다. 하지만 그런 식으로 허세와 술수가 가미되어도 이 미심쩍은 혼합물 중의 또 다른 성분만큼은 끄떡없이 여전히 진짜로 통했다. 단지 내가 말하고 싶은 것은, 치폴라가 이 음험한 놀이의 사회자요 주연 배우라면 모든 상황이 자연스럽게 강화되어 그가 주는 인상은 어느 측면에서 보든 깊이를 더해 갔다는 사실이다. 치폴라가 관객들에게 등을 돌린 채 무대의 뒤쪽에 앉아서 담배를 피우고 있는 동안 객석 어딘가에서 사람들이 몰래 입을 맞추었고, 그는 가만히 듣고만 있었다. 그러고는 문제의 물건이 관객들 손에서 손으로 전달되었다. 그러면 치폴라는 관객들이 숨겨 놓은 장소에서 그 물건을 찾아내어, 관객들끼리 미리 정해 놓은 말을 맞추도록 되어 있었다. 그다음 장면은 익히 아는 그대로였다. 때로는 마구 덤비듯이 또 때로는 탐색하느라 머뭇거리듯이 앞쪽을 더듬기도 하고 헛짚기도 하다가 갑자기 생각난 듯이 몸을 돌려 방향을 바로잡기도 했다. 그는 자신의 동작을 관객들이 관찰할 수 있게 보여 주면서, 물건이 숨겨진 장소를 아는 길잡이의 손짓에 따라 몸을 뒤로 젖히고 손은 앞으로 뻗은 채 장내를 이리저리 돌아다녔다. 그 길잡이는 육체적으로는 아주 고분고분하게 행동하면서 마음속으로는 관객들끼리 미리 약속했던 내용을 염두에 두도록 역할이 정해져 있었다. 뭔가 역할이 뒤바뀐 듯했다. 마치 전류가 거꾸로 흐르는 형국이었는데, 이 예술가는 줄곧 유창한 언변으로 그 점을 특히 강조해서 환기시켰다. 자신의 의지를 완전히 배제한 채 주어진 역할을 감내하면서 받아들이고 수행하는 쪽은, 무언중에 분위기로 떠도는 공동체의 의지를 그대로 실행에 옮기는 쪽은 이제 치폴라 자신이었다. 지금까지는 줄곧 자신의 의지대로 명령을 내려 온 그의 역할이 이제 완전히 역전된 것이다. 하지만 그는 결국 결과는 마찬가지라는 점을 강조했다. 그의 말에 따르면, 본래의 자기 모습에서 의식적으로 벗어나 스스로 도구가 되고 최고도로 무조건적이고 완벽한 의미에서 복종할 수 있는 능력이란 결국 자신의 의지대로 명령을 내릴 수 있는 능력과 동전의 양면이라는 것이었다. 양자는 동일한 능력이라는 것이었다. 명령과 복종, 그 두 가지가 합쳐져서 단 하나의 원리를, 불가분의 통일성을 이룬다는 것이었다. 그러기에 복종할 줄 아는 사람은 명령할 줄도 알며, 그 반대의 경우도 마찬가지로 성립된다는 것이었다. 어느 한쪽의 사상은 다른 한쪽의 사상 속에 이미 포함되어 있으며, 그것은 마치 국민과 영도자가 서로 하나의 공동체로 맺어져 있는 것과 똑같은 이치라는 것이었다. 그렇지만 성과는, 엄청난 규율과 힘의 소모를 요구하는 성과는 어떻든 이 모임을 주최하고 이끌어 가는 자신의 몫이라고 했다. 의지가 곧 복종이 되고, 복종이 곧 의지가 되는 그 자신의 인격체는 그 두 가지를 탄생시키는 산실인 만큼 대단히 힘겨운 역할을 맡고 있다는 것이었다. 그는 자기 일이 매우 힘들다는 것을 종종 특별히 강조했는데, 아마도 기운을 회복할 필요성과 술을 자주 마실 수밖에 없는 사정을 설명하기 위해서인 듯했다.

치폴라는 겉으로 드러나지 않는 좌중의 의지에 이끌려 예언자처럼 사방을 더듬고 다녔다. 그러다가 드디어 어떤 영국 여자의 신발에 감춰져 있던 보석 장식 브로치를 찾아냈고, 그것을 들고 주춤거리기도 하고 서두르기도 하면서 또 다른 여자 쪽으로 다가갔다. 안지올리에리 부인 쪽이었다. 그는 무릎을 꿇은 채 브로치를 그녀에게 건네주면서 미리 정해진 말을 했다. 무슨 말인지는 뻔했지만, 그렇다고 알아맞히기 쉬운 것은 아니었다. 사람들이 맞춰 놓은 말은 프랑스어로 하도록 되어 있었기 때문이다. 그는 "흠모의 표시로 한 가지 선물을 드리겠습니다!"라는 말을 해야만 했다. 우리가 보기에는 이처럼 조건이 까다로운 데에는 모종의 악의가 숨어 있는 듯했다. 말하자면 여기에는 이 놀라운 마술이 성공하기를 바라는 쪽과 이 자신만만한 사내가 패배하기를 바라는 쪽의 갈등이 드러나 있었던 것이다. 그런데 이상하게도 안지올리에리 부인 앞에 무릎을 꿇은 치폴라는 상대방을 시험하는 어조로 자기가 해야 할 말을 알아내려고 애썼다. "나는 뭔가를 말해야 합니다." 그가 입을 열었다. "그리고 나는 무슨 말을 해야 할지 분명하게 느끼고 있습니다. 그러면서도 그 말을 입 밖에 내면 틀릴 것 같은 느낌도 드는군요. 혹시라도 자기도 모르게 어떤 신호를 보내서 저를 도와주는 일이 없도록 조심하세요!" 그는 틀림없이 바로 그것을 원했으면서도, 아니 바로 그것을 원했기 때문에 그렇게 소리쳤다. 그러고는 갑자기 "잘 생각해 보세요!" 하고 서투른 프랑스어로 소리치더니, 그가 말해야 할 문장이 이탈리아어로 쏟아져 나왔다. 하지만 전혀 평소의 그답지 않게, 문장의 핵심어인 마지막 낱말은 이탈리아어와 자매지간인 프랑스어로 갑자기 바뀌어 나오는 것이었다. '흠모'를 뜻하는 이탈리아어 '베네라치오네(venerazione)' 대신에 프랑스어 '베네라시옹(vénération)'이 튀어나왔고, 마지막 음절의 비음(鼻音)은 그의 입에서 나왔다고는 믿기지 않을 만큼 그럴싸하게 들렸다. 그렇게 해서 치폴라는 부분적인 성공을 거두었다. 브로치를 찾아내어 받을 사람 쪽으로 걸어가서 무릎을 꿇는 데까지는 이미 성공한 다음이기 때문에, 이 마지막의 부분적인 성공은 완벽한 승리에 비해 오히려 더 인상적이었고, 관객들의 감탄 어린 박수갈채를 받았다.

치폴라는 몸을 일으키면서 이마의 땀을 닦았다. 독자 여러분도 아는 바와 같이, 나는 브로치 이야기를 통해 치폴라의 작업 중에 단 한 가지만 전달한 셈이다. 그 대목이 내 기억에 특히 생생하게 남아 있는 것이다. 하지만 치폴라는 기본 형식을 여러 형태로 변화시켜 이 게임을 엮어 나갔고, 그 때문에 많은 시간이 흘러갔다. 관객들과의 접촉이 잦아질수록 이와 비슷한 부류의 즉흥적인 놀이들을 하나씩 순차적으로 엮어 가기가 수월했던 것이다. 특히 우리가 묵고 있는 여관 안주인의 인품이 그에게 어떤 영감을 준 듯했다. 그녀는 그로 하여금 난데없이 점을 치게 만들었던 것이다. "부인, 제 눈은 못 속입니다." 그가 그녀에게 말했다. "부인에겐 명예가 될 만한 어떤 특별한 사연이 있군요. 관상을 볼 줄 아는 사람이라면 부인의 매력적인 이마 언저리에 상서로운 빛이 감돌고 있다는 것을 알아차릴 수 있습니다. 제가 완전히 잘못 본 게 아니라면, 그 빛은 지금보다 과거에는 더 강렬했고, 서서히 꺼져 가고 있습니다만…… 아무 말도 마세요! 저를 도와주려고 하지 마세요! 부인 옆자리에는 바깥양반이 앉아 있군요. 그렇지요?" 그러면서 치폴라는 과묵한 안지올리에리 씨에게 몸을 돌렸다. "당신은 이 부인의 남편 되는 분이고, 당신이 누리는 행복은 완벽합니다. 그런데 그렇게 행복한 가운데 어떤 추억이 또렷이 되살아납니다…… 근사한 추억이지요…… 부인, 당신의 지금 생활에서는 과거가 중요한 역할을 하는 것 같습니다. 부인은 어떤 왕을 알고 있었지요. 지난 시절에 어떤 왕과 얽힌 사연이 있지 않습니까?"

"아닌데요." 우리의 점심 식사를 날라다 주는 안주인이 속삭이듯이 대답했다. 고상한 느낌을 주는 창백한 얼굴에서 황

갈색 눈이 반짝였다.

"아니라구요? 왕이 아니라면 제가 단지 표현을 거칠고 깔끔하지 못하게 했을 뿐이지요. 왕도 아니고, 제후도 아니라…… 하지만 틀림없이 제후라구요. 숭고한 왕국을 다스리는 왕이지요. 대단한 예술가였습니다. 부인은 한때 그 옆에서…… 제 말을 반박하려고 하시지만, 아주 단호하게 반박하시지는 못할 겁니다. 어정쩡하게 반박할 수 있을 뿐이지요. 이제 알겠습니다! 세계적으로 유명한 위대한 여성 예술가였습니다. 부인은 다정다감한 청춘기에 그 예술가의 우정을 누렸습니다. 그 예술가에 얽힌 신성한 기억은 부인의 전 생애에 그늘을 드리우고 있고 또 빛이 되기도 합니다…… 이름을 대라구요? 그 예술가의 명성이 이미 오래전부터 우리 조국의 명예가 되었고, 조국의 명예와 함께 불멸의 명성을 누리고 있는데, 굳이 이름을 댈 필요가 있겠습니까? 엘레오노라 두세가 아닙니까." 치폴라는 나지막한 어조로 장엄한 분위기를 풍기며 말을 끝맺었다.

체구가 작은 안지올리에리 부인은 마음속으로 완전히 압도당한 상태에서 고개를 끄덕였다. 관객들의 박수갈채는 거국적인 시위를 방불케 했다. 장내에 있는 사람들은 거의 누구나 안지올리에리 부인의 의미심장한 과거에 관해 알고 있었고, 따라서 이 기사의 직관을 높이 살 줄 알았다. 그중에도 엘레오노라 여관에 투숙한 손님들이 단연 앞장섰다. 다만 그렇더라도 치폴라 자신이 과연 어느 정도나 그런 사실을 알고 있었는지는 의문이었다. 토레에 도착한 다음 그는 직업의 속성상 우선 사방에 귀동냥을 했을 테고, 그 과정에서 이 사실을 과연 어느 정도나 알아냈을까……. 하지만 그러한 능력을 굳이 합리적인 기준을 가지고 의심할 까닭은 없었다. 비록 그 능력이 우리가 보기에는 점점 불길한 조짐을 보이긴 했지만…….

이제 무엇보다 휴식을 취해야 할 때가 되었고, 우리의 지배자는 무대에서 물러났다. 고백하자면 나는 이 이야기를 시작할 즈음부터 바로 이 순간이 다가올까 봐 두려워했다. 사람들의 생각을 읽어 내는 것은 대개 어렵지 않은 일이며, 이 경우에는 아주 쉬운 일이다. 독자 여러분은 틀림없이 어째서 이 정도에서 이야기를 끝내지 않느냐고 나에게 물을 것이다. 그렇다면 나는 여러분에게 답변할 의무가 있는 셈이다. 그런데 나도 뭐라고 대답해야 할지 모르겠고, 사실대로 말하면 뭐라고 변명해야 할지 모르겠다. 그때 시각은 분명히 열한 시가 넘었을 것이다. 아마 그보다 훨씬 더 늦었을지도 모른다. 아이들은 자고 있었다. 바로 앞의 프로그램은 아이들한테는 확실히 너무 지루했을 테고, 아이들이 잠을 이기지 못한 것은 당연했다. 아이들은 우리 무릎 위에서 자고 있었다. 딸아이는 내 무릎 위에, 아들 녀석은 엄마 무릎 위에 쓰러져 있었다. 아이들이 잠들어서 한편으로는 위안이 되기도 했지만, 다시 생각해 보니 딱하기도 했고, 이제 아이들을 잠자리로 데려가야 한다는 경고처럼 보이기도 했다. 단언하건대 우리는 그 경고에 따르려 했다. 피부로 느껴지는 그 경고를 진지하게 받아들이려 했다. 우리는 이제 정말 집에 돌아갈 때가 되었다고 다짐하면서 어린 것들을 깨웠다. 그러나 정신이 드는 순간 아이들은 다시 집에 가지 않겠다고 보채기 시작했으며, 독자 여러분도 잘 알겠지만 재미있는 구경거리를 앞두고 떠나기 싫어하는 아이들의 마음을 그냥 무시할 수는 있을지언정 설득해서 바꾸지는 못하게 마련이다. 마술사를 보고 있으면 정말 신난다고 아이들은 통사정을 했고, 다음 프로가 뭔지는 우리도 모르니까 휴식 시간이 끝나고 다음 프로가 시작될 때까지만이라도 기다려야 한다고 졸라 댔다. 사이사이에 조금씩 잠을 잘 테니, 이 멋진 밤이 계속되는 동안에는 제발 집에만은, 잠자리에만은 가지 말자는 것이었다!

결국 우리가 졌다. 하지만 우리 나름대로는 이 순간만 넘기고 잠시 더 두고 보자고 마음먹고 있었다. 그렇다고 이것이 우리가 계속 남아 있었던 것에 대한 변명은 될 수 없을 것이며, 그 이유를 설명하기도 어렵기는 마찬가지이다. 우리가 먼저 운을 떼어 판단 착오로 어쩌다가 아이들을 이곳까지 데려왔으니, 그 뒷감당을 하는 수밖에 없다고 생각했던 것일까? 내 생각에는 그것도 충분한 해명은 못 된다. 그럼 우리 자신이 즐거웠던 것일까? 그렇기도 하고, 아니기도 하다. 기사 치폴라에 대한 우리의 감정은 매우 복잡하고 미묘했다. 하지만 내가 착각하는 게 아니라면 장내에 모인 관객들 모두의 감정 역시 마찬가지였으며, 그럼에도 미리 나가는 사람은 아무도 없었다. 우리가 뭔가에 홀려 있었던 것일까? 이토록 기묘한 방식으로 생계를 해결하는 이 사내는 프로그램이나 묘기의 힘을 빌리지 않고도 우리를 홀려서 그곳을 떠나려는 결심을 마비시켰던 것일까? 순전히 호기심 때문에 그랬다고도 할 수 있을 것이다. 그렇게 시작한 이날 밤 공연이 과연 어떻게 이어질 것인지 궁금하기도 했을 것이다. 더구나 치폴라는 퇴장하면서, 그가 제공할 오락은 아직 바닥나지 않았을뿐더러 더 흥미진진한 효과를 기대해도 좋겠다는 생각이 들도록 큰소리를 쳤던 것이다.

하지만 그 모든 것은 우리가 남아 있었던 이유가 되지 않는다. 아니, 남아 있었던 이유의 전부는 아니다. 우리가 그때 어째서 떠나지 않았는가 하는 의문을 풀려면 아마도 어째서 아예 그전에 토레를 떠나지 않았는가 하는 질문에 답변을 하는 것이 가장 정답에 가까울 것이다. 내 생각에 그것은 똑같은 질문이다. 이 난처한 처지에서 벗어날 생각이면 나는 이미 대답을 했노라고 간단히 말할 수도 있을 것이다. 공연장 안의 분위기는 토레의 전반적인 분위기와 너무 흡사했기 때문이다. 똑같이 기묘하고, 긴장되고, 불편하고, 모욕적이고, 답답한 분위기였던 것이다. 어쩌면 더 심하다고도 할 수 있었다. 그 홀은 이 휴양지의 분위기를 짓누르는 온갖 기묘함과 섬뜩함 그리고 긴장감이 망라된 집합소였던 것이다. 다시 입장하기를 우리가 기다리고 있는 그 사내는 그 모든 것의 화신처럼 여겨졌다. 그리고 우리가 토레를 떠나지 않은 터에 그 축소판인 셈인 공연장을 떠났더라도 어쩐지 앞뒤가 맞지 않았을 것이다. 독자 여러분이 이 해명을 수긍하든 말든, 우리가 계속 눌러앉아 있었던 것은 그 때문이다. 나로서는 도무지 이보다 더 나은 해명을 제시할 길이 없다.

그러니까 십 분 동안의 휴식 시간이 있었는데, 휴식이 길어져서 얼추 이십 분이 다 되었다. 우리가 저 주었기에 신이 난 아이들은 잠을 깬 채 그 이십 분 동안을 재미있게 보냈다. 아이들은 이 고장의 서민적인 분위기와 맺은 인연들을 다시 끌어들여, 안토니오나 귀스카르도 혹은 보트를 모는 사내를 찾았다. 두 손을 둥글게 모아 쥔 채 입에 대고는 "내일은 고기 많이 잡으세요!" 혹은 "그물 가득히 잡으세요!" 하는 식으로 우리가 했던 인사말들을 그대로 되풀이했다. 그리고 '에스퀴지토' 카페의 종업원 마리오 쪽으로는 "마리오 아저씨, 초콜릿이랑 비스킷 주세요!" 하고 외치기도 했다. 그러자 마리오가 이번에는 이쪽을 보고 미소를 지으며 "금방 가져갈게!" 하고 대답했다. 다정하면서도 어쩐지 멍하게 우수에 잠겨 있는 듯한 그의 미소가 우리의 기억에 남은 데에는 그럴 만한 이유가 있었다.

그렇게 해서 휴식이 끝나고 종이 울렸다. 긴장을 풀고 잡담을 나누던 관객들이 다시 모여들었고, 우리 집 아이들은 다시 몸을 돌려 두 손을 무릎에 올려놓은 채 호기심에 가득 차서 제자리에 바로 앉았다. 무대의 막은 그대로 열려 있었다. 치폴라가 으스대며 걸어 나오더니, 강연식의 서두를 꺼내는 것으로 공연의 제2부를 곧장 시작했다.

여기서는 요점만 말하도록 하겠다. 자신감에 차 있는 이 불구자는 내가 평생 만난 사람 중에 가장 막강한 최면술사였다. 앞에서 그는 연기의 진상을 간파하지 못하게 관객들의 시야를 헷갈리게 함으로써 민첩한 솜씨의 마술사임을 과시했었다. 하지만 그럴려면 이러한 능력의 직업적인 사용을 원칙적으로 금지하는 사법적인 규제를 피해 가야만 했다. 그런 문제의 소지가 있을 경우에는 아마도 형식적인 눈가림을 하는 것이 관례가 되다시피 했을 것이며, 당국에서도 완전히 묵인하거나 적어도 반쯤은 묵인했을 것이다. 어떻든 이 야바위꾼은 자기가 어떻게 해서 마술의 효과를 거두는지 그 진짜 내막을 실제로는 처음부터 거의 숨기지 않았다. 그가 준비한 프로그램의 후반부는, 말로는 여전히 다른 식으로 둘러대기 일쑤였지만, 사실상 너무 노골적으로 어떤 특별한 실험을 겨냥한 것이었다. 그것은 어떻게 하면 상대방의 의지를 박탈하면서 자신의 의지를 받아들이지 않을 수 없게 만들 수 있는가를 과시하는 실험이었다. 우스꽝스럽고 자극적이면서도 경탄스러운 일련의 실험들은 자정 무렵까지도 한창 진행 중일 정도로 지리하게 계속되었다. 그 과정에서 관객들은 도저히 믿기지 않는 장면부터 섬뜩한 장면에 이르기까지, 이 자연스럽고도 섬뜩한 분야가 제공할 수 있는 온갖 진기한 현상을 구경하게 되었다. 괴기스러운 장면들이 하나씩 연출될 때마다 관객들은 고개를 설레설레 저으며 무릎을 치고 웃어 대면서 환호하는 반응을 보였다. 그들은 단호한 자신감에 차 있는 한 인물에게 홀려 있는 것이 분명했다. 그러면서도 적어도 내가 보기에는 정작 자신들이 모욕당하고 있다는 사실에 거부감이 없지는 않았다. 치폴라가 개가를 올리는 모든 장면은 관객들에게 그런 모욕감을 느끼게 했던 것이다.

치폴라가 그처럼 개가를 올린 데에는 두 가지 요소가 결정적인 역할을 했다. 기운을 돋우기 위한 술과 갈퀴발톱이 달려 있는 채찍이 그것이었다. 술은 틀림없이 매번 그를 신들린 것처럼 달아오르게 하는 데 도움이 되었을 것이다. 술기운이 떨어지면 금방이라도 탈진할 것처럼 보였던 것이다. 어떻든 술기운을 빌리는 것까지는 이 사내가 인간적으로 딱하다는 느낌을 줄 법도 했다. 하지만 채찍은 그렇지 않았을 것이다. 채찍은 그가 관객을 지배하고 있다는 것을 보여 주는 모욕적인 상징물이었다. 휙휙 하고 허공을 가르는 이 회초리는 그가 오만하게도 우리 모두를 통제하는 수단이었던 것이다. 이 회초리까지 동원되면 관객들은 복종하긴 하면서도 어리둥절해지고 반발심도 생겼는데, 그것은 관객들이 보여 줄 수 있는 가장 부드러운 반응이었다. 그는 우리가 복종하기를 갈망했던 것일까? 또한 우리가 공감도 해야 한다고 생각했던 것일까? 모든 것을 가지려고 했던 것일까? 그가 그런 욕심을 품었다고 추정할 수 있는 어떤 말이 아직도 내 기억에 또렷이 남아 있다. 그가 그런 말을 한 것은 최면 실험이 절정에 이르렀을 무렵이었다. 그의 실험 대상은 이미 한참 전부터 최면 효과가 아주 잘 먹혀드는 대상으로 판명된 어떤 청년이었는데, 완전히 자기 수중에 들어온 이 청년을 그는 쓰다듬고 입김을 불어 대고 해서 사실상 근육 경직 상태로 만들었다. 그는 깊은 잠에 빠져든 청년을 두 개의 의자 등받이 위에다 머리와 발만 걸쳐지게 한 채 눕혀 놓았을 뿐 아니라, 몸통 위에 올라앉기까지 했다. 널빤지처럼 뻣뻣해진 청년의 몸은 그래도 끄떡없었다. 나무처럼 굳은 형체 위에 야회용 재킷을 입은 채 괴물처럼 웅크리고 앉아 있는 모습은 도저히 사실로 믿기지 않았고 혐오감을 주었다. 이 계획적인 오락의 제물이 된 청년이 틀림없이 고통스러울 거라고 생각한 관객들은 청년이 불쌍하다는 반응을 보였다. 호의적인 생각을 가진 관객들이 "불쌍해라!" 혹은 "딱한 친구로군!" 하며 소리쳤다. 그러자 치폴라는 발끈하며 "불쌍하다니요!" 하고 코웃음을 쳤다. "여러분, 번지수가 틀렸습니다! 불쌍한 사람은 바로 나란 말입니다! 모든 것을 참고 견뎌야 하는 쪽은 바로 나라구요." 관객들은 훈계를 그냥 참고 들었다. 그래, 그 자신이 오락의 대가를 치르고 싶고, 불쌍한 청년의 일그러진 얼굴에 드러나 있는 육체적 고통까지도 자기가 감당하고 싶다는 것이었다. 하지만 그의 눈초리는 반대의 사실을 말하고 있었으며, 타인에게 모욕을 주기 위해 참고 견디는 자에게는 불쌍하다고 말하고 싶은 마음이 내키지 않는 법이다.

나는 순서를 완전히 무시한 채 나중에 할 얘기를 미리 해버린 셈이다. 내 머릿속에는 지금까지도 마치 자기가 순교자인 척하는 그 기사에 대한 기억들이 꽉 차 있지만 그 기억들을 어떻게 정리해야 할지 모르겠으며, 사실 그런 정리가 중요한 것도 아니다. 하지만 나는 가장 많은 박수갈채를 받은 거창하고도 장황한 장면들의 기억이 금방 스쳐 가는 어떤 짧은 기억들에 비해 오히려 덜 인상적이라는 것만큼은 알고 있다. 그 청년을 벤치로 만들어 버린 그 진기한 장면도 단지 그 장면과 결부하여 다른 문제를 비판하려다 보니 지금 막 떠올랐을 뿐이다. 나이가 지긋한 어떤 부인은 밀짚 쿠션 의자에 앉은 채 치폴라가 불어넣는 환상에 푹 빠져들어 있었는데, 그녀는 인도 여행을 하는 중이라고 했다. 최면 상태에서 그녀는 바다와 육지를 누비고 다니는 자신의 모험에 관해 아주 실감 나게 이야기했지만, 나는 오히려 그다지 흥미가 없었다. 휴식이 끝난 직후에 군인으로 보이는 기골 장대한 어떤 신사는, 단지 곱사등이 치폴라가 그에게 팔을 들지 못할 거라고 통보하면서 채찍을 한번 허공에 후려쳤다는 이유만으로 팔을 들어 올릴 수 없는 사태가 벌어졌는데, 인도 여행을 한다는 여성의 이야기는 오히려 이 경우보다 더 재미가 없었다. 콧수염을 기른 그 당당한 체격의 신사가 잃어버린 신체의 자유를 되찾고자 미소 지은 입을 악물고 안간힘을 쓰는 모습은 지금도 눈에 선하다. 얼마나 당혹스러운 장면인가! 그는 의지는 있지만 그럴 힘이 없어 보였다. 하지만 단지 의지를 발동시킬 수 없었기 때문인지도 모른다. 우리의 조련사가 이미 로마의 신사에게 코웃음을 치며 예언했듯이, 여기서는 온통 의지가 속으로 기어들어 자유를 마비시키는 것이다.

안지올리에리 부인을 끌어들인 장면은 감동적이고도 괴기스러운 희극성으로 인해 그에 못지않게 잊히지 않는 대목이다. 무대 위의 기사는 틀림없이 처음에 장내를 불손하게 둘러볼 때부터 이미 자기가 휘두르는 힘에 그녀가 꼼짝 못 할 거라는 사실을 염탐해 두었을 것이다. 그는 순전히 마술로 그녀를 홀려서 문자 그대로 의자에서 끌어 올리듯이 그녀가 앉아 있던 줄에서 데리고 나갔다. 당시 그는 자기 재주를 더욱 빛나게 할 작정으로 안지올리에리 씨에게 부인의 이름을 불러 보게 했다. 그렇게 해서 말하자면 남편으로서의 존재와 권리에 해당되는 무게를 실어 피차 힘의 균형을 취하고, 반려자의 영혼에 담겨 있는 모든 것을 남편의 목소리로 일깨워서 사악한 마술에 맞서 그녀의 미덕을 지켜 줄 수 있게 해 보자는 것이었다. 하지만 그런들 무슨 소용이 있었겠는가! 치폴라가 그 부부에게서 얼마간 떨어져서 휙 소리를 내며 채찍을 한번 휘두르자 우리의 안주인은 몸을 심하게 움찔하더니 치폴라가 있는 쪽으로 얼굴을 돌렸다. 벌써부터 안지올리에리 씨는 "소프로니아!"[10] 하고 부인의 이름을 불렀는데(우리는 안지올리에리 부인의 이름이 소프로니아인 줄은 전혀 모르고 있었다.), 그가 부인의 이름을 부르기 시작한 것은 잘한 일이었다. 그가 이름을 부르자 누가 보아도 알 수 있을 정도로 위험은 그만큼 지연되었기 때문이다. 그의 부인은 그 고약한 기사 쪽으로 얼굴을 돌린 채 꼼짝 않고 있었던 것이다. 이제 기사는 채찍을 손목에 매달아 둔 채 기다랗고 누르스름한 열 손가락을 모두 사용하여 자신의 제물을 향해 손짓하고 끌어당기는 듯한 동작을 취하면서 조금씩 뒷걸음질을 치기 시작했다. 그러자 안지올리에리 부인은 하얀 빛이 감도는 창백한 얼굴로 자리에서 일어나더니 마술사 쪽으로 완전히 몸을 돌려 흐느적거리며 그를 따라가기 시작했다. 실로 괴기스럽고 섬뜩한 광경이었다. 몽유병자 같은 안색에 팔은 뻣뻣하게 굳어 있었고, 아름다운 두 손은 손목을 뺀 것처럼 약간 들어 올리고 있었으며, 발에 족쇄

10) '소프로니아(Sofronia)'는 원래 '절제', '절도'라는 뜻이다. 또한 로마 시대의 실제 인물 '소프로니아'는 황제가 자신을 범하려 하자 정절을 지키기 위해 스스로 목숨을 끊은 귀부인의 이름이기도 하다.

를 채운 듯한 걸음걸이로 그녀는 서서히 좌석에서 벗어나 자신을 끌어당기는 유혹자를 따라 미끄러지듯이 걸어가고 있었다. "이름을 불러요! 이름을 부르라니까!" 이 소름 끼치는 인물은 안지올리에리 부인의 남편에게 경고를 보냈다. 그러자 안지올리에리 씨는 "소프로니아!" 하고 풀 죽은 목소리로 외쳤다. 안타깝게도 그는 그러고도 여러 번 더 부인의 이름을 불렀고, 부인이 자기 쪽에서 점점 멀어져 가자 드디어는 일어서서 둥글게 말아 쥔 한쪽 손을 입에 대고 다른 한쪽 손으로는 손짓을 하며 부르기까지 했다. 하지만 사랑과 의무감에서 우러나온 그의 측은한 목소리는 이미 상대방의 수중에 들어간 부인의 등 뒤에서 맥없이 울려 퍼졌으며, 안지올리에리 부인은 넋이 빠져 아무 소리도 들리지 않는 듯 몽유병자처럼 미끄러지듯이 흐느적거리며 멀어져 갔다. 가운데 통로로 나온 그녀는 곱사등이의 손가락 놀림에 이끌려 통로를 따라 출구가 있는 데까지 걸어갔다. 이 장면은 뭔가를 강요하는 듯하면서도 너무나 완벽한 인상을 주었기에, 그녀는 주인이 원하기만 한다면 세상 끝까지라도 따라갈 것만 같았다.

부인이 출입문에 다다르자 안지올리에리 씨는 정말로 질겁을 하고 벌떡 일어나 "조심해!" 하고 외쳤다. 하지만 바로 그 순간 기사는 말하자면 승리의 월계관을 떨어뜨리고 최면을 중단했다. "그만하면 됐습니다, 부인. 감사합니다." 그렇게 말하면서 그는 구름 위를 떠다니다가 이제 막 제정신으로 돌아온 안지올리에리 부인에게 기사도를 발휘한답시고 희극 배우처럼 우스꽝스러운 몸짓으로 손을 내밀어 부축하더니 안지올리에리 씨에게 다시 데려다주었다. 그는 안지올리에리 씨에게 인사를 하며 말했다. "안녕하십니까! 이렇게 부인을 모셔 왔습니다. 축하의 말씀과 함께 부인을 당신 손에 고이 돌려드리겠습니다. 완전히 당신의 사람인 이 소중한 분을 사나이가 보여 줄 수 있는 혼신의 힘을 다해 지켜 주시기 바랍니다! 이만하면 이성이나 도덕보다 더 강력한 힘이 있다는 것도 잘 아셨을 테고, 또 그런 힘을 가진 사람이 이렇게 고결하게 단념하고 물러서는 것은 극히 예외적인 경우라는 것도 잘 아실 테니까, 부디 눈에 불을 켜고 부인을 지키시기 바랍니다!"

가련한 안지올리에리 씨는 그래도 묵묵부답이었다. 그는 이 경우처럼 사람을 경악시키고 한술 더 떠서 비웃기까지 하는 것보다는 정도가 약한 악마적 세력이 출현하더라도 도무지 자신의 행복을 지켜 낼 수 있을 것 같지 않았다. 기사는 잔뜩 무게를 잡고 거드름을 피우며 무대 위로 돌아갔다. 그의 말재간 때문에 박수 소리는 곱절로 커졌다. 내 기억이 틀리지 않다면 바로 이 승리를 기회로 해서 그의 권위는 관객들로 하여금 춤이라도 추게 만들 수 있을 정도로 고조되었다. 정말 춤판이라도 벌어질 지경이었다. 이 말은 액면 그대로 이해할 필요가 있다. 어딘지 모르게 장내의 질서가 흐트러졌고, 밤이 깊어진 탓인지 저마다 기분들을 내느라 분위기가 뒤죽박죽이 되었다. 그리고 그렇게 오랫동안 이 불쾌한 사내의 영향력에 맞서서 비판적인 태도로 버티던 분위기도 술에 취한 것처럼 허물어지고 말았다. 물론 치폴라는 자신의 통치권을 완전히 장악하기 위해 고투를 벌여야만 했다. 특히 젊은 로마 신사의 반항에 맞서 싸워야 했는데, 완강한 도덕성으로 무장한 이 청년은 언제라도 치폴라의 통치권에 공공연히 대드는 위험한 사례로 등장할 기미를 보였던 것이다. 그렇지만 기사는 바로 그런 사례의 중대성을 익히 간파하고 있었으며, 워낙 영리해서 상대방의 가장 취약한 저항 지점을 공략 지점으로 선택할 줄 알았다. 앞에서 나무 토막처럼 뻣뻣해졌던 그 청년이 이제 맥이 빠지고 점차 기운을 잃어 가자 그는 다시 청년을 끌어들여 분위기를 열광적인 춤판으로 전환하기 시작했다. 청년은 이제 주인이 흘낏 흘겨보기만 해도 벼락 맞은 것처럼 움찔하고 상체를 뒤로 젖히면서 두 손을 바지 재봉선에 맞추어 차려 자세를 취하는 버릇이 생겼다. 마치 군대의 몽유병 환자와 같은 상태에 빠진 것이다. 따라서 그 청년에게 어떤 황당한 요구를 해도 무조건 따르리라는 것은 애초부터 불을 보듯이 뻔했다. 게다가 청년은 예속 상태를 아주 편안하게 즐기면서 자신의 초라한 자주권을 기꺼이 벗어던지는 것처럼 보였다. 그는 번번이 자기가 실험 대상이 되겠다고 나섰으며, 즉각적으로 정신을 잃고 의지를 상실할 수 있는 모범 사례가 되는 것을 곧 자신의 영광으로 아는 것이 분명했다. 이번에도 그는 무대 위로 올라갔다. 그리고 치폴라가 그저 허공에 채찍을 한번 휘둘렀을 뿐인데도 무대 위에서 지시대로 스텝을 맞추어 춤을 추기 시작했다. 일종의 기분 좋은 황홀경에 빠져서 눈을 지그시 감고 고개를 좌우로 흔들며 볼품없는 팔다리를 온 사방으로 마구 흔들어 대기 시작했던 것이다.

그의 춤은 확실히 관객들의 흥을 돋우었다. 얼마 지나지 않아 지원자가 생겨서 두 명이 더 가세했다. 한 명은 옷차림이 소박하고 또 한 명은 근사하게 차려입은 청년들이었는데, 그들은 나무 토막처럼 뻣뻣해졌던 청년의 양쪽에 자리를 잡고서 완벽하게 보조를 맞추어 춤을 추기 시작했다. 그런데 이 대목에서 로마 청년이 앞에 나서더니, 자기한테 춤을 가르쳐 줄 수 있겠냐고 치폴라에게 대들듯이 물었다. 자기가 원하지 않는 경우에도 치폴라가 자신을 춤추게 할 수 있겠냐는 것이었다.

"당신이 원하지 않아도 할 수 있고말고!" 그렇게 대답했던 치폴라의 말투를 나는 잊을 수 없다. "앙케 세 논 부올레!"[11] 하는 그 소름 끼치는 말투는 지금도 귀에 쟁쟁하다. 그러고는 말하자면 싸움이 시작되었다. 치폴라는 코냑을 한 잔 비우고 새로 담배를 한 대 피운 다음 로마 청년을 무대 가운데쯤에 세워 놓고 출입문 쪽으로 얼굴을 돌리게 하고는 그의 뒤쪽에 조금 떨어져서 자리를 잡더니 채찍을 휘두르며 "춤춰!" 하고 명령을 내렸다. 그렇지만 상대방은 꼼짝도 하지 않았다. 기사는 다시 "춤춰!" 하고 단호하게 명령하면서 채찍을 휘둘렀다. 그러자 청년이 옷깃에 감싸인 목을 뒤로 젖히는 동시에 한쪽 손을 손목이 삔 것처럼 발딱 세우면서 한쪽 발꿈치는 바깥쪽으로 젖히는 모습이 눈에 들어왔다. 경련이라도 일으킬 듯한 그 동작은 때로는 격렬해졌다가 또 때로는 잠잠해지기를

---

11) 소설 원문에는 이탈리아어로 'Anche se non vuole!'라 되어 있으며, 바로 앞에 나온 '당신이 원하지 않아도 할 수 있고말고!'라는 말을 이탈리아어로 다시 한번 반복한 것이다.

되풀이하면서 꽤 오랫동안 계속되었다. 하지만 영웅적인 꿋꿋함으로 단호하게 맞서 보겠다고 미리 다짐했던 결심도 이러다가 결국 제압당하고 말 것이 뻔했다. 그래도 이 용감한 청년은 인류의 명예를 구하겠다고, 비록 경련은 일으킬지언정 춤은 추지 않았다. 이 실험이 이런 상태로 오래 지속되었기 때문에 치폴라는 일단 주의력을 분산시켜야만 했다. 그는 무대의 이곳저곳을 기웃거리며 한쪽에서 몸을 흔들며 춤추는 청년들을 돌아보면서 그들을 향해 채찍을 휘둘러 훈련을 시켰다. 그러면서 다른 한편으로 관객들에게는, 정작 춤을 추는 쪽은 청년들이 아니라 자기 자신이기 때문에 이 분방한 청년들이 아무리 오랫동안 춤을 춰도 나중에 전혀 피곤하지 않을 거라고 깨우쳐 주기를 잊지 않았다. 그러고는 다시 로마 청년의 등을 뚫어지게 쳐다보면서, 자신의 통치권에 대항하는 이 꿋꿋한 의지의 청년을 공략하곤 했다.

치폴라가 공격을 거듭하면서 집요하게 명령을 내리자 그 꿋꿋한 의지의 청년도 눈에 띄게 동요하기 시작했다. 관객들은 과연 청년이 어디까지 버틸 수 있는가를 냉정한 관심을 가지고 지켜보고 있었다. 하지만 관객들의 태도에는 청년에게 공감하는 안타까움과 잔인한 만족감이 뒤섞여 있었다. 내가 사태의 추이를 제대로 파악했다면, 이 청년은 불리한 입장에서 싸우고 있었다. 모르긴 해도 인간이 자신의 의지를 부정하면서까지 영혼의 삶을 영위할 수는 없을 것이다. 어떤 것을 원하지 않는다는 것은 결국 삶의 내용을 상실하는 결과에 이를 것이기 때문이다. 전혀 원하지 않으면서도 자기한테 가해지는 요구를 행한다는 것, 그 양자는 이 경우에 아마도 너무 밀착해 있어서 자유의 이념은 양자 사이에 끼어 궁지에 몰릴 수밖에 없을 것이다. 아닌 게 아니라 기사가 채찍을 휘두르고 명령을 내리고 하는 사이사이에 교묘하게 끼워 넣는 말들도 바로 그런 방향으로 가닥을 잡아 가고 있었다. 그는 자기만 아는 최면술에다 상대방을 헷갈리게 만드는 심리전까지 가미하고 있었다. "춤을 추라구!" 그가 말했다. "그렇게 자기 자신을 괴롭힐 필요가 있나? 이런 식으로 자신에게 가하는 폭력을 자유라고 생각하나? 살짝 춤을 춰 보게나! 그러고 보니 온통 팔다리가 근질거리고 있군그래. 이제 제발 팔다리가 원하는 대로 내버려두면 오죽 좋을까! 그렇지, 벌써 춤을 추는군! 이건 싸움이 아니라 즐기는 거라구!" 정말 그렇게 되었다. 저항하는 청년의 몸은 이미 걷잡을 수 없이 들썩거리기 시작했다. 청년은 팔과 무릎을 쳐들었고, 삽시간에 온몸의 관절이 모두 풀어졌다. 청년은 팔다리를 쭉쭉 뻗으며 춤을 추기 시작했다. 그러자 기사는 관객들의 박수를 받으며 청년을 무대 앞으로 인도하여, 다른 꼭두각시들과 함께 어울리도록 했다. 이제 패자의 얼굴이 보였다. 그의 얼굴은 무대 위에서 모두에게 공개되었다. 그는 입이 벌어지게 흡족한 미소를 지으며 눈을 지그시 감고 있었다. 치폴라의 말대로 그는 즐기고 있었다. 버티던 때보다는 확실히 지금 상태가 더 좋아 보여서 그나마 일말의 위안이 되었다.

로마 청년의 '사례'는 이날 밤의 분위기에 하나의 획을 그었다고 할 수 있다. 그로 인해 긴장된 분위기는 스르르 녹아버렸고, 치폴라의 당당한 승리는 절정에 이르렀다. 갈퀴 손잡이가 달린 그의 가죽 채찍은 허공을 가르는 소리를 내며 키르케의 지팡이[12]처럼 불가항력의 위세를 떨쳤다. 내가 기억하기로는 자정이 훨씬 지났음에 틀림없는 시점에 이르러서는 작은 무대 위에 여덟 명에서 열 명가량 되는 사람들이 춤을 추고 있었고, 객석 쪽에서도 온갖 소동이 벌어지고 있었다. 코안경을 끼고 기다란 이가 드러나 보이는 어떤 영국 여성은 장내의 주인인 치폴라가 전혀 아무런 신경을 써 주지 않았는데도 자기 줄에서 빠져나와 가운데 통로에서 타란텔라 춤[13]을 추고 있었다. 그러는 동안 치폴라는 무대 왼쪽에 놓여 있던 밀짚 쿠션 의자에 느긋하게 앉아서 담배 연기를 들이마셨다가 다시 보기 흉한 이빨 사이로 오만하게 연기를 내뱉곤 했다. 그는 완전히 고삐가 풀어진 객석을 바라보면서 발을 건들거리기도 하고 또 때로는 어깨를 들썩거리며 웃기도 했다. 또 이따금 몸을 반쯤 뒤로 돌려, 버둥거리며 춤을 추면서 마냥 즐기고 싶어 하는 어떤 사람을 향해 채찍을 휘두르기도 했다. 이 무렵 우리 집 아이들은 깨어 있었다. 아이들 이야기를 하려니 부끄러운 생각이 든다. 그곳에 계속 머물러 있는 것은 좋지 않았다. 아이들한테는 최악의 상황이었다. 그때까지도 아이들을 데리고 자리를 뜨지 않았던 것은, 단지 될 대로 되라는 식의 전반적인 분위기에 어느 정도는 감염되었기 때문이라고 해명할 도

---

12) 호메로스의 『오디세이』에서 '키르케(Circe)'는 마법의 지팡이를 휘둘러 상대방을 돼지로 둔갑시키는 마녀로 등장한다.
13) 남부 이탈리아 지방에서 유래한 빠른 템포의 춤.

리밖에 없겠다. 너무 늦은 밤시간이어서 그랬는지 우리도 그런 분위기에 말려들었던 것이다. 어차피 이렇게 된 마당에 이유야 어떻든 결과는 마찬가지였다. 그런데 천만다행으로 아이들은 이날 밤의 오락이 뭔가 수상쩍다는 것을 알아챌 정도의 나이는 되지 않았다. 아직은 순진무구한 탓에, 마술사가 판을 벌이는 그 진기한 장면을 직접 관람할 수 있게 이례적으로 허락을 받았다는 사실에 마냥 좋아했을 뿐이다. 아이들은 우리의 무릎에 엎어져 잠들었다가 십오 분 간격으로 다시 일어나 발그스레한 뺨에 졸린 눈으로 이날 밤의 주인이 사람들에게 시키는 황당한 놀음들을 보면서 자지러지게 웃곤 했다. 그렇게 재미있다고 생각하지는 않았지만, 박수 소리가 울릴 때마다 덩달아 서투른 고사리손으로 즐겁게 손뼉을 치곤 했던 것이다. 하지만 치폴라가 자기들의 친구 마리오에게, '에스퀴지토' 카페의 마리오에게 손짓하자 아이들은 신바람이 나서 딴에는 좋다는 표시로 의자에서 껑충껑충 뛰었다. 치폴라가 마리오에게 보낸 손짓은 정말 책에 쓰여 있는 그대로였다. 한쪽 손을 코앞에 갖다 댄 채, 집게손가락을 길게 폈다가 다시 갈고리처럼 오무렸다가 하기를 번갈아 가며 되풀이했던 것이다.

마리오는 치폴라의 손짓에 응했다. 마리오가 무대 층계를 올라가서 치폴라에게 다가가던 모습은 지금도 눈에 선하다. 그러는 동안에도 치폴라는 여전히 검지로 손짓을 보내고 있었는데, 그런 동작은 그의 면모를 단적으로 보여 주며 괴기스러운 느낌을 주었다. 마리오 청년은 잠시 주저하는 태도를 보였다. 그 장면도 아직까지 기억에 생생하다. 이날 밤 내내 그는 팔짱을 끼고 있거나 아니면 바지 주머니에 손을 찔러 넣은 채, 우리 자리의 왼쪽 측면 통로에서 나무 기둥에 기대어 서 있었다. 그가 서 있던 곳은 머리 모양이 사나운 그 청년이 서 있던 자리이기도 했다. 마리오는 우리가 목격한 바로는 치폴라의 연기를 주의 깊게 보긴 했지만 그다지 흥겨워하지는 않았으며, 과연 어느 정도나 상황을 파악하면서 이해했는지도 미지수였다. 그러다가 막판에 함께 해 보자고 제안을 받았으니 기분이 좋지 않다는 기색이 역력했다. 그럼에도 마리오가 치폴라의 손짓에 응했던 까닭은 너무 잘 이해할 수 있었다. 틀림없이 직업의식이 발동했을 것이다. 더구나 그처럼 우직한 청년이 바로 이 시간의 치폴라처럼 승승장구하는 사내의 제안에 따르기를 거부한다는 것도 심정적으로 기대할 수 없는 일일 것이다. 그래서 좋든 싫든 마리오는 기대어 있던 기둥 곁을 벗어나, 앞쪽에 서 있다가 자기를 돌아보며 무대 쪽으로 갈 수 있게 길을 비켜 준 사람들에게 고맙다는 말을 하면서 무대 위로 올라갔다. 그러는 동안 그의 튀어나온 입술에는 뭔가 미심쩍어하는 듯한 미소가 감돌았다.

독자 여러분은 마리오를 땅딸막한 체격의 스무 살 청년이라고 상상하면 된다. 짧게 깎은 머리에 이마가 좁고 눈꺼풀은 무겁게 늘어져 있었으며, 흐릿한 회색 눈동자에는 초록빛과 황색이 살짝 섞여 있었다. 그의 인상을 이렇게 정확하게 기억하는 것은 그 친구와 종종 이야기할 기회가 있었기 때문이다. 납작한 콧등에는 주근깨가 잔뜩 나 있었고, 얼굴 아래쪽이 앞으로 돌출되어 두툼한 입술만 두드러져 보였으며, 말을 할 때면 두툼한 입술 사이로 번들거리는 이빨이 드러나 보였다. 그리고 이 불룩한 입술과 눈꺼풀에 가려진 눈 때문에 그는 모종의 원초적인 우수에 잠겨 있는 듯한 인상을 주었으며, 우리가 처음부터 마리오를 좋아하게 된 것도 바로 그 인상 때문이었다. 그렇다고 마리오의 언행이 거칠다고 상상하면 오산이다. 이를테면 그의 손이 보기 드물게 갸름하고 섬세하게 생긴 것만 보더라도 그런 추측과는 맞지 않을 것이다. 남쪽 나라 사람들 사이에서 그렇게 생긴 손은 우아한 손으로 주목받으며, 그런 손을 가진 사람이 시중을 들어 주면 좋아하는 것이다.

이런 구분이 가능할지 모르지만, 우리는 마리오의 신상에 관해서는 잘 몰랐지만 인간적으로는 그를 잘 이해했다. 우리는 거의 매일 그와 마주쳤고, 약간 얼빠진 사람처럼 혼자 생각에 잠겨 있는 그의 몽상적인 태도에 어느 정도 관심이 쏠려 있었다. 하지만 분주하게 오갈 때에는 그런 태도를 고쳐서 아주 싹싹한 태도를 보이곤 했다. 그의 태도는 진지해서, 기껏해야 아이들 때문에 미소를 짓는 게 고작이었다. 무뚝뚝하지는 않았지만, 그렇다고 손님들한테 잘 보이려고 하지도 않았다. 일부러 상냥한 태도를 꾸미지는 않았던 것이다. 아니, 차라리 상냥한 태도를 무시했다고 하는 편이 더 맞을 것이다. 다른 사람의 마음에 들어 보겠다는 희망이라고는 전혀 찾아볼 수 없는 그런 태도였다. 어떻든 그가 다른 태도를 보였더라도 그의 인상만큼은 우리의 기억에 남아 있을 것이다. 그가 보여 준 인상은 얼른 눈에 띄지 않으면서도 다른 여러 가지 진기한 구경거리보다 오히려 더 잘 간직하게 되는 그런 여행 추억거리의 하나였던 것이다. 하지만 우리는 그의 부친이 구청의 말단 서기로 있으며 모친은 세탁부로 일한다는 사실 말고는 그의 내력에 관해 아무것도 알지 못했다.

마리오는 줄무늬가 있는 얇은 옷감의 빛바랜 정장을 입고 있었는데, 그에게는 손님들 시중 들 때 입는 흰색 조끼가 더 잘 어울렸다. 그는 지금 그 정장 차림으로 무대에 올라가고 있었다. 목 둘레에 칼라가 없는 대신 불꽃 무늬가 있는 비단 목도리를 두르고 있었고, 목도리의 끝부분은 재킷 안쪽으로 접혀져서 보이지 않았다. 그는 기사 곁으로 다가서고 있었다. 그래도 기사는 여전히 손가락을 코끝에 대고 갈고리 모양으로 구부리며 신호를 보내고 있었기에, 마리오는 더 바짝 다가서지 않을 수 없게 되었다. 마리오가 기세등등한 치폴라의 발치에까지 이르러 의자 바로 곁에 다가서자 치폴라는 팔꿈치를 벌려서 마리오를 붙잡고는 마리오의 얼굴이 보이도록 관객 쪽으로 돌려세웠다. 치폴라는 느긋하고도 당당하고 흐뭇한 표정으로 마리오를 위에서 아래로 훑어보았다.

"이게 어찌된 일인가, 젊은이?" 치폴라가 말했다. "이렇게 늦게 서로 얼굴을 익혀야 하나? 하지만 나는 자네를 한참 전부터 알고 있었지. 내 말을 믿으라구…… 정말이지 나는 벌써부터 자네를 눈여겨보면서 자네의 자질이 뛰어나다고 확신했지. 그런데 어떻게 자네를 잊을 수 있겠나? 자네도 알겠지만, 너무 바쁘다 보니…… 그런데 자네 이름이 뭔지 말해 보게. 성은 빼고 그냥 이름만 알고 싶네."

"마리오라고 합니다." 젊은이가 나직하게 대답했다.

"아하, 마리오라, 아주 좋은 이름이군. 그러고 보니 떠오르는 이름이 있군. 아주 잘 알려진 이름이지. 고대 로마 시대의 인명으로, 우리 조국의 영웅적인 전통을 당당하게 간직하고 있는 그런 이름 중의 하나지.[14] 아주 근사해. 반갑군!" 그러더니 치폴라는 고대 로마식의 인사를 한답시고 기우뚱한 어깨 위로 팔과 손바닥을 쫙 펴서 비스듬히 들어 올렸다. 그가 술에 취했다고 봐도 전혀 이상하지 않았을 것이다. 하지만 그는 여전히 아주 명확한 액센트를 넣어 유창하게 말했다. 물론 이 무렵 그의 전반적인 거동이나 말투에서는 어쩐지 지겨워하는 듯한 방자한 태도와 제멋대로 구는 오만한 태도가 엿보이긴 했지만 말이다.

"그건 그렇고, 여보게 마리오." 하고 치폴라가 말을 이었다. "오늘 밤에 여기 오길 잘했네. 더구나 그렇게 근사한 목도리까지 걸치고 있으니 정말 멋지군. 그 목도리는 자네 얼굴에도 잘 어울리고, 아가씨들한테 점수를 제법 따겠는데그래. 토레 디 베네레의 매력적인 아가씨들 말이야……."

마리오가 서 있던 자리 부근에서 웃는 소리가 들려왔다. 웃는 소리를 낸 장본인은 군인처럼 머리를 깎은 바로 그 청년

---

14) 여기서 치폴라가 암시하는 역사적 인물은 고대 로마 시대의 정치가 '가이우스 마리우스(Gaius Marius)'(기원전 156~86년)일 것으로 짐작된다. 마리우스는 평민 출신이면서 일곱 번이나 집정관에 선출되었던 시민 세력의 지도자였다. 그런데도 치폴라가 마리우스를 가리켜 '영웅'적인 전통의 계승자인 것처럼 말하는 것은 역사적 사실의 의도적인 왜곡이다. 이 작품에서 다루어지는 파시즘의 문제와 결부시켜 보면, 그것은 파시즘 권력의 정통성을 조작하기 위해 역사를 왜곡하는 것이라 볼 수도 있을 것이다.

이었다. 상의를 어깨에 걸친 채 그곳에 서 있던 청년이 "하하!" 하고 상당히 거칠게 비웃는 소리를 냈던 것이다.

그러자 마리오는 멋쩍은 듯이 어깨를 으쓱했다. 청년의 웃음소리가 아니었더라도 어차피 그는 어깨를 으쓱했을 것이다. 본래는 아마 움찔하는 몸짓이었을 텐데, 어깨까지 움직인 것은 단지 자기는 목도리에도 여자들한테도 관심이 없다는 뜻을 나타내려고 다소 뒤늦게 제스처를 취한 것에 지나지 않았을 것이다.

기사는 무대 아래쪽을 흘낏 내려다보았다.

"저 친구한테는 신경 쓸 필요 없어." 치폴라가 말했다. "샘이 나서 저러는 거라구. 아마 자네 목도리가 아가씨들한테 인기를 끌까 봐 말이야. 또 어쩌면 우리가, 자네와 내가, 이렇게 무대 위에서 너무 다정하게 이야기를 나누고 있으니까 그럴지도 모르지…… 정 원한다면, 저 친구한테 배앓이를 다시 한번 상기시켜 줄 수도 있지. 그거야 식은 죽 먹기지. 마리오, 어디 조금만 말해 보게나. 오늘 밤에는 이렇게 즐기고 있고…… 낮에는 그러면 잡화점 같은 데서 일하나?"

"카페에서요." 청년이 고쳐서 말했다.

"그게 아니고 카페였군! 그렇다면 이 치폴라가 한번 헛짚었군. 술집의 종업원이란 말이지. 가니메데스[15]라, 그것도 마음에 들어. 다시 한번 고대를 연상하게 되는군. 냅킨 여기 있습

---

15) '가니메데스(Ganymede)'는 원래 트로이의 목동이었으나, 이 미소년의 아름다움에 반한 제우스 신이 그를 올림포스로 데려와서 신들의 술 시중을 들게 했다.

니다!" 그러면서 치폴라는 다시 팔을 뻗어 로마식 인사를 하여 관객들을 웃겼다.

마리오도 미소를 지었다. 그러고는 정색을 하더니 치폴라의 말에 끼어들었다. "하지만 전에는 한동안 포르토클레멘테에 있는 어느 가게의 점원으로 일했거든요!" 그의 어투에는 상대방이 점치는 것을 도와서 정답을 맞히도록 하고 싶어하는 인간적인 바람 같은 것이 담겨 있었다.

"그러면 그렇지! 잡화점이었을 테지!"

"거기서는 빗이나 솔도 팔았거든요." 마리오가 주춤하면서 대꾸했다.

"자네가 줄곧 술집 종업원으로만 있지는 않았다고, 늘 냅킨을 가져다주는 일만 하지는 않았다고 내가 말하지 않았던가? 이 치폴라가 헛짚을 때에는 서로 마음을 터놓기 위해서 일부러 그러는 걸세. 어디, 말해 보라구. 이젠 나를 믿을 수 있겠나?"

마리오는 애매한 태도를 취했다.

"반쯤은 동의한 것으로 알겠네." 치폴라가 다짐하는 말을 했다. "자네한테 신뢰를 얻기란 확실히 힘이 드는군. 나 같은 사람도 쉽게 성공하긴 어렵다는 걸 잘 알겠어. 자네 얼굴을 보니까 과묵함이랄까, 비애랄까, 일말의 애수 같은 분위기가 느껴지네…… 어디 말해 보게나." 그러면서 그는 마리오의 손을 잡았다. "무슨 근심이 있나?"

"아닙니다!" 마리오가 얼른 단호하게 대답했다.

"자네는 근심거리가 있어." 마술사는 상대방의 단호한 태도를 권위적으로 누르면서 자기 주장을 고수했다. "내가 그것도 모를 줄 아나? 이 치폴라를 속일 셈인가! 물론 아가씨들 때문일 테지. 어떤 아가씨 때문이야. 사랑의 고민이 있군그래."

마리오는 거세게 고개를 가로저었다. 그와 동시에 우리 옆쪽에서 다시 그 청년의 거친 웃음소리가 터졌다. 기사는 소리가 나는 쪽으로 귀를 기울였다. 그의 눈길은 어딘가 허공을 맴돌고 있었지만, 웃음소리에 귀를 기울이고 있었다. 그러고는 마리오와 수작을 벌이는 동안 이미 한두 번 그랬던 것처럼, 버둥거리며 춤추는 무리 중에 너무 춤에 열중하다가 지치는 사람이 없도록 그들을 향해 채찍을 반쯤 뒤로 젖히며 휘둘렀다. 그런데 바로 그 순간 치폴라의 파트너가 하마터면 그의 손아귀에서 달아날 뻔한 사태가 벌어졌다. 마리오가 갑자기 몸을 부르르 떨더니 치폴라에게 등을 돌리고 계단 쪽으로 걸어가기 시작했던 것이다. 치폴라는 제때에 마리오를 붙들었다.

"거기 멈춰!" 치폴라가 말했다. "그러면 쓰나. 가니메데스, 자네는 가장 멋진 순간에, 아니 가장 멋진 순간을 바로 눈앞에 두고 달아나겠다는 건가? 여기 그대로 남아 있으면 틀림없이 멋진 선물을 주지. 장담하건대, 자네가 그렇게 근심할 이유가 없다는 것을 확신하게 될 걸세. 자네가 알고 있고 다른 사람들도 알고 있는 그 아가씨 말인데, 그 아가씨 이름이 뭐더라? 가만! 자네 눈을 보면 이름이 떠오를 테니까. 그 아가씨 이름이 혓바닥에서 뱅뱅 도는군. 그러고 보니 자네도 막 아가씨 이름을 말하려고 하는데……."

"실베스트라!" 객석의 그 청년이 소리쳤다.

그러나 치폴라는 태연하게 하던 말을 이었다.

"혹시 입빠른 작자들이 있지 않은가?" 그는 객석 쪽을 내려다보지도 않으면서 여전히 아무런 방해도 받지 않고 마리오와 둘만의 대화를 나누듯이 마리오에게 물었다. "너무 설쳐 대는 자들이 있지 않나? 수탉처럼 시도 때도 없이 꽥꽥거리며 설치는 녀석들 말일세. 바로 그런 녀석이 지금 우리가 말하려던 이름을 가로챘군그래. 자네와 나한테서 말일세. 그러면서 그 허황된 친구는 아마 그 이름을 차지할 특권이 생겼다고 생각할 테지! 그런 녀석은 내버려두자고! 그런데 실베스트라라는 아가씨는, 자네의 연인 실베스트라는, 그래, 어디 말해 보게나, 그 아가씨가 어쨌다고?! 정말 아리따운 처녀지! 그녀가 걸어가거나, 숨 쉬거나, 웃는 것을 보면 심장이 멎을 정도로 매력적이지. 빨래를 하다가 고개를 뒤로 젖히면서 이마로 흘러내린 머리를 쓸어 올릴 때면 둥그런 팔이 드러나 보이겠지! 낙원의 천사 같지!"

마리오는 고개를 앞으로 내민 채 치폴라를 응시하고 있었다. 자신의 처지나 관객들의 존재도 잊고 있는 것처럼 보였다. 그의 눈 언저리의 붉은 자국은 점점 커지면서 마치 그려 넣은 것처럼 선명하게 보였다. 나는 마리오가 그러는 모습을 거의 본 적이 없었다. 그의 두툼한 입술은 벌어져 있었다.

"그런데 이 천사가 자네한테 근심을 안겨주는군. 이 천사가 말일세." 치폴라는 말을 이어 갔다. "아니, 차라리 자네가 그 천사 때문에 근심하고 있다고 해야겠어…… 여보게, 여기엔 차이가 있네. 중대한 차이가 있지. 내 말을 믿으라니까! 사랑을 하다 보면 오해라는 게 생기게 마련이지. 사랑할 때만큼 오해가 생기기 쉬운 경우는 없다고 할 수 있을 걸세. 치폴라라는 자가 사랑에 관해 뭘 알겠냐고 말하고 싶겠지? 신체에 작은 결함까지 있는 주제에? 그건 잘못 생각하는 걸세. 나로 말하면 이 문제에 관해 아는 게 많거든. 사랑에 관해서는 폭넓고 예리하게 터득하고 있지. 사랑의 문제에 관해 내가 하는 말을 잘 들으면 소득이 있을 걸세! 하지만 치폴라는 내버려두자구! 치폴라는 완전히 논외로 치고, 실베스트라만 생각하기로 하세. 자네의 매력적인 실베스트라 말일세! 뭐라구? 그 아가씨가 수탉처럼 꽥꽥 설쳐 대는 녀석을 자네보다 더 좋아하고, 그래서 그 녀석은 웃고 자네는 울 수밖에 없단 말이지? 자네처럼 다정다감한 젊은이를 제쳐 두고서? 그럴 리 있겠나. 그건 있을 수 없는 일이야. 우리가 사태를 더 잘 파악하고 있네. 이 치폴라와 그 아가씨가 말일세. 이보라구, 한쪽에는 소금에 절인 생선인지 짠물에 담근 과일인지 모를 그런 까무잡잡한 건달이 있고, 또 한쪽에는 마리오처럼 냅킨 시중까지 들어 주는 기사님이 있네. 그 기사는 뭇 신사들 사이에서 움직이고, 외국인들에게 솜씨 있게 신선한 음식을 날라다 주며, 또 진실하고 뜨거운 감정으로 사랑한단 말일세. 내가 만일 실베스트라의 입장에서 둘 중 한 사람을 고른다면, 여보게, 어렵지 않게 진심에서 우러나오는 결정을 내릴 수 있을 걸세. 내 마음을 누구에게 바쳐야 할지 잘 알고 있지. 사실은 벌써 오래전부터 오직 한쪽 남자에게만 얼굴을 붉히며 마음을 바쳐 왔단 말일세. 바로 그대가 선택되었으니, 이제 이 마음을 알아주고 잡아 줄 때가 되었네. 나를 똑바로 쳐다보고 누구인지 알아볼 때가 되었다구, 마리오, 내 사랑……! 말해 봐, 내가 누구지?"

그 사기꾼이 교태를 부린답시고 기우뚱한 어깨를 비비 꼬면서 축 처진 눈으로 눈웃음을 치고 간지러운 미소를 지으며 부실한 이빨을 드러내 보이는 모습을 보자니 오싹한 느낌이 들었다. 아, 그런데 치폴라가 홀리는 말을 늘어놓는 동안 우리의 마리오는 과연 어떻게 되었을까? 나는 당시에 마리오를 차마 지켜보기 힘들었지만, 지금 그 장면을 이야기하기도 힘이 든다. 마리오는 마음속 가장 깊이 간직했던 것을 내주고 있었다. 상심해 있다가 환각 상태의 행복감에 젖어 자신의 정열을 보란 듯이 뭇 사람들 앞에 내보였던 것이다. 그는 두 손을 입가에 갖다 댄 채 모아 쥐고는 가쁜 숨을 몰아쉬면서 어깨를 들썩이고 있었다. 너무 행복한 나머지 자신의 눈과 귀를 믿지 못하는 게 분명했다. 그러면서도 자신의 눈과 귀를 정말로 믿어서는 안 된다는 것만은 망각해 버렸다. "실베스트라!" 그는 감정이 복받쳐 가슴속 깊은 곳에서 우러나오는 목소리로 그렇게 속삭였다.

"키스해 줘!" 곱사등이가 말했다. "이젠 그래도 되잖아! 나는 그대를 사랑한다구. 여기에다 키스해 줘!" 그러면서 그는 손과 팔과 새끼손가락을 쭉 뻗더니 집게손가락 끝으로 입 언저리의 뺨을 가리켜 보였다. 그러자 마리오는 몸을 숙이면서 그에게 키스했다.

장내는 쥐 죽은 듯 조용해졌다. 괴기스럽고 으스스하면서도 긴장되는 순간이었다. 마리오가 더없는 행복감을 맛보는 순간이기도 했다. 행복과 환각 사이에 맺어질 수 있는 온갖 관계들이 착잡한 감정으로 밀려오는 그 짧은 순간 동안에 유일하게 들렸던 소리라고는 우리의 왼쪽 통로에 서 있던 그 청년의 웃음소리가 전부였다. 그나마도 처음에는 아무 소리도 들리지 않다가, 슬프고도 우스꽝스럽게 마리오의 입술이 짐짓 애교를 부리는 그 추악한 살과 맞닿는 결합의 순간 직후에 청년의 웃음소리가 터져 나왔던 것이다. 뜻밖에 삐져나온 그 웃음소리에서는 남의 불행을 고소하게 여기는 잔인함이 느껴졌다. 아마 틀림없이 내가 잘못 들었을 테지만, 그러면서도 그 웃음소리의 밑바닥에는 어이없는 환상에 빠져 있는 상대방의 딱한 처지를 측은하게 여기는 기미도 없지 않았으며, 또 최면에 걸린 남자를 보고 누군가가 "불쌍해라!" 하고 소리쳤던 그런 여운도 전혀 없지는 않았다. 그렇지만 앞에서 마술사는 번지수가 틀렸다고 하면서, 불쌍한 쪽은 바로 자기라고 우겼던 것이다.

그런데 청년의 웃음소리가 아직 장내에 울려 퍼지는 동안 치폴라는 위로는 여전히 애무를 받으면서 아래로는 걸상 다리 언저리를 채찍으로 후려쳤다. 그러자 마리오는 환각에서 깨어나 화들짝 놀랐다가 움츠러들었다. 그는 멍하게 서 있다가 몸을 구부정하게 숙이더니 악용당한 자기 입술을 하나씩 손으로 눌러 보았다. 장내에 박수 소리가 요란한 가운데 치폴라가 깍지 낀 손을 무릎에 올려놓은 채 어깨를 들썩이며 웃어대는 동안 마리오는 두 주먹으로 양쪽 옆머리를 여러 번 치더니, 뒤로 돌아 층계 아래로 내달렸다. 아래로 내려온 그는 정신없이 달리다가 갑자기 가랑이가 찢어질 듯이 돌아서면서 한 쪽 팔을 쳐들었고, 곧바로 두 발의 단조로운 총성이 울리면서 박수 소리와 폭소가 뚝 그쳤다.

장내에는 금방 정적이 감돌았다. 버둥대며 춤추던 무리까지도 잠잠해지더니 어리둥절한 듯 멍하게 서 있었다. 치폴라는 단숨에 의자에서 벌떡 일어섰다. 그는 방어하는 자세로 팔을 옆으로 뻗으면서 그대로 서 있었다. 마치 '그만해! 조용히 해! 모두 꺼져 버려! 그런데 이건 뭐야?!'라고 외치려는 것 같았다. 그러고는 바로 고개를 가슴께로 떨구며 의자에 풀썩 주저앉더니, 곧바로 의자에서 바닥으로 굴러떨어졌다. 바닥에 뻗은 그는 미동도 하지 않았다. 옷가지와 구부정한 골격이 어지럽게 뒤엉켜 있었다.

걷잡을 수 없는 소동이 벌어졌다. 여자들은 벌벌 떨면서 함께 온 남자들의 가슴에 얼굴을 파묻었다. 의사를 부르는 소리, 경찰을 부르는 소리가 들렸다. 무대 위로 뛰어 올라가는 사람들도 있었다. 무기를 빼앗으려고 서로 밀치면서 마리오에게 달려드는 사람들도 보였다. 권총 모양이라기보다는 뭉툭한 쇠막대기처럼 생긴 작은 총기가 그의 손에 들려 있었다. 총신이라곤 거의 없는 그 총이 마리오의 운명을 전혀 뜻밖의 엉뚱한 방향으로 돌려놓고 말았던 것이다.

우리는 그제서야 아이들을 데리고, 막 들어서는 두 명의 경찰관 곁을 지나 출구 쪽으로 걸어갔다. "이것으로 끝이에요?" 아이들은 공연이 끝났는지 확인하고 싶어서 그렇게 물었다. "그래, 이것으로 끝이란다." 우리는 아이들에게 그렇다고 대답해 주었다. 경악스러운 종말, 너무나 파국적인 종말이었다. 그럼에도 불구하고 모종의 해방감을 안겨 주는 종말이기도 했다. 나는 그때나 지금이나 이 종말을 그렇게 느끼지 않을 수 없다.

타락

우리 네 사람은 또다시 우리끼리만 모였다.

이번에는 키 작은 마이젠베르크가 주인이 되어 초대를 했다. 그의 아틀리에는 매우 아담하여 만찬을 나누기에 좋았다.

그것은 독특한 스타일로 꾸며진 진기한 공간으로서 이상한 예술가 취향으로 꾸며진 방이었다. 에트루리아와 일본에서 온 화병, 스페인의 부채와 단검, 중국제 우산, 이탈리아제 만돌린, 아프리카산 소라 나팔, 고대의 작은 입상, 로코코식의 알록달록한 장식인형, 밀랍으로 된 마돈나상, 옛 동판화, 그리고 마이젠베르크가 친히 붓으로 그린 작품들——이 모든 것들이 온 방 안에, 책상 위에, 벽에 붙은 선반들 위에, 그리고 마룻바닥과 마찬가지로 오리엔트산의 두꺼운 융단들과 자수를 놓은 퇴색한 비단 천들로 덮여 있는 네 벽면에 함께 배열되어 있었는데, 이것들은 말하자면 각기 자신들을 먼저 봐 달라고 아우성을 치고 있는 듯했다.

우리 네 사람은 키가 작고 행동이 민첩한 갈색 곱슬머리의 마이젠베르크, 이상주의적 경제학자로서 언제, 어디서든지 여성 해방 운동의 절대 타당성을 설파하곤 하는 아직 앳되게 젊은 금발의 라우베, 의학박사 젤텐, 그리고 나, 이렇게 넷이었다. 그러니까 우리 네 사람은 아틀리에 한가운데에서 육중한 마호가니 식탁 주변의 각양각색의 의자들에 앉아, 그 재능 있는 주인이 우리들을 위해 마련해 놓은 훌륭한 메뉴를 이미 꽤 오래전부터 한껏 즐기고 있었는데, 아마도 음식보다는 여러 종류의 포도주를 더 즐겨 마시고 있었는지도 몰랐다. 마이젠베르크가 이번에도 한턱 인심을 쓰고 있었던 것이다.

젤텐 박사는 고풍스럽게 조각된 커다란 교회용 의자에 앉아서 그 의자를 두고 끊임없이 신랄한 농담을 하고 있었다. 그는 우리들 중에서는 반어적인 사람으로 통했다. 그의 거부하는 듯한 동작 하나하나에는 세상에 대한 경험과 멸시가 동시에 깃들어 있었다. 그는 우리들 넷 중에서 최연장자였고 분명히 서른을 전후한 나이인 듯싶었다. 그뿐 아니라 그는 또한 제일 많이 '인생을 산' 사람이기도 했다. "꼴사나워! 하지만 재미있는 사람이야." 어느 땐가 그를 두고 마이젠베르크는 이렇게 말한 적이 있었다.

그 박사한테서는 아닌 게 아니라 '꼴사나운' 구석이 약간 엿보이기도 했다. 그의 두 눈은 그 어떤 몽롱한 광채를 발하고 있었고 짧게 깎은 검은 머리카락은 가마 근처가 이미 약간 듬성듬성했다. 뾰족하게 다듬은 턱수염 방향으로 홀쪽하게 내리 빠진 얼굴은 콧잔등부터 양 입 가장자리까지 약간의 조롱기를 띠고 있었는데, 이 조롱기 때문에 그는 이따금 신랄한 인상까지 풍기기도 했다.

로크포르 치즈를 먹을 즈음에는 우리는 벌써 다시금 예의 '심각한 대화'에 몰입해 있었다. 이 말은 젤텐이 한 말이었다. 그의 말을 빌리면, 이미 오래전부터 자신의 유일한 생활 신조로 삼고 있는 것이 있는데, 그것은 어차피 천상의 담당 감독으로부터 깊은 배려 없이 아무렇게나 상연되는 연극과도 같은 이 풍진 세상은 회의도, 주저도 없이 그저 마음껏 향락할 일이며, 그러고 나서는 어깨를 으쓱하면서 "그렇게 하지 말 걸 그랬나?" 하고 자문하면 된다는 것이다. 그런 사람만이 웃을 수 있는 그런 정열적 비웃음을 띤 채 젤텐은 우리의 대화를 '심각한 대화'라고 불렀다.

그러나 라우베는 재간 있게 슬쩍 화제를 돌렸다가 자기의 본령으로 되돌아오기가 무섭게 또다시 완전히 분별을 잃고 흥분하여 그의 깊숙한 안락의자로부터 허공에다 대고 필사적으로 삿대질을 해 가며 말했다.

"바로 그 점이지, 바로 그 점이야! 여자의 굴욕적인 사회적 지위의 원인은(그는 결코 '여성'이라고 말하지 않고 더 자연과학적인 어감을 풍긴다며 언제나 '여자'라고만 했다.) 편견에, 사회의 어리석은 편견에 있단 말이야!"

"건배!" 하고 젤텐은 매우 부드럽게, 그리고 동정조로 말하며 적포도주를 쭉 들이켰다.

이러한 태도가 그 사람 좋은 젊은이한테서 마지막 냉정을 빼앗고 말았다.

"아, 당신! 아, 당신!" 그는 벌떡 몸을 일으켰다. "이 빈정대기만 하는 늙은이 같으니라구! 당신하곤 말이 안 돼! 그러나 너희들……." 하고 그는 도발적으로 마이젠베르크와 나에게로 몸을 돌렸다. "너희들은 내가 옳다고 하겠지? 그러냐, 안 그러냐?"

마이젠베르크는 오렌지 껍질을 까고 있었다.

"반쯤은 확실히 수긍할 만해!" 하고 그는 신뢰를 보이며 말했다.

"계속 말해 봐!" 하고 나는 이야기하는 사람의 기분을 돋우었다. 그는 우선 자기 의견을 토로해야만 직성이 풀리는 사람이었다. 그러기 전에는 도대체 평온한 분위기를 유지하지 못했다.

"난 사회의 어리석은 편견과 고루한 부당성에 그 원인이 있다고 생각해! 모든 사소한 변화들, 그건 웃기는 거야. 사람들이 여학교들을 설립하고 여자들을 전보 치는 사무원 따위로 고용하는 것이 뭐가 대단해. 문제는 큰 데에, 일반적인 데에 있어! 사물을 보는 사고 방식들이라니! 예컨대 연애나 성적인 문제를 한번 보지. 그 편협한 잔인성은 말도 못 한다구!"

"그래." 하고 박사는 아주 속 시원해하며 말했다. 그러고는 냅킨을 옆으로 치웠다. "이제 이야기가 적어도 재미는 있어지겠군."

라우베는 그를 한번 거들떠보지도 않았다.

"생각들 해 보라구!" 그는 정력적으로 말을 계속하면서 후식으로 나온 큰 사탕 하나를 만지작거리다가 그것을 점잖게 입 안에 집어넣었다. "생각들 해 봐! 만약 두 사람이 서로 사랑하다가 남자 쪽이 처녀를 망친다면 그럴 경우 남자는 변함없이 떳떳한 신사로 머무르게 되고 심지어는 아주 호방한 행동을 한 것이 되지. 빌어먹을 녀석! 그러나 여자는 패배자, 사회로부터 버림받은 자, 배척받은 자, 타락한 자가 되는 거야. 그렇지, 타락한 여자! 이러한 관점의 도덕적 근거가 어디에 있단 말인가? 그 남자 역시 똑같이 타락하지 않았는가. 정말이지 남자가 여자보다 더 불명예스럽게 행동한 것 아닌가? 자, 이야기 좀 해 보시지! 뭐든지 말 좀 해 봐요!"

마이젠베르크는 생각에 잠겨 자기의 담배 연기가 피어오르는 데에 시선을 주고 있었다.

"사실 자네 말이 옳아." 하고 그는 호의적으로 말했다.

라우베는 온 얼굴에 의기양양한 기색을 띠었다.

"그렇지? 옳지?" 그는 잇달아 반복해서 물었다. "그와 같은 판단에 대한 도덕적 정당성이 어디에 있단 말이야?"

나는 젤텐 박사를 바라보았다. 그는 아주 조용해져 있었다. 두 손으로 둥근 빵 하나를 쥐고 빙빙 돌리면서 그는 전과 같은 신랄한 표정을 한 채 말없이 시선을 떨구고 있었다.

"식탁에서 그만 일어날까?" 이윽고 그는 조용히 말했다. "내 자네들에게 이야기 하나 해 주지."

우리는 식탁을 옆으로 밀쳐 두고 융단과 작은 소파들로 아담하게 꾸며져 있는 맨 뒤쪽의 담화실에 편안히 자리를 잡고 앉았다. 천장으로부터 드리워진 한 개의 현등(懸燈)이 실내를 푸르스름한 어스름빛으로 채워 주고 있었다. 천장화 아래로는 벌써 아련하게 피어오르는 한 층의 담배 연기가 깔려 있었다.

"자, 시작해 봐." 하고 마이젠베르크가 네 개의 작은 잔에 프랑스산 베네딕트주를 채우면서 말했다.

"그래, 우리의 화제가 마침 여기까지 이르렀기 때문에 난 자네들에게 이 이야기를 한번 해 주고 싶어." 박사가 말했다. "바로 완결된 단편소설 형식으로 얘기할게. 자네들도 알다시피 난 언젠가 그런 걸 써 본 적도 있으니 말이야."

나는 그의 얼굴을 잘 볼 수가 없었다. 그는 한 발을 다른 발 위에 포개고 두 손을 상의의 호주머니 속에 찔러 넣은 채 몸을 안락의자에 푹 파묻고서는 조용히 푸른 현등을 올려다보고 있었다.

"내 이야기의 주인공은." 하고 그는 잠시 후에 이야기를 시작했다. "북부 독일의 작은 고향 도시에서 김나지움을 졸업했다. 열아홉인가 스무 살에 그는 남부 독일의 비교적 큰 도시에 자리 잡고 있는 P 대학에 들어갔다.

그는 소위 나무랄 데 없는 '좋은 녀석'이었다. 그 누구도 그에게 악의를 품을 수가 없었다. 명랑하고 마음씨 좋고 친절했기에 그는 금방 모든 동료 학우들의 총아가 되었다. 그는 미목이 수려하고 훤칠한 젊은이로서 부드러운 얼굴 표정과 활기 있는 갈색의 두 눈을 하고 있었고 선이 부드러운 입술 위쪽에는 첫 수염이 돋아나기 시작하고 있었다. 그가 밝은 빛깔의 둥근 모자를 검은 곱슬머리 위에 젖혀 쓰고 두 손을 바지 주머니에 찌른 채 호기심에 차서 주변을 살피며 길거리를 배회할 때면 소녀들이 반한 듯한 시선을 그에게 보내곤 했다.

그런데도 그는 순진무구했다. 육체나 영혼이 다 같이 순수했다. 그는 틸리 장군과도 같이 아직까지 그 어떤 전장에서도 패한 적이 없고, 그 어떤 여자도 건드린 적이 없다고 장담할 수 있었다. 전자의 경우에는 그가 아직까지 그럴 기회를 가지지 못했기 때문이요, 후자의 경우에도 아직 그럴 기회가 없었기 때문이었다.

P 시에 온 지 2주일도 채 못 되어서 그는 물론 사랑에 빠졌다. 보통 그런 것처럼 한 여급에게 빠진 것이 아니라 어느 젊은 여배우에게 빠진 것이었는데, 그녀는 괴테 극장에서 순진한 애인 역을 맡고 있는 벨트너 양이었다.

옛 시인이 잘 표현했듯이 남자들은 체내에 있는 젊음의 묘약 때문에 모든 여성을 헬레나처럼 아름답게 여기는 법이긴 하지만, 이 여자는 정말 예뻤다. 어린애처럼 부드러운 몸매, 연한 금발, 경건하고도 명랑한 청회색의 두 눈, 섬세한 코, 천진하면서도 감미로운 입, 부드럽고 둥근 턱…….

그는 우선 그녀의 얼굴에 반했고 다음에는 그녀의 손에 반했으며 그다음에는 이따금 고대 연극에 나오는 어떤 배역을 할 때 맨살이 드러나곤 하는 그녀의 팔에 반했다. 그러던 어느 날 그는 그녀를 완전히 사랑하게 되었다. 그가 아직까지 전혀 알지 못하는 그녀의 영혼까지도.

그의 사랑에는 엄청난 돈이 들었다. 그는 적어도 이틀 저녁에 한 번씩은 괴테 극장의 일 층 상등석 표를 사야 했다. 매번 그는 어머니에게 돈을 부쳐 달라고 편지를 쓰지 않으면 안 되었으며 이를 위해 갖가지 모험적인 설명을 꾸며 댔다. 그러나 그가 거짓말을 하는 것은 정말이지 그녀 때문이었다. 이것이 그 모든 것에 대한 변명이 되었다.

자신이 그녀를 사랑하고 있음을 알았을 때 그는 처음으로 시를 쓰기 시작했다. 유명한 독일의 '정(靜)적 서정시'를.

그렇게 그는 밤늦게까지 책을 읽으며 앉아 있곤 했다. 단지 벽장 위의 작은 자명종만이 단조로이 재깍재깍 울리고 있었다. 바깥에서는 외로운 발소리가 이따금씩 울려 왔다. 목이 시작되는 가슴의 맨 윗부분에 그 어떤 부드럽고 미적지근하며 끈적거리는 고통이 생겨나서 이것이 가끔 무거운 두 눈에까지 올라오는 듯했다. 그러나 정말 울기가 부끄러웠으므로 그는 종이 위에다 참을성 있게 언어를 구사함으로써 이 울음을 삼켰다.

그리하여 그는 부드러운 시구 속에서 우울한 운율로 그녀가 얼마나 달콤하고 귀여우며 또 그가 얼마나 병들고 피곤한가를 자기 자신을 위해 읊었다. 그의 영혼에 얼마나 큰 불안이 자리하고 있는지, 그의 영혼은 그 어떤 머나먼 곳, 온통 장미꽃, 제비꽃으로 가득 찬 가운데 감미로운 행복이 잠자는 먼 곳으로 재촉해 가건만 그의 몸은 꼼짝도 못하게 붙잡혀 있는 상태임을 읊었다.

물론 그것은 우스꽝스러운 일이었다. 누구든지 웃었을 것이다. 언어라는 것은 정말이지 너무나도 어리석고 무의미할 정도로 속수무책이었다. 그러나 그는 그녀를 사랑했다! 사랑하고 있었다!

물론 이와 같은 사랑의 자백이 있은 후 그는 곧 부끄러워했다. 이것은 그야말로 불쌍하고 굴욕적인 사랑이어서, 그는 그녀가 너무나도 사랑스러웠기에 단지 그녀의 발에라도 조용히 키스하고 싶을 지경이었고 하다못해 그녀의 흰 손에라도 키스하고 싶었다. 그러면 그는 죽어도 좋을 것 같았다. 입술에다 키스한다는 것은 감히 생각할 수도 없었다.

어느 날 밤 잠에서 깨어났을 때, 그는 그녀가 지금쯤 어떻게 누워 있을까 하고 상상해 보았다. 흰 베개 속에 귀여운 머리를 파묻고 감미로운 입술을 약간 벌린 채 두 손, 연약하게 푸른 핏줄을 지닌 그 형용할 길 없는 두 손은 이불 위에 펼쳐 놓은 채……. 여기까지 생각하다가 그는 갑자기 홱 돌아누워 얼굴을 베개 속에 짓누른 채 어둠 속에서 오랫동안 울었다.

이로써 그의 그리움은 절정에 달했다. 그는 이제 더 이상 시를 쓸 수도 없었고 아무것도 먹을 수 없는 지경에 이르렀다. 그는 아는 사람을 피했고 더 이상 밖으로 나가지도 않았다. 두 눈 아래에는 깊고 어두운 테두리가 생겨났다. 동시에 그는 공부를 아예 손에서 놓고 아무 책도 읽으려 하지 않았다. 이미 오래전에 구입해 두었던 그녀의 사진 앞에서 그는 피곤한 몸으로 눈물과 사랑 속에 언제까지나 그냥 흐릿한 정신 상태에 머물러 있으려 했다.

어느 날 저녁 그는 친구 뢸링과 함께 어떤 술집 구석에서 평온하게 맥주 한 잔을 마시며 앉아 있었다. 이미 예전에 김나지움 시절부터 친하게 지내 왔던 뢸링은 그와 마찬가지로 의학도였으나 그와는 달리 이미 고학년이었다.

그때 갑자기 뢸링이 맥주잔을 단호하게 탁자 위에 탁 하고 놓았다.

'자아, 이 사람아! 말 좀 해 봐, 자네한테 무슨 일이 생겼지?'

'나한테?'

하지만 잠시 후에 그는 시치미 떼는 것을 그만두었다. 그러고는 속마음을 털어놓고 그녀와 그 자신에 대해 이야기했다.

뢸링은 난처하다는 듯이 고개를 저었다.

'이 사람, 거참 곤란한데. 별 도리가 없어. 자네가 처음이 아니야. 완전히 접근이 불가능하단 말일세. 여태까지는 어머니와 함께 살았어. 어머니가 얼마 전에 죽긴 했지만, 그럼에도 불구하고 전혀 속수무책이야. 무섭게 얌전한 처녀거든.'

'그러면 자네 생각엔 도대체 내가……'

'그래, 나는 자네의 희망이란 것이……'

'아, 사람도 참! 무슨 생각을 그렇게……'

'아 그래, 그렇다면 용서해. 난 이제야 비로소 알아들었네. 난 이 일을 정말이지 그렇게 감상적으로는 전혀 생각하지 않았거든. 정 그렇다면 그녀에게 꽃다발을 하나 보내지그래. 거기에 곁들여서 순진하고 존경에 가득 찬 편지를 써 보내는 거야. 그러고는 그녀에 대한 찬탄의 말을 직접 전하기 위해 그녀를 직접 방문하고 싶다며 그녀 쪽에서 허락하는 편지를 해 주

기를 애원해 보는 거지.'

그는 얼굴이 아주 창백해져서 온몸을 부르르 떨었다.

'하지만…… 하지만 그건 안 돼!'

'왜 안 돼? 사십 페니히만 주면 심부름꾼을 보낼 수 있어.'

그는 몸을 더 심하게 떨었다.

'원! 그렇게만 할 수 있다면야!'

'그녀가 사는 데가 대체 어디지?'

'모르겠는데.'

'아직 그것도 모른단 말이야? 급사 양반, 주소록 좀 갖다주세요!'

륄링은 재빨리 그녀의 주소를 찾아냈다.

'여기 이 사람 맞지? 지금까지 무슨 천상적인 세계에나 살고 있는 것 같던 그녀가 이제 갑자기 건초 가(街) 6의 1번지 4층 방에 살고 있군! 보이지, 여기 적혀 있잖아. 이르마 벨트너, 괴테 극장의 단원……. 이봐, 말이 났으니 말인데 여긴 정말 대단한 빈민가일세. 뼈 빠지게 예술에 종사하는 데 대한 보상이란 원래 이런 법이지.'

'제발 그만둬! 륄링…….'

'자, 그렇다면 그런 말은 그만두지. 하여튼 자넨 그렇게 하는 거야. 아마도 자넨 어쩌면 그녀의 손에 키스할 허락을 받게 될 거야. 이 친구야! 3미터 거리의 상등석 표 값을 이번에는 꽃다발을 사는 데에 쓰란 말이야.'

'아 원, 그까짓 돈이야 상관없어!'

'정신없이 미쳐 보는 것도 정말 멋진 일이라구!'라고 륄링은 단정적으로 말했다.

그 이튿날 오전에 벌써 감동적일 만큼 소박한 편지 한 장이 그림같이 아름다운 한 묶음의 꽃다발과 함께 건초 가로 발송되었다. 그녀로부터 답장을 받는다면——그 어떤 답장일지라도——그는 얼마나 기뻐 날뛰며 그 편지에 키스할 것인가!

일주일 후에는 문에 붙어 있는 편지함의 뚜껑이——하도 많이 여닫는 바람에——고장이 났다. 여주인이 욕을 해 댔다.

그의 두 눈 아래의 테두리가 더욱더 깊고 어두워졌으며, 그는 정말로 아주 비참해 보였다. 그는 거울에 자기 얼굴을 비춰 보고 정말 깜짝 놀랐다. 그리고 그는 자기 연민에 사로잡힌 나머지 울었다.

'이봐, 꼬마!' 하고 릴링은 어느 날 매우 단호하게 말했다. '이렇게 계속 있을 수는 없어. 자네는 점점 더 퇴폐주의에 빠지고 있잖아. 이거 진짜 무슨 대책이라도 세워야겠어. 자네 내일 아침에 그냥 눈 딱 감고 그녀에게로 쳐들어가는 거야.'

그는 병색이 도는 두 눈을 매우 크게 떴다.

'그냥 눈 딱 감고…… 그녀에게로…….'

'응.'

'아, 그건 안 돼. 그녀는 방문을 허락하지 않았잖아.'

'애초에 편지 따위를 쓴 것 자체가 어리석은 짓이었단 말일세. 그녀가 자네를 알지도 못하면서 금방 편지로 호의를 보여 오지는 않을 거라는 사실쯤은 우리가 진작 생각했어야 했어. 자네가 그냥 눈 딱 감고 그녀한테로 가야 해. 만약에 그녀가 자네에게 한번 〈안녕하세요.〉라고만 말하더라도 자넨 벌써 행복에 겨워 어쩔 줄 모르게 될 것 아닌가! 게다가 자네는 별로 못생긴 축은 아니니까 모르긴 해도 자네를 아주 내쫓진 않을 걸세. 내일 아침에 가는 거야.'

그는 마음이 아주 어지러웠다.

'난 못 할 것 같아.' 하고 그는 나직이 말했다.

'그렇다면 자넨 구제 불능일세!' 하고 말하면서 룉링은 화를 냈다. '그렇게 되면 자넨 이제 정말이지 혼자서 이 일을 극복해 내지 않으면 안 될 거야.'

그리하여 아주 고통스러운 나날이 계속됐다. 한편, 바깥 세상은 겨울이 5월과 마지막 싸움을 벌이고 있었다.

그러나 어느 날 그가 깊은 잠의 꿈속에서 그녀를 본 후 아침에 깨어나 창문을 열었을 때 거기에 봄은 와 있었다.

하늘은 밝았다. 부드러운 미소처럼 아주 밝게 푸르렀다. 그리고 공기는 정말 달콤한 향취를 머금고 있었다.

그는 봄을 온몸으로 느끼고 그 내음을 맡았으며, 그 맛을 느꼈다. 그는 봄을 보았고 또 귀로 들었다. 모든 감각이 완연한 봄이었다. 그리고 그에게는 마치 저멀리 지붕 위에 놓여 있는 널따란 햇살이 전율하는 물결을 그리며 그에게 다가와 그의 정신을 맑게 해 주고 용기를 북돋워 주면서 마음속 깊숙이 흘러 들어오는 듯싶었다.

그리하여 그는 말없이 그녀의 사진에 키스하고 나서 깨끗한 와이셔츠를 입고 좋은 옷을 걸치고 턱에 난 까칠까칠한 수염을 밀고는 건초 가로 향했다.

그의 심중에는 그 자신도 놀랄 정도로 이상한 평온이 찾아왔다. 그 평온은 지속되고 있었다. 그것은 계단을 오르고 이제 문 앞에 서서 〈이르마 벨트너〉라는 문패를 읽는 사람이 전혀 자기 자신이 아닌 것같이 생각되는 그런 일종의 몽환적 평온 이었다.

그때 갑자기 〈이것은 미친 짓이다.〉, 〈도대체 내가 뭘 하려는 것인가?〉, 〈누가 나를 보기 전에 어서 빨리 되돌아서야지.〉라 는 생각이 그를 엄습했다.

그러나 그가 이렇게 두려움의 마지막 신음을 발하자 이로 써 여태까지의 당황하고 있던 상태를 완전히 떨쳐 버린 것 같 았으며 그다음엔 그의 마음속에 크고 확실하며 밝은 희망이 떠올랐다. 지금까지는 강박에 사로잡혀 있기라도 했던 것처럼, 괴로운 필연성 앞에 처해 있었던 것처럼, 가수(假睡) 상태 속 에서처럼 서 있었던 데 반하여 이제 그는 자유롭고 목적이 뚜 렷하여 생동하는 의지를 지니고 행동했다.

정말이지 때는 봄이었다!

딸랑거리는 양철 종소리가 온 층을 울렸다. 한 소녀가 나와 문을 열었다.

'주인아씨 댁에 계신가?'라고 그는 활기차게 물었다.

'네, 계십니다만 누구시라고 전할까요……'

'자, 여기……'

그는 하녀에게 명함을 건네주었다. 그리고 그녀가 그것을 갖고 가는 동안 그는 마음속으로 껄껄 웃으면서 눈 딱 감고 곧장 뒤따라 들어갔다. 하녀가 그녀의 젊은 여주인에게 명함 을 전해 줄 때 그 역시 이미 방 안에 들어와서 모자를 손에

든 채 꼿꼿이 서 있었다.

　소박하고 어두운 색의 가구를 비치한 적당하게 큰 방이었다.

　그 젊은 숙녀는 창가에 있는 그녀의 자리에서 일어서 있었다. 그녀 옆에 있는 작은 탁자 위의 책 한 권은 조금 전에 읽다 만 것인 듯이 보였다. 그는 그녀가 지금까지 그 어떤 배역에서도 이렇게 실제로 마주 볼 때처럼 매력적이라고 생각해 본 적이 없었다. 그녀의 가냘픈 몸매를 에워싸고 있는 회색의 원피스는 가슴께에 바탕색보다 더 어두운 색의 자수 무늬가 놓여 있었으며 소박한 우아함을 띠고 있었다. 그녀의 이마 위 금발의 곱슬머리에는 5월이 햇살이 어른거리고 있었다.

　그의 피는 황홀한 나머지 소용돌이치고 또 끓어올랐다. 그리고 그녀가 이윽고 그의 명함에다 놀란 시선을 던짐과 동시에 또 그 자신을 보고 더욱더 놀라워하자 그는 그녀를 향하여 두 걸음 재빨리 다가섰고 동시에 그의 따뜻한 동경은 몇 마디 불안하고 격렬한 말이 되어 터져 나왔다.

　'아 제발…… 너무 노엽게는 생각하지 마십시오!'

　'대체 이게 웬 갑작스러운 방문이죠?' 그녀는 재미있는 듯 물었다.

　'네에, 저는 당신에게, 당신이 허락해 주시지는 않았습니다만, 그래도 한번 직접 말씀드리고 싶었습니다. 제가 얼마나 당신을 찬탄하고 있는지를 말입니다……' 그녀는 친절하게 의자에 앉기를 권했다. 그래서 그들이 서로 마주 앉는 동안에 그는 약간 더듬거리며 말을 이어 갔다. '저어 말이죠, 아가씨, 저라는 인간은 항상 한꺼번에 모든 것을 다 말해 버려야 속이

타락

시원한 그런 사람입니다. 모든 것을 속에 넣고 다니는 성미가 못 됩니다. 그래서 제가 편지로 청을 드렸던 것인데…… 무엇 때문에 제게 전혀 답장을 안 보내셨지요, 아가씨?' 그는 대답을 들으려는 듯 순진한 태도로 말을 멈췄다.

'사실…… 저를 인정해 주시는 당신의 글과 아름다운 화환이 저를 얼마나 기쁘게 했는지 이루 말씀드릴 수 없습니다.' 그녀는 미소를 띠면서 대답했다. '하지만…… 아무래도 그렇게는 할 수 없었습니다. 제가 어떻게 바로 그렇게…… 정말이지 제가 알 수 없었던 것은…….'

'네, 네, 아실 수가 없지요. 그 점은 저도 완전히 납득이 갑니다. 그러나 어떻습니까, 지금도 역시 제게 화를 내시는 건 아니시겠지요? 제가 이렇게 허락도 없이 불시에 찾아왔어도…….'

'아니 화라뇨, 어떻게 제가 감히…….'

'당신은 P 시에 오신 지가 아직 얼마 안 되시죠?' 하고 그녀는 괴로운 침묵의 시간을 미리 재치 있게 피하면서 덧붙여 말했다.

'그래도 벌써 약 6, 7주나 되는군요, 아가씨.'

'그렇게 오래됐나요? 저는 일주일 반 전 당신의 친절한 글을 받았던 그때 제가 연기하는 걸 처음으로 보셨나 하고 생각했었지요.'

'그런 말씀 마십시오, 아가씨! 저는 그동안 죽 거의 매일 저녁에 당신을 보았답니다. 당신이 맡은 역(役)마다 모두 빠짐없이!'

'그래요, 그럼 왜 좀 더 일찍 오시지 않았나요?'라고 그녀는 천진스럽게 놀라워하면서 물었다.

'제가 좀 더 일찍 왔어야 했다고요?' 그는 장난스럽게 응답했다. 안락의자에 그녀와 마주 앉아 친밀한 얘기를 나누는 가운데 그는 이와 같은 상황에 어리벙벙해져서 여느 때처럼 감미로운 꿈 끝에 또다시 허전하게 꿈에서 깨어나게 될지도 모른다고 걱정이 될 지경이었다. 그는 하도 신이 나고 쾌적하여 하마터면 아주 기분 좋게 한 발을 다른 발 위에 포갤 뻔했으며, 한없는 행복감에 겨워 당장에라도 환호성을 지르며 그녀의 발치에 꿇어앉고 싶을 지경이었다. 이건 모두 어리석은 연극일 뿐이야. 난 정말로 너를 좋아하고 있어, 좋아하고 있다구! 그녀는 약간 얼굴을 붉혔다. 그러나 그의 장난기 섞인 응답에 대해서 진심으로 즐거워하며 웃었다.

'미안합니다. 제 말을 오해하고 계세요. 하기야 제가 약간 서투르게 표현했지요. 그러나 당신은 이해력이 그다지 둔하시지는 않으실 텐데요……'

'지금부터는 이해력이 보다 빨라지도록 노력하겠습니다, 아가씨!'

그는 완전히 자제력을 잃고 있었다. 이렇게 대답하고 나서 그는 다시 한번 스스로에게 다짐했다. 여기 그녀가 앉아 있다! 여기 그녀가 앉아 있다! 그리고 나는 그녀 곁에! 그는 이것이 정말로 자기 자신임을 확인하기 위해서 자꾸만 그의 온갖 의식을 집중하곤 했다. 그리고 믿을 수 없으리만큼 행복에 겨운 그의 시선은 자꾸만 그녀의 얼굴, 그녀의 모습 위로 이끌려 가곤 했다. 그래, 이것이 그녀의 연금발 머리카락이고 귀여운 입술이며, 이것이 약간 두 겹이 될 듯 말 듯한 그녀의 부드러운 턱이고 이것이 그녀의 밝은 어린애 같은 목소리이며, 이것이 그녀의 귀여운 말씨구나. 이 말씨에는 지금처럼 극장 안이 아닐 때에는 남부 독일의 사투리가 약간 남아 있어. 지금 그녀는 그의 마지막 대답에 계속 응수하지 않고 탁자에서 그의 명함을 다시 한번 집어 들고는 그의 이름을 다시 한번 자세히 알아보고 있지 않은가! 이것이 그가 그다지도 자주 꿈속에서 키스하곤 했던 그녀의 사랑스러운 손, 이루 형언할 수 없는 그녀의 두 손이며, 이것이 바로 그녀의 눈이다. 그 눈은 이제 다시금 그에게로 향하면서 점점 더 관심 어린 친밀감을 보여 주고 있는 것이다! 이윽고 그녀의 말이 다시금 그의 귀에 들어왔다. 이제 그녀는 묻기도 하고 대답도 해 가면서 담화를 계속했다. 화제가 이따금 중단되기도 했지만, 그들 두 사람의 출신이 출신이니만큼 쉽사리 그들이 현재 하고 있는 일이나 이르마 벨트너의 배역에 대해서 곧 다시 화제를 이어 갈 수 있었다. 그녀의 배역에 대한 '평가'에 대해서는 그는 물론 그녀의 편을 들어 무제한으로 칭찬과 찬탄을 퍼부었지만, 사실은 그녀 자신도 웃으면서 부인하고 있는 바와 같이 거기에 무슨 '평가'할 만한 것이 있는 것은 아니었다.

그녀의 재미있어하는 웃음에는 뚱뚱보 지휘자가 지금 막 상등 관람석 쪽으로 모저풍의 익살조 가락의 연주를 지휘하는 것처럼 언제나 조금의 연극적 색조가 함께 울렸지만, 이 웃음소리를 들으면서 그와 동시에 아주 꾸밈없이 열중하여 그녀의 얼굴을 바라볼 때 그는 재빨리 그녀의 발치에 꿇어앉아 그녀에게 자신의 크나큰 사랑을 정직하게 고백해 버리고 싶은 충동을 여러 번이나 억누르지 않으면 안 되었다.

그가 마침내 깜짝 놀라 시계를 보면서 서둘러 일어섰을 때는 한 시간이 족히 지난 것 같았다.

'벨트너 양, 제가 당신을 너무 오래 붙잡고 늘어지고 있군요! 저를 오래전에 쫓아내셨어야 했습니다. 당신도 차차 아시겠지만, 당신 곁에선 시간이 어찌나 빨리 가는지……'

그는 자기도 모르는 사이에 대단히 능숙하게 행동하고 있었다. 그는 이미 그 아가씨를 예술가로서 공공연히 찬탄하는 단계를 거의 벗어나 있었다. 진심으로 털어놓는 그의 찬사는 본능적으로 점차 순전히 개인적인 성격을 띠게 되었다.

'그런데 대체 몇 시나 되었지요? 도대체 왜 벌써 가시려고 그러세요?' 그녀는 우울한 빛을 띤 놀란 표정으로 물었다. 그 표정은 설사 그것이 연기에 불과하다 해도 어쨌든 무대 위에서의 그 어느 때보다도 더욱 생생하고 설득력이 있었다.

'아, 이럴 수가! 시간 가는 줄도 몰랐는걸요!' 그녀는 이제 의심할 나위 없이 솔직한 찬탄을 발하며 외쳤다. '벌써 한 시간이 지났어요! 그렇다면 아닌 게 아니라 저 역시 제가 맡은 새 역할을 연습하기 위해 서둘러야 해요. 오늘 저녁에 공연할 것이랍니다. 저녁에 극장에 오세요? 시연(試演) 때까지도 저는 아무것도 이해할 수 없었거든요, 그래서 감독은 저를 거의 때릴 뻔했답니다!'

'제가 그를 언제 죽여 버릴까요?' 그는 엄숙하게 물었다.

'내일보다는 차라리 오늘이요!' 그녀는 웃으면서 그에게 작별의 손을 내밀었다.

그때 그는 끓어오르는 정열을 갖고서 그녀의 그 손 위에 몸을 굽혔으며 그 손에다 입술을 갖다 누르며 오랫동안 질리지 않는 키스를 했다. 마음속으로는 분별을 차려야지 하면서도 그는 이 키스를 멈출 수 없었으며, 이 손의 감미로운 향기로부터, 이 지독한 도취감으로부터 자신을 떼어 놓을 수가 없었다.

그녀는 약간 황급하게 손을 뺐다. 이윽고 그가 다시 그녀를 바라보았을 때 그는 그녀의 얼굴에서 그 어떤 당혹의 표정을 읽을 수 있는 것 같았다. 이 표정에 대해서라면 그는 아마도 충심으로 기뻐해도 좋았다. 그러나 그는 이것을 자기의 당찮은 행동에 대해서 그녀가 노여워하는 것으로 해석했고, 따라서 그는 이 표정 때문에 잠시 동안 자책했다.

'대단히 감사합니다, 벨트너 양!' 그는 재빨리, 그리고 여태까지보다는 좀 형식적으로 말했다. '당신이 제게 베풀어 주신 크나큰 친절에 감사합니다.'

'천만의 말씀입니다. 전 당신을 알게 되어 대단히 기쁜걸요.'

'그러세요? 그러시다면, 아가씨!' 하고 그는 이제 또다시 종전의 그 진심을 털어놓는 어조로 되돌아가면서 말했다. '제 청한 가지를 물리쳐 버리지 않으시겠지요? 다름이 아니라 제가한번 다시 와도 좋다는……'

'물론이죠. 그 말씀은 즉…… 네, 오셔도 좋아요. 왜 안 되겠어요?'

그녀는 약간 당황했다. 그의 요청은 그 이상야릇한 키스 직후여서 왠지 때에 맞지 않는 것 같았다.

그러나 그녀는 이윽고 '당신과 함께 다시 한번 환담을 나눌 수 있다면 대단히 반갑겠어요.' 하고 침착한 친절성을 보이며 덧붙여 말하고는 그에게 다시 한번 손을 내밀었다.

'정말 감사합니다, 감사합니다!'

다시 한번 잠깐 고개 숙여 인사를 하고 나니 그는 이미 바깥에 나와 있었다. 그가 그녀를 더 이상 볼 수 없게 되자 갑자기 다시금 꿈속 같기만 했다.

그러나 잠시 후 그는 그의 손 안에서, 그의 입술 위에서 새로이 그녀 손의 체온을 감지했으며 이윽고 그는 이 모든 것이 정말 사실이었고 그의 〈터무니없이〉 지복한 꿈이 실현되었음을 재확인했다. 그리하여 그는 취한 사람같이 비틀비틀 계단을 내려갔다. 그러고는 그녀가 그렇게도 자주 몸을 스치고 지나다녔을 난간에다 몸을 비스듬히 기댄 채, 그 난간에 위에서부터 아래까지 키스를 퍼부었다, 환희의 키스를.

아래쪽에는, 그러니까 한길에서 약간 들어가 있는 그 집 앞에는, 마당인지 정원인지 모를 작은 앞뜰이 하나 있었다. 이 뜰의 왼쪽에 라일락 덤불이 있어 이제 막 첫 꽃을 활짝 피우고 있었다. 거기에 그는 멈춰 서서 그 서늘한 관목 속에다 달아오른 얼굴을 파묻었다. 그러고는 그의 가슴이 두근두근 뛰는 것을 느끼면서, 오래오래 그 젊고 부드러운 향내를 만끽했다.

아아, 그는 얼마나 그녀를 사랑하는가!

그가 식당에 들어서서 흥분한 가운데 인사도 하는 둥 마는 둥 하면서 다가앉았을 때, 뢸링과 몇몇 다른 젊은 친구들은 이미 조금 전에 식사를 마친 참이었다. 몇 분 동안 그는 아주 조용히 앉아 있었다. 그리고 그는, 거기 그렇게 앉아 담배를 피우면서 아무것도 모르고 있는 그들을 마치 몰래 놀리기라도 하듯, 일종의 득의만만한 미소를 머금고서 그들을 차례로 한 사람씩 훑어보았다.

'친구들!' 이윽고 그는 갑자기 외치면서 탁자 위로 몸을 끌어당겼다. '새로운 소식이 있어! 난 말야, 행복해 죽겠어!'

'아, 그래?' 하고 뢸링이 말하면서 매우 의미심장하게 그의 얼굴을 빤히 쳐다보았다. 이윽고 그는 엄숙한 동작으로 그에게 탁자 너머로 손을 내밀었다.

'충심으로 축하해, 이 사람아!'

'도대체 뭘?'

'대체 무슨 일이야?'

'그렇지, 너희들은 그걸 아직 전혀 모를 테지. 그러니까 오늘이 이 친구의 생일이야. 생일을 맞이한 거라구. 너희들 이 친구를 한번 봐. 아주 새로 태어난 것 같지 않니?'

'그래?!'

'그것 참 놀라운 일인데!'

'축하하네!'

'이봐, 그게 사실이라면 자네 한턱 내야……'

'물론이지! 이봐요, 아저씨!'

사람들은 그가 생일 한번 멋지게 자축할 줄 안다는 것을 인정하지 않을 수 없었다.

그러고 나서, 동경과 초조에 겨워 간신히 하루하루씩 손꼽아 기다렸던 일주일이 지나, 그는 재차 그녀를 방문했다. 그녀는 그에게 방문을 허락했던 것이다. 첫 번째 방문 때에 그의 마음속에 사랑의 수줍음을 불러일으켰던 그 모든 흥분된 기분은 이제 이미 사라지고 없었다.

그때, 그리고 그 다음번에도, 그는 그녀를 볼 수 있었으며 그녀와 더 자주 이야기할 기회를 가지게 되었다. 그녀는 그것을 언제나 새로이 그에게 허락해 주었던 것이다.

그들은 서로 격의 없이 대화를 나누었으며, 그들의 교제는 거의 다정한 것이라고 말할 수 있을 정도였다. 그러나 그렇게 말하기 어려운 점이 한 가지 있었는데, 그것은 가끔 갑자기 당혹감이라 할까, 난처한 감정이라고 할까, 그 어떤 막연한 불안감 비슷한 무엇이 느껴졌는데, 그 감정이 보통 두 사람에게 동시에 나타나곤 했기 때문이었다. 그런 순간에 대화는 갑자기 막히고, 몇 초 동안 말 없는 시선 속에서 중단되기 일쑤였다. 그렇게 서로 말없이 바라볼 때면 마치 첫 번째의 그 손 키스 때처럼 순간적으로 뻣뻣한 형식에 맞추어 대화를 진행해야 하는 순간이 찾아오곤 했다.

몇 번인가 그는 연극 공연 후에 그녀를 집으로 데려다줄 수 있었다. 그녀 곁에서 이 거리 저 거리를 거닐던 이 봄날의 저녁들은 그에게 얼마나 넘치는 행복이었던가! 집 현관 문 앞에서 그녀는 그가 수고해 준 데 대하여 충심으로 감사했으며 그는 그녀의 손에 키스하고는 가슴속에 기쁨 때문에 소리라도 내지를 듯한 감사의 정을 품고서 자기의 길을 가는 것이었다.

이와 같이 보내던 저녁들 중의 어느 날 저녁에 그는 작별을 하고 나서, 이미 몇 발자국이나 그녀로부터 떨어진 곳에서, 다시 한번 몸을 돌려 뒤돌아본 적이 있었다. 그때 그녀가 아직도 현관문께에 서서 땅바닥에서 무엇인가를 찾고 있는 듯한 모습을 보았다. 하지만 그는 자기가 재빨리 돌아서는 바람에 그녀가 짐짓 갑작스레 무엇인가 찾는 자세를 취했겠거니 하고 생각해 버렸다.

'어제 저녁에 자네들을 봤어!' 언젠가 륄링이 말했다. '이 사람, 난 자네에게 경의를 표하네. 정말이지 아직까지 아무도 그 여자에게 그렇게까지 접근할 수는 없었지. 자네야말로 영웅이야. 그러나 한편으로는 바보이기도 하네. 그녀로서는 자네에게 더 이상 호의를 보이기란 도대체가 어려운 일일 걸세. 이름난 새침데기거든. 그녀는 자네에게 홀딱 반한 게 틀림없어. 그런데 자네가 한번 용기를 내어 달려들어 보지 못하다니!'

그는 륄링을 한동안 이해하지 못한 채 쳐다보았다. 이윽고 그는 뜻을 알아차리고 말했다. '아아, 자넨 무슨 그런 말을!'

그러나 그는 몸을 부르르 떨었다.

그러는 동안 봄이 무르익었다. 그 5월 하순 무렵에 벌써 비 한 방울 내리지 않는 더운 날들이 이어지고 있었다. 하늘은 흐릿하고 습기 찬 청색을 띠고 목마른 대지를 멀거니 내려다보고 있었다. 저녁 무렵에는 이 끈질기고 잔인한 한낮의 더위도 물러서고 그 대신 탁하고 내리누르는 듯한 무더위가 시작되었는데 맥 빠진 바람기가 약간 있다는 것이 도리어 이 무더위를 더욱더 실감나게 해 주고 있었다.

이러한 어느 늦은 오후에 우리의 착한 젊은이는 언덕이 많은 교외의 초지(草地)를 혼자서 배회하고 있었다.

집 안에서는 견딜 수가 없었던 것이다. 그는 다시 병이 들었다. 그 자신이 모든 지나간 행운을 통하여 이미 오래전에 극복했다고 믿었던 저 목마른 동경이 다시금 그를 휩쌌던 것이다. 이제 그는 다시 끙끙 앓아야만 했다. 그녀를 향해서. 그는 또 무엇을 더 원했던가!

그것은 뢸링에게서 유래되었다. 이 메피스토에게서. 이 메피스토는 좀 더 호의적이긴 하지만 그 대신 재치가 적은 메피스토였다.

그러고 나선 그 고도의 직관을,
그 방법에 대해선 난 언급을 회피해야 하지만, 완성하기 위하여……1)

신음 소리를 내며 그는 머리를 흔들었다. 그러고는 멀리 허공 속의 황혼을 멀거니 응시했다.

그렇다, 그것은 뢸링에게서 유래되었던 것이다! 전적으로 그렇지는 않다 하더라도, 얼굴이 다시 창백해지는 그를 보고 그것을 잔인한 몇 마디로 먼저 꼬집어 말한 사람은 바로 뢸링이었으며, 그런 말을 하지 않았더라면 여전히 부드럽고 애매

---

1) 괴테의 『파우스트』(3291~3292행)에서 메피스토펠레스가 파우스트에게 그레트헨을 범하도록 권유하는 대사.

한 우울증의 오리무중 속에 휩싸여 있었을 것을 그 자신에게 적나라하게 보여 준 것은 바로 그 륄링이 아니었던가?

그는 그 피곤하면서도 무언가를 추구하고 있는 듯한 걸음걸이로 무더위 속에서 점점 더 멀리 배회하고 있었다.

그는 벌써부터 줄곧 재스민 향내를 감지했지만 정작 재스민나무 숲을 찾을 수가 없었다. 아닌 게 아니라 아직 재스민이 필 철이 아니었다. 그렇지만 그는 바깥에 있는 동안 어디서나 항상 이 달콤하고 마취적인 내음을 맡았다.

길이 후미진 한 모퉁이에 드문드문 나무들이 서 있는 벽 모양의 비탈에 기대어진 벤치 한 개가 있었다. 그는 거기에 앉아서 똑바로 앞을 바라보았다.

그 길의 다른쪽 편에는 바로 메마른 풀밭이, 완만히 스쳐 흘러가는 강에 이르기까지, 내리막을 이루고 있었다. 저쪽에는 두 줄의 포플러 사이에 일직선으로 도로가 나 있었다. 거기에는 희미한 보랏빛 지평선을 따라 힘겹게 농부의 마차 한 대가 외로이 느릿느릿 굴러가고 있었다.

그는 앉아서 한 곳을 응시하면서 도대체 아무것도 움직이지 않고 있기 때문에 자신도 움직일 엄두를 내지 못하고 있었다.

그런 중에도 계속해서 풍겨 오는 그 후텁지근한 재스민 향내!

세상이 온통 숨 막힐 듯하고, 이 미지근하고 찌는 듯 답답한 정적, 목 타는 갈망의 정적으로 가득 차 있는 것 같았다. 어떤 해방이 와야 한다고 그는 느끼고 있었다. 그 어디선가로부터 어떤 구제가, 그 자신과 대자연의 내부에 있는 이 모든 갈망을 폭풍우와도 같이 시원하게 풀어 줄 수 있는 어떤 평정이 와야 한다는 것을 그는 느꼈다.

그리고 그때 그는 다시금 그녀를 머릿속에 떠올렸다. 그녀는 밝은 빛깔의 고전극 의상을 입고 있었으며, 가늘고 긴 팔은 부드럽고 시원할 것임에 틀림없었다.

그러자 그는 반쯤 막연한 결의를 갖고서 벌떡 일어나 시내로 향하는 길을 서둘러 걸어갔다.

그가 목적지에 도달했다는 희미한 의식과 함께 멈춰 섰을 때 그의 가슴은 문득 크게 놀라 두근거리기 시작했다.

벌써 완연히 저녁이 되어 있었다. 그의 주위의 모든 것은 조용하고 어두웠다. 이 시간에는 아직도 교외와 별 차이 없는 그 부근에 단지 이따금씩 사람이 나타나곤 할 뿐이었다. 구름 때문에 가볍게 가리워진 수많은 별들 가운데 달이 중천에 떠 있었다. 거의 꽉 찬 보름달이었다. 아주 먼 곳에 한 가스등의 희미한 불빛이 보였다.

그리고 그는 그녀의 집 앞에 서 있었다.

아니다, 그는 이리로 오려고 한 것은 아니었다! 그렇지만 그가 의식하지 못한 가운데 그의 내부의 욕구가 그것을 원했던 것이다.

그리고 그가 거기에 서서 꼼짝 않고 달을 쳐다보았을 때 그래도 이렇게 된 것이 당연한 것 같기도 했으며, 그가 올 곳은 역시 거기였다.

거기에는 달빛 외에도 그 어디서부턴가 다른 불빛이 비춰

지고 있었다.

그것은 위에서부터, 4층에서부터, 창문이 하나 열려 있는 그녀의 방으로부터 새어 나오는 불빛이었다. 그녀는 극장에서 일하는 중은 아니었다. 그녀는 집에 있었으며 아직 잠자리에 들지 않고 있었던 것이다.

그는 눈물이 나왔다. 그는 울타리에 몸을 기대고 서서 울었다. 모든 일이 매우 슬프게 생각됐다. 세계는 그렇게 조용했고 목말랐으며 달은 그렇게 창백했다.

그는 오랫동안 울었다. 왜냐하면 그는 잠시 동안 이것을 갈망해 오던 해결, 시원하게 풀어 주는 해방으로 느꼈기 때문이었다. 그러나 이윽고 그의 두 눈은 전보다 더 메마르고 뜨거워졌다.

그리하여 목마르게 죄어드는 감정은 다시금 그의 전신을 덮쳐 와, 그는 신음을 발하지 않을 수 없었다. 이 신음이 향하고 있는 곳은 바로 저…….

〈에라 모르겠다. 될 대로 돼라.〉

〈아니야! 굴복하면 안 돼. 정신을 차려야지!〉

그는 온몸을 쭈욱 뻗었다. 사지의 근육이 팽팽하게 부풀어 올랐다.

그러나 곧 그 어떤 아련하고 미지근한 고통이 그의 기력을 다시금 빼앗아 버렸다.

〈차라리 지친 나머지 굴복했다는 편이 낫지!〉

그는 가볍게 현관문의 손잡이를 밀치고는 천천히 그리고 발을 질질 끌면서 층계를 올라갔다.

하녀가 이러한 시간에 온 그를 약간 놀라서 바라보았다. 그러나 주인아씨는 집에 계시다고 말해 주었다.

하녀는 그의 방문을 주인아씨께 알려 주지 않았기 때문에 그는 짧게 노크를 한 다음 곧 이르마의 거실로 통하는 문을 직접 열었다.

그는 그가 지금 무슨 행동을 하고 있는지 하나도 의식하지 못했다.

그가 문 쪽으로 간 것이 아니라 그가 자기 자신을 가게 한 것이었다. 그에게는 마치 그 무엇인가를 붙잡고 있다가 힘에 겨워 놓쳐 버린 것 같은 기분이 들었으며, 그리하여 이제는 그 어떤 소리 없는 필연성이 심각하고도 거의 구슬픈 몸짓으로 그에게 그쪽으로 가도록 명령하는 것 같았다. 그는 이 묵묵하고도 강력한 명령을 따르지 않으려는 그 어떤 독자적으로 심사숙고된 의지가 그의 내심을 단지 괴로움으로 가득 찬 반항으로 바꾸어 놓은 것같이 느꼈다. 굴복이다, 굴복! 굴복하고 나면 올바른 것, 필연적인 일이 생길 테니…….

노크를 한 그는 말하기 위해 목청을 가다듬으려는 듯한 낮은 잔기침 소리를 들었으며, 이윽고 그녀의 〈들어와요.〉 하는 소리가 피곤하고도 의아해하는 음조로 울려왔다.

그가 방 안에 들어섰을 때 그녀는 둥근 탁자 뒤의 소파 구석, 반쯤 어두운 곳에서 방의 안쪽 벽에 몸을 기대고 앉아 있었다. 등불은 열려진 창문 곁의 작은 테이블 위에서 갓이 씌워진 채 타오르고 있었다. 그녀는 그를 쳐다보지 않았고, 하녀라고만 믿고 있는 듯 한쪽 뺨을 등받이 쿠션에 갖다 대고 있는 자신의 피곤한 자세를 견지하고 있었다.

'안녕하십니까, 벨트너 양!' 하고 그는 나지막하게 말했다.

그러자 그녀는 소스라치게 놀라 고개를 들고는 대단히 질린 상태로 한동안 그를 쳐다보았다.

그녀는 창백했으며, 그녀의 두 눈은 충혈되어 있었다. 조용히 몰두해 있는 고통의 표정이 그녀의 입가에 어려 있었고 알 수 없게 부드러운 피로의 탄식이 그를 향해 올려다보는 그녀의 시선 속에, 그리고 이윽고 다음과 같이 묻는 그녀의 목소리의 울림 속에 담겨져 있었다.

'이렇게 늦은 시간에요?'

그때 그의 마음속에서는 그가 아직까지 한번도 제정신을 잃어 본 적이 없었던 까닭에 지금까지 결코 느껴 보지 못했던 그 무엇이 솟구쳐 올랐다. 그것은 사랑스럽고 명랑한 행복의 모습을 하고 그의 인생 위에 떠다니던 이 귀여운 두 눈 속에서, 이 사랑스러운 얼굴에서 고통스러운 빛을 봐야 하는 따뜻하고도 열렬한 괴로움이었다. 아닌 게 아니라 그는 지금까지 언제나 단지 자기 자신에 대한 연민만을 느껴 온 데 반하여, 이제는 그녀에 대한 깊고도 끝없이 몰두하는 연민이 그의 심중에서 솟아났다.

그리하여 그는 선 자리에 그대로 멈춰 서서 조심스레 낮은 목소리로 물었다. 그러나 그의 감정은 진정이 어린 목소리에 함께 섞여 있었다.

'왜 울고 계셨지요, 이르마 양?'

그녀는 아무 말 없이 그녀의 품안을, 그 안에서 그녀가 손으로 쥐어짜고 있는 흰 손수건을 내려다보고 있었다.

그러자 그는 그녀에게로 다가가 그녀 곁에 앉아서 차갑고 촉촉하면서도 가늘고 희뿌연 그녀의 두 손을 잡고 한 손씩 차례로 다정스럽게 키스했다. 그리고 가슴속 깊은 곳에서부터 뜨거운 눈물이 두 눈으로 솟구쳐 오르는 가운데 그는 떨리는 목소리로 다시 물었다.

'당신은 울고 있었잖아요……?'

그러나 그녀는 고개를 더욱더 깊이 가슴 위로 떨구었다. 그래서 그녀의 머리칼의 은은한 향기가 그에게로 풍겨 왔다. 그녀의 가슴은 무겁고 불안하며 소리 없는 고뇌와 씨름하는 듯했다. 그녀의 섬약한 손가락들이 그의 손가락들 안에서 경련을 일으키는 동안 그는 그녀의 비단결처럼 부드러운 긴 두 속눈썹에서 두 줄기 눈물이 천천히, 그리고 무겁게 흘러내리는 것을 바라보았다.

그 순간 그는 그녀의 두 손을 불안에 가득 차 자기의 가슴에 갖다 대면서 절망적인 고통에 찬 나머지 목이 메어 큰 소리로 탄식했다.

'당신이 우는 걸 보고 있을 수가 없어! 정말 견딜 수가 없어!'

그러자 그녀는 창백해진 조그마한 얼굴을 들어 그를 쳐다보았다. 그리하여 그들은 서로 상대방의 두 눈을 깊이, 영혼에 이르기까지 깊숙이 들여다볼 수 있게 되었으며, 이 시선 속에서 그들이 서로 좋아하고 있다는 것을 서로에게 알릴 수 있었다. 그다음 순간 기쁨에 넘쳐 소리를 내지르면서 구제해 주고 절망적이면서도 아주 행복하게 하는 한마디 사랑의 외침을

타락

통해 두려움의 마지막 벽이 뚫렸다. 그리하여 그들의 젊은 육체는 흥분된 욕구 속에서 서로 껴안았으며 그들의 떨리는 두 입술은 서로 무겁게 포개어졌다. 주위의 온 세상이 가라앉는 듯한 이 오랜 첫키스 속으로 이제는 끈끈하고 탐욕적으로 변한 저 라일락 향기가 열려진 창문을 통해 흘러 들어갔다.

그리하여 그는 그녀의 연약한, 지나치게 가냘픈 몸매를 의자로부터 안아 올렸으며, 그들은 서로 상대방의 입술 안으로 그들이 얼마나 서로 사랑하고 있는지를 더듬거리며 말했다.

그리고 사랑의 수줍음 때문에 지고한 신과 같은 존재였고 그 앞에선 항상 그 자신이 약하고 서투르고 왜소하게만 느껴졌던 존재인 그녀가 그의 키스들로 동요하기 시작했을 때 그는 이상하게도 온몸에 전율이 스침을 느꼈다.

밤중에 한번 그는 깨어났다.

그녀의 머리칼에 달빛이 어른거렸고, 그녀의 한 손이 그의 가슴 위에 놓여져 있었다.

그때 그는 하느님을 우러러보았고 자고 있는 그녀의 두 눈에 키스했으며, 그 순간 그는 지금까지의 그 어느 때보다도 더 착한 청년이었다.

밤새도록 폭풍우가 쏟아졌다. 대자연은 그 답답한 열병으로부터 구제받았다. 온 세상이 새롭고 신선하게 된 향기를 호흡하고 있었다.

서늘한 아침 햇살을 받으며 창을 든 병사들이 시가를 뚫고 행진해 갔다. 사람들은 문 앞에 서서 좋은 공기를 들이쉬면서 기뻐하고 있었다.

그리고 그가 온몸에 꿈속처럼 지복한 나른함을 지닌 채 다시 젊어진 봄을 뚫고 그의 숙소를 향하여 천천히 가는 동안 그는 연푸른 하늘을 향해 몇천 번이고 자꾸만 환호성을 지르고 싶었다. 오, 너 귀여운 이여, 귀여운 이여, 귀여운 이여!

이윽고 그는 집으로 돌아와 책상 앞에서 그녀의 사진을 앞에 놓고 자기 자신을 돌이켜보며, 자신의 내부에 대하여 자신이 무슨 짓을 했는가 하고, 그 자신이 이 모든 행복에도 불구하고 소위 말하는 놈팡이가 아닌가 하고 양심적으로 자기 성찰을 시도했다. 만약 그가 그런 놈팡이에 불과하다면 그는 심한 양심의 가책을 받았을 것이다.

그러나 그것은 선량하고 아름다운 일이었다.

그의 기분은 첫 성찬식을 받았을 때와도 같이 청명하고도 엄숙했다. 그리고 그가 새소리 지저귀는 봄날과 부드럽게 미소 짓는 하늘을 내다보았을 때 그의 기분은 다시금 간밤에 그랬던 것처럼 마치 그가 진지하고도 묵묵한 감사의 심경에 차서 존경하는 하느님의 얼굴을 보는 듯했다. 그래서 그의 두 손은 자기도 모르게 하나로 모였으며, 그는 열렬한 애정을 다하여 그녀의 이름을 경건한 아침 기도문으로서 속삭이듯 발음함으로써 그 이름이 바깥의 봄의 계절 속으로 흘러들게 했다.

뢸링――아니, 아니야, 그는 이 사실을 알아선 안 돼. 그는 정말이지 참 좋은 청년이긴 하지만, 틀림없이 이 일에 대해서 또다시 평소 버릇대로 이러쿵저러쿵함으로써 이 일을 아주 우

타락

스쨍스럽게 만들어 버릴 게 틀림없어. 그러나 내가 언젠가 한 번 고향집에 가게 되면, 그렇지, 그러면 난 등잔불이 소리를 내며 깜박이는 저녁 언젠가 내 어머니에게 이야기해 드려야지, 이 모든 내 행복에 대해서……

그리하여 그는 다시금 그 행복한 일에 몰두해 들어갔다.

일주일 후 륄링은 물론 훤히 알게 되었다.

'이 친구야!' 그는 말했다. '자넨 내가 그렇게 백치인 줄 아나? 난 다 알고 있어. 그 일을 내게 어디 한번 상세히 이야기해 줄 수 없겠나?'

'난 자네가 무슨 말을 하고 있는지 모르겠군. 그러나 내가 설령 자네가 무슨 말을 하고 있는지 안다손 치더라도 난 자네가 알고 있다는 그 일에 대해서라면 입을 열지 않을 거야.' 그는 자못 진지하게 응수하면서 자기 말의 문장을 교묘한 복합 구문으로 비비 꼬고, 의젓한 표정을 짓고는 집게손가락으로 제스처를 써 가면서 묻는 사람을 놀려 댔다.

'아, 이것 좀 봐라! 이 친구 이것 참 위트도 늘었네! 이 티 없는 사람아! 그래 아주 행복하게나, 이 친구야.'

'그래 난 정말 행복해! 륄링!' 그는 진지하게, 그리고 단정적으로 말했다. 그러고는 진심으로 친구의 손을 꽉 잡아 주었다.

그러나 그 친구는 그것을 벌써 너무 감상적으로 받아들이는 것이었다.

'이봐, 자네.' 하고 그는 물었다. '이르마 양은 이제 곧 젊은 아내 역을 맡게 되지 않을까? 그녀에게는 끈 달린 부인용 모

자가 아주 잘 어울릴걸! 참 내가 자네들 집안 친구가 될 수 없겠나?'

'륄링, 자넨 참 짓궂기도 하군!'

어쩌면 륄링이 떠벌리고 다녔는지도 몰랐다. 어쩌면 이 일을 통하여 아는 사람이나 지금까지의 습관들로부터 완전히 멀어져 버리게 된 우리의 주인공이고 보니 이 사건이 오랫동안 알려지지 않은 채 지속될 수 있다는 것 자체가 도대체 불가능한 일이었는지도 몰랐다. 얼마 가지 않아서 시내 사람들은 〈괴테 극장의 벨트너〉가 어떤 새파란 대학생과 〈놀아난다〉고 쑥덕거렸으며, 사람들은 이제, 그 〈계집〉의 정숙함에 대해서는 예전에도 이미 한번도 곧이 믿은 적은 없었다고 확언들을 해 댔다.

정말이지 그는 모든 것과 멀어졌다. 그의 주위엔 온 세상이 가라앉아 버린 것 같았다. 그리하여 순전히 분홍빛 구름 덩어리와 바이올린을 켜는 로코코식의 날개 달린 사랑의 동신(童神)들만이 공중에 떠 있는 채 그는 그들 사이로 둥둥 떠다녔다. 지복하게 지복하게, 지극히 복된 가운데! 시간이 알지 못하는 사이에 획획 사라지는 동안에 그는 다만 언제나 그녀의 발치에 누워 고개를 뒤로 젖힌 채 그녀의 입에서 새어 나오는 숨결을 마실 수만 있으면 그만이었다. 그 외에는 모든 생활이 끝장이었고 종말이었으며 지나간 것이었다. 지금은 단지 이 한 가지만 존재하고 있었다. 그것은 흔히 책 속에서 〈사랑〉이란 진부한 한마디 단어로 표현되어 있는 바로 그것이었다.

방금 말했던 그녀의 발치에 누운 그의 자세는 이 두 젊은

이의 관계를 잘 특징지어 주고 있었다. 이와 같은 자세에서 곧 드러난 것은 같은 나이의 남자보다 여자가 한 20년의 온갖 외적인, 사회적인 우위를 누리고 있다는 사실이었다. 그녀의 마음에 들려는 본능적 욕구 속에서 그녀의 비위를 맞추려면 말과 동작을 조심하지 않으면 안 되는 쪽은 언제나 그였다. 정말 사랑하는 장면에서의 완전히 자발적인 헌신은 차치하고라도 둘 사이의 단순한 일상적 관계에서도 아무 구애 없이 완전히 거리낌 없는 태도로 행동할 수 없는 쪽은 그였다. 헌신적으로 사랑하고 있기 때문이었던 것도 다소간은 사실이지만 아마도 그보다는 그가 사회적으로 더 작고 약한 자였던 까닭에 그는 그녀에게 어린애처럼 호되게 욕먹는 것도 감수했으며 그 뒤에는 굴종적으로 애처롭게 용서를 빌어서 그 결과 그는 다시금 머리를 그녀의 무르팍에 갖다 대도 좋게 되었으며, 그녀는 어머니 같은, 거의 연민 어린 애정을 지니고서 그의 머리칼을 애무하듯 쓰다듬어 주었던 것이다. 정말이지 그는 그녀의 발치에 누워 그녀를 우러러보았고, 그녀가 원할 때에 오고 원할 때에 갔으며 그녀의 갖가지 변덕 중 그 어떤 것에도 복종했는데, 아닌 게 아니라 그녀는 변덕스러웠다.

'이 사람아.' 하고 뢸링이 말했다. '자넨 공처가인 게로군. 내가 보기엔 자네는 동거 생활을 하기에는 너무 온순한 것 같아!'

'뢸링, 자넨 바보야. 자넨 그 일을 몰라. 자네가 알 수 없는 일이야. 난 그녀를 사랑하네. 그것이 전부야. 난 그녀를 단순히 그렇게…… 그렇게 사랑하는 것이 아니라, 내가 그녀를 사랑하는 것은…… 아, 그건 정말이지 도저히 형언할 수 없어!'

'자넨 정말이지 믿을 수 없을 만큼 순진하고 좋은 사람이 야.' 뢸링은 말했다.

'아, 무슨 당찮은 소리를!'

아, 무슨 터무니없는 소리인가! '공처가'라느니 '너무 온순하 다'느니 하는, 이와 같은 어리석은 말투를 쓸 수 있는 것도 따 지고 보면 뢸링뿐이었다. 실제로 어떤지에 대해서는 뢸링조차 전혀 아무것도 알지 못했다. 그는 도대체 무엇인가? 도대체 무 슨 인간이 이렇단 말인가? 이러한 관계는 정말로 아주 명약관 화한 것이다. 아닌 게 아니라 그는 언제나 그녀의 두 손을 자 기의 두 손 안에 잡고 그녀에게 언제나 새로이 다음과 같이 되풀이할 수 있을 따름이었다. 아, 당신이 날 좋아한다는 것, 나를 아주 조금이라도 좋아한다는 사실, 그것만으로도 난 당 신에게 얼마나 고마운지!

언젠가 그가 외로이 거리를 배회하던 어느 아름답고 온화 한 저녁에 그는 다시 한번 한 편의 시를 지었다. 이 시는 그의 심금을 흔들어 놓았는데, 내용은 다음과 같았다.

빨갛던 저녁노을 사그라지고
이제 하루가 조용히 저무려는가.
그러면 네 두 손을 경건히 모아
하느님을 우러러보라.

마치 그의 눈이 비애에 젖어

우리의 행복 위에 머무르는 듯,
조용한 그의 눈길 우리에게 말해 주고 있지 않은가,
이 행복도 언젠가는 사라질 것이라고.

이 봄이 사그라지면
어느 땐가는 황량한 겨울이 오고,
가혹한 삶의 손아귀 안에서 행복도
길을 잃어 서로 주인을 뒤바꾸리라…….

아니다. 네 머리를, 네 귀여운 머리를
그렇게 불안하게 떨며 내 머리에 기대지 말아 다오.
아직도 봄은 푸른 잎새와
밝은 햇빛으로 그득 찬 채 웃고 있으니!

아니다, 울지 말아라! 고통은 멀리서 졸고 있으니,
오, 오라, 오너라, 그대 나의 가슴으로!
사랑은 아직 하늘을 우러러 환호하네,
감사의 정에 넘쳐!

　　그러나 이 시가 그의 심금을 울렸다는 것은 그가 정말 어떤
종말의 가능성을 진지하게 자기 눈앞에 떠올려 보았었기 때
문은 아니다. 그것은 정말이지 생각만 해도 몸서리쳐지는 망
상이었다. 정말 그의 충심에서 우러나온 것은 사실상 마지막
연(聯)뿐이었는데, 여기에는 음률의 구슬픈 단조성이 현재 즐

겹게 누리고 있는 행복에 즐겁게 취한 나머지 빠르고 자유로운 리듬으로 피어나고 있었다. 그 밖의 나머지 것은 다만 그로 하여금 뜻 모를 막연한 눈물을 두 눈에 고이게 하는 그런 음악적 분위기에 지나지 않았다.

그러고 나서 그는 다시금 고향의 가족에게 편지를 썼는데 그 내용은 아무도 이해할 수 없었다. 그 안에는 도대체가 내용이라곤 없었다. 그 대신 그 편지들은 극도로 흥분된 구두점 표시들로 가득했으며, 겉보기에는 전혀 동기를 헤아릴 수 없는 수많은 느낌표들로 가득 차 있었다. 그러나 어쨌든 그는 어떻게든지 그의 이 모든 행복을 전달하고 털어놓지 않으면 안 되었지만, 그런데도 곰곰이 생각해 볼 때 이 일에 대해서 아주 다 털어놓을 수는 없었기 때문에 바로 이렇게 다의적(多義的)인 느낌표 남발 정도에 머무를 수밖에 없었다. 박식한 그의 아버지조차도 〈저는 한──없이 행복해요!〉라는 정도 이상의 아무런 뜻도 없는 이 난해한 기호들의 진의를 도저히 풀어 낼 수 없으리라는 생각에 그는 가끔 슬며시 행복에 넘쳐 홀로 회심의 미소를 짓곤 했다.

이렇게 귀엽고 어리석고 달콤하며 깨가 쏟아지는 행복 가운데 시간은 흘러 7월 중순이 되었으며, 이 이야기도 이제는 지루하게 될 판인데, 그러던 중 문득 재미있고 흥미로운 어느 날 아침이 찾아왔다.

사실 그날 아침은 대단히 아름다웠다. 아직도 상당히 이른 아침인 아홉 시경이었다. 햇볕은 단지 기분 좋을 정도로 피부에 와 닿고 있었다. 공기도 매우 좋은 내음을 풍기고 있었는데, 그는 이 공기가 바로 그 이상한 첫날밤을 새우고 난 이튿날의 그 아침 공기와 똑같음을 알아차렸다.

그는 매우 즐거워하면서 지팡이를 새하얀 보도 위에 휘두르며 유쾌하게 걸어가고 있었다. 그는 그녀에게로 가려고 했던 것이다.

그녀는 그가 올 줄 전혀 모르고 있었지만 바로 그 점이 더욱 마음에 들었다. 그는 이날 아침 강의에 참석할 계획이었지만 물론 이 계획은 실현될 수 없었다. 오늘 같은 날에 하필이면! 이 좋은 날씨에 강의실에 앉아 있어야 하는가? 비가 왔으면 틀림없이 계획대로 했을 것이다. 그러나 사정이 이렇고 이처럼 밝고 부드럽게 웃고 있는 날씨에……. 그녀에게, 그녀에게로 가자! 이와 같은 그의 결심은 그로 하여금 최상의 즐거움을 느끼게 했다. 그는 건초 가를 내려가는 동안 오페라 「카발레리아 루스티카나」에 나오는 술자리 노래의 씩씩한 리듬을 휘파람으로 불었다.

그녀의 집 앞에 멈추어 서서 그는 한동안 라일락 향기를 들이마셨다. 이 관목과 그는 점점 내밀한 우정을 맺어 오고 있었다. 그는 이곳에 올 때면 언제나 이 나무 앞에 걸음을 멈추고 이 나무와 말은 없지만 지극히 정다운 잠시 동안의 대화를 나누었던 것이다. 그러면 그 라일락 나무는 그를 또다시 기다리고 있는 그 모든 감미로운 사연들에 대해서 나지막하고 부드러운 약속의 밀어로 그에게 이야기해 주곤 했다. 사람들이 제3자에게 도저히 전달할 수 없을 만큼 큰, 그런 행복이나 고통에 직면하게 되면 흔히 자기의 이 감정 과잉을 어쩌지 못하여 위대하고 묵묵한 자연에게로 다가가게 되고, 또 이렇게 되면 자연은 정말 아닌 게 아니라 이따금 마침 이런 일에 대하여 무엇인가를 이해해 주는 듯한 기색을 보이는 법인데, 그가 그 라일락 나무를 바라보는 것도 이러한 관계였다. 사실 그는 이 나무를 오래전부터 이 일에 관련된 그 무엇으로서, 그 자신과 똑같이 느껴 주고 서로 모든 것을 털어놓을 수 있는 그 무엇으로서 바라보아 왔으며, 그 자신의 끊임없는 서정적 감격성 탓으로 그것에다가 그의 이야기의 한 장면에 단순히 부수적으로 등장하는 일종의 엑스트라 이상의 의미를 부여하고 있었다.

이 사랑스럽고 부드러운 향내로부터 충분히 이야기를 듣고 장래의 속삭임을 들었을 때 그는 그녀의 방으로 걸어 올라갔다. 그리고 지팡이를 복도 위에다 세워 놓은 다음, 즐거움에 넘쳐 그의 양손을 밝은 여름 양복의 바지 주머니에 찔러 넣고, 둥근 모자는 그녀가 제일 좋아하는 대로 고개 뒤로 젖혀 쓴 채, 노크도 하지 않고 거실로 들어섰다.

'안녕, 이르마! 당신은 아마도⋯⋯.' 뜻밖의 방문에 놀랐을 거라고 말하려고 했으나 놀란 것은 오히려 그 자신이었다. 방에 들어서면서 그는 그녀가 마치 급히 무엇인가를 가져오려는 것처럼, 식탁에서 벌떡 일어서는 것을 보았다. 그녀는 거기 그대로 서서 놀랄 만하게 커다란 눈동자로 그를 바라보면서 어쩔 줄 몰라 냅킨을 입 위에 가져갈 뿐이었다. 식탁 위에는 커피와 구운 과자가 놓여 있었다. 식탁의 다른 쪽에는 새하얀

카이저 수염을 하고 아주 단정하게 옷을 입은 점잖은 노신사가 앉아서 음식을 씹고 있다가 대단히 놀란 표정으로 그를 쳐다보았다.

그는 재빨리 모자를 벗고는 당황한 나머지 그것을 두 손으로 잡고 빙빙 돌렸다.

'아, 용서해 줘.' 그는 말했다. '난 당신에게 손님이 계신 줄은 몰랐어.'

이 〈당신〉이란 말을 듣자 그 노신사는 씹기를 그치고 그제서야 그 젊은 여자의 얼굴을 바라봤다.

그녀가 창백한 얼굴로 아직도 여전히 장승처럼 거기 그렇게 서 있자 그 선량한 젊은이는 말할 수 없이 놀랐다. 그러나 그 노신사야말로 훨씬 더 참혹하게, 마치 시체처럼 보였다. 그리고 몇 오라기 되지 않는 머리카락은 아직 빗질도 채 하지 않은 것 같았다. 이 사람이 도대체 누구란 말인가? 그는 황급히 이 의문을 풀려고 애를 썼다. 그녀의 친척인가? 그러나 그녀는 지금까지 그에게 그런 친척에 관해선 일언반구도 하지 않았잖은가? 자, 어쨌든 그는 불청객이 되었으니 이 얼마나 통탄할 일인가! 그는 그렇게도 기뻐했더랬는데! 이제 그는 다시 돌아갈 수밖에! 그것은 지긋지긋한 순간이었다. 그 누구도 입을 열지 않았다. 그러나저러나 그녀를 어떻게 대해야 하지?

'어째서?' 갑자기 그 노신사가 이렇게 말하면서 그 역시 이 수수께끼 같은 질문에 대하여 해답을 얻으려는 것처럼 작고 움푹 들어간, 광채가 도는 회색의 두 눈으로 자기 주위를 둘러보았다. 그는 아닌 게 아니라 약간 정신이 나간 듯했다. 그가 지은 얼굴 표정은 멍청하기 짝이 없었다. 그의 아랫입술은 힘없이, 그리고 어리석게 축 늘어져 있었다.

그때 우리의 주인공의 머리에는 갑자기 자기 자신을 소개해야겠다는 생각이 떠올랐다. 그는 대단히 예의 바르게 자기를 소개했다.

'제 이름은 ×××입니다. 저는…… 다만 인사차 방문하고자 했을 따름입니다…….'

'그게 대체 나와 무슨 상관이오?' 그 점잖은 노신사가 갑자기 언성을 높여 꾸짖듯 말했다. '대체 용무가 뭐요?'

'용서하십시오, 저는…….'

'아, 무슨 소리야! 어서 계속해서 말해 봐요. 당신은 이 자리에 완전히 불청객이란 말이야. 그렇지 당신?' 이렇게 말하면서 그는 상냥하게 이르마를 쳐다보며 눈을 가늘게 깜빡여 보였다.

그러나 이렇게 되고 보니 우리의 주인공은 사실 무슨 영웅 같은 주인공이라 할 수는 없어도——그 온갖 환멸이 그에게 그 좋던 기분을 싹 가시게 한 것은 말할 것도 없었고——그 노신사의 말투가 너무나도 심하게 모욕적이었기 때문에 즉각적으로 태도를 바꾸게 되었다.

'실례합니다만, 노인장.' 하고 그는 침착하고도 단호하게 말했다. '전 노인장께서 무슨 권리로 제게 그런 투로 말씀하시는지 정말 이해가 가지 않습니다. 더구나 저로 말하자면 이 방에 머무를 수 있는 권리를 최소한 노인장만큼은 지니고 있다고 생각되는 터입니다.'

그것은 그 노신사에게는 너무 심한 충격이었다. 그는 그런 일에 익숙지 못했다. 아랫입술이 감정의 격한 동요 속에서 이리저리 움찔거렸다. 그리고 그는 냅킨으로 세 번 자기 무릎을 치면서 자신의 온갖 빈약한 발음 수단을 총동원하여 다음과 같은 몇 마디 말이 튀어나오도록 했다.

'이 고얀 놈 같으니! 네 이 고얀, 고얀 놈아!'

이렇게 불리워진 사람은 방금 전 응답 때까지도 아직 분노를 조용히 가라앉히며 이 노신사가 이르마의 친척일 수도 있다는 가능성을 생각했었으나, 이제는 그의 인내심도 한계선을 넘어서게 되었다. 그 젊은 여자에 대한 그의 지위 의식이 그의 내부에서 자랑스럽게 솟구쳤다. 제3자가 누구든지 이제 그에게는 아무래도 좋았다. 그는 극도로 무례한 모욕을 당했으므로 자기의 가장권(家長權)을 적절하게 발휘하고 있는 듯한 기분으로 문을 향해 돌아서면서 분노를 띤 강력한 어조로 그 점잖은 노신사에게 그 집에서 즉각 나가 줄 것을 요구했다.

그 노신사는 한동안 입을 열지 못했다. 이윽고 그는 정신없이 방 안 이곳저곳에 눈을 돌리면서 웃음 반, 울음 반으로 웅얼거렸다.

'아, 아니 이럴 수가…… 아니, 대체 이럴 수가…… 원 이럴 수가! 도대체 당신은 이 일을 어떻게 생각해?' 이렇게 말하면서 그는 이르마에게 구원을 청하듯 허공을 올려다보았으나 그녀는 벌써부터 등을 돌리고 서 있었으며 한마디 말도 하지 않았다.

그 불행한 노인이 그녀에게서는 아무런 지원도 바랄 수 없다는 것을 인식했을 때, 그리고 설상가상으로 상대방이 문을 향해 나가라는 손짓을 계속하면서 나타내고 있는 협박적인 조급성을 그로서도 못 알아차릴 리가 없었기 때문에, 그 노인은 그만 이 싸움에서 자기가 진 것으로 치부하고 말았다.

'내가 가지.' 그는 일종의 품격 있는 체념을 하면서 말했다. '내가 즉시 나가겠어. 그러나 어디 두고 보자구, 이 치한 같으니라구!'

'네에, 우리 두고 봅시다!' 하고 우리의 주인공은 소리쳤다. '어디 한번 두고 봅시다! 말해 두지만, 노인장, 당신은 그 따위로 내 머리에 욕설을 퍼붓지는 말아야 했다구요! 우선, 나가시오!'

떨면서 그리고 신음하면서 그 노신사는 의자에서 일어서려고 애썼다. 넓은 바짓가랑이들이 그의 깡마른 두 다리 주위에서 헐렁거렸다. 그는 자기의 양 허리춤을 잡았으며 하마터면 그 자리에 도로 주저앉을 뻔했다. 이것이 그로 하여금 감상적인 기분을 갖게 했다.

'내 불쌍한 늙은 몸이!' 그는 문 쪽으로 비틀비틀 걸어 가면서 흐느꼈다. '내 이 가련한, 가련한 늙은 몸이! 이 치한의 무례를…… 오…… 에!' 그러고는 그의 마음속에 다시금 일종의 품격 있는 분노가 솟구쳤다. '어디 두고 보자! 두고 봐! 두고 보자구!'

'그래 두고 봅시다아!' 노인의 잔인한 학대자는 이제는 오히려 재미있어하며 복도에서 되받아 다짐했다. 그러는 동안 그 노신사는 떨리는 손으로 그의 실크 모자를 썼고 두툼한 외투를 팔 위에 걸쳤으며, 불안한 걸음걸이로 계단 있는 데까지 이르렀다. '그래요. 두고 보십시다.' 하고 그 마음씨 착한 젊은이는 노신사의 가련한 몰골이 점차로 그의 연민의 정을 자아냈기 때문에 아주 부드러운 어조로 반복했다. '저는 원하시면 언제나 뵙겠습니다.'라고 그는 정중하게 말했다. '하지만 저에 대한 노인장의 태도를 생각해 보면 노인장께서도 제 태도를 놀랍게 생각하실 수만은 없으실 것입니다.' 그는 정식으로 고개를 숙여 보였다. 그러고는 저 아래에서 택시를 못 잡아 애쓰는 노신사의 소리를 들으면서 그를 그냥 내버려두었다.

이제야 비로소 그의 머릿속에 그 사람이, 그 정신 나간 노신사가 대체 누구일까 하는 생각이 다시금 떠올랐다. 결국은 그녀의 친척인 게 사실일까? 아저씨나 할아버지 또는 그 비슷한 사람이 아닐까? 그런 사람 치고는 그를 너무 심하게 대하지 않았던가. 그 노신사는 원래가, 천성부터 바로 그런 사람인가 보지! 그러나 만약 그랬다면 그녀가 무엇인가 자기 행동으로 알아차리게 해 줬을 텐데……. 그러나 그녀는 이 모든 일에 전혀 개의치 않는 듯한 태도를 취하지 않았던가! 이제야 비로소 이 사실이 그의 머리에 떠올랐다. 여태까지 그의 모든 주의력은 그 염치없는 노신사에게 쏠려 있었던 것이다. 그 사람이 도대체 누구란 말인가! 그는 정말로 기분을 완전히 잡쳤으며, 자기가 교양 없이 행동했을지도 모른다는 생각에 한동안 그녀에게로 다가가는 것을 망설였다.

이윽고 그가 다시 방문을 걸어 잠그고 돌아섰을 때, 이르마는 소파 모퉁이에 옆으로 앉아 있었으며 그녀의 모시 손수건의 한쪽 귀를 이로 물고 있었다. 그러고는 그를 향해 한번 몸을 돌리지도 않은 채 똑바로 허공을 응시하고 있었다.

그는 한동안 전혀 어찌할 바를 모르고 거기 서 있다가 두 손을 가슴에 모으고는 어쩔 줄 모른 나머지 거의 울부짖다시피 말했다.

'자아, 제발 내게 말 좀 해 줘, 그가 대체 누군지, 원!'

그녀는 꼼짝도 하지 않았으며, 한마디 말도 없었다.

그는 전신에 전율을 느꼈다. 딱히 꼬집어 말할 수 없는 어떤 공포가 그의 내부에서 치밀어 올라왔다. 그러나 이윽고 그는 이 모든 것이 단순히 우스꽝스러운 일에 불과하다고 자신을 애써 달랬으며, 그녀 곁에 나란히 앉아서 아버지와도 같은 태도로 그녀의 손을 잡았다.

'자, 이르마, 이제 그만 진정해요. 당신 내게 화를 내고 있는 것은 아니겠지? 그가 먼저 시작했잖아, 그 노신사가…… 자, 대체 그가 누구였지?'

역시 묵묵부답이었다.

그는 일어서서 어찌할 바를 모른 채 한두 걸음 그녀로부터 물러섰다.

그녀의 침실로 통하는 소파 옆의 문은 반쯤 열려 있었다. 갑자기 그는 그 방 안으로 들어갔다. 젖혀진 침대의 머리맡 탁자 위에서 그는 무엇인가 눈에 띄는 것을 발견했던 것이다. 그가 다시금 거실로 들어섰을 때 그는 두서너 장의 종이를 손에 들고 있었는데, 그것은 지폐였다.

그는 일순간 다른 무엇인가에 대해 말할 거리를 갖게 되어 기뻤다. 그는 그 지폐들을 그녀 앞 탁자 위에다 놓으면서 말했다.

'이걸 잘 간수해 두지 그래. 저기 놓여 있었어.'

그러나 그는 갑자기 납(蠟)같이 창백해졌으며, 그의 두 눈은 휘둥그래지고 두 입술이 떨리면서 벌어졌다.

그가 지폐들을 가지고 방 안으로 들어섰을 때 그녀는 그를 향해 두 눈을 부릅떴었다. 그는 그녀의 두 눈을 보았던 것이다.

그의 내부에서 그 어떤 몸서리쳐지는 것이 앙상한 회색의 손가락들처럼 치받쳐 올라와 그의 목을 안쪽에서 꽉 잡아 누르는 것 같았다.

어쨌든 이제 그 불쌍한 청년이 두 손을 허공에 뻗치고, 자기 장난감이 부서져서 마룻바닥에 뒹구는 것을 본 어린애와도 같이 처절한 어조로 '아 이럴 수가! 아, 어떻게 이럴 수가!'라고만 계속해서 외쳐 대는 애처로운 모습은 차마 보기 어려울 정도였다.

이윽고 그는 휘몰아쳐 오는 공포 속에서 마치 그녀를 자신에게로 구출해 주고 또 자기 자신을 그녀에게로 구출해 가려는 것처럼 그녀에게 다가서며 혼미한 동작으로 그녀의 두 손을 와락 잡았다. 그리고 절망적인 애원을 담은 목소리로 말했다.

'제발 아니라고…… 제발, 제발 아니라고 말해 줘. 당신은 정말 몰라, 내가 얼마나 당신을…… 내가 당신을 얼마나, 얼마나…… 아니, 제발 아니라고 좀 말해 줘!'

그리고 다시금 그는 그녀에게서 물러나 창가에서 크게 탄식하며 머리를 벽에 심하게 찧으면서 무릎을 꿇고 털썩 주저앉고 말았다.

그 젊은 여자는 완강한 몸짓을 하며 소파 구석 쪽으로 더 깊숙이 몸을 파묻었다.

'난 결국 별 수 없는 배우예요. 난 당신이 대체 무슨 헛소리를 하시는지 모르겠어요. 이런 짓은 거의 누구나 다 하는 일이에요. 난 성자인 척하기에 그만 물렸어요. 그렇게 하면 어떤 말로를 맞는지 난 보아 왔거든요. 그건 안 돼요. 성자인 척하는 건 우리 같은 사람들에게는 불가능한 일이에요. 그런 것이라면 부자들이나 하라고 해요. 우린 우리에게 주어진 손쉬운 일이 무엇인지 우선 살펴봐야 해요. 화장도 해야 하고 그 밖에 모든 것도⋯⋯.' 그녀는 마침내 픽 하고 웃음을 터뜨리면서 내뱉었다. '내가 그렇고 그렇다는 건 세상이 다 알고 있었던⋯⋯.'

그때 그는 그녀에게로 와락 달려들어 미친 듯한, 잔혹하고 가학적인 키스를 퍼부었다. 그가 더듬거리며 '오, 당신이⋯⋯ 당신이⋯⋯ !' 하는 소리는 그의 모든 사랑이 무서운 반감과 부딪쳐 절망적인 투쟁을 벌이고 있는 것처럼 들렸다.

그때부터 계속해서 그에게 사랑은 증오 속에서 존재하고 육욕도 거친 복수 가운데만 있게 되었는데, 그는 이것을 아마도 이 키스에서 배운 것일까? 그렇지 않으면 그 일이 있고 나서 후일 또 무슨 일이 더 일어났던 것일까? 그것에 관해서는 그 자신도 잘 몰랐다.

타락

이윽고 그는 아래쪽의 집 앞에, 미소짓고 있는 듯한 부드러운 하늘 아래, 그 라일락 관목 앞에 서게 되었다.

양팔을 몸에 붙게 축 늘어뜨린 채, 그는 꼼짝 않고 오랫동안 거기에 장승처럼 서 있었다. 그러나 갑자기 그는 라일락의 그 감미로운 사랑의 숨결이 전과 같이 부드럽고 순수하며 친근하게 다시금 그에게 와닿는 것을 느꼈다.

그 순간 그는 비통과 격분에서 우러난 성급한 동작으로 미소 짓고 있는 하늘을 향해 주먹을 휘둘렀으며, 그 거짓에 찬 향내 속을, 그 향내 나는 곳의 한가운데를 잔인하게 콱 움켜잡았다. 그 바람에 라일락 관목이 뚝 꺾어지고 으스러졌으며 그 부드러운 꽃송이들은 짓쪗겨 흩날렸다.

이윽고 그는 자기 방 책상 앞에 묵묵히 그리고 힘없이 앉아 있게 되었다.

바깥에는 밝은 위용을 띤 채 유쾌한 여름의 한낮이 빛나고 있었다.

그는 그녀의 사진을 응시했다. 그녀는 전과 다름없이 아직도 거기 서 있었다. 그다지도 귀엽고 순수한 모습을 하고서……

그의 방 위층에서는 구르는 듯한 피아노 반주에 곁들인 첼로 소리가 아주 진기한 비탄조를 띠고 흘러나왔다. 그리하여 그 깊고 부드러운 가락이 솟아나고 또 때로는 고무시키면서 그의 영혼을 감싸고 깃들 때 몇 구절의 하찮은, 부드럽고도 우울한 곡조가 오래전에 잊힌 고요한 옛 고통처럼 그의 내부에서 떠오르는 것이었다.

……이 봄이 사그라지면

어느 땐가는 황량한 겨울이 오고,

가혹한 삶의 손아귀 안에서 행복도

길을 잃어 서로 주인을 뒤바꾸리라…….

그래서 이 시구가 내가 맺을 수 있는 최선의 온건한 결말인 것 같군. 그 어리석은 철부지 젊은이가 거기서 홀로 울 수 있도록 말일세."

우리들이 앉은 구석방에는 한동안 완전히 침묵이 흘렀다. 내 곁에 앉은 두 친구 역시, 박사의 이야기가 나에게 일깨워 놓은 그 우울한 기분을 느끼지 않을 수 없었던 것같이 보였다.

"끝났어?" 마침내 마이젠베르크가 물었다.

"끝나길 다행이지!" 젤텐은 내가 보기엔 약간 인위적인 냉정함을 가장하며 말했다. 그러고는 일어서서, 맨 뒤쪽 제일 구석의 작은 목각 선반 위에 놓여 있는, 신선한 라일락이 꽂혀 있는 화병 쪽으로 다가갔다.

이제야 나는 그의 이야기가 나에게 주었던 그 이상하게 강렬한 인상의 출처를 알아냈다. 그것은 바로 라일락 때문이었다. 이 라일락 향기야말로 이 이야기 가운데 아주 의미심장한 역할을 했고, 이 라일락이 이 이야기의 분위기를 지배하고 있었던 것이다. 박사로 하여금 이 사건을 이야기하게끔 해 준 동기가 되었던 것은 틀림없이 이 라일락 향기였으며, 나에게 암시적인 영향까지 주었던 것도 바로 이 라일락 향기가 틀림없었다.

"감동적이야." 마이젠베르크가 말했다. 그러고는 깊은 한숨을 쉬면서 새 궐련에 불을 붙였다. "매우 감동적인 이야기야. 그런데도 아주 지극히 단순하군그래!"

"그렇군." 하고 내가 맞장구를 쳤다. "그런데 바로 이 단순성이 이 이야기의 진실성을 말해 주고 있어."

박사는 얼굴을 라일락에 더 가까이 갖다 대면서 짧게 웃음을 터뜨렸다.

젊은 금발의 이상주의자는 여태까지 한마디도 하지 않고 있었다. 그는 흔들의자를 계속해서 흔들면서 아직도 여전히 후식용 사탕을 먹고 있었다.

"라우베는 대단히 감동적이었던 모양이지." 마이젠베르크가 말했다.

"감동적인 이야기임에는 틀림없어!" 라우베는 의자 흔들기를 그치고 몸을 일으키면서 흥분해서 말했다. "그러나 젤텐은 내 주장을 반박하려는 의도였어. 이야기 내용 중에서 난 그의 반박이 성공한 점이라곤 하나도 발견하지 못하겠는걸. 이 이야기를 두고 생각한다 하더라도, 여자에 대한 도덕적 편견의 정당성이 어디에 있단 말인가……."

"아, 자네의 그 진부한 상투어는 그만 집어치우게!" 박사가 그의 음성에 설명하기 어려운 흥분기를 띤 채 거칠게 그의 말을 가로막고 나섰다. "자네가 아직도 날 이해하지 못했다면 유감스러운 일이지. 오늘 한 여자가 사랑 때문에 타락한다면, 내일 그녀는 돈을 위해 타락한다. 난 그것을 자네에게 얘기하려 했어. 그 이상 아무것도 아니야. 자네가 그처럼 외쳐 대는 여자에 대한 도덕적 편견의 정당성이 아마도 여기에 있는지도 모르지."

"그런데 말 좀 해 봐." 갑자기 마이젠베르크가 물었다. "그 이야기 혹시 실화 아닌가? 대체 자넨 어떻게 그 이야기를 세세한 데에 이르기까지 그렇게 잘 알고 있지? 그리고 도대체 자넨 그것에 대해 왜 그렇게 흥분하는 거지?"

박사는 한동안 침묵했다. 그러고 나서 갑자기 그의 오른손이 거의 경련과도 같이 짧고 거칠게 홱 움직이면서 그가 방금까지도 깊이 그리고 천천히 그 향기를 들이마시고 있던 그 라일락의 한가운데를 콱 움켜잡았다.

"말이 났으니 할 수 없네만, 실은……." 하고 그는 말했다. "그 '좋은 녀석'이 바로 나였거든. 그렇지 않다면 내가 흥분할 이유도 없겠지!"

아닌 게 아니라, 이렇게 말하는 그의 태도며, 침통하고도 구슬픈 잔인성을 띠고 라일락을 잡아 뜯는 모습이며 모두가 꼭 옛날 그대로였으나, 그에게서 그 사람 좋은 청년의 흔적이라곤 더 이상 전혀 찾아볼 수 없는 것 또한 사실이었다.

행복에의 의지

파올로의 아버지인 호프만 씨는 남아메리카에서 식민 농장으로 돈을 벌었다. 거기서 그는 좋은 집안 출신의 토착민 여자와 결혼했고 곧이어 그녀와 함께 고향인 북독일로 돌아왔다. 그들은 내 고향 도시에 생활의 터전을 잡았는데 그곳은 또한 그의 집안 사람들이 자리 잡고 있는 곳이기도 했다. 파올로는 거기서 태어났다.

파올로의 부모님을 나는 가까이 알지는 못했다. 어쨌든 파올로는 어머니를 꼭 빼닮았다. 내가 처음 그를 만났을 때, 다시 말해 우리의 아버지들이 우리를 처음 학교에 데려갔을 때, 파올로는 마른 체구에 누르스름한 얼굴을 하고 있었다. 그 모습이 아직 눈에 선하다. 곱슬거리는 검은 머리는 세일러복의 칼라까지 길게 내려와 갸름한 얼굴을 감싸고 있었다.

우리는 둘 다 집에서 부족한 것 없이 아주 잘 지냈기 때문에 새로운 환경, 황량한 교실, 특히 우리에게 그저 ABC만 가르치려고 하는 붉은 수염의 초라한 남자 선생에게 도저히 마음을 붙일 수가 없었다. 아버지가 가려고 하자 나는 울면서 아버지의 양복 재킷을 잡고 늘어졌고 그에 반해 파올로는 아주 수동적인 자세를 취했다. 그는 움직이지 않고 벽에 기대어 얇은 입술을 꼭 깨물고는 눈물이 그득한 커다란 눈으로, 희망에 부풀어 있는 다른 아이들을 바라보았다. 그애들은 서로 몸을 부딪쳐 옆으로 밀어 내고는 심술맞게 입을 비죽이며 웃고 있었다.

이렇게 도깨비 같은 무리에 둘러싸인 우리는 처음부터 서로 마음이 끌려서 붉은 수염의 선생님이 우리 둘을 나란히 앉도록 했을 때 아주 좋아했다. 그때부터 우리는 줄곧 붙어 다니며 함께 공부의 기초를 다졌고 도시락도 날마다 바꾸어 먹었다.

내가 기억하는 바로는 그는 그때 이미 몸이 좋지 않았다. 이따금 학교를 오랫동안 결석했으며 다시 나타났을 때는 관자놀이와 뺨에 보통 때보다 더욱 선명하게, 연약한 갈색 피부의 사람들에게서 자주 보이는, 창백한 푸른 핏줄이 드러났다. 그는 항상 핏줄이 보였다. 우리가 여기 뮌헨에서, 그리고 나중에 로마에서 다시 만났을 때, 내 머릿속에 제일 먼저 떠오른 것도 역시 그 선명한 핏줄이었다.

학교 다니는 동안 우리의 우정은 처음 생겼을 때와 비슷한 이유에서 계속 유지되었다. 그건 대부분의 동급생들에 대한

'거리 두기라는 격정'[1]으로서, 열다섯의 나이로 몰래 하이네를 읽고 김나지움 4학년생으로서 세계와 인간에 대해 결정적인 판단을 내릴 줄 아는 학생이라면 다 아는 것이었다.

내 기억에 우리가 열여섯이 됐을 때의 일인데 이때도 우리는 함께 춤을 배우러 다녔고 이어서 똑같이 첫사랑을 경험했다.

그의 마음에 들었던 작은 여학생은 금발머리에 아주 명랑한 성격이었는데, 그는 나이에 걸맞지 않게 우수에 젖은 열정으로 그녀를 숭배해서 때때로 나에게 섬뜩한 생각이 들게 만들었다.

특히 한 댄스 파티에서의 일이 기억난다. 그 여학생은 번갈아 가며 짝을 만나는 카운터 댄스에서 어떤 남학생에게 연달아 두 개의 선물을 주면서 그에게는 하나도 주지 않았다. 나는 걱정이 되어 그를 보고 있었다. 그는 벽에 기대어 내 옆에서 있었는데 움직이지 않고 가만히 자기의 에나멜 구두만 응시하더니 갑자기 기절해서 쓰러져 버렸다. 사람들은 그를 집으로 데리고 갔고 그는 일주일이나 아파서 누워 있었다. 내가 알기로는 그의 심장이 그다지 좋지 않다는 사실이 밝혀진 것은 바로 이때였던 것 같다.

이 일이 있기 전부터 그는 이미 그림을 그리기 시작해서 뛰어난 소질을 발전시켜 나갔다. 나는 이때 그린 그의 그림을 한 장 갖고 있는데, 그것은 데생 연필로 그 여학생의 특징을 잡아서 정말 그녀와 똑같이 그린 것으로 거기에는 '너는 한 송이

---

1) 니체의 『선악의 피안』에서 인용한 구절이다.

꽃![2] —— 파올로 호프만'이라는 사인이 적혀 있다.

그때가 언제였는지 정확히 모르겠는데 어쨌든 그의 부모님이 우리 도시를 떠나 그의 아버지 쪽 연고가 있는 카를스루에에 정착하게 됐을 때 우리는 이미 상급반 학생이었다. 파올로는 학교를 바꾸면 안 된다고 해서 어떤 노교수 집에 하숙을 하게 되었다.

그러나 그런 상황이 오래 지속되지는 않았다. 다음의 사건이 파올로가 어느 날 갑자기 부모님을 따라 카를스루에로 가게 된 직접적인 원인이 된 건 아니었을지 모르지만 거기에 일조를 한 것만은 틀림없다.

종교 시간에 담당 선생님이 갑자기 꼼짝 못 하게 파올로를 쏘아보며 그에게로 다가가서 앞에 놓인 구약성서 아래에서 종이 한 장을 끄집어냈던 것이다. 거기에는 왼쪽 발까지 완성된 아주 관능적으로 생긴 아름다운 여성이 부끄러운 줄도 모르고 사람들의 시선 앞에 노출되어 있었다.

어쨌든 파올로는 카를스루에로 갔다. 그리고 우리는 가끔 엽서를 주고받다가 점차 뜸해져 나중에는 소식이 끊기고 말았다.

내가 뮌헨에서 그를 다시 만난 것은 우리가 헤어지고 나서 대략 5년 정도 지났을 때였다. 날씨가 좋은 어느 봄날 오전에 나는 아말리에 가(街)를 걸어 내려가다 누군가가 아카데미의 계단을 내려오는 것을 보았는데, 멀리서 봤을 때 이탈리아 사

---

2) 유명한 하이네 시의 첫 구절로서 또한 그 시의 제목이기도 하다.

람 같은 인상을 주었다. 긴가민가했는데 가까이 가 보니 정말 파올로였다.

중키에 말랐고 숱이 많은 머리에는 모자를 쓰고 있었으며 누르스름한 피부에는 핏줄이 파랗게 드러나 있었다. 옷차림은 우아하기는 하지만 별로 신경 쓰지는 않은 것 같아서, 예를 들면 조끼 단추가 몇 개 채워져 있지 않았다. 짧은 콧수염은 약간 말려 올라가 있었다. 그런 모습으로 그는 흔들거리는 무심한 걸음으로 내 쪽으로 오고 있었다.

우리는 거의 동시에 서로를 알아보았다. 그리고 아주 반갑게 인사를 했다. 우리가 카페 미네르바에서 지난 몇 해 동안을 어떻게 보냈는가에 대해 서로 번갈아 가며 물어보는 사이에 그는 기분이 들떠서 거의 흥분해 있는 것처럼 보였다. 두 눈은 빛나고 있었고 몸동작은 컸다. 그러면서도 몸이 좋아 보이지는 않아서 정말로 아픈 것 같았다. 지금은 물론 가벼운 얘기를 해야겠지만 그러나 정말로 그게 눈에 띄었기 때문에 나는 그에게 그대로 말했다. "그래, 여전히 그래 보여?" 그가 되받아 묻고는 말했다. "그래, 그렇겠군. 난 사실 많이 아팠어. 지난해까지만 해도 오랫동안 심하게 아팠어. 여기가 문제야." 그는 왼손으로 가슴을 가리켰다.

"심장 말이야. 그때부터 그냥 그 상태야. 그렇지만 최근에는 아주 상태가 좋아, 최상의 컨디션이지. 아주 건강하다고 말할 수 있어. 이제 겨우 스물세 살이니 그렇지 않다면 사실 슬픈 일이지."

그는 정말 기분이 좋았다. 우리가 헤어지고 난 후의 생활에 대해서 활발하고 재미있게 이야기했다. 나랑 헤어지고 나서 그는 바로 부모님을 설득해 화가가 돼도 좋다는 허락을 받고는 대략 6개월 전에 아카데미를──방금 그가 거기 있었던 것은 그러니까 정말 우연이었다.──끝마쳤다는 것이다. 그러고는 얼마동안 여행을 해서 특히 파리에 살기도 하다가 이제 대략 다섯 달 전부터 여기 뮌헨에 정착했다고 했다.

"어쩌면 오랫동안 여기 살게 될지도 몰라. 누가 알아? 혹시 영원히 살게 될지."

"그래?" 내가 물었다.

"글쎄, 그렇다고 해야겠지. 그 말은, 안 될 이유가 없다는 말이야. 이 도시가 마음에 들거든. 예외적으로 마음에 들어! 전체 분위기가 말이야. 분위기가 어떤데 그러냐구? 사람들이 좋아! 그리고 이것도 중요한 이유라고 할 수 있는데 화가로서의 사회적 위치가, 비록 무명의 화가라 하더라도, 아주 좋다는 거야. 여기보다 더 나은 데는 없어."

"좋은 사람들도 알게 됐어?"

"그래. 몇 안 되지만 아주 좋은 사람들이야. 예를 들면 한 가족이 있는데 사육제에서 알게 됐지. 여기 사육제는 아주 매력 있어! 내가 말한 가족은 슈타인 씨 가족이야. 슈타인 남작 댁이지."

"어떤 귀족인데?"

"사람들이 흔히 돈 주고 샀다고 말하는 귀족이지. 남작은 주식 중개인으로 전에는 빈에서 굉장한 역할을 하면서 군주를 비롯한 높은 사람들하고 왕래를 했다는군. 그러다 갑자기

행복에의 의지

몰락해서 대충 백만 마르크 정도를 가지고 이리로 옮겨 왔대. 이제는 현역에서 벗어나 화려하지는 않지만 품위 있게 살고 있어."

"그래, 그 양반은 유태인인가?"

"내 생각에 남작 쪽은 아닌 것 같아. 부인은 아마 그럴 거야. 하여튼 참 편안하고 세련된 사람들이라고밖에 표현할 말이 없어."

"애들도 있어?"

"아니. 애들이 아니라 열아홉 살 된 딸만 하나 있지. 그 부모님은 정말 정이 가는 분들이야."

그는 순간적으로 난처해하는 것 같더니 덧붙여 말했다.

"내가 진심에서 제안하는 건데, 자네를 그 집에 한번 데리고 가겠네. 정말 그러고 싶어. 찬성하는 거지?"

"그럼, 물론이지. 데리고 가 주면야 고맙지. 그 열아홉 살 된 딸을 알게 되는 것만으로도 말이야."

그는 나를 슬쩍 곁눈질해 보면서 말했다.

"좋아. 그렇다면 우리 오래 끌 거 없겠어. 괜찮다면 내가 내일 한 시나 한 시 반에 자네를 데리러 오겠네. 그 사람들은 테레지에 가(街) 25번지, 2층에 살고 있어. 학교 때 친구를 소개시키게 돼서 여간 기쁘지 않은걸. 자, 그럼 약속한 거야."

다음 날 점심 때쯤 해서 우리는 정말 테레지에 가에 있는 어느 근사한 집의 2층에서 초인종을 울리고 서 있었다. 초인종 옆에는 굵고 검은 글씨로 '폰 슈타인 남작'이란 이름이 새겨져 있었다.

그 집에 가는 도중에 파올로는 내내 흥분해 있어서 거의 들떴다고 할 만큼 신이 나 보였다. 그러나 이제 우리가 문이 열리기를 기다리고 있는 동안에 나는 그의 태도가 이상하게 변한 것을 알 수 있었다. 내 옆에 서 있는 동안에 그의 모든 것이, 눈꺼풀의 불안정한 떨림에 이르기까지 완전히 착 가라앉아 보였다. 그것은 아주 강력한, 팽팽히 긴장된 차분함에서 오는 것이었다. 그의 머리는 약간 앞으로 나와 있었고 이마는 긴장으로 인해 팽팽해져 있었다. 그는 마치 귀를 쫑긋 세우고 모든 근육을 긴장시키며 귀를 기울이고 있는 동물 같은 인상을 주었다.

우리 명함을 받아 든 하인은 다시 돌아와, 남작 부인이 곧 나오실 테니 잠깐 자리에 앉아 기다려 달라고 말했다. 그러고는 방문을 열어 적당한 크기의, 어두운 가구로 꾸며진 어느 방으로 우리를 안내했다.

우리가 들어서자 거리를 내려다볼 수 있는 베란다 쪽에서 밝은 봄옷 차림의 젊은 여성이 몸을 일으켜 세우며 살피는 표정으로 우리를 쳐다보면서 잠시 가만히 서 있었다. '열아홉 살된 딸이로군.' 하고 생각하면서 나는 무심결에 옆에 있는 친구에게 곁눈질을 보냈다.

"남작 따님 아다 양이야!" 그가 나에게 속삭였다.

그녀는 우아한 자태에 나이 치고는 성숙해 보였다. 몸 움직임이 너무 부드러워 거의 느려 보일 정도여서 마치 어린 소녀 같은 인상을 주었다. 관자놀이 뒤로 넘겨서 이마로 두 줄 흘러 내리도록 한 그녀의 머리는 검은색으로 윤기가 나면서 창백한 하얀 피부와 효과적인 대조를 이루고 있었다. 둥글고 촉촉한 입술, 살집이 있는 코, 아몬드 모양의 길쭉하고 검은 눈, 그리고 그 위로 부드러우면서 짙게 곡선을 그리고 있는 눈썹 등은 그녀가 적어도 부분적으로나마 유태 혈통을 지녔다는 것에 대해서 조금도 의심의 여지가 없게 했지만 전체적으로 그녀의 얼굴은 드물게 아름다웠다.

"아, 손님이 오셨나요?" 하고 물으면서 그녀는 우리 쪽으로 몇 발자국 다가왔다. 그녀의 목소리는 약간 꾸민 것처럼 들렸다. 그녀는 좀 더 잘 보기 위해서인 듯 한쪽 손을 이마에 갖다 댔고 다른 손으로는 벽 쪽에 있는 그랜드 피아노를 짚었다.

"게다가 아주 반가운 손님이시네요." 그녀는 같은 어조로 마치 내 친구를 이제 비로소 알아본 것처럼 덧붙였다. 그러고 나서 그녀는 나를 향해 누군지 묻는 듯한 시선을 던졌다.

파올로는 그녀에게 다가가 거의 졸지 않나 생각될 만큼 느리게, 귀하게 얻은 즐거움을 음미하려는 듯, 말없이 그녀가 내민 손을 향해 몸을 굽혔다.

"아가씨." 하고 그가 말을 꺼냈다. "제 학교 동창을 소개해 드릴게요. 이 친구하고는 ABC를 같이 배웠지요."

그녀는 내게도 손을 내밀었는데 마치 뼈가 없는 것처럼 보이는 하얀 손에는 아무런 보석 치장도 없었다.

"반갑습니다." 하고 말하면서 그녀는 검은 눈으로 나를 바라보았다. 원래 그런 듯, 두 눈은 가볍게 떨리고 있었다. "부모님께서도 좋아하실 거예요. 오셨다고 안에다 말씀드렸는지 모르겠네."

그녀는 터키식의 안락의자에 앉았고 우리는 맞은편 의자에 그녀를 마주 보고 앉았다. 하얗고 힘이 없어 보이는 그녀의 두 손은 이야기하는 동안 가슴에 놓여져 있었다. 풍성한 소매는 팔꿈치를 덮으면서 바로 그 아래까지 내려와 있었다. 손목 부위의 연약함이 눈에 띄었다.

몇 분이 지난 후에 옆방의 문이 열리며 그녀의 부모님이 들어왔다. 남작은 작은 키의 우아한 신사로 대머리에 끝이 뾰족한 수염은 회색이었다. 그는 흉내 낼 수 없는 특유의 방식으로 두꺼운 금팔찌를 소맷부리 안쪽으로 집어넣곤 했다. 그가 남작이 됨으로써 그의 이름에서 음절 몇 개가 떨어져 나갔는지는 확실히 알 수 없었다. 그에 반해서 그의 부인은 한마디로 멋없는 회색 옷을 입은 작고 못생긴 유태 여자였다. 귀에는 커다란 다이아몬드가 번쩍거리고 있었다.

내가 누구인지 소개되었고 그들은 아주 친절하게 나를 맞아 주었으며 나를 데려온 파올로와는 가까운 집안 친구와 하듯 반갑게 악수했다.

내가 어디서 왔으며 어떻게 오게 됐는지에 대한 몇 가지 질문과 대답이 오간 후, 우리는 어떤 전시회에 대해 이야기하기 시작했는데 거기에는 여자 나체를 그린 파올로의 그림도 하나 출품돼 있었다.

"정말 세련된 작품이야!" 남작이 말했다. "나는 최근에 그 앞에 반 시간 정도 서 있었다네. 빨간 양탄자와 대조를 이룬 살색의 톤은 굉장히 효과적이었어. 정말 그렇다니까, 호프만 군!" 그러면서 그는 아낀다는 듯이 파올로의 어깨를 툭툭 쳤다. "그러나 무리하게 일해서는 안 되네, 이 사람아! 절대로 안 돼! 자네는 무엇보다도 자기 몸을 소중히 여길 필요가 있네. 그래, 건강 상태는 어떤가?"

내가 남작 부부에게 내 개인 신상에 대해서 이것저것 필요한 걸 알려 주는 사이에 파올로는 남작 딸을 마주 보고 그 앞에 바짝 다가앉아 소리를 죽여 가며 그녀와 몇 마디 말을 주고받고 있었다. 방금 전에 보았던 그 이상하게 긴장된 차분함은 아직 그에게서 하나도 가시지 않았다. 그 원인이 어디에 있는지를 내가 정확하게 말할 수 없는 가운데 그는 마치 도약할 준비가 돼 있는 표범과 같은 인상을 주었다. 누르스름하고 갸름한 얼굴 안의 검은 눈은 병적인 광채를 띠고 있어서 남작의 질문에 대해 그가 확신에 찬 어조로 대답했을 때 나는 거의 섬뜩한 생각이 들 지경이었다.

"네, 아주 좋아요! 다 걱정해 주신 덕분입니다! 저는 정말 잘 지내고 있어요!"

대략 십오 분 정도 지나서 우리가 자리에서 일어서자 남작 부인은 내 친구에게 이틀 있으면 목요일이니까 5시의 차 모임을 잊지 말라고 상기시켰다. 그 기회에 부인은 나에게도 이 날을 꼭 기억해 주면 고맙겠다고 청했다.

거리로 나오자 파올로는 담배 한 개비를 꺼내 불을 붙였다.
"그래, 어때?" 그가 물었다. "얘기해 봐."

"그래, 정말 편하고 좋은 사람들이야!" 나는 서둘러서 대답했다. "열아홉 살 된 아가씨한테는 경탄하지 않을 수 없는걸!"

"경탄이라구?" 그는 짧게 웃으면서 고개를 다른 쪽으로 돌렸다.

"그래, 웃게나!" 내가 말했다. "저 위에서는 때때로 이런 생각이 들었다네. '자네의 눈동자에 비밀스러운 그리움이 어려 있는 것처럼'[3] 보인다고. 내가 잘못 생각한 건가?"

그는 한순간 침묵했다. 그러고 나서 천천히 고개를 흔들었다.

"자네가 도대체 왜 그런 생각을 했는지 알고 싶어."

"됐네, 됐어! 내가 궁금한 건 다만 남작 따님 아다 양도……."

그는 다시 잠깐 동안 아무 말 없이 자기 앞을 내려다보았다. 그러더니 낮게, 확신에 찬 목소리로 말했다.

"난 내가 행복해질 거라 믿네."

가슴속의 걱정스러운 마음을 억누를 수 없었지만 그래도 나는 진심으로 그의 손을 굳게 잡아 주고 그와 헤어졌다.

그러고 나서 몇 주가 흐르는 동안 나는 가끔 파올로와 함께 남작 댁의 살롱에서 열리는 오후의 차 모임에 참석했다. 작은 모임이긴 하지만 거기에는 정말 편하고 좋은 사람들이 모였다. 젊은 궁정 여배우, 의사, 장교 등등이었는데, 지금 와서 그 한 사람 한 사람을 다 기억할 수는 없다.

파올로의 태도에서는 더 이상 새로운 것을 발견할 수 없었다. 그는 보통은 염려스러운 겉모습에도 불구하고 마음은 즐겁고 들떠 있었다. 그러다가 남작 딸 옆에 가게 되면 매번, 처음에 내가 느꼈던 그 섬뜩한 차분함을 보여 주었다.

---

3) 하이네의 시 「저승」의 한 구절이다.

그러던 어느 날 나는——어쩌다 보니 파올로를 이틀이나 만나보지 못했는데——루트비히 가에서 폰 슈타인 남작을 만났다. 그는 말을 타고 가다가 멈추어서 말안장에 앉아 내게 악수를 청했다.

"만나서 반가우이. 내일 오후에 집에서 볼 수 있겠지?"

"허락하신다면 여부가 있나요, 남작님. 제 친구 호프만이 목요일 저녁마다 그랬던 것처럼 이번에도 저를 데리러 올지는 모르겠습니다만."

"호프만? 아니 자네는 그 사람이 여행 떠난 걸 모른단 말인가! 난 그 사람이 당연히 자네에게 알렸을 줄 알았는데."

"금시초문인데요!"

"그렇게도 완벽하게 갑자기 떠나다니 그런 걸 바로 예술가의 변덕이라고 하는 거라네. 자, 그럼 내일 오후에 보세!"

그러고는 그는 말을 움직여 어리둥절해 있는 나를 남겨 두고 가 버렸다.

나는 서둘러서 파올로의 집으로 갔다. 정말 그랬다. 유감스럽게도. 호프만 씨는 여행을 떠나셨다는 것이었다. 그는 주소도 남겨 놓지 않았다.

남작이 '예술가의 변덕' 이상의 것을 알고 있었던 것은 분명했다. 그렇지 않아도 내가 분명히 그럴 거라고 짐작하고 있었던 것을 그의 딸이 직접 나에게 확인시켜 주었던 것이다.

그건 이자르탈로 놀러 갔을 때의 일이었다. 차 모임 사람들이 거기로 소풍 가기로 했나 본데 나도 또한 초대를 받았다. 사람들은 오후 늦게나 돼서야 출발했고 그러다 보니 저녁 늦게 돌아오게 되었다. 어쩌다 보니 남작 딸과 나는 마지막 남은 한 쌍으로서 맨 뒤에서 모임을 뒤따라가게 되었다.

나는 파올로가 사라지고 난 후에 그녀에게서 어떤 변화된 모습도 찾아볼 수 없었다. 그녀는 완벽하게 평정한 태도를 유지했으며 그때까지는 내 친구에 대해서 한마디도 언급하지 않았다. 다만 그녀의 부모님은 그의 갑작스러운 여행에 대해서 유감이라고 말하곤 했다.

이제 우리는 나란히 서서 뮌헨 주변의 수려한 지역을 걷고 있었다. 달빛이 나뭇잎 사이로 은은하게 비치고 있는 가운데 우리는 한동안 말없이 모임의 다른 사람들이 하는 이야기에 귀를 기울이고 있었는데 우리 옆에서 물보라 치며 콸콸 흐르는 물소리처럼 그것 역시 단조롭게 들렸다.

그때 그녀가 갑자기 파올로에 대해 이야기를 꺼내며 아주 차분하고 확실한 어조로 말했다.

"당신은 어릴 때부터 그이의 친구지요?"

"네, 아가씨."

"서로 비밀 이야기도 하나요?"

"파올로가 말하지 않아도 그에게 가장 중요한 것이 무엇인지 알고 있다고 생각합니다."

"그러면 제가 당신을 믿어도 될까요?"

"그 점에 대해서는 조금도 의심하지 않으셨으면 합니다, 아가씨."

"그럼, 좋아요."라고 말하면서 그녀는 결심했다는 듯이 머리를 쳐들었다. "그이가 저에게 청혼을 했었어요. 그리고 부모님께서는 그걸 거절하셨지요. 두 분이 제게 말씀하시길 그이가 몸이 안 좋다는 거예요, 아주 안 좋다는 거지요. 그러나 상관없어요. 저는 그이를 '사랑해요'. 당신에게 이런 얘기 해도 되는 거지요, 네? 저는⋯⋯."

그녀는 잠시 혼란스러워하더니 아까와 똑같은 결연한 태도로 다시 이어 나갔다.

"저는 그이가 어디에 있는지 몰라요. 그러나 당신이 그이를 다시 만나게 되면 내가 한 말을, 이미 그 사람이 제 입으로 말하는 걸 직접 듣긴 했지만, 반복해서 말해 주어도 좋아요. 그리고 그의 주소를 알게 되면 그이에게 편지로 전해 주세요. 저는 그이 말고는 누구와도 결혼하지 않는다고요. 아⋯⋯ 우리는 꼭 만나게 될 거예요."

이 마지막 외침에는 고집과 굳은 결심 외에도 절망적인 고통이 들어 있어서 나는 말없이 그녀의 손을 굳게 잡아 주지 않을 수 없었다.

나는 곧 호프만의 부모님께 편지를 보내 아들이 머무르고 있는 곳을 알려 달라고 부탁했다. 남부 티롤의 주소를 받아내어 거기로 보낸 편지는 다시 나에게 반송되어 왔다. 수신인이 여행의 목적지를 알리지 않은 채 이미 그 장소를 떠났다는 소식과 함께.

그는 어느 쪽으로도 방해받고 싶지 않았을 것이다. 어딘가에서 완전한 고독 속에 죽어 버리려고 그는 모든 것으로부터 도망쳤다. 정말이지 죽기 위해서 그랬다. 모든 정황으로 봐서 그를 다시 볼 수 없으리라는 예상은 마음 아프지만 꼭 사실이 될 수밖에 없을 것처럼 느껴졌다.

절망적으로 병든 사람이 저 젊은 아가씨를 소리 없는 화산과 같이 이글거리는 관능적 정열로써, 학창 시절의 첫사랑 비슷한 그런 정열로써 사랑했다는 것은 명백한 일이 아닌가? 병자의 이기적인 본능이 한창 피어오른 건강한 여성과의 합일에 대한 욕망을 부채질했던 것이다. 이 정염의 불꽃이 진정되지 못했으니 그의 마지막 남은 생명력을 순식간에 앗아가 버리지 않겠는가?

그리고 파올로로부터 살아 있다는 어떤 소식도 듣지 못한 채 5년이라는 세월이 흘러갔다. 그러나 그의 죽음을 알리는 소식 역시 없었다!

지난해에 나는 이탈리아에 가서 로마와 그 주변 지역에 머물렀다. 더운 몇 개월을 산에서 살다가 9월 말쯤 시내로 돌아왔다. 그리고 어느 따뜻한 저녁, 나는 카페 '아란조'에서 차 한 잔을 하며 앉아 있었다. 신문을 뒤적이다가 나는 아무 생각 없이 빛이 쏟아져 들어온 넓은 공간에서 벌어지고 있는 생동감 있는 장면들을 바라보고 있었다. 손님들이 들어왔다 나가고 종업원들은 여기저기 서둘러 돌아다니고 있었으며 가끔 활짝 열려 있는 문을 통해 신문 파는 아이들의 길게 빼는 외침 소리가 홀 안으로 들려왔다.

그런데 갑자기 내 나이 정도 된 한 남자가 천천히 탁자들 사이를 지나 출구를 향해 움직이는 것이 보였다. 저 걸음걸이는? 그러자 그때 그도 벌써 내 쪽으로 머리를 돌리고는 눈썹을 치켜세우더니 "아!" 하고 반가워하며 나에게로 다가왔다.

행복에의 의지

"자네가 여기에 있다니?" 우리는 마치 한 입으로 말하는 것처럼 똑같이 외쳤고 그가 덧붙여 말했다.

"우리 둘 다 아직 살아 있었군!"

그러면서 그는 두 눈을 약간 굴리며 나를 보았다. 지난 5년 동안 그는 거의 변하지 않았다. 단지 갸름한 얼굴이 더욱 좁아지고 눈이 더욱 깊게 움푹 들어가 있을 뿐이었다. 그는 가끔 심호흡을 했다.

"로마에 있은 지 오래됐나?"

"시내에 있은 지는 얼마 되지 않아. 몇 달 동안 시골에 있었다네. 자넨 어떤가?"

"나는 일주일 전만 해도 바다에 있었지. 자네, 내가 항상 산보다 바다를 더 좋아했다는 거 알고 있지. 우리가 만나지 못하는 사이에 난 이 세상의 많은 곳을 알게 됐다네."

그는 내 옆에서 셔벗 한잔을 들이키면서 이 몇 해를 어떻게 살았는지에 대해 이야기하기 시작했다. 그는 티롤의 산들을 섭렵했고 천천히 이탈리아 전체를 유람했으며 시칠리아에서 아프리카까지 돌아다녔다고 했다. 그리고 알제리, 튀니지, 이집트에 대해서도 이야기했다.

"그리고 마지막 얼마 동안은 독일에 있었다네." 그가 말했다. "카를스루에에 말일세. 부모님께서 절실하게 나를 보고 싶어하셨거든. 내가 다시 나오는 걸 정말 마지못해 허락하셨지. 3개월 전부터는 다시 이탈리아에 있다네. 난 남쪽 지방에 오면 고향처럼 느껴진단 말이야. 로마는 비할 바 없이 마음에 들어!"

나는 그의 건강 상태에 대해서는 아직 한마디도 물어보지 않았었다. 그제서야 나는 물었다.

"모든 걸 봐서 자네의 건강이 현저하게 좋아졌다고 결론지어도 되겠지?"

그는 한순간 의아한 시선으로 나를 보았다. 그러고는 대답했다.

"내가 그렇게 활기 있게 사방을 휘젓고 다니니까 하는 소리지? 아, 이렇게 말하겠네. 그건 아주 자연스러운 욕구라고. 도대체 내가 뭘 하겠나? 내겐 술, 담배, 사랑이 다 금지돼 있네. 난 어떤 마취제 같은 것이 필요한 거야, 무슨 말인지 알겠나?"

내가 침묵하자 그가 덧붙여 말했다.

"5년 전부터는 '정말 절실하게' 필요했지."

이로써 우리는 그때까지 피했던 주제와 접하게 되었다. 잠깐 동안의 침묵 상태가 우리 두 사람 모두의 당혹감을 말해 주고 있었다. 그는 우단으로 된 소파에 기대앉아 샹들리에를 올려다보았다. 그러더니 갑자기 말했다.

"무엇보다도 우선 말하고 싶은 건…… 자네는 내가 그렇게 오랫동안 소식이 없었던 것을 용서해 주겠지. 이해해 주는 거지?"

"물론이지!"

"자네는 내가 뮌헨에서 겪은 일에 대해 들은 바가 있나 보지?" 그가 거의 딱딱한 어조로 말을 이어 갔다.

"알 만한 건 다 알고 있어. 자네에게 전해 달라는 말을 부탁받고 그동안 내가 죽 그 말을 품고 다닌 걸 알기나 하나? 한 여성이 나한테 위임한 거라네."

그의 피곤한 두 눈이 짧은 순간 반짝거렸다. 그러고는 다시 전과 똑같이 건조하고 예리한 어조로 말했다.

"새로운 것이라도 있다면 이야기해 보게나."

"새로운 건 하나도 없어. 다만 자네가 이미 그녀 자신으로부터 들었던 것을 다시 강조하는 것뿐이라네."

그리고 나는 갖가지 수다와 제스처를 섞어 가며 그날 저녁에 남작 딸이 나에게 이야기했던 말들을 그에게 반복해서 들려주었다.

그는 귀 기울여 들으며 천천히 이마를 문질렀다. 그러고 나서 아무런 동요의 조짐도 없이 말했다.

"고맙네."

그의 어조는 나를 혼란스럽게 만들기 시작했다.

"그러나 이 말을 들은 것도 이미 여러 해 전이네." 나는 말했다. "5년이나 지나갔단 말일세. 그동안 그녀와 자네, 둘 다 많은 일을 겪었겠지. 수천 가지의 새로운 인상, 느낌, 생각, 소망 등등."

나는 하던 얘기를 중단했다. 그가 몸을 똑바로 일으켜 세우더니, 내가 한때는 그에게서 이미 꺼져 버렸다고 생각했던 정열이 다시 꿈틀거리는 목소리로 말했기 때문이다.

"나는 그 말을 지키겠네!"

이 순간 나는 그의 얼굴과 그의 태도 전체에서, 남작 딸을 처음 만난 날 보았던 것과 똑같은 것이 다시 표출되는 것을 느꼈다. 달려들기 직전의 맹수가 보여 주는, 강력한 경련을 일으킬 만큼 팽팽하게 긴장된 차분함 말이다.

나는 화제를 돌렸고 우리는 다시 여행과 여행 중에 그린 스케치에 대해서 이야기했다. 그렇게 많은 스케치들이 있는 것 같지는 않았다. 그는 거기에 대해서는 상당히 무심하게 되는 대로 말했다.

자정이 조금 지나서 그는 자리에서 일어났다.

"난 이제 자러 가든지 아니면 좀 혼자 있고 싶네. 내일 오전에 도리아 미술관에 오면 나를 볼 수 있을 걸세. 사라체니의 그림을 모사하려고 해. 음악을 연주하고 있는 천사[4]한테 반했거든. 시간 내서 와 주게나. 자네가 거기 오면 난 아주 기쁠 거야. 잘 자게."

그리고 그는 나갔다. 힘없이 축 늘어져서 천천히 차분하게 움직이며.

그다음 한 달 내내 나는 파올로와 함께 도시를 배회하며 돌아다녔다. 로마, 모든 예술을 넘칠 만큼 많이 가지고 있는 박물관이라고 할 남국의 이 현대적인 대도시는 요란하고 신속하며 뜨겁고 관능적인 삶으로 가득 차 있었다. 그리고 동방의 후텁지근한 나태함이 따뜻한 바람을 타고 이 도시로 실려 오는 것이었다.

파올로의 태도는 항상 그대로였다. 그는 대개는 진지했고 조용했으며 때로는 피곤함에 느긋하게 몸을 맡길 줄 알았지

---

4) 1895년까지 여기 언급된 그림 「이집트로의 도주 중의 휴식」은 사라체니의 작품으로 알려져 왔으나 사실은 카라바지오의 작품이다.

만 그러다가 눈에 불꽃이 튀면 갑자기 다시 몸을 곧추세워 열심히 차분한 대화를 계속했다.

어느 날의 일을 이야기해야겠다. 그는 그날 몇 마디 말을 했는데 그 올바른 의미를 나는 이제야 비로소 제대로 이해하게 되었다.

그건 어느 일요일의 일이었다. 우리는 멋진 늦여름의 아침을 '비아 아피아' 거리를 산책하는 데 바치고 나서 잠시 쉬고 있었다. 고대의 거리를 따라 계속 걸어 내려와 우리는 실측백나무로 둘러싸인 저 작은 언덕까지 와 있었는데, 그곳에선 고대의 상수도 시설을 갖추고 햇빛을 받으며 펼쳐져 있는 캄파냐 지방의 멋진 경치와 아지랑이에 둘러싸여 있는 알바니아 산맥의 풍광을 즐길 수 있었다.

파올로는 내 옆의 따뜻한 풀밭 위에서 턱을 손에 고이고 반쯤 누운 자세로 쉬면서 뭔가 감추고 있는 듯한 피곤한 눈으로 먼 곳을 바라보고 있었다. 그러더니 다시 한번 완전히 냉담하게 돌변해서 내 쪽으로 몸을 돌렸다.

"이 바람의 향내! 바람 냄새야말로 최고야!"

나는 뭔가 동조하는 말을 했고 우리는 다시 조용해졌다. 그러더니 그가 뭔가 절박하게 나에게로 얼굴을 돌리며 아무런 중간설명도 없이 다짜고짜 말했다.

"한번 말해 봐, 내가 아직도 살아 있다는 게 실은 이상하지 않아?"

나는 한 방 얻어맞은 듯 침묵했고 그는 다시 생각에 잠긴 표정으로 먼 곳을 바라보았다.

"나한테는 그렇게 생각돼." 그는 천천히 말을 이어 나갔다. "나는 근본적으로는 매일 그것에 대해 놀라고 있어. 내 상태가 도대체 어떤 건지 자네 아나? 알제리의 프랑스 의사가 나한테 말했다네. '당신이 도대체 어떻게 계속 여행하며 돌아다닐 수 있는지는 악마나 알 거요! 당신에게 충고하겠는데 곧장 집으로 가시오, 그리고 침대에 누워 있도록 하시오!' 그는 항상 아주 솔직했는데 그건 우리가 매일 저녁, 같이 도미노 놀이를 했기 때문이지.

그런데 나는 아직도 살아 있어. 난 매일 거의 죽을 지경이야. 저녁에 어둠 속에 누워 있으면——오른쪽으로 말이지, 잘 아는구먼!——심장은 목까지 두근거리고 나는 어지러워서 공포의 식은땀을 흘리지. 그러면 갑자기 어떤 느낌, 마치 죽음이 나를 만지는 것 같은 느낌이 드는 거야. 한순간 모든 것이 나한테서 조용히 정지하는 것 같아. 맥박이 끊어지고 숨은 멈추지. 그러면 나는 일어나서 불을 켜고 깊이 심호흡을 하고 내 주위를 돌아보며 대상들을 내 시선으로 휘감아 버리는 거야. 그러고 나서 물 한 모금을 마시고 다시 드러눕지. 언제나 오른쪽으로 눕는다네! 차츰차츰 나는 잠 속으로 빠져들지.

나는 아주 깊이 잠들고 오래 자. 난 사실 항상 피곤해서 죽겠어. 자네, 내가 그러려고만 하면 그냥 여기 드러누워서 죽어 버릴 수 있다는 사실이 믿기나?

난 지난 몇 년 동안 벌써 수천 번이나 얼굴을 맞대고 마주 서서 죽음을 보았다고 생각해. 하지만 난 죽지 않았어. 뭔가가 나를 지탱해 주고 있어. 나는 벌떡 일어나 뭔가를 생각하고

한 문장에 매달리며 그걸 스무 번이나 반복해서 되뇌인다네. 그동안 내 눈은 나를 둘러싸고 있는 모든 빛과 삶을 탐욕스럽게 빨아들이지. 무슨 말인지 알겠어?"

그는 꼼짝도 하지 않고 누워 있었으며 실은 아무 대답도 기다리지 않는 것처럼 보였다. 내가 뭐라고 대답했는지 지금은 기억할 수 없다. 그러나 그의 말이 내게 남긴 강력한 인상을 나는 결코 잊어버릴 수가 없다.

그러고는 그날이 되었다. 아, 마치 그를 어제 본 것 같은 생각이 든다!

그날은 가을이 처음 시작되는 날들 중의 하나였다. 우중충하면서 무척 따뜻한 그런 날들, 습하고 가슴을 짓누르는 듯한 바람이 아프리카로부터 건너와서 거리로 불어 대고 저녁에는 마른 번갯불 속에서 하늘이 끊임없이 번쩍대는 그런 날들 말이다.

아침에 나는 바람 쐬러 가자고 파올로를 부르러 그의 집으로 들어섰다. 커다란 트렁크가 방 한가운데에 있었고 옷장과 서랍장은 활짝 열려 있었다. 동방에서 가져온 그의 수채화 스케치와 바티칸 궁전의 헤라 여신의 머리를 본뜬 석고상은 아직 제자리에 있었다.

그 자신은 똑바로 창 앞에 서서 내가 놀라서 외치며 그 자리에 멈춰 섰는데도 꼼짝하지 않고 바깥을 응시할 뿐 태도의 변화가 없었다. 그러고 나서 그는 잠깐 몸을 돌리더니 나에게 편지 하나를 내밀며 짤막하게 한마디 했다.

"읽어 봐."

나는 그를 쳐다보았다. 열에 들뜬 검은 눈동자를 가진 이 갸름하고 누르스름한 병자의 얼굴에는 오직 죽음만이 불러올 수 있는 그런 무시무시한 진지함이 들어 있어서 나는 방금 받은 편지로 눈을 내리깔지 않을 수 없었다. 그러고는 읽어 내려갔다.

경애하는 호프만 군!

자네 부모님께 수소문한 결과 존경하는 그분들 덕택에 자네의 주소를 알게 되었으며 나는 이제 자네가 이 글을 따뜻한 마음으로 받아 주기만을 바랄 뿐이네.

내가 지난 5년간 끊임없이 우정 어린 마음으로 자네를 생각했다는 것을 강조하는 걸 허락해 주게. 자네와 나한테 그렇게 고통스러웠던 날에 감행된 자네의 갑작스러운 여행이 나와 내 식구들에 대한 분노를 말하는 것이라는 사실을 받아들여야 한다면, 그에 대한 나의 우려는 정말이지 자네가 내게 딸을 달라고 했을 때 느꼈던 경악과 깊은 놀라움보다 더 큰 것이라고 할 수 있을 것이네.

나는 당시에 사나이 대 사나이로서 자네에게 솔직하게, 잔인하게 보일지 모르는 위험을 무릅쓰고——이 점을 충분히 강조할 수 없는 게 안타깝네.——모든 관계에서 볼 때 그토록 높게 평가하는 남자에게 내 딸을 줄 수 없는 근본적인 이유를 말했던 것이네. 그리고 또한 나는 아버지로서 자네에게 말했던 것이네. 하나밖에 없는 자식의 '지속적인' 행복을 눈앞에 그려 보며, 혹시라도 자네가 말한 대로 될 가능성에 대한 생각이 떠오르면 그런 소망의 싹을 양쪽에서 가차 없이 꺾어 버려야 하는 그런 아버지로서 말일세!

나는 오늘도 또한 바로 그와 같은 입장에서 자네에게 말하는 것이네. 친구이자 아버지로서. 자네가 떠나간 후 5년이 흘렀네. 그리고 나는 지금껏 자네가 내 딸에게 흘려 넣은, 자네를 좋아하는 마음이 그애의 마음속에 얼마나 깊게 뿌리 박았는가를 깨우칠 수 있는 충분한 여유가 없었네. 그런데 최근에 어떤 사건이 일어나 이제 그것에 대해 내가 완전히 눈을 뜨지 않을 수 없게 되었다네. 내가 그 일을 감출 이유가 뭐 있겠나? 우리 딸은 자네 생각 때문에 어떤 남자의 청혼을 거절했는데 그 남자는 아버지인 나로서는 그의 구혼을 정말이지 당장에 받아들이지 않을 수 없는 그런 훌륭한 남자였네.

우리 애의 감정과 소망에는 그동안의 세월도 아무 위력을 발휘하지 못했네. 그리고——이건 정말 솔직하고 겸손하게 묻는 건데——경애하는 호프만 군, 자네도 내 딸과 같은 경우라면, 나는 이 편지로써 부모 된 우리 두 사람은 우리 애의 행복에 앞으로는 절대로 방해가 되지 않겠다는 심경을 밝히는 바이네.

답장을 기다리겠네. 그 답장이 어떤 것이 되든 답장을 해 주면 대단히 고맙겠네. 완전한 경애심 이외의 어떤 다른 표현도 더 덧붙이지 않고 이만 줄이네.

오스카 폰 슈타인 남작

나는 편지에서 눈을 들어 그를 올려다보았다. 그는 뒷짐을 지고 다시 창문 쪽을 향하고 있었다. 나는 다만 한 가지만 물었다.

"자네, 떠날 건가?"

나를 바라보지 않고 그는 대답했다.

"내일까지는 내 짐이 다 정리되어 있어야 하네."

그날은 준비하고 짐 싸느라고 시간을 다 보냈다. 나는 그를 도와주었고 저녁에 우리는 내 제안에 따라 시내의 거리로 마지막 산책을 나갔다.

이제 날씨는 거의 견딜 수 없을 만큼 후텁지근했다. 그리고 하늘은 매 순간 쏜살같은 번개의 인광 속에서 번쩍거렸다. 파올로는 차분하고 피곤해 보였다. 그러나 그는 깊게 숨을 몰아쉬고 있었다.

아무 말 없이 또는 무심한 대화를 나누며 우리는 한 시간 정도 돌아다니다가 '폰타나 트레비' 앞에 멈추어 섰다. 그건 아주 유명한 분수로, 서둘러 돌아가려는 바다 신의 마차의 위용이 조각되어 있었다.

우리는 다시 한번 오랫동안 구경하면서 이 화려하고 풍성한 조각 속 인물들에 대해 감탄했다. 그것들은 새파란 불빛 속에서 끊임없이 조화를 부리며 거의 요술을 부리는 것 같은 인상을 주었다. 내 친구가 말했다.

"확실히 이 분수를 설계한 베르니니는 자기가 가르친 제자의 작품으로도 나를 매혹시키네. 난 그를 비판하는 자들을 이해할 수가 없어. 물론 최후의 심판이 그림으로 그려진 것보다 조각된 것이 더 많다면, 베르니니의 작품은 조각된 것보다는 그린 것이 더 많지. 그렇지만 그보다 더 위대한 장식가가 있을까?"

"자네 아나?" 내가 물었다. "이 분수에 어떤 사연이 들어 있는지를? 로마를 떠날 때 이 물을 마시는 자는 다시 로마로 돌아온다는 거야. 여기 내가 여행할 때 쓰는 잔이 있네." 나는 물줄기 중의 하나에 잔을 갖다 대서 안을 채웠다. "자네의 로마를 다시 봐야지!"

그는 잔을 잡아서 입에 가져갔다. 그 순간 하늘이 온통 오랫동안 지속되는 현란한 불빛 속에서 환하게 빛났고 얇은 잔은 분수의 가장자리에 부딪혀 산산조각이 나 버렸다.

파올로는 수건을 꺼내 옷에 묻은 물을 닦아 냈다.

"내가 초조해서 서투른 짓을 했구먼." 그가 말했다. "계속 가세나. 아무려나 값비싼 잔이 아니었기를 바라네."

다음 날 아침 날씨는 맑게 개어 있었다. 여름날의 청명한 푸른 하늘이 역으로 가는 우리에게 웃음을 보내 주었다.

이별은 짧았다. 내가 그를 위해 행운을, 아주 커다란 행운을 빌자 파올로는 말없이 내 손을 잡고 흔들어 주었다.

나는 오랫동안 그를 바라보았다. 그동안 그는 등을 곧게 세우고 전망이 좋은 넓은 창가에 서 있었다. 그의 눈에는 심각한 진지함과 승리감이 깃들어 있었다.

더 말할 게 뭐가 있을까? 그는 죽었다. 결혼식 다음 날 아침에 죽었다. 거의 신혼 첫날밤에.

그럴 수밖에 없었다. 그가 그토록 오랫동안 죽음을 눌러 놓을 수 있었던 것, 그것은 의지, 행복에의 의지, 오로지 그 힘 때문이 아니었을까? 행복에의 의지가 충족되었을 때 그는 투쟁도, 저항도 할 수 없이 죽어야만 했다. 그는 더 이상 살아야 할 구실이 없었던 것이다.

나는 그가 잘못 행동했는지를 스스로에게 물어보았다. 자신과 결혼한 그녀에게 의식적으로 나쁘게 행동한 것인지를 물어보았다. 그러나 나는 장례식에서 그녀가 관의 머리맡에 서 있는 것을 보았다. 나는 그녀의 얼굴에서도 역시 그에게서 발견했던 바로 그 표정을 읽을 수 있었다. 거기에는 엄숙하면서도 강력한 진지함, 승리에 찬 진지함이 서려 있었다.

키 작은 프리데만 씨

1

그것은 보모의 탓이었다. 혐의가 처음 드러났을 때 그런 나쁜 습벽은 그만두라고 프리데만 영사 부인이 그녀에게 엄격하게 타일렀건만 그게 무슨 도움이 되었던가? 부인이 영양분 많은 맥주 외에도 매일같이 적포도주 한 잔을 그녀에게 건네주었건만 그게 무슨 소용이 있었던가? 이 처녀가 취사용 기구에 쓰게 되어 있는 알코올까지도 퍼마실 지경에 이르렀음이 갑자기 밝혀졌으며, 그녀 대신 일할 사람이 채 도착하기도 전에, 그러니까 그녀를 미처 내보낼 수 있기도 전에, 그 불상사가 일어나고야 말았던 것이다. 어느 날 어머니와 어린 세 딸이 외출했다가 돌아왔을 때, 태어난 지 약 한 달밖에 안 되는 어린 요하네스가 아기 탁자에서 굴러떨어져 처절하리만큼 낮게 신음하며 땅바닥에 누워 있고 보모는 그 옆에 멍하니 서 있었다.

경련을 하고 있는 어린 것의 휘어진 사지를 조심스러우면서
도 단호한 태도로 살펴보던 의사는 대단히, 대단히 심각한 표
정을 지었고, 세 딸은 한쪽 구석에서 훌쩍거리고 서 있었으며,
깊은 불안에 휩싸인 프리데만 부인은 큰 소리로 기도를 하고
있었다.

그 가련한 부인은 이 아이의 출산 이전에 벌써, 네덜란드 영
사인 그녀의 남편이 급작스럽고도 격렬한 병으로 서거하는 불
상사를 겪지 않으면 안 되었다. 그리하여 그녀는 이 어린 요하
네스가 그녀의 곁에 살아남아 주었으면 하는 희망을 지니기
에도 이미 너무 탈진해 있었다. 그러나 이틀 후에 의사가 격려
의 악수를 하면서 그녀에게 말하기를, 이제는 직접적인 위험
은 전혀 없고, 무엇보다도 아이의 눈길에서 벌써 알아챌 수 있
듯이 가벼운 두개골 충격이 완전히 제거되었으며, 이 눈길이
이제는 처음에 그랬던 것처럼 그런 멍한 표정은 아니라고 했
다. 하지만 그 밖의 문제에 대해서는 병세가 어떻게 되어 나갈
지 두고 봐야 할 것이며, 최선을, 앞서도 말했지만, 최선을 바
라는 수밖에는 다른 도리가 없다는 것이었다.

2

요하네스 프리데만이 성장한 그 회색의 합각머리 집은 대도
시는 못 되나 중간 정도 크기의 어느 유서 깊은 상업 도시의

북문로에 자리 잡고 있었다. 현관문을 통해 들어서면 포석(鋪石)을 깐 널찍한 마루가 있고, 희게 칠한 나무 난간이 있는 층계 하나가 위층으로 이어져 있었다. 2층의 거실 바닥에 깔려 있는 융단은 빛이 바랜 여러 가지 경치를 보여 주고 있었고, 진홍색 벨벳 보를 덮은 육중한 마호가니 탁자 둘레에는 딱딱한 등받이 의자들이 놓여 있었다.

어릴 적에 그는 항상 아름다운 꽃들이 만발해 있는 여기 이 창가에서, 어머니의 발치에 있는 조그만 걸상 위에 자주 앉아 있곤 했다. 그러고는 그녀의 정수리를 덮고 있는 희끗희끗 센 윤기 있는 머리카락과 선량하고 온화한 얼굴을 바라보면서, 또 언제나 그녀에게서 발산되는 은은한 향기를 들이마시면서 신비로운 이야기 같은 것을 들었다. 그렇지 않을 때에는 그는 아마도 아버지의 사진을 보여 달라고도 했을 텐데, 그 사진은 회색 구레나룻을 기른 친절해 보이는 어느 신사의 모습을 보여 주고 있었다. 어머니의 말로는 아버지는 하늘나라에 계시고 거기서 그들 모두가 뒤따라오기를 기다리고 계신다고 했다.

집 뒤쪽에는 조그만 정원 하나가 있었는데, 인근의 제당 공장에서 거의 언제나 들척지근한 김이 날아오긴 했지만, 식구들은 여름이면 하루의 대부분을 이 정원에서 보내곤 했다. 거기에는 울퉁불퉁하게 혹이 난 해묵은 호두나무 한 그루가 서 있었는데, 그 그늘 속에서 어린 요하네스는 이따금 나지막한 목재 안락의자에 앉아 호두를 까곤 했다. 그러는 동안 프리데만 부인과 이젠 벌써 장성한 세 자매는 회색 범포(帆布)로 만든 천막 하나를 쳐 놓고 그 안에서 함께 시간을 보냈다. 어머니는 이따금 뜨개질하고 있던 일감을 손에서 놓고 시선을 들어 슬픈 애정을 띤 채 어린아이 쪽을 건너다보곤 했다.

그는, 그 키 작은 요하네스는 아름답지 않았다. 그가 톡 튀어나온 가슴, 평퍼짐하게 돌출한 어깨, 지나치게 길고 여윈 두 팔을 하고 의자에 쪼그리고 앉아 기민한 동작을 하려고 애를 쓰며 호두를 까고 있는 모습이란 대단히 진기한 광경이었다. 그의 손발은 약하게 생기고 빈약했고 두 눈은 크고 연한 밤색을 띠고 있었으며 입은 윤곽이 부드러웠고 섬세한 머리카락은 담갈색이었다. 그의 얼굴은 비록 아주 참담하게 두 어깨 사이에 푹 파묻혀 있긴 했지만, 그래도 거의 아름답다 할 수 있는 얼굴이었다.

3

그가 일곱 살이 되었을 때 그는 학교에 보내졌고, 그때부터 여러 해가 단조롭고도 빠르게 흘러갔다. 매일같이 그는 불구자들에게서 흔히 볼 수 있는 우스꽝스럽게 점잔을 빼는 듯한 걸음걸이로 합각머리의 집들과 점포 사이를 지나 고딕식의 아치를 한 유서 깊은 학교 건물을 향해 걸어갔다. 그리고 집에서 숙제를 다 하고 나면 그는 표지에 아름답고 다채로운 그림이 그려진 책들을 읽거나, 또는 누나들이 병약한 엄마를 도와 살림을 꾸려 나가는 동안 정원에서 무엇엔가에 몰두하곤 했다.

누나들은 사교계 모임들에도 참석했다. 그도 그럴 것이 프리데만 가(家)는 그 도시의 일류 명문가의 반열에 들었기 때문이다. 그러나 유감스럽게도 그들은 아직 결혼을 못 했는데, 그들의 가산이 넉넉하지 못한 데다 그들 자신도 꽤 못생긴 편이었기 때문이다.

요하네스도 아마 누나들과 마찬가지로 여기저기에서 그의 또래들로부터 초대를 받곤 했겠지만 그는 그들과의 교제에 그다지 큰 기쁨을 느끼지 못했다. 그는 그들의 놀이에 참여할 수 없었고, 그들이 그에 대해서 항상 일종의 어리둥절해하는 거리감을 지니고 있었기 때문에 동무로서의 친교 관계를 발전시킬 수 없었다.

그들이 학교 마당에서 이따금 어떤 체험담을 나누고 있는 것을 들을 때가 있었는데, 그럴 때면 그는 두 눈을 크게 뜨고서는 그들이 이 소녀 저 소녀를 두고 열광해서 지껄이는 말을 주의 깊게 들었으며, 거기에 대해 아무 참견도 하지 않았다. 다른 애들이 아주 열중해 있는 듯이 보이는 이런 일들은 체조나 볼 던지기처럼 자신에게는 어울리지 않는 일이라고 그는 스스로에게 타일렀다. 이것은 이따금 그를 약간 슬프게 했다. 그러나 그는 자신의 일을 홀로 영위해 나가면서 다른 사람들의 이해에 대해 무관심하게 지내는 데에는 오래전부터 익숙해 있었다.

그럼에도 불구하고 그가——열여섯 살을 헤아리게 되었을 때——동갑의 처녀에게 갑작스러운 연정을 느끼는 일이 생겼다. 그녀는 학교 친구의 누이동생으로 제멋대로이고 낙천적인 금발의 소녀였는데, 그는 그녀의 오빠 방에서 그녀를 알게 되었다. 그녀 곁에 있노라면 그는 이상한 당혹감을 느꼈다. 그녀가 그를 대하는 모습도 역시 어쩔 줄 몰라하고 짐짓 침착한 척하는 모습이었기 때문에 이것이 그를 깊은 슬픔에 잠기게 했다.

어느 여름날 오후 교외에서 외로이 둑 위를 산책하고 있던 그는 어느 재스민 수풀 뒤에서 속삭이는 소리가 들리자 가지 사이로 조심스레 귀를 기울였다. 거기 놓여 있는 벤치 위에는 예의 그 소녀가 키가 크고 머리칼이 붉은 어떤 청년 곁에 앉아 있었는데, 그도 그 청년을 잘 알고 있었다. 그 청년은 한 팔로 그녀의 허리를 안고 있다가 그녀의 입술에 살짝 키스를 했고, 이 키스에 그녀는 깔깔대며 화답했다. 요하네스 프리데만은 이것을 보고 발길을 돌려 살며시 그곳을 떠났다.

그의 머리는 그 어느 때보다도 더 깊숙이 두 어깨 사이에 처박혀 있었으며 두 손은 떨렸다. 쓰라리고 제어하기 어려운 어떤 고통이 가슴에서부터 목까지 치밀어 올랐다. 그러나 그는 그 고통을 꾹 눌러 참았으며 그가 할 수 있는 한, 결연히 다시 기운을 차렸다. "좋아." 그는 자신에게 다짐했다. "이것으로 끝이야. 난 이제 두 번 다시 이런 짓거리에 눈 돌리지 않겠어. 이런 짓은 다른 사람들에게는 행복과 기쁨을 베풀어 주지만, 내게는 언제나 원한과 고통만을 안겨 줄 뿐이야. 난 이런 짓은 끝내겠어. 이제 이런 일과는 딱 결별이야. 결코 두 번 다시는……."

이와 같은 결심을 하고 나니 그는 기분이 좋아졌다. 그는 단념했다. 영원히 단념했다. 그는 집으로 갔다. 그러고는 책을 읽었다. 책을 읽지 않을 때에는 가슴이 기형인데도 불구하고 익혀 온 바이올린을 연주했다.

4

열일곱 살이 되자 그는 학교를 떠나 대부분의 주위 사람들처럼 상인이 되려고 했다. 그래서 그는 저 아래쪽 강가에 있는 슐리포크트 씨의 큰 목재상에 견습생으로 입사했다. 사람들은 그를 관대하게 대해 주었으며 그도 또한 자기 편에서 친절하고 싹싹하게 행동했다. 그리하여 평화롭고 규칙적인 가운데 세월이 흘러갔다. 그러다 그가 스물한 살 되던 해에 그의 어머니가 오랜 투병 끝에 세상을 떠났다.

이것은 요하네스 프리데만에게는 큰 고통이었으며, 그는 이 고통을 오랫동안 간직했다. 그는 이것을, 이 고통을 즐겼으며, 사람들이 큰 행복에 몰두하는 것처럼 이 고통에 탐닉했다. 또 그는 수많은 어린 시절의 회상들로 이 고통을 가꾸었으며, 이 고통을 완전히 음미함으로써 이것을 그의 인생에서의 첫 번째 강렬한 체험으로 승화시켰다.

사람들이 인생을 '행복한 것'으로 일컬을 수 있을 만큼 인생이 그렇게 우리 뜻대로 되어 가건 말건 간에, 어쨌든 인생은 그 자체로서 이미 좋은 것이 아닌가? 요하네스 프리데만은 이렇게 느꼈으며, 인생을 사랑했다. 인생이 우리들에게 제공해 줄 수 있는 가장 큰 행복을 단념한 그가 자신에게 허용된 기쁨을 얼마나 열성을 다하여 곰곰이 즐길 줄 아는지에 대해서는 아무도 모를 것이다. 교외의 녹지대에서 바깥의 봄을 즐기는 산책이라든지 어떤 꽃 한 송이의 향내, 또는 어떤 새의 지저귐, 이런 일에 대해서도 사람들은 감사할 수 있지 않을까?

그리고 교양이 향락 능력의 일부를 이루고 있다는 사실, 즉 교양이란 언제나 향락 능력일 뿐이라는 사실도 그는 역시 이해했다. 그래서 그는 교양을 쌓았다. 그는 음악을 사랑했으며, 그 도시에서 개최되는 연주회에는 거의 빠짐없이 참석했다. 그 자신도, 연주할 때에 아주 이상야릇한 자세가 눈에 띄어서 탈이긴 했지만, 점차 바이올린을 곧잘 연주하게 되었으며, 자신이 켜 내는 데에 성공한 아름답고 부드러운 음조 하나하나에 기쁨을 느꼈다. 또한 그는 많은 독서를 통해 점차 문학적 취미를 길렀으며, 문학적 취미라면 그 도시에서 그와 겨룰 사람이 없을 정도였다. 그는 국내외의 최근 간행물에 대해 소상히 알고 있었고, 한 편의 시가 지니고 있는 운율적 매력을 음미할 줄 알았으며, 잘 쓰인 한 편의 세련된 소설이 지니고 있는 은밀한 분위기에 심취할 줄도 알았다. 아! 사람들이 그를 일종의 도락가라고 말한다 해도 아주 지나친 말은 아니었을 것이다.

세상의 모든 것이 다 즐길 수 있는 것이며, 행복한 체험과 불행한 체험을 구별한다는 것이 거의 허무맹랑한 것이라는 사실을 그는 터득해서 깨닫게 되었다. 그는 자신의 모든 감정과 기분을 기꺼이 받아들였고 그것들이 구슬픈 것이든 명랑한 것이든 가리지 않고 모두——충족되지 않은 소망들, 즉 동경까지도 역시——잘 가꾸었다. 그는 동경을 사랑하되 동경 그 자체 때문에 사랑했으며, 자기 자신에게 이르기를, 충족이 되면 이미 최선의 것은 사라지고 말 것이라고 했다. 고요한 봄날 저녁의 감미로운, 괴로운, 막연한 고통과 희망이 여름과 더불어 주어지는 모든 충족보다도 더 즐거운 것이 아닐까? 정말이지, 그는 일종의 도락가였다, 그 키 작은 프리데만 씨는!

이 사실을 사람들은 아마도 모르고 있으면서 길거리에서 그를 만나면 예의 연민 어린 친절한 말투로 그에게 인사를 했을 것이다. 그러나 그는 이런 태도에 예전부터 이미 익숙해져 있었다. 그들은 밝은색 외투에다 번쩍이는 실크해트를 쓰고 (이상한 일이지만 그는 약간 허영심이 있었다.) 우스꽝스러운 거드름을 피우며 거리를 활보해·가는 그 불행한 불구자가 자기를 외면한 채 슬며시 흘러가고 있는 이 인생을, 비록 대단히 열렬하게는 아니라 해도 그가 자신을 위해 스스로 창조해 낸 고요하고 안온한 행복감에 충만해서, 깊이 사랑하고 있다는 사실을 몰랐다.

5

그러나 프리데만 씨의 주된 취미, 그가 홀딱 빠진 원래의 취미는 연극이었다. 그는 비상한 연극적 감각을 지니고 있어서, 그 어떤 의미심장한 무대 효과, 이를테면 비극의 대단원 같은 때에는 그의 작은 온몸을 부르르 떠는 일도 있었다. 그는 시립 극장의 2층 정면 특등석에 그의 고정 좌석을 두고 그곳을 규칙적으로 찾았다. 이따금 그의 세 누나들이 그곳까지 그를 동반하기도 했다. 그들은 어머니가 죽은 이후 그와 공동으로 소유하게 된 그 옛집에서 자신들과 남동생을 위해 살림을 꾸려 나가고 있었다.

그들은 유감스럽게도 아직도 여전히 결혼을 못 한 상태였다. 그들은 이미 오래전에 스스로 분수를 알고 체념하는 연령에 도달해 있었으니, 맏이인 프리데리케는 프리데만 씨보다 열일곱 살이나 많았다. 그녀와 바로 아래 동생 헨리에테는 키가 너무 크고 여윈 감이 있는 한편 막내인 피피는 너무 키가 작고 통통해 보였다. 말이 났으니 말이지 피피는 우스꽝스러운 버릇이 한 가지 있었는데, 말을 한마디씩 할 때마다 몸을 떨었으며 그와 동시에 양 입가에 거품을 물었다.

키 작은 프리데만 씨는 이 세 처녀에 관해서는 별로 개의치 않았다. 그러나 그들 셋은 변치 않고 서로 단합해 왔으며 항상 같은 의견이었다. 특히 그들은 아는 사람들 가운데 누가 약혼식을 하게 되면 이것이 정말 매우 반가운 일이라고 입을 모아 강조했다.

그들의 남동생은 슐리포크트 씨의 목재상을 떠나, 너무 과도한 일은 하지 않아도 되는 대리점 또는 그와 유사한 어떤 작은 상점을 인수함으로써 독립적인 장사를 하게 되었을 때도 역시 그들이 있는 데서 계속 함께 살았다. 그는 식사 시간에만 층계를 올라가면 되도록 그 집의 아래층에 두어 개의 방을 쓰고 있었는데, 이것은 그가 가끔가다가 약간씩 천식을 앓고 있었기 때문이다.

화창하고 따스한 6월의 어느 날, 자신의 서른 살 되는 생일에 그는 점심 식사 후 회색 정원용 천막 안에서, 헨리에테가 그를 위해 짜 준 새 목도리를 하고서 고급 시가 한 대를 입에 문 채 손에는 한 권의 고전을 들고 앉아 있었다. 이따금 그는 그 책을 옆으로 밀치고는 해묵은 호두나무 위에 앉은 참새들의 즐거운 지저귐에 귀를 기울였으며, 집으로 통하는 정결한 자갈길과 다채로운 꽃 장식의 화단이 있는 잔디밭을 바라보았다.

키 작은 프리데만 씨는 턱수염이 없었으며 그의 얼굴은 전체 윤곽이 약간 더 날카로워졌을 뿐 거의 변한 데가 없었다. 섬세한 담갈색 머리칼은 옆으로 말쑥하게 가르마를 타고 있었다.

어느 순간 그는 책을 무릎 위에 떨구고는 햇빛이 비치는 창공을 올려다보면서 눈을 깜빡였는데 그때 그는 자신에게 말했다. "이제 30년이 지났군. 아마 아직도 한 10년 남았겠지. 아니 20년이 남았는지도 모르지. 하느님만이 아실 거야. 다가오는 날들도 흘러간 세월이 그랬던 것처럼 고요하게 와서는 소리 없이 흘러가겠지. 난 평화로운 마음으로 다가오는 날들을 기다리고 있어."

6

같은 해 7월에 온 세상을 떠들썩하게 한 저 관구사령관의 경질이 있었다. 오랫동안 그 자리에 있었던 그 뚱뚱하고 쾌활한 신사는 사교계에서 대단히 인기가 있었기에 모두들 그와 작별하는 것을 서운하게 생각했다. 어떤 사정으로 이렇게 된 것인지는 몰라도 이제 수도 출신의 폰 린링엔 씨가 이곳에 부임하게 된 것은 기정 사실이었다.

사실 이 인사 이동은 별로 나쁘지 않은 것같이 보였다. 이렇게 말할 수 있는 것은 기혼이긴 하지만 애가 없는 이 신임 육군 중령이 그 도시의 남쪽 교외에다 대단히 큰 저택을 빌림으로써 사람들은 그가 화려한 사교 생활을 할 심산임을 미루어 짐작할 수 있었기 때문이다. 어쨌든 그가 아주 비상히 재산이 많다는 풍문은 그가 네 명의 심부름꾼, 다섯 필의 승마 및 수레용 말, 란다우식 4인승 마차 한 대에다 가벼운 수렵용 마차 한 대까지 이끌고 왔다는 사실만으로도 입증되었다.

그 부부는 도착하자마자 곧 명문가들을 방문하기 시작했으며 그들의 이름은 모든 사람들의 입에 오르내렸다. 그렇지만 주된 관심의 대상은 폰 린링엔 씨 자신이 아니라 그의 부인이었다. 남자들은 어리둥절해하면서 아직은 미처 판단을 못 내리고 있었지만, 부인들은 게르다 폰 린링엔의 사람됨과 본성에 대해 노골적으로 반감을 나타냈다.

"수도에서 온 티를 내는 것, 그래, 그건 당연해." 하고 변호사 하겐슈트룀 씨의 부인이 헨리에테 프리데만과의 담화 중

키 작은 프리데만 씨

에 자기 의견을 말했다. "담배를 피우고 승마를 하고, 좋다 이거예요! 그러나 그 여자의 행동거지는 그냥 자유로운 정도가 아니라 버릇없는 거예요. 아니, 버릇없다는 말로도 부족해요……. 아시다시피 그 여자는 전혀 못생긴 편이 아니지요. 귀엽게 생겼다고도 볼 수 있죠. 그럼에도 그 여자에겐 여자로서의 매력이 한 가지도 없거든요. 그 여자의 눈길, 웃음, 몸짓에는 남자들이 사랑하는 모든 것이 결여되어 있어요. 그 여자는 애교가 없어요. 세상이 모두 애교 없는 것을 탓한다 해도 난 결코 애교가 없다고 해서 누굴 탓할 사람은 아니에요. 하지만 그렇게 젊은 여자가——그 여자는 스물네 살이에요.——자연스러운 고상한 매력을 깡그리 잃어버려도 될까요? 이봐요, 난 표현은 잘 못하지만 내가 하는 말의 뜻은 알아요. 이곳 남자들은 아직까지도 어리벙벙해 있지만, 어디 두고 보세요, 이제 한두 주일만 지나면 완전히 싫증이 나서 그 여자한테서 등을 돌리고 말 테니까요."

"글쎄요." 프리데만 양이 말했다. "그녀는 정말 굉장한 보살핌을 누리고 있던데요."

"그래요, 그 여자의 남편이 부자니까요!" 하겐슈트룀 부인이 외쳤다. "그 여자가 남편을 어떻게 취급하는지 아세요? 그걸 보셔야 해요! 장차 보게 되실 거예요! 나도 결혼한 부인이라면 이성(異性)에 대해 어느 정도까지는 거부적인 태도를 취해야 한다고 주장하는 사람이에요. 그런데 그 여자가 자기 남편에게 어떻게 행동하는지 아세요? 그 여자가 얼음같이 차가운 눈초리로 그를 쳐다보면서, 동정 어린 억양으로 '이 친구!'

하고 말을 건네는데, 난 그걸 보고 분개했어요. 분개한 이유를 납득하려면 그때 그 남자를 봤어야 해요. 단정하고 튼튼하며 기사다운 그는 건강 상태가 양호한 40대의 늠름한 남자이자 뛰어난 장교였어요! 결혼한 지 4년 됐다고 하더라니까요, 글쎄……."

7

키 작은 프리데만 씨가 처음으로 폰 린링엔 부인을 바라볼 수 있게 된 곳은 거의 상점들만 즐비한 중앙로였다. 이 만남은 정오경에 일어났는데 그때 그는 마침 증권 거래소에서 한마디 발언권을 행사하고 나오는 참이었다.

둥그스름하게 턱수염을 깎은 데다 소름이 끼칠 정도로 두꺼운 눈썹을 하고 비상히 큰 키에다 어깨가 딱 벌어진 신사인 도매상 슈테펜스의 곁에서, 그는 보잘것없이 조그만 몰골을 한 채 점잔을 빼면서 산책을 하고 있었다. 두 사람 다 실크해트를 쓰고 있었고, 매우 더운 탓에 외투의 단추를 풀어 놓고 있었다. 그들은 산책용 지팡이로 박자에 맞게 보도 위에 딱딱 소리를 내어 가며 정치에 대한 얘기를 하고 있었다. 그러나 그들이 그 거리의 중간쯤 다다랐을 때 갑자기 도매상 슈테펜스가 말했다.

"단언하거니와 저기 마차를 타고 이리로 오는 게 린링엔 가족이 틀림없을 것 같소."

"흠, 그거 잘되었군그래." 프리데만 씨는 약간 날카롭고 높은 목소리로 말하며 기대에 차서 똑바로 바라보았다. "사실 난 아직까지도 그녀의 얼굴을 보지 못했어요. 저기 노란 마차가 보이는군요."

아닌 게 아니라 폰 린링엔 부인이 오늘 사용하고 있는 것은 그 노란 마차임에 틀림없었다. 그런데 그녀는 하인을 그녀의 뒷자리에 팔짱을 끼고 앉아 있게 하고 두 마리의 훤칠한 말을 자신이 손수 몰고 있었다. 그녀는 품이 큰, 아주 밝은 빛깔의 윗옷을 입고 있었고 치마도 역시 밝은 빛깔이었다. 갈색 가죽 리본이 달린 작고 둥근 밀짚모자 아래에는 붉은색이 도는 금발이 비어져 나와 있었으며, 그 금발은 귀밑에서 잘 다듬어져 있었고, 굵은 다발 하나가 목 아래까지 길게 드리워져 있었다. 그녀의 갸름한 얼굴은 유백색이었으며, 유달리 서로 근접해 있는 갈색의 두 눈 가장자리에는 푸르스름한 그늘이 져 있었다. 그녀의 짧은, 그러나 정말 잘생긴 코의 위쪽에 있는 조그만 콧마루에는 주근깨가 덮여 있었는데, 그녀에게 어울렸다. 그러나 그녀의 입술이 아름다운지 어떤지는 알아볼 수 없었으니, 그것은 그녀가 아랫입술을 앞으로 내밀어 윗입술에 비벼 대다 바로 하는 걸 쉴 새 없이 반복했기 때문이다.

도매상 슈테펜스는 마차가 다가오자 대단히 정중한 태도로 인사했으며, 키 작은 프리데만 씨도 눈을 크게 뜨고 폰 린링엔 부인을 주의 깊게 바라보면서 모자를 벗어 보였다. 그녀는 자신의 말 채찍을 내리고 고개를 가볍게 끄덕여 보였으며, 좌우의 집들과 쇼윈도를 관찰하면서 천천히 지나갔다.

몇 발자국 더 걸어간 연후에 도매상이 말했다.

"드라이브를 마치고 이제 집으로 가는 길이군요."

키 작은 프리데만 씨는 대답을 하지 않고 멍하니 포석을 내려다보며 걷고 있었다. 그러고 나서 그는 갑자기 도매상을 쳐다보면서 물었다.

"뭐라고 하셨죠?"

그래서 슈테펜스 씨는 그의 통찰력 있는 말을 다시 되풀이하지 않으면 안 되었다.

8

사흘 뒤에 요하네스 프리데만은 언제나처럼 산책을 나갔다가 낮 열두 시경 집으로 돌아왔다. 열두 시 반에 점심 식사가 예정돼 있었다. 그는 남아 있는 30분 동안 현관 바로 옆, 오른쪽에 있는 그의 '집무실'에 가 있기 위해 막 내려가려던 참이었다.

"손님이 와 있습니다. 프리데만 씨."

"나한테?" 그가 물었다.

"아뇨, 위층의 아씨들께요."

"누군데?"

"육군대령 폰 린링엔 부처이십니다."

"아, 그래." 하고 프리데만 씨는 말했다. "그렇다면 어디 나도……."

그리하여 그는 층계를 올라갔다. 위층에서 그는 복도를 가로질러 걸어가서는 '풍경실'로 통하는 높고 흰 문의 손잡이를 잡았다가 문득 그만두고 한 발자국 물러서서 등을 돌렸다. 그러고는 그가 이곳으로 올 때처럼 다시금 천천히 떠났다. 완전히 혼자였음에도 그는 아주 큰 소리로 이렇게 혼자말을 했다.

"아니야. 그만두는 게 좋겠어."

그는 '집무실'로 내려가서는 책상 앞에 앉았다. 그러고는 손에 신문을 들었다. 그러나 일 분 후에 그는 그것을 다시 떨구고 창 밖을 비스듬히 내다보았다. 하녀가 와서 식사 준비가 되었다고 보고할 때까지 그는 그렇게 앉아 있었다. 그는 누이들이 이미 자기를 기다리고 있는 식당으로 올라갔다. 그러고는 세 권의 악보가 포개져 있는 그의 의자 위에 자리를 잡고 앉았다.

수프를 접시에 따르고 있던 헨리에테가 말했다.

"요하네스, 여기에 누가 왔었는지 알아?"

"누군데?" 그가 물었다.

"신임 육군대령 부부."

"그래? 친절한 사람들이군."

"맞아." 하고 피피가 말하면서 입 가장자리에 거품을 머금었다.

"내 판단으론 둘 다 아주 호감이 가는 사람들이더라."

"어쨌든." 하고 프리데리케가 말했다. "우린 답례 방문을 미루어서는 안 돼. 우리 내일모레 일요일에 가면 어떨까?"

"좋아, 일요일로 하자." 헨리에테와 피피가 말했다.

"너도 우리와 함께 갈 거지, 요하네스?"프리데리케가 물었다.

"말하나마나지!"하고 피피가 말하면서 몸을 떨었다. 프리데만 씨는 멍하니 있다가 이 묻는 말은 전혀 알아듣지 못한 채 조용하고 소심한 표정으로 수프를 먹었다. 그 모습은 마치 그가 그 어디선가 들리는 어떤 섬뜩한 소리에 귀를 기울이고 있는 것 같았다.

9

다음 날 저녁 시립 극장에서는 「로엔그린」을 상연했는데, 도시의 모든 교양인들이 참관했다. 그 작은 극장 안은 위에서부터 아래까지 꽉 들어찼으며 와글거리는 소리, 가스 냄새, 향수 내음으로 가득 차 있었다. 그러나 모든 오페라글라스들은 1층과 2층을 막론하고 다 같이 무대의 오른쪽에 있는 특별관람실 제13호로 향하고 있었으니, 그 까닭인즉 거기에 오늘 처음으로 폰 린링엔 씨 부처가 나타났기 때문이었다. 사람들은 이 부부를 꼬치꼬치 살펴볼 기회를 얻게 되었던 것이다.

키 작은 프리데만 씨가 삐죽 튀어나온, 화사한 흰색의 셔츠 칼라를 가슴께에 끼운 채 나무랄 데 없는 검정색 예복 차림으로 특별관람실—제13호 관람실—에 들어섰을 때 그는 정말 놀라 멈칫 뒤로 물러서면서 한 손을 이마로 가져갔다. 그리고 콧방울까지 연신 벌름거렸다. 그러나 다음 순간 그는 폰 린링엔 부인의 왼쪽 좌석인 자기 의자에 자리를 잡고 앉았다.

그녀는 그가 앉는 동안 잠시 그를 주의 깊게 바라보면서 아랫입술을 앞으로 내밀었다. 그러고는 그녀의 뒤에 서 있는 남편과 몇 마디 말을 주고받기 위해 몸을 돌렸다. 그 사람은 빗질한 콧수염에다 갈색의 친절한 얼굴을 한, 키가 크고 어깨가 넓은 신사였다.

서곡이 시작되고 폰 린링엔 부인이 난간 위에 몸을 기대었을 때 프리데만 씨는 재빠르게 살짝 곁눈질하여 그녀를 훑어보았다. 그녀는 밝은 빛깔의 야회복 차림이었으며, 거기 참석한 부인네들 중에서 유일하게 약간 가슴이 패인 옷을 입고 있었다. 그녀의 옷소매는 대단히 넓고 불룩했으며 흰 장갑은 팔꿈치까지 올라와 있었다. 오늘 보니 그녀는 꽤 풍만한 자태를 지니고 있었다. 이 사실이 먼젓번에는 그녀가 품이 큰 상의를 입고 있었던 까닭에 눈에 띄지 않았던 것이다. 그녀의 가슴은 풍만하고도 완만하게 오르내리고 있었고, 붉은 빛이 도는 금발을 땋은 매듭이 목덜미까지 무겁게 축 드리워져 있었다.

프리데만 씨는 창백했다. 평상시보다 훨씬 더 창백했다. 그리고 말끔하게 가르마를 탄 갈색 머리카락 아래 이마에는 작은 땀방울이 송글송글 맺혀 있었다. 폰 린링엔 부인은 난간의 붉은 우단 위에 놓여 있는 그녀의 왼팔에 끼고 있던 장갑을 벗었다. 그리하여 그는, 아무것도 끼지 않은 그녀의 손이 그런 것처럼, 온통 푸르스름한 정맥으로 뒤덮여 있다시피한 그녀의 팔——그 통통한 유백색의 팔——을 자꾸만 바라보게 되었다. 보지 않으려고 해도 별 도리가 없었다.

바이올린 연주 사이로 나팔 소리가 함께 울려 퍼졌다. 텔라 문트 백작이 거꾸러지고 오케스트라는 전반적인 환호의 파도로 뒤덮이게 되었다. 그런데 키 작은 프리데만 씨는 머리를 두 어깨 사이에 푹 처박고서 한쪽 집게손가락을 입에 갖다 대고 다른 손은 상의의 옷깃 안에 넣은 채 창백한 얼굴로 꼼짝도 하지 않고 조용히 앉아 있었다.

막이 내리는 동안 폰 린링엔 부인은 일어나서 그녀의 남편과 함께 특별관람실을 떠났다. 프리데만 씨는 몸을 돌려 직접 보지 않고도 이 사실을 알아차렸다. 그는 손수건으로 가볍게 이마를 닦고 갑자기 일어나서 복도로 통하는 문 있는 데까지 갔다가 다시 발길을 돌려 자기 자리에 와 앉았다. 그는 조금 전에 그가 하고 있던 자세로 꼼짝도 하지 않고 거기에 머물러 있었다.

2막 시작을 알리는 벨이 울려 퍼지고 그의 이웃들이 다시 실내로 들어왔을 때 그는 폰 린링엔 부인의 두 눈이 자기를 보고 있음을 느꼈으며, 자신도 모르는 사이에 그녀를 향해 고개를 쳐들게 되었다. 그들의 눈길이 서로 마주쳤을 때 그녀는 조금도 눈길을 피하지 않고 털끝만큼도 당황하는 기색 없이 그를 주의 깊게 계속 관찰했다. 그래서 결국 프리데만 씨 쪽에서 어쩔 수 없이 굴욕적으로 두 눈을 내리깔고 말았다. 이때 그는 더욱 창백해졌으며, 그의 마음속에는 이상한, 달콤하게 녹여 주는 듯한 어떤 노여움이 끓어올랐다. 음악이 시작되었다.

2막의 끝 무렵에 폰 린링엔 부인이 그녀의 부채를 떨어뜨려서 그것이 프리데만 씨 옆의 마룻바닥에 떨어지는 일이 일어났다. 두 사람은 동시에 허리를 굽혔으나 그녀 자신이 부채를 주워 올렸다. 그녀는 조롱기 섞인 미소를 띠고 말했다.

"감사합니다."

방금 그들의 머리가 아주 바싹 붙은 채 나란히 있게 되었을 때 그는 한동안 그녀의 가슴에서 풍기는 따뜻한 향내를 들이쉬지 않을 수 없었다. 그의 얼굴은 찌푸려졌고 온몸이 오그라들었으며, 가슴은 숨 막힐 정도로 엄청나게 무겁고 심하게 뛰었다. 그는 한 30초 더 그렇게 앉아 있다가 의자를 뒤로 밀어젖히고 조용히 일어서서 소리 없이 그곳을 빠져나갔다.

10

그는 뒤따라오는 음악 소리를 들으면서 복도를 건너가 탈의실에서 그의 실크해트, 밝은색 외투, 그리고 지팡이를 받아들었다. 그러고는 층계를 내려와 거리로 나왔다.

따뜻하고 고요한 저녁이었다. 가스등 불빛 속에서 회색의 합각머리 집들이 하늘을 향해 묵묵히 서 있었으며 하늘에는 별들이 밝고 부드럽게 반짝이고 있었다. 프리데만 씨와 마주치게 된 불과 몇 사람의 발소리만이 도로 위에 저벅저벅 울렸다. 누군가가 그에게 인사를 했지만 그는 그것을 보지 못했는데, 그것은 그가 고개를 푹 숙이고 있었기 때문이다. 그의 높고 좁다란 가슴이 떨려서 그는 거의 숨을 못 쉴 지경이었다.

이따금 그는 낮은 소리로 혼자 중얼거렸다.

"원, 이럴 수가!"

그는 놀랍고도 걱정스러운 눈길로 자기 자신의 내부를 들여다보았다. 그가 그다지도 부드럽게 가꾸고 항상 온화하고 현명하게 다루어 왔던 자신의 감정이 이제는 격앙되고 소용돌이치고 마구 휘저어지게 된 꼴을……. 갑자기 그는 어지러움과 도취와 동경과 고통의 상태에 완전히 압도되어 어느 가로등 기둥에 몸을 기대고는 몸을 떨면서 속삭였다.

"게르다!"

모든 것이 조용했다. 이 순간 아주 멀리까지 사람의 그림자 하나도 볼 수 없었다. 키 작은 프리데만 씨는 기운을 차리고 계속해서 걸어갔다. 그는 극장이 위치해 있고 상당히 가파르게 강가로 이어지는 거리를 따라 올라갔고, 이제 중앙로를 따라 북쪽으로 그의 숙소를 향해 가고 있었다.

그녀가 그를 어떻게 바라보았던가! 그녀는 그로 하여금 눈을 내리깔도록 강요했었지? 그녀는 자기 시선으로 그의 기를 꺾어 놓지 않았던가? 그녀는 여자가 아니란 말인가? 그리고 그는 남자가 아니란 말인가? 그때 그녀의 진기한 갈색 눈은 그야말로 기쁨에 떨고 있지 않았던가?

그는 무력하고도 관능적인 증오가 그의 마음속에서 다시금 치밀어 오르는 것을 느꼈다. 그러나 다음 순간 그는 그녀의 머리가 자기 머리와 닿아 그녀의 향긋한 체취를 맡을 수 있었던 저 한순간을 생각했다. 그는 두 번째로 멈춰 서서 불구의 상체를 뒤로 젖히고 이 사이로 공기를 빨아들였다. 그리고 나서는 또다시 완전히 속수무책인 채, 절망적으로, 정신이 나가서 중얼거렸다.

"아, 세상에! 이럴 수가!"

다시금 그는 기계적으로 계속해서, 천천히, 후텁지근한 저녁 공기를 뚫고, 아무도 없이 텅 비어 있고 저벅저벅 발소리가 울리는 거리를 따라 걸어가서는 마침내 자기 숙소 앞에 서게 되었다. 그는 현관 복도에서 한동안 머뭇거리며 그곳에 감돌고 있는 선선한 지하실에서 나는 듯한 냄새를 빨아들였다. 이윽고 그는 '집무실' 안으로 들어갔다.

그는 열린 창가의 책상 앞에 앉았다. 그는 누군가가 그를 위해 거기 유리잔 안에다 꽂아 놓은 한 송이의 크고 노란 장미를 똑바로 응시했다. 그는 그 장미를 잡고서 두 눈을 감은 채 그 향기를 들이마셔 보았다. 그러나 이윽고 그는 피곤하고 슬픈 몸짓으로 그것을 옆으로 밀쳐 버렸다. 아니다. 아니야, 끝장이야! 이제 와서 이런 향기가 내게 무슨 의미가 있어? 여태까지 이른바 나의 '행복'을 이루어 왔던 그 모든 것이 이제 내게 무슨 의미가 있지?

그는 옆으로 몸을 돌려 고요한 길거리를 내다보았다. 이따금 사람의 발걸음 소리가 가까이 울려왔다가는 또 멀어져 갔다. 별들이 총총했다. 그는 몹시 피곤해 녹초가 된 꼴이었다. 그의 머리는 텅 빈 듯했고 그의 절망은 크고 부드러운 비애 속으로 녹아들기 시작했다. 한두 줄의 시가 그의 머릿속에 떠올랐고 「로엔그린」의 음악이 다시금 그의 귀에 울렸으며 그는 다시 한번 폰 린링엔 부인의 자태를, 붉은 우단 위에 올려놓은 그녀의 흰 팔을 자기 눈앞에 그려 보았다. 그러다가 무겁고 열에 들뜬 잠에 깊이 빠져들어 갔다.

11

이따금 깨어나기 직전의 상태에까지 도달하곤 했지만 그는 깨어나는 것을 두려워했으며 그때마다 새로이 무의식 속으로 침잠하곤 했다. 그러나 날이 완전히 밝자 그는 두 눈을 뜨고, 크고 고통스러운 눈길로 자기 주변을 돌아보았다. 모든 것이 정확하게 떠올랐다. 마치 그가 잠을 자는 동안에도 그의 고뇌는 전혀 중단되지 않은 듯했다.

머릿속은 띵했고 두 눈은 화끈거렸다. 그러나 세수를 하고 오드콜로뉴로 이마를 축이자 좀 기분이 나아졌다. 그는 아직까지 열려 있는 창문 곁의 자기 자리로 조용히 다시 가 앉았다. 아직도 매우 이른 새벽으로 다섯 시쯤 된 것 같았다. 가끔 빵 가게의 심부름하는 소년이 지나갈 뿐 그 외에는 아무도 보이지 않았다. 길 건너편도 아직 모든 덧문이 닫혀 있었다. 그러나 새들은 이미 지저귀고 있었으며 하늘은 찬연히 푸르렀다. 정말 아름다운 아침이었다.

갑자기 어떤 안온한 친숙감 같은 것이 키 작은 프리데만 씨에게 찾아왔다. 무엇 때문에 불안해하고 있는가? 모든 것이 여느 때와 같지 않은가? 어제는 좀 나쁜 발작이 있었다 치더라도 이제 그건 끝장을 내야지! 아직 늦지 않았어! 아직도 난 파멸에서 벗어날 수 있어. 그런 발작을 새로이 유발시킬지도 모를 모든 기회를 피하지 않으면 안 돼! 그는 그렇게 할 수 있는 힘을 느꼈다. 그는 그것을 극복하고 그것을 완전히 자신 속에서 억눌러 버릴 수 있는 힘을 느꼈다.

시계가 일곱 시 반을 치자 프리데리케가 들어와서, 뒷벽에 바싹 붙여 놓은 가죽 소파 앞에 있는 둥근 식탁 위에다 커피를 갖다 놓았다.

"잘 잤니, 요하네스?" 그녀가 말했다. "여기 아침 식사 가져왔어."

"고마워요." 프리데만 씨가 말했다. 그리고 조금 있다가 이렇게 덧붙였다. "누나, 미안하지만 오늘 예정된 방문에 난 좀 빼줘야겠는걸. 난 오늘 몸이 그다지 좋지 않아서 누나들과 동행할 수 없겠어. 잠을 잘 못 잔 데다 두통이 있어. 제발 부탁이니……."

프리데리케가 대답했다.

"그거 참 안됐군. 다음엔 꼭 같이 가야 해. 하지만 네가 아파 보이는 건 사실이야. 내 편두통용 씹는 담배 좀 주련?"

"괜찮아요." 프리데만 씨가 말했다. "곧 지나갈 것 같아요." 그러자 프리데리케는 방을 나갔다.

그는 탁자에 다가선 채 천천히 커피를 마셨으며 곁들여서 뿔 모양의 조그만 빵 하나를 먹었다. 그는 자신이 흡족하게 생각되었고 자신의 과단성에 대하여 자부심을 느꼈다. 식사가 끝나자 그는 시가를 한 대 물고는 다시금 창가에 앉았다. 아침 식사를 하고 나니 기분이 좋아졌다. 그는 행복하고도 희망에 찬 자신을 느꼈다. 그는 한 권의 책을 집어 들고 읽었으며 담배를 피우다가는 눈을 깜빡거리면서 햇빛이 비치는 바깥쪽을 내다보았다.

거리는 이제 활기를 띠고 있었다. 마차 구르는 소리, 사람들의 말소리, 그리고 말들이 끄는 궤도차의 딸랑거리는 소리가 방 안에 있는 그에게까지 울려왔다. 이 모든 것 가운데서도 새들이 지저귀는 소리가 들렸고, 찬연히 푸르른 하늘에서는 부드럽고 따뜻한 공기가 불어오고 있었다.

열 시경에 그는 누이들이 복도를 건너오는 소리를 들었고 현관문이 삐꺽거리는 소리를 들었으며, 이윽고 세 숙녀가 창 옆으로 스쳐 지나가는 것을 보았으나 그런 것에 특별히 관심을 두지는 않았다. 한 시간이 지나갔다. 그는 점점 더 자신이 행복하다고 느꼈다.

일종의 자만심이 그의 가슴을 가득 채우기 시작했다. 이 얼마나 좋은 공기이며 새들은 얼마나 아름답게 지저귀는가! 산책을 조금 하는 건 어떨까? 그런데 그때 갑자기, 아무런 의도 없이, 그의 머릿속에 달콤한 경악과 함께 이런 생각이 떠올랐다. 그녀한테로 가 보면 어떨까? 이윽고 그는 갖가지 불안한 경고들을 그야말로 불끈 힘을 주어 억눌러 버리면서, 일종의 도취적 단호성을 보이며 이렇게 덧붙였다. 난 그녀한테로 가겠어!

그는 일요일용 검정 외출복을 입고 실크해트와 지팡이를 집어 들었다. 그러고는 빨리 그리고 성급하게 숨을 몰아쉬면서 시내를 주욱 지나쳐 남쪽 교외로 갔다. 사람 하나 쳐다보는 법도 없이 그는 한 발자국씩 떼어 놓을 때마다 완연히 어떤 도취적 무아경에 빠진 채 열심히 고개를 들었다가는 숙이고 들었다가는 숙이곤 했다. 그는 마침내 저 성 밖 마로니에 로(路)에 있는 붉은 저택 앞에 서게 되었다. 그 저택 입구에는 '육군대령 폰 린링엔'이라고 쓰여 있었다.

12

여기서 그는 몸을 부르르 떨지 않을 수 없었다. 그의 심장은 경련하듯 두근거리며 가슴 쪽으로 세차게 홀떡홀떡 뛰었다. 그는 포석이 깔린 길을 걸어가서 안이 찌르릉 울리도록 벨을 눌렀다. 이제 주사위는 던져지고 말았으니 후퇴란 있을 수 없지. 모든 것이 될 대로 되라지! 그는 생각했다. 그의 내부는 갑자기 쥐 죽은 듯 조용해졌다.

문이 열리고 하인이 다가와서는 명함을 받아 들고 붉은 융단이 깔려 있는 계단을 서둘러 올라갔다. 프리데만 씨가 이 융단을 꼼짝 않고 응시하고 있으려니 이윽고 하인이 돌아와서 귀부인께서 위로 모시고 오라는 분부를 내렸음을 알렸다.

위층 사교실 옆에 그는 지팡이를 세워 둔 다음 힐끗 거울을 보았다. 그의 얼굴은 창백했으며 머리카락은 핏발이 선 두 눈 위쪽의 이마에 달라붙어 있었다. 실크해트를 든 그의 손은 제어할 수 없을 정도로 떨리고 있었다.

하인이 문을 열었다. 그는 상당히 크고 어스름한 방 안에 들어서게 되었다. 방이 어스름한 까닭은 창문들에 커튼이 쳐져 있었기 때문이다. 오른편에는 큰 피아노 한 대가 있었고 한가운데의 원탁 주변에 갈색 비단으로 된 안락의자들이 배열되어 있었다. 왼쪽의 측벽에 바싹 붙여 놓은 소파 위쪽에는 육중한 도금 액자 안에 든 풍경화 한 폭이 걸려 있었다. 양탄자 역시 어두운 색깔이었다. 뒤켠의 돌출창 너머로 종려나무들이 보였다.

일 분이 지나자 폰 린링엔 부인이 오른쪽의 커튼을 젖히고 두꺼운 갈색 융단 위를 소리 없이 걸어 그에게 다가왔다. 그녀는 아주 단순하게 디자인한, 붉고 검은 바둑판 무늬의 옷을 입고 있었다. 실내의 먼지 입자들을 훤히 비춰 보이는 광선 줄기 하나가 돌출창을 통해 곧게 죽 떨어지고 있었는데, 이것이 그녀의 숱이 많고 붉은 머리카락 위에 닿아 그녀의 머리카락은 일순간 황금색으로 빛났다. 그녀는 탐색하듯 그녀의 그 오묘한 두 눈을 그에게로 향하고 있었으며 여느 때처럼 아랫입술을 내밀었다.

"부인!" 프리데만 씨는 그녀 쪽 허공을 쳐다보며 입을 열었다. 그럴 수밖에 없는 것이 그의 키는 단지 그녀의 가슴께까지밖에 닿지 않았기 때문이다. "저도 역시 부인을 예방(禮訪)하고 싶었습니다. 먼젓번에 부인께서 제 누님들을 방문하시는 영광을 주셨을 때는 제가 유감스럽게도 부재중이었으며……그것을 매우 유감으로 생각해 왔습니다……."

이제 그는 더 이상 할 말을 찾지 못했다. 그러나 그녀는 그대로 서서 마치 그에게 계속해서 말할 것을 강요하려는 듯 가차 없이 그를 바라보았다. 갑자기 온몸의 피란 피는 모두 그의 머리로 치솟았다. '이 여자가 나를 괴롭히고 우롱하려는구나!' 그는 생각했다. '이 여자는 내 속을 꿰뚫어 보고 있어! 이 여자의 두 눈이 떨고 있군…….' 마침내 그녀는 아주 밝고 대단히 맑은 목소리로 말했다.

"당신이 와 주신 건 참 친절하신 처사입니다. 최근에는 저 역시 당신을 만나지 못한 것을 유감으로 여겼습니다. 좀 앉으시겠어요?"

그녀는 그의 옆에 가까이 앉았으며, 두 팔을 안락의자의 양 팔걸이 위에 놓고는 몸을 뒤로 기대었다. 그는 몸을 약간 앞으로 굽히고 앉아 있었으며 모자를 양쪽 무릎 사이에 잡고 있었다. 그녀가 말했다.

"불과 십오 분 전에 당신의 누님들이 여기를 다녀가신 걸 아시나요? 그들은 제게 당신이 편찮으시다고 말했습니다."

"그건 사실입니다." 프리데만 씨가 대답했다. "오늘 아침 저는 몸이 좋지 않았습니다. 저는 외출할 수 없으리라 생각했지요. 늦게 온 데 대하여 용서를 빕니다."

"당신은 지금도 좋아 보이지 않습니다." 그녀는 아주 조용히 말하면서 그를 정면으로 바라보았다. "얼굴이 창백하십니다. 그리고 두 눈은 충혈되어 있어요. 건강이 원래 좋지 않으신 모양이죠?"

"아……." 프리데만 씨는 더듬거렸다. "저는 대체로 만족하고 있습니다……."

"저 역시 많이 아픈 사람입니다." 하고 그녀는 말을 계속했으나 두 눈을 그에게서 돌리는 법은 없었다. "그러나 아무도 그걸 알아차리지 못한답니다. 신경이 날카롭지요. 그래서 그런 이상야릇한 상태들을 잘 알지요."

그녀는 침묵했다. 그러고는 턱을 가슴 위에 댄 채 그를 아래에서부터 쳐다보면서 기다렸다. 그러나 그는 대답하지 않았다. 그는 잠자코 앉아서 눈을 크게 뜨고 생각에 잠긴 채 그녀를 바라보고 있었다. 이 여자의 말투는 얼마나 이상한가! 그리고 이 여자의 밝고 연약한 목소리는 얼마나 감동적인가! 이제 그의 심장은 안정을 되찾은 것 같았다. 그는 마치 꿈꾸는 듯한 기분이었다. 폰 린링엔 부인은 새로이 말을 시작했다.

"제 기억이 틀리지 않다면 당신은 아마 어제 공연이 끝나기 전에 극장을 나가셨지요?"

"그렇습니다, 부인."

"난 그걸 유감으로 생각했지요. 그 공연은 별로 좋지 않았지만, 또는 단지 비교적 좋다고 할 수밖에 없었지만, 당신은 옆자리에 앉으신 경건한 관객이셨으니까요. 음악을 좋아하시나요? 피아노를 치시는지요?"

"바이올린은 약간 켤 줄 압니다만." 프리데만 씨가 말했다. "다시 말씀드리자면, 켤 줄 안다고 할 것도 없을 정도랍니다……."

"바이올린을 연주하신다구요?" 그녀가 물었다. 그러고 나서 그녀는 그를 스쳐 허공을 바라보면서 생각에 잠겼다.

"그렇다면 우리는 가끔 함께 연주를 할 수 있겠네요." 그녀가 갑자기 말했다. "나는 피아노 반주를 할 수 있지요. 여기서 누군가 합주할 상대를 발견한 것이라면 기쁘겠습니다. 와 주시겠어요?"

"저는 기꺼이 부인의 뜻에 따르겠습니다." 그는 아직도 꿈속에서처럼 말했다. 잠깐 침묵이 생겼다. 그때 갑자기 그녀의 얼굴 표정이 달라졌다. 그는 그녀의 얼굴이 거의 눈치챌 수 없는 잔인한 조롱기 속에서 일그러지는 모습을 보았으며, 그녀의 두 눈이 전에도 이미 두 번이나 그랬듯이 몸서리쳐지게 떨면서 그를 탐색하듯 응시하고 있는 모습을 보았다. 그의 얼굴은 발갛게 달아올랐다. 그는 시선을 어디에 두어야 할지 몰라 완전히 어쩔 줄 모르고 제정신을 잃은 채, 고개를 두 어깨 사이로 푹 떨구었으며, 당황한 가운데 융단을 내려다보았다. 저 기진맥진케 하는, 감미로운 고통의 분노가 짧은 경련처럼 다시금 그의 온몸을 스쳐 지나갔다…….

그가 필사적인 결심을 하고 다시금 눈을 들었을 때 그녀는 더 이상 그를 바라보고 있지 않았으며 그녀의 시선은 조용히 그의 머리 위를 지나서 문 위에 머물러 있었다. 그는 간신히 한두 마디 말을 끄집어냈다.

"부인께서는 이제까지 우리 도시에 머무르시며 만족하고 계시는지요?"

"오!" 폰 린링엔 부인은 별로 관심을 보이지 않으면서 말했다. "그럼요. 만족하지 못할 이유가 어디 있겠어요? 하기야 약간 답답하게 느껴지고, 사람들이 나를 관찰하는 듯한 인상을 갖게 되긴 하지만…… 참, 말이 났으니 말입니다만." 그녀는 곧 이어서 말을 계속했다. "잊기 전에 말씀드리자면, 우리는

요 며칠 안에 몇몇 분을 우리 집에 초대할 생각이랍니다. 격식 없는 소규모 회합이지요. 약간의 음악을 연주하거나 약간의 잡담을 즐길 수 있을 거예요. 우리에겐 집 뒤에 참 아름다운 정원이 하나 있는데 이 정원을 따라 내려가면 강가에까지 닿게 된답니다. 당신과 당신의 누님들에게는 물론 별도로 초대장을 보내드리겠습니다만, 여기서 말이 난 김에 바로 당신에게 참석해 주실 것을 청합니다. 참석해 주시는 영광을 주시겠지요?"

프리데만 씨가 채 그의 감사와 승낙을 표하기도 전에 문의 손잡이가 힘차게 돌려지더니 대령이 들어왔다. 두 사람은 몸을 일으켰다. 폰 린링엔 부인이 남자들을 서로 소개시키자 그녀의 남편은 그녀와 프리데만 씨에게 똑같이 정중하게 허리를 굽혔다. 그의 갈색 얼굴은 더위 때문에 광택이 나며 번들거렸다.

그는 장갑을 벗으면서 힘차고 날카로운 음성으로 프리데만 씨에게 무엇인가 말했는데, 프리데만 씨는 정신이 나간 듯한 큰 눈으로 그를 아득하게 올려다보면서 그가 친절을 보이며 자기 어깨를 톡톡 쳐 주기를 이제나저제나 하고 기다렸다. 그러나 대령은 발뒤꿈치를 모으고 상체를 약간 앞으로 숙이면서 그의 부인을 향해 돌아섰다. 그러고는 이상하게 낮춰진 음성으로 말했다.

"여보, 프리데만 씨에게 우리의 저 조그만 모임에 임석해 주십사고 청했소? 당신이 좋다면 내 생각에는 그 모임을 일주일 내에 개최했으면 해요. 바라건대 이런 날씨가 계속 지속되어 우리가 정원에서도 지낼 수 있었으면 해요."

"당신 뜻대로 하시죠." 폰 린링엔 부인이 대답하면서 프리데만 씨를 힐끗 보았다.

이 분 후에 프리데만 씨는 작별을 고했다. 그가 문간에서 다시 한번 고개를 숙였을 때 그는 표정 없이 그에게 머물러 있는 그녀의 두 눈과 마주쳤다.

13

그는 그곳을 떠났다. 그는 시내로 되돌아가지 않았다. 그리고, 의식적으로 그렇게 한 것은 아닌데, 그 가로수로에서 갈라져 나가 강변의 옛 성루로 통하는 어떤 길로 접어들었다. 그곳에는 잘 가꾸어진 잔디밭과 그늘진 오솔길, 그리고 벤치들이 있었다.

그는 위를 쳐다보지 않고 재빨리, 그리고 깊은 생각 없이 걸었다. 그는 날씨가 견딜 수 없으리만큼 덥게 느껴졌으며, 마치 그의 체내에서 불꽃들이 확 타올랐다가 꺼지는 듯했고, 그의 지친 머릿속에서는 피가 사정없이 훌떡훌떡 뛰고 있는 느낌이었다.

그녀의 시선이 아직도 여전히 그의 위에 머물러 있지 않는가? 그러나 그 시선은 지난번처럼 공허하고 무표정한 것이 아니라 조금 전처럼, 그녀가 저 이상하게 가라앉은 투로 그에게 말하고 난 직후에 그랬었던 것처럼, 떨리는 잔인성을 지닌 것이 아닌가? 아, 그녀는 그를 절망에 빠뜨리고 정신을 못 차리도록 하는 데에 재미를 느끼고 있는 걸까? 그녀가 그의 마음을 꿰뚫어 볼 수 있을진대 그에게 약간의 연민도 느낄 수 없단 말인가?

그는 아래쪽 강안을 따라 푸른 풀로 뒤덮인 방축 옆으로 걸어갔다. 그리하여 그는 재스민 덤불이 반원형으로 둘러쳐진 어느 벤치에 앉았다. 주위의 모든 것이 달콤하고도 후텁지근한 향내로 푹 젖어 있었다. 그의 앞에서 떨고 있는 수면 위에서 태양이 찌는 듯이 불타고 있었다.

그는 지쳐서 녹초가 된 듯한 기분이었다. 그러면서도 그의 심중의 모든 것이 고통에 차서 술렁이고 있었다. 다시 한번 자신의 주변을 살펴보고, 그러고 나서는 저 조용한 물속으로 내려가 버림으로써 잠깐 동안의 고통을 겪은 후 해방되어 저 건너 평온의 세계로 구조되어 가는 것이 제일 상책이 아닐까? 아, 그렇다, 평온, 평온이지, 내가 원하고 있는 것은. 그러나 내가 원하는 것은 공허하고 귀머거리처럼 깜깜한 허무에서의 평온이 아니라 선량하고 고요한 사념으로 충만한, 온화한 양지(陽地)의 평화인 것이다.

이 순간 생에 대한 그의 온갖 부드러운 사랑이 그의 전신을 전율케 했으며 잃어버린 행복에 대한 깊은 동경이 그의 전신을 속속들이 떨리게 했다. 그러나 그는 자기 주변에서 침묵하고 있는, 무한히 무관심한 자연의 평온을 바라보았다. 강이 햇빛을 받으며 자기 갈 길을 유유히 가는 모습이며 풀이 떨면서 일렁이는 모습, 꽃들이 곧 시들고 흩날리며 떠나가기 위해 찬연히 피어 있는 모습을 보았으며, 모든 것이 그처럼 말 없는 순종 속에서 현존재에 고개를 숙이고 있는 모습을 보았다. 그러는 가운데 갑자기 이 모든 운명 위에 일종의 초연성을 지니고 군림할 수 있는 필연성에 대한 우정과 이해의 감정이 그를 엄습했다.

그는 그가 서른 살이 되던 생일의 오후를 생각했다. 그때 그는 평화를 지닌 가운데 행복하게, 두려움도 희망도 없이 자신의 여생을 내다보고 있다고 믿었던 것이다. 그때 그는 그 어떤 빛도, 그늘도 보지 않았으며, 그의 눈앞에서 모든 것이 온화한 으스름 빛 속에 놓여 있다가 저 뒤쪽 어디메선가 거의 눈에 띄지 않게 슬며시 어둠 속에서 사라져 갔던 것이다. 그는 조용하고도 우월감을 지닌 미소를 머금고서 아직도 다가올 날들을 내다보면서 기다렸던 것이다. 그것이 불과 얼마 전인가?

그때 이 여자가 왔다. 그녀는 와야만 했다. 그것이 그의 운명이었으며, 그녀 자신이, 그녀만이, 그의 운명이었다. 첫 순간부터 그가 이것을 느끼지 못했던가? 그녀는 오고야 말았다. 그가 비록 자신의 평화를 지키려고 노력했지만. 그가 젊었을 적부터 자기 자신의 내부에 억압해 왔던 모든 것 — 그것이 그에게는 고통인 동시에 파멸임을 그가 느꼈기 때문에 억압해 왔던 모든 것 — 이 그녀 때문에 그의 내부에서 폭발해 나오지 않을 수 없었다. 그 모든 것이 제어할 수 없는 엄청난 힘을 지니고 그를 움켜잡고는 그를 파멸시키는 것이다!

그것이 그를 파멸시킨다. 그는 그것을 느낄 수 있었다. 그러나 무엇을 위해 아직도 항거하고 자신을 괴롭혀야 하는가? 다제 갈 길을 가라지! 그도 그의 갈 길을 계속 가서, 운명에 복종하면서, 도저히 피해 갈 수 없는 저 너무나도 강력한, 가학적이면서도 감미로운 힘에 복종하면서 저기 저 뒤에서 입을 딱 벌리고 있는 심연 앞에서 그만 두 눈을 감아 버리고만 싶었다.

강물은 반짝거렸고 재스민은 짙고 후텁지근한 향내를 발산했으며 새들은 주위의 나무들 속에서 지저귀고 나무들 사이로는 무거운 우단처럼, 푸른 하늘 한 조각이 빛나고 있었다. 그러나 키 작은 곱사등이 프리데만 씨는 한참을 더 벤치 위에 앉아 있었다. 그는 이마를 양손으로 받친 채 앞쪽으로 몸을 굽히고 앉아 있었다.

14

린링엔 가(家)가 담소하기에 매우 좋다는 점에 대해서는 모두들 동감이었다. 널찍한 식당을 가로질러 길게 늘어세운, 고상하게 장식된 긴 식탁에는 30여 명의 손님들이 앉아 있었다. 하인과 두 명의 일당 고용원이 이미 아이스크림을 들고 이리저리 뛰어다니는 참이었으며, 장내는 잔들이 서로 부딪치는 소리, 그릇들이 달가닥거리는 소리, 그리고 음식의 따뜻한 김과 갖가지 향수 냄새로 가득 차 있었다. 유유자적한 상인들이 부인과 딸들을 데리고 여기 모여 있었으며 그 밖에도 그 위수지역의 거의 모든 장교들이 왔고, 인기 있는 노의사 하나, 두

서너 명의 법률가, 그 밖에 일류 축에 끼는 직업을 가진 사람들이 모여 있었다. 수학을 전공하는 한 대학생도 임석해 있었는데, 그는 대령의 조카로서 현재 삼촌 댁에 방문객으로 와 있었다. 그는 프리데만 씨의 맞은편에 자리 잡은 하겐슈트룀 양과 아주 깊은 대화를 나누고 있었다.

프리데만 씨는 식탁 말미에 놓인 아름다운 우단 쿠션 의자 위에 앉아 있었는데, 옆자리엔 아름답지 않은 고등학교 교장 부인이 있었고, 슈테펜스 영사에 의해 식탁으로 인도된 폰 린링엔 부인과도 멀지 않은 거리였다. 지난 일주일 동안 프리데만 씨에게 일어난 변화는 놀라웠다. 그의 얼굴이 그다지도 창백하게 보이는 이유 중 일부는 아마 홀을 가득 비추고 있는 흰 가스등 때문인지도 몰랐다. 그러나 그의 양 볼은 움푹 들어갔고 핏발이 선 어둡게 그늘진 두 눈은 말할 수 없이 구슬픈 빛을 발하고 있었으며, 그의 자태는 그 어느 때보다도 더 심한 곱사등이로 보였다. 그는 포도주를 많이 마셨고 가끔 가다가 곁에 앉은 여자에게 몇 마디를 건넸다.

폰 린링엔 부인은 식사 중에 아직 프리데만 씨와는 한마디도 교환하지 않고 있었다. 이제서야 그녀는 몸을 약간 앞으로 숙이고 그를 불렀다.

"지난 며칠 동안 당신과 당신의 바이올린을 기다렸는데 오시지 않더군요."

그는 미처 대답도 못 하고 한순간 완전히 정신이 나간 채 그녀를 쳐다보았다. 그녀는 흰 목을 드러나게 하는 밝고 가벼운 의상을 걸치고 있었으며, 활짝 핀 닐 원수(元帥)의 장미[1]

한 송이가 그녀의 빛나는 머리카락에 꽂혀 있었다. 그녀의 두 뺨은 오늘 저녁에는 약간 붉었지만 두 눈언저리에는 언제나 그렇듯이 푸르스름한 그늘이 드리워져 있었다.

프리데만 씨가 자신의 접시를 내려다보며 간신히 뭔가 대답하는 순간, 잇달아 베토벤을 좋아하느냐고 묻는 교장 부인의 질문에도 대답해야 했다. 그러나 이 순간 식탁의 맨 위쪽에 앉아 있던 대령이 자기 아내에게 시선을 주더니 잔을 부딪치는 시늉을 했다. 그러고는 말했다.

"여러분! 커피는 다른 방에서 마시기로 합시다. 말이 났으니 말이지 오늘 저녁엔 정원도 그리 나쁠 것 같지 않습니다. 어느 분이든 거기서 약간 바람을 쐬시겠다면 저도 함께 가담하겠습니다."

잠시 침묵이 들어서자 폰 다이데스하임 중위가 재치를 발휘하여 우스갯소리를 했고 모두들 즐거운 웃음을 터뜨리며 자리에서 일어났다. 프리데만 씨는 마지막까지 남은 사람들 사이에 껴서 교장 부인과 함께 홀을 떠났으며 사람들이 벌써 담배를 피우기 시작한 옛 독일풍의 방을 거쳐 반쯤 컴컴하고 아늑한 거실 안으로 그녀를 데려다주고 나서 그녀에게 작별을 고했다.

오늘 그는 세심한 옷차림을 하고 있었으니, 그의 연미복은 나무랄 데 없었고 그의 와이셔츠는 눈부시게 희었으며 그의 좁다랗고 잘생긴 두 발은 에나멜 구두를 신고 있었다. 사람들

---

1) 프랑스의 아돌프 닐(Adolphe Niel) 원수의 이름을 딴 노란색 장미.

은 이따금 그가 주단 양말을 신고 있음을 엿볼 수 있었다.

그는 복도를 내다보았는데 사람들이 이미 떼를 지어 정원으로 들어가는 계단을 내려가고 있었다. 그러나 그는 몇몇 신사들이 잡담을 하면서 서 있는 옛 독일풍의 방문 옆에 시가를 입에 물고 커피잔을 들고 앉았다. 그러고는 거실 안을 들여다보았다.

문의 바로 오른쪽에는 조그만 탁자 주위에 한 무리의 사람들이 빙 둘러앉아 있었는데 그 그룹의 핵심을 이루고 있는 사람은 그 수학을 전공하는 대학생으로서 그는 열심히 강의를 하고 있었다. 그는 한 평행선을 통해서보다도 한 점을 통하여 직선을 더 잘 그을 수 있다는 주장을 내세우고 있었는데 하겐 슈트룀 변호사 부인이 "원, 그럴 리가 있어요!" 하고 소리쳤다. 그러자 그 대학생은 그것을 아주 그럴듯하게 증명해 보였다. 그래서 모두들 마치 그것을 이해하기라도 한 척하고 있었다.

그 방의 뒤쪽에는 붉은 갓을 씌운 나지막한 등이 서 있었고, 그 옆에는 긴 터키식 소파가 있었으며, 거기에는 게르다 폰 린링엔이 젊은 슈테펜스 양과 이야기를 나누며 앉아 있었다. 그녀는 노란 비단 쿠션에 약간 몸을 뒤로 기댄 채 발을 서로 포개고 앉아서 천천히 궐련 한 개비를 피우고 있었는데, 이때 그녀는 연기를 코로 내쉬면서 아랫입술을 내밀고 있었다. 슈테펜스 양은 마치 목각 인형처럼 꼿꼿한 자세로 그녀 앞에 앉아 있었으며 불안한 미소를 띤 채 그녀를 상대하고 있었다.

아무도 키 작은 프리데만 씨를 안중에 두지 않았으며, 아무도 그의 커다란 두 눈이 끊임없이 폰 린링엔 부인에게로 향해 있음을 알아채지 못했다. 맥 풀린 자세로 그는 거기 앉아 그녀를 바라보았다. 그의 시선 속에는 그 어떤 열정도 없었고 고통의 기미도 없었으며 그 속에는 어떤 둔감성, 어떤 죽은 듯한 것, 다시 말해서 힘도 의지도 없는 무감각한 몰두 같은 것이 있을 따름이었다.

십 분가량이 이렇게 흘러갔다. 그때 폰 린링엔 부인이 갑자기 몸을 일으키더니, 마치 그녀가 그동안 죽 그를 남몰래 관찰해 왔던 것처럼 그를 한번 바라보는 법도 없이 그를 향해 다가와서는 그의 앞에 멈춰 서는 것이었다. 그는 일어섰다. 그러고는 고개를 들어 그녀를 쳐다보았다. 그때 그녀의 목소리가 들려왔다.

"프리데만 씨, 제가 정원으로 갈 건데 좀 동반해 주시겠어요?"

그가 대답했다.

"기꺼이 그러겠습니다, 부인."

15

"당신은 아마 우리 정원을 아직 못 보셨지요?" 그녀는 계단 위에서 그에게 말했다. "정원은 꽤 크답니다. 거기에 아직 너무 많은 사람들이 몰려 있지 않았으면 좋겠어요. 신선한 공기를 쐬고 싶거든요. 식사 시간 내내 두통이 났었어요. 아마 그 적포도주가 너무 독했던가 봐요…… 여기 이 문을 통해 나가야 돼요." 그것은 유리문이었는데, 그 문을 나오니 층계참이 나왔고 곧 작고 써늘한 복도로 이어졌다. 두서너 층의 계단을 내려가자 옥외로 통하고 있었다.

신비롭게 별이 총총하고 따뜻한 밤에 모든 화단으로부터 향내가 피어오르고 있었다. 정원은 만월의 달빛을 받고 있었으며 새하얗게 빛나는 자갈길 위에서는 손님들이 이야기를 주고받거나 담배를 피우면서 이리저리 왔다 갔다 하고 있었다. 한 무리의 사람들이 분수 주변에 모여 있었는데 거기서 그 인기 있는 노의사는 모두들 웃는 가운데 작은 종이배를 띄우고 있었다.

폰 린링엔 부인은 가볍게 고개를 끄덕여 보이며 그 옆을 지나쳤다. 그러고는 그 아름다운, 향내를 뿜고 있는 정원이 공원으로 바뀌면서 어둑해지는 먼 곳을 손으로 가리켰다.

"우린 중앙 산책로를 걸어 내려가기로 해요." 그녀가 말했다. 그 입구에는 낮고 모서리가 넓은 두 개의 오벨리스크가 서 있었다.

거기 뒤쪽, 직선으로 트인 마로니에 가로수로가 끝나는 곳에서 그들은 강물이 달빛을 받아 초록빛을 발하며 반짝이는 것을 보았다. 주변은 어둡고 써늘했다. 여기저기에서 샛길이 나타났지만 이 샛길들 역시 하나의 호를 그리며 빙 둘러서는 결국 강으로 내려가는 것 같았다. 오랫동안 아무 소리도 들리지 않았다.

"물가에 좋은 장소가 한 군데 있는데 자주 그곳에 앉아 있곤 했어요." 그녀가 말했다. "거기서 잠시 잡담을 할 수 있을 거예요. 저것 보세요. 이따금 잎새 사이로 별이 스쳐 지나간답니다."

그는 대답도 없이 그들이 현재 다가가고 있는 그 희미하게 빛나는 녹색의 평지를 바라보았다. 저쪽 편의 강안과 방축이 알아볼 수 있을 정도로 건너다보였다. 그들이 그 가로수로를 떠나 강안으로 경사져 내려가는 풀밭으로 나왔을 때 폰 린링엔 부인이 말했다.

"여기서 약간 오른쪽으로 가면 그 자리가 있어요. 저기 보세요, 그 자리가 비어 있네요."

그들이 자리 잡고 앉은 벤치는 가로수로에서 공원 쪽으로 여섯 걸음 거리에 놓여 있었다. 이곳이 덩치 큰 나무들 사이에서보다 더 따뜻했다. 귀뚜라미들이 풀숲에서 울어 댔다. 이 풀숲은 물가에서부터는 가는 갈대들의 숲으로 변하고 있었다. 달이 훤히 비치는 강물은 부드러운 빛을 발하고 있었다.

그들은 둘 다 한동안 침묵했다. 그러고는 물 위를 바라보았다. 그러나 그는 아주 소스라쳐 놀라며 귀를 기울이게 되었으니, 그가 일주일 전에 들었던 그 목소리, 아련하고 생각에 잠긴 듯하며 부드러운 그 목소리가 다시금 그를 휩쌌던 것이다.

"프리데만 씨, 당신은 언제부터 불구의 몸이 되셨어요?" 그녀가 물었다. "태어날 때부터 그랬나요?"

그는 꿀꺽 침을 삼켰다. 목이 죄이는 듯한 기분이었기 때문이다. 이윽고 그는 낮은 목소리로 단정하게 대답했다.

"아닙니다, 부인. 어릴 적에 보모가 저를 마룻바닥에 떨어뜨렸습니다. 그래서 이렇게 된 것이지요."

"그럼 지금 연세가 어떻게 되시죠?" 그녀가 계속해서 물었다.

"서른 살입니다, 부인."

"서른 살이라." 그녀가 되풀이했다. "그래서 지난 삼십년 동안 당신은 행복하지 못했지요?"

프리데만 씨는 고개를 흔들었다. 그의 입술은 떨렸다. "그래요, 행복하지 못했습니다." 그는 말했다. "그건 허위요, 망상이었습니다."

"그러니까 당신은 행복하다고 믿어 오신 거군요?" 그녀가 물었다.

"저는 그렇게 믿으려고 노력해 왔습니다." 그가 말했다. 그러자 그녀가 대답했다.

"참 장하세요."

일 분이 흘러갔다. 단지 귀뚜라미들만이 울고 있었다. 그들 뒤에서는 나무들이 아주 낮은 소리로 살랑거렸다.

"난 불행이라면 약간 알고 있어요." 이윽고 그녀가 말했다. "불행에는 물가에서 보내는 이런 여름밤들이 제일 좋은 약이지요."

이 말에 그는 대답하지 않았다. 그는 힘없는 몸짓으로 저 건너 어둠 속에 평화로이 놓여 있는 맞은편 강안을 가리켰다.

"저는 최근에 저 건너편에 앉아 있었습니다." 그가 말했다.

"우리 집을 방문하시고 난 뒤에 말이지요?" 그녀가 물었다.

그는 단지 고개만 끄덕여 보였다.

그러고 나서 그는 갑자기 앉은 자리에서 떨면서 몸을 일으켜 세우더니 흐느껴 울면서 외마디 소리를, 무엇인가 구원적 요소도 동시에 내포하고 있는 비탄의 소리를 발했다. 그러고는 천천히 그녀 앞 땅바닥에 주저앉았다. 그는 한 손으로 그의 곁 벤치 위에 놓여 있던 그녀의 손을 잡았다. 이 키 작고 완전한 불구의 인간은 떨면서, 그리고 경련을 일으키면서, 그녀 앞에 무릎을 꿇고 앉아 그녀의 품에 얼굴을 묻었던 것이다. 그러면서 그는 사람 소리 같지 않은 헐떡이는 목소리로 더듬거렸다.

"당신도 아시지 않…… 저로 하여금 고백하게 해…… 저는 더 이상 어떻게 할 수…… 제발…… 제발……."

그녀는 그를 물리치지 않았으며 그를 향해 허리를 굽히지도 않았다. 그녀는 그로부터 약간 몸을 뒤로하여 기댄 채 전신을 똑바로 세우고 앉아 있었으며, 희미하게 번쩍이는 강물의 습기 찬 미광(微光)이 비치고 있는 듯한 그녀의 작고 미간이 좁게 붙어 있는 두 눈은 긴장한 가운데 그의 위쪽을 지나쳐 어딘가 먼 곳을 똑바로 응시하고 있었다.

그리고 얼마 안 있어 갑자기 그녀는 짤막하고도 오만하게 경멸적인 웃음을 터뜨리며 그의 뜨거운 손가락으로부터 자신의 두 손을 단번에 홱 뽑아 버렸다. 그러고는 그의 팔을 나꿔채서는 그를 완전히 땅바닥에 내동댕이쳐 버렸다. 그러고 나서 그녀는 벌떡 일어나 가로수로 안으로 사라져 버렸다.

그는 얼굴을 풀숲에 처박은 채 전신이 마비되어 정신을 잃고 거기 누워 있었다. 일종의 경련이 매 순간마다 그의 전신을 휩쓸고 지나갔다. 그는 간신히 몸을 일으켜서 두 걸음을 걷고는 다시금 땅바닥에 쓰러졌다. 그는 물가에 누워 있었다.

방금 일어난 이 사건과 관련하여 도대체 그의 내부에 무슨 일이 일어났는가? 그녀가 자신의 시선으로 그의 기를 꺾곤 할 때마다 그가 느껴 온 것은 아마도 육욕적인 증오였던 것 같았다. 이 증오는 그가 그녀에 의해 개 같은 취급을 받고 땅바닥에 누워 있는 이 순간 미칠 듯한 분노로 변했으며, 이 분노를 그는 이제 비록 자기 자신에게일망정 해소하지 않을 수 없게 되었다. 이 분노는 어쩌면 자기 자신에 대한 구토와 통하는 것일지도 몰랐다. 즉, 자기 자신을 말살하고 갈기갈기 찢어 없애 버리고 싶은 충동으로 그를 채우는 그런 구토 말이다…….

배를 깔고 엎드린 채 그는 좀 더 앞으로 몸을 밀고 나가서 상체를 쳐들고 물속으로 밀어 넣었다. 그는 두 번 다시 고개를 들지 않았고 강안에 놓인 두 다리도 더 이상 움직이지 않았다.

물이 첨벙 하는 소리에 귀뚜라미들이 한동안 소리를 죽였다. 이제 귀뚜라미들의 울음소리가 다시 시작되었고 공원은 조용히 살랑거리기 시작했으며 희미한 웃음소리가 긴 가로수로를 따라 이 아래쪽으로 들려오고 있었다.

어릿광대

마지막으로 그리고 멋지게 결론을 내리자면 이제 정말 그 모든 것들에 구토가 난다. 산다는 것, 내가 살아온 삶이 불러일으키는 구토. 모든 것들, 전체가 쏟아 내는 구토가 내 목을 조르고, 내 뒤를 바짝 쫓아와 나를 잡아 뒤흔들어 놓고는 다시 바닥에 내동댕이친다. 길든 짧든 구토는 언젠가 한번은 내게 우습고 수치스러운 모든 일들을 정리하고 거기서 벗어나 도약하는 데 필요한 힘을 줄 것이다. 그렇다 해도 이번 달 그리고 다음 달은 여전히 이대로 지나갈 거고 계속해서 석 달이고 반년이고 똑같이 기계적이며 규칙적이고 평온한 방식으로 먹고, 자고, 할 일을 하면서 아마도 그렇게 올겨울 나의 외적인 생활은 흘러가리라. 그에 대해 끔찍스럽게 저항하면서 내면에서는 황량한 해체 과정이 진행되겠지. 겉으로 볼 때 한 인간이 초연하고 세상사에 무심하고 평온하게 사는 것 같아 보일수록 그 내면의 경험은 더 격렬하고 더 공격적인 것은 아닐까? 그래 봤자 아무 소용없다. 어쨌든 살아야 한다. 행동하는 인간이 되는 것을 거부하면서 평화롭고 한적한 곳에 물러나 산다 하더라도 존재의 양자택일의 법칙이 너의 내면을 덮쳐서 결국 네 성격은 드러날 수밖에 없게 될 것이다. 네가 잘난 영웅이든 못난 바보든 간에.

내 이야기를 하기 위해서 아무것도 적히지 않은 빈 노트를 준비했다. 그런데 도대체 뭣 때문에? 어쨌든 뭔가를 하기 위해서? 심리적인 것에 대한 관심에서, 그래서 스스로에게 그 모든 것이 일어날 수밖에 없었다는 필연성을 일깨우기 위해서? 필연성이란 얼마나 따뜻한 위로의 말인가! 거기다가 순간이나마 스스로에 대한 일종의 우월감과 아무래도 좋다는 무관심 비슷한 것을 즐기기 위한 것도 있지 않을까? 무관심, 그거라면 차라리 운이 좋은 편이라는 걸 난 잘 알고 있으니까.

1

저 멀리 기억의 뒤편에 작고 오래된 도시가 놓여 있다. 좁고 구부러진 길에는 합각머리 지붕의 집들이 늘어서 있고 고딕식의 교회와 우물이 있으며 열심히 일하는 완고하고 단순한 사람들이 있고 내가 자라난 커다랗고 낡은 회색의 저택이 있다.

시내의 한가운데에 자리 잡고 있는 우리 집은 재력과 명망 있는 상인 가문이 4대에 걸쳐 이어져 내려온 집이었다. 현관 위에는 '기도하고 일하라.'라는 글귀가 걸려 있었고 훤히 트인 대리석 바닥을 지나, 위쪽 홀에서부터 하얀 래커 칠이 돼 있는, 넓은 계단을 따라 솟아 있는 나무 기둥을 돌면 훤한 공간이 나오면서 기둥이 받치고 있는 작고 어두운 홀을 지나게 된다. 그러고 나서 높고 하얀 문들 가운데 하나를 통해 안으로 들어가면 마침내 거실에 이르게 되는데 우리 어머니는 그곳에서 그랜드 피아노 앞에 앉아 연주를 하고 있다.

어머니는 어슴푸레한 빛을 받으며 앉아 있는데 창문에 두껍고 검붉은 커튼이 드리워져 있기 때문이다. 벽걸이 융단에 있는 하얀 신들의 모습은 푸른 배경에서 벗어나 입체감 있게 앞으로 튀어나와 있는 것처럼 보이는데 마치 쇼팽의 야상곡의 무겁고 깊은 시작음을 엿듣기 위해서 그러는 것 같았다. 그 곡은 어머니가 가장 사랑하는 것으로, 하나하나 화음의 우울함을 마음껏 즐기려는 듯 어머니는 그 곡을 언제나 아주 느릿느릿하게 연주했다. 그랜드 피아노는 너무 낡아서 그 울림이 신통치 않았지만 페달을 밟으면 높은 음이 변조되어 희뿌연 은빛을 연상시키면서 이상한 효과를 낼 수 있었다.

나는 뻣뻣한 등받이가 달린 육중한 물결 무늬 소파에 앉아 음악에 귀를 기울이며 어머니를 보고 있다. 그녀는 작고 연약한 모습을 하고 있으며 대부분은 부드러운 천으로 된 밝은 회색 옷을 입고 있다. 어머니의 갸름한 얼굴은 아름답지는 않았지만 가르마 탄, 약한 웨이브가 들어간 숱 없는 금발머리 아래에서 그 얼굴은 조용하고 연약하며 꿈꾸는 듯한 어린아이 같아 보였다. 피아노에 앉은 채 고개를 한쪽으로 약간 기울일 때면 어머니는 곧 옛 그림에 나오는, 성모 마리아의 발치에서 열심히 기타를 치고 있는 감동적인 작은 천사처럼 보였다.

내가 아직 어렸을 때 어머니는 낮고 수줍은 듯한 목소리로 다른 사람은 아무도 모르는 동화 이야기를 자주 해 주었다. 그렇지 않으면 품 안에 놓여 있는 내 머리 위에 손을 얹고는 아무 말 없이 꼼짝하지 않고 가만히 앉아 있었다. 그때가 내 생애 가운데 가장 행복하고 평화스러운 때였을 것이다. 어머니의 머리는 하얘지지 않았고 난 어머니가 늙을 거라고는 꿈에도 생각하지 않았다. 다만 작은 몸집이 점점 더 연약해지고 갸름한 얼굴이 더 갸름해지면서 점점 더 말이 없어지고 점점 더 꿈꾸는 듯 보일 뿐이었다.

그에 반해 우리 아버지는 몸집이 크고 풍채가 좋은 신사로서 멋진 검은 신사복에 하얀 조끼를 입고 다녔으며 조끼에는 코안경이 달려 있었다. 짧게 깎은 반짝이는 회색의 구레나룻 사이로는 입술 위와 마찬가지로 매끄럽게 면도한 둥근 턱이 힘차게 튀어나와 있었고 눈썹 사이에는 언제나 두 개의 주름이 세로로 깊게 패여 있었다. 아버지는 공적인 일에 막강한 영향력을 지닌 힘 있는 사람이었다. 나는 날아갈 듯 안도의 숨을 내쉬며 빛나는 눈으로 아버지 방에서 나오는 사람들을 보았고 또 반대로 풀이 꺾여 완전히 절망한 사람들도 보았다. 그런 일은 흔히 있었기 때문에 나와 어머니는 물론 손위의 두 누나들까지도 그런 광경에 익숙했다. 아마도 아버지는 내게 아버지처럼 되고 싶다는 허영심을 불어넣어 주려고 했는지도 모르겠다. 아니면 내가 고약한 마음으로 의심하는 것처럼 아버지에게 관객이 필요했는지도 모른다. 아버지는 의자에 기대어 한 손을 양복 윗저고리의 소맷부리에 넣고 기뻐하거나 절망하는 사람들을 느긋하게 바라보곤 했는데 그럴 때면 나는 어린 나이에 벌써 그런 의심을 하지 않을 수 없었던 것이다.

나는 구석에 자리 잡고 앉아 아버지와 어머니 둘 중 어느 한 사람을 선택해야만 하기라도 하는 것처럼 두 사람을 관찰하면서 꿈에 젖어 감각적으로 사는 게 더 좋을까 아니면 행동과 권력이 더 멋진 삶을 가져다줄까를 곰곰이 생각해 보곤 했다. 그러다가 내 눈은 결국에는 어머니의 조용한 얼굴 위에 머물렀다.

2

그렇다고 해서 외적인 생활에서 나라는 존재가 어머니를 닮은 것은 아니었다. 왜냐하면 내가 관심 있게 하는 일들은 크게 보아서 조용하다거나 요란스럽지 않은 것들과는 거리가 멀었다. 그중의 하나를 들어 보면 동년배들과의 교제나 그 연배에 하는 놀이를 제쳐 놓고 나는 열정적으로 어떤 놀이에 빠져들었으며 이제 서른 살이 다 된 지금까지도 이 놀이라면 내 마음은 즐거움과 만족감으로 꽉 채워지는 것이다.

내가 말하는 놀이란 규모가 크고 설비를 잘 갖춘 인형극을 가리키는 것으로, 완전히 혼자 방에 틀어박힌 나는 무대 위에서 인형들로 기이한 뮤직드라마를 공연하곤 했다. 삼 층에 있는 내 방에는 발렌슈타인 장군의 수염을 한 조상님을 그린 어두운 색의 초상화가 두 개 나란히 걸려 있고, 무대 옆의 어두컴컴한 곳에 등이 하나 놓여 있었다. 분위기를 고조시키기 위해서 인위적인 조명이 필요했기 때문이다. 내 자리는 무대 바로 앞이었는데 내가 바로 지휘자였기 때문이다. 내 왼손은 판지로 만든 커다랗고 둥근 상자 위에 놓여져 있었는데 눈에 보이는 오케스트라 악기라고는 유일하게 그것뿐이었다.

이제 함께 일하는 예술가들이 도착했다. 그들은 나 스스로 잉크와 펜으로 그리고 가위로 오려서 만든 것으로, 나무틀을 대서 서 있을 수 있었다. 그들은 코트에 실린더 모자를 쓴 어엿한 신사분들이며 매우 아름다운 숙녀분들이었다.

"안녕하십니까, 단원 여러분!"이라는 말로 나는 시작했다. "모두들 편안하시지요? 아직 몇 가지 더 손볼 게 있어서 저는 먼저 이 자리에 나와 있었습니다. 자, 이제 분장실에 가야 할 시간이 다 됐군요."

무대 뒤의 분장실로 간 지 얼마 안 되어 그들은 완전히 달라져 갖가지 등장인물의 모습이 되어 다시 돌아왔다. 그러고는 내가 커튼에 뚫어 놓은 구멍을 통해 객석이 얼마나 많이 찼는지를 엿보았다. 그렇게 빈자리가 많은 것은 아니었다. 공연을 시작하자는 신호와 함께 지휘봉을 들어 올리고 나는 그대로 멈춰 서서 한동안 내 신호가 불러일으킨 깊은 고요함을 즐긴다. 그러나 곧 새로운 움직임을 향해 예감에 가득 찬 북소리가 장중하게 울린다. 그건 서곡의 시작으로 내 왼손이 판지

상자를 힘껏 두들겨 내는 소리다. 이어서 트럼펫, 클라리넷, 플루트가 연주할 차례가 되면 나는 뭐라고 말할 수 없이 이상하게 입을 움직여 그 소리들을 흉내 낸다. 음악은 계속되어 점점 커지다가 육중한 크레센도 음을 내는 순간 뚝 그치면서 커튼이 올라가고 어두운 숲속 또는 화려한 홀에서 드라마가 시작된다.

그것은 미리 머릿속에서 다 짜 놓은 것이지만 세세한 것은 공연할 때 즉석에서 처리되어야 한다. 정열적이며 달콤한 노래가 울리면서 낭랑한 클라리넷과 우렁찬 판지 상자가 그에 맞춰 소리를 내면 그것은 기이하고 완벽한 화음의 시가 되었다. 그 안에는 위대하고 예리한 말들이 숨겨져 있으며 때로는 운이 제대로 맞기도 한다. 그러나 이해할 수 있는 내용은 거의 없었다. 그렇지만 오페라는 계속되어 나는 왼손으로는 북을 치고 입으로는 노래하고 연주하며 또 오른손으로는 연기하는 인물들뿐만 아니라 그 밖의 나머지 것들도 세심하게 지휘했다. 막이 끝나면 감동의 박수 소리가 떠나갈 듯 울리고 몇 번이고 계속해서 커튼이 올라가는 가운데 지휘자는 자기 자리에서 몸을 돌려 당당하면서도 기분 좋게 객석을 향해 감사의 인사를 하곤 했다.

그런 긴장 속에 힘든 공연을 마친 후 상기된 얼굴로 극단을 정리해서 보관하고 나면 행복한 노곤함이 가득 밀려와 나는 마치 위대한 예술가가 자신의 모든 능력을 바친 작품을 성공적으로 마쳤을 때와 같은 느낌을 받았다. 이것이 내가 열세 살 혹은 열네 살이 될 때까지 가장 좋아했던 놀이이다.

3

커다란 저택에서의 나의 어린 시절과 소년 시절은 과연 어떻게 지나갔을까? 그 집의 아래층에서는 아버지가 일을 보고 계셨고 어머니는 위층에서 안락의자에 기대어 꿈에 잠겨 있거나 조용히 생각에 잠겨 피아노를 치고 있었으며 두 명의 누나들, 하나는 나보다 두 살 위이고 하나는 세 살 위인 누나들은 부엌이나 세탁장에서 시간을 보냈다. 내가 기억할 수 있는 것은 그렇게 얼마 안 되는 것뿐이다.

아주 활달한 사내아이로서 선택받은 혈통과 누구도 견줄수 없는 선생님 흉내 내기 능력, 수천 개의 연극 소품들, 뛰어난 화술 등으로 내가 동급생들 사이에서 존경과 사랑을 받았다는 것은 확실하다. 그러나 수업 시간은 나에게 고역이었는데 선생님들의 몸짓에서 우스꽝스러운 것을 찾아내기 바빠서다른 것에 주의를 기울일 수 없었기 때문이다. 집에서는 또 오페라의 소재라든가 시 등, 온갖 쓸데없는 것들이 머릿속에 꽉차 있어서 진지하게 공부할 수 있는 자세가 되어 있지 않았다.

점심 식사 후에 거실에 있는 아버지에게 성적표를 가져다보여 주면 아버지는 한번 쭉 훑어본 후에 "어이구!" 하면서 눈썹 사이의 주름이 더욱 깊어졌다. "널 보면 기분이 썩 좋지는 않구나. 사실이 그런 걸 어쩌냐. 도대체 뭐가 되려고 그러니. 훌륭한 사람이 되겠다는 마음이나 있는지 한번 말해 보렴. 그렇게 살아서야 어디 한번이나 상류사회에 끼어들겠냐."

그것은 마음 아픈 일이었다. 그러나 그렇다고 해서 내가 저녁 식사 후에 일찍감치 부모님과 누나들 앞에서 오후에 써 둔 시를 읽는 일이 방해받지는 않았다. 아버지는 하얀 조끼에 걸린 코걸이 안경이 이리저리 흔들릴 정도로 웃었다. "무슨 바보 같은 짓인지 모르겠네!" 어떤 시에 대해서 아버지가 한 말이다. 그러나 어머니는 나를 품으로 끌어당겨 이마의 머리카락을 위로 쓸어 주며 말했다. "참, 좋은 시구나, 애야. 몇몇 구절은 정말 좋았어."

나중에 몇 살 더 나이가 들었을 때 나는 혼자서 피아노 치는 것을 배웠다. 검은 건반이 특히 매력적으로 보여서 올림바장조 화음을 치는 것부터 배우기 시작해 다른 음조로 가는 중간음들을 찾아 오랜 시간을 피아노 앞에서 보냈다. 그렇게 해서 점차로 박자와 멜로디는 빠졌지만 화음의 변화를 주는 데는 어느 정도 완숙해졌고, 화음이 엮어 내는 신비한 소리에 나는 가능한 한 많은 것을 표현하려 했다.

어머니는 말했다. "저 애의 터치는 피아노에 소질이 있다는 걸 말해 주고 있어." 그러고는 내가 피아노 교습을 받도록 해 주었는데 그건 반 년밖에 지속되지 못했다. 왜냐하면 내가 흥미를 느꼈던 것은 정말이지 규칙에 맞는 운지법이나 박자를 배우는 것 따위가 아니었기 때문이다.

그렇게 몇 년의 세월이 흐르고 난 후에 학교 때문에 생겼던 근심에도 불구하고 나는 아주 명랑한 성격으로 자라났다. 내 몸놀림은 경쾌했으며 아는 사람과 친척들 사이에서 사랑받았다. 사람들에게 사랑받는 사람이 되는 것을 즐기며 나는 재치 있고 사랑스러운 사람이 되었다. 그러나 속으로는 그 모든 건조하고 상상력이 없는 주위 사람들을 본능적으로 경멸하기 시작했다.

4

열여덟 살쯤 되어 상급반의 마지막 학기를 다니고 있던 어느 날 오후 나는 우연히 부모님이 나누는 대화를 엿듣게 되었다. 거실의 둥근 탁자에 함께 앉아 있던 그분들은 내가 옆에 붙어 있는 식당에서 아무것도 하지 않으면서 창문에 기대어 합각머리 집들 너머로 하늘을 쳐다보고 있다는 것을 알아채지 못했다. 내 이름이 언급되는 것을 듣고 나는 반쯤 열려 있는 하얀 여닫이 문으로 조용히 다가갔다.

아버지는 소파에 기대앉아 한 다리를 다른 다리 위에 걸치고 한 손으로는 무릎 위에 있는 경제 신문을 잡고 다른 손으로는 구레나룻 사이의 턱을 천천히 쓰다듬고 있었다. 어머니는 소파에 앉아서 고요한 얼굴을 자수틀 위로 기울이고 있었다. 두 사람 사이에는 등이 놓여 있었다.

아버지가 말했다. "내 생각에는 그 아이를 일단 학교에서 데려와 규모가 큰 상점에서 일을 배우도록 하는 게 좋을 것 같소."

"아유!" 하고 어머니가 크게 슬퍼하며 아버지를 향해 말했다. "저렇게 재능 있는 아이를요?"

아버지는 한순간 침묵했고 그 사이에 조심스럽게 상의에

붙은 실먼지를 불어서 털어 냈다. 그러고 나서 그는 어깨를 으쓱하며 팔을 쭉 펴서 두 손바닥이 어머니 쪽을 향하게 해 놓고는 말했다.

"여보, 당신이 만일 상인이 하는 일은 재능하고는 상관이 없는 거라고 생각한다면 그건 잘못된 생각이오. 그건 그렇고 참으로 속상하기 짝이 없는 일이지만 학교가 저 아이에게 아무 득도 안 된다는 건 사실 아니오? 당신이 말하는 저 아이의 재능은 일종의 어릿광대 기질이라고 하겠는데, 사실 내가 그런 걸 전적으로 낮게만 평가하는 건 아니오. 저 애는 자기가 그럴 마음만 있으면 사람들한테 사랑받을 수 있어요. 다른 사람들과 잘 지내면서 그 사람들을 즐겁고 기분 좋게 해 줄 줄 알아요. 그 애는 사람들 마음에 들고 싶어하고 또 성공하고 싶은 욕심도 있어요. 그런 소질로 자기 행복을 찾은 사람들도 많지. 그 애는 다른 일들에 별 관심이 없지만 그런 점에서는 훌륭한 상인이 되는 데에 그런대로 재능이 있다고 할 만하지요."

말을 마치자 아버지는 흡족한 마음으로 몸을 뒤로 젖히고 담뱃갑에서 담배를 꺼내어 천천히 불을 붙였다.

"물론 당신 말씀이 맞아요." 슬픈 듯이 어머니가 방 안을 둘러보며 말했다. "나는 그 애가 언젠가는 예술가가 될 거라고 믿었고 또 그렇게 되기를 바라기도 했어요. 아직 개발되지 않은 그 애의 음악적인 재능에 큰 비중을 두어서는 안 된다는 건 사실이에요. 그렇지만 여보, 요즘 그 애가 어떤 작은 전람회에 갔다 오고 나서 그림에 꽤 시간을 보내고 있다는 걸 눈치채셨어요? 내 생각에 그렇게 나쁜 일은 아닌 것 같은데……."

아버지는 담배 연기를 내뿜으며 몸을 일으켜 소파에 똑바로 앉더니 짧게 말했다.

"그건 다 쓸데없는 멍청한 짓이오. 그래도 일단은 그 애 자신한테 뭘 하고 싶은지 물어보는 게 당연한 순서겠지."

자, 도대체 나는 어떤 소망을 가져야 했을까? 아버지가 제시한 외부 생활의 변화에 따른 전망은 나에게 아주 희망적인 것으로 비쳤다. 그래서 부모님과 진지하게 마주 앉게 됐을 때 나는 일찌감치 학교를 떠나 상인이 되겠다고 말씀드렸고 강 아래쪽에 있는 슐리포크트 씨의 커다란 목재상회에 견습상인으로서 발을 들여놓게 되었다.

5

내게 일어난 변화는 순전히 외부적인 것이었고 그건 당연한 것이었다. 슐리포크트 씨의 목재 사업에 대해서는 거의 흥미가 없던 나는 좁고 어두운 회계실의 가스등 아래 회전의자에, 예전에 학교 의자에 앉아 있었을 때처럼, 마음은 다른 데가 있으면서 낯설게 앉아 있었다. 그때보다는 걱정거리가 줄었다는 게 좀 달라진 점이라고나 할까.

슐리포크트 씨는 붉은 얼굴에 뱃사람같이 꺼칠한 잿빛 수염의 뚱뚱한 남자였는데 나에 대해서는 별로 신경을 쓰지 않왔다. 그건 그가 주로 회계실과 목재 적재장에서 멀리 떨어져 있는 제재소에 머물러 있었기 때문이며, 그 밖의 다른 고용인들은 존경심을 가지고 나를 대했다. 나는 그들 중에서 재능 있고 쾌활한, 좋은 집안 출신의 젊은 남자 하나와 가깝게 지냈는데 이미 학교에서부터 알고 있던 사이로 그의 이름은 쉘링이었다. 그는 곧 모든 세상에 대한 비웃음을 나에게 털어놓았으나 다른 한편으로는 일상의 목재 사업에 대한 열의도 가지고 있어서 그가 어떤 식으로든지 부자가 되겠다는 야심을 말하지 않고 지나가는 날은 단 하루도 없었다.

나는 꼭 필요한 일들만 기계적으로 처리하고 그 외에는 보통 나무판 꾸러미와 일꾼들 사이에서 적재소를 빈둥거리며 돌아다니다가 높이 쌓인 목재들의 격자 틈 사이로 강을 바라보곤 했는데 강 위로는 때때로 화물열차가 달리고 있었다. 그러면 나는 내가 즐겨 하곤 했던 연극 공연이나 음악회 아니면 그동안 읽었던 책을 생각했다.

내 손에 들어오는 책은 뭐든지 다 읽을 정도로 나는 책을 많이 읽었다. 내 감수성은 꽤 괜찮은 편이어서 나는 모든 작가들의 개성을 느낌으로 이해했으며 거기서 나 자신을 본다고 믿었고 그 책의 스타일대로 생각하고 느꼈는데 그것은 다음 책을 만나 새로운 영향력에 놓일 때까지 지속됐다. 예전에 인형극을 공연했던 내 방에서 이제 나는 무릎에 책을 놓고 앉아 두 조상님의 초상화를 올려다보며 책에 나오는 말에 적절하다고 생각되는 억양을 생각하면서 흠뻑 빠져 있었다. 동시에 반쯤 익은 생각과 환상으로 뒤엉킨 설익은 카오스가 나에게 덮쳐 왔다.

　누나들이 짧은 간격을 두고 연이어 결혼하고 난 후, 일하러 가지 않을 때면 나는 자주 거실로 내려갔는데 거기에는 몸이 그다지 좋지 않은 어머니가 얼굴이 점점 더 아기 같아지고 점점 더 말수가 적어지면서 대부분의 시간을 고독하게 홀로 앉아 있었다. 어머니가 나에게 쇼팽을 쳐 주거나 내가 그녀에게 새롭게 떠오른 화음을 선보이곤 할 때면 어머니는 내가 지금 하고 있는 일에 만족하며 행복한지를 물었다. 그리고 조금도 의심할 바 없이 나는 행복했다.

　내 나이는 스무 살을 많이 넘지 않았었고 그때 내가 처한 상황이란 잠정적인 것에 지나지 않았다. 그래서 내가 슐리포크트 씨라든지 아니면 더 규모가 큰 어떤 목재상회에서 인생을 보내게 되지는 않을 것이며 언젠가는 자유롭게 합각머리 지붕의 이 옛 도시를 떠나 세상 어딘가에서 내가 하고 싶은 것을 하면서 살 거라는 생각은 나에게 낯설지 않았다. 섬세한 감각으로 쓴 좋은 책을 읽는다든지 연극을 보러 간다든지 음악을 하면서 살 거라고 나는 생각했다. 행복하냐고? 어쨌든 나는 좋은 식사를 하고 가장 좋은 옷을 입고 외출을 했으며, 가령 학교 생활을 할 동안 가난하고 남루한 옷을 입은 아이들이 습관처럼 나에게 머리 숙이며 잘 보이려는 마음으로 부끄러운 듯 나와 나 비슷한 아이들을 기꺼이 주인님으로, 명령을 내릴 수 있는 사람으로 인정해 주는 것을 늘 보아 왔던 만큼, 내가 상류층의 돈 많고 부러움을 사는 사람들에 속한다는 사실을 익히 잘 알고 있었다. 우리들은 당연히 가난하고 불행하며 시샘하고 있는 그들을 기분 좋게 멸시하며 내려다볼 수 있는 권리가 있었다. 그런데 내가 어찌 행복하지 않을 수 있었겠는가? 모든 일은 다 자연히 잘 풀리게 돼 있었다. 무엇보다도 가장 매력 있는 건 다른 사람들과 다른 뛰어난 사람으로서 유쾌하게 친척들과 친지들 사이를 돌아다닌다는 것으로, 나는 그들의 답답한 한계성을 조롱하면서 동시에 그들 마음에 들고 싶은 기분도 있었기 때문에 세련된 상냥함으로 그들을 대하면서 그들이 드러내는 모호한 존경심을 기분 좋게 즐겼다. 내 존재와 본질에 대해서 그들 모두는 일종의 존경심을 보내지 않을 수 없었는데 왜냐하면 그들은 나한테 확실하지는 않지만 뭔가 자기들과는 상반되며 별난 어떤 것이 있다고 추측했기 때문이다.

6

그런 상황에서 아버지를 통해 어떤 변화가 일어나기 시작했다. 4시에 아버지가 식사하러 올 때면 눈썹 사이의 주름살은 날마다 더 깊어지는 것 같았고 이제는 당당한 태도로 소맷부리에 손을 넣는 일도 더 이상 없었다. 다만 짓눌리고 불안해하는 소심한 모습을 보여 줄 뿐이었다. 어느 날 아버지는 내게 말했다.

"너도 이제 충분히 나이가 들었으니 내 건강을 파먹고 있는 걱정거리를 함께 나눠도 될 것 같구나. 그렇지 않더라도 미리 말해 뒤야 네가 앞으로의 인생에 대해서 그릇된 기대를 갖지 않게 되겠지. 너도 알다시피 네 누나들을 결혼시키느라고 꽤 많은 재산이 축났다. 또 최근에 회사가 손해를 보아서 우리 자산이 막대하게 줄어들게 되었구나. 나는 이제 노인이 되어 마음이 약해졌고 상황이 본질적으로 달라질 것 같지는 않다. 그러니 네가 자신의 힘으로 혼자 설 수밖에 없다는 사실을 명심하기 바란다⋯⋯."

이것이 아버지가 돌아가시기 두 달 전에 하신 말씀이었다. 어느 날 아버지는 얼굴이 노랗게 질려 마비된 상태로 자기 개인 회계실의 팔걸이의자 위에서 신음하고 있는 채 발견되었다. 그로부터 일주일 후에 치른 장례 때는 도시 전체가 애도를 표했다.

어머니는 거실의 둥근 탁자 앞에 놓인 소파에 연약하고 조용한 모습으로 앉아서 대부분의 시간에는 눈을 감고 있었다. 누나들이나 내가 걱정을 하면 어머니는 고개를 끄덕이거나 미소를 짓고는 다시 침묵하며 조용히 손을 가슴에 얹고는 움직이지 않고 고귀한, 낯설고 슬픈 시선으로 벽걸이 융단의 신들을 바라보았다. 프록코트를 입은 신사들이 와서 재산처리 경과를 보고하면 그녀는 곧 머리를 끄덕이고는 다시 새롭게 눈을 감았다.

어머니는 더 이상 쇼팽을 치지 않았고 정수리 여기저기를 조용하게 어루만질 때면 창백하고 연약하며 지친 두 손이 파르르 떨렸다. 아버지가 돌아가신 지 반 년이 채 못 되어 어머니는 자리에 누웠고 이어서 고통의 신음 소리도, 살고자 하는 투쟁도 없이 세상을 등졌다.

이제 모든 것은 끝났다. 무엇이 나를 이곳에 잡아 둘 수 있었겠는가? 회사는 정리되었고 잘 됐거나 못 됐거나 간에 결과적으로 나는 대략 십만 마르크 정도의 유산을 손에 넣게 되었다. 그것은 내가 세상으로부터 독립해서 살기에 충분했다. 왜 그랬는지 관심도 없는 어떤 이유로 군대를 면제받게 되었기 때문에 더욱이 내가 이 도시에 머물 이유가 없었다.

아무것도 더 이상 나를 사람들 사이에 묶어 두지 못했다. 그들 사이에서 자라났지만 나를 바라보는 그들의 시선은 점점 더 낯설고 놀랍다는 듯이 나를 관찰했으며 그들의 세계관은 너무 일방적이라서 나는 도저히 그들과 연대해서 살아갈 마음이 나지 않았다. 그들이 나를 제대로 알았다는 것은 인정하지 않을 수 없는데, 그 말은 즉 그들이 나를 결정적으로 쓸모없는 인간으로 알았다는 것이며 나 또한 스스로를 그렇게 알고 있었다. 그러나 또한 충분히 회의적이며 숙명론을 따랐기 때문에 우리 아버지의 표현에 따를 것 같으면 '어릿광대 기질'인 나의 끼를 밝은 쪽으로 받아들이는 데 아무 무리가 없었으며 기꺼이 삶을 내 방식대로 꾸려 나갈 용의가 있었다. 자기 만족이라는 면에서 내게 모자란 것은 하나도 없었다.

많지 않은 재산을 돈으로 바꿔서 거의 작별 인사도 하지 않고 나는 도시를 떠나 우선 여행길에 올랐다.

7

그때부터 이어지는 삼 년 동안, 호기심 가득한 감수성으로 수천 가지의 새롭고 다양하고 풍요로운 인상들에 흠뻑 빠져들었던 그 세월을, 난 마치 아름답고 먼 꿈속의 일처럼 기억한다. 눈과 얼음 사이의 심플론 언덕에서 수도승들과 신년맞이 축제를 벌였던 게 얼마나 오래전의 일인가. 또 베로나의 광장 시장에서 돈을 흥청망청 뿌렸던 것, 보르고 산 스피리토에서 생전 처음 성(聖) 베드로 성당의 늘어선 기둥 아래 들어서서는 놀란 눈으로 정신없이 그 어마어마한 장소에 빠져들었던 것, 또 코르소 비토리오 에마누엘레에서 하얗게 반짝이는 나폴리를 바라보며 먼 바다 위로 카프리의 우아한 그림자가 푸른 아지랑이 속에 아른거리는 것을 본 것은 또 언제였던가……. 그건 사실은 6년 전의 일로서 그렇게 오래된 건 아니다.

아, 나는 매우 조심스럽게, 내 처지에 맞춰 소박한 개인 집이나 깔끔한 하숙집 등에 머물렀다. 그러나 자주 장소를 바꿔야 했고 또 처음에는 부유한 상류 시민 계급의 생활 습관을 벗어나는 것이 힘들었기 때문에 어쩔 수 없이 많은 경비를 썼다. 여행하는 동안 쓰려고 정해 놓은 것은 만오천 마르크 정도였는데 실제 쓴 돈은 당연히 그보다 더 많았다.

여행 도중에 여기저기서 만나 알게 된 사람들과는 편안하게 지냈다. 그중에는 흥미 없는 사람도 있었고 때로는 아주 재미있는 사람도 있었는데, 그들에게 나의 존재는 예전의 내 주

48

변 사람들에게 그랬던 것 같은 존경의 대상은 아니었으나 대신 그들로부터 낯선 시선과 질문을 받을까 봐 두려워하지 않아도 되었다.

사람들과 잘 어울릴 수 있는 나름대로의 소질 덕분에 숙박하고 있던 호텔에서 나는 때때로 나머지 여행객들로부터 인기를 누리며 기뻐하곤 했다. 그 가운데 팔레르모의 미넬리 호텔 살롱에서의 한 장면이 머리에 떠오른다. 다양한 나이의 사람들이 모인 한 무리의 프랑스 여행객들이 지켜보는 가운데 작은 피아노 앞에서 비극적인 표정 연기와 노래 낭송과 구르는 듯한 화음으로 화려하게 준비된 리하르트 바그너의 오페라 하나를 즉석에서 연주하여 떠들썩한 박수갈채 아래 막 공연을 끝내고 났을 때였다. 한 노인이 서둘러 나에게 왔는데 그의 머리에는 머리카락이 거의 없었고 회색의 여행복 위로는 구레나룻의 수염 몇 가닥이 팔락이고 있었다. 그는 내 양손을 붙들더니 눈물을 글썽이며 소리쳤다.

"이건 정말 놀라운 일입니다! 귀하신 양반, 정말 놀라운 일이오! 지난 30년 동안 내가 이렇게 재미있게 즐겨 본 적은 정말 한번도 없었다는 걸 맹세합니다! 마음을 다해서 당신께 감사드리는 걸 받아 주시겠지요! 당신은 반드시 연극배우나 음악가가 되셔야 합니다!"

그런 기회에 내가 느낀 건 사실 어떤 위대한 화가가 자기 친구들과 멋대로 어울려 놀다가 우스우면서도 재치 있는 캐리커처를 식탁 위에 그려 놓고 나서 느꼈을 천재의 자만심과도 같은 것이었다. 그러나 식사 후에는 살롱에 혼자 남아 고독하게 우수에 젖어 팔레르모를 보고 느낀 분위기를 담은 화음을 악기로 연주했을 때의 소리를 머릿속에서 끌어내며 시간을 보냈다.

여행 중에 나는 아프리카 대륙을 스쳐 지나가며 시칠리아 쪽에서 그야말로 흘낏 구경했고 그러고 나서는 스페인으로 갔다. 마드리드 근처의 시골이었고 겨울이었다. 그런데 거기서 처음으로 비가 내리는 침울한 어느 날 오후 불현듯 독일로 다시 돌아가고 싶다는 생각이 들었다. 그리고 어쩔 수 없이 그럴 수밖에 없기도 했다. 이제 평온하고 규칙적이며 안정된 생활이 그리워지기 시작했다는 사실 외에도 독일에 도착하기 전까지 아주 절약해도 앞으로 이만 마르크 정도의 경비가 소요될 것이라는 계산이 어렵지 않게 나왔기 때문이다.

나는 오래 머뭇거리지 않고 프랑스를 거쳐 독일로 가는 먼 귀향길에 들어섰다. 프랑스의 어느 도시에서 길게 머무르는 바람에 반 년 가까운 세월이 흘러갔다. 그러다가 중부 독일에 있는 어떤 도시의 정거장에 도착하게 되었는데 그 여름날 저녁의 우울함을 나는 아직도 선명하게 기억한다. 주의 수도인 그 도시는 여행을 시작할 때 이미 점찍어 두었던 도시였다. 어느 정도 세상을 배우고 약간의 경험과 지식을 갖추어 다시 여기 오고 보니 이제 여기서 아무 걱정 없이 독립해서 얼마 되지 않지만 가지고 있는 돈에 맞춰 방해받지 않는 평온한 삶을 구축해 나갈 수 있으리라는 어린애 같은 기쁨이 내 마음을 가득 채웠다.

당시 내 나이는 스물다섯이었다.

8

그곳을 선택한 것은 잘한 일이었다. 그곳은 훌륭한 도시로서 너무 시끄러운 대도시의 소음도 없었고 눈에 거슬리는 지나친 장삿속도 없으면서 한편으로는 상당히 주목할 만한 옛 명승지가 있고 또 생동감이나 우아함이라는 측면에서 조금도 뒤질 것이 없는 도시의 삶이 있었다. 주변에는 갖가지 아늑한 장소가 있었다. 그러나 나는 늘 풍취 있는 산책길을 좋아했다. 그 길은 '레르헨베르크'까지 이어지는데 그건 좁고 긴 언덕으로서 도시의 많은 부분이 이 언덕에 기대어 있었으며 그곳에 가면 집들, 교회들 그리고 부드럽게 굽이치는 강을 넘어 넓은 야외로 이어지는 탁 트인 전망을 즐길 수 있었다. 몇몇 지점은 특히 아름다운 여름날 오후가 되어 군악대가 연주를 하고 마차와 산책하는 사람들이 이리저리 돌아다닐 때면 로마의 핀치오 언덕을 연상시켰다. 이 산책길에 대해서는 나중에 더 얘기하게 될 것이다.

나는 도시 한가운데의 활기 넘치는 구역에, 앞으로 돌출되어 있는 침실과 함께 꽤 넓은 방을 빌렸는데 그 방을 꾸밀 때 내가 얼마나 만족스러웠는지는 아마 아무도 모를 것이다. 부모님께서 가지고 있던 가구는 대부분 누나들에게 넘어갔지만 항상 내가 사용해 왔던 것들, 즉 장엄하고 유서 깊은 물건들과 내 책들과 두 조상님의 초상화 등은 내 몫으로 돌아왔는데, 특히 어머니가 특별히 나에게 남겨 준 낡은 그랜드 피아노를 빼놓을 수 없겠다.

모든 것들이 제자리에 놓여 정리되고 여행에서 모았던 사진들로 모든 벽들과 무거운 마호가니 책상과 불룩한 서랍장을 예쁘게 장식했을 때, 모든 일을 마치고 편안히 창문 앞의 등받이 안락의자에 앉아 바깥 거리와 새 집을 번갈아 둘러보았을 때, 내가 느꼈던 편안한 만족감은 결코 적지 않았다. 그런데 그럼에도 불구하고——나는 이 순간을 잊지 못할 것이다.——만족감, 신뢰감과 함께 다른 어떤 것이 서서히 내 마음속에 일어났다. 그것은 공포와 불안이 섞인 감정으로 말하자면 다가오는 위협에 대한 일종의 분노와 반항 같은 것이었다. 그 위협이란 내 처지가 지금까지는 다만 임시적인 것에 불과했다면 이제 처음으로 결정적으로 바꿀 수 없는 것이 되었다는 가벼운 압박이었다.

이런 느낌, 또는 이와 비슷한 느낌들이 가끔 반복되어 나타났다는 것을 감추고 싶지는 않다. 그러나 어떤 날 오후 점점 더 깊어지는 황혼에 오랫동안 내리는 비까지 겹쳐 그것들을 바라보노라면 우울한 변덕의 희생물이 되는 걸 피할 수 없었다. 어쨌든 내 미래가 완벽하게 보장되었다는 것은 확실했다. 나는 시내 은행에 팔만 마르크를 맡겼다. 경기가 좋지 않은 때라서 이자는 세 달 동안 약 육백 마르크 정도 되었고 그걸로 나는 그런대로 품위 있게 살 수 있었다. 즉, 읽을거리를 사고 가끔 극장에 가고 가벼운 마음으로 시간을 보내기에 충분했다.

그때부터 나의 생활은 그야말로 내가 오래전부터 목표로 삼아 왔던 대로 이상적으로 흘러갔다. 나는 대충 열 시에 일어나 아침을 먹고 정오까지 피아노를 친다든가 문학 잡지나 책을 읽는 것으로 시간을 보냈다. 그러고 나서 거리로 나가 작은 레스토랑까지 슬슬 걸어 내려가 거기서 고정적으로 식사를 했다. 이어서 다소 오랜 산책이 이어지는데 거리를 걷거나, 화랑에 가거나, 주위의 좋은 곳이나 레르헨베르크에 올라가거나 했다. 그리고 집에 돌아오면 오전에 하던 일들을 다시 하는 것이다. 책을 읽고 음악을 즐기며 때로는 그림을 그리거나 정성 들여 편지를 썼다. 저녁 식사 후에는 극장이나 콘서트에 가지 않을 때면 찻집에 앉아 잠자러 가기 전까지 신문을 읽었다. 이따금 피아노를 치다가 새롭고 아름다운 모티프가 떠오르는 날이면, 또 소설을 읽거나 어떤 그림을 보고 느낀 따뜻한 인상이 계속 유지되는 날이면, 그날은 좋고 아름다운 날로서 알차고 행복하게 느껴졌다.

이 말은 꼭 하고 싶다. 내가 나의 삶에 대한 초안을 잡을 때 이상적으로 그 일에 임했다는 것과 나의 시간들이 가능한 한 알찬 내용을 담도록 내가 정말 진지하게 모든 노력을 다했다는 것 말이다. 나는 검소하게 식사했으며 보통은 한 가지 옷만 입는 등 나의 육체적인 요구는 조심스럽게 제한하면서 다른 쪽, 즉 오페라에서 좋은 자리를 구한다든가, 콘서트에 비싼 값을 지불한다든가, 새로운 문학 작품을 구입한다든가, 이런저런 전람회를 구경하는 일들에는 돈을 아끼지 않았다.

하루하루가 그렇게 지나가면서 여러 주가 되고 여러 달이 되었다. 지루하지 않았느냐고? 고백하거니와 여러 시간 계속해서 알찬 내용을 선사하는 책이 항상 손에 들어오는 것은 아니다. 또 아무런 성과 없이 피아노 앞에 앉아서 공상의 나래를 펼 때도 있고 창가에 앉아 담배를 피우는 일도 있으며 세상 전체와 나 자신에 대한 저항할 수 없는 혐오감이 마음을 파고들 때도 있다. 불안이, 그 고약한 불안이 다시 엄습해 오는 것이다. 그럴 때면 나는 벌떡 일어나 밖으로 뛰쳐나가 거리의 직장인들과 노동자들을 쳐다보며 행복한 자로서 경쾌하게 어깨를 으쓱거리곤 했다. 그들은 여가와 향유를 즐기는 데에는 정신적으로나 물질적으로 전혀 재능이 없는 사람들인 것이다.

9

스물일곱 살의 젊은이가 현재 처한 상황이 더 이상 변화가 없는 결정적인 상태라고 진지하게 믿는 것이 도대체 가능한 일일까? 변화가 없다는 것이 아무리 명백하다고 하더라도 말이다. 새의 지저귐, 한 점의 푸른 하늘, 간밤에 꾸었던 반만 남은 지워진 꿈, 이런 사소한 것들이 막연한 희망이라는 갑작스러운 물줄기를 그의 가슴에 쏟아부어 예견할 수 없는 커다란 행복에 대한 확실한 기대로 가슴이 벅차오르게 할 수 있는 것이다. 나는 오늘에서 내일로 하루하루를 빈둥거리며 보냈다. 분명한 목적 없이 평온하게 이런저런 작은 희망에 마음을 쏟았으며 중요한 일이라는 것도 재미있는 잡지가 나오는 날을 기다리는 것 정도였으며 그러면서 행복하다는 것을 힘껏 확신했지만 이따금 다시 고독에 지쳐 피곤해지는 것이었다.

사람들과의 교제나 모임이 없는 것에 대한 불만이 나를 사로잡는 시간들이 사실 그다지 드물지는 않았다. 사람들과의 교류가 없었다는 것을 설명할 필요가 있을까? 나에게는 좋은 사람들과의 접촉이나 도시 상류층과의 교제가 전혀 없었다. 부잣집 자식들에게 나를 방탕아로 소개하기 위해서는 돈이 필요했다. 그렇다면 보헤미안들은 어땠을까? 그러나 나는 교육을 받은 인간이었고 깨끗한 옷과 흠 없는 양복을 입고 다녔으며 찐득거리는 술이 묻은 식탁에서 지저분한 젊은이들과 무질서한 대화를 나누고 싶은 마음은 전혀 없었다. 말하자면 내가 당연하게 속할 만한 마땅한 사회 계층이 없었던 것이다. 그리고 이런저런 기회에 자연스럽게 사람을 알게 된다는 것은 흔치 않은 일이었으며 그런 일이 있다 해도 내 잘못이긴 하지만 관계는 늘 너무 피상적이고 냉랭했다. 그런 경우에 나는 상대가 타락한 화가라 해도 뒤로 물러나 내가 누구이며 어떤 사람인가를 짧고 분명하게 말해서 나를 이해하도록 만들어야 하는데 그렇게 할 수가 없었던 것이다.

게다가 사실 나는 내가 속한 사람들에게 기여하는 것을 포기하고 자유롭게 자신의 길을 택함으로써 스스로 그들과의 접촉을 끊고 그들을 포기하지 않았던가. 만일 내가 행복하기 위해서 그 사람들을 필요로 한다면 나는 스스로에게 이렇게 물어보지 않을 수 없을 것이다. 그렇다면 차라리 훌륭한 상인으로서 공익사업으로 부자가 되어 일반적인 질투와 존경을 받도록 하는 데 시간을 아껴 써야 할 것이 아니냐고 말이다.

그 사이에, 정말 그 사이에 일어난 일인데 철학적인 나의 고독이 꽤 심하게 나를 역겹게 하며 결국 그건 행복에 대한 나의 견해와 전혀 일치하지 않는다는 사실이 확실해졌다. 행복해질 것이라는 나의 의식과 확신에 일치되기는커녕 놀랍게도, 의심할 바 없이 행복은 완전히 불가능하게 돼 버렸다. 행복하지 않다니, 불행하다니! 도대체 생각이나 할 수 있는 일인가? 그것은 생각할 수 없는 일이었다. 그리고 이러한 결정과 함께 새로운 시간이 올 때까지 대답은 정해져 있었다. 그때가 되면 이렇게 혼자 쭈그리고 앉아 있는 것, 뒤로 물러나 있는 것, 경계 밖에 있다는 것이 정상이 아닌 것, 전혀 정상이 아닌 것이 되어 놀라울 만큼 나를 시무룩하게 만들 것이다.

시무룩하다는 것은 행복한 자의 특성 중 하나가 아닐까? 나는 고향에 있을 때 소수의 한정된 사람들 가운데서의 나의 삶을 기억한다. 천재적이며 예술가적인 기질에 대한 만족감과 함께 사교적이며 사랑스럽게, 눈에는 유쾌함과 함께 세상에 대한 조롱과 우월감에서 오는 평안함을 가득 담고 사람들 사이를 휘젓고 다녔을 때, 그들이 보기에 나는 약간 기이한 존재였지만 그럼에도 사랑받았다. 당시에 나는 행복했다. 슐리포크트 씨의 큰 상점에서 일해야 했음에도 불구하고. 그런데 지금은? 지금은?

그러나 평균을 훨씬 넘어서는 흥미로운 책이 나왔다. 그건 새로운 프랑스 소설로 나는 그 책을 사서 소파에 편안하게 기대어 여유 있게 즐기게 될 터였다. 삼백 쪽에 달하는 이 책은 다시 한번 높은 안목이 번쩍거리는, 해학적이며 뛰어난 예술 작품이다! 아, 나는 내가 좋아하는 것에 맞추어 내 삶을 설계했다! 혹시 나는 행복하지 않은 건 아닐까? 이 질문은 정말 웃기는 질문이다. 단지 그뿐, 그 밖에 아무것도 아니다…….

10

또다시 하루가 지나갔다. 다행스럽게도 알찬 하루임을 부인하지 않아도 되는 그런 날이었다. 벌써 저녁이 와 있었고 창문에는 커튼이 내려졌으며 책상 위에는 등불이 타고 있었다. 이미 거의 한밤중이라고 할 만했다. 잠자리에 들 수도 있었을 것이다. 그러나 나는 고집스럽게 소파에 기대어 반쯤 누워서 두 손을 가슴에 포개고 천장을 올려다보며 경건하게, 뭔가 분명하지 않으나 떨쳐 버릴 수 없는 고통이 조용하게 파고들어 오며 내면을 부식시키는 것을 좇고 있었다.

몇 시간 전만 해도 나는 아직 위대한 예술 작품이 준 감동에 나를 바칠 수 있었다. 엄청나게 잔혹한 창작품들 중의 하나인 이 작품은 '뻔뻔스러운 천재 예술 애호가 기질의 타락한 광휘로써'[1] 온 세상을 뒤흔들어 마비시키고 괴롭히며 행복하게 만들었다가 바닥에 내동댕이쳐 버렸던 것이다. 내 신경은

---

[1] 바그너 음악에 대한 니체의 의견으로서 '리하르트 바그너의 고뇌와 위대함'이라는 제목의 연설에서도 토마스 만은 이 표현을 다시 사용했다.

아직도 떨고 있었고 내 환상은 온통 파헤쳐졌으며 내 안에서 이상한 느낌이 오르락내리락 출렁거리고 있었다. 그것은 동경, 종교적 정열, 승리, 신비한 평화 등이 혼합된 느낌으로서 끊임없이 그것을 새롭게 솟아나게 하고 싶다는 욕구와 함께 또 밖으로 내쫓아 버리고 싶다는 욕구가 일어났다. 그것은 느낀 것을 표현하고 알리고 보여 주고 싶은, '그로부터 뭔가를 만들어 내고 싶은' 욕구였다.

내가 실제로 예술가가 된다면, 음향이나 말이나 형상으로 스스로를 표현할 수 있다면 어떨까? 솔직히 말하면 동시에 이 모든 것을 다 하고 싶지만 말이다. 그러나 지금도 모든 면에서 그렇게 할 수 있다는 것은 사실이지 않은가! 예를 들면 나는 그랜드 피아노 앞에 앉아 조용한 방에서 내 아름다운 감정을 가장 멋지게 표현할 수 있으며 그걸로 충분히 만족해야 한다. 그런데 내가 행복해지기 위해서 사람들을 필요로 한다면, 솔직히 말해서 나 또한 성공에 약간의 가치를 두고 있다는 것, 명성이나 인정, 칭찬, 질투, 사랑 등에 가치를 두고 있다는 뜻이 아니겠는가? 맙소사! 팔레르모의 저 살롱에서의 장면을 떠올리는 것만으로도 벌써 이 순간 그 비슷한 사건이 일어난다면 그건 비할 바 없이 효과적으로 내게 용기를 주는 일이 될 것이라는 사실을 인정하지 않을 수 없다.

잘 생각해 보면 이 궤변적이며 우스꽝스러운 개념 구별을 인정하지 않을 수 없다. 내면의 행복과 외부의 행복 사이의 구별을! '외부의 행복', 이것은 대체 무엇인가? 세상에는 다음과 같은 종류의 인간들이 있다. 사람들이 보기에 그들 빛의 인간들은 하느님의 총아들[2]로서 그들에게는 행복이 곧 천재성이고 천재성이 바로 행복인 것이다. 그들은 그들 눈에 비친 태양의 반사광과 후광으로 쉽고 우아하며 사랑받을 만한 방식으로 삶을 가지고 논다. 그동안에 세상은 그들을 에워싸고 감탄하며 찬양하고 부러워하고 사랑하는데 그건 질투조차도 그들을 미워하게 만들 수 없기 때문이다. 그러나 그들 자신은 어린애처럼 비웃으면서 버릇없이 변덕스럽고 오만하게 세상을 바라보고 자신들의 행복과 천재성을 확신하는 것이다. 마치 모든 것이 이와 다르게 된다는 건 있을 수도 없는 일인 것처럼……

나로 말할 것 같으면 이런 인간들에게 속하고 싶어하는 나의 약점을 부인하지는 않겠다. 그리고 옳거나 그르거나 간에 어쨌든 항상 새롭게 머릿속에 떠오르는 것은 내가 한때는 그들에게 속했던 것처럼 여겨진다는 것이다. 그야말로 '어쨌든' 그렇다는 것인데, 솔직히 말해서 그런 일은 자신을 어떤 사람으로 간주하며 어떤 사람으로 행세하고 또 그렇게 행세하는 데에 얼만큼 자신이 있는가에 달려 있기 때문이다!

아마도 실제로는 내가 이 '외적인 행복'을 포기해서 '사회'에 대한 기여로부터 멀어졌으며 나의 삶을 '사람들' 없이 설계했다는 것 외에 그다지 달라진 것은 없으리라. 그러므로 그에 대한 나의 만족감에는 당연한 노릇이지만 한순간의 의심도 일어나서는 안 되는 것이어서 의심이 일어날 수도 없고 일어나

---

[2] 토마스 만은 『어려운 시간』에서 '어릿광대'에 반대되는 유형으로 괴테를 들고 있는데, '빛의 인간'이라는 이러한 성격 규정은 하이네가 『낭만파』에서 철학자 셸링에 대해 말한 것이다.

서도 안 되었다. 왜냐하면 반복해서 말하지만, 필사적으로 강조하거니와 나는 행복해지고자 하며 행복해져야만 하기 때문이다. '행복'을 일종의 기여, 천재성, 고귀함, 사랑스러움 등으로 파악하고 '불행'을 뭔가 보기 싫은 것, 빛을 꺼리는 것, 경멸스러운 것, 한마디로 우스꽝스러운 것으로 파악하는 것은 내 안에 아주 뿌리 깊이 박힌 관념이어서 내가 불행하다면 나 스스로를 존경한다는 것은 있을 수 없는 일이었다.

그러니 내가 어찌 불행하다는 것을 인정할 수 있겠는가? 그렇게 되면 자신 앞에서 나는 어떤 역할을 해야 할까? 박쥐나 부엉이처럼 어두운 곳에 쭈그리고 앉아서 '빛의 인간'을, 사랑스럽고 행복한 인간을 부러워하며 쳐다보고 있어야 하지 않을까? 나는 그들을 증오할 수밖에 없을 것이다. 독을 품은 사랑에 다름 아닌 그런 증오 말이다. 그리고 스스로를 경멸하지 않을 수 없겠지!

'어두운 곳에 쭈그리고 앉아 있기!' 아, 내가 몇 달 전부터 때때로 '경계선 밖에 있기'와 '철학적인 고독'에 대해서 생각하고 느꼈던 것들이 떠오른다! 그러자 불안이, 지긋지긋할 만큼 잘 아는 심술궂은 불안이 다시 밀려든다! 그리고 위협해 들어오는 힘에 대한 일종의 분노 비슷한 의식도 깨어난다……

이런 것이 위로가 되었다는 건 의심할 바 없다. 이번에는 생각을 딴 데로 돌리는 것, 마취 같은 것이 가능했고 또 다음번이나 그 다음번에도 그럴 것이다. 그러나 그것은, 이 모든 것은 항상 다시 돌아왔다. 달이 가고 해가 가는 사이에 수천 번이나 다시 돌아왔다.

마치 기적과 같은 가을날들이 있다. 여름은 지나갔고 밖에서는 오래전부터 잎이 노래지기 시작했으며 시내 중심가에서는 하루 종일 바람이 모퉁이에서 휙휙 불어 대고 도랑에는 깨끗하지 않은 물줄기들이 소용돌이치며 쏟아져 내린다. 너는 거기 침잠해서, 말하자면 난로 앞에 앉아 겨울이 무사히 지나가기를 바라는 것이다. 그러나 어느 날 아침 잠에서 깨어나 믿을 수 없는 눈으로 푸르게 빛나는 가느다란 선이 창문의 커튼 사이를 통해 방 안으로 스며들어 반짝이는 것을 보게 된다. 깜짝 놀란 네가 침대에서 일어나 창문을 열면 떨리는 햇빛의 파도가 너를 향해 밀려오고 동시에 너는 거리의 온갖 소음들 사이로 새들이 수다스럽게 활발히 지저귀는 것을 듣는다. 그 사이에 너는 시월 어느 날의 신선하고 가벼운 공기와 함께 말할 수 없이 달콤하고 희망에 가득 찬 향기들을 들이마시지 않을 수 없는데 그것은 사실 오월의 바람에서만 느낄 수 있는 것이다. 봄인 것이다. 그것은 정말 눈으로 보는 봄이다. 달력과는 상관없이 말이다. 너는 옷을 떨쳐입고 아련히 반짝이는 하늘 아래 거리를 활보하며 서둘러 야외로 달려 나가는 것이다……

그런 기대하지도 않은 이상한 날이 대략 넉 달 전에 있었다. 눈으로 보기에는 이월 초 정도 되는 날씨였다. 이날 나는 예외적으로 아름다운 어떤 것을 보았다. 아침 아홉 시에 길을 나선 나는 경쾌하고 즐거운 기분으로 변화와 충격과 행운에 대한 분명치 않은 희망에 사로잡혀 레르헨베르크로 가는 길로 들어섰다. 나는 언덕의 오른쪽 끝을 긴 등성이를 따라 오르면서 계속해서 주요 산책로 가장자리의 마차를 대는 낮은 도로 쪽으로 걸어갔다. 그렇게 하면 반 시간 남짓 걸리는 길 전체에서 테라스처럼 비스듬히 경사져 내려가 있는 시내와 강을 훤히 내려다볼 수 있었다. 휘감아 돌아가는 강물은 햇빛 속에서 반짝였고 그 뒤로는 언덕과 푸른 나무들이 있는 아름다운 경치가 아른거리는 햇살 속에 희미하게 보였다.

거기 위쪽에는 사람이 거의 없었다. 길 저편엔 벤치가 외롭게 놓여 있었고 나무들 사이로는 햇살에 하얗게 반짝거리면서 여기저기 동상이 솟아 있었고 가끔 시든 이파리가 그 위로 천천히 팔랑이며 떨어졌다. 길 옆에 펼쳐지는 파노라마와 같은 찬란한 정경에 눈길을 주고 고요함에 귀 기울이며 걷는 동안 고요함을 방해하는 것은 아무것도 없었으며 언덕 끝에는 오래된 밤나무들 사이로 내리막길이 시작되고 있었다. 그런데 여기에 이르자 뒤쪽으로 말발굽 소리와 마차 바퀴 굴러가는 소리가 들렸다. 마차가 빠른 속도로 가까이 다가왔으므로 길의 한가운데를 마차에 내주어야 했다. 옆으로 비켜선 채 나는 그 자리에 가만히 서 있었다.

그것은 바퀴가 두 개 달린 아주 가볍고 작은 사냥마차로, 크고 윤이 나며 씩씩하게 숨을 몰아쉬는 두 마리의 밤색 말이 매여 있었다. 열아홉 또는 스무 살 정도 된 젊은 여성이 말고삐를 쥐고 있었고 그녀 옆에는 당당하고 위엄 있는 모습의 노신사가 앉아 있었다. 그는 러시아식으로 다듬은 콧수염에

촘촘하고 하얀 눈썹을 하고 있었다. 소박한 은회색 복장의 하인이 뒷좌석을 지키고 있었다.

말의 속도는 언덕길이 시작되면서 보통 걸음으로 더뎌졌는데 말들 중의 하나가 신경이 날카로워지고 불안해하는 것 같았다. 말은 마차의 끌채에서 옆으로 멀리 떨어져서 머리를 가슴에 박고는 반항이라도 하려는 듯 가는 다리를 몹시 떨었다. 약간 걱정이 된 노신사가 몸을 구부려 우아하게 장갑 낀 왼손으로 젊은 여성이 고삐를 팽팽히 잡도록 도와주었다. 말을 모는 일은 다만 일시적으로 그리고 반은 장난으로 그녀에게 허락된 것처럼 보였다. 적어도 겉보기에 그녀는 아이의 진지함과 동시에 미숙함 같은 걸 가지고 마차를 모는 것처럼 보였다. 두려워하며 비틀거리는 말을 진정시키려고 애쓰는 동안 그녀는 모욕당했다는 듯이 진지하게 머리를 조금 흔들었다.

그녀는 갈색 머리에 마른 체구였다. 머리는 목덜미 위로 단단하게 쪽을 틀고 이마와 관자놀이로는 밝은 갈색의 머리카락이 한 올 한 올 분간할 수 있을 만큼 가볍고 느슨하게 흘러내리고 있었다. 머리 위에 쓴 어두운 색깔의 둥근 밀짚모자에는 작은 리본 장식만 달려 있었다. 그 밖에 그녀는 짙은 푸른색의 작은 윗옷과 밝은 회색 천으로 된 단순한 디자인의 치마를 입고 있었다.

연한 갈색 피부가 신선한 아침 공기에 발갛게 달아올라 있었는데 선이 고운 타원형 얼굴에서 무엇보다도 가장 매력적인 것은 눈이었다. 폭이 좁고 갸름한 눈에서 반쯤 보이는 홍채는 검은색을 띠고 반짝이고 있었고, 눈 위로는 마치 펜으로 그려

놓은 것처럼 고른 눈썹이 곡선을 그리고 있었다. 코는 약간 긴 것 같기도 했다. 선이 분명하고 섬세한 입술은 지금보다 약간 얇아도 괜찮았을 것이다. 그러나 그 순간만은 약간 사이가 벌어진 새하얗게 반짝이는 치아 때문에 아주 매력적으로 보였다. 힘들여서 말을 다루는 동안 젊은 아가씨는 그 이로 아랫입술을 깨물면서 어린애처럼 둥근 턱을 약간 위로 치켜올리는 것이었다.

그녀의 얼굴이 눈에 확 띄게, 감탄을 자아낼 만큼 아름다웠다고 말한다면 그건 전혀 맞지 않는 말일 것이다. 다만 그 얼굴은 젊음과 생기발랄함이라는 매력을 가지고 있었으며 이 매력은 곧 근심 걱정을 모르는 유복함과 훌륭한 교육과 화려한 보살핌에 의해 윤이 나게 차분히 다듬어져 귀족적인 우아함을 더하게 되었던 것이다. 가늘게 반짝이는 눈은 지금은 제멋대로인 말을 버릇없이 신경질 난 눈길로 쳐다보고 있지만 다음 순간에는 다시 확실하고 당연한 행복의 표정을 담게 될 것이다. 어깨가 넓고 불룩한 윗옷의 소매는 가는 손목을 바짝 조이고 있었는데 이 가느다란 하얀 맨손이 고삐를 잡을 때처럼 그렇게 잘 가꾸어진 우아한 매력을 난 지금까지 한번도 느낀 적이 없었다!

마차가 지나가는 동안 나는 눈길 한번 받지 못한 채 그 자리에 서 있었다. 말이 다시 뛰기 시작하면서 급히 사라졌을 때 비로소 나는 다시 서서히 걷기 시작했다. 내가 그때 느낀 것은 기쁨과 경탄이었다. 그러나 동시에 뭔가 이상하게 찌르는 듯한 고통이 호소해 왔다. 쓸쓸하고 절박한 질투의 감정이었을까? 또는 사랑의 감정이었을까? 감히 끝까지 추적해 볼 엄두는 나지 않지만 혹시 자기 경멸의 감정은 아니었을까?

이 글을 쓰고 있는 동안에 불쌍한 거지가 머리에 떠오르는데 그 거지는 한 보석 가게의 진열대 앞에서 비싼 보석이 반짝거리는 것을 응시하고 있다. 그 인간은 내면에 그 보석을 소유해 보겠다는 명백한 소망을 품을 수가 없다. 왜냐하면 이런 소망을 생각한다는 것 자체가 이미 우스꽝스러울 만큼 불가능한 것이라서 자기 스스로를 조롱하지 않을 수 없게 되기 때문이다.

12

이제 우연의 결과로 일주일이 지나 이 젊은 여성을 두 번째 보게 된 것을 이야기하겠다. 오페라 극장에서였다. 구노의 「파우스트」가 공연되고 있었고 내 자리로 가기 위해 밝게 빛나고 있는 홀로 들어서자 곧 다른 편의 귀빈석, 노신사의 왼편에 그녀가 앉아 있는 것을 알았다. 그때 확실해진 사실은 내가 우습게도 약간 놀라면서 뭔가 혼란 같은 것을 느꼈으며 무슨 이유에선지 곧 눈길을 다른 데로 돌려 다른 좌석과 관람실을 훑어보았다는 것이다. 서곡이 시작될 때에야 비로소 나는 그 사람들을 조금 더 자세히 관찰해야겠다는 마음을 먹을 수 있었다.

노신사는 꼭 조이는 프록코트를 입고 검은 나비 넥타이를 한 채 침착하고 품위 있게 소파에 뒤로 기대어서 갈색 장갑을 낀 한 손을 관람실의 우단 난간 위에 편안히 놓고 있었으며, 다른 손으로는 천천히 수염이나 짧게 깎은 잿빛 머리카락을 쓰다듬고 있었다. 그에 반해서 그의 딸임에 틀림없는 젊은 여성은 관심을 가지고 발랄하게 몸을 앞으로 숙이고 앉아서 부채를 든 두 손을 우단 쿠션 위에 올려놓고 있었다. 그녀는 가끔 머리를 움직여 곱슬거리는 밝은 갈색 머리카락을 이마와 관자놀이 뒤로 넘겼다.

그녀는 밝은 비단으로 된 아주 가벼운 블라우스를 입고 허리에는 제비꽃 다발을 꽂고 있었는데 그녀의 가는 눈은 선명한 조명 속에서 일주일 전보다 더 검게 빛나고 있었다. 그건 그렇고 나는 지난번에 내가 주목했던 그녀의 입놀림이 그녀 특유의 버릇이라는 사실을 관찰하게 되었다. 그녀는 매번 하얗고 고르게 반짝거리는 치아로 아랫입술을 물고는 턱을 약간 치켜올리는 것이었다. 어떤 교태도 들어 있지 않은 천진난만한 표정과 평온하고 즐거우면서도 두리번거리는 그녀의 시선, 아무 보석 치장도 없이 다만 허리끈과 같은 색의 가는 비단 끈이 둘러져 있는 연약하고 하얀 목덜미, 노신사를 교향악단이나 무대, 또는 관람실의 무엇인가에 주목하도록 하기 위해서 그쪽으로 몸을 돌릴 때의 움직임 등, 이 모든 것들은 말할 수 없이 세련되고 사랑스러운 어린애 같은 순수함을 드러내고 있었다. 그러나 거기에는 섣부른 감동이나 동정심을 불러일으킬 만한 것은 하나도 없었다. 그것은 우아하고 유복한 생활을 통해 확실하게 잘 만들어진 품위 있고 절제된 천진함으로서,

행복을 보장받되 그 행복이란 오만한 것하고는 거리가 먼, 뭔가 조용한 것이 더 잘 어울리는 그런 것이었다. 왜냐하면 행복하다는 건 그녀에게 너무 당연한 것이었기 때문이다.

지적이며 부드러운 구노의 음악은 내가 생각하기에 이 순간에 잘 맞는 것으로 나는 무대에는 신경 쓰지 않고 부드러우며 사색적인 느낌에 푹 빠져서 음악을 들었다. 그 우울한 느낌은 음악이 없었다면 아마도 더욱 고통스러웠을 것이다. 1막에 이어 휴식 시간이 되자 스물일곱에서 서른 살 사이로 보이는 한 신사가 자기 자리에서 몸을 일으키더니 잠시 사라졌다가 곧 세련된 인사와 함께 내가 주목하고 있는 관람실에 나타났다. 늙은 신사가 바로 악수를 청한 데 이어 젊은 여성이 다정하게 고개를 끄덕이며 손을 내밀자 그는 예의 바르게 그 손을 자기 입술에 가져다 대더니 이어서 자리 하나를 차지하고 앉았다.

이 신사가 내가 어디서도 보지 못한 비할 바 없이 멋진 셔츠를 입고 있었다는 것을 인정하지 않을 수 없겠다. 그는 이 셔츠를 완벽하게 소화해 내고 있었는데 조끼에는 좁고 까만 줄무늬 외에 아무것도 없었으며 배 아래쪽에서 단추가 채워져 있는 연미복 재킷은 어깨에서부터 유난히 넓은 곡선을 그리며 디자인된 것이었다. 높고 빳빳하게 세워진 칼라 부분에는 넓은 검은색 나비 넥타이가 매여 있었고 적당한 거리를 두고 달린 두 개의 크고 네모난 검은색 단추는 셔츠의 빛나는 하얀색과 감탄할 만큼 대조되었다. 그렇다고 해서 그 옷차림에 부드러움이 모자라는 것은 아니었다. 왜냐하면 배 부분이 보기 편하게 튀어나와 있는 가운데 반짝이는 혁대 장식이 강조되고 있었기 때문이다.

이 셔츠에 크게 주목하게 되는 것은 당연했다. 그러나 머리 부분도 나름대로 잘 손질되어 있어서 완전히 둥근 머리통을 짧게 깎은 금발의 머리카락이 덮고 있었다. 얼굴은 테도 없고 끈도 없는 코안경과 약간 곱슬거리는 금발의 콧수염으로 장식되어 있었으며 한쪽 뺨에는 결투에서 생긴 작은 상처들이 관자놀이까지 이어져 있었다. 그 밖에 결점 없이 잘 다듬어진 체격과 몸놀림에도 확신이 배어 있었다.

그가 계속 관람실에 머물러 있었기 때문에 나는 저녁이 지나는 동안 그 남자에게서 두 가지 자세를 관찰할 수 있었는데 그것은 그에게 고유한 습관인 것처럼 보였다. 가령 대화가 신사들 사이의 것일 경우에는 그는 한쪽 다리를 다른쪽 다리에 얹고는 오페라용 망원경은 무릎 위에 놓고 편안하게 뒤로 기대어 머리를 숙이고는 입 전체를 격렬하게 밀어 올려 자신의 양쪽 콧수염의 끝을 보는 일에 몰두했다. 보이는 대로라면 그는 최면 걸린 사람처럼 자기 수염이 어떻게 보이는지 확인하는 데 흠뻑 빠져 있었으며, 그때마다 고개를 천천히 한쪽에서 다른쪽으로 돌리는 것이었다. 다른 경우에는, 즉 젊은 여성과 이야기를 하는 경우에는 그는 존경심에서 다리의 자세를 바꾸었는데 그래도 몸은 더욱 뒤로 젖혀 기대앉은 채로 양손은 소파를 잡고 머리는 가능한 한 멀리 들어 올리고는 상당히 크게 벌어진 입으로 미소 지으며 사랑스럽지만 다소 우월함을 나타내는 방식으로 옆에 있는 젊은 여성을 내려다보았다. 이

신사는 경탄할 만큼 행복하게 자신에 대한 확신으로 꽉 차 있는 것이 분명했다.

솔직히 말해서 나는 그런 남자의 가치를 평가할 줄 안다. 그의 움직임 중 어디에도, 어쩌면 무사태평해서 그런 건지도 모르지만, 곤란해서 당황하는 기색은 없었다. 그는 확신에 차 있었다. 그렇지 않을 필요가 어디 있겠는가? 특별히 뭔가를 두드러지게 한 것도 없이 그는 올바른 길을 갔고 명확하고 유용한 목적을 좇았을 것이며 모든 세상과의 합일이라는 그늘과 일반적인 존경이라는 햇빛 속에서 살아왔을 것이 분명했다. 그러는 중에 그는 관람실에 앉아 한 젊은 여성과 이야기를 나누면서 그 여성의 순수하고 값진 매력에 대해 예민하게 반응하게 되었고 그렇다면 그는 용기를 내서 그녀에게 청혼할 수 있을 것이다. 정말이지 나는 이 신사에 대해 경멸의 말을 하고 싶은 마음이 전혀 없다!

그러나 나, 나 자신은 어떤가? 나는 여기 아래에 앉아서 멀리 어두운 데서 그들을 우울하게 관찰하고 있는 것이다. 귀중하고 도달할 수 없는 사람이 저 가치 없는 자와 수다를 떨고 웃고 있는 것을 보아야 하다니! 제외된 채, 주목받지 못한 채, 아무 권리도 없이, 낯설게, 이상하게, 영락하여, 비천한 계급으로서, 스스로 생각해 봐도 불쌍하게…….

나는 끝까지 남아 있었고 이윽고 이 세 사람을 옷 보관소에서 다시 만났다. 사람들은 맡겼던 외투를 찾아 입으며 잠깐 머물러 여기서는 어떤 여성, 저기서는 어떤 장교 등 이 사람 저 사람과 이야기를 나눈다. 젊은 신사는 아버지와 딸을 동반하여 극장을 떠났고 나는 약간의 거리를 두고 극장 정문을 지나 그들을 뒤따라갔다.

비는 오지 않았고 하늘에는 몇 개의 별이 떠 있어서 사람들은 마차를 타지 않았다. 그 세 사람은 이야기하면서 느릿느릿 내 앞을 지나갔고 나는 두려운 듯 거리를 두고 찌르듯이 아픈 가슴으로 조롱받는 비참한 느낌에 짓눌려 괴로워하면서 그들을 뒤따라갔다. 그들은 멀리 가지는 않았다. 거리 하나를 지나서 곧 반듯한 정면의 어떤 당당한 집 앞에 멈추었고 이어서 아버지와 딸은 동반자에게 진심 어린 작별 인사를 건넨 후 안으로 들어갔으며 그 남자는 빠른 걸음으로 그 자리를 떠났다.

조각 장식이 달린 육중한 문에서 '법률고문관 라이너'라는 문패를 읽을 수 있었다.

13

나는 이 글을 끝까지 완성하려고 마음먹었다. 비록 매순간 내적인 반항으로 인해 자리를 박차고 일어나 여기서부터 도망가고 싶은 마음이 들더라도 말이다. 나는 힘이 다 빠질 때까지 이 문제를 파헤치고 또 파헤쳤다! 그 모든 것에 구역질이 날 정도로 넌덜머리가 나 버렸다!

신문에서 한 바자회에 대해서 읽은 것은 지금으로부터 석 달이 채 되기 전의 일이다. 자선을 목적으로 시청에서 주관하는 바자회로 상류사회가 후원하고 있었다. 나는 주의 깊게 이 광고를 읽었고 곧 바자회에 가기로 마음먹었다. 그녀가 거기에 올 것이라고, 와서 물건을 팔 것이라고 생각했고 그렇다면 그녀에게 가까이 가는 것을 막는 것은 아무것도 없었다. 가만히 생각해 보면 나는 훌륭한 교육을 받은 좋은 가문 출신이니 라이너 양의 마음에만 든다면 그런 기회에 그 굉장한 셔츠를 입은 신사와 마찬가지로 나라고 그녀에게 말을 걸고 재미있는 대화를 주고받지 못할 이유는 없었다.

바람이 불고 비가 오는 오후의 어느 날 나는 시청에 갔다. 정면 입구에는 사람들과 마차가 잔뜩 모여 있었다. 나는 건물 안으로 들어가서 입장권을 사고는 외투와 모자를 보관소에 맡기고 사람들로 뒤덮인 넓은 계단을 약간 힘들게 올라가서 바자회가 열리고 있는 이 층의 홀로 들어섰다. 포도주와 음식, 향수, 전나무 향 등의 후끈한 냄새와 웃음, 대화, 음악, 외치는 소리, 징 울리는 소리 등이 뒤엉킨 소음이 내 쪽으로 밀려왔다.

무시무시하게 높고 넓은 공간은 깃발과 화환 등으로 다채롭게 장식되어 있었고 벽에는 중앙과 마찬가지로 가판대만 벌린 곳, 칸막이가 쳐진 가게 등의 판매소들이 늘어서 있었는데 환상적인 옷으로 치장한 남자들이 자기네 가게로 오라고 큰 소리로 외치고 있었다. 사방에서 꽃과 수공예품과 담배와 모든 종류의 음료를 팔고 있는 여자들도 마찬가지로 다양한 복장을 하고 있었다. 홀의 위쪽 끝에는 화초로 덮인 강단 위에서 악대가 연주를 하고 있었다. 가판대들이 없는 그다지 넓지 않

어릿광대

은 통로에는 사람들이 빽빽하게 대열을 이루며 천천히 앞으로 움직이고 있었다.

음악 소리, 제비뽑기 통, 재미있는 광고 등으로 약간 어리둥절해진 나는 사람들의 물결에 합류했다. 그리고 일 분도 지나지 않아서 입구로부터 왼쪽으로 네 발자국쯤 떨어진 곳에서 내가 찾던 그 젊은 여성을 알아보았다. 그녀는 전나무 잎으로 둘러쳐진 작은 상점에서 포도주와 레모네이드를 팔고 있었으며 이탈리아 여성으로 분장한 상태였다. 색깔 있는 치마에 제대로 각이 진 머리 장식을 하고 알바니아 산맥 여성[3]의 조끼를 입고 있었는데 짧은 셔츠 소매 때문에 그녀의 연약한 팔은 팔꿈치까지 맨살이 드러났다. 약간 상기된 채 그녀는 판매대에 옆으로 기대어 있었으며 갖가지 색의 부채를 가지고 장난하면서, 가게 둘레에서 담배 피우고 있던 몇 명의 남자들과 수다를 떨고 있었다. 그들 가운데서 이미 잘 알고 있는 그 남자를 나는 첫눈에 알아보았다. 그는 양손의 네 손가락을 윗저고리의 양쪽 주머니에 찔러 넣은 채 그녀의 바로 옆 탁자 앞에 앉아 있었다.

나는 천천히 그 옆을 지나며 기회가 오면, 그녀가 사람들에게 조금 덜 둘러싸이게 되면 그녀 앞에 나서리라고 마음먹었다. 아! 내가 아직 유쾌한 자신감과 의식 있는 민첩함의 여분을 활용할 수 있는지, 아니면 지난 몇 주 동안의 무뚝뚝함과 절반 정도의 절망이 힘을 발휘할 것인지가 이제 증명되어

---

3) 로마의 남동쪽에 있는 알바니아 산맥 지역의 이탈리아 여성들.

야 했다! 그런데 도대체 무엇이 나를 건드렸을까? 이 아가씨를 보자 어디서 이 괴롭고 비참한 질투, 사랑, 부끄러움 등의 혼란스러운 느낌과 씁쓸한 자극이 온 것이며 고백하건대 심지어 내 얼굴이 상기되도록 했단 말인가? 솔직함! 사랑스러움! 즐겁고 우아한 자기 만족감 등이 그렇게 했단 말인가. 제기랄, 내 취향이 재주 있고 행복한 인간에게 맞춰져 있지 않은가! 그러면서 나는 불안정한 가운데 열심히 재치 있는 표현, 좋은 말, 이탈리아식의 인사법 등을 생각하고 있었다. 그 말들을 하면서 그녀에게 접근할 목적으로……

어렵게 앞으로 밀려 가는 사람들의 무리 속에서 빠져나와 가던 길을 다시 돌아올 수 있을 때까지는 꽤 시간이 걸렸다. 그리고 실제로 내가 다시 작은 포도주 가게 앞에 왔을 때 남자들의 반은 없어졌고 다만 잘 아는 그 남자만이 아직 탁자에 기대어 물건 파는 아가씨와 아주 활발하게 이야기를 하고 있었다. 자 이제, 나는 이 대화를 중단시켜야 한다……. 나는 몸을 잠깐 돌림으로써 사람들의 흐름에서 빠져나와 판매대 앞에 섰다.

어떤 일이 일어났던가? 아, 아무 일도! 거의 아무 일도 일어나지 않았다! 대화는 끊겼고 잘 아는 그 남자는 한 걸음 옆으로 물러났으며 다섯 손가락 모두로 테도 없고 끈도 없는 코안경을 잡으면서 손가락들 사이로 나를 관찰했다. 젊은 여성은 침착하게 살펴보는 듯한 시선으로 나를 한번 쭉 훑어보았다. 내 양복에서부터 신발에 이르기까지. 내 양복은 전혀 새것이 아니었고 구두는 거리의 오물들로 인해 더럽혀져 있다는 것을 나는 알고 있었다. 그 밖에도 내 얼굴은 상기되어 있었고 머리는 어쩌면 헝클어져 있을지도 몰랐다. 나는 냉정하지 못했고 자유롭지 못했으며 좋은 상황에 있지 못했다. 낯선 사람으로서, 권리가 없는 자로서, 거기에 속하지 않은 사람으로서 내가 이 자리를 방해하고 있으며 우스꽝스러운 짓을 하고 있다는 느낌이 나를 사로잡았다. 불안감, 어쩔 줄 모르는 당황스러움, 증오, 비참함 등으로 인한 혼란스러운 시선으로 한마디로 말해서 음울하게 치켜올린 눈썹과 쉰 목소리로 짧게, 거의 거칠게 말을 꺼냄으로써 나는 나의 용감한 의도를 끝까지 완수했다.

"포도주 한 잔 주세요."

그 젊은 아가씨가 자기 남자친구에게 재빨리 조롱하는 듯한 시선을 던졌다고 믿은 것이 나의 착각인지 아닌지는 정말 아무 관심도 없다. 그 남자나 나와 마찬가지로 그녀는 시선을 들지도 않고 나에게 포도주를 건네주었고 나는 벌겋게 상기되어 분노와 고통 때문에 혼란에 빠진 채 불행하고 우스꽝스러운 인물로서 두 사람 사이에 서서 포도주를 몇 모금 마시고는 판매대에 돈을 놓고 정신없이 몸을 굽혀 인사하고는 홀을 떠나 밖으로 나왔다.

그 순간 이후 나는 끝장이 났다. 그리고 이 일에 비하면 아주 작은 일이지만 며칠이 지난 후 신문에서 나는 다음과 같은 공고를 읽었다.

"내 딸 안나와 법관 알프레트 비츠나겔 박사의 약혼을 삼가 알려드리는 바입니다. 법률고문관 라이너."

14

이 순간 이후 나는 끝장났다. 그나마 남은 행복하다는 의식과 스스로를 마음에 들어하는 확신마저도 최후로 내몰려서 붕괴되어 버려 나는 이제 더 이상 버틸 수가 없다. 나는 불행하다, 난 그걸 시인한다. 내 안에서 비참하며 우스꽝스러운 한 인물을 본다! 그러나 나는 그것을 참을 수 없다. 나는 파멸했다! 내일이 됐건 모레가 됐건 나는 권총 자살을 할 것이다!

첫번째 행동, 첫번째 본능적인 행동으로서 나는 교활하게 이 사건에서 통속적인 요소를 끌어내어 나의 비참하고 구역질 나는 처지를 '불행한 사랑'으로 멋대로 해석하려고 시도했다. 당연한 귀결이지만 그것은 어리석은 짓이었다. 사람은 불행한 사랑 때문에 파멸하지는 않는다. 불행한 사랑은 구역질 나는 것이 아니다. 불행한 사랑을 겪은 사람도 자기 스스로를 좋아할 수 있다. 그러나 내 경우는 스스로에 대한 호감이나 아무 희망도 없이 무너졌기 때문에 나는 이제 파멸하는 것이다!

마지막으로 이런 질문이 허용된다 치고 한번 물어보자면, 나는 정말 이 아가씨를 사랑했던 것일까? 아마도……. 그러나 어떻게, 그리고 뭣 때문에? 이 사랑은 이미 오래전부터 자극받았던 병든 허영심의 소산이 아닐까? 이 도달할 수 없는 값진 존재를 처음 보았을 때 괴롭게 도전받게 된 허영심 말이다. 질투와 증오와 자기 경멸 등의 감정을 불러일으킨 그 허영심. 사랑이란 단지 허영심에 대한 구실이자 탈출구이고 구제책인 것은 아닐까?

어릿광대

그렇다, 이 모든 것은 허영심 때문이다! 그러고 보니 아버지가 이미 언젠가 나를 어릿광대라고 부르지 않았던가?

아, 나는 적어도 비껴 앉아서 '세상 사람들'을 무시할 권리가 없다. 지나치게 허영심이 많아서 그들의 무시와 무관심을 참을 수 없고, 세상과 그들의 갈채가 없는 걸 견뎌 낼 수 없으니 말이다! 그러나 권리가 문제가 되는 건 아니지 않은가? 그게 아니라 필연성이 문제 아닌가? 그리고 나의 쓸모없는 어릿광대 기질은 어떤 사회적인 자리에도 적합하지 않았던 건 아닐까? 이제 좋다, 아무튼 내가 바닥으로 떨어져야 하는 건 바로 이 어릿광대 기질 때문이다.

무관심, 그건 일종의 행운이라는 것을 난 잘 알고 있다…….
그러나 나는 스스로에 대해 무관심인 상태에 있을 수 없다. 나는 나를 다른 '사람들'의 눈과는 다른 눈으로 바라볼 수 있는 능력이 없다. 그리고 나를 끝장나게 한 것은 순진한 양심의 가책이다. 양심이란 것이 결코 공허한 허영심 이외의 어떤 다른 것일 수는 없단 말인가?

오직 한 가지 불행이 있을 뿐이다. 자기 자신에 대한 호감을 상실하는 불행 말이다. 자기 자신이 더 이상 마음에 들지 않는다는 것, 그것은 불행한 일이다. 아, 그리고 나는 그것을 끊임없이 아주 분명하게 느껴 왔다! 그 밖의 다른 모든 것은 유희이고 삶의 풍요로움이다. 다른 고통 속에서는 사람은 스스로에게 만족할 수 있으며 스스로를 예외적으로 대할 수 있는 것이다. 네 자신과의 불화, 고통 속에서의 양심의 가책, 허영심과의 싸움이야말로 너 스스로를 비참하고 역겹게 보이도록 만드는 것이다…….

옛 친구가 내 시야에 다시 나타났다. 쉴링이라고 하는 그 친구와 나는 언젠가 슐리포크트 씨의 커다란 목재상회에서 함께 일했었다. 그는 시내에 있는 상점들에서 볼일을 마치고 나를 만나러 왔다. '회의적인 인물'로서 손을 바지 주머니에 찌르고 검은색 테를 두른 코안경을 걸치고 현실을 참으며 어깨를 한번 으쓱 올리던 인물이다. 그는 저녁에 찾아와서 말했다. "여기에 며칠 묵게 됐어." 우리는 술집으로 갔다.

그는 내가 아직 행복한, 스스로에게 만족하는 사람인 줄 알고 나를 만났다. 그가 알았던 대로의 나인 줄 알고. 그리고 나한테는 오직 나만이 즐거운 생각을 가져다줄 수 있다고 믿으면서 그는 말했다.

"맙소사, 안락하게 살 수 있게 인생을 잘 설계했군. 독립적이라고? 굉장해. 자유롭게라니! 하긴 자네가 옳아, 이 악동아! 사람은 단 한번만 살지 않는가, 안 그래? 근본적으로 사실 그밖에 더 중요한 게 뭐가 있겠나? 우리 둘 중에서 더 똑똑한 건 자네라고 말하지 않을 수 없군. 어쨌거나 자넨 항상 천재였거든……." 그 당시처럼 그는 계속 이어 나갔다. 나를 기꺼이 인정하고 내 마음에 들려고 하면서. 오히려 내 쪽에서 그의 마음에 안 들까 봐 몹시 두려워하고 있다는 것은 전혀 눈치채지 못하고.

절망적으로 애쓰면서 나는 그의 눈 속에 비친 그 자리를 차지하려고, 전과 마찬가지로 정상에 있는 것처럼 보이려고, 행복하고 스스로에게 만족하고 있는 것처럼 보이려고 노력했다. 헛되이! 나에게는 아무런 배짱도 없었고, 용기도 없었으며, 침착하지도 못했다. 나는 기진맥진 당황하며 풀이 꺾여 불안하게 그를 맞이했다. 그는 믿을 수 없이 빨리 사태를 파악했다! 그가, 나를 행복한 사람으로, 우월한 사람으로 인정할 준비가 완벽하게 돼 있던 그가 나를 꿰뚫어 보고, 놀라운 듯이 응시하며, 냉담해져서 곰곰이 생각하더니, 참을성이 없어지고 못마땅해하다가 마침내 매번 무시하는 표정을 짓는 것을 바라보는 것은 얼마나 끔찍한 일인가. 그는 일찍 자리를 떴다. 다음 날 몇 줄의 흘려 쓴 글씨로 부득이 떠나야 할 일이 생겼다고 통보하고는.

세상 모든 사람들은 다른 사람에 대해서 진지하게 어떤 견해를 가질 수 없을 정도로, 모두 아주 절실하게 자기 자신의 일에 여념이 없다는 것은 사실이다. 그들은 네가 스스로에게 떳떳하게 내보일 자신이 있는 만큼의 존경을 소극적으로 인정할 태세가 돼 있다. 네가 살고 싶은 대로 살아라, 멋대로. 대담한 확신을 보이되 그러나 어떤 양심의 가책도 보이지 마라. 어느 누구도 너를 경멸할 만큼 충분히 도덕적일 수는 없는 것이다. 그렇게 하지 않고 다른 식으로 살면, 즉 네 자신과의 일치를 잃고 스스로에 대한 호감을 상실해서 네가 스스로를 경멸한다는 것을 보여 주면, 사람들은 맹목적으로 네 견해에 찬동해 올 것이다. 나로 말할 것 같으면, 난 졌다…….

이제 쓰는 걸 멈추겠다. 나는 펜을 던져 버린다. 완전한 구토, 구토다! 끝을 낸다는 것. 그러나 그것은 '어릿광대'에게는 거의 영웅 같은 짓이 아닐까? 두려운 건 내가 계속해서 살고 먹고 자고 무슨 일인가를 하면서 점차로 바보처럼 '불행하고 우스꽝스러운 인물'이라는 것에 익숙해질지 모른다는 것이다.

맙소사, 누가 이것을 생각이나 했을까, '어릿광대'로 태어난 것이 이처럼 절망적인 숙명이며 불행이라는 것을 누가 생각이나 할 수 있었을까!

트리스탄

1

여기는 '아인프리트' 요양원이다. 길게 쭉 뻗은 본채와 옆에 딸린 곁채로 이루어져 있는 일직선의 흰색 요양원 건물은 널찍한 정원의 한가운데에 자리 잡고 있다. 정원에는 인공 동굴과 나무 그늘 길, 그리고 나무 껍질로 지은 작은 정자들이 갖추어져 있어 쾌적한 느낌을 주었다. 슬레이트 지붕 뒤로는 전나무가 우거진 산들이 육중하고도 부드러운 곡선을 그리며 서로 포개어져 하늘로 치솟아 있었다.

요양원은 예전과 다름없이 레안더 박사가 이끌어 가고 있었다. 레안더 박사는 양쪽 끝이 뾰족한 검은 콧수염을 기르고 있었는데, 그 수염은 마치 흠집 난 가구 틈새를 메울 때 사용하는 말갈기처럼 뻣뻣한 곱슬털이었다. 두꺼운 안경알을 번쩍이는 이 남자의 풍모는 학문을 하느라 차가워지고 딱딱해진 인상을 주면서도 차분하고 사려 깊은 염세주의자의 분위기를 물씬 풍겼다. 그러한 용모와 분위기를 가지고서 박사는 무뚝뚝하고 과묵한 태도로 환자들을 휘어잡고 있었다. 스스로 규율을 세워 자기 자신을 다스리기에는 너무 허약한 환자들은 너나없이 모두 자기가 할 수 있는 일을 박사에게 일임하여, 박사의 엄격함에 의해 그들 자신이 지탱되기를 바라고 있었다.

오스틸로 양으로 말하자면, 그녀는 지칠 줄 모르는 열성으로 요양원 살림을 꾸려 가고 있었다. 계단을 오르내리고, 요양원의 이쪽 끝에서 저쪽 끝까지 누비며 일하는 모습이란! 그녀는 주방이나 비품 창고의 일을 도맡아 했고, 세탁물을 넣어 두는 장롱 속을 샅샅이 뒤지면서 요양원의 인부들을 지휘했으며, 절약과 위생의 취지를 살려서 요양원의 식단을 입맛이 당기고 보기에도 맛깔스럽게 차렸다. 이렇게 그녀는 정신없이 분주하면서도 주변 사정을 십분 고려하여 살림을 꾸려 가고 있었다. 그녀의 극단적인 성실함 이면에는 여지껏 아무도 그녀를 아내로 맞이하겠다고 나서지 않은 남자들의 세계 전체에 대한 끊임없는 질책이 감춰져 있었다. 그렇지만 진홍빛의 동그란 홍조가 감도는 그녀의 뺨에는 언젠가는 레안더 박사의 부인이 되고야 말겠다는 희망이 꺼질 줄 모르고 이글거리고 있었다.

이곳의 공기는 신선하고 차분하기 그지없었다. 레안더 박사를 시샘하거나 경쟁 관계에 있는 사람들이 뭐라고 말하든 간에 '아인프리트' 요양원은 폐 질환을 앓는 사람들에게 진심으로 추천할 만한 곳이었다. 하지만 폐병 환자들뿐 아니라 남녀

노소 할 것 없이 온갖 부류의 사람들이 이곳에 머무르고 있었다. 레안더 박사는 너무나 다양한 분야에서 성과를 거두고 있었던 것이다. 이곳에는 시의원 부인인 슈파츠 여사처럼 위장 때문에 고생하는 사람도 있었는데, 그녀는 게다가 귀까지 좋지 않았다. 그런가 하면 심장에 이상이 있는 남자들과 마비성 환자들, 류머티즘을 앓는 사람들 그리고 온갖 증세를 보이는 신경증 환자들도 있었다. 당뇨병을 앓고 있는 어느 장군은 줄곧 불평을 늘어놓으며 이곳에서 연금을 깎아먹고 있었다. 얼굴이 비쩍 마른 여러 명의 남자들은 다리를 제대로 가누지 못하고 엉뚱한 방향으로 툭툭 차곤 했는데, 그건 결코 좋은 징조가 아니었다. 쉰 살의 목사 부인 휠렌라우흐 여사는 열아홉 명의 자식을 낳고는 더 이상 생각할 기력조차 없으면서도 마음의 평온을 얻지 못하고 불안한 망상에 시달리고 있었는데, 일 년 전부터는 개인적으로 고용한 간호사의 부축을 받아 명하게 아무 말 없이 섬뜩한 인상을 풍기며 정처 없이 요양원 전체를 헤매고 다녔다.

식사 때나 휴게실에도 모습을 나타내지 않고 자기 방에 누워 지내는 중환자들 중에서 이따금 누군가가 죽기도 했지만, 바로 옆방에 있는 사람조차 모를 정도로 아무도 그런 기미를 알아채지 못했다. 밀랍처럼 창백하게 굳어 버린 손님은 조용한 밤에 치워졌으며, '아인프리트' 요양원의 업무는 방해받지 않고 계속되었다. 마사지, 전기 요법, 주사, 샤워, 목욕, 체조, 한증 요법, 산소 흡입 등의 갖가지 요법이 현대 의학의 모든 성과들을 갖춘 다양한 공간에서 이뤄지고 있었다.

사실 이곳 자체는 활기차게 돌아가고 있었다. 요양원은 번창하고 있었다. 새로운 손님들이 도착하면 곁채의 입구에 자리 잡고 있는 수위가 종을 울렸으며, 요양원을 떠나는 사람이 있으면 레안더 박사가 오스털로 양과 함께 온갖 격식을 다해 마차를 탈 때까지 배웅했다. 온갖 부류의 사람들이 '아인프리트' 요양원에서 머무르다 갔다. 지금은 어떤 작가도 머무르고 있었는데, 일종의 광물이나 보석 이름을 연상케 하는 이름을 가진 그 별난 위인은 이곳에서 아까운 세월을 축내고 있었다.

레안더 박사 말고도 보조 의사가 한 명 더 있었는데, 그는 증세가 가벼운 환자나 아예 가망이 없는 환자들을 상대하고 있었다. 하지만 뮐러라는 이름의 그 의사는 여기서는 전혀 언급할 가치조차 없는 인물이다.

2

1월 초에 '클뢰터얀 상사(商社)'를 경영하는 대상인 클뢰터얀 씨가 부인을 '아인프리트' 요양원으로 데려왔다. 수위가 종을 울리자 오스털로 양이 먼 길을 찾아온 일행을 일 층에 있는 접견실에서 맞이했다. 이 오래되고 훌륭한 건물 전체가 거의 그렇듯이 접견실은 완벽하게 나폴레옹 시대의 양식[1])으로

---

1) 1800~1820년대에 유행했던 복고풍의 실내 장식 양식으로 19세기 말에 다시 한번 크게 유행했다.

꾸며져 있었다. 곧이어 레안더 박사가 모습을 나타냈다. 그가 몸을 숙여 인사를 했고, 서로를 소개하는 첫 대화가 오가면서 서서히 긴장이 풀렸다.

바깥에는 화단에 거적을 덮어 둔 겨울 정원이 자리 잡고 있었는데, 눈에 덮인 인공 동굴들과 고적한 작은 정자도 함께 들어서 있었다. 요양원에 딸려 있는 두 명의 인부가 마차에서 새로 온 손님의 짐 꾸러미를 끌고 왔다. 마차가 요양원 구내로는 들어오지 못하게 되어 있기 때문에 격자로 된 정문 앞 도로에 멈춰 있었던 것이다.

"천천히, 가브리엘레! 여보, 테이크 케어(Take care)! 입은 다 물고!" 정원을 통과하여 부인을 데려오면서 클뢰터얀 씨는 그렇게 말했다. 부인을 목격한 사람이면 누구라도 독일어가 아닌 영어로 '테이크 케어!'[2]라고 하는 그의 말에 틀림없이 가슴이 찡하도록 진심으로 공감했을 것이다. 그렇지만 클뢰터얀 씨가 서슴없이 독일어로 그 말을 했을 법도 하다는 사실은 부인할 수 없었다.

일행을 역에서 요양원까지 태워 온 마부는 섬세한 감정이라곤 모르는 거칠고 아둔한 사내로서, 이 부유한 상인이 마차에서 내리는 자기 부인을 부축하는 동안 어찌할 바를 모르면서도 딴에는 조심을 한답시고 이빨 사이로 혀를 끌어당기고 있던 참이었다. 그리고 두 마리의 갈색 말은 서리가 내리도록

---

2) 작품의 원문에 'take care'라고 되어 있다. 이처럼 일상 생활에서 영어를 즐겨 쓰는 어법은 클뢰터얀 씨가 북독일의 신흥 부유층임을 나타낸다.

차갑게 가라앉은 공기에 입김을 내뿜고 눈알을 뒤로 굴리며 긴장한 채, 너무나 허약한 이 여성의 우아함과 섬세한 매력에 잔뜩 마음을 졸이며 이 불안한 광경을 주시하고 있는 것처럼 보였다.

이 젊은 부인은 기관지를 앓고 있었다. 클뢰터얀 씨가 발트 해 연안에서 '아인프리트' 요양원의 주임 의사에게 보낸 입원 신청서에는 그 점이 특히 강조되어 있었다. 폐가 아프지 않은 것만도 얼마나 다행인가! 그렇지만 새로 입원할 이 여성이 설령 폐병 환자라 하더라도 아마 남편의 곁에서 연약하고 지친 모습으로 하얀 에나멜 칠이 된 직선형의 팔걸이 안락의자에 등을 기댄 채 대화를 따라가고 있는 지금보다 더 사랑스럽고 고상하게, 더 매력적이고 우아하게 보이지는 않았을 것이다.

소박한 결혼 반지 말고는 아무런 장식도 하지 않은 그녀의 아름답고 창백한 손은 직물로 짜서 무거워 보이는 어두운 색 치마의 무릎 주름 속에 편안히 놓여 있었다. 그리고 그녀는 끈으로 연결된 은회색 보디스를 입고 있었는데, 칼라가 빳빳하게 세워져 있었고 우단으로 짠 아라비아 무늬가 층층이 수놓여 있었다. 이루 말할 수 없는 섬세함과 달콤함 그리고 피곤한 인상을 풍기는 그녀의 귀여운 머리는 무겁고 따뜻해 보이는 이러한 옷감들로 인해 오히려 더욱더 감동적이고 순결하고 사랑스러워 보였다. 목덜미 깊숙이 내려와 하나로 모아진 눈부신 갈색 머리는 단정하게 뒤로 빗어 넘겨져 있었는데, 오른쪽 관자놀이 언저리에서 곱슬하게 늘어진 숱이 이마로 흘러내리고 있었고, 거기서 조금 떨어진 곳에는 눈에 띄게 그려 넓은 눈썹 위로 기묘한 느낌을 주는 연푸른 색깔의 작은 실핏줄이 갈라져 있어서 거의 투명해 보이는 이마의 티 없이 맑은 모습과는 대조적으로 병적인 인상을 주었다. 눈 위에 있는 이 푸른색 실핏줄은 달걀형의 얼굴 전체에서 풍기는 섬세한 분위기를 불안하게 압도하고 있었다. 부인이 말을 하기 시작하자마자, 아니 그저 미소만 지어도, 그 점은 더욱 두드러지게 드러났다. 그러면 그녀의 표정에 모종의 긴장과 무엇에 쫓기는 듯한 초조함마저 나타났는데, 그런 표정은 보는 사람을 불안하게 만들었다. 그럼에도 불구하고 말을 곧잘 했고, 미소도 곧잘 지어 보였다. 그녀는 약간 가성이 섞인 목소리로 발랄하고도 다정하게 이야기했으며, 곧잘 눈웃음을 치곤 했다. 그녀의 시선은 다소 지쳐 보였는데, 아닌 게 아니라 눈동자 여기저기에 원래의 색깔이 약간 퇴색한 듯한 기미가 엿보였다. 좁은 콧부리의 양쪽에 닿아 있는 눈의 안쪽 구석에는 깊은 그늘이 드리워져 있었다. 그녀는 또한 아름답고 길쭉한 입으로도 곧잘 미소를 지었다. 그녀의 입은 창백하면서도 빛나는 것처럼 보였는데, 그것은 아마도 입술의 윤곽이 무척 날카롭고 또렷했기 때문일 것이다. 그녀는 이따금 잔기침을 하곤 했으며, 그럴 때면 손수건을 입에 갖다 댔다가 들여다보곤 했다.

"기침하지 말아요, 가브리엘레." 클뢰터얀 씨가 말했다. "당신도 알다시피 힌츠페터 박사가 왕진을 왔을 적에 그러지 말라고 특별히 당부하지 않았소. 그저 정신만 차리면 되잖아, 여보. 이미 말했듯이 기관지의 이상일 뿐이야." 그가 거듭해서 말했다. "기침이 시작되었을 때에는 나도 정말이지 폐가 문제인 줄 알고 덜컥 겁이 났지 뭐요. 하지만 폐는 아니야. 맹세코 아니지. 우리가 그런 병에 걸려들 리 없지. 그렇지 않아, 가브리엘레? 허, 허!"

"틀림없습니다." 레안더 박사가 말을 하고는 안경알을 번쩍이며 그녀를 바라보았다.

그러자 클뢰터얀 씨는 커피를, 정확히 말하면 버터 바른 빵과 커피를 달라고 부탁했다. 그는 '커피'의 '커' 자를 구강 깊숙한 곳에서 실감 나게 발음했고, '버터 바른 빵'이라고 할 때에도 누구라도 식욕이 돋지 않을 수 없게 말할 줄 알았다.

클뢰터얀 씨는 부탁한 것을 제공받았고, 자신과 부인이 묵을 방도 배정받아서 두 사람은 여장을 풀었다.

그 밖에도 레안더 박사는 이 환자의 경우에는 뮐러 박사를 거치지 않고 직접 진료를 맡기로 했다.

3

새로 입원한 이 여성 환자는 '아인프리트' 요양원에서 비상한 관심을 불러일으켰다. 그런 효과에 익숙한 클뢰터얀 씨는 사람들이 그녀에게 바치는 온갖 흠모를 흡족한 기분으로 받아들였다. 당뇨병을 앓고 있던 장군은 언젠가 처음 그녀와 얼굴을 마주치는 순간부터 불평을 그치게 되었고, 얼굴이 비쩍 마른 남자들은 그녀가 가까이 다가오면 미소를 지으며 다리의 경련을 억제하려고 애쓰게 되었으며, 시의원 부인 슈파츠 여사는 연상의 친구로서 금방 그녀의 단짝이 되었다. 슈파츠 부인은 마치 클뢰터얀 씨 집안의 부인네라도 된 듯한 인상을 주기까지했다. 몇 주 전부터 '아인프리트' 요양원에서 시간을 보내고 있던 어떤 작가는 낯선 느낌을 주는 별난 사람으로 그의 이름은 어떤 보석을 연상시켰는데, 클뢰터얀 부인이 복도에서 그의 곁을 지나가는 바로 그 순간 안색이 달라지더니 걸음을 멈추고는 그녀가 사라진 지 한참이 지났는데도 그 자리에 붙박인 듯이 우두커니 서 있었다.

요양원에 묵고 있는 모든 손님들은 이틀이 채 지나지 않아 클뢰터얀 부인의 내력을 소상히 알게 되었다. 그녀가 브레멘 태생이라는 것, 이야기를 할 때면 발음을 애교 있게 비트는 버릇이 있다는 것, 그리고 브레멘에서 두 해 전에 부유한 상인인 클뢰터얀 씨의 청혼을 받아들였다는 사실까지도 알려지게 되었다. 그러고서 그녀는 클뢰터얀 씨를 따라 발트해 연안에 자리 잡은 그의 고향 도시로 옮겨 갔고, 열 달쯤 전에 극히 힘들고 위태로운 상황에서 아이를 낳았는데, 그 아이는 놀랄 만큼 생기가 넘치고 훌륭하게 자라서 장차 클뢰터얀 씨의 상속자로 기대를 모았다. 하지만 이 끔찍한 며칠을 겪고부터 그녀는 다시 기력을 회복하지 못하게 되었다. 물론 아이를 낳기 전에도 과연 기력이 넘쳤는지는 의문이다. 산욕을 치르느라 너무나 지치고 완전히 탈진한 상태여서 자리에서 일어나자마자 기침을 하면 약간의 피가 묻어 나왔다. 물론 많은 양은 아니고 하찮아 보일 만큼 적은 양의 피였다. 그렇지만 그런 증세가 아예 없었더라면 더 좋았을 것이다. 그런데 걱정스럽게도 그와 똑같은 증세가 얼마 후에 재발했다. 그리하여 이 증세를 다스리기 위한 치료가 시작되었고, 집안의 주치의인 힌츠페터 박사가 그녀를 보살피게 되었다. 의사는 절대 안정을 권했고, 얼음 조각을 삼키게 하기도 했다. 기침 증세를 가라앉히기 위해 모르핀 처방을 했고, 될 수 있으면 마음을 안정시키도록 했다. 그런데도 좀처럼 회복의 기미는 보이지 않았다. 그리고 대단한 우량아로서 엄청나게 원기 왕성한 안톤 클뢰터얀이 생활에서 사정없이 제 몫을 요구하고 차지하게 되자 그나마 젊은 산모의 생명을 지탱하던 부드럽고 조용한 불꽃마저 금방 꺼져 버릴 것만 같았다. 이미 말했듯이 문제는 기관지였다. 힌츠페터 박사의 입에서 나온 그 말은 주위의 모든 사람들을 놀라우리만큼 진정시키고 안심시켰을 뿐 아니라 거의 쾌활한 분위기까지 자아낼 정도였다. 하지만 비록 폐가 나쁘지는 않다 하더라도 마침내 힌츠페터 박사는 치료를 앞당기기 위해서는 당장에라도 온화한 기후 조건에서 요양원에 머무르도록 하는 것이 바람직하다는 소견을 밝혔고, 그에 따른 모든 조처는 '아인프리트' 요양원과 그 원장의 명성이 해결해 주었다.

이야기는 대강 이런 내용이었다. 클뢰터얀 씨 자신이 자기 부인의 일에 관심을 표명하는 사람이면 누구에게나 그런 이야기를 들려주었다. 그는 큰 소리로 재빨리, 그리고 경박하게 이야기를 하곤 했는데, 자신의 증권 시세처럼 소화 능력도 아주 좋은 그런 남자의 말투였다. 그는 입술을 크게 벌려 움직이면서, 북독일의 바닷가 출신답게 장황한 듯하면서도 재빨리 이야기하는 버릇이 있었다. 그가 툭툭 뱉어 내는 말 가운데 상당 부분은 발음 하나하나가 마치 소량의 전류가 방전(放電)하는 듯한 느낌을 주었으며, 그러면서 그는 자기가 한 농담이 사람들을 제대로 웃겼다는 만족감을 드러내며 웃어 댔다.

클뢰터얀 씨는 중키에 어깨가 딱 벌어지고 다리는 짧아서 강인한 인상을 주었다. 통통하고 불그스레한 얼굴에 연푸른 색 눈은 아주 밝은 금발의 눈썹에 가려 그늘져 있었고, 콧구멍이 크고 입술은 촉촉하게 젖어 있었다. 그는 영국식 구레나룻을 기르고 있었고, 완전히 영국식 옷차림을 하고 있었는데, '아인프리트' 요양원에서 영국인 부부와 세 자녀, 그리고 그 아이들의 보모를 만나게 되자 좋아서 어쩔 줄 몰랐다. 그 영국인 가족이 이곳에 체류하고 있었던 것은 순전히 달리 어디를 가야 할지 몰랐기 때문이었다. 클뢰터얀 씨는 아침마다 그 가족과 함께 영국식 식사를 했다. 그는 워낙 많이 그리고 맛있게 먹고 마시기를 좋아했다. 요리에 관한 한 진짜 전문가라는 것을 과시하면서, 자기 집에서 친지들을 초대하여 베풀었던 만찬 이야기를 들려주고 이곳 사람들은 알지도 못하는 어떤 특별 요리를 묘사하여 요양원의 좌중을 너무나 흥겹게 해 주었다. 이런 이야기를 할 때면 그의 두 눈은 다정한 표정을 띠며 지그시 감기는 듯했고, 말투는 코맹맹이 소리를 유지하면서 목구멍에서는 가볍게 입맛을 다시는 듯한 소리가 동시에 흘러나왔다. 어느 날 저녁에는 그가 복도에서 어떤 종업원 아가씨와 보기에 민망할 정도로 시시덕거리고 있는 광경이 '아인프리트' 요양원에 머무르고 있는 작가의 눈에 띔으로써, 그가 또 다른 세속적인 쾌락도 결코 싫어하지 않는다는 사실을 입증해 보였다. 그 작가는 이 하찮은 우스갯거리를 목격하고 는 우스꽝스러울 정도로 역겨워하는 표정을 지어 보였다.

클뢰터얀 씨의 부인으로 말하면 그녀가 남편에게 진심으로 호감을 갖고 있다는 것은 아주 명백히 확인할 수 있었다. 그 녀는 줄곧 미소를 지으면서 남편의 말과 몸짓에서 눈을 떼지 않았다. 그것은 흔히 아픈 사람이 건강한 사람에게 보내게 마 련인 지나친 호감의 표시가 아니라, 행복을 피부로 실감하는 사람들이 믿음직스럽게 자기 삶을 표현하는 것을 지켜보면서 마음씨 고운 환자가 느끼는 애정 어린 기쁨과 관심의 표현이 었다.

클뢰터얀 씨는 '아인프리트' 요양원에 오래 머무르지 않았 다. 그는 자기 아내를 이곳으로 데려오고 나서 일주일이 지나 자 아내가 극진한 대우를 받고 좋은 사람들에게 맡겨져 있다 는 것을 확인하고는 더 이상 지체하지 않았다. 아내를 보살피 는 일에 버금가는 중요한 의무들, 그러니까 무럭무럭 자라고 있는 아이를 돌보고 역시 날로 번창하는 사업을 관리하는 일 때문에 고향으로 돌아가야 할 형편이었다. 그런 일들 때문에 그는 부인이 최선의 보살핌을 받도록 남겨두고 이곳을 떠나지 않을 수 없었다.

4

몇 주 전부터 '아인프리트' 요양원에 묵고 있는 작가의 이름은 슈피넬, 정확히 말하면 데틀레프 슈피넬이었는데, 그는 외모가 기이했다.

우선 피부색이 갈색이고 체격이 우람한 삼십 대 초반의 남자를 떠올리면 된다. 관자놀이 언저리의 머리숱은 이미 눈에 띌 정도로 세기 시작했으며, 둥그렇고 하얀 얼굴은 다소 부어올라 있었지만 수염이 자란 흔적은 전혀 없었다. 자세히 들여다보면 면도를 한 흔적도 없다는 것을 알 수 있었다. 안색이 유약해 보이고 얼굴의 윤곽이 뚜렷하지 않아 소년 같은 인상을 주었으며, 여기저기 솜털이 듬성듬성 나 있었다. 바로 이 점이 아주 특이해 보였다. 반짝이는 엷은 갈색 눈의 시선은 부드러운 인상을 주었고, 코는 땅딸막하고 약간 심하게 통통했다. 그 밖에도 슈피넬 씨는 윗입술이 고대 로마인처럼 아치형으로 둥글었고 땀구멍이 드러나 보였으며, 커다란 충치가 있는 데다 발은 보기 드물게 컸다. 다리에 경련을 일으키는 남자들 가운데 짓궂게 남을 비꼬기 좋아하는 어떤 사람은 슈피넬 씨가 없는 자리에서 그에게 '이빨 썩은 젖먹이'라는 별명을 붙여 주었다. 하지만 그런 별명은 악의적인 것이었고, 슈피넬 씨에게는 거의 들어맞지 않았다. 슈피넬 씨는 유행에 맞는 그럴듯한 옷차림을 하고 있었으며 기다란 검은색 재킷에 알록달록한 점 무늬가 박힌 조끼를 입고 있었다.

슈피넬 씨는 사람들과 잘 어울리지 않았고, 어떤 사람과도 마음을 터놓고 지내지 않았다. 다만 어쩌다 사교적이고 다정한 기분이 넘칠 때도 있었는데, 심미적 감흥에 잠길 때면 매번 그러했다. 다시 말해 뭔가 아름다운 것을 보게 된다든가,

어떤 두 가지 색깔이 조화를 이룬 모습이나 고상한 형태의 꽃병을 본다든가, 저녁놀에 비친 산악 풍경에 매료된다든가 할 때면 매번 그랬다. 그럴 때면 그는 고개를 갸우뚱거리고 어깨를 으쓱하면서, 손을 뻗고 코와 입술을 벌렁거리며 이렇게 말하곤 했다. "얼마나 아름답습니까! 자, 보세요, 얼마나 아름답습니까!" 그러고서 그는 남녀를 불문하고 상대방이 아무리 지체 높은 사람이라 하더라도 무작정 목을 얼싸안고 그런 순간의 감동을 표현할 줄 알았다.

그가 쓴 책은 그의 방에 들어오는 사람이면 누구나 잘 볼 수 있도록 늘 책상 위에 놓여 있었다. 그 책은 상당한 분량의 소설이었는데, 표지는 현란한 도안으로 장정되어 있었고, 커피 거르는 종이를 연상케 하는 고풍스러운 종이에 인쇄되어 있는 데다 활자 하나하나가 마치 고딕식 성당을 보는 듯한 느낌을 주었다. 오스털로 양은 한가한 시간에 잠시 짬을 내어 그 소설을 읽고는 '세련된 작품'이라고 했지만, 사실은 '신물 나게 지겨운 책'이라는 소감을 둘러서 말한 것이었다. 그 소설의 이야기가 펼쳐지는 무대는 세속적인 살롱이었다. 고블랭 직물이나 골동품 가구, 값비싼 도자기, 그리고 값도 매길 수 없는 온갖 종류의 물품과 예술적인 귀중품 등의 고르고 고른 물건들로 가득 차 있는 화려한 여자들 방이 그 무대였다. 작가는 이러한 물건들을 묘사하는 데 너무나 애정 어린 가치를 두었고, 그럴 때마다 독자들은 끊임없이 슈피넬 씨가 코를 벌름거리며 "얼마나 아름답습니까! 자 보세요. 얼마나 아름답습니까!"라고 말하는 모습을 생생하게 보는 것 같았다. 어떻든 슈피넬 씨가 이 소설 말고는 아직 다른 책을 내지 않았다는 사실도 이상하게 여길 만했다. 그는 정열적으로 글을 쓰는 것처럼 보였기 때문이다. 거의 온종일 자기 방에서 글을 쓰며 시간을 보냈고, 우편으로 엄청나게 많은 편지를 부쳤는데, 거의 매일 한두 통씩은 되었다. 그런데 그가 편지를 받는 일은 좀처럼 없다는 것도 이상하고 우습게 보였다.

5

슈피넬 씨는 식탁에서 클뢰터얀 부인의 맞은편에 앉았다. 요양객 일동이 참석하는 첫 식사 때에 그는 곁채의 일 층에 있는 커다란 식당에 조금 늦게 나타나서 나지막한 소리로 좌중을 향해 인사를 하고는 자기 자리에 앉았다. 그러자 레안더 박사가 그다지 격식을 차리지 않고 간략하게 새로 온 사람들에게 그를 소개했다. 그는 고개 숙여 인사를 하더니 다소 당황한 기색을 역력히 드러내며 식사를 시작했다. 그의 잘생기고 커다란 하얀 손은 무척 비좁아 보이는 소매에서 비어져 나와 있었는데, 그가 나이프와 포크를 사용하는 손놀림은 상당히 가식적이라는 인상을 주었다. 나중에 식사가 끝나자 그는 클뢰터얀 씨와 그의 부인을 번갈아 가면서 느긋하게 바라보았다. 클뢰터얀 씨 역시 식사 시간 동안 '아인프리트' 요양원의 시설이라든가 날씨에 관해 그에게 몇 마디 질문을 하거나 언급을 했는데, 그의 부인도 남편의 말을 끊지 않으면서 애교 있게 두어 마디 거들었다. 슈피넬 씨는 이들의 말에 정중하게 답해 주었다. 그의 목소리는 부드럽고 제법 편안한 느낌을 주었다. 그렇지만 그는 마치 혀가 이빨 사이에 걸리기라도 하듯이 말을 더듬거리며 질질 끄는 버릇이 있었다.

식사가 끝나고 휴게실로 자리를 옮기자 레안더 박사는 특히 새 손님들에게 식사가 괜찮았느냐고 물어보았고, 클뢰터얀 씨의 부인은 맞은편에 앉아 있는 남자에게 뭔가를 물었다.

"저 분 성함이 뭐라고 했죠?" 그녀가 물었다. "슈피넬리[3] 씨던가요? 성함을 제대로 듣지 못했거든요."

"슈피넬리가 아니라 슈피넬입니다, 부인. 저 양반은 이탈리아 사람이 아니라 렘베르크[4] 출신에 불과하지요. 제가 알기로는 그렇습니다만……"

"뭐라고 했소? 작가나 뭐 그런 거라구요?" 클뢰터얀 씨가 물었다. 그는 편안해 보이는 영국식 바지 주머니에 손을 넣고 있었고, 레안더 박사 쪽으로 귀를 기울인 채 사람들이 대개 그러듯이 주의 깊게 듣느라 입을 벌리고 있었다.

---

3) 니콜라 슈피넬리(Nicola Spinelli, 1865~1909)는 19세기 말 20세기 초 무렵에 독일에도 상당히 이름이 알려져 있던 이탈리아의 작곡가이자 피아니스트이다.

4) 러시아의 남서부에 있는 작은 도시 이름. 이 도시는 여러 시대에 걸쳐 제각기 다른 나라의 영토로 귀속되었는데, 1900년 무렵에는 오스트리아 황실의 변방 영지였다. 여기서 레안더 박사가 "렘베르크 출신에 '불과'하지요."라고 다소 경멸적인 어조로 말하는 것은 렘베르크가 유럽의 중심부에서 동떨어진 변방이라는 것을 드러내는 표현이며, 렘베르크에 유태인이 많이 살았기 때문에 어쩌면 슈피넬이 유태인일지도 모른다는 암시도 들어 있다.

트리스탄

"예, 잘 모르긴 하지만, 아마 글을 쓴다지요……." 레안더 박사가 대답했다. "제가 알기로는 책을 한 권 냈는데, 소설 비슷한 책인 모양입니다. 정말 잘 모르긴 하지만……."

레안더 박사가 되풀이하는 '잘 모르긴 하지만'이라는 말은 이 작가를 대단한 존재라고 생각하지는 않는다는 것, 그리고 그에 대해서는 어떠한 책임도 지기 싫다는 것을 암시하고 있었다.

"그것 참 재미있군요!" 클뢰터얀 씨의 부인이 말했다. 그녀는 여지껏 작가를 직접 대면한 적이 없었던 것이다.

"아무렴요." 레안더 박사가 그녀의 말에 맞장구를 쳤다. "제법 이름이 있는 작가인 모양입니다만……." 그러고는 더 이상 그 작가는 화제에 오르지 않았다.

그런데 얼마 뒤에 새로 온 손님들이 물러가고 레안더 박사역시 휴게실에서 나가려고 하는데, 슈피넬 씨가 박사를 붙잡고는 같은 질문을 했다.

"그 부부의 성함이 어떻게 됩니까?" 슈피넬 씨가 물었다. "아무것도 알아듣지 못했거든요."

"클뢰터얀이오." 박사는 대답을 하고는 금방 다시 나가려고 했다.

"남편 이름이 어떻게 됩니까?" 슈피넬 씨가 다시 물었다.

"클뢰터얀이란 말이오!" 레안더 박사는 그렇게 말하고는 자기 갈 길을 갔다. 그는 이 작가를 전혀 대수롭지 않게 생각했던 것이다.

6

클뢰터얀 씨가 고향으로 돌아간 상황까지 이야기했던가? 그렇다. 그는 다시 발트해 연안에 머무르면서 사업과 아이한테 매달려 있었다. 아직 아무런 지각도 없지만 생기로 충만해 있는 이 어린 것은 어머니에게 너무나 많은 고통을 겪게 했고, 기관지에 작은 이상까지 생기게 했다. 그렇지만 아이의 어머니인 젊은 부인 자신은 '아인프리트'에 그대로 남아 있었고, 시의원 부인 슈파츠 여사가 연상의 친구로서 그녀의 단짝이 되었다. 그렇다고 해서 클뢰터얀 씨의 부인이 다른 요양객들과 친교를 맺는 데 방해가 되지는 않았다. 이를테면 슈피넬 씨와도 친하게 지냈는데, 그는 처음부터 그녀를 극진히 예우하고 어떤 시중이라도 들어 줄 태세여서 모든 사람을 깜짝 놀라게 했다. 그는 여지껏 누구하고도 마음을 터놓고 지내지 않았던 것이다. 클뢰터얀 부인은 엄격하게 짜여진 일과 중에 허용되는 자유 시간이 되면 결코 싫지 않은 태도로 그와 함께 수다를 떨곤 했다.

그는 엄청나게 신중하고도 공손하게 그녀에게 접근해 갔다. 그녀와 이야기할 때면 신중하게 가라앉은 목소리로만 말했기 때문에, 귀에 이상이 있는 슈파츠 부인은 대개 그가 하는 말은 전혀 알아듣지 못했다. 그는 커다란 발의 뒤꿈치를 세우고서 클뢰터얀 부인이 부드럽게 미소 지으며 기대앉아 있는 안락의자로 다가가 두 걸음 앞에서 걸음을 멈추고는 한쪽 다리는 뒤로 빼고 상체를 앞으로 숙이면서 다소 더듬거리고 질질 끄는 듯한 어투로 조용히 말을 걸곤 했다. 그러는 그의 태도는 한편으로 집요하면서도 매 순간 혹시 그녀의 얼굴에 지친 기색이나 짜증스러운 기미라도 보이면 얼른 물러나서 사라질 태세였다. 하지만 그가 그녀를 짜증 나게 하지는 않았다. 오히려 그녀는 슈파츠 여사와 자기 옆에 와서 앉기를 요청했고, 그에게 어떤 질문을 던지고는 미소를 지으며 호기심 어린 표정으로 그의 말에 귀를 기울였다. 그도 그럴 것이 때때로 그가 하는 이야기는 그녀가 여지껏 한번도 접해 본 적이 없을 만큼 재미있고 신기하게 들렸던 것이다.

"당신은 대체 어째서 아인프리트에 와 있지요?" 그녀가 물었다. "어떤 요양이 필요하신가요, 슈피넬 씨?"

"요양이라구요?…… 얼마간 충전을 할 생각입니다. 아니, 그건 들먹일 가치도 없는 이유지요. 제가 왜 이곳에 왔는지 부인께 말씀드리지요. 그건 이곳의 건축 양식 때문입니다."

"아, 그렇군요!" 클뢰터얀 부인이 말했다. 그녀는 손으로 턱을 괴고, 마치 뭔가를 얘기하려는 아이한테 짐짓 그러듯이 과장된 열성을 보이며 그가 있는 쪽으로 몸을 돌렸다.

"그렇습니다, 부인. '아인프리트'는 온통 나폴레옹 시대의 분위기를 물씬 풍기지요. 제가 들은 바로는 이곳이 한때는 성이었다고 합니다. 어떤 군주의 여름 별장이었다고 하더군요. 이 곁채는 그러니까 후대에 증축된 것이지요. 하지만 본채는 오래된 진짜배기랍니다. 이런 나폴레옹 시대의 건물이 저한테 꼭 필요한 때가 있습니다. 어느 정도 마음의 평온을 얻으려면 반드시 이런 건물에 머물러야 할 때가 있지요. 음탕한 분위기를 풍길 정도로 부드럽고 편안한 가구들 사이에 머무르고 있을 때에는 기분도 이상해지고, 그런가 하면 이처럼 직선형으로 되어 있는 탁자나 안락의자 그리고 커튼의 주름들 사이에서 머무르고 있을 때에는 또 다른 느낌이 든다는 것은 분명하지요……. 이 밝음과 견고함, 냉정하고 단호한 단순함, 절제된 엄격함을 대하노라면 자세가 가다듬어지고 품위를 되찾게 됩니다. 결과적으로 오래도록 마음을 맑게 해 주고 원기를 회복시켜 줍니다. 윤리적으로 고양시켜 줍니다. 확실히 그렇습니다……."

"그래요? 그것 참 이상하군요." 그녀가 말했다. "하지만 노력하면 무슨 말씀인지 이해할 것도 같아요."

그러자 그는 괜히 애써 이해할 만한 문제는 아니라고 대꾸했고, 그러고서 두 사람은 서로 마주 보며 웃었다. 시의원 부인 역시 덩달아 웃으면서도 이상하다는 느낌이 들었다. 하지만 자기도 이해하겠노라고는 하지 않았다.

휴게실은 널찍하고 아름다웠다. 바로 붙어 있는 당구장으로 통하는 흰색의 양날개 출입문은 활짝 열려 있었고, 당구장에서는 다리를 떠는 남자들과 다른 사람들이 당구를 즐기고 있었다. 다른 한쪽으로는 유리문을 통해 넓은 테라스와 정원을 내다볼 수 있었다. 유리문 옆에는 피아노가 놓여 있었다. 초록색 커버를 씌운 카드놀이용 탁자도 있어서, 당뇨를 앓는 장군이 다른 몇몇 남자들과 휘스트[5] 게임을 하고 있었다. 부

---

5) 영국에서 유래한 카드놀이의 일종.

인네들은 책을 읽거나 뜨개질을 하고 있었다. 철제 난로가 방을 덥혀 주고 있었지만, 정작 사람들이 기분 좋게 잡담을 나누는 장소는 우아하게 장식된 벽난로 앞이었다. 벽난로 안에는 타오르는 듯한 붉은색 띠종이를 붙여 만든 모조 석탄이 들어 있었다.

"당신은 아침에 일찍 일어나더군요, 슈피넬 씨." 클뢰터얀 부인이 말했다. "아침 일곱 시 반에 건물에서 나가시는 것을 어쩌다 두어 번 보게 되었어요."

"제가 일찍 일어난다구요? 아, 그건 전혀 사실과 다릅니다, 부인. 어찌된 일인가 하면, 사실은 제가 원래 늦잠을 자기 때문에 일찍 일어나는 것이죠."

"그건 해명을 해 주셔야겠어요, 슈피넬 씨!" 클뢰터얀 부인에 이어 시의원 부인도 덩달아 해명을 요구했다.

"그러니까…… 원래 일찍 일어나는 사람이라면 그렇게 일찍 일어날 필요까지는 없다고나 할까요. 양심이라는 것은 말입니다, 부인, 양심이라는 것은 고약한 것입니다. 저도 그렇지만 저 같은 부류의 사람은 평생토록 양심과 실랑이를 벌인답니다. 이래저래 양심을 속이면서도, 약삭빠르게 약간은 만족시켜 줘야 하니까 손이 열 개라도 모자랄 지경이지요. 우리는 쓸모없는 존재들입니다. 저도 그렇고 저 같은 부류의 인간은 다 그렇지요. 어쩌다 간혹 맞이하는 좋은 시간들을 제외하면 우리는 우리 자신이 쓸모없다는 생각에 질질 끌려다니느라 상처 입고 병들어 갑니다. 우리는 유익한 것을 증오합니다. 우리는 유익한 것이 천박하고 아름답지 않다는 것을 알고 있으며, 이러한 진실을 옹호하는 것입니다. 꼭 필요한 진실만을 옹호하는 단호한 자세로 말입니다. 그런데도 우리는 우리 자신에게 때 묻지 않은 구석이라곤 조금도 없다는 양심의 가책에 너무나 시달립니다. 게다가 우리가 정신 생활을 영위하는 일체의 방식, 그러니까 우리의 세계관이나 작업 방식은…… 끔찍스럽게 불건전하고 시간 관념을 없애는 소모적인 작용을 하는데, 그 때문에도 사태가 더 악화되지요. 그런데 약간의 진정제가 있긴 합니다. 그것마저 없다면 도무지 배겨 내지 못할 테니까요. 우리들 가운데 상당수의 사람들은 이를테면 어느 정도 절도를 지키고 엄격하게 위생적인 생활을 해야 할 필요가 있습니다. 일찍, 지독하게 일찍 일어나야 하고, 찬물에 목욕을 해야 하고, 눈이 내려도 산책을 나가야 하는 식입니다…… 그렇게 하면 한 시간 정도는 우리 자신에게 다소나마 만족할 수 있게 됩니다. 평소처럼 내버려두면 저는 정오까지 잠자리에 드러누워 있게 되지요. 정말이라니까요. 일찍 일어나는 게 오히려 거짓인 셈이지요.”

“아니, 어째서죠, 슈피넬 씨! 그건 극기라고 해야겠지요……. 그렇지 않아요, 사모님?” 그러자 시의원 부인 슈파츠 여사도 그건 극기라고 했다.

“위선이든지 극기겠죠, 부인! 이제 어느 쪽을 택해야 할지. 저는 정말이지 너무나 정직하게 고민하는 성격이라서…….”

“그게 문제라니까요. 정말 당신은 고민이 너무 많아요.”

“그렇습니다, 부인. 저는 고민을 많이 합니다.”

좋은 날씨가 계속되었다. 이 일대는 하얀 눈으로 덮여 안정되고 깔끔한 느낌을 주었으며, 바람 소리도 들리지 않는 쾌청한 겨울 날씨에 눈부신 햇살과 푸르스름한 응달이 교차되는 가운데 산과 집과 정원이 자리 잡고 있었다. 가물거리는 작은 발광체(發光體)들과 반짝이는 수정들이 수없이 어울려 춤추는 것처럼 보이는 연푸른색 하늘은 티 없이 맑게 둥근 천장을 이루며 그 모든 것을 굽어보고 있었다. 클뢰터얀 부인에겐 이 무렵이 그럭저럭 견딜 만했다. 열도 없었고, 기침도 거의 하지 않았으며, 그다지 메스꺼움을 모르고 식사도 할 수 있었다. 그녀는 의사가 일러 준 대로 종종 몇 시간씩 찬 공기를 쐬며 햇살이 드는 테라스에 앉아 있곤 했다. 또 가죽 옷과 담요로 몸을 단단히 감싸고서 눈 속에 앉아서 기관지에 도움이 되도록 맑고 차가운 공기를 희망차게 들이마시기도 했다. 그럴 때면 간혹 슈피넬 씨 역시 따뜻한 옷차림에 발이 엄청나게 커 보이는 가죽 신발을 신고서 정원을 거니는 모습이 그녀의 눈에 띄었다. 그는 뭔가를 탐색하는 듯한 걸음걸이에다 모종의 신중함과 경직된 우아함이 느껴지는 자세로 팔짱을 낀 채 눈 속을 거닐다가 그녀가 테라스에 나타나면 정중하게 인사를 하고는 아래층 계단으로 올라와 간단한 대화를 시작하곤 했다.

"오늘 아침 산책을 나갔다가 어떤 미인을 만났지요……. 정말 아름다웠습니다!" 이렇게 말하면서 그는 고개를 갸우뚱하며 두 손을 쫙 펼쳤다.

"정말이에요, 슈피넬 씨? 그 미인이 어떻게 생겼는지 이야기 좀 해 주세요!"

"안 됩니다, 그럴 수 없습니다. 이야기를 하다 보면 그 미인의 모습을 잘못 전달하게 될 테니까요. 지나가는 길에 그 여성을 그저 곁눈질로 흘낏 스쳤을 뿐이니까, 사실은 보지 못한 셈이지요. 하지만 제가 접했던 희미한 그림자만으로도 저의 상상을 자극하고 아름다운 이미지를 담아 오기에는 충분했지요……. 정말 아름다웠어요!"

그녀가 웃었다. "당신은 그런 식으로 미인들을 관찰하나 보죠, 슈피넬 씨?"

"그렇습니다, 부인. 상스럽게 현실적인 욕망을 품고서 미인의 얼굴을 뚫어지게 쳐다보다가 실제로는 결함이 있다는 인상을 받는 것보다는 이 방식이 차라리 낫죠……."

"현실적인 욕망이라…… 그것 참 묘한 말이군요! 정말 작가다운 말이에요, 슈피넬 씨! 굳이 말씀드리자면 그 말은 저에게도 인상적으로 다가오는군요. 이 말에는 저도 약간은 이해하는 많은 뜻이 담겨 있는데, 뭐랄까 현실을 존중하는 태도를 철회하게 만드는 자립적이고 자유로운 그 무엇이 들어 있어요. 물론 현실은 세상에서 가장 존중되어 마땅한 것이고, 어쩌면 존중받아야 할 것 그 자체인지도 모르지만 말이에요……. 그렇게 보면 구체적으로 손에 잡히는 것 말고도 뭔가 좀 더 미묘한 것이 존재한다는 것을 이해할 수 있겠어요……."

"제가 아는 것은 단 하나의 얼굴뿐입니다." 그는 갑자기 이상하게 흥겨운 어조로 말을 꺼내면서 움켜쥔 두 손을 어깨 쪽으로 올렸고, 기뻐서 어쩔 줄 모르는 미소를 짓자 충치가 드러나 보였다. "제가 아는 것은 단 하나의 얼굴뿐입니다. 그 얼굴에 있는 그대로의 고귀함을 저의 상상으로 교정하려 든다면 죄스러울 뿐이지요. 저는 그 얼굴을 마냥 바라보고 싶어요. 몇 분, 몇 시간이 아니라 평생토록 말입니다. 온전히 그 얼굴에만 파묻혀서 세상 일은 모두 잊고 싶답니다……."

"그래, 그렇군요, 슈피넬 씨. 그런데 오스털로 양은 귀가 상당히 쫑긋하던데요."

그는 말없이 몸을 잔뜩 숙였다. 다시 몸을 일으켜 세웠을 때 그의 눈길은 당황하고 고통스러운 표정을 띠면서, 기묘한 느낌을 주는 그녀의 실핏줄에 머무르고 있었는데, 거의 투명해 보일 만큼 선명한 이마에 퍼져 있는 그 실핏줄은 파리한 색깔에 병적인 느낌을 주었다.

7

괴짜야, 정말 별난 괴짜야! 클뢰터얀 부인은 가끔 슈피넬 씨에 대해 생각하곤 했다. 그녀는 한가로운 시간이 남아돌아 곧잘 그런 상념에 빠져들곤 했다. 공기가 바뀌면서 요양이 효력을 잃기 시작하든가 혹은 두드러지게 해로운 모종의 영향을 받게 되면 그녀의 상태는 악화되었다. 기관지의 상태가 걱정스러운 조짐을 보이면서 기운이 빠지고, 피곤하고, 입맛이 없어졌으며, 종종 열이 오르기도 했다. 그러면 레안더 박사는 그녀에게 절대적인 휴식과 안정을 취하면서 조심하라고 권했다. 그렇게 되면 누워 있어야 하는 때를 제외하고는 슈파츠 여사를 친구 삼아 조용히 앉아 있곤 했는데, 무릎에 올려놓은 뜨개질

거리에는 손을 대지 않고 이런저런 생각에 잠기곤 했다.

그 기이한 슈피넬 씨는 정말 그녀에게 생각할 거리를 제공해 주었다. 그런데 이상하게도 그 사람보다는 오히려 그녀 자신이 생각의 대상으로 떠올랐다. 그는 모종의 방식으로 그녀에게 자기 자신에 관해 일찍이 느껴 보지 못한 관심이랄까 묘한 호기심을 불러일으켰던 것이다. 어느 날 이야기를 나누다가 그는 이런 말을 한 적이 있다.

"그렇지 않습니다, 여자들이란 수수께끼 같은 존재들이죠……. 전혀 새로운 사실도 아닌데 그런 사실을 접하면 놀라움을 금할 수 없습니다. 한 경이로운 여성이 있다고 합시다. 마치 바람의 요정처럼 향기로만 이루어진 존재, 동화에나 나오는 환상적인 존재지요. 그런데 그녀는 무엇을 하고 있을까요? 그녀는 시정잡배나 불한당한테 가서 자신을 내맡깁니다. 그런 작자의 팔에 이끌려 다니고, 어쩌면 그런 자의 어깨에 머리를 기대기까지 하면서 영악한 미소를 지으며 주위를 둘러볼지도 모릅니다. 마치 '그래, 당신네들이 이런 모습을 이해하려면 머리가 빠개질 거야!'라는 말이라도 하려는 듯이 말입니다. 사실 우리는 그런 모습을 보면 머리가 빠개질 지경입니다."

클뢰터얀 부인은 나중에 이 말을 몇 번이고 곱씹어 보았다.

또 어느 날에는 두 사람이 다음과 같은 대화를 주고받아 슈파츠 여사를 놀라게 하기도 했다.

"부인, 실례지만 성함을 여쭤봐도 될까요? 원래 이름 말입니다."

"제 이름은 클뢰터얀이잖아요, 슈피넬 씨!"

"음……. 그건 저도 알지요. 아니, 저는 그 이름을 인정하지 않는다고 하는 편이 낫겠군요. 그러니까 당신의 본래 이름, 결혼하기 전의 이름 말입니다. 부인, 당신을 '클뢰터얀 부인'이라고 부르는 자는 채찍을 맞아도 싸다는 걸 당신 자신도 당당하게 인정하실 테지요."

그러자 그녀는 어찌나 웃어 댔던지 눈썹 위의 파란 실핏줄이 불안해 보일 만큼 도드라져 나와, 워낙 섬세하고 달콤하던 표정에 긴장과 조바심의 기색이 드리우면서 매우 불안한 느낌을 주었다.

"아니에요! 그만하세요, 슈피넬 씨! 채찍이라구요? '클뢰터얀'이라는 이름이 당신한테는 그렇게 끔찍스러운가요?"

"그렇습니다, 부인. 저는 그 이름을 처음 들었을 때부터 마음속 깊이 혐오해 왔습니다. 그런 이름은 우스꽝스럽고, 구제 불능으로 꼴불견이지요. 풍속을 따른답시고 바깥양반의 이름을 당신한테 그대로 갖다 붙이기까지 하는 것은 야만스럽고 상스러운 짓입니다."

"그래요? 그럼 '에크호프'라는 이름은 어떤가요? 에크호프는 더 나은가요? 제 아버지의 이름이 에크호프거든요."

"아, 그래요! '에크호프'라는 이름은 전혀 다른 느낌을 주는군요! 위대한 배우[6]의 이름이 떠오르기도 합니다. 에크호프라면 괜찮아요. 그런데 부친 성함만 얘기하셨군요. 모친께

---

6) 18세기 말의 유명한 연극배우였던 콘라트 에크호프(Konrad Eckhof, 1720~1778)를 가리킨다.

서는……."

"그래요. 하지만 어머니는 제가 어릴 적에 돌아가셨어요."

"아……. 하지만 당신에 대해 좀 더 이야기해 주세요. 괜찮겠지요? 피곤하시면 그만두시구요. 그러면 쉬세요. 제가 파리에 관한 이야기를 계속하도록 하지요. 새로운 이야기처럼 말입니다. 하지만 아주 조용히 얘기하실 수도 있지 않을까요. 속삭이듯이 말이죠. 그러면 이 모든 이야기가 더 아름다워질 텐데…… 브레멘에서 태어났다고 하셨죠?" 이 질문을 하면서 그는 목소리를 거의 죽였고, 마치 브레멘이 이루 말할 수 없는 온갖 모험과 형언키 어려운 아름다움으로 가득한 천하제일의 도시라도 되는 듯이, 이 도시에서 태어났다는 사실만으로도 신비로운 격조를 띠는 듯이, 경외심이 가득 실린 의미심장한 어조로 말했다.

"그래요, 그렇게 생각하시는군요!" 그녀는 자기도 모르게 대꾸했다. "저는 브레멘 출신이에요."

"언젠가 그곳에 가 본 적이 있습니다." 그가 생각에 잠긴 채 말을 거들었다.

"어쩜, 당신도 그곳에 가 보셨다구요? 아니, 이것 보세요, 슈피넬 씨. 그럼 제가 알기로 당신은 튀니지와 슈피츠베르겐 군도(群島)⁷⁾ 사이에 있는 곳은 어디든 다 가 보신 셈이군요!"

"그래요, 언젠가 그곳에 가 본 적이 있습니다." 그는 같은 말

---

7) 북아프리카의 도시 튀니지와 북극해의 슈피츠베르겐 군도는 당시의 유럽 여행객들에게 여행해 보고 싶은 남쪽 끝과 북쪽 끝으로 통했다.

을 되풀이했다. "저녁 무렵에 불과 몇 시간 동안 들렀었죠. 오래되고 좁다란 거리가 생각납니다. 그 거리에 늘어선 집들의 합각머리 지붕 위로 달이 비스듬히 떠 있어서 기묘한 느낌을 받았었지요. 그러고는 술 냄새와 곰팡내가 풍기는 어느 지하 주점으로 들어갔지요. 지금도 또렷이 기억납니다만······."

"정말이세요? 거기가 어디쯤이었을까요? 어쨌든 그런 합각머리 지붕이 얹혀진 회색 집에서 제가 태어났지요. 오래된 상인의 집이었는데, 마룻바닥이 울리고 복도에는 흰색 페인트칠이 되어 있었어요."

"그럼 부친께서 장사를 하셨군요?" 그가 약간 주저하면서 물었다.

"그래요. 하지만 장사 말고 정작 본업은 예술가였는지도 몰라요."

"아하, 그렇군요! 어느 정도 수준이셨죠?"

"바이올린을 하셨는데······ 하지만 그게 중요한 것은 아니에요. 과연 어떻게 연주를 하셨느냐, 바로 그게 중요하죠! 몇몇 곡은 들을 때마다 정말 이상하게도 눈물을 펑펑 쏟았지 뭐예요. 어떤 일을 당하더라도 그렇게 울 수는 없을 거예요. 제 말이 믿기지 않나 보죠······."

"믿습니다! 아, 믿기지 않다니요! 당신의 집안은 아마 유서 깊은 집안이겠지요? 말씀해 주세요, 부인. 아마 이미 여러 세대가 그 합각머리 회색 집에 살면서 일하다가 생을 마감하고 그랬을 테죠?"

"맞아요. 그런데 어째서 그런 질문을 하세요?"

"현실적인 생업에 종사하는 무미건조한 시민적 전통을 지닌 어느 집안이 그 명을 다할 즈음에 이르러 예술을 통해 다시금 빛을 발하는 경우가 드물지는 않지요."

"그런가요? 그래요, 아버지 이야기를 하자면 그분은 예술가로 자처하면서 명성을 누리는 상당수의 사람들에 비해 확실히 더 훌륭한 예술가였어요. 저는 피아노를 조금 치는 게 고작이었죠. 물론 지금은 그나마도 금지되어 있지만요. 그렇지만 당시만 해도 저희 집에서는 칠 수 있었지요. 아버지와 제가 함께 연주를 하곤 했어요…… 그래요, 집에서 보낸 시절은 모두 소중한 추억으로 남아 있어요. 특히 정원이 생각나요. 집 뒤에 있는 뜨락이었죠. 한심할 정도로 방치해 두어서 수풀이 아무렇게나 우거져 있었고, 조각조각 허물어져 내린 이끼 낀 담장에 둘러싸여 있었죠. 그런데 바로 그 점이 너무나 매력적으로 보였어요. 한가운데에는 분수가 주위에 빼곡히 자란 붓꽃 무리에 둘러싸여 있었구요. 여름철이면 그곳에서 몇 시간씩 친구들과 어울려 지내곤 했답니다. 우리는 분수 주위에 작은 야외용 의자를 놓고 모두가 빙 둘러앉곤 했지요……"

"너무 멋지군요!" 그렇게 말하면서 슈피넬 씨는 어깨를 들썩거렸다. "그렇게 앉아서 노래를 불렀지요?"

"아니에요, 대개는 뜨개질을 했더랬어요."

"아무렴 어때요. 아무렴요."

"우리는 뜨개질을 하면서 수다를 떨곤 했죠. 여섯 명의 친구들과 제가……"

"너무나 멋집니다! 정말 그렇게 멋질 수가!" 그렇게 소리치는 슈피넬 씨의 얼굴은 엉망으로 찡그려져 있었다.

"그런데 제 이야기에서 뭐가 그렇게 멋진가요, 슈피넬 씨?"

"아, 바로 이겁니다. 당신을 빼고 여섯 명이라고 하셨죠. 당신은 그 여섯 명 가운데 포함되지 않고, 말하자면 여왕처럼 돋보였다고나 할까요……. 당신은 그 여섯 명의 친구들 중에서 단연 빼어난 존재였던 겁니다. 전혀 눈에 띄지 않는 듯하지만 작은 황금 왕관이 당신 머리 위에 얹혀져서 의미심장하게 반짝이고 있었다고나 할까요……."

"아니에요, 당치 않은 말씀이에요. 왕관이라니요."

"아닙니다. 남몰래 반짝이고 있었던 겁니다. 만일 그때 제가 눈에 띄지 않게 덤불 속에 서 있었다면 왕관을, 당신 머리 위의 왕관을 똑똑히 보았을 텐데요……."

"당신이 보았더래도 누가 믿겠어요. 당신은 그곳에 있지도 않았고, 어느 날 아버지와 함께 덤불 속에서 나타난 사람은 지금의 제 남편이에요. 우리의 수다를 죄다 엿들었을까 봐 겁이 났었지만……."

"그럼 당신이 남편을 처음 만난 장소가 바로 거기로군요?"

"그래요. 거기서 그이를 알게 되었죠!" 그녀는 큰 소리로 흥겹게 말했다. 그러면서 미소를 짓자 파르스름한 실핏줄이 팽팽히 당겨지면서 눈썹 위로 불거져 나와 야릇한 느낌을 주었다. "짐작하실 테지만, 그 사람은 사업상의 볼일로 아버지를 찾아온 참이었죠. 다음 날 그는 저녁 식사에 초대되었고, 그로부터 사흘 뒤에 저에게 청혼을 했답니다."

"그럴 수가! 모든 일이 그렇게 빨리 진행되었단 말입니까?"

"그래요……. 달리 말하면 그때부터는 다소 서서히 진행되었다는 얘기도 되죠. 잘 아실 테지만, 아버지는 워낙 이 혼사가 내키지 않아서 좀 더 시간을 갖고 생각해 보자고 조건을 달았지요. 첫째는 저를 당신 곁에 두고 싶으셨기 때문이고, 또 다른 우려 때문이기도 했지요. 그런데……."

"그런데요?"

"그런데 제가 결혼을 원했어요." 그렇게 말하면서 그녀는 미소를 지었는데, 이번에도 파리한 실핏줄 때문에 너무나 사랑스러운 그녀의 얼굴은 온통 초조하고 병적인 기색이 역력했다.

"아, 당신이 원하셨군요."

"그래요. 저는 당신이 지금 보시다시피 아주 확고하고 당당하게 의사를 표했어요……."

"그랬었군요."

"그래서 결국 아버지도 뜻을 굽혀 허락하실 수밖에 없었답니다."

"그렇게 해서 아버님을, 그분의 바이올린을 떠난 셈이군요. 그 오래된 집도, 수풀이 우거진 정원도, 분수도, 여섯 명의 친구도 버리고 클뢰터얀 씨와 함께 떠나갔군요."

"그리고 또…… 그런데 슈피넬 씨, 당신 말투가 어쩜 그렇지요! 꼭 성경 말씀 같다니까요! 그래요, 그 모든 것을 떠나갔지요. 자연이 시키는 대로 한 것이죠."

"그렇지요, 자연이 그렇게 시켰을 테죠."

"그리고 또한, 저의 행복이 달린 문제였잖아요."

"아무렴요. 그래서 드디어 행복이 찾아왔군요……."

"슈피넬 씨, 갓 낳은 어린 안톤을 사람들이 저에게 처음 데려왔던 바로 그때, 그리고 그 아이가 비록 작지만 건강한 허파로 너무나 우렁찬 울음을 터뜨렸던 바로 그때 그 행복이 찾아왔습니다. 그 아이는 지금도 튼튼하고 건강하지만요……."

"어린 안톤이 건강하다고 이야기하시는 걸 듣는 게 이번이 처음은 아니죠, 부인. 틀림없이 대단히 건강하겠지요?"

"그런 아이에요. 그리고 우스울 정도로 제 남편을 쏙 빼닮았지요."

"아하! 그렇군요. 그렇게 된 이야기로군요. 그래서 지금 당신은 에크호프가 아닌 다른 이름을 갖게 되었고, 귀엽고 건강한 안톤을 갖게 되었고, 기관지 때문에 다소 고생을 하시는군요."

"그래요. 그런데 장담하지만, 당신이야말로 속속들이 수수께끼 같은 사람이에요, 슈피넬 씨."

"그렇다니까요, 당신은 그런 사람이라구요! 내 말이 틀리면 천벌을 받겠어요!" 슈파츠 여사가 맞장구를 쳤다. 지금 보니 그녀도 대화 내내 줄곧 함께 앉아 있었던 것이다.

클뢰터얀 부인은 이번에 나눈 대화 역시 마음속으로 여러 번 되새기곤 했다. 아무런 내용도 없는 대화였지만, 그 대화의 밑바닥에는 그녀 자신에 관한 생각을 은근히 부추기는 요소들이 더러 잠복해 있었다. 그런 요소들이 그녀에게 해로운 영향을 끼쳤던 것일까? 그녀는 더 허약해졌고, 종종 신열이 오르곤 했다. 조용하게 타오르는 그 열기에 잠겨 있으면 그녀는 어쩐지 부드럽게 고양되는 느낌이 들면서 평온을 되찾곤 했다. 그녀는 꺼림칙하고 부자연스러운 데다 다소 모욕당한 기분도 들었지만, 자족적인 분위기에 빠져들어 그런 느낌에 자신을 내맡겼다. 그녀 쪽에서 아파서 누워 있지 않을 때면 슈피넬 씨는 커다란 발끝을 대단히 조심스럽게 옮겨 놓으며 그녀에게 다가와 두 걸음 앞에서 걸음을 멈추고 한쪽 발은 뒤로 뺀 채 상체를 숙여 인사하고는 정중하게 가라앉은 목소리로 그녀에게 말을 걸어오곤 했는데, 마치 황송한 예배 의식이라도 치르듯이 그녀를 떠받들어 그 어떤 듣기 싫은 소리나 세속적인 접촉도 감히 범접할 수 없는 구름 담요 위에 그녀를 뉘어 놓는 듯한 태도였다. 그럴 때마다 그녀는 클뢰터얀 씨가 마치 "조심해, 가브리엘레, 조심해야지 착한 아기, 입은 다물고!"라고 되뇌이던 말이 떠오르곤 했다. 그것은 호의를 가지고 어떤 사람의 어깨를 툭툭 치는 듯한 효과를 가져오는 말투였다. 하지만 그녀는 이런 상념을 잽싸게 털어 버리고는 나약한 상태에서도 뭔가 고양된 느낌에 빠져들어 슈피넬 씨가 그녀를 위해 마련해 준 그 구름 담요 위에서 편안히 휴식을 취하곤 했다.

어느 날 그녀는 자신의 내력과 어린 시절에 관해 그와 함께 나누었던 짤막한 대화가 다시 뜬금없이 떠올랐다.

"왕관을 보았다는 게 정말인가요, 슈피넬 씨?" 그녀가 물었다.

그 당시 두서없는 이야기를 나눈 지도 벌써 보름이나 지났지만 그는 무슨 말인지 금방 알아차리고는, 그녀가 여섯 명의 친구들과 함께 분숫가에 앉아 있던 그때 작은 왕관을 보았노라고, 그녀 머리 위의 왕관을 몰래 보았노라고 흥분된 어조로 단언했던 것이다.

그 후 며칠 뒤에 어떤 요양객이 그녀에게 인사를 차리느라 집에 두고 온 어린 안톤은 무사하냐고 물은 적이 있었다. 그러자 그녀는 곁에 있던 슈피넬 씨에게 흘낏 눈길을 주면서 다소 지루하다는 듯이 이렇게 대답했다. "고마워요. 그 아이한테 별 일이야 있겠어요? 제 아이와 남편은 잘 있어요."

8

이월 말의 어느 쌀쌀한 날이었다. 이전까지의 그 어느 날보다 날씨가 청명했던 이날 아인프리트 요양원은 온통 들떠 있었다. 심장에 문제가 있는 남자들은 얼굴이 벌겋게 달아올라 이야기에 열중해 있었고, 당뇨병을 앓는 장군은 젊은이처럼 콧노래를 흥얼거리고 있었으며, 다리가 불편한 남자들은 흥분해서 어쩔 줄 몰랐다. 무슨 일이 벌어진 것일까? 다름이 아니라 모두 함께 나들이할 계획이 잡혀 있었던 것이다. 여러 대의 썰매에 나누어 타고 방울 소리와 채찍 소리를 울리며 산 속으로 소풍을 갈 참이었다. 레안더 박사가 환자들의 기분 전환을 위해 그런 결정을 내렸던 것이다.

물론 '중환자들'은 그대로 요양원에 남아 있어야 했다. 불쌍한 '중환자들'! 사람들은 서로 고개를 끄덕이며, 그들에게는 소풍에 관해 아무것도 알리지 말자고 입을 맞추었다. 약간의 동정심을 베풀어 조심할 수만 있다면 모두에게 좋은 일이 되는 것이다. 그런데 얼마든지 이 여흥을 함께 즐길 수 있을 만한 사람들 중에도 몇몇은 소풍에서 빠지게 되었다. 오스털로 양으로 말하면, 그녀는 어렵지 않게 양해를 얻을 수 있었다. 그녀처럼 할 일이 산더미같이 쌓여 있는 처지에서는 썰매 소풍을 진지하게 받아들일 겨를조차 없었던 것이다. 요양원의 살림 형편상 그녀는 무조건 자리를 지켜야 했고, 요컨대 그녀는 아인프리트에 그대로 남게 되었다. 그렇지만 클뢰터얀 부인 역시 남아 있겠다는 의사를 밝히자 너나없이 모두 의기소침해졌다. 레안더 박사가 썰매를 타고 신선한 바람을 쐬도록 하라고 아무리 설득해도 소용이 없었다. 그녀는 미열이 있고 기운이 없어서 무리하고 싶지 않다고 주장했고, 결국 그녀의 의사를 존중하는 수밖에 없었다. 그런데 예의 냉소적인 익살꾼이 기회를 놓치지 않고 한마디 했다.

"주의할 게 있습니다. 그 이빨 썩은 젖먹이도 함께 가지 않을 거라구요."

과연 그의 말은 들어맞았다. 슈피넬 씨는 오늘 오후에 작업을 해야겠다고 알려 왔던 것이다. 그는 자기가 하는 미심쩍은 일에 대해 '작업한다'는 말을 쓰기를 무척 좋아했다. 어떻든 그가 남아 있겠다고 해서 서운해하는 사람은 아무도 없었다. 마찬가지로 슈파츠 여사가 자기는 차멀미를 하니까 젊은 여자 친구의 말벗이나 되어 주겠다고 결심했을 때에도 다소나마 마음 아파하는 사람은 아무도 없었다.

이날은 일찌감치 열두 시 무렵에 점심 식사를 하고 나자 곧바로 아인프리트 요양원 앞에 썰매들이 나타났고, 따뜻하게 차려입은 요양객들은 호기심과 흥분에 들떠서 무리를 지어 정원을 가로질러 움직였다. 클뢰터얀 부인은 슈파츠 여사와 함께 테라스로 통하는 유리문 가에 서 있었고, 슈피넬 씨는 출발을 보기 위해 자기 방의 창가에 서 있었다. 그들은 일행이 농담을 하고 폭소를 터뜨리면서 서로 가장 좋은 자리를 차지하겠다고 실랑이를 벌이는 광경이라든가 또 목에 모피 목도리를 두른 오스털로 양이 썰매 사이를 분주하게 오가면서 좌석 아래칸에 먹을거리가 담긴 바구니를 챙겨 넣는 모습, 그리고 가죽 모자를 쓴 레안더 박사가 번쩍이는 안경알을 굴리며 다시 한번 일행을 둘러보고는 역시 자리를 잡고 출발 신호를 보내는 광경을 지켜보았다. 말이 수레를 끌자 몇몇 여성은 비명을 지르며 벌렁 나자빠지기도 했다. 방울 소리가 딸랑거리고, 손잡이가 잘록한 채찍을 치는 소리가 들리면서, 채찍의 기다란 띠가 썰매의 활목(滑木) 뒤로 솟아 올라오는 눈 속에 질질 끌리는 모습도 보였다. 오스털로 양은 정원 입구에 서서 미끄러져 가는 썰매들이 국도로 접어들어 사라질 때까지 손수건을 흔들며 배웅을 하고 있었다. 그러고서 그녀는 다시 할 일을 서두르기 위해 정원을 통해 돌아왔고, 두 여성은 유리문 가에서 떠나갔으며, 거의 동시에 슈피넬 씨 역시 구경하던 장소를 떠났다.

아인프리트 요양원은 깊은 정적에 싸였다. 소풍을 나간 일행은 저녁 전까지는 돌아올 것 같지 않았다. '중환자들'은 자기 방에 누워 앓고 있었다. 클뢰터얀 부인과 그녀의 나이 든 친구는 짧은 산책을 마치고 각자 자기 방으로 돌아왔다. 슈피넬 씨 역시 자기 방에서 나름대로 뭔가를 하고 있었다. 네 시 무렵 여자들에겐 반 리터씩의 우유가 배급되었고, 슈피넬 씨는 평소대로 가벼운 차를 마셨다. 그러고서 얼마 후 클뢰터얀 부인이 슈파츠 여사의 방과 자기 방 사이의 벽을 두드리면서 말했다.

"휴게실에 내려가지 않겠어요, 슈파츠 부인? 여기서는 뭘 해야 할지 모르겠거든요."

"당장 그럽시다!" 슈파츠 여사가 대답했다. "괜찮다면 나는 신발만 신으면 돼요. 알다시피 침대에 누워 있었거든요."

예상대로 휴게실은 텅 비어 있었다. 두 여성은 벽난로 가에 자리를 잡았다. 슈파츠 여사는 자수용 캔버스 위에 꽃을 수놓았고, 클뢰터얀 부인 역시 몇 바늘 수를 놓다가 일감을 무릎에 내려놓고는 앉아 있던 안락의자의 팔걸이 너머로 허공을 바라보면서 몽상에 빠져들었다. 그러다가 마침내 그녀는 뭔가 한마디 중얼거렸는데, 그녀의 입장에서 보면 그것은 함께 있는 사람이 괜히 참견하지 않아도 될 그런 말이었다. 하지만 그럼에도 슈파츠 여사가 "뭐라구요?"라고 물어 왔기에 그녀는 무안함을 무릅쓰고 방금 했던 말을 그대로 되풀이하지 않을 수 없었다. 그러자 슈파츠 여사가 다시 "뭐라구요?"라고 물어 왔다. 바로 그때 앞쪽에서 발소리가 들리더니 문이 열리고 슈피넬 씨가 들어왔다.

"방해가 되었나요?" 입구에 서서 부드러운 목소리로 물으면서도 그는 클뢰터얀 부인한테만 눈길을 주면서 모종의 섬세하고 유연한 태도로 상체를 앞으로 숙여 인사를 했다. 젊은 여성 쪽이 대답했다.

"아, 그럴 리 있겠어요? 무엇보다 이 방은 누구나 마음대로 들어올 수 있는 곳이잖아요, 슈피넬 씨. 그리고 또 당신이 뭣 때문에 우리한테 방해가 되겠어요. 그렇지 않아도 제 느낌에는 틀림없이 사모님께서 지루해하셨거든요……."

그러자 그는 뭐라고 대꾸해야 할지 몰라 그저 충치 이빨을 드러내며 미소를 짓고는, 두 여성이 보는 가운데 상당히 거북한 걸음걸이로 유리문이 있는 데까지 걸어가더니 걸음을 멈추고 다소 무례해 보일 정도로 여성들 쪽으로 등을 돌린 채 바깥을 내다보았다. 그러고는 반쯤 몸을 돌리는가 싶더니 여전히 정원 쪽을 내다보면서 말을 꺼냈다.

"해가 보이지 않는군요. 모르는 사이에 하늘이 흐려졌습니다. 벌써 어두워지기 시작하는데요."

"정말 그렇군요. 온 사방이 어둑어둑하네요." 클뢰터얀 부인이 대꾸했다. "이러다간 소풍 간 사람들이 눈을 맞겠어요. 어제만 해도 이 시간이면 아직 환한 대낮이었는데, 지금은 벌써 날이 저무는군요."

그가 말했다. "참, 이번 주 내내 날이 너무 환했기 때문에 이렇게 어두운 게 눈에는 좋지요. 아름다운 것과 천박한 것을 똑같이 뚜렷하게 비추는 해가 드디어 살짝 모습을 감췄으니 햇님에게 감사해야겠군요."

"해를 싫어하세요, 슈피넬 씨?"

"저는 화가가 아니거든요……. 해가 없으면 사람이 더욱 내향적으로 변하는 법이지요. 두꺼운 연회색 구름층이군요. 하늘을 보니 내일은 얼음이 풀리는 날씨가 되겠어요. 그건 그렇고 이제 그렇게 뒤에서 자수거리를 쳐다보고 계시지 말았으면 합니다, 부인."

"아, 염려하지 마세요. 수를 놓고 있었던 것은 아니에요. 그런데 뭘 해야 하죠?"

그는 피아노 앞에 놓여 있는 회전의자에 앉더니 한쪽 팔을 피아노 덮개 위에 걸쳐 놓았다.

"음악이라⋯⋯." 그가 말했다. "지금 조금이라도 음악을 들을 수 있으면 좋으련만! 영국에서 온 아이들이 가끔 짧은 흑인 노래를 부르는 게 전부라니까요."

"그리고 어제 저녁에는 오스털로 양이 「수도원의 종소리」를 후딱 연주했지요." 클뢰터얀 부인이 한마디 거들었다.

"하지만 당신도 연주를 하시잖아요, 부인." 그는 애원하듯이 말하면서 일어섰다. "전에는 날마다 부친과 함께 연주하셨잖아요."

"그래요, 슈피넬 씨, 그건 그때 이야기죠! 알다시피 분숫가에서 놀던 시절의 이야기죠⋯⋯."

"오늘 한번 해 보세요!" 그가 애원했다. "이번 한번만 몇 대목만이라도 들려주세요! 제가 얼마나 침울한지 아신다면⋯⋯."

"우리 집 주치의와 레안더 박사 모두 특별히 그건 못 하게 했어요, 슈피넬 씨."

"그 사람들은 여기에 없습니다. 주치의도 레안더 박사도 없다구요! 우리는 자유롭습니다⋯⋯. 당신은 자유롭다구요, 부인! 아무거나 좋으니 몇 곡조만이라도⋯⋯."

"안 돼요, 슈피넬 씨. 아무것도 나올 게 없다구요. 당신이 저한테 얼마나 신기한 것을 기대하고 있는지 알기나 하세요? 배운 것도 죄다 잊어버렸다구요. 정말이라니까요. 생각나는 것은 거의 전무해요."

"오, 그러시다면 바로 그 '거의 전무한 것'이라도 한번 해 보시죠! 여기에 악보는 얼마든지 있습니다. 여기, 피아노 위에 있군요. 아니, 이건 별것 아니잖아. 이쪽에 쇼팽이 있군……."

"쇼팽이라구요?"

"그래요, 야상곡(夜想曲)입니다. 그럼 이제 제가 촛불을 켜는 일만 남았군요……."

"제가 연주할 거라고 생각하지 마세요, 슈피넬 씨! 그러면 안 되는 처지잖아요. 그러다가 제가 아프기라도 하면 어떡하실래요?!"

그는 잠자코 있었다. 그가 자리에서 일어서자 피아노 위에 켜진 두 개의 촛불에 그의 커다란 발과 검은색의 긴 외투가 드러났고, 흰 머리에 수염이 없는 얼굴의 흐릿한 윤곽도 드러났는데, 두 손은 아래로 축 처져 있었다.

"그럼 더 이상 부탁드리지 않겠습니다." 마침내 그가 나직하게 말했다. "몸에 해로울까 봐 두려우시다면, 부인, 당신의 손가락 아래에서 소리를 내고 싶어하는 그 아름다움은 말없이 죽은 채로 내버려두세요. 당신이 늘 이렇게 분별심을 발휘하지는 않았지요. 적어도 지금과는 반대로 아름다움에 몰입해야 하는 때만큼은 그렇지 않았습니다. 그럴 때면 당신은 작은 황금 왕관을 내려놓고 분숫가를 떠났던 당시보다 더 당당하고 확고한 의지를 보여 주었고, 자기 몸을 걱정하지도 않았습니다……. 그런데 말입니다." 그는 잠시 말을 멈추더니 더욱 가라앉은 목소리로 말을 계속했다. "일찍이 부친께서 당신 곁에서 당신을 울리던 바로 그 곡조를 바이올린으로 켜시던 때처럼 당신이 여기에 앉아 연주하신다면, 당신의 머리에서 황금 왕관이 반짝이는 모습을 다시 몰래 지켜보는 일도 가능할 것입니다. 그 작은 황금 왕관 말입니다……."

"정말요?" 그렇게 물으면서 그녀는 미소를 지었다. 그런데 이 말을 할 때 우연히 목청이 잠기면서 반쯤은 쉰 목소리가 되었고, 반쯤은 아예 목소리가 죽어 버렸다. 그러고서 그녀는 잔기침을 하더니 말을 이었다.

"당신이 보고 있는 악보가 정말 쇼팽의 야상곡인가요?"

"틀림없다니까요. 이렇게 펼쳐져 있고, 모든 준비가 되어 있습니다."

"그렇다면, 맹세코 그중 한 곡만 연주해 보겠어요." 그녀가 말했다. "하지만 딱 한 곡이에요, 아시겠죠? 당신도 그것으로 그만 만족하셔야 해요."

그러고서 그녀는 몸을 일으켜 자수거리를 치우고는 피아노 쪽으로 다가갔다. 그녀는 몇 권의 제본된 악보집이 놓여 있던 회전의자에 자리를 잡고는 촛불을 가지런히 세워 놓고 악보를 뒤적였다. 슈피넬 씨는 그녀의 옆쪽으로 의자를 끌어오더니 마치 음악 선생이라도 되는 양 그녀 곁에 자리를 잡았다.

그녀는 쇼팽의 야상곡 제9번 2악장 내림 마단조를 연주했다. 그녀가 배운 것 중에 일부를 정말로 잊어버렸다면 그전의 연주 솜씨는 완벽한 예술적 경지에 이르렀음에 틀림없었다. 피아노는 그저 보통 정도의 제품에 지나지 않았지만, 처음 몇 대목만 치고 나서도 그녀는 확실한 감각을 가지고 그 피아노를 다룰 줄 알았다. 미묘한 차이를 나타내는 음색을 다루는 대목에서는 신경질적인 감성을 드러냈지만, 거의 환상적이라 해도 좋을 만큼 리듬의 변화를 유쾌하게 다룰 줄 알았다. 건반을 치는 솜씨는 단호하고도 섬세했다. 그녀의 손을 거친 선율은 그지없이 달콤한 소리를 냈고, 장식음들은 머뭇거리듯이 우아하게 그녀의 손가락에 휘감겼다.

그녀의 옷차림은 처음 이곳에 오던 날 그대로였다. 무거운 느낌을 주는 검은색 우단 보디스의 입체 무늬는 그녀의 몸과 손에서 세속적인 것을 초월한 듯한 우아함이 느껴지게 했다. 연주를 하는 동안 얼굴 표정은 변하지 않았지만, 입술의 윤곽이 훨씬 더 선명해지고 눈가에 패인 그늘도 더 깊어진 듯했다. 연주를 마치자 그녀는 손을 무릎에 올려놓은 채 악보를 계속 바라보고 있었다. 슈피넬 씨는 소리 없이 꼼짝 않고 앉아 있었다.

그녀는 야상곡을 한 곡 더 연주했고, 이어서 두 번째, 세 번째 곡까지 연주했다. 그러고는 몸을 일으켰지만, 그만 치겠다는 뜻이 아니라 피아노 위쪽 덮개 위에서 새 악보를 찾기 위해서였다.

슈피넬 씨는 회전의자 위에 검정색 마분지로 장정된 악보집이 있다는 데까지 생각이 미쳐 그 악보집을 뒤져 볼 생각이었다. 그는 느닷없이 알아들을 수 없는 소리를 지르더니, 방치해 두었던 그 악보집 가운데 한 권을 희고 커다란 두 손으로 정열적으로 뒤적였다.

"이럴 수가…… 이럴 리가 없어!" 그가 말했다. "하지만 내가 잘못 본 게 아냐! 이게 무슨 곡인지 아십니까? 여기에 있는 이 곡이? 제가 들고 있는 이 곡[8]이?"

"그게 뭐죠?" 그녀가 물었다.

그러자 그는 말없이 그녀에게 표지를 가리켰다. 그는 완전히 하얗게 질린 얼굴로 악보집을 내려놓고는 입술을 떨며 그녀를 쳐다보고 있었다.

"정말이에요? 어떻게 그게 여기까지 왔을까요? 이리 줘 보세요." 그녀는 짧게 말을 마치고는 악보를 악보대 위에 올려놓더니 자리에 앉은 다음 잠시 정적이 흐른 후에 첫 페이지를 연주하기 시작했다.

그는 그녀 옆에 앉더니 몸을 앞으로 숙인 채 두 손은 무릎 사이에 놓고 깍지를 꼈다. 고개는 떨구고 있었다. 그녀는 곡의 시작 부분을 절도 없어 보이고 듣기 고통스러울 정도로 느리게 연주했다. 음 하나하나 사이의 간격을 불안할 만큼 늘인 연주였다. 밤중에 외로이 헤매는 연인의 목소리를 나타내는 그리움의 모티프는 불안하게 묻는 쪽의 심경을 조용히 전달하고 있었다. 정적과 기다림의 표현이었다. 이어서 응답하는 쪽의 목소리가 표현됐는데, 역시 소심하고 외로운 심경을 나타내는 소리였지만, 다만 더 밝고 더 부드러웠다. 다시 침묵이

---

8) 바그너의 오페라 「트리스탄과 이졸데」를 가리킨다.

흘렀다. 그때 갑자기 아주 센 억양을 순화시킨 절묘한 음이 시작되었는데, 그것은 마치 걷잡을 수 없이 솟구치는 정열이 더없이 행복한 그리움으로 표현되는 듯한 느낌을 주었다. 사랑의 모티프였다. 이어지는 음들은 계속 올라가서, 황홀경 속에서 엎치락뒤치락하며 마침내 서로 달콤하게 뒤엉키는 절정에 이르렀다가 다시 풀어지면서 가라앉았다. 그러고는 첼로가 등장하여 무겁고 고통스러운 환희를 나타내는 저음의 합창을 표현하면서 나름의 방식으로 곡을 이어 갔다…….

연주자는 이 빈약한 악기를 가지고서 오케스트라의 효과를 암시하고자 했는데, 그 시도는 성공적이었다. 대단히 고음으로 올라가는 바이올린 연주는 눈부시도록 정확하게 울렸다. 그녀의 연주는 정확한 집중력을 보여 주었다. 각 부분이 뜻하는 바를 성심껏 온전히 표현하려고 했으며, 마치 사제(司祭)가 자기 몸 위로 성상(聖像)을 떠받들어 모시듯이, 하나하나의 음을 겸손하면서도 당당하게 드러내 보였다. 무슨 일이 벌어진 것일까? 두 개의 힘이, 무아지경의 두 존재가 때로는 괴로워하고 때로는 더없는 행복을 느끼면서 서로를 뒤쫓다가, 마침내 황홀하고도 광기 어린 상태에서 절대불변의 영원을 갈망하며 서로를 포옹하고 있었다……. 그렇게 서곡이 확 타오르듯이 이어지다가 다시 잦아들었다. 그녀는 악곡의 막(幕)이 나뉘어지는 대목에서 연주를 끝내고는 다시 잠자코 악보를 바라보고 있었다.

그러는 동안 슈파츠 여사는 너무나 지루한 나머지 마치 머리에서 눈알이라도 튀어나온 듯 눈이 휘둥그레지고 시체처럼 섬뜩한 느낌을 줄 정도로 인상이 일그러져 있었다. 게다가 이런 부류의 음악은 그녀의 소화신경에도 영향을 주어 소화불량의 위장을 불안한 상태로 몰아넣었기에 슈파츠 여사는 갑자기 위경련이라도 일으키지 않을까 겁이 났다.

"저는 아무래도 제 방으로 올라가야겠어요." 그녀가 힘없이 말했다. "잘들 계세요, 다시 돌아오긴 하겠지만……."

그러고서 그녀는 자리를 떠났다. 어둑어둑하던 날씨는 한층 더 어두워져 있었다. 바깥에는 테라스 위로 소리 없이 함박눈이 내리고 있는 게 보였다. 두 개의 양초에서는 얼마 안 남은 불빛이 하늘거리고 있었다.

"제2막을 연주할 차례입니다." 그가 속삭였다. 그러자 그녀는 악보의 페이지를 넘기고는 제2막을 연주하기 시작했다.

호른 소리가 멀리 사라졌다. 어찌 된 것일까? 아니면, 나뭇잎이 살랑거리는 소리였을까? 샘물이 부드럽게 졸졸 흐르는 소리였을까? 어느새 밤이 되어 언덕과 집은 연인들의 침묵에 잠겼고, 이젠 아무리 간절하게 경고해 보았자 걷잡을 수 없는 그리움을 더 이상 막을 도리가 없었다. 성스러운 신비는 완성되었다. 촛불이 꺼졌다. 갑자기 흐릿해진 기이한 음색(音色)이 울리면서 죽음의 모티프가 뚝 가라앉았고, 한시도 참을 수 없는 그리움은 사랑에 빠진 남자를 향해 순결한 비밀의 베일을 나풀거렸다. 남자는 두 팔을 벌린 채 어둠을 가로질러 그녀에게 다가갔다.

아, 세상만사를 초월한 영원의 피안에서 서로가 하나 될 때의 벅찬 희열은 아무리 맛보아도 싫증 나지 않나니! 고통스러운 방황을 끝내고, 공간과 시간의 구속에서 벗어나 그대와 나, 그대의 나와 나의 그대가 하나로 녹아들어 숭고한 환희를 맛본다. 시야를 현혹하는 낮의 심술이 그들을 갈라놓았을지언정, 마술의 샘물에서 얻은 기운으로 그들의 눈이 신령한 축복을 받고부터는 그 휘황찬란한 속임수도 밤의 어둠을 꿰뚫어 보는 그들을 더 이상 속이지 못했다. 사랑에 빠져 죽음의 밤과 그 달콤한 비밀을 들여다본 사람은 빛에 눈먼 광기 속에서도 오직 하나의 그리움만을 간직하는 것이다. 성스러운 밤, 영원하고 참되고 하나 되게 하는 그 밤을 기다리는 그리움만을…….

아, 어서 오라, 사랑의 밤이여, 그들이 갈망하는 망각을 주고, 그대의 환희로 그들을 감싸서 기만과 이별의 세계에서 벗어나게 할지어다! 보라, 마지막 불빛이 꺼졌도다! 세상을 구원하며 광기의 고통 너머로 퍼져 나가는 성스러운 저녁놀 속으로 생각과 상념은 가라앉았다. 그리하여 낮의 술수가 힘을 잃고 무아지경에서 내 눈이 번쩍 뜨이면, 낮의 기만에 가려 보지 못하고 달랠 길 없는 그리움의 고통만 더했던 바로 그것이 눈앞에 나타나는 것이다. 그러나 그 순간에도, 그 순간에조차 나는 여전히 세상 속에 머물러 있다. 아, 충족의 경이로움이여! 그러고는 브란게네[9]가 음울한 톤으로 부른 경고의 노래에 이어 점점 높이 올라가는 바이올린 소리가 세상의 모든 지혜보다 더 숭고한 평화[10]를 성공적으로 암시했다.

---

9) 바그너의 「트리스탄과 이졸데」에 나오는 이졸데의 몸종.
10) 신약 성경의 빌립보서 제4장 7절 참조. "세상의 모든 지혜보다 더 숭고한 하느님의 평화가 그대들의 마음과 생각이 예수 그리스도 안에 머무르도

"전부 다 이해하지는 못해요, 슈피넬 씨. 상당히 많은 부분은 그저 예감으로 연주할 뿐이에요. 그런데 '그런 순간에조차 나는 여전히 세상 속에 머물러 있다'는 말이 무슨 뜻이죠?"

그는 나지막한 목소리로 간단히 그녀에게 설명했다.

"예, 그런 뜻이었군요. 그런데 그렇게 잘 이해하는 양반이 어째서 연주는 못 하세요?"

이상하게도 그는 전혀 악의 없는 이 질문을 못 견뎠다. 그는 얼굴을 붉히고 손을 비비면서 그대로 의자에 털썩 주저앉고 말았다.

"그렇게 맞아떨어지는 경우란 드문 법이죠." 마침내 그가 괴로워하면서 말했다. "예, 저는 연주는 못 합니다. 하지만 계속해 보십시오."

그리고 그들은 계속해서 신비극의 열광적인 합창으로 넘어갔다. 이제 사랑이 죽은 것일까? 트리스탄의 사랑이? 그대의 그리고 나의[11] 이졸데의 사랑이? 우리를 방해하는 것, 하나 된 존재를 속임수로 갈라놓는 것 말고 그에게서 무엇이 죽는단 말인가? '그리고'라는 달콤한 말[12]을 통해 사랑은 그들 두

록 지켜줄지니." 그러나 이 작품의 문맥에서는 트리스탄과 이졸데의 사랑이 충족된 직후의 더없는 행복감을 나타낸다.

11) 여기에는 화자의 복합적인 시점(視點)이 겹쳐져 있다. '그대의 이졸데'라고 할 때의 '그대'는 당연히 바그너의 「트리스탄과 이졸데」에 나오는 트리스탄을 가리키지만, '나의 이졸데'라고 할 때의 '나'는 작중의 트리스탄과 자신을 동일시하는 슈피넬 씨를 가리킨다.

12) 바로 앞에서 '그대의 그리고 나의 이졸데'라고 할 때의 '그리고'라는 연결 부사를 가리킨다.

사람을 이어 주었다……. 죽음이 그 연결의 끈을 찢어 버린 것일까? 한 사람에게 죽음이 닥쳐온다면 다른 한 사람의 삶은 또 얼마나 달라지겠는가? 그러고는 신비로운 이중창이 이루 형언하기 어려운 소망을 나타내며 그들을 하나로 결합시켜 주었다. 사랑에 죽기를 바라는, 언제까지나 헤어지지 않고 경이로운 밤의 왕국에 마냥 감싸여 있기를 바라는 소망이었다. 달콤한 밤이여! 모든 것을 감싸 안는 신성한 축복의 나라여! 그대를 예감하며 들여다본 자가 다시 깨어나 낮을 맞는다면 어찌 불안하지 않겠는가? 거룩한 죽음이여, 불안을 몰아내어라! 다시 깨어나야 하는 강박으로부터 갈망에 주린 연인들을 벗어나게 하라! 오, 걷잡을 수 없이 질풍처럼 밀려오는 리듬이여! 반음(半音)씩 간격을 두고 솟구치는 형이상학적 인식의 황홀경이여! 그 희열을, 빛과 함께 찾아올 이별의 고통에 아랑곳하지 않는 그 희열을 어찌 표현할 수 있겠는가? 기만도 불안도 없는 부드러운 갈망이여! 고통 없는 거룩한 소멸이여! 이루 형언할 길 없는 황홀경에서 맛보는 더없이 복된 예감이여! 그대 이졸데와 나 트리스탄은 이제 더 이상 트리스탄이 아니고 이졸데가 아닐지니…….

그런데 갑자기 깜짝 놀랄 일이 벌어졌다. 그녀가 느닷없이 연주를 멈추더니 손을 눈 위로 가져가면서 어둠 속을 주시했고, 슈피넬 씨는 앉아 있던 자리에서 황급히 몸을 돌렸다. 복도로 통하는 뒤쪽의 문이 열리면서 알아볼 수 없는 사람의 형체가 다른 사람의 팔에 몸을 의지한 채 안으로 들어섰던 것이다. 아인프리트의 요양객 가운데 한 사람이었는데, 마찬가지로 눈썰매 소풍에 참가할 형편이 못 되어 이 저녁 시간을 이용하여 그 어떤 슬픈 본능에 이끌려 요양원을 이리저리 배회하고 있던 참이었다. 열아홉 명의 아이를 낳고는 사고력을 완전히 상실한 바로 그 환자, 목사의 부인인 횔렌라우흐 여사였다. 그녀가 간병인의 팔에 몸을 의지하고 있었던 것이다. 그녀는 눈을 뜨지도 않고, 산책하는 듯한 걸음으로 더듬거리며 휴게실의 뒷벽 쪽을 지나 반대편의 문으로 사라졌다. 말없이 멍하게, 어디로 가는 줄도 모르고 무의식중에 걸어가고 있었다. 한동안 침묵이 흘렀다.

"목사 부인 횔렌라우흐 여사군요." 그가 말했다.

"예, 불쌍한 횔렌라우흐 여사예요." 그녀가 말을 받았다. 그러고서 그녀는 악보를 뒤적이더니 작품 전체의 마지막 장면을 연주했다. 이졸데가 사랑의 죽음을 맞는 장면이었다.

그녀의 입술은 더욱 창백하게 선명해졌으며, 눈가의 그늘 역시 더욱 깊어졌다. 눈썹 위의 투명한 이마에는 긴장과 불안으로 파리한 실핏줄이 너무나 또렷하게 도드라졌다. 그녀의 손놀림으로 곡의 분위기는 최고도로 고조되었다가, 거의 알아차릴 수 없게 갑자기 아주 약한 음에 의해 흩어졌다. 마치 발밑의 바닥이 어디론가 미끄러져 달아나는 듯한 느낌, 승화된 욕망에 푹 잠기는 듯한 느낌이었다. 감당할 수 없는 충족과 해소의 물결이 거듭해서 밀려들었다. 이루 헤아릴 수 없는 만족감이 몰려오면서 정신이 아득해졌다. 아무리 거듭해도 싫증이 나지 않았다. 그 만족감은 썰물처럼 물러가면서 형태가 바뀌었고, 금방 잦아드는 듯했다. 하지만 다시 한번 그리움의 모티프가 화음으로 엮이고는, 숨을 거두며 죽어 갔다. 허공에 떠돌던 마지막 여운이 사라졌다. 깊은 정적이 감돌았다.

두 사람 모두 귀를 기울였다. 고개를 옆으로 돌린 채 귀를 기울였다.

"방울 소리가 나요." 그녀가 말했다.

"눈썰매 소리군요." 그가 말했다. "그럼 가 보겠습니다."

그는 일어서서 방을 가로질러 갔다. 뒤쪽 문가에서 걸음을 멈추고는 몸을 돌리더니 잠시 불안하게 한 발 두 발 걸음을 옮겼다. 그러고는 그녀가 있는 데서 열다섯 내지 스무 걸음 정도 떨어진 거리에서 무릎을, 아무 말 없이 무릎을 꿇었다. 그의 기다란 검은색 외투가 바닥에 넓게 펼쳐졌다. 그는 깍지 낀 두 손을 입 위로 가져갔다. 그리고 그의 양 어깨가 썰룩거렸다.

그녀는 두 손을 무릎에 올려놓고 피아노를 등진 채 몸을 앞쪽으로 기대고 앉아서 그를 바라보고 있었다. 그녀의 얼굴에는 애매하고 초조한 미소가 번졌다. 그녀의 시선은 뭔가를 생각하며 어두컴컴한 공간을 너무나 힘들게 주시하느라 기진맥진한 기색을 드러냈다.

멀리서 딸랑거리는 방울 소리와 딱딱 울리는 채찍 소리가 사람들의 목소리와 뒤섞여 점점 가까이 다가오고 있었다.

9

두고두고 모든 사람의 화제에 오른 눈썰매 소풍을 갔던 날은 2월 26일이었다. 27일에는 추위가 풀려서 모든 것이 누그러졌다. 물이 방울져 떨어지고, 첨벙거리고, 흘러내렸다. 이날 클뢰터얀 부인은 상태가 아주 좋았다. 28일에는 약간의 각혈을 했는데, 걱정할 정도는 아니었지만 그래도 어떻든 피가 나왔다. 그와 동시에 그녀는 일찍이 겪어 보지 못한 심한 허약 증세에 빠져 자리에 드러눕고 말았다.

레안더 박사가 그녀를 진찰했다. 진찰하는 동안 그의 표정은 차갑게 굳어 있었다. 그러고서 그는 의학에서 이미 정해 놓은 대로 처방을 했다. 얼음 찜질을 하고, 모르핀 주사를 놓고, 절대 안정을 취하도록 했다. 그런데 다음 날에는 할 일이 너무 많았기 때문에 진료를 쉬고 그녀를 뮐러 박사에게 넘겼다. 뮐러 박사는 계약에 따른 의무감에 걸맞게 그녀를 아주 상냥하게 맡아 주었다. 조용하고 안색이 창백한 그는 존재감이 없어 보이고 우울한 인상을 주는 사내였다. 아무런 명성도 없이 눈에 띄지 않게 일하는 그는 거의 건강한 사람들 아니면 아예 가망이 없는 환자들만 전담하고 있었다.

그가 무엇보다 강조해서 피력한 소견은, 클뢰터얀 씨 부부가 너무 오래도록 계속 떨어져 있어서는 곤란하다는 것이었다. 그는 번창하는 사업의 여건이 허락하는 대로 클뢰터얀 씨가 다시 한번 아인프리트를 찾아와 줄 것을 절실한 요망 사항으로 피력했다. 클뢰터얀 씨에게 편지를 쓸 수도 있을 테고, 어쩌면 간단한 전보를 칠 수도 있지 않겠느냐는 것이었다. 그리고 어린 안톤을 데려온다면 틀림없이 젊은 산모를 기쁘게 해주고 기운을 북돋울 수 있을 것이며, 다른 얘기지만 그 건강한 아이를 알게 된다면 의사들로서도 무척 흥미로울 것이라고 했다.

과연 클뢰터얀 씨가 모습을 나타냈다. 그는 뮐러 박사가 보낸 짤막한 전보를 받고는 발트해의 해변을 떠나온 것이다. 그는 마차에서 내리자 커피와 함께 버터 바른 빵을 달라고 했는데, 무척 당황한 것 같았다.

"그런데 말입니다." 그가 말했다. "무슨 일이지요? 무엇 때문에 날 아내한테로 오라고 한 겁니까?"

뮐러 박사가 대답했다. "지금은 부인 곁에 계시는 게 바람직할 것 같아서 그랬습니다."

"바람직하다…… 바람직하다…… 그런데 반드시 그래야 합니까? 이보세요, 나는 돈 걱정을 해야 하는 몸입니다. 지금은 경기가 좋지 않고, 철도 요금도 비싸단 말이오. 이런 식으로 하루 다녀가는 일을 피할 수는 없었습니까? 가령 폐가 문제라면 아무 말도 않겠어요. 그런데 천만다행으로 기관지가 문제인데도……."

"클뢰터얀 씨." 뮐러 박사가 부드럽게 말했다. "첫째는 기관지가 중요한 부위이고……." 그가 '첫째는'이라고 말한 것은 적절치 않았다. '둘째는' 하고 말을 계속 잇지 못했던 것이다.

그런데 클뢰터얀 씨와 동시에 아인프리트 요양원에 도착한 여자가 있었다. 스코틀랜드식으로 금장식을 단, 온통 빨간색의 화려한 옷차림을 한 여자였는데, 다름이 아니라 안톤 클뢰터얀 2세, 그 건강한 어린 안톤을 안고 온 하녀였다. 과연 안톤이 이곳에 온 것이다. 그리고 이 아이가 정말 지나칠 정도로 건강하다는 것은 아무도 부인할 수 없었다. 갓난아이 특유의 기분 좋은 냄새를 풍기는 이 우량아는 분홍색과 흰색이 섞인 새 옷을 깨끗하게 차려입고 있었고, 레이스 달린 옷을 입은 보모의 발그스레한 맨팔에 무겁게 안긴 채 엄청난 양의 우유와 잘게 다진 고기를 먹어 치웠으며, 어느 모로 보든 완전히 본능에 따라 소리치며 움직이고 있었다.

작가 슈피넬 씨는 자기 방 창문을 통해 어린 안톤이 도착하는 모습을 지켜보고 있었다. 아이를 마차에서 내려 건물 안으로 데려오는 동안 그는 자신을 감추는 듯하면서도 날카롭고 기묘한 눈초리로 아이를 주시하고 있었으며, 그러고도 한동안 똑같은 표정으로 제자리에 꼼짝 않고 있었다.

그때부터 그는 될 수 있으면 안톤 클뢰터얀 2세와 마주치기를 피했다.

10

슈피넬 씨는 자기 방에 앉아서 '작업'을 하고 있었다.

그의 방은 아인프리트 요양원의 여느 방과 다름없었다. 고풍스럽고도 소박한 느낌을 주는 근사한 방이었다. 육중한 장롱에는 금속제의 사자 머리 장식이 달려 있었고, 높다란 벽걸이 거울은 보통의 평면 거울이 아니라 입방형의 작은 납 조각을 수없이 이어 붙여 만든 것이었다. 양탄자를 깔지 않고 연푸른색 래커 칠을 한 바닥에는 가구들을 떠받치는 단단한 다리들이 선명하게 비쳤다. 창가에는 널찍한 책상이 놓여 있었다. 이 소설가는 창문에 노란색 커튼을 쳤는데, 아마도 좀 더 내면적인 분위기를 조성하기 위해서인 듯했다. 노란빛의 저녁놀이 질 무렵 슈피넬 씨는 책상 위로 몸을 숙인 채 뭔가를 쓰고 있었다. 매주 우편으로 부치는 수많은 편지들 가운데 한 통을 쓰는 중이었는데, 우습게도 그렇게 써 보낸 편지의 답장은 거의 받지 못했다. 그의 앞에는 크고 두꺼운 편지지가 놓여 있었는데, 편지지의 왼쪽 상단 구석에는 휘갈겨 그린 듯한 풍경화 아래에 데틀레프 슈피넬이라는 이름이 최신 서체로 적혀 있는 것을 알아볼 수 있었다. 그는 자기 이름을 그린 듯이 꼼꼼하게 아주 깔끔한 작은 서체로 적어 넣곤 했다.

편지에는 이렇게 적혀 있었다. "안녕하십니까! 아래의 편지를 당신에게 보내드립니다. 달리는 어떻게 할 도리가 없기 때문입니다. 말씀드려야 할 이야기가 넘쳐서 저를 괴롭히고 떨리게 만들기에, 할 말이 걷잡을 수 없이 넘쳐나서 이 편지에서나마 털어놓지 않는다면 질식할 것만 같기에……."

그러나 진실을 말하자면 할 말이 '넘친다'는 것은 전혀 사실과 달랐으며, 슈피넬 씨가 얼마나 허황된 근거에서 그렇게 주장했는가는 오직 그 자신만이 알고 있었다. 사실은 말이 도무지 넘쳐 나올 기미가 보이지 않았던 것이다. 글 쓰는 일로 먹고 사는 사람 치고는 한심해 보일 정도로 편지는 더디게 진척되었으며, 그런 모습을 목격한 사람이면 작가란 다른 누구보다 글쓰기를 힘들어하는 사람이라는 생각을 가질 수밖에 없을 것이다.

그는 두 손가락 끝으로 뺨에 자란 솜털 가운데 하나를 쥐고서 15분가량 돌리고 있었다. 그러면서 허공만 쳐다보았고, 편지는 단 한 줄도 앞으로 나아가지 않았다. 그러고는 두어 마디 우아한 말을 쓰고 나서 다시 할 말이 막혔다. 다른 한편으로는 결국 그렇게 써 내려간 문장을 보노라면, 내용상으로는 이상하고 미심쩍을 뿐 아니라 종종 무슨 말인지도 알 수 없게 되어 있었지만, 그럼에도 마치 일필휘지로 활달하게 써 내려간 듯한 인상을 불러일으킨다는 사실을 시인하지 않을 수 없었다.

편지는 계속 이어지고 있었다. "제가 보고 있는 것, 몇 주 동안 지울 수 없는 환영으로 제 눈앞에 어른거리는 것을 당신에게도 꼭 보여 드려야겠습니다. 당신이 그것을 제 눈을 통해 보고, 저의 내면의 시선에 포착되는 언어로 그것을 비추어 볼 수 있었으면 합니다. 그런데 저는 이런 충동을 피하는 데 익숙해져 있습니다. 그런 충동으로 인해 저는 딱 들어맞는 말을 찾아 영원히 잊히지 않게 번득이는 기지로 저의 체험이 세상 사람들의 체험이 되도록 표현하지 않을 수 없는데도 말입니다. 그런즉 제 말을 들어 주시기 바랍니다.

저는 과거에 있었던 일과 지금 실제로 있는 일만을 말씀드리고자 합니다. 단 하나의 이야기만 하겠습니다. 아주 짧은, 이루 말할 수 없이 흥미진진한 이야기입니다. 그 어떤 논평도 달지 않고, 원망이나 판단도 가미하지 않고, 오직 저 자신의 말로만 이야기하겠습니다. 가브리엘레 에크호프에 관한 이야기입니다. 당신이 아내라고 부르는 바로 그 여성 말입니다……

잘 들어 두시기 바랍니다. 당신이야말로 그 여성을 겪어 본 사람입니다. 그럼에도 제가 당신에게 그녀에 관한 이야기를 꺼내는 것은 어떤 체험의 의미를 이제서야 진실하게 밝히고자 해서입니다.

당신은 그 정원이 생각나십니까? 어느 부잣집의 회색 건물 뒤에 자리 잡은, 수풀이 우거진 오래된 정원 말입니다. 비바람에 허물어져 가는 담장이 정원의 환상적인 야성미를 둘러싸고 있었고, 담장의 틈바구니 사이로는 초록색 이끼가 자라고 있었지요. 정원 한가운데에 있던 분수도 생각나시지요? 썩은 물이 고인 분수의 가장자리로는 등꽃 색의 백합 줄기들이 기울어져 있었고, 백합에서 풍겨 오는 은은한 빛은 잘게 부숴진 잔돌들을 내려다보며 뭐라고 은밀하게 속닥거리고 있었지요. 여름날이 저물어 가고 있었습니다.

일곱 명의 처녀들이 분수 주위에 둘러앉아 있었습니다. 그런데 그중 단 한 사람, 일곱 번째, 아니 첫 번째 처녀의 머리에는 저물어 가는 햇살이 반짝반짝 감돌면서 더없이 고귀한 기품을 은밀히 나타내 주는 듯했습니다. 그녀의 눈길은 불안한 몽상에 젖어 있었고, 그럼에도 맑은 입술은 미소 짓고 있었습니다…….

처녀들은 노래를 불렀습니다. 솟구치는 물줄기가 올라가는 높이까지, 그러니까 지친 물줄기가 고상한 모양새로 둥글게 말리면서 다시 떨어지는 높이까지 갸름한 얼굴들을 한껏 쳐들고 있었지요. 처녀들의 나직하고 밝은 목소리는 분수의 날렵한 춤을 감싸며 떠돌고 있었습니다. 어쩌면 섬세한 손들을 모아 쥐고 무릎 위에 올려놓은 채 노래를 불렀는지도 모르겠습니다…….

그 모습이 떠오릅니까? 그런 모습을 본 적이 있습니까? 당신은 그것을 보지 못했습니다. 당신의 눈은 그런 모습을 알아볼 수 없었고, 당신의 귀는 거기서 울려 나오는 선율의 순결한 달콤함을 알아들을 수 없었던 것입니다. 만일 그런 모습을 보았다면 당신은 감히 숨도 쉬지 못했을 것이며, 심장의 고동도 억눌러야 했을 것입니다. 당신은 생활 속으로, 당신의 생활 속으로 돌아가지 않을 수 없었습니다. 그렇더라도 그때 본 것을 평생토록 감히 범접할 수도 훼손할 수도 없는 성전(聖殿)으로 당신의 영혼에 간직했어야만 합니다. 그런데 당신은 어떻게 했습니까?

그 모습은 그것으로 마지막이었습니다. 당신이 나타나서 그 모습을 꼭 파괴해야만 했습니까? 그 대신 천박한 것, 추잡한 번민을 계속 이어 가기 위해? 그것은 감동과 평화를 안겨 주는 숭고한 장면이었습니다. 몰락과 해체와 소멸의 때인 저녁놀 속에서 숭고하게 승화된 장면이었습니다. 이미 너무 지치고 행동과 삶을 감당하기에는 너무나 고결한 한 가문이 그 명을 다하고 있었던 것입니다. 그들이 마지막으로 모습을 드러낸 것은 예술의 소리를 통해서였습니다. 몇 마디의 바이올린 소리, 그것은 죽음이 임박했음을 아는 비애로 가득 차 있었습니다…….당신은 이 소리에 눈물을 흘리지 않을 수 없었던 그 눈을 보았습니까? 함께 놀던 여섯 처녀들의 영혼은 아마도 삶을 즐기고 있었을 것입니다. 하지만 그들의 자매이자 주인인 그 처녀의 영혼은 아름다움과 죽음에 바쳐져 있었습니다.

당신은 그것을, 바로 그 죽음의 아름다움을 보았습니다. 당신이 그 아름다움을 눈여겨본 것은 그 아름다움을 탐하기 위해서였습니다. 그 감동적인 성스러움을 접하고서도 당신의 가슴은 아무런 경외감이나 부끄러움도 느끼지 못했습니다. 당신은 그냥 보는 것만으로는 만족하지 않았습니다. 당신은 소유하고, 이용하고, 그 성스러움을 모독해야만 했습니다……. 당신은 얼마나 절묘한 선택을 했습니까! 당신은 미식가, 천박한 미식가입니다. 그래도 맛은 아는 농사꾼이라고나 할까요.

당신을 모욕할 생각은 추호도 없다는 것을 알아 주셨으면 합니다. 당신을 욕하는 게 아니라 하나의 공식을 말하고 있을 뿐입니다. 당신의 단순하고 문자 그대로 아무런 재미도 없는 인품을 설명하기 위한 간단한 심리학 공식이지요. 그리고 그 공식을 굳이 말로 드러내는 까닭은, 단지 당신에게 당신 자신의 행동이나 사람됨을 다소나마 깨우쳐 주지 않을 수 없기 때문입니다. 그리고 어떤 사태를 적절히 표현해 주고, 말하게 하고, 의식하지 못하던 것을 분명히 드러내는 것이야말로 내가 세상에 살아 있는 동안 감당해야 할 불가피한 소명인 까닭입니다. 이 세상은 내가 '무의식적인 유형'이라 일컫는 그런 문제로 가득 차 있고, 일체의 무의식적인 유형들을 나는 그냥 두고 볼 수 없는 것입니다! 멍청하게 아무것도 모르고 무지하게 행동하며 살아가는 것은 무엇이든 견딜 수 없습니다! 내 주위의 단순 소박한 세계에 화가 치밀어 견딜 수 없습니다! 내 힘이 닿는 한 주변의 모든 것을 정화시키고, 말로 드러내고, 의식하게 만들고 싶은 충동을 억누를 길이 없어 고통스러울 지경입니다. 그렇게 해서 좋은 효과를 거둘지 아니면 문제를 더 어렵게 만들지, 위안과 진정을 가져올지 아니면 고통을 안겨 줄지는 차치하고 말입니다.

이미 말씀드린 대로 당신은 천박한 미식가, 맛을 아는 농사꾼입니다. 원래부터 체질이 거친 데다, 지극히 저급한 수준의 성장 단계에 머물러 있습니다. 당신은 부유해지고 생활 방식이 안락해지면서 신경계가 갑자기 듣도 보도 못한 야만적인 타락 상태에 빠지게 된 것입니다. 그런 안락한 생활 방식에 젖어 들다 보면 쾌락의 욕구는 결국 모종의 탐욕을 부추기는 쪽으로 더욱 세련되어지게 마련이지요. 당신이 가브리엘레 에크호프 양을 차지하겠다고 마음먹었을 때 어쩌면 당신의 식도 근육은 마치 맛있는 수프나 진기한 요리를 대했을 때처럼 쩝쩝거리며 입맛을 다시는 듯한 운동 상태에 빠져들었을지도 모릅니다…….

과연 당신은 자신의 허황된 의지를 그릇된 방향으로 몰아갔습니다. 당신은 그녀를 수풀 우거진 정원에서 끌어내어 생활 속으로, 추잡한 세계로 데려갔습니다. 당신은 그녀에게 당신의 상스러운 이름을 붙여 주었고, 그녀를 아내로, 주부로, 애엄마로 만들었습니다. 당신은 지치고, 수줍어하고, 그 어떤 용도와도 상관없이 고결하게 피어오르는 그 죽음의 아름다움을 끌어내려 저속한 일상의 용도에 부려 먹었습니다. 멍청하고 황당하고 경멸스러운 쾌락을 위해, 사람들이 자연이라 부르는 그 쾌락을 위해 말입니다. 그런데도 이러한 시작이 얼마나 지독하게 파렴치한 짓인가를 짐작도 못 하는 당신의 무지막지한 양심은 조금도 흔들리지 않았습니다.

그런데 또 무슨 일이 벌어졌습니까? 그녀는 눈으로는 불안한 몽상을 드러내면서도 당신에게 아이를 안겨주었습니다. 그녀는 아이한테, 아이를 만든 사람이 영위해 온 저속한 삶의 연장일 뿐인 그 아이한테, 그나마 자신에게 남아 있던 생명력을 모조리 주어 버렸습니다. 그러고는 죽어 가고 있습니다. 보세요, 그녀는 죽어 가고 있다구요! 그리고 그녀가 그렇게 사라져 가면서도 저속한 세계에 떨어지지 않는다면, 그럼에도 마지막에는 비참한 나락에서 벗어나 죽음을 마다하지 않고 아름다움에 입 맞추며 당당하고도 복되게 사라지고 있다면, 그것은 오로지 나의 배려 덕분이라는 사실을 강조하고자 합니다. 그러는 동안 당신이 한 일이라고는 아마 구석진 복도에서 하녀들과 함께 즐거운 시간을 보낸 것이 고작일 테지요.

하지만 그녀의 아이는, 가브리엘레 에크호프의 아들은 무럭무럭 자라고 있습니다. 당당하게 살아 있습니다. 아마도 그 아이는 자기 아버지의 삶을 계속 이어갈 테지요. 장사를 하고, 세금을 계산하고, 좋은 음식을 먹는 보통 시민이 되겠지요. 어쩌면 군인이나 관리가 될지도 모르겠습니다. 무식하지만 충직하게 나라를 떠받치는 그런 직업 말입니다. 어느 경우든 예술과는 무관한, 평범한 기능적 존재가 될 것입니다. 주저할 줄 모르고, 신뢰할 만하고, 힘세고 우둔한 그런 인간 말입니다.

이제 나의 고백을 들어 주십시오. 나는 당신을, 당신과 당신의 아이를 혐오합니다. 삶 자체를, 저속하고 우스꽝스러우면서도 당당한 삶을 혐오하는 것과 마찬가지로 말입니다. 당신이 보여 주는 그런 삶은 아름다움과는 영원히 대립되는 불구대천의 원수입니다. 당신을 경멸한다고는 감히 말하지 않겠습니다. 나는 그럴 수 없습니다. 나는 정직한 사람입니다. 당신은 나보다 강자입니다. 내가 당신과 싸우면서 내세울 수 있는 것은 단 하나뿐입니다. 정신과 말, 약자가 사용할 수 있는 고결한 무기이자 복수의 수단은 오직 그것뿐입니다. 오늘 나는 그 무기를 사용했습니다. 왜냐하면 이 편지는——이런 면에서도 나는 정직합니다만——다름 아닌 복수의 행위인 까닭입니다. 그리고 이 편지에 단 한마디라도 당신을 당황하게 하고 낯선 힘을 느끼게 할 만큼, 당신의 그 둔감한 평온함을 잠시라도 동요시킬 수 있을 만큼 날카롭고 눈부시게 멋진 데가 있다면 나는 기쁘기 그지없을 것입니다.

데틀레프 슈피넬"

이 글을 봉투에 넣고 우표를 붙인 슈피넬 씨는 우아한 글씨체로 주소를 쓴 다음 우편으로 부쳤다.

11

클뢰터얀 씨가 슈피넬 씨의 방문을 두드렸다. 그는 깨끗하게 쓰여진 커다란 편지지를 손에 들고 있었으며, 기세등등하게 나가기로 작정한 사람처럼 보였다. 우체국에서 의무를 제대로 수행하여 편지가 제 갈 길을 찾아갔기에, 편지는 아인프리트에서 출발하여 다시 아인프리트로 돌아오는 얄궂은 경로를 거쳐 수신자의 손에 제대로 들어갔던 것이다. 시간은 오후 네 시였다.

클뢰터얀 씨가 들어섰을 때 슈피넬 씨는 소파에 앉아서 현란하게 장정된 자신의 소설을 읽고 있던 참이었다. 그는 벌떡 일어나더니 깜짝 놀라 방문객을 바라보았다. 무슨 영문인지 모르겠다는 표정이었지만, 분명히 얼굴을 붉히고 있었다.

"안녕하십니까." 클뢰터얀 씨가 말했다. "하시던 일을 방해해서 미안합니다. 그런데 당신이 이런 것을 써 보냈는지 물어봐도 될까요?" 그러면서 그는 깨끗하게 쓰여진 커다란 편지지를 왼손으로 쳐들어 보이며 탁탁거리는 소리가 나도록 오른손으로 종이의 뒷면을 쳤다. 그러고는 오른손을 품이 넓어 편안해 보이는 바지 주머니에 집어넣더니 고개를 갸우뚱한 채, 귀를 기울일 때 사람들이 흔히 그러듯이 입을 벌리고 있었다.

슈피넬 씨는 야릇한 미소를 흘렸다. 제 딴에는 선수를 치려고 미소를 지었던 것인데, 다소 당황해하고 어찌 보면 미안해하는 듯한 표정이었다. 그러고는 뭔가를 생각해 내려고 애쓰기라도 하듯이 손을 머리 쪽으로 가져가면서 말을 꺼냈다.

"아, 맞습니다…… 그렇습니다…… 실례를 무릅쓰고……."

사실을 말하자면, 오늘은 원래의 습관대로 몸이 늘어져서 정오 무렵까지 잠을 잤던 슈피넬 씨는 늦잠 때문에 양심의 가책에 시달리고 머리가 멍한 데다 신경까지 날카로워져 있었기 때문에 맞설 기력이 거의 없었다. 게다가 이제 막 불어오기 시작한 봄바람에 노곤해진 상태였기에 거의 자포자기의 심정이 되어 있었다. 그 장면에서 그가 그토록 맹한 태도를 취한 이유를 설명하자면 이 모든 상황을 언급하지 않을 수 없다.

"그래요! 아하! 좋습니다!" 그러면서 클뢰터얀 씨는 턱을 가슴께로 누르고 눈썹은 치켜올리며 팔을 쫙 벌렸다. 그러고는 그와 엇비슷한 온갖 몸짓을 연출함으로써, 형식적인 질문은 이것으로 마치고 가차 없이 본론으로 들어가겠다는 태세를 드러냈다. 느긋한 자족감을 즐기느라 그는 그런 몸짓을 다소 지나치다 싶을 정도로 길게 끌었다. 그런데 마지막으로 보여 준 몸짓은 그런 장황한 예비 동작에서 느껴지는 위협적인 분위기와 꼭 맞아떨어지지는 않았다. 그렇지만 슈피넬 씨는 상당히 질려 있었다.

"아주 좋습니다!" 클뢰터얀 씨는 같은 말을 되풀이했다. "그럼 구두로 답변해 드리기로 하지요. 나는 언제라도 이야기할 수 있는 사람한테 장문의 편지를 쓰는 것은 어리석은 짓이라고 생각합니다. 그런 사정을 고려해서 구두로 말씀드릴까 합니다만……."

"그러고 보니…… 어리석은 짓이었군요……." 슈피넬 씨가 미소를 지으며 말했다. 미안해하면서, 그리고 거의 비굴한 표정으로…….

"어리석은 짓이지요!" 클뢰터얀 씨는 같은 말을 되풀이하면서 고개를 세차게 흔들었다. 감히 범접할 수 없을 만큼 자기 일에 철석같은 자신감을 보여 주는 태도였다. "내 입장에서 보면 이런 글 나부랭이는 한마디도 언급할 가치가 없습니다. 솔직히 말씀드리면, 내가 미처 파악하지 못한 어떤 문제에 관해, 그러니까 아내의 병세에 어떤 변화가 있는지 깨우쳐 주지 못할 바에는 이런 종잇장으로는 아주 단순하게 버터 바른 빵이라도 싸야 할 텐데, 그러기엔 종이 질이 너무 나쁘군요……. 어떻든 이것 때문에 신경 쓰실 필요는 없겠습니다. 그건 당치 않아요. 나는 활동적인 사람이고, 당신의 그 형언할 길 없는 환영보다는 더 나은 것을 고민해야 하니까요…….”

“저는 ‘지울 수 없는 환영’이라고 썼는데요…….” 그렇게 말하면서 슈피넬 씨는 자세를 추스렸다. 이날 벌어진 장면에서 그가 약간이라도 품위를 보인 것은 이때가 유일한 순간이었다.

“지울 수 없다…… 형언할 길 없다……!” 그렇게 대꾸하면서 클뢰터얀 씨는 원고를 들여다보았다. “당신 글씨는 정말 엉망이군. 나 같으면 당신 같은 사람은 내가 운영하는 점포에는 고용하지 않겠어요. 얼핏 보면 글씨가 아주 깔끔해 보이지만, 밝은 데서 보면 결함투성이이고 떨린 흔적이 역력해요. 하지만 그건 당신 문제고, 나한테는 상관없는 일이오. 내가 당신을 찾아온 이유는, 첫째는 당신이 어릿광대라는 사실을 이야기해 주기 위해서요. 어떻든 당신도 그 점은 잘 알고 있을 테지. 그뿐 아니라 당신은 대단히 비겁한 사람인데, 그 이야기 역시 상세히 입증할 필요는 없겠지. 내 집사람이 언젠가 편지에서 말하기를, 당신은 마주치는 여자들을 똑바로 쳐다보지 못하고, 현실이 두려운 나머지 근사한 예감만 간직하기 위해 그저 곁눈질이나 한다고 하더군요. 유감스럽게도 그 후로는 편지에서 당신 얘기를 더 이상 하지 않았습니다. 그렇지 않으면 당

444

신에 관한 이야기를 더 많이 알게 되었을 텐데. 하지만 당신은 그런 사람입니다. 당신은 걸핏하면 '아름다움'을 들먹이는데, 근본적으로 따지면 그것은 비겁함과 소심함과 질투심 이외의 아무것도 아닙니다. 그러니까 당신은 부끄러운 줄도 모르고 '구석진 복도' 운운했을 테지요. 당신은 그런 말로 나를 들쑤셔 놓고 싶었던 모양이지만, 나는 그저 우스울 따름이었소. 그 말은 정말 웃겼어요! 이젠 잘 아시겠지요? 내가 당신에게…… 당신의 '행동과 사람됨'에 관해 '다소나마 깨우쳐 준' 셈이 됩니까? 한심한 양반 같으니라구. 그게 물론 나의 '부득이한 소명'은 아닙니다만, 하하……!"

"저는 '불가피한 소명'이라고 했는데요." 슈피넬 씨가 말했다. 하지만 그는 금방 자기 말을 철회하고 말았다. 그는 마치 덩치 크고 나이 먹은 불쌍한 학생이 꾸지람을 들었을 때처럼 어쩔 줄 모르고 우두커니 서 있었다.

"부득이하다…… 불가피하다…… 분명히 말하지만 당신은 비열한 겁쟁이군요. 당신은 날마다 나를 식탁에서 마주쳤습니다. 나한테 인사하면서 미소를 지었고, 접시를 건네주면서 미소를 지었고, 맛있게 드시라고 하면서 또 미소를 지었습니다. 그런데 어느 날 어처구니없는 비방으로 가득 찬 휴지 조각을 느닷없이 보내온 것입니다. 하하, 그래요, 글로는 용기가 있더군요! 단지 이 웃기는 편지뿐이라면 상관없어요. 그런데 당신은 나한테 술수를 부렸더군요. 내 등 뒤에서 술수를 부렸단 말입니다. 이제는 분명히 알겠어요……. 그렇다고 당신한테 조금이라도 득이 되었다고 생각하면 오산입니다. 이를테면 당신이 내 집사람 머리에 허황된 망상을 심어 주고 싶어 안달하고 있다면 당신은 뭔가 헛짚은 겁니다. 여보시오, 집사람은 그런 술수에 넘어가기엔 너무나 이성적인 사람이란 말이오! 아니면 아이와 내가 도착했을 때 집사람이 우리를 평소와는 달리 맞이했을 거라고 믿고 싶겠지만, 그렇다면 당신의 밥맛없는 짓은 극치에 이른 셈이지. 집사람이 아이한테 입을 맞춰 주지 않은 것은 조심하느라 그랬으니까. 최근에 와서는 기관지가 아니라 폐에 문제가 있을지도 모르고, 이 경우에는 정확히 알 수 없다는 가설이 등장했기 때문이지⋯⋯. 물론 과연 폐에 문제가 있는지, 그리고 당신이 '보세요, 그녀는 죽어 가고 있단 말입니다!'라고 한 말이 과연 맞는지는 반드시 확인해 보아야겠지만. 당신은 얼간이야!"

여기서 클뢰터얀 씨는 잠시 숨을 고르려고 했다. 그는 이제 단단히 화가 치밀어 있었다. 오른손 집게손가락으로 쉴 새 없이 허공을 찔러 댔고, 왼손에 들고 있던 편지는 형편없이 구겨져 있었다. 금발의 구레나룻 사이로 드러난 뺨은 대단히 상기되어 있었고, 잔뜩 찌푸려진 이마는 금방이라도 분노가 폭발할 듯이 부풀어 오른 핏줄 때문에 찢겨져 나갈 것만 같았다.

"당신은 나를 혐오하고 있어." 그는 말을 계속했다. "그리고 아마 경멸하겠지. 내가 강자가 아니라면⋯⋯ 그래, 제기랄, 나는 그런 사람이라구. 나는 합리적인 사람이지. 그런데 당신은 비열하다구. 법으로 금지되어 있지 않다면, 나는 당신처럼 잔머리나 굴리는 얼간이는 프라이팬에다 내동댕이치고 싶어. 당신의 그 '정신과 말'도 함께 말이야. 그렇다고 당신의 비방이

446

간단히 먹혀들도록 내버려두겠다는 뜻은 아니야. 집에 돌아가서 당신의 비방문을 그 '상스러운 이름'과 함께 내 담당 변호사한테 보여 주어도 과연 당신이 단단히 경을 치르지 않을지 어디 두고 보자구. 이봐, 내 이름은 훌륭한 이름이야. 더구나 내가 노력해서 쌓아 올린 이름이라구. 과연 누가 당신 이름을 믿고 은전 한 닢이라도 빌려줄지는 당신 자신한테 물어보면 잘 알 거야. 뜨내기 게으름뱅이 같으니라구! 당신 같은 사람은 법률로 다스려야 해! 당신은 공공질서를 해치고 있거든! 당신은 사람들을 포악해지게 만든단 말이야! 그렇다고 이번에 당신 의도가 들어맞았다고 생각하면 오산이야, 이 음흉한 작자야! 내가 당신 같은 위인한테 당하고 물러서지는 않지. 나는 이성적인 사람이니까……."

클뢰터얀 씨는 이제 정말 극도로 격앙되어 있었다. 그는 고함을 지르면서 자기가 이성적인 사람이라는 말을 거듭했다.

"'처녀들은 노래를 불렀습니다.' 아예 단정적인 어조로군. 하지만 노래 따위는 부르지 않았어! 뜨개질을 하고 있었단 말이야. 내가 이해한 바로는 감자 튀김 과자를 만드는 방법에 대해 얘기하고 있었지. 그리고 당신이 '몰락'이니 '해체'니 하고 비방한 것을 장인어른한테 알리면 그 양반 역시 당신을 법정에 세울 거야. 틀림없다니까! '그런 모습을 보았습니까? 본 적이 있습니까?' 물론 보았지. 그런데 어째서 그렇다고 내가 숨이 멎었어야 하고, 달아났어야 했다는 것인지 이해할 수 없어. 나는 여자들 얼굴을 그저 곁눈질만 하지 않고 똑바로 쳐다보는 사람이거든. 그리고 여자가 마음에 들고 여자 쪽에서도 나를 원하면 내 여자로 만든단 말이야. 나는 이성적이니까……."

바로 그때 방문을 두드리는 소리가 들렸다. 아주 다급하게 연달아 아홉 번 혹은 열 번쯤 두드리는 소리였는데, 격렬하고도 불안한 느낌을 주는 이 작은 소란 때문에 클뢰터얀 씨는 말을 멈추어야 했다. 어찌할 바를 모르고 쫓기듯이 자꾸만 헛나오는 목소리로 누군가가 너무나 다급하게 소리치고 있었다.

"클뢰터얀 씨, 클뢰터얀 씨, 아, 클뢰터얀 씨가 거기 계신 가요?"

"밖에 그대로 계세요." 클뢰터얀 씨가 퉁명스럽게 말했다. "무슨 일입니까? 나는 여기서 할 말이 있는데……."

"클뢰터얀 씨." 불안하게 더듬거리는 목소리가 들렸다. "어서 가 보셔야 해요…… 의사들도 와 있어요…… 아, 정말 너무 끔찍하게 슬픈 일이에요……."

그러자 클뢰터얀 씨는 한걸음에 문 쪽으로 가서 문을 열어젖혔다. 밖에는 슈파츠 여사가 서 있었다. 그녀는 손수건을 입가에 대고 있었고, 그 손수건으로는 굵은 눈물이 방울방울 떨어져 내리고 있었다.

"클뢰터얀 씨." 그녀가 말문을 열었다. "너무 끔찍하게 슬픈 일이에요…… 엄청나게 많은 피를 토했어요. 소름 끼치도록 많이…… 부인은 조용히 침대에 앉아서 혼자 콧노래를 흥얼거리고 있었지요. 바로 그때 일이 벌어졌지 뭐예요. 어쩜 좋아요, 너무 많이 쏟았어요……."

"죽었나요?" 클뢰터얀 씨가 소리쳤다. 그러면서 그는 문지방에 선 채로 슈파츠 여사의 팔뚝을 움켜쥐고 이리저리 흔들어 댔다. "아니지요? 아주 그런 건 아니지요? 그런가요? 아직 그 정도는 아니라면, 아직은 나를 볼 수 있겠군……. 그러고 나서 다시 피를 약간 토했나요? 폐에서? 그런가요? 아마 폐에서 나온 피라는 걸 인정해야겠군……. 가브리엘레!" 갑자기 그렇게 말하면서 그는 눈물을 줄줄 흘렸다. 그의 마음속에서 얼마나 따뜻하고 선량한, 인간적이고 정직한 감정이 복받쳐 오는가를 알아볼 수 있었다. "그래요, 가겠습니다!" 그 말과 함께 그는 느릿한 걸음으로 슈파츠 여사를 방에서 데리고 나가더니 복도를 지나 사라졌다. 회랑(回廊)의 외진 쪽에서 여전히 다급하게 멀어지는 그의 목소리가 들려오고 있었다. "아주 그런 건 아니지요? 그런가요? 폐에서? 그런가요?"

12

클뢰터얀 씨의 방문은 그렇게 느닷없이 중단되었다. 슈피넬 씨는 클뢰터얀 씨가 찾아온 동안 줄곧 서 있던 바로 그 자리에 그대로 서서 열린 방문을 바라보고 있었다. 그러다가 마침내 그는 몇 걸음 앞으로 가더니 멀리 귀를 기울였다. 하지만 사방이 조용했기에 그는 문을 닫고 다시 방으로 들어왔다.

그는 한동안 거울에 비친 자신을 바라보고 있었다. 그러고는 책상 쪽으로 가더니 서랍에서 작은 술병과 유리잔을 꺼내어 코냑을 한잔 들이켰다. 그런다고 아무도 그를 나쁘게 생각할 수는 없었다. 그러고서 그는 소파에 몸을 쭉 뻗고는 눈을 감았다.

창문의 위쪽 여닫이는 열려 있었다. 바깥에서는 아인프리트 정원의 새들이 지저귀고 있었다. 섬세하고 귀여운 작은 새소리들에서 온 사방에 부드러운 봄기운이 완연하다는 것을 알 수 있었다. 슈피넬 씨는 혼잣말로 "부득이한 소명이라……." 하고 중얼거렸다. 그러고는 머리를 이리저리 움직이면서, 심한 신경통을 앓을 때처럼 이빨 사이로 숨을 몰아쉬었다.

안정을 찾고 마음을 수습한다는 것은 불가능했다. 지금 경우처럼 당혹스러운 일을 겪으면 누구도 감당하기 힘든 것이다! 어떻든 여기서 일일이 분석하자면 너무 장황해질 모종의 심경 변화를 거쳐 슈피넬 씨는 일어나서 조금이라도 움직여야겠다고, 조금이라도 바깥 공기를 쐬야겠다고 마음먹었다. 그래서 그는 모자를 집어 들고 방을 나갔다.

건물에서 나와 훈훈하고 향기로운 공기에 둘러싸이자 그는 몸을 돌리고는 건물 벽을 따라 천천히 시선을 옮기더니 어느 창문 쪽을 올려다보았다. 그의 시선은 한동안 진지하고 단호하면서도 어두운 표정으로 커튼이 쳐진 그 창문에 붙박여 있었다. 그러고는 두 손으로 뒷짐을 진 채 자갈길을 따라 걸어갔다. 그는 걸으면서 깊은 생각에 잠겨 있었다.

화단은 아직 거적으로 덮여 있었고, 나무와 덩굴들은 여전히 벌거벗은 채였다. 하지만 눈은 완전히 녹았고, 길에는 드문드문 축축한 흔적이 남아 있을 뿐이었다. 인공 동굴과 포도덩굴 통로와 작은 정자들이 자리 잡은 정원은 오후의 햇살을 받으며 화려한 색조를 띠고 있었다. 그늘도 짙었고, 금빛 햇살이 나른하게 비치고 있었다. 나무의 그늘진 가지들은 밝은 하늘과 선명하고도 부드러운 대조를 이루고 있었다.

이제 해가 제 모양으로 보이기 시작할 시간이었다. 형체도 없이 쏟아져 내리던 햇살이 눈에 띄게 줄어들면서 해가 원판 모양을 드러냈고, 한결 나른하고 부드러워진 햇살을 쳐다보아도 눈이 견딜 만했다. 하지만 슈피넬 씨는 해를 바라보지 않았다. 게다가 그가 걸어가는 방향은 해가 가려져서 보이지 않는 쪽이었다. 그는 몸을 구부린 채 혼자 콧노래를 흥얼거리며 걷고 있었다. 그의 콧노래는 아주 짤막한 소절이었는데, 불안해하면서 하소연하듯이 점점 고음으로 올라가는 곡이었다. 그리움의 모티프였다……. 그러다가 그는 갑자기 마치 경련이라도 일으키듯이 받은 숨을 토해 내며 흠칫 걸음을 멈추더니 양미간을 심하게 찌푸리면서, 깜짝 놀라 뭔가를 방어하는 듯한 표정으로 눈을 크게 뜨고 바로 앞쪽을 응시했다…….

길의 방향이 바뀌었다. 기울어 가는 해를 마주 보는 쪽으로 길이 이어지고 있었다. 가장자리가 금빛으로 물든 두 줄기의 가는 구름 사이로 커다란 해가 비스듬히 걸려 있었고, 나무의 우듬지들을 벌겋게 달아오르게 하면서 정원 위로 불그스레한 빛살을 쏟아붓고 있었다. 만물이 황금빛으로 변용되는 그 한가운데에 한 여자가 길에 우뚝 서 있었고, 태양 둘레의 눈부신 광륜(光輪)이 그녀의 머리께에 겹쳐지고 있었다. 붉은색과 황금색이 화려하게 뒤섞인 스코틀랜드식 정장을 차려입은 그녀는 오른손을 두툼한 허리께에 짚은 채 왼손으로는 약하게 생긴 작은 유모차를 약간 앞쪽으로 이리저리 흔들고 있었다.

유모차 안에 앉아 있는 아이는 안톤 클뢰터얀 2세, 가브리엘레 에크호프의 뚱뚱한 아들이었다!

뺨이 포동포동한 아이는 하얀 털조끼에 커다란 흰색 모자를 쓰고 담요에 푹 싸인 채 근사한 자세로 얌전하게 앉아 있었다. 스스럼없이 슈피넬 씨의 시선과 마주친 아이의 시선은 들떠 있었다. 소설가는 이 자리를 얼른 벗어날 생각이었다. 그도 어떻든 사내대장부로서, 이처럼 예기치 않게 찬란한 모습으로 떠오른 장면을 못 본 체 지나쳐서 산책을 계속할 정도의 기력은 있었을 것이다. 그런데 그때 끔찍하게 싫은 상황이 벌어졌다. 안톤 클뢰터얀이 깔깔거리면서 소리를 지르기 시작한 것이다. 아이는 종잡을 수 없이 들떠서 소리를 질러 댔다. 섬뜩한 느낌이 들 법한 그런 상황이었다.

아이한테 과연 무슨 일이 벌어졌는지, 마주 다가오는 검은 형체 때문에 거친 흥분 상태에 빠져들었는지, 아니면 모종의 동물적인 쾌감이 느닷없이 엄습했는지는 아무도 모를 일이었다. 아이는 오른손에 뼈로 만든 치아 교정용 링을 들고 있었고 다른 손에는 양철로 만든 딸랑이 상자를 들고 있었다. 아이는 탄성을 내지르며 그 두 가지 물건을 햇살을 향해 높이 쳐들어 흔들어 대기도 하고 서로 맞치기도 했다. 마치 누군가를 놀려 먹으며 내쫓기라도 하겠다는 듯한 모습이었다. 아이의 눈은 만족감에 겨워 거의 감겨 있었고, 입은 발그스레한 구강이 다 들여다보일 정도로 딱 벌어져 있었다. 환호성을 지르며 머리를 이리저리 흔들어 대기까지 하는 것이었다.

그러자 슈피넬 씨는 발길을 돌려 그 자리를 떠났다. 어린 클

뢰터얀의 환호성에 쫓기면서, 모종의 신중함과 뻣뻣한 고상함
이 느껴지는 자세로 팔을 흔들며 자갈길을 걸어갔다. 마음속
으로 도망치고 있다는 사실을 감추려 하는 사람이 억지로 머
뭇거리며 걷는 그런 걸음걸이였다.

베네치아에서의 죽음

1

구스타프 아셴바흐는 ── 아니, 쉰 살 생일 때부터 불린 공식 칭호를 따른다면 구스타프 폰 아셴바흐는 ── 우리 대륙에서 여러 달 동안이나 심상치 않은 조짐[1]을 보여 온 19XX년 어느 봄날 오후, 뮌헨의 프린츠레겐텐가(街)에 있는 자택을 나와서 홀로 꽤 먼 곳까지 산책을 했다. 작가인 그는 오전 몇 시간 동안 상당히 신중하고 주도면밀한 의지, 집요함과 세밀함까지 요구되는 힘겹고 까다로운 작업을 했기에 신경이 잔뜩 곤두서 있었다. 그래서인지 점심을 먹고 나서도 자기 안에 내재하는 창작의 추동력, 즉 키케로가 말한 대로라면 달변의 실체

---

1) 1차 세계 대전이 발발하기 직전, 유럽의 긴장된 국제 정세를 암시하고 있다.

가 들어 있는 '정신의 끊임없는 활동'[2]을 멈출 수 없었다. 더 구나 글을 쓰다가 차츰 기력이 달릴 때면 긴장을 풀고자 이따금 청했던 낮잠도 이룰 수가 없었다. 그래서 차를 마시고 난 뒤에 곧장 야외로 나왔다. 바람을 쐬고 운동을 좀 하면 다시 기운을 차리고 저녁 시간을 유익하게 보낼 수 있지 않을까 하는 희망을 품은 채 산책을 나온 것이었다.

때는 5월 초였지만 습하면서도 냉랭한 몇 주가 지나가더니 때아닌 한여름 날씨가 들이닥쳤다. 이제 겨우 연한 나뭇잎들이 돋아났을 뿐인데, 영국 공원의 날씨는 8월처럼 후텁지근했다. 시내와 가까운 곳은 자동차와 산책하는 사람들로 붐비고 있었다. 한적하고 조용한 길을 따라 아우마이스터 야외 식당 앞에 다다른 아셴바흐는 인파로 북적대는 식당 정원을 잠시 동안 건너다보았다. 식당 주변에 전세 마차와 호화로운 승용 마차 몇 대가 서 있었다. 해가 저물기 시작할 무렵, 그는 거기서부터 탁 트인 들판을 지나 공원 바깥으로 나와서 귀로에 올랐다. 몸이 좀 피곤한 데다 푀링 쪽 하늘 위로 천둥 번개를 동반한 듯한 먹구름이 몰려왔기에, 그는 북부 공동묘지에서 시내까지 곧장 자신을 데려다줄 전차를 타기로 했다.

우연히 정류장을 발견했으나 그 주위로 사람이라곤 보이지 않았다. 선로만이 쓸쓸하게 빛을 발할 뿐 슈바빙 쪽으로 뻗어 있는 웅어러 가(街)에도, 푀링 방면의 순환 도로에도 도무지

---

2) motus animi continuus. 정확히는 키케로의 말이 아니라, 1853년 7월 15일에 귀스타브 플로베르가 루이제 콜레(Louise Colet)에게 보낸 편지에서 인용한 것이다.

탈것이라곤 보이지 않았다. 팔려고 내놓은 십자가나 비석, 기념비 따위들이 무덤 없는 제2의 공동묘지를 이루는 석물 공장의 울타리 뒤편에도 움직임이라곤 아무것도 없었다. 그리고 영안실 맞은편에 있는 비잔틴 양식의 건물은 정적이 흐르는 가운데 석양빛을 받아서 빛나고 있었다. 그리스풍 십자가와 밝은 색깔의 고대 이집트식 그림으로 장식된 건물의 정면에는 금장 비문이 나란히 배열되어 있었고, 거기엔 내세의 삶에 관한 명구가 적혀 있었다. 가령 "이제 당신은 주님의 성전으로 들어가십니다."라든지 "영생의 빛이 그들을 인도하기를!" 등과 같은 문구들이었다. 전차를 기다리던 아셴바흐는 그 문구들을 읽으면서 자기 영혼의 눈을 그 문구들에서 발산되는 신비로운 분위기에 몰입시킨 채 몇 분 동안 진정한 마음의 휴식을 얻었다. 꿈꾸는 듯 몽롱한 상태에서 깨어나면서 그는 옥외 계단 양쪽을 지키는 두 마리의 묵시록적 동물상이 자리한 위쪽 주랑(柱廊) 사이에서 한 남자를 보았다. 그의 범상치 않은 모습 탓에 아셴바흐의 생각은 완전히 다른 방향으로 흘러가게 되었다.

방금 그 사람이 홀 안쪽에서 청동문을 통해 밖으로 나왔는지, 아니면 미처 못 본 사이에 바깥에서 위로 올라갔는지 확실하지 않았다. 아셴바흐는 그 문제에 특별히 골몰하지 않고 첫 번째 가정이 맞으리라고 생각했다. 적당한 키에 깡마른 체구, 수염 없는 얼굴, 유난히 납작한 코를 가진 그 남자의 머리카락은 붉었고 피부는 주근깨 섞인 우윳빛이었다. 그는 바이에른 태생이 아님이 분명했다. 그러니까 적어도 그가 쓴 차양이 넓고 둥근 테의 인피(靭皮) 모자만 보더라도 그의 외모는 이국적이고, 먼 곳에서 온 듯한 인상을 풍겼다. 그렇지만 어깨에는 이 나라에서 흔히 볼 수 있는 배낭을 멨고, 언뜻 보기에 거친 모직으로 만든, 허리에 벨트를 여밀 수 있는 누르스름한 신사복을 입고 있는 것 같았다. 옆구리에 바짝 붙인 왼쪽 팔뚝에는 회색 우의(雨衣)를 걸치고 있었다. 오른손에는 끄트머리에 뾰족한 쇠붙이가 박힌 지팡이를 들었는데, 그것을 바닥에 비스듬히 짚은 채 몸을 기대고 서 있었다. 다리를 꼰 자세로 지팡이 손잡이에 허리를 받치고 있는 모습이었다. 게다가 머리를 치켜들고 있어서, 헐렁한 셔츠 위로 삐져나온 깡마른 목덜미에 툭 불거져 나온 목젖이 그대로 드러나 보였다. 빨간 속눈썹이 난 무미건조한 눈으로 그는 먼 곳을 골똘히 바라보고 있었다. 그 눈 사이로 두 줄의 깊은 주름살이 수직으로 파여 있었는데, 그의 뭉뚝한 코와 기묘하게 잘 어울렸다. 그래서인지——아마 그가 높은 위치에 있어서 더욱 그렇게 보였을 테지만——그의 태도에서는 뭔가를 위압적으로 조망하는 것 같은 인상과 대담함, 야성미조차 느껴졌다. 어쩌면 석양에 눈이 부셔서 얼굴을 찡그렸다든지 습관적으로 표정이 일그러졌을 수도 있었다. 그러고 보니 그의 입술은 너무 짧아서인지 치아에 완전히 밀려 올라가서 잇몸까지 노출되었고, 그 사이로 길고 허연 치아가 드러나 보였다.

아셴바흐는 반쯤 얼떨결에, 반쯤 호기심으로 그 낯선 남자[3]

---

3) 이 남자에 대한 묘사는, 나그네의 신이며 명부의 안내자이기도 한 헤르

를 정신없이 쳐다보았다. 그러다가 별안간 그 남자가 자신의 시선에 반응하고 있음을 알아차렸다. 아주 호전적으로 똑바로 노려보면서 상대편이 눈을 돌릴 때까지, 한번 해보자는 기세였다. 결국 아셴바흐는 등 뒤로 그 따가운 눈총을 느끼며 힘겹게 돌아서야 했다. 아셴바흐는 바로 그 순간, 더 이상 그 남자에게 신경 쓰지 않겠노라고 결심했다. 그러고는 울타리 길을 따라 걷기 시작했고, 얼마 지나지 않아서 그 남자를 잊어버렸다. 그런데 그 기이한 사람의 모습에서 엿보인 방랑기가 아셴바흐의 상상력을 자극했는지, 아니면 신체적으로든 정신적으로든 어떤 영향을 끼쳤는지, 정말 놀랍게도 자신의 내면이 확장된 듯한 기묘한 기분을 느꼈다. 그것은 일종의 정처 없는 마음의 동요나, 젊은 시절에 품었던 먼 곳을 향한 목마른 갈망 같았다. 너무나 생명력 넘치고 신선하지만 이미 오래전에 떨쳐 버려서 잊힌 감정이었다. 그는 뒷짐 지고 시선을 땅바닥에 고정한 채 제자리에 붙박인 듯 멈춰 서서 그런 느낌의 본질과 목적을 곰곰이 생각해 보았다.

그것은 여행을 떠나고 싶은 욕구, 그 이상은 아무것도 아니었다. 그런데 그런 욕구가 갑자기 솟구쳐서 격정이 되기도 하고, 아예 환각을 일으킬 만큼 고조되기도 한다. 그의 갈망은 차츰 뚜렷해졌다. 작업을 하던 몇 시간 전부터 지금까지 진정되지 않았던 그의 상상력은 갑자기 힘을 발휘했고, 다채로운 세상의 온갖 경이로움과 공포를 보여 주는 구체적인 예를

메스의 전통적 모습을 떠올리게 한다.

찾아내기에 이르렀다. 그는 어떤 풍경을 보고 있었다. 그것은 잔뜩 흐린 하늘 아래 펼쳐진 열대의 늪지대였다. 엄청나게 울창하고 습한 밀림의 풍경, 섬과 진창, 더러운 진흙이 이어지고 강의 지류를 따라서 형성된 태곳적 원시 세계의 모습이었다.──풍요로운 원시림의 기름진 대지를 뚫고 나와서 호방하게 꽃을 피운 식물들 사이로 잎이 무성한 종려나무 가지가 여기저기에 솟아 있는 광경이 보였다. 기묘하게 생긴 나무들의 뿌리는 공중에 드러났다가 땅속으로 파고들거나, 녹색 수초들의 그림자가 어른거리는 수면 아래쪽에 잠겨 있기도 했다. 접시만 한 크기의 우윳빛 꽃들이 떠다니는 사이로, 날갯죽지가 치솟은 낯선 새들이 못생긴 주둥이를 내민 채 얕은 물 가운데 서서 꼼짝도 않고 곁눈질을 해 댔다. 마디진 대나무 숲 사이에는 호랑이가 불꽃 같은 눈빛을 번득이며 웅크리고 앉아 있는 모습이 보였다.──그의 가슴은 두려운 놀라움과 야릇한 열망으로 마구 두근거렸다. 이윽고 환영이 스르르 사라졌다. 아셴바흐는 머리를 설레설레 흔들고는, 석물 공장 울타리 옆의 산책로를 따라서 다시 걸어갔다.

적어도 교통수단 덕에 세계를 마음대로 누빌 수 있게 된 뒤로, 그는 이러한 이점을 형편껏 누리고 있었다. 하지만 그래봐야 그의 의사나 취향과 무관하게 이따금 요양을 위해 가야만 하는 여행일 뿐이었다. 그는 스스로와 유럽 정신이 부과한 작업으로 너무 바쁜 나머지, 다채로운 외부 세계를 애호하는 사람이라면 즐겨 할 기분 전환마저 다 내팽개치고 창작의 의무에만 매달렸다. 그러다 보니 누구나 자기 생활의 영역을 크게 벗어나지 않고서도 세상의 표면에서 얻을 수 있는 정도의 식견에 전적으로 만족했다. 그렇게 유럽을 떠날 엄두조차 내지 못했다. 게다가 자신의 삶이 서서히 저물어 가고, 예술적 완성을 이루지 못하리라는 두려움을——그가 혼신을 다해 자기만의 고유한 예술을 미처 완성하기도 전에 인생이 끝나 버릴지도 모른다는 우려를——괜한 걱정이라고 가볍게 넘길 수 없게 된 이후로는 오로지 마음의 고향인 이 아름다운 도시나 산악 지대에 마련한 소박한 별장에서 지낼 수밖에 없었다. 그는 비 오는 여름이면 별장에서 시간을 보내곤 했다.

물론 뒤늦게, 느닷없이 엄습한 여행 충동 역시 이성과 젊은 시절부터 단련해 온 자제심으로 곧장 진정시키고 가라앉힐 수 있었다. 그는 시골로 거처를 옮기기 전에, 그동안 몰두해 온 작품을 어느 정도까지는 진척해 놓고자 했다. 사실 몇 달간 창작에서 손을 떼고 무위도식하면서 세계를 돌아다니고 싶은 충동은, 너무나 방종하고 계획에도 어긋나는 발상이라 진지하게 고려해 볼 여지조차 없었다. 그런데 어떤 이유에서 갑자기 그런 유혹이 마음속에서 일었는지는 그 스스로도 너무나 잘 알고 있었다. 그가 인정하는 바에 따르면, 바로 탈출하고자 하는 충동이었다. 미지의 새로운 것에 대한 동경, 해방되고 짐을 내려놓고 망각하고 싶은 충동——경직되고 냉혹하며 격정적인 창작에 시달리는 일상의 작업장에서, 작품에서 도망치고 싶은 충동이었다. 물론 그는 자기 일을 사랑했다. 강인하고 자부심에 가득 찬 확고부동한 의지와, 점점 더 지쳐가는 생활 사이에서 매일 새롭게 전개되는 소모적인 신경전을 즐기기도 했다. 그러나 그가 지칠 대로 지쳐 있다는 것은 아무도 몰랐다. 작품에서조차 결코 좌절이나 태만의 기미를 보여서는 안 되었기에 그의 지친 심신 상태는 전혀 탄로날 수 없었다. 그렇다고 생생하게 솟구치는 욕구들을 고집스럽게 틀어막고 과도한 긴장을 마냥 버티기만 하는 일 또한 그리 바람직한 것 같지 않았다. 그는 자기 일에 관해서, 어제와 마찬가지로 오늘 또다시 손을 놓을 수밖에 없었던 그 부분에 관해서 생각해 보았다. 그 부분은 인내심을 가지고 다듬을 수도, 대충 얼버무릴 수도 없었다. 그는 다시 그 부분을 검토해 보고, 막히는 데를 돌파하거나 해결해 보려고 애썼지만 결국 불쾌감에 사로잡혀서 온몸을 떨 뿐이었다. 그런데 여기에 특별한 어려움이 있지는 않았다. 사실 그를 마비시킨 것은, 의욕을 잃게 만드는 일종의 회의감이었다. 이것은 더 이상 그 무엇에도 만족할 수 없을 듯한 불만감으로 나타났다. 물론 불만감은 이미 젊은 시절부터 그의 재능의 본질이자 가장 핵심적인 속성으로 통했더랬다. 그런 불만감을 유지하기 위해 그는 냉정하게 감정을 억제해 왔다. 왜냐하면 감정이란 기분 좋게 얼버무리고 대충 마무리해도 만족하는 경향이 있음을 알았기 때문이다. 그런데 그토록 억압당해 온 감정이 이제야 그를 저버리고 예술의 가능성마저 차단해 버린 채, 형식과 표현에 대한 욕구와 열망까지 앗아 가면서 복수하려는 것일까? 그래도 그는 이제껏 나쁜 작품을 내놓지는 않았으니, 이 점만큼은 그가 매 순간 느긋하게 자신의 대가다운 기량을 자부하는 연륜의 결실이기도 했다. 하지만 온 나라의 존경을 받는 동안에도 정작 그는 자신의 대가다운 기량에 대해 기쁨을 느낄 수 없었다. 자기 작품에는 열렬한 유희적 흥취가 결여된 듯 느껴졌다. 기쁨의 산물이자 내면에 숨겨진 깊은 진실을 넘어서는 어떤 것, 그 무엇보다 중요한 장점, 세상의 삶을 향유하는 환희를 가져다주는 그런 것 말이다. 그는 외떨어진 시골에서 요리해 주는 하녀와 식사를 차려 주는 하인만 데리고 혼자 여름을 보내야 한다고 생각하니 두려웠다. 게다가 매일같이 산꼭대기와 암벽을 바라봐야 하는 일도 두려웠다. 그러면 또다시 불만족한 상태로, 지체된 자신의 작업에 둘러싸이고 말 터였다. 그러므로 어떤 활력소가 필요했다. 순간순간의 즐거움과 느긋한 여유, 이국의 바람과 새로운 피를 솟구치게 해 줄 무언가가 절실했다. 그러기만 하면 여름을 그럭저럭 유익하게 견뎌 낼 수 있으리라. 그래, 여행을 떠나는 것이다, 그러면 만족할 것이다. 호랑이가 어슬렁거리는 머나먼 나라까지는 아니더라도. 침대차에서 하룻밤을 보내고, 멋진 남국의 어느 평범한 휴양지에서 서너 주 동안, 하루에 한 시간씩 낮잠을 즐기며 지낸다면…….

그가 생각에 잠긴 사이, 웅어러가 방향에서 전차가 점점 다가오는 소리가 들려왔다. 그는 전차에 오르면서 오늘 저녁에는 지도와 차편을 알아봐야겠다고 마음먹었다. 승강대에 올라서자, 어쨌거나 여기에 잠시 머무는 동안 여행을 부추긴 길동무라도 되는 양 문득 인피 모자를 쓴 남자를 찾아봐야겠다고 생각이 들었다. 하지만 그 사람이 어디에 있는지는 도무지 알 수 없었다. 얼마 전에 서 있던 자리에서도, 거기서 좀 떨어진 정류장에서도, 전차에서도 그의 모습은 찾아볼 수 없었다.

2

프로이센의 프리드리히 대왕의 삶에 대해 명료하고도 힘찬 산문 서사시를 쓴 작가. 오랜 세월 동안 성실하게 갖가지 인물의 다양한 운명을 하나의 이념의 음영 속에, 즉『마야』라는 제목의 소설 속에 집약적으로 구현해 낸 끈기 있는 예술가.「가련한 남자」라는 작품을 통해 감사할 줄 아는 젊은이들에게 심오한 인식마저도 초월하는 윤리적 결단의 가능성을 보여 준 영향력 있는 단편 소설 작가. 그리고 마지막으로(이로써 그의 원숙기 작품들을 간명하게 제시한 셈인데)「정신과 예술」이라는 열정적 논문의 저술가.(비평가들은 이 논문의 논리 전개 능력과 유창한 변증법적 서술 방식을 쉴러의「소박 문학과 감상 문학에 대하여」에 견줄 만하다고 평했다.) 구스타프 아셴바흐는 슐레지엔 지방의 군청 소재지 L 시에서 고위 법관의 아들로 태어났다. 그의 조상들은 장교, 판사, 행정 관리 등을 지냈는데, 왕과 나라를 위해 봉사하면서 엄격하고 단정하며 검약한 삶을 살았다. 이러한 가문의 성실한 정신력은 한때 목사인 조상이 등장함으로써 구현되었다. 반면 성마르고 관능적인 기질은 바로 앞 세대에 보헤미아 출신 악단 지휘자의 딸인 어머니를 통해 집안에 전해졌다. 그의 외모에 나타나는 낯선 종족의 특징은 바로 어머니로부터 유래했다. 소임을 존중하는 명철한 성실성과 어둡고 열정적인 충동이 결합하여 한 사람의 예술가를, 이 특별한 예술가를 탄생시켰던 것이다.

그는 오로지 명성을 추구하였기에, 본래 조숙하지는 않았지만 단호하고 인격적인 무게가 실린 언변 덕분에 일찍부터 능숙하게 여론의 호응을 얻을 수 있었다. 그는 고등학교를 채 마치기도 전에 작가로 이름을 알렸다. 십 년 뒤엔 자기 책상에 앉아서 세상을 향해 품위 있게 행동하고, 명성을 관리하는 법까지 익혔다. 또 (성공한 데다 신뢰할 만한 작가인 그에게 많은 요구들이 들이닥쳤으므로) 짧게 써야 하는 편지글에서조차 호의와 존재감을 드러내는 법을 배웠다. 사십 대에 이르자 작업이 너무 고되고 기복마저 심해서 지칠 대로 지친 상태에서 매일같이 세계 각지의 우표가 붙은 우편물을 감당해야만 했다.

그의 재능은 특이한 것과는 거리가 멀었고, 그렇다고 진부하지도 않았다. 오히려 그 때문에 폭넓은 대중에게 믿음을 얻었고, 동시에 까다로운 사람들에게도 경탄과 요구가 뒤섞인 관심을 살 수 있었다. 이미 젊은 시절부터 사방에서 업적을(그것도 특출한 업적을) 기대했기에 그는 단 한 번도 젊은 치기로 빈둥대거나, 아무런 염려 없이 방종하게 보낸 적이 없었다. 서른다섯 살이 되던 해에 그는 빈에서 크게 앓았다. 그때 그를 주의 깊게 지켜보던 한 남자는 여러 사람이 모인 자리에서 이렇게 말한 적이 있었다. "여러분. 아셴바흐는 예전부터 이렇게만 살아온 겁니다." 그러면서 그 남자는 왼손의 다섯 손가락을 오므리더니 주먹을 단단히 쥐어 보였다.——"단 한 번도 이렇게 지낸 적이 없습니다."——그러고는 왼손을 펼치더니 안락의자의 등받이로부터 편안하게 늘어뜨려 보였다. 맞는 말이었다. 그가 결연히 도덕적일 수 있었던 까닭은, 그의 체질이 전혀 강건하지 못함에도 불구하고 항상 긴장해 있어야 한다는 소명감을 느꼈기 때문이지 원래부터 그렇게 타고난 것은 아니었다.

소년 시절, 그는 의사의 보살핌을 받아야 했기에 학교를 그만두고 집에서 가정 교육을 받아야만 했다. 친구도 없이 홀로 성장했지만, 그는 차차 자기가 어떤 족속에 속해 있음을 알아차리지 않을 수 없었다. 그 족속의 특이점은 재능의 결여가 아니라, 재능을 발휘하는 데에 필요한 체력의 부족이었다. 그런 족속은 초년에 곧잘 최고의 성과를 거둘 수 있어도 노년에 이르기까지 내내 역량을 발휘하는 경우는 드물었다. 하지만 그는 '끝까지 견뎌라!'라는 말을 좋아했다. 프리드리히 대왕을 다룬 그의 소설 역시 이러한 신조를 신성시한 것이었으며, 그에게는 이 명령 자체가 고통을 감내하는 창작의 미덕으로 여겨졌다. 또한 그는 어서 늙기를 고대했다. 왜냐하면 예전부터 진정 위대하고 폭넓고 진정으로 존경할 만한 예술가적 재능은, 인생의 모든 단계들에서 독자적인 결실을 거두는 천복을 입어야만 빛날 수 있노라고 믿어 왔기 때문이었다.

그러므로 그가 재능 덕분에 떠맡은 임무들을 그 가냘픈 어깨에 짊어지고 계속 자기 길을 나아가려면 극도의 엄격한 규율이 필요했다. 그런데 다행스럽게도 규율이란 그가 아버지 혈통으로부터 물려받은 타고난 유산이었다. 나이 마흔이 되고, 쉰이 되어 다른 사람들이라면 자만심에 가득 차서 시간을 낭비하고 몽상에 도취되고 거대한 구상의 실현을 유유히 미루는 시기에도, 그는 가슴과 등에 찬물을 끼얹었으며 정해진 시각에 맞춰 하루 일과를 시작했다. 그러고는 머리맡 은촛대에 한 쌍의 기다란 초를 밝혀 놓고서, 수면을 통해 비축해 둔 힘을, 열정과 양심이 함께하는 오전 두세 시간 동안 아낌없이 예술에 바쳤다. 잘 모르는 사람들이 그의 작품 『마야』의 세계를, 또는 프리드리히 대왕의 영웅적 삶을 그려 낸 대서사시를 넘치는 힘과 끈질긴 근성의 산물이라고 간주한다면 그나마 용서할 수 있었다. 사실 그 작품들이야말로 그의 승리를 뜻했다. 솔직히 그 작품들은 수백 가지의 영감들을 매일매일 조금씩 세공(細工)해서 쌓아 올린 위대한 결과였으며, 바로 그 때문에 그토록 속속들이, 작품의 어느 부분이든 탁월할 수 있었다. 즉, 이 작품들의 창조자는 마치 프리드리히 대왕이 아셴바흐의 고향을 정복할 때처럼[4] 끈질긴 의지와 집념을 발휘해, 여러 해 동안 오로지 하나의 작품과 씨름하며 긴장을 견뎌 내면서 작품을 만들어 내는 데에 그의 가장 활기차고 소중한 아침 시간들을 모조리 쏟아부은 것이다.

어떤 중요한 정신적 작품이 즉각적으로 폭넓고 깊이 있는 영향력을 발휘하려면 작가 개인의 운명과 동시대인들의 일반적 운명 사이에 은밀한 친화성 혹은 일치점이 있어야 한다. 사람들은 자신이 왜 예술 작품에 명성을 부여하는지 그 이유를

---

4) 프로이센의 프리드리히 대왕이 두 차례의 원정 끝에 슐레지엔을 정복한 것을 가리킨다.

알지 못한다. 그들은 전문적 식견과 완전히 동떨어진 채, 많은 대중의 관심을 얻은 작품이라면 당연히 수많은 장점이 있을 거라고 믿는다. 하지만 그들이 찬사를 보내는 진정한 이유는 딱히 꼬집어 말할 수 없는 어떤 것, 바로 공감 때문이다. 아셴바흐는 언젠가 그리 눈에 띄지 않는 대목에서 이 점에 대해 직접 언급한 적이 있었다. 현존하는 거의 모든 위대한 것은 '그럼에도 불구하고'로서 존재한다. 근심과 고통, 가난과 고독, 신체의 허약함과 악덕, 격정과 수많은 장애가 '있음에도 불구하고' 성취된 것이다. 그런데 이 주장은 단순한 소견의 차원을 넘어선 체험이었고, 말하자면 그의 삶과 명성을 대변하는 공식이자 그의 작품을 이해하기 위한 열쇠였다. 그러니 이 말이 곧 작가 특유의 인물들이 지닌 도덕적 특성이 되고 외형적 행동이 되더라도 전혀 이상하지 않았다.

작가가 선호하고, 다양한 개성으로 매 작품마다 거듭 새롭게 등장하는 그의 전형적 주인공에 관해서는 이미 어느 현명한 비평가가 "몸에 칼과 창이 꽂혀 들어오는 치욕적 순간에도 이를 악물고 의연히, 그리고 묵묵히 버티는 지성적이고 젊은이다운 남성적 기상"을 지녔다고 분석한 바 있었다. 그것은 아름답고 재치 있고 정확한 비평이었으나, 언뜻 수동성을 지나치게 강조한 것 같았다. 이렇게 말할 수 있는 까닭은 운명을 감당하는 정신적 자세, 즉 고통스러운 상황에서 품위를 지키는 일이 단순히 인내만을 뜻하지는 않기 때문이다. 그런 태도는 일종의 능동적 업적이요, 긍정적 승리다. 가령 성(聖) 세바스티아누스[5]의 모습을 보노라면, 예술 전체는 아니더라도 현재 우리가 다루는 예술, 즉 소설에서는 확실히 가장 아름다운 상징이라 여겨진다. 우리는 이러한 소설 세계에서 내면의 공허와 신체의 탈진 상태를 마지막 순간까지, 세상 사람들이 눈치채지 못하게 마지막 순간까지 숨기는 우아한 자기 통제와 극기를 발견할 수 있다. 그것은 사그라져 가는 정욕을 순수한 불꽃으로 활활 타오르게 하고, 그리하여 미의 왕국의 지배자로서 발돋움하게 하는, 관능이 시들고 퇴락한 추함이다. 또 정신의 깊은 곳에서 이글거리는 힘을 끌어올려, 십자가의 발치에 모인 기세등등한 군중을 자기 발밑에 꿇어앉힐 수 있는 창백한 무기력함이며, 공허한 줄 알면서도 엄격하게 형식을 섬기는 사랑스러운 자세다. 게다가 타고난 사기꾼의 그릇되고도 위험천만한 삶이며, 급속히 신경을 갉아먹는 동경이요 예술이다. 이 모든 운명과의 유사성들을 살펴보노라면, 도대체 유약함에서 유래하는 영웅주의 말고 또 다른 영웅주의가 있기나 한지 의구심이 들 수도 있다. 하지만 어떤 영웅적 태도가 이보다 더 이 시대에 어울릴 수 있을까? 구스타프 아셴바흐는 거의 탈진 상태로 일하는 모든 사람들, 과중한 부담에 허덕이고 이미 녹초가 되어 버린 사람들, 그래도 여전히 스스로를 꼿꼿이 지탱해 내는 사람들, 신체는 허약하고 경제적으로도 넉넉하지 못하지만 초인적 의지와 현명한 자기 관리로 최소한 얼마 동안이나마 위대한 영향력을 발휘한 시인, 모든 업적주의 도

5) 고대 로마의 근위병. 독실한 기독교 신자로서 붙잡힌 교인들을 보살펴 주다 처형당했다. 주로 기둥에 묶인 채 많은 화살을 맞고 죽어 가는 모습으로 묘사된다.

덕가들을 대변하는 시인이었다. 그런 도덕가들은 차고 넘쳤으며, 그들이야말로 이 시대의 영웅들이었다. 그래서 그들 모두는 아셴바흐의 작품 속에서 스스로를 재발견했고, 또 그 속에서 자신이 인정받고, 고양되고, 예찬받는 것을 확인했다. 그러므로 그에게 감사했고, 그의 이름을 널리 알리는 데 앞장섰다.

그는 젊은 시절에 자기 시대에 맞춰 세련되게 행동하지 못했고, 시대의 흐름에 잘못 휩쓸려서 공적으로 좌절을 겪기도 했으며, 실수한 탓에 창피를 당하기도 했고, 발언이나 작품 속에서 예절과 분별에 어긋나는 잘못을 범하기도 했다. 그러나 품위만큼은 이미 획득해 놓았으니, 그의 평소 주장에 의하면, 모든 위대한 재능은 본래 품위를 향한 자연스러운 갈망과 욕구를 지니고 있다는 것이었다. 요컨대 그의 모든 작가적 발전이란, 회의와 반어라는 온갖 장애물을 뛰어넘어 품위를 향해 의식적으로, 당당하게 상승하는 도정이라 할 수 있었다.

까다로운 정신적 요구 없이 손에 잡힐 듯이 생생하게 형상화하면 시민층 대중의 취향은 만족시킬 수 있다. 그러나 정열에 넘쳐서 어떤 제약에도 얽매이지 않는 젊은이들은 오직 문제성을 통해서만 사로잡을 수 있다. 그런데 아셴바흐는 문제성을 지닌 작가였고, 젊은이 못지않게 제약에 얽매이지 않았다. 그는 정신에 헌신한 나머지 인식을 남용해서 종자 씨앗을 빻는 식이었고, 비밀을 누설하고 재능을 의심하고 예술을 배반했다. 그의 작품들이 진정으로 즐기는 독자들을 즐겁게 하고, 고양시켜서 활기를 불어넣어 준 것은 사실이었다. 과연 젊은 예술가 시절의 그는 예술과 예술가 기질 자체에 내재한 의심스러운 본성에 대해 냉소주의적 태도를 보임으로써 이십 대의 청년들을 흥분시켰다.

고귀하고 유능한 정신이 가장 급격하고도 철저하게 무감각해지는 까닭은 아마 인식의 예리하고도 신랄한 자극 때문일 것이다. 그리고 우울할 정도로 너무나 양심적인 청년기의 철저성은, 대가가 된 장년의 심사숙고한 결기에 비하면 확실히 천박했다. 나이 든 대가는 의지와 행위, 감정과 열정을 조금이라도 마비시키거나 기를 꺾고 모욕하지 않는 지식은 대수롭지 않게 여기며 부정하고 당당히 무시해 버렸다. 「가련한 남자」라는 저 유명한 소설은 그 시대의 음란한 심리주의에 대한 역겨움의 분출로밖에는 달리 해석될 수 없다. 무기력과 패덕 때문에, 그리고 윤리적 불신 때문에 자기 아내를 애송이의 품속으로 떠다밀고, 마음속 깊숙이 비열한 행동을 저질러도 괜찮다고 믿으면서 자신의 유별난 운명을 만들어 가는 저 나약하고 어리석은 건달은, 바로 이러한 역겨움의 폭발로서 형상화된 인물이다. 이 작품에서 타락을 비난하는 강경한 언어는, 모든 도덕적 회의와의 결별, 죄의 구렁텅이에 대한 모든 공감과의 결별을 예고한다. 또 모든 것을 이해한다는 것은 모든 것을 용서한다는 것이다, 라는 동정적 문구가 지니는 적당주의를 거부하고 있었다. 그리고 여기서 예비되었던 것, 실은 벌써 실행되었던 것은 '다시 태어난 자유분방의 기적'이었다. 이 점에 대해서는 얼마 후에 이뤄진 한 인터뷰에서 분명히, 그리고 비밀스러운 강조와 함께 언급되었다. 정말 묘한 연관성이 아닌가! 사람들 역시 바로 같은 시점에, 그의 미의식이 지나칠 정도로 강화되었다고, 형식을 창조함에 있어서도 고귀한 순수성과 단순성과 균형미가 심화되어 이제 두드러지게 의도적인 대가다움과 고전성의 특징을 띠게 되었다고 평가했는데, 아마도 이러한 '다시 태어남', 이 새로운 품위와 엄격성이 정신적으로 작용한 결과는 아니었을까? 그러나 지식의 피안에 있는 결연한 도덕성, 창작을 가로막는 해체적 인식의 피안에 있는 도덕적 단호함이야말로 더욱 세계와 영혼을 단순화하고 도덕적으로 획일화해서 오히려 사악한 것, 금지된 것, 비도덕적인 것으로 향하는 문을 활짝 열어 주지는 않을까? 그러니까 형식은 두 얼굴을 지니고 있지 않을까? 형식은 도덕적이면서 부도덕한 것이 아닐까? 자기 훈육의 결과와 표현으로서의 형식은 도덕적이다. 그러나 형식은 원래부터 도덕적 냉담성을 내포하고 있으므로, 그 본성 탓에 자신의 오만하고도 무제한적 지배 아래 도덕을 굴복시키고자 애쓰는 형식이라면 비도덕적일 뿐만 아니라 반도덕적인 것이 아닐까?

그거야 어찌 됐든 무슨 상관인가! 한 인간의 발전은 일종의 운명이다. 그런데 폭넓은 공중(公衆)의 관심과 대중의 신뢰를 동반한 발전은 어째서 빛나는 명성과 그것에 뒤따르는 책무 없이 이뤄지는 발전과 다른 궤적을 그려서는 안 된다는 말인가? 위대한 재능을 가진 누군가가 방종한 애벌레 상태에서 벗어나 정신의 위엄을 분명히 인식하는 데 익숙해지고, 누구의 조언도 없이 모질게 자립하는 고뇌와 분투를 호되게 겪고 나서 마침내 권력과 명예를 얻기에 이르는 고독의 예의범

절을 갖추려 한다면, 영원한 방랑자 기질을 지닌 인간은 그것을 지루하게 여기고 비웃으리라. 재능이 독자적인 형태를 갖추려면 얼마나 많은 유희와 반항과 즐거움이 있어야 하는가! 시간이 흐름에 따라, 구스타프 아셴바흐의 글에서는 다소 공적이며 교육적인 요소가 나타나기 시작했다. 그의 문체는 후기에 이르러서 직접적인 대담성과 미묘하고도 혁신적인 음영들을 잃어버렸다. 그 대신 모범적이고 확고하고 갈고닦은 전통적 문체, 보존적 문체, 형식적 문체, 심지어 상투적 문체로까지 변해 갔다. 그리고 루이 14세가 그러했다고 전해지듯이, 이제 노년에 접어든 아셴바흐는 자신의 어법에서 천박한 단어를 모두 추방해 버렸다. 그 무렵 교육 당국은 그의 작품 중 일부를 골라서 지정 교과서에 수록하기도 했다. 그가 내심 바라던 일이었다. 또한 이제 막 즉위한 독일의 어느 군주가 '프리드리히 소설'의 작가이자 쉰 번째 생일을 맞이한 그에게 귀족의 칭호를 수여했을 때 굳이 거절하지 않았다.

불안정한 몇 년 동안 시험 삼아 여기저기 떠돌던 시기를 보내고 나서 그는 일찍이 뮌헨에 정착하기로 결심했다. 그리고 정신적인 사람에게 아주 예외적으로 주어지는 명예로운 시민 계급으로서 살았다. 아직 젊었을 적에 학자 집안의 여성과 함께했던 결혼 생활은 시한부의 짧은 행복을 뒤로하고 아내의 죽음으로 끝나고 말았다. 그에게는 이미 시집간 딸 하나가 있을 뿐, 아들은 없었다.

구스타프 폰 아셴바흐는 중키가 좀 못 되고 연갈색 피부를 지녔으며, 면도를 깔끔하게 하는 사람이었다. 거의 아담하다고 할 수 있는 체구에 비하면 머리가 다소 큰 편이었다. 뒤쪽으로 빗어 넘긴 머리카락의 정수리 근처는 이미 성깃했고, 관자놀이게는 숱이 많지만 제법 세어 있었다. 머리카락에 감싸인 훤칠한 이마는 깊이 주름져서 마치 흉터 난 듯 보였다. 테두리 없는 안경알을 끼운 금테 안경의 코걸이는 고귀하게 휜 뭉툭한 코의 윗부분에 꼭 끼여 있었다. 커다란 입은 자주 축 늘어졌다가, 때로 갑작스럽게 오그라들어서 팽팽해지기도 했다. 뺨 부분은 야위어 주름이 파여 있었고, 잘생긴 턱은 부드럽게 둘로 나뉘어 있었다. 대개는 고뇌에 찬 듯 옆으로 갸우뚱한 머리는 중대한 운명을 겪어 온 느낌을 주었다. 보통의 경우에 이와 같은 관상을 가지려면 험하고 파란 많은 인생을 겪었을 테지만, 그의 경우에는 예술이 이런 관상을 빚어 냈다. 이 이마의 바로 뒤에서, 볼테르와 국왕이 전쟁에 관해 나눈 번득이는 문답들이 생겨났다.[6] 안경알 너머로 그윽이 바라보는 피곤한 듯한 두 눈은 7년 전쟁 당시의 야전 병원을, 피비린내 나는 지옥의 광경을 목도한 것 같았다. 개인적인 면에서 예술은 정녕 고양된 삶이다. 예술은 더 깊은 행복을 주었다가 훨씬 빨리 소모시킨다. 예술은 예술을 섬기는 자들의 얼굴에 정신이 상상했던 모험들의 흔적을 각인시킨다. 그래서 예술은, 외적 생활이 비록 수도원에서처럼 고요하더라도, 결국에는 몹시 무절제하고, 격정과 향락에 푹 빠진 삶조차 도저히 불러일으

6) 계몽사상을 숭상했던 프리드리히 대왕은 프랑스의 계몽 철학자 볼테르를 초빙하여 한동안 궁정에 머물게 했다.

키지 못하는 신경과민, 악습, 피로와 호기심을 배태하고 만다.

3

아셴바흐는 그날 산책 이후 여행을 고대하면서도 세속적인 일과 문학과 관련한 여러 일들 때문에 거의 이 주 동안이나 더 뮌헨에 머물러야 했다. 마침내 그는 사 주 이내에 들어갈 수 있도록 자기 별장을 수리해 달라고 부탁했다. 그리고 5월 하순 무렵 어느 날, 야간 기차를 타고 트리에스테로 여행을 떠났다. 그는 거기서 딱 하루만 머무르고 바로 그다음 날 아침에 폴라로 향하는 배에 몸을 실었다.

그가 찾는 것은 낯설고 아무런 연고도 없으면서 금방 접근할 수 있는 곳이었다. 그래서 그는 몇 년 전부터 유명해진 아드리아해의 어떤 섬에서 머물기로 했다. 이스트리아 해안에서 멀지 않은 그곳엔 색색의 누더기를 걸치고 전혀 알아들을 수 없는 낯선 말로 이야기하는 원주민들이 살고 있었다. 바위 절벽의 일부가 아름답게 갈라진 틈으로 탁 트인 바다가 훤히 내다보였다. 하지만 비가 내리고 공기가 답답하고, 소시민적이고 폐쇄적인 오스트리아계 호텔의 손님들만 있을 뿐, 바다와 조용하고 내밀하게 교감할 수 있는 부드러운 모래사장마저 없었으므로 그는 짜증이 났으며, 마음먹은 장소를 찾았다는 느낌이 들지 않았다. 아직도 어디로 가야 할지 확실하지 않기에 내면의 어떤 충동으로 마음이 불안했다. 그는 배편을 궁리하면서 무언가를 찾는 듯 사방을 두리번거렸다. 그러다가 불현듯, 정말 뜻밖인 동시에 자명한 귀결로서 그의 눈앞에 목적지가 떠올랐다. 하룻밤 사이에 비할 바 없이, 동화처럼 환상적인 일탈을 바란다면 어디로 가야 하는가? 답은 분명했다. 여기서 무얼 한단 말인가? 그는 길을 잘못 들었다. 그는 애당초 그곳으로 여행하고 싶었던 것이다. 그는 지체하지 않고 자신의 실수를 만회하고자 했다. 그 섬에 도착한 지 일주일하고도 한 주의 반이 지난 어느 안개 낀 새벽에, 한 척의 빠른 모터보트가 그와 그의 짐을 다시 바다 건너 군항으로 실어다 주었다. 그는 잠깐 육지에 내렸다가 곧장 승선 가교를 건너서, 증기를 뿜어대며 베네치아를 향해 떠날 준비를 하는 어느 기선의 축축한 갑판 위로 올라갔다.

이탈리아 국적의 아주 오래된 선박이었는데, 낡은 데다 거무튀튀하게 그을리고 우중충했다. 아셴바흐는 배에 오르자마자 꾀죄죄하고 등이 굽은 선원 하나가 예의를 차린답시고 히죽거리며 권하기에 배의 안쪽으로 들어갔다. 인공 조명을 밝히고 동굴 속 같은 선실에는 이마에 모자를 비스듬히 걸치고 입 가장자리에 담배꽁초를 문 채 염소수염을 기른 남자 하나가 마치 구식 곡마단의 단장 같은 인상을 하고서 책상 뒤쪽에 앉아 있었다. 그는 얼굴을 살짝 찡그리고 경망스럽고 사무적인 태도로 여행객들의 신상을 기록한 뒤 승차권을 발급했다. 그 남자는 "베네치아행!" 하고 팔을 쭉 뻗어서 비스듬히 기울인 잉크병 안의 뻑뻑한 잉크 찌꺼기에다가 펜을 꽂았다. 그러고는 아셴바흐의 주문을 그대로 복창했다. "베네치아행 1등석! 금방 처리해 드리겠습니다, 선생님!" 그런 다음 그는 못난 글씨를 커다랗게 갈겨쓰고는 그 위에다가 조그만 상자 하나를 흔들어서 파란 모래를 뿌렸고, 다시 그 모래를 어떤 사기그릇 속으로 털어 냈다.[7] 이어서 누렇고 뼈마디가 굵은 손가락으로 종이를 접었고, 다시 글씨를 썼다. "여행 목적지를 정말 잘 선택하셨습니다!" 하고 그 남자는 그사이에도 수다를 떨어 댔다. "아, 베네치아라! 정말 멋진 도시죠! 현재의 매력으로 보나 과거의 역사로 보나 교양인에게는 거부할 수 없는 매력을 발산하는 도시지요." 거침없이 잽싼 몸놀림에 실없는 잡담까지 곁들여서 어딘가 사람을 얼떨떨하게 하고, 정신을 흩트려 놓았다. 이를테면 그 남자는 마치 베네치아로 향하는 이 여행객의 결심이 흔들리지나 않을까 염려하고 있는 듯했다. 그는 급히 돈을 받아서, 도박장 종업원처럼 노련한 동작으로 얼룩무늬 테이블보 위에 떨어트렸다. "즐거운 시간 보내십시오, 선생님!" 하고 그는 배우처럼 허리를 굽히면서 말했다. "여러분들을 모시게 되어서 영광입니다!" 그는 즉각 팔을 쳐들면서 외쳤다. 그러고는 발권을 기다리는 사람이 아무도 없음에도 불구하고, 마치 문전성시인 양 행동했다. 아셴바흐는 갑판으로 되돌아갔다.

그는 한쪽 팔을 난간에 기댄 채, 배가 떠나는 광경을 지켜보려고 부둣가를 거니는 한가로운 사람들과 뱃전에 서 있는 승객들을 관찰하고 있었다. 2등석 승객들은 남자고 여자고 할

---

7) 글씨의 잉크가 번지지 않도록 모래를 뿌려서 잉크를 흡수했다는 뜻이다.

것 없이 뱃머리 갑판 위에 앉아 있었는데, 저마다 화물 상자와 보따리를 깔개로 이용하고 있었다. 제1갑판에는 젊은이들로 이뤄진 단체 여행객들이 있었다. 보아하니 폴라의 어느 상점 종업원들이었는데, 이탈리아로 소풍을 간다고 들떠 있었다. 그들은 서로 자기 계획에 대해서 적잖이 야단법석을 떨며 잡담하거나 웃고, 흡족한 듯 흥겨운 몸짓을 하고 있었다. 그들은 난간 너머로 몸을 굽힌 채, 팔에 서류 가방을 끼고 일하러 부둣길을 걸어가면서 휴가를 떠나는 자기들을 향해 지팡이로 위협하는 시늉을 하는 동료들을 열심히 놀려 댔다. 지나치게 유행을 따라 재단한 연노란색 여름 양복을 입고, 빨간색 넥타이에다 대담하게 위쪽으로 휜 파나마모자를 쓴 한 사람은 새된 목소리로, 다른 사람들보다 유달리 유쾌하게 큰 소리를 질러 댔다. 그런데 아셴바흐는 그를 좀 더 자세히 살펴본 순간, 젊은이가 아니라는 걸 알아차리고 놀랐다. 그 사람은 늙은이였다. 의심의 여지가 없었다. 그의 눈과 입 주위에는 주름이 덮여 있었다. 뺨에 나타난 엷은 홍조는 화장이었고, 알록달록한 테두리를 휘감은 파나마모자 아래의 갈색 머리카락은 가발인 데다 목덜미는 축 늘어졌고 힘줄이 불거져 나와 있었다. 바짝 치켜세운 콧수염과 턱수염은 염색을 했고, 웃을 때 보이는 누르스름하고 결이 고른 치아는 싸구려 의치였다. 양쪽 집게손가락에 인장 반지를 낀 두 손은 틀림없는 늙은이의 손이었다. 아셴바흐는 오싹한 기분으로 그 남자가 친구들과 함께 떠들어 대는 모습을 바라보았다. 그들은 그 사람이 늙은이인 데다 멋을 잔뜩 부려 젊은이들이나 걸치는 현란한 옷을 어울리지 않게 차려입고, 주제넘게 자기들의 동료인 척하고 있다는 것을 깨닫지도, 눈치채지도 못하고 있는 것일까? 아무래도 그들은 아주 자연스럽고 친숙하게 그 늙은이와 함께 어울리고 자기네와 동류로 대하면서 옆구리를 쿡쿡 찌르는 그의 짓궂은 장난에도 아무런 거부감 없이 응대하고 있는 것 같았다. 도대체 어떻게 된 일일까? 아셴바흐는 손으로 자기 이마를 짚고, 잠을 못 자서 화끈거리는 눈을 감았다. 모든 것이 평소와 아주 다른 듯했다. 세상이 기이하게 왜곡되고, 꿈처럼 낯선 느낌마저 들기 시작하는 것 같았다. 얼굴을 좀 어둡게 가리고서 새로이 주위를 둘러보면 그런 느낌이 사라질 것 같기도 했다. 하지만 바로 그 순간, 헤엄이라도 치는 것처럼 울렁거리는 느낌이 들었다. 영문을 모른 채 놀라서 고개를 들고 쳐다본 다음에야 육중하고 우중충한 선체가 서서히 부두를 빠져나가고 있음을 알아챘다. 배의 기관이 앞뒤로 움직이는 가운데, 차츰 부둣가와 배 사이로 지저분하게 아른거리는 물결 띠가 퍼져 나갔다. 증기선은 힘겹게 방향을 바꾸어서 이물의 돛대를 탁 트인 바다 쪽으로 돌렸다. 아셴바흐는 우현 쪽으로 건너갔다. 등이 굽은 선원은 거기에 그를 위해 접이식 의자를 펴 주었고, 얼룩무늬 연미복을 입은 종업원은 혹시 시킬 일이 있는지 물어보았다.

하늘은 잿빛이고, 바람은 습기를 머금고 있었다. 항구와 섬은 등 뒤로 멀어지고, 육지의 모든 것이 안개 낀 시야에서 급속히 사라져 갔다. 물기를 빨아들인 석탄 분진 덩어리들이 물청소를 한 갑판 위로 떨어졌다. 갑판은 쉽게 마를 것 같지 않았다. 한 시간 뒤에 벌써 갑판 위에 천막 지붕이 쳐졌는데, 비가 내리기 시작했기 때문이었다.

여행자는 외투를 휘감고, 책을 무릎 위에 올려 둔 채 쉬고 있었다. 그가 의식하지 못하는 사이에 오랜 시간이 흘러갔다. 비는 어느새 그쳤고, 갑판의 아마포 지붕도 걷히고 있었다. 수평선이 온전히 드러나 보였다. 흐린 천공(天空) 아래쪽 사방으로 황량한 바다의 거대한 수면이 펼쳐져 있었다. 아무런 경계가 없는 텅 빈 공간에서는 시간 감각도 사라지고, 그 측량할 수 없는 상태에서 우리의 의식은 몽롱해진다. 그림자처럼 어른거리는 이상한 형상들, 늙은 멋쟁이, 선실 안의 염소수염 남자 따위가 불분명한 동작을 취한 채, 꿈속에서처럼 혼란스러운 말을 지껄이며 휴식을 취하는 사람의 정신 속으로 몰려 들어왔고, 마침내 그는 잠이 들었다.

그는 정오에 간단히 점심 식사를 하려고 복도 비슷하게 생긴 식당으로 안내받았는데, 선실 안쪽의 침실 문과 연결된 곳이었다. 그가 식사를 하는 기다란 식탁의 맞은편 끄트머리 쪽에서, 그 늙은이를 포함한 상점 종업원들이 쾌활한 선장과 함께 낮 10시부터 술을 마시고 있었다. 음식이 보잘것없어서 그는 서둘러 식사를 끝냈다. 그는 하늘을 보고 싶어서 바깥으로 나왔다. 혹시 베네치아에 이르면 날이 맑게 갤까 해서였다.

그는 베네치아의 하늘이 맑기만 바랐다. 왜냐하면 베네치아는 언제나 찬연히 빛나는 가운데 그를 맞이했기 때문이다. 그러나 하늘과 바다는 납처럼 흐릿했으며, 간간이 안개비만 내리고 있었다. 그는 그 풍경을 바라보며, 베네치아에 이르는 해로와 육로는 다른가 보다, 하고 생각했다. 그는 이물의 돛대 곁에 서서 시선을 먼 곳에 둔 채 뭍이 나타나기를 고대했다. 예전에 이렇게 넘실대는 바다 위로 꿈에 그리던 둥근 지붕들과 종탑들이 자기를 향해 솟아오르더라고 노래한, 우울하고도 열정적인 어느 시인[8]을 기억해 냈다. 그는 그 시인이 외경심과 행복감, 그리고 비애감을 절도 있게 표현한 노래 몇 소절을 가만히 속으로 되뇌어 보았다. 그리고 과거의 감동을 반추하며, 새로운 감격과 혼란, 감정의 때늦은 모험이 이렇듯 한가로운 방랑자인 자신한테 혹시 또 찾아올 수 있을지를 진지하고 지친 마음에게 물어보는 것이었다.

그때 오른편으로 평평한 해안이 나타났고, 어선들이 바다 위에 심심찮게 떠 있는 정경이 보였다. 이어서 해수욕장을 두른 섬[9]이 나타났다. 기선은 그것들을 왼편에 두고, 서서히 속도를 줄이며 좁은 항구로 미끄러져 들어갔다. 항구의 이름은 섬의 이름과 같았다. 초라하지만 형형색색의 집들과 마주해 있는 석호 위에서 배는 완전히 멈춰 섰다. 보건 당국의 범선이 여기까지 오기로 예정되어 있기 때문이었다.

한 시간이 지나고 나서야 범선이 나타났다. 베네치아에 도착하긴 했지만, 아직 완전히 도착한 것은 아니었다. 사람들은 바쁠 일이 없는데도 초조해하고 있었다. 저 멀리 바다 건너 울려오는 군대의 나팔 소리에 아무래도 애국심이 발동했는지,

---

8) 아우구스트 그라프 폰 플라텐(August Graf von Platen, 1796~1835)을 가리킨다. 토마스 만은 베네치아를 읊은 그의 소네트를 잘 알았다.
9) 베네치아 외곽에 있는 리도(Lido)를 가리킨다.

폴라의 청년들은 일제히 갑판으로 나왔다. 그들은 아스티[10]에 얼근히 취해, 건너편에서 훈련하는 저격병들을 향해 만세를 외쳐 댔다. 그런 상황에서 꼴사납게 젊은이들과 어울려 날뛰는 늙은이의 모습은 역시 눈에 거슬릴 수밖에 없었다. 그의 노쇠한 뇌는 건장한 젊은이들의 뇌만큼 포도주를 당해 낼 수 없었는지, 정말 보기에 딱할 정도로 취해 있었다. 그는 흐리멍텅한 눈빛으로 담배를 쥔 손을 떨면서 잔뜩 취한 채 앞뒤로 휘청댔다. 그는 힘들게 중심을 잡고자 자리에서 비틀거리고 있었다. 걸음을 내딛기만 해도 넘어질 듯했으므로, 감히 선 자리에서 움직일 엄두조차 내지 못하고 있었다. 그런데도 딱할 정도로 흥이 올라서 곁에 서 있는 사람들의 옷 단추를 부여잡고 흥얼거리면서 눈짓을 하거나 낄낄 웃어 댔다. 그러고는 반지를 낀 주름진 집게손가락을 쳐들어서 어리석은 장난을 해 보이더니, 혐오감이 들 만큼 외설스럽게 혀끝으로 입언저리를 핥아 대는 것이었다.

아셴바흐는 눈썹을 찌푸리고 그를 바라보았다. 그러자 다시금 멍한 느낌이 들었다. 마치 세상이 살짝 기묘하고 일그러진 모습으로 왜곡되는 것 같은 느낌을 제어할 수 없었다. 하지만 주변 상황은 아셴바흐가 그런 괴이한 느낌 속에 계속 머무를 수 없게끔 방해했다. 때마침 배의 엔진이 쿵쾅거리며 다시 작동하기 시작했다. 선박은 목적지를 코앞에 둔 채 중단했던 항해를 재개하고자 산마르코 운하를 가로지르고 있었다.

---

10) Asti. 샴페인과 비슷한 이탈리아의 발포성 포도주.

마침내 아셴바흐는 그토록 멋진 부두를 다시금 마주하게 되었다. 배를 타고 다가오는 사람들의 경외심 가득한 시선 속에, 이 공화국에 자리한 환상적인 건축물들의 휘황찬란한 풍경이 비쳤다. 산뜻하게 웅장한 두칼레 궁전과 탄식의 다리, 사자상과 예수 그리스도상이 있는 물가의 주랑들, 그리고 동화에나 나올 법한 사원의 현란한 측면, 성문 길과 거대한 시계탑도 한눈에 들어왔다. 그는 주위를 둘러보면서 육지로, 즉 기차를 타고 베네치아에 도착한다는 것은 이를테면 궁전에 들어갈 때 뒷문으로 입장하는 것과 같으며, 지금처럼 물결 높은 바다를 헤치고 배로 건너와야만 전혀 기대하지 못한 이 도시의 진짜 모습을 볼 수 있겠다고 생각했다.

배의 기관이 멈추자, 바로 곤돌라들이 몰려들었다. 상륙용 다리가 내려지자 세관원들은 갑판 위로 올라와서 임무를 수행했다. 하선(下船)이 시작되었다. 아셴바흐는 베네치아와 리도 사이를 연결하는 조그만 기선들의 정박지까지 자기와 짐을 실어다 줄 곤돌라가 필요하다고 눈짓했다. 왜냐하면 그는 해변에 머물 작정이었기 때문이다. 그의 바람은 배의 아래쪽, 수면 위로 전달되었다. 그곳에선 곤돌라 사공들이 거친 사투리로 떠들어 대며 서로 다투고 있었다. 그는 트렁크 탓에 아직도 하선하지 못하고 있었다. 사다리 비슷한 계단 아래로 트렁크를 끌어 내리기가 힘들었던 것이다. 그래서 그는 그 끔찍한 늙은이가 술에 취해서 낯선 사람에게 음흉한 작별 인사를 건네며 추근대는 꼴을 몇 분 동안 더 지켜볼 수밖에 없었다. 그는 "머무르시는 동안 최고로 행복한 시간이 되시길 빕니다."

하면서 발을 뒤로 빼고 염소가 우는 듯한 목소리로 인사를 보냈다. "좋은 추억거리도 만드시고요. 또 봅시다, 실례가 많았습니다. 안녕히 가세요, 선생님!" 그의 입에서 침이 흘러나왔고, 두 눈을 감은 채 입언저리를 마구 핥았다. 늙어 빠진 그의 입술 바로 밑에는 염색한 수염이 바짝 곤두서 있었다. "우리 사랑하는 여인에게 인사를!" 하고, 그 사람은 두 손가락 끝에 입술을 갖다 대고서 웅얼거렸다. "사랑하는 여인에게, 정말 사랑스럽고 아름다운 애인에게 우리의 인사를……" 그러다가 갑자기 그의 틀니가 턱뼈에서 빠져나오더니 아랫입술 위로 떨어졌다. 아셴바흐는 운 좋게도 그 자리를 피할 수 있었다. 그 늙은 남자가 가래 낀 목소리로 "애인에게, 멋진 애인에게 말입니다."라고 말하는 소리를 뒤로하고 아셴바흐는 밧줄로 된 보호 난간을 꼭 붙잡은 채 하선용 계단 아래로 내려왔다.

난생처음이든 아주 오랜만이든, 베네치아의 곤돌라에 올라탈 때 혹 끼치는 소름과 남모르는 두려움과 당혹감을 이겨 내지 않아도 될 만큼 대담한 사람이 있을까? 그 기이한 배는 중세 발라드가 유행하던 때부터 변함없이 그대로 전해져 내려왔고, 색깔이 너무 까매서 다른 배들 가운데 섞여 있으면 마치 관(棺)처럼 보였다. 그것은 물결 찰랑거리는 밤에 소리 없이 저지르는 범죄적 모험을 연상시킬 뿐 아니라 죽음과 관대(棺臺), 음울한 장례식, 그리고 우리가 마지막으로 떠나게 되는 침묵의 여행을 상기시킨다. 거룻배의 좌석은 관처럼 검게 래커를 칠해서 광택 없이 시커먼 팔걸이의자인데, 이것이 세상에서 가장 부드럽고 풍성하며 푹신한 자리라는 사실을 사람들은 알기나 할까? 아셴바흐는 뱃머리에 가지런히 놓아둔 짐의 맞은편, 곤돌라 사공의 발치에 놓인 좌석에 앉자마자 그 사실을 깨닫게 되었다. 노 젓는 사공들은 여전히 실랑이를 벌이고 있었다. 위협적인 동작을 섞어 가며 귀에 거슬리는 이해할 수 없는 언어로 말이다. 하지만 항구 도시 특유의 평온함은 그들의 목소리마저 부드럽게 부서뜨려서 높은 바다 물결 너머로 흩뿌리는 듯했다. 이곳 항구의 날씨는 따뜻했다. 여행객은 지그시 눈을 감고서 시로코[11] 바람에 마음을 설레며, 쿠션 있는 부드러운 의자에 기댄 채 일상을 벗어난 달콤한 느긋함을 마음껏 즐기고 있었다. '곤돌라를 타는 시간은 짧을 것이다.' 하고 그는 생각했다. '이 시간이 영원히 지속되었으면!' 배가 조금씩 흔들리는 가운데, 그는 북적대는 사람들과 웅성거리는 소리가 점점 멀어져 가고 있음을 느꼈다.

그의 주위는 아주 고요했고, 점점 더 고요해져 갔다. 노를 저을 때 나는 찰싹거리는 소리와, 뱃머리에 부서지는 둔탁한 파도 소리 외에는 아무 소리도 들리지 않았다. 물 위에 떠 있는 뱃머리의 끄트머리는 검고, 날렵한 도끼날 형태였다. 그런데 희미한 말소리, 낮게 중얼거리는 음성이, 곤돌라 사공의 이빨 사이에서, 팔을 움직일 때마다 쥐어짜 내듯이 혼잣말처럼 새어 나왔다. 아셴바흐는 고개를 들어서 주위를 둘러보고는 약간 어리둥절해졌다. 주변에 석호가 펼쳐져 있고, 곤돌라는 탁 트인 바다를 향해서 나아가고 있음을 알아차렸던 것이다.

---

11) 사하라 사막 지대에서 지중해 주변 지역으로 부는 온난 습윤한 바람.

그래서 그는 다시 긴장했고, 자신의 뜻을 관철시키기로 했다.

"그러니까, 이보세요, 기선 정류장까지 가야 합니다." 하고 그는 뒤쪽으로 몸을 반쯤 돌린 채 말했다. 낮게 중얼거리는 소리가 그쳤다. 아셴바흐는 아무런 대답도 듣지 못했다.

"그러니까 기선 정류장까지 가야 한다고요!" 그는 몸을 완전히 틀어서 곤돌라 사공의 얼굴을 올려다보며 되풀이했다. 사공은 그의 뒤쪽에 있는 높은 뱃전 위, 희뿌연 하늘 앞에 우뚝 솟아 있었다. 사공은 무뚝뚝하고, 정말 인상이 험악해 보이는 남자였다. 뱃사람답게 파란색 옷을 입은 데다 어깨와 허리에 노란색 견대(肩帶)를 두르고, 머리에는 올이 풀리기 시작한 볼품없는 밀짚모자를 잔뜩 비뚤게 쓰고 있었다. 그의 얼굴 생김새나 뭉툭하게 들린 코 아래쪽의 곱슬곱슬한 금빛 수염은 전혀 이탈리아 사람 같아 보이지 않았다. 체격이 왜소해서 뱃일이 능숙하지 못하리라 생각할 수도 있겠지만, 그는 매번 전력을 다해 아주 힘차게 노를 저었다. 그는 힘이 부쳐서인지 몇 번인가 입술이 말려 올라가 허연 이가 드러나기도 했다. 그 남자는 불그스레한 눈썹을 찡그린 채 손님을 넘겨다보면서 딱딱한, 아니 거의 무례한 어투로 대꾸했다.

"리도까지 가시지 않습니까?"

아셴바흐가 대답했다.

"그래요. 하지만 난 일단 산마르코까지만 건너가려고 곤돌라를 탄 거요. 거기서 바포레토[12]를 이용할 거니까."

---

12) vaporetto. 베네치아의 수상 버스.

"바포레토는 이용하실 수 없습니다, 선생님."

"왜 안 된다는 거요?"

"바포레토는 짐은 실어 주지 않으니까요."

맞는 말이었다. 아셴바흐는 그제야 기억났고, 그래서 입을 다물었다. 하지만 베네치아에서 흔히 찾아볼 수 없는 그 사람의 쌀쌀맞고 불손한 접객 태도는 견디기가 어려웠다. 결국 그는 말했다.

"그건 내 문제요. 짐은 어디 맡길 테니, 되돌아가시오."

주위는 고요했다. 찰싹거리는 노 젓는 소리와 뱃머리에 부딪히는 둔탁한 물소리가 들려왔다. 그리고 웅얼대는 목소리가 다시 시작되었다. 곤돌라 사공은 이 사이로 혼잣말을 중얼거리고 있었다.

무엇을 더 할 수 있을까? 유별나게 말을 듣지 않는 지독한 옹고집과 물 위에 단둘이 남게 되자, 여행자는 자기 뜻을 관철할 수 있는 방도를 도무지 찾을 수 없었다. 갑자기 벌컥 화를 내지 않았더라면 좀 더 느긋하게 쉴 수 있었을 텐데! 그는 곤돌라를 오랫동안, 아니 언제까지고 타고 싶어 하지 않았던가? 일이 흘러가는 대로 그냥 내버려두었으면, 차라리 그랬으면 좋았을 텐데! 잠자코 있으라고 명령하는 듯한 마력이 아셴바흐의 자리, 즉 검은색 쿠션을 두른 낮은 팔걸이의자로부터 흘러나오는 것 같았다. 이 의자는 뒤쪽에 서 있는, 막돼먹은 곤돌라 사공이 노를 저을 때마다 부드럽게 흔들리고 있었다. 범죄자의 손아귀에 빠져들었다는 생각이 꿈처럼 아련하게 그의 뇌리를 스치고 지나갔으나, 무슨 행동을 취할 수는 없었다. 게

다가 이 모든 것이 순전히 바가지를 씌우기 위한 속임수라면 한층 더 기분 나쁘리라. 일종의 의무감이든 자존심이든, 그런 일만큼은 미리 막아야 한다는 생각 덕분에 한 번 더 용기를 낼 수 있었다. 아셴바흐는 물었다.

"뱃삯을 얼마나 받습니까?"

곤돌라 사공은 그를 흘끗 넘겨다보면서 대답했다.

"곧 내시게 되겠지요."

여기에 응수할 말은 분명했다. 아셴바흐는 기계적으로 대꾸했다.

"만약 내가 원하지 않는 곳으로 데려간다면 나는 한 푼도 내지 않을 거요. 땡전 한 푼도 말이오."

"리도로 가시려는 것 아닙니까?"

"당신하고는 안 가겠소."

"제가 잘 모셔다 드리겠습니다."

'이 말은 사실이다.' 하고 아셴바흐는 생각했다. 그리고 긴장을 풀었다. '네가 나를 잘 태워다 준다는 말은 사실이다. 내 돈을 노리고 등 뒤에서 노를 휘둘러서 나를 저승으로 보내더라도 결국 나를 잘 모시는 셈일 테니까 말이야.'

하지만 그런 일은 일어나지 않았다. 더구나 길동무가 나타났다. 떠돌이 남녀 악사들을 태운 작은 배였다. 그들은 기타와 만돌린 반주에 맞춰 노래를 불렀는데, 곤돌라 뱃전에 바짝 붙어서, 이득을 노리는 이국적인 노랫말로 수면의 고요함을 가득 채웠다. 아셴바흐는 그들이 내민 모자에다가 돈을 던져 주었다. 그러자 그들은 노래를 멈추고 떠나갔다. 간간이 혼잣말을 하는 듯한, 곤돌라 사공의 속삭임이 다시 들렸다.

시내로 향하는 기선의 꼬리 물살 때문에 배가 흔들렸지만, 어쨌든 무사히 도착했다. 두 명의 시청 직원이 뒷짐을 지고 얼굴은 석호 쪽으로 돌린 채, 물가에서 이리저리 오가고 있었다. 아셴바흐는 잔교에 닿자 곤돌라에서 내렸고, 이때 베네치아 부둣가에서 배를 끌어당기는 쇠갈고리를 가지고 대기하던 노인의 부축을 받았다. 아셴바흐는 잔돈이 부족했으므로 먼저 근처의 호텔로 건너가서 돈을 바꾼 뒤에, 사공에게 섭섭잖게 뱃삯을 지불하려고 했다. 호텔 로비에서 일을 마치고 돌아왔을 때, 아셴바흐는 물가의 수레 위에 놓인 짐을 발견했다. 곤돌라 사공은 이미 사라지고 없었다.

"그 작자는 줄행랑을 쳤습니다." 하고 쇠갈고리를 가진 노인이 말했다. "나쁜 사람이지요. 허가도 받지 않은 사람입니다, 선생님. 그자만 허가증도 없이 사공 일을 하고 있지요. 다른 사공들이 여기로 연락을 했나 봅니다. 그 작자도 다른 사람들이 자기를 벼르고 있다는 걸 알았나 보던데요. 그러니까 휑하니 도망쳐 버린 거죠."

아셴바흐는 어깨를 으쓱해 보였다.

"선생님께서는 공짜로 배를 타신 셈입니다." 하고 노인은 말하면서 모자를 슬쩍 내밀었다. 아셴바흐는 동전을 던져 넣었다. 그는 짐을 해수욕장 호텔로 가져가라고 지시하고는 수레를 따라서 가로수 길을 지나갔다. 하얀 꽃들이 피어 있는 가로수 길의 양쪽으로는 음식점, 상점, 숙박업소 등이 즐비했다. 그리고 그 길은 섬을 비스듬히 가로질러서 해변 쪽으로 뻗어 있었다.

아셴바흐는 야외 테라스를 거쳐, 뒤쪽 입구를 통해서 널찍한 호텔 안으로 들어섰다. 그리고 커다란 홀과 대기실을 지나서 접수 사무실로 갔다. 미리 예약해 놓았기 때문에 그는 호텔 측으로부터 예우를 받았다. 지배인은 키가 작고 나직한 목소리로 살살 이야기하는 공손한 사람이었는데, 검은색 콧수염을 기르고 프랑스 스타일로 재단된 프록코트를 입고 있었다. 아셴바흐는 그와 함께 승강기를 타고 2층까지 동행했고, 그는 아셴바흐에게 방을 안내해 주었다. 벚나무 원목 가구가 비치된 아늑한 방은 진한 향기를 내뿜는 꽃으로 장식돼 있었다. 또 높은 유리창들 너머로는 광활한 바다가 시원스레 내다보였다. 지배인이 돌아간 뒤에 아셴바흐는 창가로 다가갔다. 직원들이 짐을 방 안으로 들여오는 동안, 그는 인적이 드문 오후의 해변과 햇빛이 비치지 않는 흐린 바다를 내려다보았다. 밀물 때였다. 바다는 야트막한 물결을 고른 박자로 잔잔하게, 해안 쪽으로 밀어 보내고 있었다.

고독하고 말 없는 사람이 관찰한 사건들은 사교적인 사람의 그것보다 더 모호한 듯하면서 동시에 한층 집요한 데가 있다. 그런 사람의 생각들은 더 무겁고 더 묘하면서 항상 일말의 슬픔을 지니고 있다. 한번의 눈길이나 웃음, 의견 교환으로 쉽게 넘어갈 수 있는 광경이나 지각들조차 지나치게 신경이 쓰이고, 끝내 그의 침묵 속으로 깊이 파고들어서는 중요한 체험과 모험과 감정들로 남는다. 고독은 독창적인 것, 과감하고 낯선 아름다움, 그리고 시를 만들어 낸다. 하지만 고독은 또한 역설, 불균형, 그리고 부조리하고 금지된 것을 야기하기도 한다. 그래서 여행 도중에 보았던 현상들, 그러니까 애인에 관해서 헛소리를 늘어놓던 볼썽사나운 멋쟁이 늙은이와, 뱃삯을 속이려 한 무허가 곤돌라 사공 따위가 아직까지도 이 여행객의 기분을 뒤숭숭하게 했다. 이성적 사고에 어떤 어려움을 주지도 않고, 사실상 깊이 생각할 거리도 되지 않지만 그 모든 것들이 그 자체로 이상야릇했다. 어쩌면 바로 이러한 모순 때문에 마음이 불안한지도 몰랐다. 그런 생각을 하면서 그는 바다를 향해 눈인사를 건네고, 아주 쉽게 가닿을 수 있는 가까운 거리에서 베네치아를 지켜보는 기쁨을 누렸다. 그는 마침내 몸을 돌렸다. 먼저 세수를 하고 나서, 편의를 위해 필요한 것들을 제대로 준비해 놓으라고 객실 담당 하녀에게 몇 가지 지시를 내렸다. 그런 다음, 승강기에서 일하는 녹색 제복의 스위스인에게 1층으로 태워다 달라고 부탁했다.

그는 바다를 면한 테라스에서 차를 마신 다음, 엑셀시오르 호텔 방향으로 뻗은 바닷가 산책로를 제법 멀리까지 걸었다. 그가 돌아왔을 무렵엔 벌써 만찬을 위해 옷을 갈아입어야 할 시간이었다. 그는 치장하는 일에 익숙했기 때문에 자기 방식대로 천천히, 아주 꼼꼼하게 옷을 차려입었다. 그런데도 다소 이른 시간에 홀에 도착한 듯했다. 거기에서 그는, 서로 낯설어하고 상대방에 대해 짐짓 무관심한 체하면서도 한결같이 식사를 기대하며 모여 있는 수많은 호텔 손님들을 지켜보았다. 그는 테이블에서 신문을 집어 들고 가죽 안락의자에 앉았다. 그러고는 첫 체류지에서 만났던 무리들과 달리 마음에 드는 호텔 손님들을 유심히 바라보았다.

관대하게 많은 것을 포용하는 넓은 시야가 펼쳐졌다. 큰 나라들의 언어가 희미하게 섞여 들려오기도 했다. 세계적으로 통용되는 야회복은 예의 바른 사람들의 제복인 양 모든 사람들의 외모를 하나같이 점잖게 보이도록 했다. 무미건조하고 기다란 얼굴의 미국인과 식구가 많은 러시아인 가족, 영국인 아가씨, 프랑스인 보모를 둔 독일 태생의 아이들이 보였다. 슬라브계 사람들이 압도적으로 많은 듯했다. 바로 곁에서는 폴란드어 말소리가 들려왔다.

한 무리의 소년 소녀들이 있었다. 그들은 가정 교사 또는 상류층 사교계의 말 상대로 보이는 어떤 여자의 보호 아래, 등나무 식탁 둘레에 모여 있었다. 열다섯 살에서 열일곱 살 정도로 보이는 소녀 셋과 열네 살 무렵의 소년이 하나 있었다. 아셴바흐는 소년이 완벽하게 아름답다는 사실을 알아차리곤 흠칫 놀랐다. 창백하면서도 우아하고, 내성적 면모가 엿보이는 얼굴은 연한 금발에 감싸여 있었다. 곧게 뻗은 코와 사랑스러운 입술, 우아하고 신성한 진지함이 깃든 그의 얼굴은 가장 고귀했던 시대의 그리스 조각품을 연상시켰다. 가장 완벽하게 형식미를 구현해 낸 모습이었다. 아셴바흐는 그 아이를 쳐다보며 자연에서도, 조형 예술에서도 그와 비슷한 성공작을 본 적이 없다고 생각할 정도였다. 그 아이에게는 아주 희귀한 개인적 매력이 있었다. 그 밖에도 눈에 띄는 점은, 남매들의 옷차림새나 전반적인 행동의 기준인 듯한 교육적 관점의 뚜렷한 대조였다. 그들 중에서 나이가 많은 소녀는 어른이라 여겨질 정도였지만, 세 소녀들의 차림새는 보기 흉할 만큼 엄숙하고 단정했다. 시꺼먼 색깔에 중간 길이의 수녀복 같은 의상을 똑같이 입었는데, 장식도 없고 일부러 몸에 맞지 않게 재단되어 있었다. 오직 하얀 칼라만이 유일하게 밝은색을 띠고 있었다. 그녀들의 옷은 매력적인 외모를 억압하고 방해했으며, 매끈하게 빗어 넘긴 머리카락은 그녀들의 얼굴을 수녀처럼 공허하고 무미건조하게 보이도록 했다. 어머니가 엄하게 관리하고 있음이 분명했다. 그녀는 자기 딸들에게 부과한 교육적 엄격함을 소년에게 적용할 생각은 전혀 없는 듯했다. 부드러움과 사랑스러움이 소년의 존재를 확실하게 규정하고 있었다. 소년의 아름다운 머리카락에 가위를 갖다 대는 일이 금기라도 되는 양, 헬레니즘 예술의 걸작 「가시 뽑는 소년」[13]처럼 곱슬곱슬한 머리카락은 이마에서 귀를 거쳐, 목덜미 아래쪽 깊숙이 흘러내리고 있었다. 밑으로 갈수록 뾰족해지는 불룩한 소매가 달린 영국식 선원복은 아직 어린애 같으면서도 가느다란 손을 감싸고 있었다. 그 옷의 끈과 리본, 그리고 예쁜 자수 장식들 때문에 소년의 섬세한 용모는 어쩐지 부잣집 응석받이 같은 느낌을 주었다. 소년은 자신을 유심히 쳐다보는 아셴바흐에게 옆모습이 보이는 자세로 앉아 있었다. 검은색 에나멜가죽 구두를 신은 한쪽 발을 다른 발 위에 올리고, 팔꿈치를 등나무 의자의 팔걸이에다 걸친 채, 거머쥔 손으로 볼을 받치고 있

---

13) 고대 로마 조각상. 앉아서 발에 박힌 가시를 뽑고 있는 소년의 모습을 형상화한 것으로, 현재 우피치 미술관에 소장돼 있다.

었다. 그의 태도에서는 꾸밈없는 기품이 흘렀고, 그의 누이들한테는 몸에 밴 부자연스러운 뻣뻣함이 전혀 없었다. '저 애는 어디가 아픈 걸까? 얼굴 주위를 둘러싼 어두운 금색 고수머리와 대조적으로 안색이 상아처럼 새하얗군. 아픈 게 아니라면, 저 애는 혹시 부당한 편애와 과잉 보호를 받으며 유약하게 자란 응석받이일까?' 아셴바흐는 소년을 응석받이라고 생각하기로 했다. 거의 모든 예술가 기질에는, 미를 창조하는 일의 부당함을 인정하고 귀족적 특권에 관심과 존경을 표하는 사치스럽고도 배반적 성향이 천성적으로 나타나기 마련이다.

한 급사가 주위를 돌아다니면서, 이제 만찬이 준비되었다고 영어로 알리고 있었다. 손님들은 서서히 유리문을 지나서 식당 안으로 들어갔다. 호텔 입구의 홀과 승강기에서 뒤늦게 도착한 사람들이 분주히 지나갔다. 식당 내부에는 음식이 차려져 있었지만, 폴란드인 남매들은 여전히 그들의 등나무 탁자 주변에 머물러 있었다. 아셴바흐는 깊숙한 안락의자에 기분좋게 앉아서 아름다운 소년을 눈앞에 두고, 그들 남매들과 함께 식사를 기다리기로 했다.

붉은 얼굴에 키가 작고 뚱뚱하며 반쯤은 귀부인 행세를 하는 가정 교사가 드디어 일어나라고 신호를 했다. 그녀는 눈썹을 치켜올리면서 의자를 뒤로 밀어 냈고, 이윽고 밝은 회색 옷을 입고 진주로 온통 치장한 화려한 귀부인이 홀 안으로 들어오자 몸을 숙여서 인사했다. 이 부인의 태도는 냉정하고 절도가 있었다. 파우더를 살짝 뿌린 머리 단장과 옷차림 매무새가 단순했다. 경건함이 고결함의 구성 요소로 통하는 곳에서는 언제나 단순함이 취향을 결정하는 법이다. 그 부인은 마치 독일 고위 공무원의 아내처럼 보였다. 단지 장신구만 보아도 환상적인 사치스러움이 단번에 드러났다. 값어치를 가늠할 수조차 없는 귀고리는 버찌 크기의 부드러운 빛깔이 도는 진주 알을 세 겹으로 길게 늘어뜨린 것이었다.

아이들은 재빨리 일어났다. 아이들 역시 고개를 숙여서 인사하더니 어머니의 손에 키스를 했다. 그녀는 세련되긴 해도 좀 표정이 지쳐 보이고 코가 뾰족했는데, 아이들의 머리 너머로 가정 교사를 바라다보면서 프랑스어로 몇 마디를 건넸다. 그러고는 유리문 쪽으로 걸어갔는데, 아이들도 어머니를 따라갔다. 소녀들이 나이 순서대로 따르고, 그 뒤에 가정 교사가, 그리고 맨 끝에 소년이 뒤따랐다. 어떤 이유에서인지 소년은 문턱을 넘어가기 전에 몸을 돌렸다. 홀에는 남아 있는 사람이 없었으므로 소년의 독특한 연회색빛 눈동자는 아셴바흐의 눈과 마주쳤다. 그는 신문을 무릎 위에 올려놓고 넋 나간 듯이 그 가족들의 뒷모습을 지켜보고 있었다.

아셴바흐가 목격한 것은 분명히 어느 모로 보나 특별하지 않았다. 어머니보다 먼저 식사하러 가지 않고, 어머니를 기다리다가 공손하게 인사를 건넸고, 그것은 식당에 들어갈 때 의례적인 예법을 지킨 것일 뿐이었다. 그렇지만 그 모든 행동에는 너무도 명백하게 잘 교육받은 태도라든가 의무감, 자긍심이 배어 있어서 아셴바흐는 몹시 감동했다. 그는 잠시 더 망설이다가 그냥 식당으로 건너갔고, 자기 자리를 안내받았다. 그의 자리가 폴란드인 가족과는 상당히 떨어져 있다는 것을 알고는 잠시 안타까움이 치밀었다.

피곤하긴 해도 정신은 활발한 상태에서 그는 지루한 식사 동안 추상적인 것, 아니 진실로 선험적인 것에 대해 관심을 기울이며 자연의 법칙과 개인적 특성이 맺고 있을 법한 비밀스러운 관계를 곰곰이 생각해 보았다. 어쩌면 그렇게 인간의 아름다움이 생기는지도 몰랐다. 거기서부터 생각은 형식과 예술에 관한 일반적 문제들로 옮겨 갔다. 마침내 그의 생각과 발견은 꿈속의 묘한 암시처럼 느껴졌다. 하지만 그것은 말짱한 지각 상태에서는 완전히 허무맹랑하고 쓸데없는 발상에 불과했다. 그는 식사를 마치고서 담배를 피우며 앉아 있기도 하고, 감미로운 저녁의 공원을 이리저리 거닐기도 했다. 그러고는 좀 이른 시각에 휴식을 취하러 방으로 들어갔다. 그는 내내 깊이 잤음에도 여러 가지 꿈을 잡다하게 많이 꾸었다.

그다음 날에도 날씨는 좋지 않았다. 육풍이 불어왔다. 잿빛 구름이 덮인 하늘 아래 바다는 단조로운 수평선과 가까이 맞닿은 채 해변으로부터 멀찍이 떨어져 있었고, 막막한 고요함 속에서 잔물결을 일으켰다. 그렇게 바다는 기다란 모래톱에 여러 겹의 줄무늬를 만들어 놓았다. 창문을 열자 아셴바흐는 석호에서 썩은 냄새가 풍겨 오는 것을 느꼈다.

그는 갑자기 불쾌한 기분에 사로잡혔다. 벌써 그 순간에 이곳을 떠나야겠다는 생각이 들었다. 몇 년 전 이곳에서 지낼 때도 쾌청한 봄날이 며칠 동안 이어지다가 지금처럼 후텁지근한 날씨가 닥쳐와서 그를 괴롭히더니 결국 건강을 해친 적이 있었다. 그래서 그는 도망치듯 베네치아를 떠나야만 했다. 그런데 다시 그때처럼 열을 동반한 불쾌감과, 관자놀이가 지끈거리고 눈꺼풀이 묵직한 증상이 시작되지는 않을까? 또 한 번 거처를 바꾸기란 귀찮은 일일 텐데. 하지만 바람의 방향이 바뀌지 않는다면 여기서의 체류 역시 장담할 수 없었다. 만일의 사태에 대비해서 짐을 완전히 풀지는 않았다. 그는 9시에 홀과 식당 사이에 따로 마련된 간단한 뷔페에서 아침 식사를 했다.

식당 안에는 일반적으로 대형 호텔들이 명예롭게 여기는 엄숙한 침묵이 흐르고 있었다. 시중드는 웨이터들은 조용조용히 걸어 다녔다. 찻잔이 달그락거리는 소리, 낮게 소곤거리는 말소리 정도만 살짝 들릴 뿐이었다. 아셴바흐는 출입문 맞은편에서 약간 비켜나서 자기 자리에서 탁자 두 개를 건너뛴 한쪽 구석에 앉아 있는 가정 교사와 폴란드인 소녀들을 발견했다. 잿빛 섞인 금발은 새로 빗었는지 윤기가 흘렀다. 충혈된 눈을 하고, 조그마한 하얀색 칼라와 커프스가 달린 뻣뻣한 푸른 옷을 입은 아이들은 곧추앉아서 병조림이 든 유리그릇을 서로에게 건네주고 있었다. 그들은 아침 식사를 거의 마쳤지만 소년은 보이지 않았다.

아셴바흐는 미소를 지었다. '그렇군, 꼬마 파이아케스족[14] 같으니라고!' 하고 그는 생각했다. '너는 누나들과는 달리 마음대로 늦잠을 잘 수 있는 특권을 누리는 모양이구나!' 그는

---

14) 호메로스의 『오디세이아』에 등장하는 행복한 섬사람들이다. 스케리아 섬으로 알려져 있다.

갑자기 기분이 명랑해져서 다음과 같은 시구를 홀로 읊기 시작했다. '자주 바꿔 보는 장신구와 따뜻한 목욕, 그리고 휴식이여!'[15]

그는 천천히 아침 식사를 했다. 그러고는 장식 테가 있는 모자를 꾹 눌러쓰고 식당 안으로 들어온 수위에게서 뒤늦게 도착한 우편물 몇 개를 전해 받았다. 그는 담배를 피우면서 두세 통의 편지를 뜯어보았다. 그러고 있으려니, 예상대로 저 건너편에서 늦잠꾸러기가 나타났다. 소년은 유리문을 통과한 뒤, 정적이 흐르는 공간을 비스듬히 가로질러서 누나들이 모여 있는 식탁으로 갔다. 그 아이의 걸음걸이는 상체의 자세뿐만 아니라, 하얀 신발을 신은 발을 아주 우아하게 내딛는 무릎 동작에서도 너무나 우아하고 경쾌했다. 아이답게 수줍어하며 도중에 두 차례, 홀 쪽으로 고개를 돌리고서 눈을 크게 떴다가 내리까는 모습이 귀엽고도 당당하고 아름다웠다. 소년은 미소를 띠고 낮은 목소리로 살며시 중얼거리듯이 무슨 말인가를 하더니 자리에 앉았다. 그런데 그 아이의 옆모습을 정확하게 바라보게 되자 아셴바흐는 다시금 경탄했다. 사람의 아들이 신을 닮은 아름다움에 깜짝 놀랐던 것이다. 오늘 소년은 파란색과 하얀색 줄무늬가 들어간 가벼운 정장 차림이었는데, 가슴에는 붉은색 비단 리본이 달려 있었다. 그리고 목둘레에는 단순한 흰색 칼라가 빳빳하게 달려 있었다. 하지만 칼라 자

---

15) 『오디세이아』에 나오는 구절로, 스케리아섬의 왕 나우시토스가 오디세우스를 환대하는 장면이다.

체는 별로 우아하지 않아도 그 위에는 비할 바 없이 사랑스러운 아이의 머리가 마치 활짝 핀 꽃처럼 놓여 있었다. 그것은 흡사 파로스섬의 금빛 대리석으로 깎아 놓은 듯한 에로스의 두상과도 같았다. 진지한 빛을 띤 섬세한 눈썹, 고리 모양으로 구부러진 곱슬머리가 어둡고도 부드럽게 관자놀이와 귀를 뒤덮고 있는 바로 그 두상 말이다.

'좋아, 아주 좋아!' 하고 아셴바흐는 전문가답게 냉정히 인정했다. 예술가들은 이런 인정을 통해 종종 명작에다 자신의 열광과 심취를 표현하는 법이다. 그는 계속 이렇게 생각했다. '그래, 참으로 나를 기다린 것은 바다와 해변이 아니었구나. 네가 여기에 머물러 있는 동안에는 나도 여기에 머무르겠다!' 그는 일단 일어나서, 종업원들의 주목을 받으며 홀을 지나 커다란 테라스로 내려갔다. 그는 거기서 곧장 판자 다리를 건너, 호텔 손님들만 이용할 수 있도록 칸을 막아 놓은 해변으로 향했다. 아마로 짠 바지와 선원 셔츠를 입고, 밀짚모자를 쓴 맨발의 노인이 아래쪽에서 해수욕장을 관리하고 있었다. 아셴바흐는 그 노인에게 자기가 빌려 둔 오두막으로 안내해 달라고 부탁했다. 그리고 탁자와 의자를 오두막 바깥에 모래투성이 판자가 깔린 곳으로 옮겨 달라고 부탁한 다음, 접이식 의자를 바다 쪽으로 끌어당겨 밀랍처럼 누런 모래사장에 고정시키고 그 위에 드러누워 편안히 휴식을 취했다.

해변의 풍경, 즉 자연 곁에서 아무 근심 없이 감각적으로 즐기는 문화는 언제나 그렇듯 그를 즐겁고 기쁘게 해 주었다. 회색의 얕은 바닷가는 벌써부터 노니는 아이들과 수영하는 사람들, 두 팔을 뒷덜미에 받친 채 모래사장에 누워 있는 형형색색의 사람들로 활기를 띠었다. 어떤 사람들은 빨갛고 파란 페인트를 칠한, 용골(龍骨) 없는 보트를 타고 놀다가 뒤집혀서 깔깔 웃고 있었다. 기다랗게 열을 지어 늘어선 오두막들 앞에는——조그만 베란다 같은 판자 바닥 위에 사람들이 앉아 있었는데——장난삼아 몸을 놀리거나 사지를 쭉 뻗고 게으르게 쉬는 사람들, 방문객을 맞아 잡담을 나누는 사람들, 정갈한 아침 분위기를 조심스레 즐기는 사람들 외에도 대담하고 느긋하게 이곳의 자유로움을 만끽하는 나체족도 있었다. 축축하고 딱딱한 모래사장 앞쪽으로는 헐렁하고 강렬한 색깔의 와이셔츠형 수영 가운을 걸친 사람들이 산책을 즐기고 있었다. 오른편에는 아이들이 만든 조야한 모래성 하나가 있었는데, 그 주변으로 각각의 나라를 상징하는 형형색색의 자그마한 깃발들이 꽂혀 있었다. 조개나 과자, 과일을 파는 장사꾼들은 무릎을 꿇은 자세로 물건들을 펼쳐 놓고 있었다. 해수욕장 끄트머리에는 다른 오두막들과는 어긋나는 방향으로 배치되어 바다를 옆으로 보는 오두막이 있었는데, 그 앞에는 러시아인 가족이 진을 치고 있었다. 턱수염을 기르고 커다란 치아를 가진 남자들, 부스스하고 축 늘어진 여자들, 화가(畵架) 곁에 앉아서 절망적인 탄식을 하며 바다 그림을 그리는 발트해 출신의 처녀, 유쾌해 보이는 못생긴 아이들 두 명, 머리에 두건을 쓴 채 노예다운 공손한 태도를 취하는 상냥한 늙은 하녀 등이 그 일족이었다. 그들은 감사한 마음으로 여유를 즐기며 거기에 머물러 있었고, 말을 듣지 않고 마구 돌아다니는 아이들의 이름을 지칠 줄 모르고 불러 댔다. 그러고는 방금 사탕 과자를 사 준 명랑한 노인과 몇 마디밖에 모르는 이탈리아어로 오랫동안 농담을 주고받더니, 자기들끼리 서로 볼에다가 키스를 했다. 그들은 자신들을 관찰하는 그 누구에게도 신경 쓰지 않았다.

'그래, 난 이대로 머물러 있을 거야.' 하고 아셴바흐는 생각했다. '더 나은 곳이 어디 있겠어?' 그는 두 손을 무릎 위에 포개고, 광활한 바다 쪽에 온통 시선을 빼앗겼다. 그의 시선은 해수면 위로 미끄러져 몽롱해졌고, 황량한 바다의 단조로운 안개 속으로 흩어져 버렸다. 그가 바다를 사랑하는 데에는 그럴 만한 깊은 이유가 있었다. 힘겹게 창작하는 예술가로서, 단순하고도 거대한 바다의 품에 안긴 채 다양한 현상과 까다로운 형상 앞에 자신을 숨기고 잠시 휴식을 취하고 싶은 것이었다. 게다가 그는 분류되지 않은 것, 무절제하고 영원한 것, 즉 무(無)에 대한 금지된 애착 때문에, 자기 사명과 정반대되는, 바로 그래서 유혹적이기까지 한 그 애착 때문에 바다를 좋아하기도 했다. 완전한 것의 품에 안겨서 휴식을 취하는 일이란 탁월한 것을 추구하는 사람의 소망이다. 그런데 무(無)야말로 완전성의 한 형식이 아니던가? 이제 막 그가 그윽하게 허공을 응시하며 꿈꾸고 있을 때, 별안간 해안 쪽 수평선의 가장자리에서 사람의 형체가 어른거렸다. 그가 무한의 세계에서 시선을 거두어들여 비로소 초점을 맞추자 바로 거기에 그 아름다운 소년이 서 있었다. 그 소년은 왼쪽에서 다가와서 아셴바흐의 앞쪽 모래사장을 지나갔다. 물에 들어가려는지 소년은 맨

발이었는데, 날씬한 다리를 무릎 위까지 드러내 놓고 천천히, 그러면서도 가볍고 당당하게 걸어갔다. 그 아이는 신발 없이 걷는 일이 익숙한 듯했다. 아이는 걸으면서 다른 방향으로 서 있는 오두막 쪽을 휘둘러보았다. 그런데 흥에 겨워 연신 설쳐 대는 러시아인 가족들을 발견하자마자 소년의 얼굴에는 경멸에 가득 찬 심상치 않은 표정이 스쳐 지나갔다. 그의 이마는 어둡게 그늘지고, 입은 툭 튀어나오고, 입술은 옆으로 심하게 일그러져서 뺨까지 마구 불거졌다. 그리고 눈가를 잔뜩 찌푸려서 그 서슬에 눈이 움푹 꺼진 듯 보이기까지 했다. 금방이라도 입술 사이에서 혐오감을 나타내는 한마디가 신경질적이고 무섭게 터져 나올 것 같았다. 그는 눈을 내리깔더니 다시 한 번 위협적으로 뒤를 돌아보았고, 경멸하듯 어깨를 홱 돌리더니 눈에 거슬리는 그들을 등지고 섰다.

일종의 여린 마음 때문인지, 아니면 흠칫 놀랐기 때문인지, 존중심 같기도 하고 부끄러움 같기도 한 어떤 감정 탓에 아셴바흐는 아무것도 보지 못한 듯 몸을 돌려 버렸다. 그러니까 우연히 소년의 격정을 목격해 버린 이 진지한 관찰자는, 스스로가 본 것을 혼자 소화하기조차 버거웠던 것이다. 그러나 그는 기쁘기도 하고 충격도 받았는데, 말하자면 행복감을 느꼈다. 너무나 선량한 삶의 모습에 그토록 열광하는 유치한 광신적 태도를 드러내다니! 원래는 아무것도 말해 주는 바 없는 신적인 것이 그런 태도로 인해 인간적 관계로 바뀌었다. 그리고 단지 눈을 즐겁게 해 주는 자연의 귀중한 형상이 깊은 관심을 받을 만한 대상으로 인식되었다. 그리고 그 광신적 태도는 아직 성숙하지 않았지만 아름다움으로 인해 의미심장해진 소년을 그 나이 이상으로 진지하게 대하도록 만드는 새로운 면모를 부여했다.

아셴바흐는 여전히 시선을 돌린 채 소년의 목소리, 밝고 다소 나약한 듯한 그 목소리에 귀를 기울이고 있었다. 소년은 모래성 주변에서 노는 친구들에게, 벌써 멀리서부터 인사말을 건네며 자신의 존재를 알리고자 애쓰고 있었다. 친구들도 대꾸하면서, 그 소년의 이름인지 애칭인지를 여러 차례 소리쳐 불렀다. 아셴바흐는 어떤 호기심을 가지고 그 소리에 더욱 귀를 기울여 보았다. 그러나 정확히 알아들을 수 없었고, 다만 '아지오' 비슷한 선율적인 두 음절만을 포착했을 뿐이었다. 어쩌면 마지막에 우(U) 음을 길게 빼서 부르는 '아지우'라는 소리일지도 몰랐다. 그는 그 소리를 듣고 즐거웠다. 아셴바흐는 그 듣기 좋은 소리가 그 대상과 무척 잘 어울린다고 느꼈다. 그래서 그는 가만히 그 소리를 되풀이해 보았다. 그러고는 흡족한 마음으로, 자기 편지와 서류 쪽으로 몸을 돌렸다.

조그마한 여행용 서류철을 무릎 위에 올려놓고, 아셴바흐는 만년필로 이런저런 편지들을 처리하기 시작했다. 그런데 십오 분이 지나자, 그는 벌써 자기가 아는 한 가장 즐길 만한 상황을 외면한 채 무미건조한 잡무만 들여다보고 있다는 걸 유감스레 여기게 되었다. 그는 만년필을 옆으로 치우고, 바다 쪽을 향해서 고개를 돌렸다. 잠시 후, 모래성 근처에 있는 소년의 목소리에 주의를 기울인 채, 의자 등받이에 편안히 기댔다. 그러고는 오른쪽으로 머리를 돌려서 그 훌륭한 '아지오'가 어디서 무엇을 하는지 다시 둘러보았다.

아셴바흐는 금방 그를 찾아냈다. 그 아이의 가슴 위에 달린 빨간 리본을 무심코 지나칠 수는 없는 일이었다. 소년은 다른 아이들과 함께 모래성 주변의 축축한 구덩이 위에 낡은 나무판자를 올려놓으면서 소리치거나 고갯짓을 해 가며 이런저런 지시를 내리고 있었다. 거기엔 그 아이까지 합쳐서 열 명가량의 소년 소녀 들이 모여 있었다. 그중엔 또래의 아이들도 있고, 그보다 더 어린 아이들도 있었다. 그들은 폴란드어와 프랑스어, 심지어는 발칸 제국의 언어까지 마구 섞어서 떠들어 대고 있었다. 그래도 가장 빈번하게 들려오는 소리는 그 소년의 이름이었다. 소년은 분명 다른 아이들로부터 환심과 호감, 경탄을 사고 있는 듯했다. 특히 그 애와 같은 폴란드인으로 '야슈'라고 불리는 다부진 소년은 포마드를 바른 새까만 머리에, 벨트로 여미는 반코트를 입었는데, 미소년의 가장 가까운 신하이자 친구인 듯했다. 모래성을 마무리했는지 그들은 팔짱을 끼고 해변을 따라 걸었다. '야슈'라고 불리는 녀석이 미소년에게 입을 맞췄다.

아셴바흐는 손가락을 치켜들어서 그 녀석에게 위협적인 경고라도 해 주고 싶었다. '크리토불로스,[16] 네게 충고하겠는데, 일 년 동안 여행을 떠나라!' 하고 그는 미소를 띤 채 생각했다. '몸과 마음을 회복하려면 최소한 그만큼의 시간이 필요할

---

16) 크세노폰의 『소크라테스 전기』에서 인용한 문장이다. 크리토불로스가 알키비아데스의 아들에게 입을 맞추자, 소크라테스는 그에게 여행을 떠나라고 충고했다고 전해진다.

테니까!' 그는 행상한테서 구입한 크고 잘 익은 딸기를 아침으로 먹었다. 태양은 하늘의 두꺼운 구름을 좀처럼 뚫고 나오지 못했지만 날씨는 매우 더웠다. 고요한 바다는 사람의 감각을 마비시키는 굉장한 즐거움을 선사한다. 그의 감각이 이러한 즐거움을 누리는 사이에 그의 정신은 나른해졌다. 이 진지한 남자에게는 '아지오' 비슷하게 들리는 그 이름이 정확히 무엇을 의미하는지, 완벽하게 알아내고 규명하는 일이야말로 최적의 과제이자 관심사인 듯했다. 얼마 안 되는 폴란드어 지식을 동원해 보았을 때, 그의 이름은 '타치오'임이 분명한 듯했다. 그것은 '타데우스'의 축약형이고, 부를 때에는 '타치우'라고 발음될 터였다.

타치오는 수영을 하고 있었다. 시야에서 그 소년을 놓쳐 버렸던 아셴바흐는 곧 바다 저 멀리에서 그의 머리와, 노를 젓듯이 크게 휘젓는 팔을 발견했다. 아마도 바다는 꽤 멀리까지 얕은 모양이었다. 그런데도 벌써 소년이 염려되었는지, 그 애의 이름을 부르는 여자들의 목소리가 오두막에서 들려왔다. 재차 그 이름을 외쳐 댔고, 그 소리는 거의 구호처럼 해변에 울려 퍼졌다. 그것은 부드러운 모음, 즉 끝에서 길게 끌리는 '우' 음 때문에 감미로우면서도 거칠었다. '타치우! 타치우!' 소년은 달리면서 역류하는 물살을 다리로 걷어차며 물보라를 일으켰다. 그렇게 고개를 뒤로 젖힌 채 물결을 가르면서 돌아왔다. 미성년답게 사랑스럽고 알싸한 표정에, 물방울이 뚝뚝 떨어지는 고수머리를 한 그 생명력 넘치는 모습은 하늘과 바다 깊숙한 곳에서 솟아 나온 귀여운 신처럼 아름다웠다. 이제 그 모습이 자연의 품에서 벗어나 달려오고 있었다. 그 광경은 신화적 상상을 불러일으켰다. 이를테면 태초의 시간, 형식의 기원과 신들의 탄생에 관한 시학 자체였다. 아셴바흐는 눈을 감고, 자기 마음속에서 울리기 시작한 노래에 귀를 기울였다. 그리고 다시 한번 이곳이 마음에 들고 더 머무르고 싶다고 생각했다.

타치오는 해수욕을 마치고, 하얀색 가운을 오른쪽 어깨 아래쪽으로 여민 채 팔베개하고 모래사장에 누워 있었다. 아셴바흐는 그 아이를 쳐다보지 않은 채 책을 몇 페이지 읽긴 했지만, 소년이 그쪽에 누워 있다는 것을 계속 염두에 두고 있었다. 경탄할 만한 소년을 보려면 오른쪽으로 머리를 약간만 돌리면 된다는 사실 역시 잊지 않았다. 아셴바흐는 자기가 거기에 앉아 있는 까닭이, 그 휴식하는 소년을 지켜 주기 위해서라는 느낌마저 들었다. 그래서 그는 자신의 일을 하면서도 멀지 않은 오른편에 누워 있는 그 고귀한 형상에 끊임없이 주의를 기울였다. 아버지로서 바치는 애틋한 마음, 말하자면 정신적으로 자신을 희생시켜서 아름다움을 생산해 낸 자가 아름다움을 소유한 자에게 가지는 감동적인 애정이 그의 가슴을 가득 채우고 설레게 했다.

그는 정오가 지나자 해변을 떠났고, 호텔로 되돌아가서 객실까지 승강기를 타고 올라갔다. 그는 한참 동안 방 안의 거울 앞에 서서 자신의 흰머리와 지치고 예민해 보이는 얼굴을 들여다보았다. 바로 그 순간, 그는 자신의 명성을 생각했다. 그리고 많은 사람들이 그를 어디에서나 알아보고, 적확하고 품위 있게 꾸며 놓은 말들 때문에 존경하는 눈빛으로 쳐다보는 상황에 대해서 생각했다. 그리고 스스로의 재능이 가져다준 온갖 외면적 성공들을 일일이 생각해 내서 머릿속에 떠올려 보았고, 급기야 귀족이 된 경위까지 회상해 보았다. 그러고는 식당으로 내려가서 식탁에 앉아 점심 식사를 했다. 그가 식사를 마치고 승강기에 올라탔을 때, 아침에 보았던 한패의 소년들도 뒤이어 승강기 안으로 몰려들었다. 타치오도 함께였다. 소년은 아셴바흐 곁에 아주 가까이 서게 되었다. 그 소년이 처음으로 너무나 가까이 다가왔으므로 아셴바흐는 그 아이를 거리감 없이 아주 상세하게, 인간적 면모까지 세밀하게 살피고 또 알게 되었다. 어떤 아이가 그 소년에게 말을 걸었고, 그 사이에 승강기는 이미 이 층에 도착했는데, 그 소년은 형용할 수 없을 만큼 사랑스러운 미소로 화답하면서 두 눈을 내리깔고 뒷걸음질하며 승강기에서 나가는 것이었다. 아름다움이란 인간을 부끄럽게 하는구나, 하고 아셴바흐는 생각했다. 그러고는 왜 그런지 골똘히 생각에 잠겼다. 그런데 그는 타치오의 치아가 온전하지 않다는 걸 알게 되었다. 끝부분이 좀 뾰족하고 창백한 데다가 건강한 치아에서 찾아볼 수 있는 광택도 없었으며, 가끔 빈혈증 환자한테서 보이는 투명한 빛깔은 이상하게도 호감을 주지 않았다. '이 아이는 정말 허약한가 보군, 어디가 아픈 것 같아.' 아셴바흐는 마음속으로 생각했다. '아마 일찍 죽을지도 몰라.' 아셴바흐는 이런 생각을 하면서 왜 만족감 또는 안도감을 느끼는지, 그 이유를 굳이 따져 보지 않았다.

그는 방에서 두 시간 정도 보낸 다음, 오후에는 바포레토를 타고 썩은 냄새가 풍기는 석호를 지나서 베네치아로 향했다. 그는 산마르코에서 내린 뒤, 그곳 광장에서 차를 마셨다. 그러고는 늘 그래 왔듯이 이 거리 저 거리를 쏘다녔다. 그런데 그의 기분과 결심은 산책 도중에 완전히 뒤바뀌고 말았다.

골목마다 역겨운 무더위가 기승을 부리고 있었다. 공기는 너무나 텁텁했고, 가정집과 상점, 음식점에서 새어 나오는 냄새들 ─ 기름 냄새, 향수 내음 그리고 온갖 종류의 기체들까지도 흩어지지 못하고 증기와 뒤섞인 채 가라앉아 있었다. 담배 연기조차 제자리에 가만히 머무르다가 아주 서서히 사라질 정도였다. 좁은 골목길에서 북적대는 인파는 산책자를 기분 좋게 하긴커녕 성가시게 했다. 그가 산책을 이어 갈수록 시로코 열풍과 뒤섞인 바닷바람 탓에 야기된, 흥분과 이완이 공존하는 역겨운 분위기는 점점 더 그를 고통스럽게 짓눌러 왔다. 괴로운 땀이 쏟아졌다. 눈까지 잘 보이지 않았고, 가슴은 답답해졌으며, 몸에서 열이 나고 머리가 욱신거렸다. 그는 도망치듯이 붐비는 상가 골목에서 빠져나와 다리를 건너서 빈민가 쪽으로 들어서게 되었다. 그곳에서는 거지가 성가시게 굴었고, 더구나 하수구에서 올라온 매스꺼운 악취가 호흡을 곤란하게 했다. 그는 베네치아 도심에서 인적이 드물고 을씨년스러운 느낌마저 드는 장소 중 하나인 어느 광장의 분숫가에서 쉬면서 이마에 흐르는 땀을 닦았고, 이제 떠나야 한다는 걸 깨달았다.

지난번에 이어 두 번째로 그리고 이제 최종적으로 입증된 사실은 이 도시의 날씨가 그에게 몹시 해롭다는 점이었다. 고집스럽게 버티기는 무모한 일인 듯했고, 바람의 방향이 바뀔 전망도 아주 불확실했다. 조속한 결단이 필요했다. 하지만 벌써 집으로 돌아갈 수는 없었다. 여름을 보낼 곳도, 겨울을 보낼 곳도 준비되어 있지 않았던 것이다. 그러나 바다와 해변이 여기에만 있는 것은 아니었다. 어디 다른 곳에, 해로운 영향이 없는 바다와 해변이 있을 터였다. 그는 트리에스테에서 멀지 않은 곳에 위치한 조그마한 해수욕장을 떠올렸다. 그는 그곳에 대해 아주 좋은 평판을 들어 온 터였다. 그곳으로 가면 되지 않을까? 당장 말이다. 그렇게 또다시 변경된 체류지에서 좀 더 유익하게 시간을 보내는 거다. 그는 단호한 결정을 내리면서 벌떡 일어섰다. 이윽고 다음번 곤돌라 선착장에서 배를 타고, 운하의 흐린 미로를 뚫고, 우아한 대리석 발코니의 아래를 지나갔다. 사자상들이 좌우로 그곳을 호위하고 있었다. 매끄러운 담벼락의 모퉁이를 돌아, 쓰레기가 둥둥 떠다니는 수면 위에 어느 회사의 커다란 간판이 비치는 퇴락한 궁전 앞을 지나서, 그는 산마르코로 돌아왔다. 아셴바흐는 거기에 도착하기까지 제법 애를 먹었다. 레이스 공장, 유리 공장과 결탁한 곤돌라 사공이 아무 데서나 멈춰 서서 그에게 물건을 살펴보고 구입하라고 보챘기 때문이었다. 베네치아를 통과해 가는 그 기이한 뱃놀이가 매력적일 수도 있었겠지만, 바가지를 씌우려는 수상 도시의 상술 때문에 그는 다시 불쾌해졌다.

호텔로 되돌아오자 그는 만찬 시간이 되기도 전에 먼저 사무실에 들러서, 예기치 못한 사정으로 다음 날 아침 일찍 떠나야겠다고 통고했다. 호텔 직원은 유감스러워하면서 그에게 계산서를 끊어 주었다. 아셴바흐는 식사를 끝내고, 무더운 저녁 시간을 뒤쪽 테라스의 흔들의자에 앉아 잡지를 읽으면서 보냈다. 그는 잠자리에 들기 전에 짐을 전부 싸서 떠날 채비를 해 두었다.

재출발을 앞두고 불안했으므로 그는 잠을 푹 자지 못했다. 아침에 창문을 열자 하늘은 여전히 흐렸다. 하지만 공기는 한결 상쾌해진 듯했다. 그런데 그는 벌써 후회하고 있었다. 그렇게 예약을 취소하다니, 너무 성급하고 잘못된 판단은 아니었을까? 몸 상태가 비정상적인 상황에서 나온 섣부른 행동은 아니었을까? 취소 통고를 좀 더 유보했더라면, 지레 겁먹지 말고 베네치아의 공기에 적응하고 날씨가 좋아지기를 기다렸더라면 그는 지금처럼 초조함과 부담감을 느끼는 대신에, 어제 해변에서 보낸 오전 시간과 똑같은 순간을 오늘도 맞이하고 있을 텐데! 그런데 너무 늦어 버렸다. 이제 그는, 어제 스스로가 원했던 바를 실현하기 위해서 떠나지 않으면 안 되었다. 그는 옷을 차려입고서 아침 식사를 하러 8시에 승강기를 타고 일 층으로 내려갔다.

뷔페에는 아직 손님들이 없었다. 그가 앉아서 주문한 음식을 기다리는 동안 몇 사람이 들어왔다. 그는 입술에 찻잔을 갖다 대면서, 가정 교사와 함께 폴란드 소녀들이 나란히 입장하는 모습을 바라보았다. 그들은 불그스레하게 핏발 선 눈으로, 단정하고도 활기차게 창가 구석의 자기네 식탁으로 걸어갔다. 바로 그때, 모자를 꾹 눌러쓴 호텔 수위가 아셴바흐에게

다가오더니 출발을 재촉했다. 그를 비롯해 다른 여행객들을 엑셀시오르 호텔로 데려다줄 자동차가 준비됐고, 거기서부터 는 모터보트가 승객들을 호텔 전용 운하를 통해서 기차역까 지 실어다 줄 거라고 했다. 그러면서 시간이 급하다고 했다. 아 셴바흐는 그럴 리 없다고 생각했다. 기차가 떠나기까지 한 시 간 이상 남은 줄 알았던 것이다. 어차피 떠날 손님을 일찌감치 호텔에서 내보내려는 호텔의 행태에 화가 나서, 그는 느긋하게 아침 식사를 하고 싶다고 호텔 수위에게 의사를 밝혔다. 그 남 자는 머뭇거리다가 되돌아가더니 오 분 뒤에 다시 나타났다. 차가 더 이상 기다릴 수 없다는 것이었다. 결국 아셴바흐가 흥 분해서 대답하기를, 그냥 출발하되 자기 짐을 챙겨서 가 달라 고 했다. 아셴바흐는 예정된 시각에 맞게 대중 증기선을 이용 하고 싶으니, 제발 출발에 대한 걱정을 거둬 달라고 당부했다. 종업원은 꾸벅 절을 하고 물러갔다. 아셴바흐는 성가신 재촉 을 물리친 것을 기뻐하며 느긋하게 아침 식사를 마쳤다. 게다 가 웨이터에게 신문을 건네받기까지 했다. 그가 자리에서 일 어났을 때는 정말로 시간이 빠듯해졌다. 바로 그때, 마침 타치 오가 유리문을 통과해서 들어오고 있었다.

그 아이는 막 떠날 채비를 하는 아셴바흐의 앞길을 가로질 러서 자기네 식탁 쪽으로 걸어가다가 머리가 세고 이마가 훤 하게 벗겨진 아셴바흐 앞에서 공손히 눈을 살짝 내리감더니 다시 아주 사랑스럽게, 그를 향해서 부드럽고 그윽한 눈길을 보내고는 지나갔다. '잘 가라, 타치오!' 하고 아셴바흐는 마음 속으로 인사했다. '짧은 만남이었구나.' 그는 평소 습관과 달리, 마음속의 생각을 정말 말하려는 듯 입술을 달싹이며 혼자 중얼거렸다. 그러고는 "주님의 은총이 있기를!" 하고 덧붙여 말해 버렸다. 그는 출발하면서 팁을 골고루 나눠 주었다. 프랑스식 프록코트를 입은, 키가 작고 목소리가 나지막한 지배인의 환송을 받으며 걸어서 호텔을 떠났다. 올 때와 마찬가지로 휴대용 짐을 나르는 호텔 직원의 수행을 받으며, 하얀 꽃들이 피어 있고 섬을 비스듬히 가로지르는 가로수 길을 따라서 기선이 있는 부두로 갔다. 그는 거기에 도착하자마자 자리를 잡았다. 그리고 그 뒤로, 깊은 후회에서 연유하는 슬프고 괴로운 항해가 이어졌다.

여정은 석호를 거쳐 산마르코를 지나서 대운하까지 거슬러 올라가기로 예정돼 있었다. 아셴바흐는 뱃머리에 놓인 둥그런 벤치에 앉아서 팔을 난간에 걸치고 손차양으로 눈을 가렸다. 공원들이 뒤로 멀어져 갔고, 산마르코 광장은 여전히 군주다운 기품을 뽐내며 전경을 드러냈다가 사라져 갔다. 웅장하게 죽 늘어선 궁전들도 아득히 멀어졌다. 수로의 방향이 바뀌자 리알토 다리의 화려한 대리석 아치가 나타났다. 여행객 아셴바흐는 그 장관을 바라보면서 가슴이 찢어지는 것 같았다. 그는 그 도시의 정취를, 그리고 어서 도망가라고 그토록 자신을 몰아붙였던 바다와 습지의 악취를 이제 깊고 애정 어린, 고통스러운 호흡으로 들이마시고 있었다. 이 모든 것들에 대해서 그의 가슴이 얼마나 큰 애착을 가지고 있었는지, 그 스스로 정녕 알지 못했을까? 오늘 아침에는 약간 유감스럽고, 자기 행동이 과연 올바른지에 대해 살짝 회의하는 정도였다. 그런데 이제는 고통이 되고, 절절한 아픔이 되고, 영혼의 번뇌가 되고 말았다. 너무도 쓰라린 나머지 두 눈에 여러 차례 눈물을 글썽이곤 했다. 그는 이렇게 되리라고는 전혀 예상치 못했다고 혼잣말로 되뇌었다. 그가 그토록 견디기 힘들어하고, 때로는 도저히 참을 수 없다고 느꼈던 것은 분명히, 이제 다시는 베네치아를 볼 수 없고, 이 순간이 베네치아와의 영원한 이별일지도 모른다는 생각이었다. 그러니까 또다시 이 도시가 그를 아프게 했음이 드러났다. 따라서 그는 이 도시를 다시 허겁지겁 떠날 수밖에 없으니, 장차 베네치아는 그에게 머무를 수도 없고, 머물러서도 안 되는 금단의 거처로 남으리라. 그가 베네치아를 감당할 수 없었던 만큼, 훗날 또 여기를 찾는 일은 무의미할 뿐이었다. 그러했다. 이제 떠나면, 두 번씩이나 건강 때문에 단념해 버린 이 사랑스러운 도시를 언제 다시 보겠는가! 그는 수치심과 오기 탓에 이 도시를 다시 보지 못하리라는 사실을 분명히 느끼고 있었다. 정신적 애착과 육체적 능력 사이에서 발생한 고투는, 초로의 아셴바흐에게 불현듯 너무나 괴롭고 중대하게 여겨졌다. 육체의 패배는 지독히 굴욕적이므로 어떤 대가를 치르고서라도 견뎌 내야 했던 것 같았다. 그래서 그는, 어제 진지한 내적 고투조차 없이 경솔하게 체념해 버리고, 육체적 패배를 받아들이고 인정해 버렸다는 걸 도무지 이해할 수 없었다.

그동안 증기선은 기차역에 다다르고 있었다. 그사이 고통과 당혹감이 가중되어서 정신이 혼미해질 지경이었다. 괴로운 아셴바흐에게 출발은 불가능한 듯 여겨졌지만, 돌아서는 것 역시 더욱더 불가능해 보였다. 그는 완전히 혼란스러운 마음으로 정거장에 들어섰다. 벌써 시간이 매우 촉박해서 예정된 기차를 타려면 한시도 지체해서는 안 되었다. 그는 떠나기를 원하기도, 원하지 않기도 했다. 그러나 임박한 시간이 자꾸 그를 앞으로 내몰았다. 그는 서둘러 기차표를 끊고 시끌벅적한 역내에서 호텔 직원을 찾아 두리번거렸다. 직원이 나타나더니, 대형 트렁크를 이미 부쳤다고 보고했다. "벌써 부쳤다고?" "그렇습니다, 여부가 있겠습니까. 코모로 부쳤습니다." "코모라니?" 급하게 말이 오가고, 성마른 질문과 당황한 대답을 주고받는 사이에 가방은 이미 엑셀시오르 호텔의 화물 운송부를 떠나서 다른 사람들의 짐들과 함께 완전히 엉뚱한 곳으로 보내졌음이 드러났다.

아셴바흐는 이런 상황에 꼭 맞는 표정을 유지하느라 애를 썼다. 일종의 모험적 기쁨이, 믿기지 않는 명랑한 기분이 내심에서부터 거의 발작처럼 솟구쳐 오르더니 그의 가슴을 마구 뒤흔들어 놓았다. 호텔 직원이 혹시 트렁크를 다시 찾아올 수 있을까 하고 뛰어갔으나 예상한 대로 그는 빈손으로 돌아왔다. 그러자 아셴바흐는 절대로 짐 없이 여행하고 싶지 않으니, 일단 해변 호텔로 돌아가서 다시 짐이 도착하기를 기다리겠노라고 말했다. 호텔 전용 모터보트가 아직 기차역에 있느냐는 질문에, 그 남자는 바로 문 앞에 있다고 확언했다. 이어서 그 남자는 창구 직원에게 이탈리아어로 장광설을 늘어놓으며 기차표를 반환받을 수 있도록 주선해 주었고, 전보를 보내서 트렁크를 곧 회수하도록 최선의 조치를 강구하겠노라고 다짐했다. 여행객 아셴바흐는 기차역에 도착한 지 이십 분 만에 다시 대운하를 통과해서 리도로 되돌아가는 스스로를 발견하게 되었다. 참으로 별난 일이었다.

조금 전에 깊은 비탄에 잠겨서 영원히 작별을 고한 도시를, 운명처럼 되돌아와서, 채 한 시간도 지나지 않은 시점에 다시 마주하다니! 묘하게 믿기지 않는, 창피하면서도 우스꽝스럽고 꿈같은 모험이었다. 조그마한 모터보트는 뱃머리 앞쪽으로 물보라를 일으키면서 곤돌라와 증기선 사이를 교묘하게 빠져나가더니, 자기 진로를 따라서 돌진했다. 그 와중에 속상해하며 체념한 듯 표정을 가장한 승객 아셴바흐는 가출 소년같이 초조해하면서도 들뜬 흥분감을 숨기고 있었다. 마음속으로는 여전히 이번의 사고에 대해 이따금 웃음이 터져 나올 것 같았다. 그는 그 실수가 억세게 운 좋은 사람에게도 닥치기 힘든, 비할 바 없이 흡족한 불행이라고 스스로에게 말했다. '여러 가지 설명을 해야 하고, 놀란 얼굴들도 상대해야 할 거야.' 하고 그는 자신에게 말했다. '그러고 나면 모든 것이 다시 잘될 테지. 불행을 미리 방지하고 중대한 오류도 바로잡은 셈이야. 그러다가 홀가분하게 다 떨쳐 버렸다고 믿었던 모든 것들이 다시 나타나서 어느 때고 느닷없이…… 그런데 배의 속도가 빨라서 내가 착각한 걸까? 아니면, 이제 소용도 없는데 정말 바다 쪽에서 바람이 불어오고 있는 것일까?'

섬을 가로질러서 엑셀시오르 호텔까지 뻗어 있는 좁은 운하의 콘크리트 벽면에 물결이 부딪히고 있었다. 거기서 버스 한 대가 그를 기다리고 있다가, 잔물결이 출렁이는 바다 위쪽으로 곧게 뻗은 길을 달려서 해변 호텔까지 그를 데려다주었다. 키가 자그마하고 콧수염을 기른 지배인이 리본 달린 옷을 입은 채 인사를 하려고 옥외 계단 아래쪽까지 내려왔다. 그 남자는 낮은 목소리로 아양을 떨면서 예기치 못한 사태에 대해 유감을 표했고, 손님과 호텔 모두한테 몹시 불미스러운 일이라고 말했다. 하지만 이곳에서 짐을 기다리기로 한 아셴바흐의 결정은 확실히 현명한 선택이라고 동조했다. 먼저 아셴바흐가 머물던 방은 이미 찼으나 물론 다른 객실을, 거기에 못지 않은 방을 곧바로 마련해 주겠다고 장담했다. 승강기에 오르자 스위스인 안내원이 "운이 없으시군요, 선생님!" 하고 미소를 지으며 말했다. 결국 도망자 아셴바흐는 먼젓번하고 비슷한 위치와 시설의 방에서 다시 지내게 되었다.

이렇듯 유별났던 오전의 혼란 때문에 온몸이 지치고 머릿속은 멍했다. 그는 손가방에 든 소지품들을 방에 꺼내 놓은 다음, 열어 둔 창문 근처에 팔걸이 의자를 갖다 놓고 앉았다. 바다는 담록색을 띠었다. 공기는 더 옅어지고 깨끗해진 듯했다. 오두막과 보트가 있는 해변은 더 다채로워 보였다. 그러나 하늘은 여전히 흐렸다. 아셴바흐는 두 손을 무릎에 포개고 창밖을 내다보았다. 그는 다시 이곳에 머물게 되어 흡족했고, 마음이 쉽게 흔들리고 뭘 원하는지도 몰랐다는 사실이 못마땅해 고개를 설레설레 저었다. 그렇게 휴식하면서 아무 생각 없이, 꿈꾸듯 한 시간가량 앉아 있었다. 그는 정오 무렵에 타치오가 빨간 리본이 달린 줄무늬 아마직 정장을 입고 바다 쪽에서 해변 개폐문을 통과해, 판자 다리를 건너서 호텔로 되돌아오는 모습을 보았다. 아셴바흐는 사실 그 아이의 모습을 눈으로 정확하게 파악하기도 전에, 단지 그 키만으로도 미소년임을 알아보고 마음속으로 이렇게 생각했다. '보아라, 타치오, 너 역시 여기에 있구나!' 그러나 바로 그 순간, 그는 그 느긋한 인사말이 그의 마음속 진실 앞에 무릎을 꿇고 쑥 들어갔다는 걸 알아챘다. 그는 피 끓는 듯한 감동, 기쁨, 영혼의 고통마저 느꼈다. 마침내 그는 베네치아와의 이별이 그다지도 어려웠던 까닭은 바로 타치오 때문이었음을 깨달았다.

아셴바흐는 남의 눈에 띄지 않는 높다란 위치에서, 아주 조용히 앉은 채 자신의 내면을 응시하고 있었다. 그의 표정은 깨어 있고, 눈썹은 치켜올라가 있었으며, 호기심에 들뜬 미소가 그의 입가에 맴돌았다. 그는 머리를 쳐들고, 안락의자의 팔걸이 위로 축 늘어뜨린 두 팔을 천천히 돌리면서 들어 올리는 동작을 취했는데, 그러면서 손바닥을 앞으로 향하고 마치 팔을 활짝 펴서 뻗으려는 듯했다. 그 동작은 운명을 기꺼이 환영하며 편안히 맞이하겠다는 몸짓이었다.

4

신[17]은 이제 날마다 얼굴이 달아오르고 뜨거운 숨결을 내뿜으며, 천공을 가로지르는 사두마차를 몰아 댔다. 그의 황금

---

17) 그리스 신화에 등장하는 태양신 헬리오스(Helios)를 가리킨다.

빛 고수머리는 불어닥치는 동풍에 마구 휘날렸다. 느릿느릿 물결치는 광활한 바다 위로 희뿌옇고 비단처럼 부드러운 광채가 눈부셨다. 모래사장은 이글거렸다. 은빛으로 가물거리는 파란 하늘 아래 해변의 오두막 앞에는 초록 천막들이 펼쳐져 있고, 사람들은 그 아래로 또렷한 윤곽을 그리는 그늘에서 오전 시간을 보내고 있었다. 그러나 공원 식물들이 발삼 같은 향기를 내뿜고, 별들이 천공에서 느린 윤무를 추고, 흐릿한 바다의 낮은 중얼거림이 조용히 밀려와서 영혼을 속삭일 때면 저녁 시간도 더없이 아름다웠다. 그런 저녁이면 가벼운 여유가 있고, 기분 좋은 우연이 연달아 일어나는 유쾌한 미래가 꼭 찾아올 것 같았다.

기구한 불운 덕분에 여기에 붙잡힌 손님은 짐을 되찾더라도 다시 떠나야 한다고는 전혀 생각하지 않았다. 그는 이틀 동안 불편을 견뎠고, 식사 때에는 여행복 차림으로 식당에 가야만 했다. 그러다가 드디어 짐이 자기 방으로 돌아오자, 그는 짐을 모조리 풀어 옷장이며 서랍을 가득 채웠고, 당분간 계속 체류하기로 마음먹었다. 그는 실크 정장을 입고 해변에서 시간을 보내다가, 저녁 식사 때면 근사한 복장을 차려입고 다시 식당에 나타날 수 있게 되어 흐뭇해했다.

이러한 생활의 규칙적이고 쾌적한 리듬이 그를 이미 완전히 사로잡았고, 그런 삶을 영위하는 데서 오는 부드럽고 찬연한 온화함은 그를 급격히 변화시켰다. 남국 바닷가의 산뜻한 해수욕장 생활이 주는 매력과, 바로 인접한 기묘하고 신비한 도시를 잘 결합해 놓은 이 체류야말로 얼마나 훌륭한가! 아센바흐는 향락을 좋아하지 않았다. 언제 어디서고 마음껏 놀거나 느긋하게 쉬며 즐거운 시간을 보내려고 하면——특히 젊은 시절에 그랬는데——불안감과 거부감 때문에 곧 다시 아주 힘든 일, 정신을 바짝 차리고 엄숙하게 마주해야 하는 일상의 소임으로 되돌아가야 할 것만 같았다. 단지 이곳만이 그에게 마법을 걸어서 그의 의지를 누그러뜨리고, 그를 행복하게 해 주었다. 오전에 이따금 오두막의 차양 아래에서 푸르른 남쪽 바다를 꿈꾸거나, 미적지근한 밤에 한참 동안 머물러 있던 산마르코 광장에서 리도로 돌아올 때, 별이 총총한 하늘 아래서 곤돌라의 쿠션에 몸을 기대고 있을 무렵——따사로운 불빛과 마음을 녹이는 세레나데를 뒤로하고——그는 산악 지대에 있는 자기 별장을, 그러니까 여름철 내내 고뇌하며 지낼 뻔한 장소를 떠올렸다. 그곳에선 구름이 정원 깊숙이까지 몰려오고, 무서운 천둥 번개가 밤새 집 안의 등불을 꺼뜨리기도 하며, 그가 먹이를 주는 까마귀들이 소나무 우듬지에서 날개를 푸드덕거리기도 했다. 그러고 보니 그는 지구의 끝, 지상 천국에 와 있지는 않은가 하는 생각마저 들었다. 인간에게 경쾌한 삶을 허락하는——눈과 겨울, 폭풍우와 몰아치는 비바람이 아니라——오케아노스[18]의 부드럽고 신선한 숨결이 언제나 솟아오르고, 행복에 가득 찬 여유로움 속에서 아무 어려움도, 투쟁도 없는 나날들이 흘러가며, 태양과 축제에만 바쳐진 장소에 와 있는 것이었다.

---

18) 그리스 신화 속 물의 신.

아셴바흐는 자주, 아니 거의 늘 타치오를 보았다. 말하자면, 제한된 공간에서 각자 정해진 대로 생활하다 보니 그는 거의 온종일 아름다운 소년 가까이에 있었던 것이다. 그는 도처에서 그 아이를 보거나 마주쳤다. 호텔의 아래층 홀에서, 시내로 가거나 돌아오는 시원한 뱃놀이를 즐기다가, 자기 방의 의자에서, 심지어 때로는 길거리, 잔교에서도 우연히 마주치곤 했다. 그러나 가장 기분 좋게, 규칙적으로 그 고귀한 인물을 자세히 바라볼 수 있는 곳은, 그리고 그에게 느긋한 관찰의 기회를 선사해 주는 때는 해변에서 보내는 오전 시간이었다. 더욱이 이와 같은 행복한 구속, 즉 날마다 한결같이 되풀이되는 호의적 상황이 너무나 좋았다. 그런 만남은 그를 만족감과 삶의 기쁨으로 충만하게 하고, 기나긴 체류를 더 값지게 해 주었으며, 매 순간을 쾌청하고 즐거운 나날로 이끌었다.

아셴바흐는 평소에는 작업 의욕이 솟구치는 이른 시간에 일어나서 다른 사람들보다 먼저 해변으로 갔다. 아직 태양은 부드럽고, 바다는 눈부시게 빛나며 아침 꿈속에 잠겨 있었다. 그는 해변의 개폐문을 지키는 경비원에게 친절하게 인사를 건넸다. 그러고는 자신에게 자리를 마련해 주면서 갈색 차양을 펴 주고, 오두막의 가구를 바깥의 나무 바닥으로 꺼내 준, 하얀 수염을 기른 맨발의 남자에게도 친근하게 인사한 뒤 자리에 앉았다. 앞으로 서너 시간 동안 해가 중천에 떠올라서 엄청난 위력을 발휘하리라. 바다는 점점 더 푸르러지고, 아셴바흐가 타치오를 바라볼 수 있는 시간이었다.

그는 소년이 왼쪽 바닷가에서 걸어오는 모습을 보기도 하고, 오두막 사이 뒤쪽에서 나타나는 모습을 보기도 했다. 소년이 늦게 오는 줄 알고 있다가 이미 와 있는 것을 갑작스럽게 발견하기도 했는데, 그럴 때면 반가워서 화들짝 놀랐다. 소년은 해변에서 입는 유일한 복장인 파랗고 하얀 수영복 차림으로 평소 습관대로 햇볕이 쏟아지는 모래사장을 돌아다녔다. 이처럼 사랑스럽도록 무의미한, 한가롭고 변덕스러운 생활 자체가 놀이이고 휴식이었으며, 그가 하는 일이란 나무판자 바닥에 앉아 있는 여자들이 지켜보는 가운데 빈둥대며 걸어 다니거나 물장구를 치거나 모래를 파거나 술래잡기를 하거나 누워 있거나 헤엄을 치는 것이 전부였다. 그러다가 여자들이 두성(頭聲)으로 "타치우! 타치우!" 하고 부르는 소리가 들리면 재빠른 동작으로 그들에게 달려가서 자신이 체험한 것을 이야기해 주기도 하고, 스스로 채집한 조개나 불가사리, 해파리 그리고 게 따위를 보여 주곤 했다. 아셴바흐는 그 소년의 말을 단 한마디도 알아듣지 못했지만 지극히 일상적인 화제조차도 그의 귀에는 막연히 감미롭게 들렸다. 그렇게 의미를 알아듣지 못하다 보니 소년의 말소리는 급기야 음악으로 고양되었다. 게다가 기세등등한 태양이 미소년의 자태 위로 아낌없이 휘황찬란한 빛을 쏟아부었고, 장엄한 깊이를 품은 바다는 그의 모습 뒤에서 언제나 후광과 배경이 되어 주었다.

얼마 지나지 않아서 관찰자는 자유롭게 자신을 표현하는 이 고귀한 신체의 온갖 선과 몸짓을 다 이해하게 되었다. 이미 친숙한 모든 아름다움에 대해 새로이 반갑게 인사를 건넸으며, 그 아름다움을 바라볼 때의 감탄과 정다운 감각적 기쁨은 무한했다. 여자들이 오두막을 방문한 어떤 손님에게 인사하라고 소년을 불렀다. 소년이 뛰어왔다. 밀물에 젖은 채 달려왔는지 고수머리를 뒤로 젖히던 소년은 한 발로 서고 다른 발끝을 땅에 댄 채 손을 내밀었다. 그러면서 그는 우아한 긴장감을 보이며 매력적으로 몸을 돌렸는데, 사랑스러움이 넘쳐 수줍어했고, 귀족의 의무가 명하는 대로 상대방의 호감을 얻으려는 듯 보이기도 했다. 소년은 목욕 수건을 가슴에 두른 채 귀엽게 다듬어진 팔을 모래에 받치고, 오므린 손에 턱을 괸 채 사지를 뻗으며 누웠다. 야슈라는 아이가 그 소년 곁에 쪼그리고 앉아서 아첨을 떨었다. 그 빼어난 미소년이 보잘것없는 신하에 지나지 않는 소년을 쳐다볼 때마다 눈과 입가에 떠오르는 미소보다 더 매혹적인 것은 없었다. 타치오는 자기 친구들과 떨어져서 물가에 혼자 서 있었다. 아셴바흐와 아주 가까운 곳에 똑바로 서서 두 손을 깍지 긴 채 목덜미 위에 올려놓고, 천천히 몸을 뒤척이며 꿈을 꾸듯 창공을 바라보고 있었다. 때마침 밀려온 작은 파도들이 그의 발가락을 적시고 있었다. 그의 벌꿀색 머리카락은 돌돌 말려서 관자놀이께와 목덜미에 찰싹 달라붙어 있었고, 태양이 위쪽 척추에 난 솜털을 비추고 있었다. 몸통에 꼭 끼게 두른 목욕 수건 때문에 소년의 섬세한 갈비뼈 윤곽과 균형 잡힌 가슴이 유난히 드러났다. 그의 양쪽 겨드랑이는 아직 털이 나지 않아서 조각상의 그것처럼 매끄러웠고, 두 무릎은 윤기로 반짝이고 있었다. 무릎 밑으로 보이는 푸르스름한 혈관은 그의 몸이 마치 투명한 소재로 만들어진 양 보이게 했다. 이토록 날렵하고 완전히 젊은 육

체 속에 얼마나 훌륭한 규율과 명징한 사고가 표현되어 있는
가! 은밀하게 작용하며 이 성스러운 조각상을 이 세상에 내놓
은 그 엄격하고도 순수한 의지! 그러나 이러한 의지는 예술가
인 아셴바흐 자신이 속속들이 잘 아는 친숙한 것이 아닌가?
그 역시 냉혹한 정열에 가득 차서 언어라는 대리석 덩어리로
부터 매끈한 형식을 해방시켰다. 또 그는 정신으로 직관한 것
을 정신적 아름다움의 입상(立像)과 귀감으로 형상화하여 사
람들에게 선보였다. 그러니 아셴바흐 또한 저러한 의지로 창조
하고 작용해 오지 않았던가?

　입상(立像)과 귀감이라! 그의 두 눈은 저기, 푸른 바다의 가
장자리에 있는 고귀한 형상을 얼싸안았다. 그리고 열렬한 황
홀감에 빠져서 이 눈길로 아름다움 자체를 생생히 파악하고
있다고 믿었다. 그 아름다움이란 신의 사고를 표현하는 형식
이고, 정신 속에서만 살아 숨 쉬는 유일하고도 순정한 완전성
이었다. 그 완전한 아름다움의 비유적 모상(模像)이 한 인간으
로 현신하여 여기 경쾌하고도 사랑스럽게 우뚝 선 채 경배를
기다리고 있는 것이었다. 그것은 도취였다. 마침내 늙어 가는
예술가는 주저할 것도 없이, 아니, 탐욕적으로 그 도취를 기꺼
이 받아들였다. 그의 정신은 산고의 고통을 겪었고, 그의 교
양은 격랑에 휩쓸렸으며, 그의 기억은 아주 오래된 사고, 젊은
시절에 상상하긴 했지만 지금까지 한 번도 스스로 불꽃을 댕
겨 보지 않았던 사고들을 새로이 떠올렸다. 태양은 우리의 주
의력을 지적인 것에서 감각적인 것으로 돌려놓는다고, 어딘
가[19]에 쓰여 있지 않았던가? 또 거기에는, 태양이 오성과 기

억력을 마비시키고 현혹시키며, 끝내 영혼을 향락에 빠뜨려서 본래 상태를 완전히 잊게 한다고, 태양이 비추는 가장 아름다운 대상을 찬탄하고 찬미하는 데에 몰두하게 한다고 적혀 있었다. 그렇다, 영혼은 육체의 도움을 받아야만 더 높이 관찰하는 주체로 고양될 수 있다. 정녕 에로스는 무능한 아이들에게 순수한 형식을 이해하기 쉬운 그림으로 보여 주는 수학자와 똑같다. 신 역시 우리들에게 정신적인 것을 보여 주고자 젊은 인간의 형상과 색채를 사용하였으니, 신은 그것을 아름다움의 광채로 장식해서 기억할 만한 도구로 만들어 놓은 것이다. 따라서 우리는 그것을 보노라면 고통과 희망에 불타오를 수밖에 없다.

미(美)의 열광자는 이런 생각들을 했다. 또한 그는 이렇게 느낄 수 있었다. 황홀한 바다와 눈부신 햇빛 덕분에, 그에게 매력적인 영상 하나가 떠올랐다. 그것은 아테네의 성벽에서 멀지 않은 곳에 있는 플라타너스 고목의 모습이었다. 성스러운 그늘이 드리우고 순결한 나무의 꽃향기로 가득한 그곳은 요정들과 아켈로스[20]를 기리기 위해 성화(聖畵)들과 경건한 공양물로 장식되어 있었다. 넓게 가지를 뻗은 나무 발치에서 시냇물이 너무나 맑게, 매끄러운 조약돌 위로 흐르고, 귀뚜라미도 울고 있었다. 그런데 누워서도 머리를 들고 있을 만큼 완만하게 경사진 잔디밭 위에는 대낮의 열기를 피해 찾아온 두 사

---

19) 토마스 만의 일기에 따르면 플루타르코스의 『에로티코스(Erotikos)』라고 한다.
20) 그리스 신화에 나오는 강의 신.

람이 쉬고 있었다. 늙수그레한 남자와 한 소년, 그러니까 추한 남자와 아름다운 소년, 다시 말해서 사랑스러운 소년을 대동한 현자(賢者)의 모습이었다. 소크라테스는 점잖으면서도 기지 넘치는 농담을 억지로 섞어 가며 파이드로스에게 동경과 미덕을 가르치고 있었다.[21] 그는 다정다감한 사람의 눈이 영원한 아름다움의 현현을 바라볼 때 느끼는 뜨거운 경이에 관해서 파이드로스에게 이야기하고 있었다. 그리고 아름다움의 상징물을 보고도 경외심을 느끼지 못하는, 아름다움을 생각할 줄 모르는 불경하고 못된 인간의 탐욕에 관해서 이야기하고 있었다. 또 신을 닮은 모습, 즉 완벽한 육체가 나타날 때 고귀한 자에게 엄습하는 성스러운 두려움에 관해서도 이야기했다. 그런 모습을 마주하면 그런 사람은 흥분한 채 온몸을 떨며 제정신을 잃고, 감히 쳐다볼 엄두조차 내지 못하면서 아름다움을 지닌 자를 존경하게 될 것이다. 그리고 그자는——사람들에게 놀림감이 되기를 두려워하지 않는다면——틀림없이 조각상을 섬기듯 아름다움을 경배하게 되리라. "그 이유는, 파이드로스여, 아름다움만이 사랑스러운 동시에 눈에 보일 수 있기 때문이다. 그러니 명심해라! 아름다움만이 우리가 감각적으로 받아들이고, 감각적으로 감당할 수 있는 유일한 정신적 형태이니라. 만약 그렇지 않다면, 가령 신이나 이성, 미덕과 진리가 우리 앞에 감각적으로 나타난다면, 우리에게 어떤 일이 일어날까? 옛날에 세멜레[22]가 제우스 앞에서 그랬듯이, 우리도 사

---

21) 플라톤의 「파이드로스」 250A 이하 참조.

랑 때문에 불타서 죽지 않겠는가? 그러니 아름다움은 감각이 정신적인 것에 이르는 길이다. 다만 길일 뿐이고, 수단일 뿐이니라, 어린 파이드로스여……." 이렇게 말한 다음, 노련한 구애자는 아주 미묘한 얘기를 들려줬는데, 이를테면 사랑하는 사람이 사랑받는 사람보다 더 신적이리라는 것이었다. 왜냐하면 사랑하는 자 안에는 신이 있지만, 사랑받는 자 안에는 신이 없기 때문이다. 아마 지금까지 인간이 생각해 낸 가장 섬세하고도 조롱 섞인 발상이리라. 동경이 지니는 온갖 교활함과 지극히 은밀한 쾌락은 바로 이 발상에서 유래한다.

작가의 행복이란 완전한 감정이 될 수 있는 생각을 가지는 것이며, 완전한 생각이 될 수 있는 감정을 가지는 것이다. 그무렵 이 고독한 작가는 그처럼 약동하는 생각과 섬세한 감정을 가지고 있었고, 그런 생각과 감정에 순종했다. 즉, 정신이 아름다움을 흠모하여 경배하면, 자연 역시 기뻐하며 전율한다는 생각과 감정이었다. 그는 갑자기 글을 쓰고 싶은 욕구를 느꼈다. 하긴 에로스는 빈둥거림을 사랑하고, 또 에로스가 빈둥거리는 사람만을 위해서 창조되었다는 말도 있다. 그렇지만 위기의 순간에 열광에 빠진 사람의 흥분은 생산적 창조를 추구하는 법이다. 글을 쓰고 싶은 계기는 그다지 대수롭지 않았다. 문화와 예술적 취향에 관한 어떤 중대하고도 시급한 문제에 대해 입장을 밝혀 달라는 일종의 질의 혹은 자극이 정

---

22) 그리스 신화에 나오는 제우스의 연인. 제우스와의 사이에서 디오니소스를 낳고, 헤라의 질투로 벼락을 맞아 죽었다.

신 세계의 현안으로 부상하여 여행 중인 이 작가한테까지 문의가 왔다. 그 주제는 그에게 친숙했고, 그의 체험이기도 했다. 갑자기 이 문제를 자신의 말로 빛나게 밝히고 싶은 욕심을 억누를 수 없었다. 그런데 사실 그의 욕구는 타치오가 있는 데서 창작하고 글을 쓰며, 그 소년의 육체를 자기 문체의 본보기로 삼아 그 신적인 형상을 따르도록 하는 것이었다. 마치 옛날에 독수리가 트로이의 목동[23]을 낚아채서 승천했듯이, 소년의 아름다움을 정신적인 영역으로 옮겨 놓고자 하는 바람으로 치닫고 있었다. 그는 언어에 대한 욕구를 지금보다 더 달콤하게 느낀 적이 없었으며, 에로스가 언어 속에 있을 줄은 미처 몰랐다. 이를테면 그가 차양 아래에 놓인 간이 탁자 앞에서 자신의 우상을 마주 보고, 그의 음악적 목소리에 귀 기울이면서 타치오의 아름다움을 본떠 탁월한 산문을 한 페이지 반 가량 써 내려가는, 그 위태로우면서 귀한 시간에도 에로스가 함께했다. 그 산문의 순수성과 고귀성, 그리고 약동하는 감정의 긴장은 곧 많은 사람들의 경탄을 불러일으키리라. 세상 사람들이 작품의 원천이나 집필 배경을 모른 채, 단지 아름다운 작품만을 접한다는 것은 확실히 다행스러운 일이다. 왜냐하면 예술가의 영감의 원천을 알게 되면 흔히 혼란에 빠지거나 깜짝 놀라서 훌륭한 작품의 효과도 사라질 것이기 때문이다. 기묘한 시간들! 엄청나게 신경을 소모하는 노력! 정신이 육체

---

23) 독수리로 변신한 제우스가 천상으로 붙잡아 와서 신들의 술 시중을 들게 했던 미소년, 가니메데스(Ganymede)를 암시한다.

와 관계를 맺어 뭔가를 낳는 경우는 희귀하다! 작업물을 챙겨 해변을 떠날 즈음 아셴바흐는 지칠 대로 지쳐서 정말 녹초가 되었다. 그는 마치 한바탕 방종한 짓을 하고 났을 때처럼 양심이 찔리는 기분이었다.

다음 날 아침이었다. 막 호텔을 나서려던 참에, 그는 옥외 계단에서 벌써 타치오가 바다를 향해——게다가 혼자서——해수욕장 경계선 울타리 쪽으로 다가가는 모습을 보았다. 이 기회를 이용해서, 자기도 모르는 사이에 그토록 엄청난 감동을 선사한 그 소년과 경쾌하고 명랑하게 인사를 나누고 싶은 소망, 즉 소년에게 말을 걸어서 그 아이의 대답과 눈길을 즐기고 싶은 단순한 소망이 솟구쳤다. 미소년은 어슬렁어슬렁 걸어가고 있었다. 그 아이를 따라잡을 수 있을 것 같아서 아셴바흐는 발걸음을 재촉했다. 마침내 그는 오두막 뒤쪽의 좁은 판자 길에서 소년을 따라잡았다. 그는 소년의 머리 위에, 그리고 어깨 위에 손을 올려놓고 싶었다. 그 어떤 말 한마디, 상냥하게 들리는 프랑스어 한 구절이 그의 입가에서 맴돌았다. 그때 그는, 어쩌면 빨리 걸었기 때문이기도 하겠지만, 심장이 마구 뛰는 것을 느꼈다. 이렇게 숨이 가쁘면 고작 주눅이 들어 떨면서 말을 꺼낼 터였다. 그는 머뭇거리며 마음을 가라앉히려 애썼다. 그런데 갑자기 너무 오랫동안 아름다운 소년의 뒤에 바짝 붙어서 걸어오지 않았나 하는 두려움에 사로잡혔다. 그러자 그는 소년이 자신을 알아차리고 의아해하며 주위를 살펴볼까 봐 염려되었다. 그래도 아셴바흐는 다시 한번 시도하려 했지만 끝내 실패하고 말았다. 그는 체념하며 고개를 숙인 채 그냥 지나쳤다.

'너무 늦었어!' 그 순간, 그는 마음속으로 생각했다. '너무 늦어 버렸어! 그런데 정말 너무 늦은 걸까?' 그가 시도하려다가 그만 때를 놓친 행동——만약 그가 행동했더라면 아마 좋은 결과를 가져왔을 것이다. 또 경쾌하고 즐거운 경험이 되었을 것이며, 결과적으로 스스로 각성하는 계기가 되었을 것이므로 분명 유익했을 터였다. 하지만 계획대로 진행되지 않은 이유는, 아마도 늙어 가는 사람이 각성을 원하지 않았을 뿐 아니라, 도취를 너무 소중히 여겼기 때문일 것이다. 과연 누가 예술가 기질의 수수께끼 같은 본성과 특징을 규명할 것인가! 누가 예술가 기질의 본질을 이루는 규율과 무절제의 오묘한 결합을 이해할 것인가! 치유가 되는 각성을 원하지 않을 수 있다는 것이 곧 무절제인 것이다. 아셴바흐는 더 이상 자기 비판을 하고 싶지 않았다. 취향과 그의 나이에 어울리는 정신 상태, 자존심, 성숙 그리고 노년의 단순성 때문에 그는 마음이 동한 이유를 굳이 분석하고 싶지 않았고, 또 그럼에도 의도를 실행하지 못한 이유가 양심의 가책 때문인지 부주의하고 나약하기 때문인지 굳이 판단할 기분이 아니었다. 그는 혼란스러웠다. 누구든, 이를테면 해변 경비원이 소년을 따라가다가 결국 낭패한 꼴을 관찰했으면 어쩌나 걱정스러웠고, 얼마나 우스꽝스럽게 보였을지 몹시 걱정되었다. 하기야 그는 우스꽝스럽고 성스러운 걱정을 하는 스스로를 자조하기도 했다. '당황하기는!' 하고 그는 생각했다. '싸우다가 겁에 질려서 날개를 축 늘어뜨린 수탉처럼 당황해하다니. 사랑스러운 사람을 바라보는 순간에, 그렇게 우리의 용기를 꺾어 버리고, 그토록 우리의 자부심을 짓밟는 것은 정말이지 신의 장난이야…….' 그는 유희하듯 몽상을 즐겼으며, 어떤 감정을 두려워하기에는 자존심이 너무 강했다.

그는 자신에게 허락한 한가로운 시간이 어떻게 흘러가든 더 이상 통제하지 않았다. 그의 머릿속에 집으로 돌아가려는 생각 따위는 단 한 번도 떠오르지 않았다. 그는 돈을 풍족하게 썼다. 단지 폴란드인 가족들이 혹시 떠날까 봐 조마조마해 할 뿐이었다. 사실 그는 호텔 이발소에서 살짝 탐문해 본 결과, 그 가족이 자신보다 며칠 앞서 도착했다는 걸 알고 있었다. 태양은 그의 얼굴과 손을 갈색으로 그을렸고, 소금기를 머금은 싱싱한 바닷바람이 그의 감정을 고조시켰다. 평소에 그는 상쾌한 기분이나 수면, 영양분 혹은 자연 등이 자신에게 주어지면 곧장 작품에 쏟아붓곤 했다. 하지만 이제 그는 태양과 한가로움 그리고 바닷바람이 날마다 안겨 주는 모든 활력을 아낌없이, 무분별하게 도취와 감상 속으로 내던졌다.

그는 깊이 잠들지 못했다. 행복한 불안으로 가득 찬 짧은 밤들이 매력적으로 단조로운 낮들을 구분해 주었다. 그는 적당한 시간에 물러나곤 했다. 타치오가 무대에서 사라지는 9시가 되면 이미 하루가 다 끝난 듯 느껴졌기 때문이다. 그렇지만 첫새벽의 먼동이 밝아 올 때면 부드럽게 파고드는 놀라움이 그를 깨우고, 그의 마음 역시 자기가 지금 빠져 있는 모험을 기억해 냈다. 그는 더 이상 이불 속에 있을 수 없어서 몸을 일으키고, 이른 새벽의 한기를 피해 가볍게 몸을 감싼 채 열린 창가에 앉아서 해가 떠오르기를 기다렸다. 그 경이로운 장관은 수면으로 정화된 그의 영혼을 경건성으로 가득 채웠다. 하늘과 대지 그리고 바다는 아직 유령처럼 차갑게 반짝이는 희끄무레한 으스름 속에 놓여 있었다. 허공에는 사그라져 가는 별 하나가 아직도 가물거리고 있었다. 머나먼 외지에서 방문한 활기찬 손님인 바람이 불어오자 새벽의 여신 에오스는 신랑 곁에서 몸을 일으킨다. 하늘과 바다가 까마득히 맞닿은 곳에서 꼭두새벽의 달콤한 홍조가 번진다. 이 홍조를 통해서 천지 만물은 처음으로 감각을 얻는다. 여신이 가까이 다가왔다. 클레이토스와 케팔로스를 유괴하고, 올림포스 신들의 질투에도 아랑곳없이 그 아름다운 오리온의 사랑을 누렸던 여신이 다가오고 있는 것이었다. 저기 세상의 저쪽 가장자리에서부터 장미꽃을 흩뿌리는 여신의 작업이 시작되었다. 너무나도 거룩한 빛과 꽃, 천진난만한 구름들이 행복을 머금은 환한 광채를 뿜으며 곧 일을 개시하려는 사랑의 동신(童神)들을 장밋빛 서린 푸르스름한 연무 속에 떠다니게 했다. 자줏빛 붉은 기운이 바다 위로 떨어지고, 바다는 그 빛을 출렁이는 물결에 실어 앞으로 띄워 보내는 것 같았다. 황금빛 창(槍)들이 아래로부터 하늘을 찌를 듯 치솟고, 그 광휘는 소리 없이 불타오르는 듯했다. 붉은 열기와 정열 그리고 타오르는 불꽃들이 신성한 기운으로 넘실대며 솟아오르고 있었다. 그러자 형제 신들의 성스러운 준마들이 말발굽을 재촉하며 지구의 궤도로 뛰어올랐다. 고독한 파수꾼 아셴바흐는 신의 찬란한 광휘를 받으면서 앉아 있었다. 그는 두 눈을 감고 영광의 빛이 자기 눈꺼풀에 입맞춤하도록 했다. 그의 엄격한 삶과 창작 활동 속에서 죽어 버렸다가 이제야 묘하게 변모하여 되돌아온 예전의 감정들, 그리고 예전의 소중한 가슴앓이들. 그는 혼란스러우면서도 의아해하는 미소를 지으며 그 감정과 고뇌를 알아보았다. 그는 깊은 생각에 잠겨서 꿈을 꾸었고, 그의 입술은 천천히 하나의 이름을 발음해 냈다. 여전히 미소를 머금은 채 얼굴은 위쪽으로 향하고, 두 손을 무릎 위에 포개고서 그는 안락의자에 앉아 다시 한번 잠이 들었다.

그토록 열정적이고 찬란하게 시작된 하루는 이제 장엄하고 신화적으로 변했다. 갑자기 너무나 부드럽고 의미심장하게, 천상의 속삭임처럼 관자놀이와 귓가를 맴돌고 지나가는 이 미풍은 도대체 어디서 불어오며 또 어디서 생겨난 것일까? 하얀 새털구름은 신들의 초원에서 풀을 뜯는 양 떼들처럼 무리를 이루어 하늘 여기저기에 퍼져 있었다. 좀 더 세찬 바람이 불어왔다. 그러자 포세이돈의 말들이 벌떡 일어나서 달리기 시작했고, 아마도 그 푸르스름한 고수머리의 신[24]이 거느린 황소들도 뿔을 숙인 채 울부짖으면서 달리기 시작했으리라. 멀리 떨어진 해안의 바윗돌 사이로, 껑충껑충 뛰는 염소처럼 파도가 출렁거리며 솟아올랐다. 목신(牧神)의 삶으로 충만하고 성스럽게 변형된 세계가 매혹당한 남자, 아셴바흐를 에워싸고 있었다. 그의 가슴은 달콤한 우화를 꿈꾸고 있었다. 베네치아 뒤편으로 해가 질 때면 그는 자주 공원 벤치에 앉아서 타치

---

24) 호메로스는 포세이돈이 말과 황소를 신성시한다고 표현했다.

오를 바라보았다. 타치오는 하얀색 옷에 알록달록한 허리띠를 맨 채, 평평하게 고른 자갈밭에서 재미있게 공놀이를 하곤 했다. 아셴바흐는 히아킨토스를 보고 있다고 생각했다. 두 명의 신[25]이 그를 사랑했으므로 그는 죽어야만 했다. 정녕 아셴바흐는, 언제나 아름다운 소년과 놀고 싶어 신탁, 활 그리고 현악기마저 잊어버린 연적에 대해 제피로스가 느꼈을 고통스러운 질투를 짐작할 수 있었다. 아닌 게 아니라 그는 끔찍한 질투심에 사로잡혀서 원반이 소년의 사랑스러운 머리를 맞히는 광경을 보았다. 그 또한 창백해진 채, 무릎을 꺾고 늘어진 소년의 몸을 부여잡았다. 그러자 그 달콤한 선혈에서 한 송이 꽃이 움터 나왔고, 그 소년의 한없는 비탄의 비문이 되어 주었다…….

눈으로만 서로를 아는 사람들의 관계보다 더 미묘하고 더 까다로운 것은 없다. 날마다, 아니 매시간마다 서로 우연히 만나거나 쳐다보기도 하지만, 인습이나 기우 때문에 인사 혹은 말 한마디 건네지 못하고 짐짓 냉담한 낯설음을 가장한 채 뻣뻣이 있을 수밖에 없는 것이다. 그들 사이엔 불안감과 아주 자극적인 호기심이 있고, 인식과 소통에 대한 욕구가 불만족스럽고 부자연스럽게 억압되어 생겨난 히스테리, 즉 일종의 긴장된 존중이 있다. 인간은 다른 인간을 평가할 수 없을 때에만 그를 사랑하고 존중하는 까닭이며, 동경이란 불충분한 인

---

25) 태양의 신 아폴론과 서풍의 신 제피로스다. 제피로스는 질투 때문에 원반을 던져서 히아킨토스를 죽이고 마는데, 이때 미소년이 흘린 피에서 같은 이름의 꽃이 피어났다고 한다.

식의 소산이기 때문이다. 아셴바흐와 타치오 사이에는 필연적으로 모종의 관계, 친교가 생기지 않을 수 없었다. 그리고 늙은 남자는 자신의 관심과 주시가 전혀 무용하지 않음을 가슴 벅차게 확인할 수 있었다. 예컨대 아름다운 소년은 아침에 해변으로 향할 때 더 이상 오두막 뒤편의 판자 다리를 이용하지 않았다. 이제 소년은 앞쪽 길을 통해, 모래사장을 가로질러서 아셴바흐가 있는 곳을 지나갔다. 그리고 이따금씩 필요 이상으로 그의 곁에 바싹 붙어서, 가령 그의 탁자를 거의 스치듯 지나가며 자기네들의 오두막으로 천천히 걸어가곤 했다. 이 아름다운 소년은 도대체 무엇 때문에 이렇게 한단 말인가? 우월한 감정을 지닌 사람의 매력과 매혹이 그의 섬약하고도 무심한 상대방 소년에게 이런 식으로나마 작용한 것일까? 아셴바흐는 날마다 타치오가 나타나길 기다렸다. 그러다가 막상 타치오가 나타나면, 일부러 바쁜 척하며 아름다운 소년이 지나가는 데 별로 관심 없는 양 굴었다. 그렇지만 어떤 때는 흘끔 쳐다보다가 서로 시선이 마주치기도 했다. 그러면 그들 두 사람은 아주 진지해졌다. 나이 든 쪽의 교양 있고 위엄 있는 표정에서는 내면의 동요가 전혀 드러나지 않았다. 하지만 타치오의 눈에서는 탐색의 기미와 생각에 잠긴 듯한 의구심이 엿보였다. 걸음걸이도 머뭇거렸고, 땅을 바라보다가, 다시 눈을 들면서 사랑스럽게 쳐다보는 것이었다. 소년의 뒷모습에서는, 단지 몸에 밴 교육 때문에 감히 뒤돌아보지 못하는 낌새가 감지됐다.

그러던 어느 날 저녁, 이례적인 사건이 일어났다. 만찬 때에, 가정 교사까지 포함해서 폴란드인 남매들이 식당에 나타나지 않았다. 아셴바흐는 걱정스러운 심정으로 그 사실을 확인했다. 그는 야회복에 밀짚모자를 쓴 채 식탁에서 몹시 불안해하며, 그들이 있을 만한 장소를 찾아보았다. 호텔 앞쪽, 테라스 발치를 돌아다니기도 했다. 그러다가 갑자기 그는 수녀를 닮은 자매들이 가정 교사를 대동하고 등장하는 모습을, 그리고 그들 뒤에 네 걸음 정도 뒤처져서 가로등 불빛을 받으며 걸어오는 타치오의 모습을 발견했다. 그들은 분명 어떤 연유로 시내에서 식사를 마치고, 배에서 내려오는 길이었다. 바다 위에서는 아마도 약간 서늘했던 모양이었다. 타치오는 황금빛 단추가 달린 선원복 외투를 걸치고, 머리에는 꼭 맞는 모자를 쓰고 있었다. 태양과 바닷바람에 그을리지도 않았는지 소년의 피부는 처음 그대로 대리석 같은 상앗빛을 띠고 있었다. 더구나 날이 선선한 탓인지, 달빛처럼 희미한 가로등 불빛 때문인지 오늘따라 유난히 더 창백해 보였다. 균형 잡힌 눈썹은 더욱 선명하게 두드러지고 두 눈은 그윽했다. 진정으로 형용할 수 없을 만큼 아름다웠다. 아셴바흐는 이미 여러 번 그랬듯이 고통을 느끼면서, 말이란 감각적 아름다움을 찬미할 수 있을 뿐 재현할 수는 없다는 걸 통감했다.

그는 소년의 귀한 출현을 예상하지 못했고, 소년은 예기치 않게 나타났다. 아셴바흐는 표정을 가다듬고 품위를 지킬 시간적 여유가 없었다. 사라진 줄 알고 안타까워하던 소년의 시선과 마주쳤을 때, 그의 시선 속에는 기쁨과 놀라움 그리고 경탄이 분명 어려 있었을 것이다. 그리고 그 순간 타치오가 미소 짓는 일이 일어났다. 그를 바라보며 말을 걸듯이 친근하고 사랑스럽게, 스스럼없이 미소를 지어 보였는데, 이 순간에야 비로소 입술이 살며시 벌어졌다. 그것은 자기 모습을 비추는 수면 위로 몸을 숙이는 나르키소스의 미소요, 수면에 비친 자기 모습을 향해서 팔을 뻗는, 오묘하게 매혹당한 미소였다. 살짝 일그러진 미소였는데, 자기 그림자의 아리따운 입술에 키스하려고 시도해 봤자 그럴 수 없음을 알기 때문에 일그러진, 애교 있고 호기심에 들떠 있으면서도 약간 고통스러워하는, 매혹된 동시에 매혹하는 미소였다.

그 미소를 받은 사람은 마치 어떤 숙명적 선물이라도 받은 양, 그 미소를 간직한 채 황급히 자리를 떠나갔다. 그는 몹시 충격받아서 테라스와 앞뜰의 불빛을 피해 도망치지 않을 수 없었고, 걸음을 재촉하며 뒤쪽 공원의 어둠을 찾아갔다. 묘하게 분하면서도 애정 어린 경고의 소리가 그의 입에서 새어 나왔다. '넌 그런 식으로 미소 지어서는 안 된다! 듣거라, 아무에게도 그렇게 웃어 보여서는 안 된다!' 그는 벤치에 풀썩 주저앉아서, 제정신을 잃은 채 식물들이 뿜어내는 밤의 향기를 들이마셨다. 그는 등을 기댄 채 팔을 축 늘어뜨리고 감정에 압도되어 여러 차례 발작적인 전율을 느끼면서, 변함없이 상투적인 동경의 밀어를 속삭였다.──이런 경우에 가당치 않고 부조리하며 배척해 마땅하고 우스꽝스럽지만, 그래도 신성하고 역시 위엄 있는 그 상투적인 표현을!──"널 사랑해!"

5

리도에서 체류한 지 4주째가 되었을 무렵, 구스타프 폰 아셴바흐는 바깥세상에 관한 몇 가지 좋지 않은 기미를 감지했다. 첫째로, 그가 보기에 한창 휴가철인데도 호텔의 손님은 늘기는커녕 오히려 감소하고 있는 것 같았다. 특히 독일어는 그의 주변에서 씨가 마른 듯 아예 들리지조차 않았다. 마침내 식사할 때나 해변에서도 단지 낯선 말소리만이 그의 귀에 들려왔다. 그러던 어느 날, 이제 자주 드나들게 된 이발소에서 우연히 그를 의아하게 하는 한마디를 듣게 되었다. 이발사는 호텔에 잠시 머무르다가 방금 떠나 버린 어느 독일인 가족에 관한 얘기를, 수다와 아첨을 떨면서 덧붙였다. "선생님께서는 그냥 머물러 계시는군요. 선생님은 전염병이 겁나지 않으신가 봐요." 아셴바흐는 그를 쳐다보았다. "전염병이라니?" 하고 그는 되물었다. 수다쟁이 남자는 입을 다물었다. 그리고는 바쁜 듯이 움직이며, 그의 질문을 못 들은 체했다. 질문이 더 집요해지자 그 남자는 아무것도 모른다고 변명하며, 당황한 나머지 횡설수설하면서 화제를 바꾸려고 했다.

그때가 정오 무렵이었다. 오후에 아셴바흐는 바람이 잦아들고 태양이 작열하는 때에 베네치아로 가는 배를 탔다. 폴란드인 남매들을 따라가고자 하는 열렬한 소망이 그를 부추겼기 때문이다. 조금 전에 그들이 잔교로 향하는 길목에 접어들고 있는 모습을 보았던 것이다. 아셴바흐는 자신의 우상을 산마르코에서 발견하지 못했다. 그런데 광장의 그늘진 자리, 철제

원형 탁자 앞에 앉아서 차를 마시는 도중 불현듯 그는 공기 중에서 이상한 냄새를 맡았다. 그러고 보니 이 냄새는 이미 며칠 전부터 그가 의식하지 못하는 사이에 그의 감각을 자극해 온 듯했다. 어떤 들큼한 약제 냄새 같았는데, 불행, 상처 그리고 수상쩍은 청결함을 연상시켰다. 그는 냄새를 맡으며, 그 정체가 무엇인지 곰곰이 생각해 보았다. 그는 가볍게 식사를 끝내고 광장을 떠나서 성당 맞은편으로 향했다. 좁은 골목으로 들어서자 냄새는 더욱 강해졌다. 길모퉁이에는 인쇄된 벽보들이 붙어 있었다. 요즘 날씨에 흔히 생기는 소화계통의 어떤 질병 때문에 주민들에게 굴과 조개를 먹지 말고 운하의 물도 조심하라고 경고하는 시정 당국의 공고문이었다. 그 공고가 심각한 사태를 미화하고 있음은 분명했다. 사람들은 침묵을 지키며 다리와 광장 위에 무리 지어 있었다. 이방인은 뭔가를 알아채고 골똘히 생각에 잠긴 채 그들 사이에 서 있었다.

산호를 꿴 공예품과 모조 자수정 장신구 사이에 기댄 채 아치형 문 안에 서 있는 어느 가게 주인에게, 아셴바흐는 이 불길한 냄새의 정체를 설명해 달라고 요청했다. 그 남자는 무거운 시선으로 그를 훑어보더니 재빨리 쾌활하게 반응했다. "일종의 예방책입죠, 선생님!" 그는 과장된 몸짓을 섞어 가며 대답했다. "경찰의 조치이니 어련하겠어요. 이런 날씨는 답답한 데다가, 시로코 열풍 또한 건강에 좋지 않으니까요. 요컨대, 이해해 주셔야지요. 아마 지나치게 조심하는 것일 수도 있고……." 아셴바흐는 그 사람에게 고맙다고 인사하고 계속 걸어갔다. 자신을 싣고 리도로 되돌아가는 배에서도 아셴바흐는 이제 방역 소독약의 냄새를 맡았다.

그는 호텔로 돌아오자 홀에 있는 신문 열람 탁자에서 신문을 훑어보았다. 외국어로 된 신문들에는 건질 만한 뉴스가 전혀 없었다. 이탈리아 신문들은 불확실한 숫자를 제시할 뿐이었고, 당국의 왜곡된 입장을 그대로 보도해서 진실성이 의심스러웠다. 독일과 오스트리아의 신문들도 비슷하게 설명하고 있었다. 다른 나라 사람들은 분명 아무것도 모르고, 아무 눈치조차 못 챈 채 아직 불안해하지 않는 모양이었다. '숨기려고 하는구나!' 아셴바흐는 흥분해서 마음속으로 뇌까렸다. 그러면서 신문들을 탁자 위에 도로 집어 던졌다. '중대한 문제를 발표하지 않고 숨기려 하다니!' 그러나 동시에 그의 마음은 외부 세계의 낯선 모험적 상황에 만족감을 느꼈다. 왜냐하면 일상의 확고한 질서와 안녕은 범죄에 적합하지 않듯이, 정열에도 어울리지 않았기 때문이다. 즉, 시민적 질서의 와해, 세상의 온갖 혼란과 재난은 정열이 환영할 만한 일임에 틀림없으니까. 그러니까 정열은 재난 덕분에 이익을 취하리라 막연하게나마 희망할 수 있는 것이다. 그래서 아셴바흐는 베네치아의 더러운 골목길에서 목격한 당국의 엉터리 조치에 대해 은밀한 만족감을 느꼈다. 그 자신의 가장 내밀한 비밀과 융화한 이 도시의 사악한 비밀! 그 비밀을 지키는 것이 그에게도 매우 중요한 관심사였다. 왜냐하면 사랑에 빠진 아셴바흐는 혹시 타치오가 떠나지 않을까 하는 것 말고는 아무것도 걱정하지 않았기 때문이었다. 만일 그런 일이 일어난다면 어떻게 살아야 할지 막막할 거라고 깨닫고 나서도 그는 별로 놀라지 않았다.

이제 그는 아름다운 소년을 가까이 두고 지켜볼 수 있게 된 것을 일상의 흐름과 행운 덕으로 여기며 그저 만족하고 있을 수 없었다. 그는 소년을 뒤쫓아 다니기도 하고, 미행하기까지 했다. 폴란드인들은 일요일에 단 한 번도 해변에 나타나지 않았다. 그는 그들이 예배에 참석하러 산마르코 광장으로 갔으리라 짐작하고, 서둘러 그곳으로 향했다. 그리고 광장의 이글대는 열기 속을 빠져나와서, 대성당의 가물거리는 황금빛 어둠 속으로 들어갔다. 그는 그리움에 잠겨, 기도용 탁자 위에 몸을 숙인 채 예배드리는 소년을 발견했다. 아셴바흐는 맨 뒤쪽, 금이 간 모자이크 바닥 위에 섰다. 무릎을 꿇은 채 중얼거리며 성호를 긋는 사람들 한가운데에서, 오리엔트 양식을 가미한 성당의 절제된 화려함에 그의 감각은 완전히 압도되었다. 앞쪽에서는 화려한 장식을 두른 사제가 걸어 다니며 무슨 의식을 올리거나 노래를 부르기도 했다. 피어오르는 향의 연기가 제단 촛불의 가물거리는 불꽃을 흐릿하게 감쌌다. 아련하고 들큼한 제물의 향기 속에는 어떤 냄새가, 즉 병든 도시의 냄새가 약간 섞여 있는 듯했다. 아셴바흐는 흐릿한 공간과 반짝이는 불꽃 사이로, 아름다운 소년이 저 앞쪽에서 고개를 뒤로 돌린 채 그를 찾거나 보고 있다는 걸 알게 되었다.

예배가 끝난 뒤 사람들이 열린 정문 입구를 지나서, 비둘기가 떼 지어 있는 환한 광장으로 물밀듯 몰려나왔다. 그때, 매혹당한 아셴바흐는 현관 앞 공간의 은밀한 자리에 몸을 숨기고 몰래 훔쳐보았다. 폴란드인들이 교회를 떠나는 모습을 지켜보고, 남매들이 격식 있게 어머니와 작별 인사를 나누는 광경과, 그녀가 되돌아가고자 작은 광장 쪽으로 몸을 돌리는 모습을 바라보았다. 그리고 아름다운 소년과 수녀 같은 누나들과 가정 교사가 오른쪽, 시계탑 아래 성문을 통과해서 잡화상 거리 쪽으로 접어드는 모습을 확인했다. 그는 그들이 어느 정도 앞서가도록 내버려둔 다음, 잠자코 따라갔다. 베네치아 시가를 두루 산책하는 그들을 남몰래 뒤따랐던 것이다. 그들이 잠시 머뭇거리면 그도 멈춰 서지 않을 수 없었고, 그들이 길을 되돌아와서 지나갈 때면 음식점이나 뜰 안으로 급히 피해야 했다. 때로 그들을 놓쳐 버리기라도 하면 그는 열이 나고 지칠 대로 지쳐 다리 위나 더러운 뒷골목에서 그들을 찾아냈다. 비켜 갈 수 없는 좁은 통로에서 별안간 그들과 맞닥뜨리면 그는 지독한 고통의 순간을 참고 견뎌야 했다. 그렇다고 그가 괴롭기만 했다고는 말할 수 없다. 그의 머리와 가슴은 도취되어 있었다. 그의 발걸음은 인간의 이성과 위엄을 자기 발아래로 꿇어앉히는 것을 즐기는 악령의 지시를 따르고 있었다.

이윽고 타치오와 그 일행은 어디선가 곤돌라를 탔다. 그들이 배를 타는 동안, 우뚝 솟은 분수 옆에 몸을 숨기고 있던 아셴바흐는 그들이 물가를 떠나자마자 곧바로 그들의 행동을 따라 했다. 그는 다급하게 목소리를 낮추어 말하면서 사공에게 넉넉한 웃돈을 약속했다. 그러고는 방금 전에 저쪽 모퉁이를 돌아간 곤돌라를, 적당한 거리를 유지한 채 눈에 띄지 않게 따라가 달라고 부탁했다. 그랬더니 흉계를 꾸미는 악당의 교활한 제안이라도 받은 양, 사공은 그와 똑같은 말투로 원하는 대로 성심성의껏 맡은 일을 수행하겠다고 다짐했다. 그러자 아셴바흐의 마음은 설렜다.

그는 부드러운 까만색 쿠션에 기댄 채 물 위로 미끄러져 갔다. 그렇게 흔들거리는 배를 타고, 뱃머리가 뾰족하고 시커먼 조각배를 뒤쫓아 갔다. 그 배의 흔적을 따라가고 있노라니 열정이 그를 엄습했다. 이따금씩 그 조각배가 시야에서 사라지면 그는 걱정하고 불안해했다. 하지만 곤돌라 사공은 그런 일에 숙달된 듯, 연신 교묘하게 배를 몰아서 재빨리 가로지르거나 지름길을 이용해 애타도록 그리운 소년을 다시 그의 눈앞에 대령했다. 잔잔하게 불어오는 바람은 어떤 냄새를 머금고 있었다. 태양은 회색빛으로 물든 흐릿한 대기 사이로 무겁게 내리비치고 있었다. 물결은 나무와 돌에 부딪히며 찰랑거렸다. 어떻게 들으면 경고 같고 어떻게 들으면 인사 같은, 앞선 곤돌라 사공의 외침이 묘한 합의라도 한 듯이, 미로 형태의 고요한 운하에서 아득히 들려왔다. 높은 곳에 자리한 조그마한 정원에는 흰색과 자주색의 방사형 꽃송이들이 아몬드 향기를 내뿜으며 허물어져 가는 외벽 너머로 늘어져 있었다. 아라비아식 창틀은 흐릿한 공기 속에서 윤곽을 드러내 보였고, 교회의 대리석 계단은 물결 너머로 솟아 있었다. 그곳에서 거지 하나가 쪼그리고 앉아 자신의 비참함을 호소하면서 모자를 내민채 장님처럼 눈의 흰자위를 희번덕거렸다. 어느 골동품 가게 주인은 초라한 가게 앞에서 어떻게든 아셴바흐를 속여 먹을 심산으로, 그에게 한번 둘러보라고 아첨 섞인 몸짓을 하며 간청했다. 이것이 베네치아였다. 아양을 잘 떨고 수상쩍은 미인

같은 도시. 어쩌면 동화 같고, 어쩌면 나그네를 유혹하는 함정 같은 도시. 이 도시의 썩어 가는 공기 속에서 한때 예술이 향락적으로 번성했던 것이다. 이 도시는 자장가를 불러 주듯 유혹적인 선율을 음악가들에게 들려주었다. 모험을 하는 아셴바흐에게도 왠지 그러한 풍요가 보이는 것 같고 그런 멜로디가 들리는 듯했다. 이 도시의 진실이 병든 탐욕 탓에 비밀에 부쳐지고 있다는 생각이 떠올랐다. 그러자 그는 더욱 조바심이 나서 앞쪽으로 떠가는 곤돌라를 살펴보았다.

혼란해진 아셴바흐는 자기 감정에 불을 지른 그 대상을 끊임없이 뒤쫓아가는 일만을 생각했다. 그리고 그 소년이 없으면, 연인들이 꿈꾸는 대로 상대의 단순한 그림자라도 애정 가득한 말들을 전하는 것, 그 일 이외에는 아무것도 알지 못하고, 알려고 하지도 않았다. 고독, 낯섦 그리고 노년의 깊은 도취에서 비롯한 행복감은 그를 고무시켰고, 지극히 놀라운 행동마저 아무 주저 없이, 얼굴을 붉히지도 않고 해내도록 설득했다. 도대체 어떻게 그런 일이 일어났는지. 그는 저녁 늦게 베네치아에서 돌아오는 길에, 호텔 2층에 위치한 아름다운 소년의 객실 앞에 멈춰 서서 완전히 도취되어 이마를 문손잡이에 기대고는 거기서 한참 동안 떠날 줄 몰랐다. 그런 정신 나간 상태를 누군가에게 발각당해서 곤욕을 치를지도 모르는 위험을 무릅쓰고 말이다.

아무리 그래도 자제하고 조금은 정신을 차리는 순간이 아예 없지는 않았다. 그럴 때면 그는 몹시 당황해서 '어떻게 된 거지!'라고 마음속으로 생각했다. '대체 어떻게 된 거야!' 자연스러운 업적들로 인해 가문에 대한 귀족적 관심을 가지게 되는 모든 사람들과 마찬가지로, 그 역시 위업을 이루고 성공할 때마다 조상을 생각하며 그들의 갈채와 만족감 그리고 어김없는 존중을 정신적으로 재확인하곤 했다. 그는 지금 여기에서도 그들을 생각했다. 허용할 수 없는 어떤 체험 속에 얽혀든 채, 너무나 기묘한 감정의 방종에 빠져 있으면서도, 선조들의 엄격한 태도와 점잖은 남성성을 의식했다. 그러자 우울한 미소가 흘러나왔다. 그들은 뭐라고 말할까? 그들이라면 당신들 삶에서 빗나가고 타락하기까지 한 예술가의 일생에 대해서, 예술의 마력 속에 빠져 버린 이런 삶에 대해서 도대체 뭐라고 말할 것인가! 그는 언젠가 직접 그런 삶에 대해, 조상들의 시민적 윤리에 입각해서 보자면 너무도 가소로운 애송이의 견해를 내놓은 적이 있었다. 그의 삶은 근본적으로 그들의 삶과 아주 유사했다. 그도 소임을 다했다. 조상들 중 몇몇과 마찬가지로, 그 역시 군인이 되고 전사도 되었다. 왜냐하면 예술이란 전투이기 때문이었다. 오늘날에는 더 이상 쓸모없게 된 일종의 소모적 전투 말이다. 극기와 불굴의 삶, 혹독하고 단호하며 절제하는 삶. 그는 그것을 시대에 걸맞은 매력적인 영웅 정신의 상징으로 형상화했다. 아마도 그는 스스로의 성취를 사내답고 용감하다고 일컬어도 무방할 터였다. 그리고 그를 사로잡은 사랑의 신 에로스는 특히 어떤 식으로든 그런 삶에 적합하고 애착을 가진 듯 여겨졌다. 실제로 에로스 신은 아주 용감한 사람들한테서 특별히 존경받지 않았던가? 심지어 용맹함 때문에 그들 도시에서 환영받지 않았던가? 옛날의 수많은 용사들은 에로스의 멍에를 기꺼이 짊어졌다. 왜냐하면 에로스가 내리는 굴욕은 전혀 굴욕으로 여겨지지 않았기 때문이다. 그리고 다른 목적으로 그랬더라면 비겁함의 표징으로서 비난받았을 법한 행동들, 예컨대 무릎 꿇거나 서약하거나 애원하는 그 어떤 비굴한 행위조차 사랑하는 이에게는 치욕이 아니었다. 오히려 그렇게 함으로써 찬사를 받았다.

현혹된 아셴바흐의 사고방식은 그러했다. 그렇게 버티면서 그는 품위를 유지하려 애썼다. 그러면서도 베네치아의 불미스러운 사건에 대해 쉴 새 없이 탐색했고, 끈기 있게 주의를 기울였다. 그러한 외적 모험은 그의 마음속 모험과 은밀하게 합류했으며, 또 그 모험은 그의 열정에 막연한 금단의 희망을 주면서 점점 키워 내고 있었다. 전염병의 새롭고 확실한 현황을 알아내는 데에 온통 정신이 팔린 아셴바흐는 시내의 커피숍에서 독일 신문들을 샅샅이 찾아보았다. 이미 여러 날 전부터 호텔의 신문들은 사라져 버렸기 때문이었다. 신문에서는 주장과 반박이 엇갈리고 있었다. 발병 건수가 20건, 30건, 아니 어쩌면 100건…… 그 이상일지도 모른다고들 했다. 분명하지는 않지만 전염병의 발생은 아주 드문 일이며, 외부에서 유입된 탓이라고 했다. 이탈리아 당국의 위험스러운 조치에 대해 경각심을 불러일으킬 만한 우려와 항의가 여기저기 실려 있었다. 확실한 정보는 끝내 알아낼 수 없었다.

그럼에도 고독한 남자는 자기가 그 비밀을 알아야만 하는 특별한 권리가 있다고 여겼다. 진실을 알 수 없었음에도 말이다. 대답하기 곤란한 질문으로 사실을 아는 사람들을 공격하고, 입을 다물기로 합의한 상대로 하여금 뻔한 거짓말을 하도록 강요하는 것에서 그는 야릇한 만족감을 느꼈다. 하루는 식당에서 아침 식사를 하던 중에, 그는 그런 식으로 지배인에게 해명을 요구했다. 키가 작고 프랑스식 프록코트를 입고서 눈에 잘 띄지 않게 살살 돌아다니는 그 남자는, 식사를 하는 손님들 사이로 인사를 건네거나 이런저런 감독을 하곤 했다. 그러다가 마침 몇 마디 잡담을 나누고자 아셴바흐의 식탁 옆에 멈춰 서게 된 것이었다. "대체 어째서," 하고 아셴바흐는 지나가는 투로 무심하게 물었다. "도대체 왜, 당국은 얼마 전부터 베네치아를 소독하고 있지요?" "그건 말입니다." 하고 살살 걸어 다니는 남자가 대답했다. "경찰 당국의 조치입니다. 그렇지요, 이례적으로 무더운 날씨 때문에 발생할 수도 있는 공중 보건상의 모든 곤란이나 장애를 제때에 막아 보려는 것이겠지요." "칭찬받을 만한 경찰이군요." 하고 아셴바흐는 대꾸했다. 이어서 기상에 관한 몇 가지 견해들을 주고받은 뒤에 지배인은 인사를 하며 물러갔다.

같은 날 저녁, 만찬을 마친 뒤에 시내에서 건너온 길거리 가수들 한패가 호텔 앞뜰에서 공연을 했다. 남자 둘에 여자 둘로 구성된 그들은, 가로등의 쇠기둥 옆에 서서 불빛을 받아 허옇게 비치는 얼굴을 쳐들고 대형 테라스 쪽을 쳐다보고 있었다. 그곳에서는 손님 여럿이 커피나 시원한 음료수를 마시며 그들의 속된 공연을 지켜보고 있었다. 호텔 직원과 승강기 안내원, 웨이터 그리고 사무실 직원까지, 홀 쪽으로 통하는 문 옆에 모여서 귀를 기울이고 들었다. 러시아인 가족은 한껏 들떠 즐겼는데, 그들은 등나무 의자를 뜰로 옮겨 공연하는 사람들한테 좀 더 가까이 다가가서 흥겹게 반원형 대열로 앉아 있었다. 그들 뒤에는 터번 모양의 두건을 쓴 늙은 하인 여자가 서 있었다.

구걸하는 악사들은 만돌린, 기타, 하모니카 그리고 아름다운 선율을 빚어내는 바이올린 따위를 연주하고 있었다. 악기의 선율 사이로 노랫소리가 들려왔다. 날카롭고 찢어지는 목소리의 젊은 여자 가수가, 달콤한 가성으로 노래하는 테너 가수와 함께 열렬한 사랑의 듀엣을 불렀다. 하지만 그 패거리의 진짜 재주꾼이자 우두머리로서 확실한 솜씨를 보여 준 사람은 다른 남자 가수였다. 그는 기타를 들고 있었는데, 일종의 희가극 바리톤 가수 같았으나 거의 목소리를 내지 않았다. 그렇지만 흉내 내는 데 재능이 있고 상당히 익살맞았다. 그는 여러 차례 커다란 악기를 부둥켜안고 가수 무리에서 빠져나오더니 요란한 몸짓을 해 보이며 무대 앞자리로 나왔다. 사람들은 그의 우스꽝스러운 행동에 보답하듯 한바탕 유쾌하게 웃어 주었다. 특히 앞쪽에 바짝 다가가 앉은 러시아 사람들은 그러한 남국의 열정에 매혹당한 모습이었다. 그들은 박수갈채와 환호를 보내며, 그가 한층 더 대담하고 한층 더 확신에 차서 연기하도록 부추겼다.

아셴바흐는 테라스 난간 옆에 앉아 있었는데, 석류 주스와 소다수를 혼합한 음료수로 이따금 입술을 식히곤 했다. 그 음료수는 유리잔 속에서 불타는 듯한 홍옥빛을 띠고 있었다. 그의 두뇌는 시시한 소리들, 천박하고 애달픈 멜로디를 탐욕적으로 듣고 있었다. 왜냐하면 정열은 까다로운 감각을 마비시키고, 냉철함을 재치 있고 유머러스하게 받아들이거나 단호히 거부하는 자극적인 힘과 아주 진지하게 관계 맺기 때문이다. 그의 표정은 어릿광대짓을 하는 남자의 곡예 때문에 벌써 굳어서 괴로운 빛이 도는 미소로 일그러져 있었다. 그는 느긋한 체하며 거기에 앉아 있는 동안에도 극도의 주의력 때문에 내면이 팽팽하게 긴장되어 있었다. 그 까닭은 그와 여섯 걸음 정도 떨어진 곳에, 타치오가 돌난간에 기댄 채 서 있었기 때문이었다.

타치오는 만찬 때에 종종 입던, 허리띠를 매는 하얀색 정장을 차려입고, 피할 수 없는 타고난 우아함을 드러내며 그곳에 서 있었다. 왼쪽 팔을 가슴 위에 올려놓고 두 발을 꼰 채 오른손은 허리에 받치고 있었는데, 한 가닥 미소도 찾아볼 수 없었고, 단지 아련한 호기심에 불과한, 공손한 응대의 표정으로 떠돌이 가수들을 내려다보고 있었다. 이따금 몸을 똑바로 세우고는 가슴을 쫙 펴고, 두 팔로 가죽 허리띠를 두른 하얀 윗도리를 아래쪽으로 끌어당기곤 했는데, 그 동작이 아름다웠다. 그런데 늙어 가는 예술가는 이따금 어떤 사실을 알아차리고 승리감과 함께 이성의 현기증을 느끼며 흠칫 놀라기도 했다. 소년은 머뭇거리며 조심스럽게, 마치 어떤 기습적 행동처럼 빠르고 갑작스럽게 머리를 왼쪽 어깨 너머로 돌리더니 자기를 사랑하는 사람의 자리 쪽을 돌아보았던 것이다. 그 아이는 자신을 사랑하는 사람과 눈을 마주치지는 않았다. 왜냐하면 소심한 염려 때문에 혼란해진 아센바흐가 스스로의 시선을 불안하게 억제하고 있었기 때문이다. 테라스 뒤쪽에는 타치오를 보호하는 여자들이 앉아 있었다. 사랑에 빠진 늙은이는 혹시 눈에 띄거나 의심받을까 봐 두렵기까지 했다. 정말 여러 차례, 해변이나 호텔의 홀 내부, 산마르코 광장 등지에서 그들이 타치오를 불러들이며 자기로부터 떼어 놓으려 하는 듯한 낌새를 알아차렸다. 그럴 때마다 그는 번번이 몸이 뻣뻣이 굳어 버리는 기분이었고 끔찍한 모욕감을 감내해야만 했다. 그러면 그의 자존심이 알 수 없는 고통으로 변해서 얼른 떨쳐 버리려고 애썼지만, 그의 양심은 그것을 허락하지 않았다.

그사이에 기타를 든 남자는 자기 반주에 맞춰 이탈리아 전역에서 한창 유행하는 여러 절로 이뤄진 노래를 혼자 부르기 시작했다. 그는 구성지고도 극적으로 노래를 부를 줄 알았다. 후렴 부분에 이르자 그의 패거리가 노래를 거들고 모든 악기를 연주하며 끼어들었다. 그 남자 가수는 가냘픈 몸매에 얼굴이 수척한 데다 병색마저 있는 듯했다. 그는 자기 패거리와 떨어져서 낡은 펠트모자를 목덜미까지 눌러쓰고 서 있었는데, 모자 아래쪽으로 한 다발의 빨간 머리카락이 삐져나와 있었다. 자갈밭 위에 선 그의 태도는 뻔뻔스러우리만큼 대담했다. 그는 요란한 현악기 소리에 맞춰 강렬한 서창(敍唱)[26]으로 위쪽 테라스를 향해서 익살을 떨어 댔다. 그렇게 열창을 하느라 그의 이마 위로 혈관이 불거져 나왔다.

그는 베네치아 사람 같지 않고 오히려 나폴리의 익살꾼 부

---

26) 오페라나 종교극 따위에서 대사를 말하듯이 노래하는 형식.

류에 가까웠는데, 어찌 보면 사창가의 호객꾼 같고, 또 달리 보면 희극 배우 같기도 했다. 아무튼 난폭하고 대담하며, 위협적이면서도 쾌활했다. 그는 노래하면서 유치한 가사의 내용대로 멍청하고 은근하게 입 표정 또는 몸짓으로 연기를 하거나 점잖지 못하게 혀를 입언저리에 대고 놀려서 어쩐지 외설스럽고 거슬렸다. 도시인처럼 빼입은 스포츠 셔츠의 부드러운 칼라 위로 목젖이 커다랗게 튀어나온 수척한 모가지가 삐죽 솟아 있었다. 그의 얼굴엔 수염이 없어서 나이를 가늠하기 힘들었다. 납작코에 창백한 얼굴은 잦은 찡그림과 나쁜 습관 탓에 주름이 파인 듯했다. 불그스레한 양미간 사이에 팬 두 개의 깊은 주름은 특히 히죽거리는 데 제격이었는데, 그 주름은 고집스럽고도 교만하며, 거의 사나운 모양새였다. 그런데 고독한 예술가가 그 남자 가수에게 주의를 기울인 데는 그럴 만한 이유가 있었다. 이 수상쩍은 인물이 역시 수상쩍은 분위기로 공연을 이끌어 가고 있다는 것을 알아차렸기 때문이었다. 그 남자 가수는 매번 후렴을 반복할 때마다 익살스러운 표정을 짓고 손을 흔들어 인사하면서, 해괴한 모습으로 원을 그리며 달렸는데, 아셴바흐의 자리 바로 아래쪽으로 지나갔다. 그때마다 그의 옷과 몸에서 강한 페놀 냄새가 마치 가스처럼 테라스 위쪽까지 풍겨 왔다.

마지막 노래를 마치고 나서 그는 돈을 거두기 시작했다. 맨먼저 기꺼이 돈을 내놓은 러시아인 가족들부터 시작해서 차츰 계단으로 올라왔다. 공연 때는 너무도 뻔뻔스럽게 행동하던 그가 계단 위쪽에서는 너무나도 겸손한 모습을 보였다. 그는 굽실거리며 발을 뒤로 빼고 몸을 숙여서 인사했다. 그러고는 탁자 사이를 여기저기 가만가만 돌아다녔다. 그는 음험함이 서린 공손한 미소를 지으며 옹골찬 치아를 드러냈다. 그러는 사이에도 그의 불그스레한 양미간 사이에 팬 두 개의 깊은 주름은 위협적이었다. 손님들은 생계비를 끌어모으는 그 이상한 사람의 모습을 호기심과 약간 꺼림칙한 느낌으로 유심히 쳐다보았다. 그리고 손가락 끝으로 그의 펠트모자 속에 동전을 던져 주면서 혹여 거기에 닿을까 봐 조심했다. 익살꾼과 점잖은 손님들 사이에 물리적 거리가 사라지면 더 즐거워질 테지만 어쩐지 당혹스럽기도 할 터였다. 가수 역시 그 점을 느꼈는지 아부하면서 양해를 구했다. 그는 아셴바흐한테 다가왔다. 바로 그 순간 주위의 어느 누구도 신경 쓰지 않을 어떤 냄새가 풍겨 왔다.

"여보시오." 하고 고독한 아셴바흐는 마음을 가다듬으며 거의 기계적으로 말했다. "베네치아를 온통 소독하고 있던데, 왜 그런 거요?" 익살꾼 남자는 쉰 목소리로 대답했다. "경찰 때문이지요! 그건 명령입니다, 선생님. 날씨가 이렇게 무덥고 시로코가 불어오니까요. 시로코는 정말 후텁지근한 바람입니다. 건강에도 좋지 않고 말이지요……." 그는 이런 질문을 한다는 게 의아스러운 듯 대꾸하더니, 시로코가 얼마나 후텁지근한지 펑퍼짐한 손으로 시늉을 했다. "그러니까 베네치아에 나쁜 병이 돌고 있지 않다는 말인가요?" 하고 아셴바흐는 아주 나지막한 목소리로, 거의 속삭이듯 물었다. 근육이 잘 발달된 익살꾼의 얼굴은 어쩔 줄 모르는 표정이더니 곧 우스꽝스럽게 일그러졌다. "나쁜 병이라뇨? 무슨 나쁜 병 말인가요? 시로코가 나쁜 병인가요? 아니면 우리 경찰이 나쁜 병이라는 말씀인가요? 농담을 좋아하시나 봅니다! 나쁜 병이라니, 말도 안 돼요! 그냥 예방책일 뿐이지요! 후텁지근한 날씨의 여파에 대비한 경찰의 조치 말입니다……." 그 남자는 과장된 손동작을 해 보였다. "좋아요." 아셴바흐는 다시금 짤막하게 낮은 소리로 말했다. 그러고는 터무니없이 많은 동전을 재빨리 모자 속에 던져 넣었다. 이어서 그는 그 남자에게 물러가라는 눈짓을 했다. 그 남자는 히죽이 웃더니 절을 하며 순순히 따랐다. 그런데 그가 계단에 채 다다르기도 전에 호텔 직원 둘이 그에게로 달려들더니, 얼굴을 바짝 들이대고 작은 소리로 꾸짖었다. 그는 어깨를 움찔하며 비밀을 누설하지 않았노라 확언하고 맹세했다. 손님들은 그 모습을 지켜보고 있었다. 그들에게서 풀려난 익살꾼은 정원으로 되돌아갔다. 그리고 가로등 아래에서 자기 패거리와 간단히 상의를 하더니 감사와 작별의 노래를 부르고자 또 한 번 앞으로 걸어 나왔다.

그 노래는 고독한 아셴바흐가 이제껏 한 번도 들어 본 적이 없는 저질 유행가로, 도무지 알아들을 수 없는 사투리 가사였다. 그리고 후렴은 아예 웃음으로 채워져 있었는데, 단원들은 후렴 부분에서 규칙적으로 목청껏 큰 소리를 내며 끼어들었다. 그럴 때면 악기 반주는 물론이고 노랫말도 그쳤다. 오로지 리듬을 맞추면서도 아주 자연스럽게 처리된 웃음만이 남았다. 특히 남자 가수는 상당한 재간을 부려 매혹적으로 생동감 있게 웃음을 표현할 줄 알았다. 그는 자신과 손님들 사이에 다시 예술적 거리감이 확보되자 완전히 대담해졌다. 뻔뻔스럽게 테라스 쪽을 올려다보면서 던지는 그의 인위적 웃음은 분명 비웃음이었다. 후렴의 끝부분쯤에 이르자, 이제 그는 억제할 수 없는 웃음 충동과 싸우고 있는 듯했다. 그는 흐느꼈고, 목소리마저 떨렸으며, 손으로 입을 틀어막고 어깨를 뒤틀었다. 바로 그 순간, 억누를 수 없는 엄청난 웃음이 그의 안에서 갑자기 터져 나왔다. 마치 울부짖듯이 요란한 웃음소리였다. 그런데 그 웃음은 결국 청중에게 전염되었다. 테라스 위쪽에도 영문도 모른 채 그냥 저절로 생겨난 유쾌한 웃음소리가 퍼졌다. 이것이 그 가수의 거리낌 없는 행동을 더욱 부추긴 듯했다. 그는 무릎을 굽히고 허벅지를 치며 배를 움켜잡고는 포복절도했다. 그는 더 이상 웃는 게 아니라 소리를 지르고 있었다. 그는 저기 위쪽에서 웃고 있는 사람들보다 더 우스꽝스러운 것은 없다는 듯, 손가락으로 그쪽을 가리켜 보였다. 그러자 마침내 뜰과 베란다에 있던 모두가, 심지어 웨이터와 승강기 안내원 그리고 문간의 하인들까지도 웃어 댔다.

아셴바흐는 더 이상 가만히 의자에 앉아 있을 수 없었다. 어떻게든 막아 보거나 도망가고자 엉거주춤 일어났다. 그러나 사방에서 터져 나오는 웃음소리와 풍겨 오는 소독약 냄새 그리고 아름다운 소년과 가까이 있다는 사실이 뒤섞여서 그를 꿈같은 마력으로 옭아매어 그의 머리와 감각을 도저히 빠져나갈 수 없게 에워쌌다. 다들 웃느라 정신이 팔린 틈을 타서 그는 과감하게 타치오 쪽을 건너다보았다. 그런데 그 아름다운 소년도 아셴바흐의 시선에 응답하며 마찬가지로 진지한 태도를 취하고 있다는 것을 알게 되었다. 그 소년은 마치 자기 태도와 표정을 상대방과 똑같이 따라 하는 듯했다. 상대편 남자가 주변 분위기에서 벗어나 있듯이, 그 아이도 주위의 영향을 전혀 받지 않는 모양이었다. 이처럼 천진하고도 돈독한 순응은 아셴바흐의 마음을 완전히 무장 해제하고 압도해서, 머리가 하얗게 센 그는 두 손으로 자기 얼굴을 숨기려다가 간신히 참았다. 그리고 그의 생각에, 이따금씩 타치오가 벌떡 일어나거나 심호흡하는 까닭은 탄식이나 가슴의 답답함 때문인 것 같았다. '저 애는 병약하다. 아마도 저 아이는 오래 살지 못할지도 몰라!' 이상하게도 도취와 동경에서 가끔 해방될 때 되찾는 객관적 태도로 그는 다시 한번 마음속으로 되뇌었다. 방탕한 만족감과 함께 순수한 염려가 그의 마음을 가득 채우고 있었다.

그러는 사이에 베네치아의 악단은 공연을 끝마치고 물러가고 있었다. 박수갈채가 뒤따르자 우두머리는 한 번 더 익살을 부리며 마지막 퇴장을 장식하는 일을 빠뜨리지 않았다. 그가 발을 뒤로 빼고 고개 숙여 절하며 손으로 키스를 보내자 웃음이 터져 나왔고, 그는 똑같은 행동을 한 번 더 반복했다. 그의 패거리가 이미 멀리 떠난 뒤에도 그는 바깥쪽으로 달려가며 가로등 기둥에 부딪히는 시늉을 했고, 짐짓 고통스러움을 가장하면서 몸을 구부린 채 입구 쪽으로 비실비실 걸어갔다. 그는 마침내 거기에서 돌연 우스꽝스럽고 가련한 주인공의 가면을 벗어 버렸다. 그다음 똑바로 일어서더니 펄쩍펄쩍 뛰면서 테라스 위쪽의 손님들을 향해 무례하게 혓바닥을 내밀고

는 어둠 속으로 슬그머니 사라졌다. 해수욕 손님들은 하나둘
씩 흩어지고, 타치오도 더 이상 기둥이 있는 난간 곁에 있지
않았다. 그러나 고독한 남자는 석류 주스를 탁자 위에 올려놓
고 한참 더, 웨이터들이 의아하게 여길 만큼 오랫동안, 멍하니
앉아 있었다. 밤이 깊어 가고 시간은 흘러갔다. 오래전에 그의
양친 집에는 모래시계가 있었다. 별안간 그는 낡긴 했어도 의
미 있는 그 물건이 바로 곁에 있는 것 같은 환상에 빠졌다. 적
갈색으로 물들인 모래가 아무 소리 없이 섬세하게 좁은 유리
관 사이로 빠져나가고, 위쪽의 모래가 거의 바닥나 갈 때면 그
오목한 자리에는 조그맣고 급격한 소용돌이가 생겼다.

　이튿날 오후에 고집 센 남자 아셴바흐는 외부 세계를 조사
하고자 새로운 조치를 취했다. 이번에는 상당한 성과가 있었
다. 그는 산마르코 광장에 있는 영국 여행사의 창구에서 약
간의 돈을 환전했다. 그러면서 자기를 응대하는 직원에게, 의
심 많은 외국인의 표정을 띠고서 예의 난처한 질문을 던졌다.
그 영국인은 털옷을 입고 있었는데 아직 젊고, 가운데 가르마
를 탄 머리에 미간이 좁았다. 그의 성격은 차분하고 성실했는
데, 교활하고 약삭빠른 남국에서는 아주 보기 드문, 독특한
인상을 주었다. 그는 말을 꺼내기 시작했다. "염려할 필요는 없
습니다, 선생님! 별 심각한 의미가 있는 조치는 아닙니다. 그
런 명령은 자주 있지요. 무더위와 시로코 열풍이 시민들 건강
에 해로운 영향을 미칠까 봐 미리 예방하려고 말입니다……"
그런데 그 직원의 푸른 눈이 외국인의 눈길과 마주쳤다. 약간
의 경멸을 띤 채, 자기 입술을 바라보는, 어딘가 지치고 좀 슬

퍼 보이는 눈길과 마주친 것이다. 그러자 영국인 남자는 낯을 붉혔다. "그건 말입니다." 하고 그는 나지막한 목소리로 약간의 동요를 드러내며 계속 이야기했다. "당국의 해명은 일단 그렇지요. 여기선 그게 사람들의 질문에 대한 최선의 답변이라고 할 수 있습니다. 하지만 그 배후에 뭔가가 숨어 있다는 사실을 말씀드려야 할 것 같군요." 그는 솔직하고 편안한 말투로 진상을 들려주었다.

벌써 여러 해 전부터 인도의 콜레라가 기승을 부리며 여기저기 퍼지기 시작했다. 전염병은 갠지스강 삼각주의 무더운 습지에서 생겨났는데, 사람이 접근하기 힘든 불모지, 그 원시림과 야생의 섬에서——그곳 대나무 숲에는 호랑이가 웅크리고 있다.——독기를 품은 바람이 일더니 전염병은 인도 전역으로 계속 급격하게 번져 갔다. 그래서 동쪽으로는 중국, 서쪽으로는 아프가니스탄과 페르시아로 확산되었고, 대상(隊商)의 주요 이동 경로를 따라서 콜레라의 공포가 남러시아의 아스트라한, 심지어 모스크바까지 퍼졌다. 그 유령은 거기서부터 육로를 통해 쳐들어올까 봐 유럽이 벌벌 떨고 있는 사이 시리아의 상선을 타고 바다를 건너왔고, 지중해의 여러 항구에 거의 동시다발적으로 나타났다. 툴롱과 말라가에서 고개를 쳐들고, 팔레르모와 나폴리에서도 여러 형태로 가면을 드러냈고, 칼라브리아와 폴리아에서는 좀체 물러날 기미조차 보이지 않았다. 그럼에도 이탈리아 반도의 북쪽은 아직 피해를 입지 않았다. 그러나 금년 5월 중순 무렵, 베네치아에서 같은 날에 병들어 검게 변한 부두 노동자와 채소 장수의 시체에서 그 끔찍한 병균이 발견되었다. 그 사건은 비밀에 부쳐졌다. 그런데 일주일이 지나자 10건은 20건이 되고, 20건은 30건이 되었으며, 나중에는 여러 구역에서 걷잡을 수 없이 발생했다. 오스트리아에서 온 어떤 남자는 며칠 동안 베네치아에서 휴가를 즐기고 고향으로 돌아갔는데, 결국 모호한 증상을 보이다가 죽었다. 이 수상 도시에 얽힌 최초의 추문은 독일 일간지를 통해 알려지게 되었다. 베네치아 당국은 이 도시의 위생 상태가 더할 나위 없이 좋다고 대응했다. 그러고는 꼭 필요한 대비책이라며 소독을 실시했다. 벌써 채소와 고기, 우유 같은 음식물도 감염된 것 같았다. 왜냐하면 아무리 사실을 부정하고 숨겨도 죽음은 골목 구석구석에 만연했기 때문이었다. 게다가 때 이르게 들이닥친 여름 무더위가 운하의 물을 뜨뜻미지근하게 데우면서 콜레라는 더욱 활개 치게 되었다. 정말 전염병의 기세에 날개를 달아 준 격이었고, 그 병원체의 생명력과 번식력마저 배가된 듯했다. 병이 낫는 경우는 드물었다. 감염자 100명 중 80명은 죽었다. 그것도 아주 끔찍하게. 왜냐하면 그 병은 아주 난폭하게 들이닥쳐서는 '탈수증'이라 불리는 치명적인 증세를 곧잘 동반했기 때문이었다. 이 상태에서는 몸이 혈관에서 다량으로 분비되는 수분을 배출하지 못한다. 그러면 단 몇 시간 사이에 환자는 바싹 마르고 만다. 피가 역청처럼 끈적끈적해지고, 환자는 경련을 일으키며 새된 소리로 비명을 지르다가 질식해서 죽는다. 때때로 가벼운 증세가 나타난 뒤에 깊은 혼수상태로 빠져들면, 환자는 더 이상 정신을 차리기가 어려웠다. 6월 초순에 소리 소문도 없이,

시립 병원의 격리 병동은 이미 가득 찼고 두 곳의 고아원에 마련한 병상마저 모자라기 시작했다. 새로 건설한 부두와 공동묘지로 쓰이는 산미켈레(San Michele) 섬 사이로 끔찍스러우리만큼 빈번히 배가 오갔다. 하지만 이 도시는 총체적인 손실을 두려워했고, 최근 시립 공원에서 개막된 회화 전시회 역시 고려해야 했다. 공황 상태로 나쁜 소문이 퍼진다면, 호텔과 상점들 그리고 외국인을 상대하는 온갖 업소들이 막대한 손해를 입을 터였다. 이 도시에서는 그런 고려가 국제 협약의 존중과 진실에 대한 사랑보다 훨씬 막강한 위력을 발휘했다. 그런 고려는 당국으로 하여금 은폐와 부인을 완강히 고수하도록 부추겼다. 베네치아의 신망 있는 보건 당국 책임자는 이에 격분해서 관직을 내놓고 물러났고, 그 자리는 고분고분한 인물로 남몰래 대체되었다. 시민들은 그 사실을 알고 있었다. 당국의 부패, 전반적인 불안감, 만연한 죽음으로 인한 이 도시의 비상 사태가 겹쳐서 시민들의 윤리의식이 무너졌다. 말하자면 빛을 싫어하는 반사회적 충동을 부추겨서 무절제, 몰염치 그리고 범죄 행위가 증가하기 시작했다. 저녁때는 평소와 달리 술 취한 사람들이 많이 보였다. 가령 음흉한 불량배가 밤거리를 불안하게 했고, 약탈과 살인 사건도 되풀이되었다. 전염병에 희생되었다고 알려진 사례 중에 사실은 친척들에게 독살당한 예도 두 건이나 밝혀졌다. 영업 행태 역시 무분별하게 추근대는 양상을 띠었다. 이제껏 이곳에서는 전혀 찾아볼 수 없었고, 그저 이 나라의 남부와 동양에서 익숙한 병폐였다.

그 영국인 남자는 이러한 얘기를 단호하게 들려주었다. "선생님께서는 하루라도 빨리, 오늘이라도 당장 떠나시는 편이 좋습니다. 며칠 내로 봉쇄령이 내려질 겁니다." 아셴바흐는 "감사합니다." 하고 인사를 건넨 뒤 여행사를 나왔다.

광장은 햇빛이 비치지 않는 후텁지근한 공기에 휩싸여 있었다. 아무것도 모르는 외국인들은 카페 테라스에 앉아 있거나 비둘기들로 온통 뒤덮인 성당 앞에 서 있었다. 그들은 비둘기들이 떼를 지어 날개를 퍼덕이거나 서로 밀쳐 대면서 오므린 손에 놓인 옥수수 낱알을 쪼아 먹는 모습을 지켜보고 있었다. 고독한 남자는 열에 달뜬 흥분 상태로 진실을 확보했다는 승리감에 도취되어서, 혓바닥 위에 감도는 구역감과 가슴속에 도사리는 무서운 공포를 느끼면서 포석이 깔린 호화로운 정원을 천천히 오르내렸다. 그는 상황을 깔끔하게 처리할 수 있는 점잖은 방법을 궁리해 보았다. 가령 오늘 저녁에라도 정찬을 마친 뒤, 진주 장식을 매단 그 폴란드 부인에게 가까이 다가가서 한마디 붙일 수 있을 것이다. '부인, 낯선 사람으로서 실례지만 당신께 충고, 아니 경고를 해 드려야겠습니다. 사리사욕 때문에 아직 당신께 알려지지 않은 정보가 있습니다. 여기를 떠나십시오. 타치오와 따님들을 데리고 당장 떠나십시오. 베네치아에는 전염병이 돌고 있습니다.' 그러고 나서 그는 작별 인사로 냉소적인 신의 도구라고 할 수 있는 소년의 머리를 쓰다듬은 뒤, 얼른 돌아서서 이 수렁으로부터 도망쳐 버릴 수도 있으리라. 그러나 그는 스스로 그럴 마음이 전혀 없다는 것을 느꼈다. 만약 이곳을 떠난다면 아마 스스로를 되찾고 본래의 자신에게로 되돌아갈 수 있을지도 모른다. 그러나 제정신이 아닌 사람만큼 원래의 자기에게로 되돌아가는 일을 싫어하는 자는 없다. 그는 석양빛에 반짝이는, 비문으로 장식된 하얀색 건축물을 떠올렸다. 그 비문의 투명한 신비 속으로 정신의 눈동자가 빠져들었던 것이다. 그때 산책하다가 마주친 기이한 남자가 늙어 가는 아셴바흐에게 멀리 낯선 곳으로 떠나기를 바랐던 젊은 날의 방일한 동경을 일깨워 주었다. 그는 집으로 돌아갈 생각, 분별 있고 냉정한 행동, 창조의 고통과 대가의 솜씨 따위를 떠올리다가 몹시 불쾌해져서 어디 아프기라도 한 듯 얼굴을 찌푸렸다. "아무 말도 하지 말아야지!" 하고 그는 격하게 속삭였다. "나는 입 다물고 있을 거야!" 비밀을 알고 있다는 의식, 이를테면 공범 의식이 마치 약간의 포도주가 피곤한 뇌를 얼얼하게 하듯 그를 도취시켰다. 불행이 닥친 버림받은 도시의 광경이 황량하게 그의 정신에 어른거리면서 마음속의 희망, 도저히 납득할 수 없고 심지어 이성의 영역을 넘어서는 엄청나게 달콤한 희망에 불을 붙였다. 조금 전에 한순간 꿈꾼 알량한 행복은 이런 기대에 비하면 대체 무슨 소용이란 말인가? 혼돈의 매혹 앞에서 예술과 미덕이 이제 그에게 무슨 의미가 있는가? 그는 입을 다물고 계속 아무 말도 하지 않았다.

이날 밤 그는 무서운 꿈을 꾸었다. 꿈을 구체적인 정신적 체험이라고 부를 수 있다면, 그는 이날 밤에 그것을 체험했다. 그 체험은 아주 깊은 잠 속에서, 그리고 완전히 독자적인 상황 속에서 또렷한 감각으로 나타났다. 그러나 그는 사건의 바깥에 있었는데——단지 서 있거나 거닐면서 그 사건을 구경한 것은 아니었다.——실상 사건의 무대는 그의 영혼 자체였다. 그리하여 사건이 외부로부터 그의 영혼 안으로 치고 들어왔다. 그렇게 그의 저항을——심원한 정신적 저항을——강압적으로 굴복시키고는 영혼을 꿰뚫고 통과하면서 그의 존재, 그의 삶과 문화를 초토화하고 완전히 파멸시켰다.

꿈이 시작될 때는 두려웠다. 두려움과 쾌감, 그리고 앞으로 무슨 일이 생길까, 하는 무서운 호기심마저 들었다. 밤이 권능을 발휘하기 시작하자 그의 감각은 가만히 귀를 기울였다. 멀리서부터 시끌벅적한 소리, 쿵쾅거리는 소음과 온갖 잡음이 뒤섞인 채 다가오고 있었기 때문이다. 딸랑거림, 탕탕 치는 소리 그리고 귀를 먹먹하게 하는 천둥소리에, 날카로운 환성, 길게 빼는 '우(U)' 음으로 울부짖는 소리, 이 모든 소리의 배경음으로 마치 비둘기처럼 낮은 소리로 구구 울어 대는, 뻔뻔스러울 정도로 집요하게 계속되는 피리 소리가 오싹할 만큼 감미롭게 도드라졌는데, 피리 소리는 염치없이 속으로 파고들어 오장육부까지 휘저어 놓았다. 그는 이것이 무엇인지 어렴풋이나마 명명할 수 있는 한마디 말을 찾아냈다. "낯선 신[27]이구나!" 자욱한 연기 속에 빨간 불꽃이 작열하고 있었다. 그때 그는 여름 별장 주변의 산악 지대와 비슷한 풍경을 보았다. 부서져 내리는 불빛 속에서, 숲으로 뒤덮인 언덕으로부터, 나무 밑

---

27) 디오니소스를 가리킨다. 고대부터 디오니소스는 머나먼 동쪽, 인도에서 온 낯선 신으로 통했다.

동과 이끼 긴 바위의 잔해들 사이로 무엇인가가 요동치더니 빙빙 돌면서 우수수 떨어져 내렸다. 인간들, 동물들, 우글거리고 아우성치는 존재의 떼거리들이었다. 산비탈은 생명체와 화염, 소란과 비틀거리는 윤무로 넘쳐 나고 있었다. 여자들은 허리띠 아래로 길게 늘어뜨린 모피 옷에 걸려서 비틀거리며 고개를 뒤로 젖힌 채 신음을 토해 내고 탬버린을 마구 흔들어 댔다. 활활 타오르는 횃불과 날이 시퍼런 비수를 뒤흔들기도 했고, 혀를 날름거리는 뱀의 몸뚱어리 한가운데를 꽉 붙잡고 있거나, 비명을 지르면서 두 손으로 자신들의 가슴을 부여잡기도 했다. 이마에 뿔이 달리고 허리에 모피를 둘렀으며 몸에 털이 텁수룩한 남자들은 고개를 숙이고 팔과 허벅지를 들어 올리며 놋쇠 징을 둥둥 치거나 격렬하게 북을 두드렸다. 그 사이 수염 없는 소년들이 이파리 달린 나뭇가지로 숫염소들을 몰고 있었다. 염소의 뿔을 꽉 붙들고, 염소들이 펄쩍펄쩍 뛰는 대로 환호성을 지르며 끌려가는 이들도 있었다. 열광한 사람들은 부드러운 자음과 마지막을 길게 빼는 '우' 음으로 고함을 지르면서 울부짖고 있었다. 그것은 이제까지 한 번도 들어 본적 없는, 달콤하면서도 야만적인 소리였다. 그 소리가 이쪽에서 사슴이 우는 소리처럼 공중으로 퍼져 나가면, 저쪽에서 격한 승리감에 도취한 듯 여럿이서 그 소리에 화답했다. 그들은 서로를 쫓아다니고 사지를 내던지듯 춤을 추면서도 쉴 새 없이 줄곧 울부짖었다. 그러나 그 모든 광란을 줄곧 관통하면서 지배하는 소리는, 사람의 마음을 홀리는 그 은은한 피리 소리였다. 그 피리 소리는, 내키지 않으면서도 체험하고 있는 그를 파렴치하고 집요하게, 그 지독한 희생의 무절제한 축제 속으로 유인하고 있지 않은가? 그의 혐오감은 컸고, 두려움도 컸다. 낯선 신, 이성적이고 위엄 있는 정신의 적에 대항해서 최후까지 본분을 지키고자 애쓰는 그의 의지 역시 정직했다. 그러나 산의 절벽에 부딪혀서 몇 배나 더 큰 메아리로 되울리는 그 시끄러운 소란과 울부짖는 소리가 점점 커져서 그를 압도하고 혼을 빼 놓는 광기로까지 부풀어 올랐다. 탁한 증기가 감각을 짓눌렀다. 숫염소의 몸에서 풍기는 역한 냄새, 헐떡이는 육체들이 내뿜는 숨결, 썩은 물에서 진동하는 악취가 느껴졌다. 거기다가 또 하나의 다른 냄새, 그러니까 그가 익히 잘 아는 냄새까지 났는데, 상처와 만연한 전염병의 냄새였다. 북을 두드리는 소리와 함께 그의 심장이 둥둥 울리고 뇌는 빙빙 맴돌았다. 분노, 현혹, 모든 것을 마비시키는 정욕이 그를 사로잡았다. 그의 영혼은 낯선 신의 윤무에 동참하기를 열망했다. 나무로 만든 거대하고 음탕한 상징물이 제막되어 높이 치켜세워졌다. 그러자 그들은 더욱 거칠게 구호를 외쳐 댔다. 그들은 입에 거품을 물고 음란한 동작과 외설적 손놀림으로 서로를 자극하며 웃어 대거나 신음을 토했다. 그러고는 가시가 달린 막대기로 서로의 몸을 쑤셔 대면서 사지에 묻은 피를 핥아 먹는 것이었다. 꿈을 꾸는 그 역시 이제 그들과 함께, 그들 속에 있었고 어느 사이엔가 낯선 신을 따르고 있었다. 아니, 정녕 그들은 바로 그 자신이었다. 그들이 살을 찢고 살육한 동물들 위로 마구 달려들어 김이 무럭무럭 피어오르는 고기 살점을 게걸스럽게 먹어 치울 때, 그리고 마구 짓밟힌 이끼 긴 땅 위에서 낯선 신에게 제물을 바치고자 끝없는 혼음을 시작했을 때, 그들은 바로 그 자신이었다. 그리하여 그의 영혼은 파멸의 방탕과 광분을 맛보았다.

곤욕을 치른 아셴바흐는 신경이 쇠잔하고, 완전히 녹초가 되고, 무기력하게 악마의 유혹에 빠져든 것 같은 기분으로 꿈에서 깨어났다. 그는 이제 더 이상 자신을 쳐다보는 사람들의 시선을 두려워하지 않았다. 사람들의 의심을 받든 말든 개의치 않았다. 사람들 역시 거의 달아나듯이 떠나 버렸다. 해변의 많은 오두막들은 텅 비었고, 붐비던 식당도 제법 한산해졌다. 어느덧 이 도시에서 외국인은 거의 찾아볼 수 없었다. 진실이 조금씩 누설되자 이해 당사자들의 집요한 통제에도 불구하고 더 이상 공포를 억누를 수 없었다. 그러나 진주 목걸이를 한 귀부인은 여전히 가족들과 함께 머물러 있었다. 소문을 아직 전해 듣지 못했거나 자부심이 너무 강하고 겁도 없어서 소문에 굴복할 수 없었기 때문이리라. 따라서 타치오도 남아 있었다. 그리고 이제 아무 거리낌 없이 미소년의 주변을 맴도는 아셴바흐는 이따금씩, 마치 도망과 죽음이 모든 성가신 인간들을 내쫓아서 오로지 자기만이 아름다운 소년과 함께 이 섬에 머무를 수 있게 되었다고 생각했다. 오전에 바닷가에서 노골적이고도 무책임하게 소년을 똑바로 바라보고 있을 때나, 해질 녘이면 구역질 나는 시체가 몰래 운반되곤 하는 좁은 골목길을 따라 채신없이 소년의 뒤를 따라다닐 때면, 비밀에 부쳐진 그 엄청난 사건이 그에게는 뭔가 희망적인 계시인 양 느껴졌고, 도덕률조차 금방이라도 무너질 듯 여겨졌다.

사랑에 빠진 사람이라면 누구나 그러하듯 그도 호감을 얻기를 바랐으며, 그럴 수 없을까 봐 몹시 불안해했다. 그는 젊어 보이도록 자기 양복에다 가벼운 장신구와 보석을 달았고 향수까지 뿌렸으며, 하루에도 여러 차례 화장을 하느라고 많은 시간을 보냈다. 몸을 치장하고 흥분된 마음으로 긴장한 채 식탁에 나타났다. 그를 매혹한 귀여운 소년과 얼굴을 마주칠 때면 그는 자신의 늙어 가는 육체가 역겹게 생각되었다. 자신의 희끗희끗한 머리카락과 날카로운 표정을 보노라면 그는 수치심과 절망감에 빠지곤 했다. 그는 몸을 산뜻하게 하고 다시 육체적 활기를 얻고 싶은 충동을 느꼈다. 그래서 그는 호텔 이발소를 자주 찾아갔다.

　이발용 가운을 걸치고, 수다쟁이 이발사의 손에 몸단장을 맡긴 뒤 그는 의자에 기댄 채 고통스러운 시선으로 거울에 비친 자기 모습을 관찰하곤 했다.

　"하얗게 세었군." 하고 그는 입을 일그러뜨리며 말했다.

　"약간 세었네요." 이발사가 대꾸했다. "그러니까 외모를 좀 소홀히 하고 무관심하신 탓이지요. 저명인사들은 종종 그러시지요. 이해할 수 있습니다만 무조건 칭찬할 일은 아니지요. 게다가 그런 분들일수록 자연스럽다느니, 인공적이라느니 하는 편견에 어울리지 않으시기에 더욱더 신경 쓰셔야지요. 화장술을 반대하는 사람들의 도덕적 엄격성으로 미용을 말한다면, 가령 치아 관리에까지 잣대를 들이댄다면, 분명 적잖은 반발을 불러일으킬 겁니다. 결국 나이는 우리의 정신과 마음이 어떻게 느끼느냐에 달려 있지요. 그렇다면 허옇게 센 머리를 그대로 두는 것이, 경우에 따라서는 염색으로 색깔을 바로 잡는 것보다 더 심각한 거짓을 의미할 수도 있습니다. 선생님께도 본래의 자연스러운 머리 색깔을 요구할 권리가 있으십니다. 선생님의 머리카락을 원래 색깔로 간단히 되돌려 드려도 괜찮을지요?"

"어떻게 그런다는 말이오?" 하고 아셴바흐가 물었다.

수다스러운 이발사는 손님의 머리카락을 두 가지 약물로, 하나는 투명하고 또 하나는 검은 액체로 씻어 냈다. 그러자 그의 머리카락이 젊었을 때처럼 검어졌다. 이어서 이발사는 달군 인두로 머리카락을 부드럽게 말아 올렸다. 그러고는 뒤로 물러나서 자기가 손질한 머리 모양을 살펴보았다.

"자, 그러면 이제는 얼굴 피부만 약간 생기 있게 만들면 되겠습니다." 이발사가 말했다.

그는 그만 그칠 줄도, 만족할 줄도 모르는 사람처럼 점점 더 부산을 떨며 갖가지 손질을 차례로 해 나갔다. 아셴바흐는 편한 자세로 가만히 앉은 채 차마 싫다고 거절하지 못했다. 오히려 그는 어떤 결과가 나올지 희망에 들뜬 기분으로 거울 속을 들여다보았다. 그의 눈썹은 보다 뚜렷하고 보다 고르게, 둥그스름한 모양을 이루었고, 눈꼬리도 다소 날렵하게 다듬어졌다. 눈두덩에는 아이섀도를 살짝 발라서 눈빛이 한결 돋보였다. 그는 연신 거울에 비친 모습을 들여다보았다. 갈색 가죽처럼 칙칙하던 피부는 가벼운 화장을 하고 연한 볼연지를 바르니 생기 있어 보였다. 조금 전까지만 해도 핏기 없이 창백하던 입술은 발그스레한 딸기처럼 부풀어 올랐다. 뺨과 입 주위에 깊게 팬 고랑과 눈가의 주름살은 영양 크림을 바르자 사라져 버렸다. 그는 심장의 고동을 느끼며 다시 피어나는 청춘을 바라보고 있었다. 치장해 주던 남자는 드디어 만족스러워했다. 그러고는 여느 손님들한테 으레 그러듯이 아양을 떨며 공손하게 감사의 말을 전했다. "그저 조금만 꾸민 거지요." 그는 아셴바흐의 외모를 마지막으로 손질하며 말했다. "이제 선생님은 아무 염려 없이 사랑에 빠지셔도 됩니다." 매혹당한 남자 아셴바흐는 이발소를 걸어 나오며 꿈꾸듯 행복했으나 한편 혼란스럽고 두렵기도 했다. 그는 빨강 넥타이를 매고, 차양이 넓은 밀짚모자에는 갖가지 색깔의 리본을 달았다.

미지근한 폭풍이 일었다. 비는 가끔, 그것도 아주 조금씩 내렸다. 하지만 공기는 습하고 답답한 데다 썩은 냄새로 가득 찼다. 주위에선 온통 펄럭거리는 소리, 찰싹이는 소리, 쏴 하는 소리가 귓전을 울렸다. 화장한 피부 아래로 신열이 느껴지는 아셴바흐에게 이런 날씨는 사악한 족속의 바람의 유령들이 공중에서 마구 날뛰는 듯 여겨졌다. 그악스러운 바닷새들이 심판받은 사내의 식사를 마구 파헤쳐서 물어뜯고는, 그 위에 똥오줌을 휘갈기며 더럽히는 것 같았다. 찌는 듯한 무더위에 식욕이 달아났고, 문득 음식마저 감염되었을지도 모른다는 생각이 들자 아셴바흐는 공포에 질렸다.

그러던 어느 날 오후, 아셴바흐는 아름다운 소년의 뒤를 밟다가 병든 도시의 어지러운 골목 속으로 깊숙이 빠져들었다. 미로 같은 골목들, 운하, 다리, 작은 광장 따위가 모조리 비슷비슷해서 그는 방향 감각을 잃어버린 채 더 이상 동서남북조

차 확실히 가늠하지 못했다. 그가 오로지 염두에 두었던 것
은, 스스로가 동경하며 뒤따라온 미소년을 시야에서 놓치지
않으려는 생각뿐이었다. 수치심 탓에 조심해야 했으므로 벽에
바짝 붙기도 하고, 지나가는 사람들의 등 뒤에 숨기도 했다.
그래서 이미 피로감과 계속된 긴장감이 그의 신체와 정신을
짓누르고 있었음에도, 그는 자기가 지칠 대로 지쳐서 몹시 피
곤한 상태임을 한참 동안 의식하지 못했다. 타치오는 가족들
뒤에서 걸어가고 있었다. 그 아이는 좁은 골목에서, 여느 때와
마찬가지로 가정 교사와 수녀 같은 누나들을 앞세우고 뒤따
라가고 있었다. 혼자 뒤처진 채 천천히 걸으면서, 그 아이는 이
따금 고개를 돌렸다. 그리고 자기 어깨 너머로 사랑에 빠진 남
자가 뒤따라오는지 확인하고자 연한 회색빛의 독특한 눈동자
로 쳐다보곤 했다. 소년은 그를 찾았고, 그를 배신하지 않았다.
그 사실을 깨닫자 아셴바흐는 황홀해져서 소년의 눈길에 계
속 이끌려 갔다. 사랑의 열정에 바보처럼 끌려가는 남자는 가
당치도 않은 희망을 품은 채 몰래 뒤쫓아 갔다. 그런데 끝내
는 희망의 끈을 놓치고 말았다. 폴란드인 가족은 짤막한 아치
형 다리를 건너갔는데, 마침 그 높은 아치가 그들을 시야에서
가려 버렸고 그래서 남자는 그들을 제대로 보지 못했다. 그는
서둘러 다리로 올라가 보았으나 그들을 찾을 수 없었다. 그는
세 방향을, 즉 바로 앞쪽과 좁고 지저분한 선창가로 이어진 양
쪽 길을 살펴보았지만 아무 소용도 없었다. 마침내 그는 기진
맥진해서 쓰러질 것 같았고, 그들을 찾는 일 역시 그만둘 수
밖에 없었다.

그의 머리는 화끈거리고, 몸은 끈적끈적한 땀으로 뒤범벅되었으며, 목덜미는 덜덜 떨렸다. 도저히 참을 수 없는 갈증이 그를 괴롭혔다. 그는 어떻게 해서든 잠시나마 기운을 차릴 방도가 없을까 하고 주위를 둘러보았다. 그는 조그마한 채소 가게에서 과일을 좀 샀고, 너무 익어서 무른 딸기를 걸으면서 먹었다. 쓸쓸하고 마법에 걸린 듯한 작은 광장이 그의 앞에 나타났다. 아셴바흐는 그 광장을 알고 있었다. 몇 주 전에, 비록 수포로 돌아갔지만 베네치아를 떠나겠노라 결심했던 곳이었다. 그는 광장의 한가운데에 있는 석조 빗물 통 계단 위에 털썩 주저앉아서 머리를 둥근 돌에 기댔다. 주위는 고요했다. 풀이 포석 사이에서 자라나고, 쓰레기들은 여기저기 널려 있었다. 비바람에 상하고 높이가 고르지 못한 주변 집들 가운데 고딕식의 아치형 창문이 달린 궁전 같은 건물이 하나 보였다. 거기에는 아무도 살고 있지 않았고, 사자 장식물이 놓인 조그마한 발코니가 있었다. 또 다른 건물의 1층에는 약국이 있었다. 갑작스럽게 불어오는 열풍이 이따금씩 페놀 냄새를 풍겼다.

아셴바흐는 거기에 앉아 있었다. 대가이자 품위 있는 예술가, 「가련한 남자」의 저자, 너무나 모범적이고 순수한 형식으로 보헤미안 기질과 우울의 깊이를 거부했으며 심연에 공감하지 않고 마땅히 떨쳐 버려야 할 것을 떨쳐 버린 작가, 신분 상승을 이룬 남자, 자신의 지식과 온갖 아이러니를 극복하고 성장해서 대중의 신뢰에 걸맞은 책임을 지는 데에 익숙했던 사람. 그는 공식적으로 명예를 얻었고 귀족의 칭호를 부여받았으며, 아이들은 그의 문체를 모범으로 삼아 교육받고 있었다. 그런 그가 거기에 앉아 있었던 것이다. 그의 눈꺼풀은 감겨 있었다. 종종 자조적이고 당황한 듯한 눈빛이 그의 눈꺼풀 아래에서 슬쩍 새어 나왔다가 재빨리 다시 숨어 버렸다. 화장을 해서 더욱 두드러져 보이는 축 처진 입술은, 반쯤 잠에 빠진 그의 머리가 기이한 꿈의 논리로 떠올리는 것을 몇 마디 말로 표현했다.

"그 이유는, 파이드로스여, 명심해라, 아름다움만이 신적인 동시에 눈에 보이는 것이기 때문이다.[28] 그러니까 아름다움은 감각의 길이고, 어린 파이드로스여, 예술가가 정신에 이르는 길이란다. 그런데 귀여운 아이여, 이제 너는, 정신적인 것에 이르고자 감각의 길을 통과해 온 사람 역시 언젠가 지혜와 참으로 남성적인 품위를 얻을 수 있으리라고 생각하느냐? 아니면, 너는 이것을 오히려——판단은 네게 맡기마.——위험스러울 만큼 쾌락적인 길, 즉 필연적으로 타락에 이르게 하는 완전히 잘못된 길, 죄악의 길이라고 생각하느냐? 이렇게 묻는 까닭은 네가 꼭 알아 둬야 할 것이 있기 때문이다. 우리 시인들은 에로스가 안내자로 나서 주지 않는 한, 아름다움의 길에 이를 수 없다는 사실 말이다. 정말 우리도 나름대로 영웅이고, 규율을 가진 전사(戰士)일 수 있어. 그렇지만 우리에게는 여자들과 비슷한 면이 있단다. 이를테면 열정이 곧 우리의 정신을 고양해 주며, 또 동경은 반드시 사랑에 머물러 있어야 하기 때

---

28) 이 대목은 플라톤의 「파이드로스」 250D 참조.

문이야. 그것은 우리에게 즐거움인 동시에 치욕이지. 아마도 너는 이제야 우리 시인들이 어리석을 수도, 품위 없을 수도 있다는 사실을 깨달았겠지? 우리가 필연적으로 잘못된 길에 빠져들고, 방종해지고, 감정의 모험에 휘말린다는 사실을 알았니? 우리가 구사하는 문체에서 엿보이는 거장다운 태도는 모두 허위이고 어릿광대짓일 뿐이야. 우리의 명성과 영예로운 지위는 일종의 익살극이고, 대중의 신뢰는 지극히 우스꽝스러운 촌극이며, 예술로써 국민과 젊은이들을 교육하겠다는 바람은 무모한 짓이고 금지해야 할 계획이야. 예술가는 천성적으로 타락의 심연에 빠져들기 쉽고, 그런 경향을 달리 어떻게 개선해 볼 여지조차 없지. 그런 사람이 교육자라고? 어쩌면 우리는 타락의 심연을 거부하고 품위를 얻고 싶어 할지도 몰라. 그러나 우리가 아무리 발버둥 쳐도 타락의 심연은 우리를 유혹하고 그래서 우리는 해체적인 인식을 거부하지. 왜냐하면, 파이드로스, 인식은 결코 품위도 엄격함도 아니기 때문이란다. 인식은 뭔가를 알고 이해하며 용서하는 것일 뿐, 절제와 형식은 없는 것이란다. 인식은 타락의 심연에 공감하므로 인식 자체가 타락의 심연인 셈이지. 따라서 우리는 인식을 단연코 거부해야 한단다. 이제부터 우리는 아름다움에만 집중해야 해. 말하자면 단순성과 위대성, 그리고 새로운 엄격성과 제2의 자유와 형식을 존중해야 한다는 뜻이지. 그러나 파이드로스, 형식과 자유는 도취와 욕정으로 치닫게 하고, 고귀한 사람을 무시무시한 감정적 방종에 빠뜨린단다. 고귀한 사람의 아름다운 엄격성이 그러한 방종을 불명예스럽게 여기며 배척하는데도, 형식과 자유는 끝내 고귀한 사람을 심연으로 이끌지. 형식과 자유도 심연으로 이끌어. 결국 그것들이 우리 시인들을 그리로 이끌어 간다는 말이다. 왜냐하면 우리 시인들은 높이 날아오를 수 없고 단지 방종하게 살아갈 수 있기 때문이란다. 이제 나는 가겠다. 파이드로스, 너는 여기에 그대로 머물러 있거라. 그러다 내가 더 이상 보이지 않게 되거든, 비로소 너도 그때 떠나거라."

며칠 뒤에 구스타프 폰 아셴바흐는 몸이 불편했으므로 평소보다 좀 늦은 아침에 해수욕장 호텔을 나섰다. 그는 어떤 현기증, 확실히 육체적이지만은 않은 현기증에 맞서 싸워야 했다. 그 현기증과 함께 급작스러운 불안감이 급격히 치솟았고, 바깥 세계의 문제인지 아니면 자기 자신의 문제인지 분명하지 않은, 탈출구도 없고 전망도 없는 막막한 기분을 느꼈다. 그는 호텔 현관에서 운송하기 위해 늘어놓아 둔 엄청난 분량의 짐들을 보았다. 그래서 수위에게 누가 여행을 떠나느냐고 물어보았더니, 그가 남몰래 각오했던 폴란드 귀족의 이름을 듣게 되었다. 그는 초췌한 안색을 바꾸지 않은 채 그 이름을 들어 넘기면서 굳이 알 필요 없지만 그저 지나가는 길에 물어봤다는 식으로 잠깐 고개를 쳐들었다. 그러고는 덧붙여 물었다. "언제 떠나지요?" 그러자 수위가 대답했다. "점심 식사 후에요." 그는 고개를 끄덕이고 바다로 나갔다.

바다는 한적했다. 해안에서 가장 가까이 뻗은 모래톱과 해안선을 가르는 널따랗고 얕은 바닷물 위로 잔물결이 일더니 앞에서부터 뒤쪽으로 밀려 나가고 있었다. 한때는 그토록 다채롭게 생기 넘쳤으나 이젠 거의 황량해진 휴양지에는 가을의 기운이, 쇠락의 기미가 감돌고 있었다. 그곳 모래는 이제 더 이상 깨끗하게 관리되고 있지 않았다. 언뜻 보기에 주인 없는 듯한 사진기가 삼각대 위에 놓인 채 물가에 세워져 있었다. 그 위를 덮은 검은 천이 제법 서늘해진 바람에 펄럭이며 휘날리고 있었다.

타치오는 아직까지 남아 있는 서너 명의 친구들과 함께 자기네 오두막 앞쪽 오른편에서 놀고 있었다. 아센바흐는 해변 오두막들이 죽 늘어선 지역과 바다의 중간쯤 되는 위치에 접이식 의자를 놓아두고 무릎 위에 담요를 덮은 채 가만히 앉아서 다시 한번 그 소년을 지켜보고 있었다. 여자들이 떠날 채비를 서두르느라 눈여겨보지 않게 되자 놀이는 무질서해지고 엉망이 되어 가는 듯했다. 벨트로 여미는 정장을 입고 포마드를 바른 새까만 머리의 '야슈'라는 당찬 소년은 자기 얼굴에 모래를 뿌린 데 흥분해서 타치오에게 씨름을 하자고 강요했다. 겨루기는 연약한 미소년이 쓰러지면서 금방 끝났다. 마치 못난 소년의 헌신적 감정이 작별의 순간에 잔인한 야비함으로 돌변해서 그동안의 예속 관계를 복수하려는 듯, 야슈는 승리하고도 아직 밑에 깔린 미소년을 놓아주지 않은 채 무릎으로 등을 찍어 누르고, 얼굴까지 모래 속에 처박아 짓누르고 있었다. 안 그래도 씨름 탓에 숨이 차 있던 타치오는 금방이라도 질식할 지경이었다. 위에서 내리누르는 소년을 밀쳐 내려고 버둥거리며 애쓰던 타치오는 잠시 움직임을 완전히 멈추었다가 다시 경련을 일으키듯 간헐적으로 움찔거릴 뿐이었다. 아셴바흐가 기겁해서 몸소 구출하려고 벌떡 일어나자 그제야 난폭한 소년이 아름다운 희생자를 풀어 주었다. 하얗게 질린 타치오는 반쯤 몸을 일으킨 채 한쪽 팔로 땅을 짚고, 헝클어진 머리에 어둡게 그늘진 눈빛으로 몇 분 동안 꼼짝도 않고 가만히 앉아 있었다. 이윽고 그는 완전히 일어나서 천천히 그곳을 떠나갔다. 처음에는 유쾌한 목소리가, 나중에는 불안해하며 애원하는 듯한 목소리가 그를 부르고 있었다. 그는 못 들은 척했다. 까만 머리카락의 소년은 자신의 지나친 장난을 금세 후회했는지, 타치오를 따라잡고서 화해하려 애썼다. 타치오는 어깻짓으로 그를 뿌리쳐 버렸다. 미소년은 비스듬히 아래쪽으로 내려가더니 물가로 걸어갔다. 그 아이는 맨발이었고, 빨간 리본이 달린 줄무늬 아마직 정장을 입고 있었다.

타치오는 물가에 잠시 머무르면서 고개를 숙인 채 발끝으로 젖은 모래에다가 어떤 형상들을 그리고 있었다. 그러고는 가장 깊어 봐야 고작 무릎 높이인 얕은 바닷물 속으로 걸어 들어갔다. 아주 천천히 앞으로 나아가면서 그는 얕은 바다를 가로질러 모래톱에 이르렀다. 그리고 거기서 잠시 가만히 서 있더니, 마침내 광활한 바다를 향해 얼굴을 돌렸고, 좁고 기다랗게 뻗은 모래톱의 왼편으로 천천히 걷기 시작했다. 그 아이는 넓은 바다 때문에 육지와 떨어지고 자존심 때문에 친구들과 떨어져서, 완전히 고립된 채 모든 인연이 끊어진 모습으로, 머리카락을 휘날리며 저 바깥쪽 바닷속을, 바람의 품속을 걷고 있었다. 그의 앞으로는 안개 낀 바다가 끝없이 펼쳐져 있었다. 그는 또다시 전망을 살펴보려고 멈춰 섰다. 그러다가 갑자기 뭔가가 생각났는지 아니면 충동이 일었는지 그는 한쪽 손을 허리에 짚고는 원래 자세에서 상체를 우아하게 회전하면서 몸을 돌리더니 어깨 너머로 해변 쪽을 바라보았다. 거기에는 소년을 지켜보던 그 남자가 언제나 그렇듯 앉아 있었다. 그 남자는 자신의 흐릿한 시선이 경계를 넘어서 소년의 시선과 처음 마주쳤을 때와 같이 그대로 앉아 있었다. 그는 의자 등받이에 고개를 기댄 채, 저 멀리에서 걸어 다니는 소년의 움직임을 천천히 좇고 있었다. 이제 그가 고개를 들었다. 말하자면 그는 소년의 시선을 맞이하고자 고개를 든 것 같았다. 그런데 그 고개가 가슴 위로 툭 떨어지면서 아래쪽으로 곤두박질쳤다. 그의 얼굴에서 긴장이 풀리고, 마치 깊은 잠 속에 침잠한 듯한 표정이 번졌다. 그러나 그에게는 저 창백하고 사랑스러운 영혼의 인도자[29]가, 저기 먼바다 바깥에서 그에게 미소 지으며 눈짓을 보내는 양 느껴졌다. 그 소년은 허리에서 손을 떼어 바깥 바다를 향해 손짓해 보이며, 마치 광막한 약속의 세계를 향해 앞장서서 둥실둥실 떠가는[30] 것 같았다. 그래서 그는 지금껏 자주 그래 왔듯이 소년을 따라가려고 일어섰다.

---

29) 명부로 영혼을 인도하는 헤르메스를 가리킨다.

30) 여기서 토마스 만은 헤르메스가 망자의 영혼을 명부로 인도할 때 앞장서서 둥둥 떠간다고 상상한 것 같은데, 괴테의 『파우스트』(9116행 이하 참조)에서도 이와 같은 발상이 나온다.

몇 분이 흘렀고, 마침내 사람들이 의자에 앉은 채 옆으로 쓰러진 남자를 구하려고 급히 달려왔다. 그는 자기 방으로 옮겨졌다. 그리고 바로 그날, 세상 사람들은 존경하는 작가가 죽었다는 충격적인 소식을 듣게 되었다.

'길 잃은 시민' 토마스 만의 고뇌

토마스 만을 가리켜 흔히 '20세기 초반의 가장 위대한 독일 소설가'라고 지칭하지만, 독일 문학같이 전업 소설가가 희귀한 상황에서 이런 대가가 갑자기 출현했다는 것은 정말 놀라운 일이다. 그는 시와 희곡 중심의 독일 문학적 풍토에서 빈약한 산문 문학의 유산을 이어받았지만, 그것을 가꾸고 다듬어 독일 소설을 일약 세계문학적 수준으로까지 끌어올렸다. 이와 같이 된 데에는 말할 것도 없이 그 자신의 각고의 노력이 있어야 했겠지만, 그 밖에도 그를 낳아 준 도시와 가문의 혜택을 무시할 수 없다.

그는 1875년 6월 6일 북독일의 유서 깊은 한자(Hansa) 도시 뤼베크(Lübeck)에서 상인의 아들로 태어났다. 그의 아버지는 큰 곡물상을 물려받은 대상인이었을 뿐만 아니라 네덜란

드의 영사라는 명예직을 갖고 있었으며 뤼베크 시의 참정관으로서 부(富)와 명예와 권력을 모두 가지고 있었다. 그리하여 형 하인리히 만과 토마스 만은 젊은 괴테가 프랑크푸르트에서 누렸던 것과 비슷한 도시귀족 자제로서의 온갖 혜택을 누리며 유년 및 소년 시절을 보냈던 것이다. 이와 같은 혜택은 그들의 동시대적 독일 젊은이들 누구나가 자명하게 누릴 수 있는 혜택은 아니었다. 이런 점에서 볼 때, 20세기 초반 독일 문학의 경향을 대표하는 두 작가 하인리히 만과 토마스 만이 하필이면 자유시 뤼베크의 명문가 출신 형제라는 점은 결코 우연이 아니다.

그러나 형제가 걸어간 길은 달랐다. 만년에는 휴머니티의 이름하에 다시 비슷해지기도 하지만, 그들의 문학적 출발과 도정은 많이 다르다. 형 하인리히 만이 에밀 졸라를 위시한 프랑스 문학에 경도하여, 참여적 문학의 길을 걸으면서 전환기 독일의 문사(文士)로서 민주주의적 투쟁에 앞장섰던 데에 반해, 동생 토마스 만은 러시아 문학과 북구 문학을 많이 섭렵하는 한편, 일시적이긴 하지만 세기말적·유미주의적 데카당스 분위기에 빠져들었다. 그 때문에 그는 당시 독일 민중이 처해 있던 정치적·사회적 문제와 국제적 필연성으로 다가오고 있던 민주주의적 정체(政体)에 대해 관심과 감각을 갖지 못한 채 프로이센적 윤리의식과 근면성으로 오직 창작에만 정열을 쏟았다.

그 결과 1차 세계대전 무렵의 토마스 만은 아직도 군국주의 독일의 세계사적 사명과 독일의 필연적 승리를 믿는 잘못을 범했으며, 나치 독일이 등장할 때에도 소극적이고 미온적인 반감을 표하는 데에 그쳤을 뿐, 그의 형 하인리히 만, 그의 딸 에리카 만 그리고 아들 클라우스 만처럼 적극적 저항의 대열에 가담하지는 않았다. 물론 1936년 이후에 토마스 만은 나치 독일 정권에 정식으로 반감을 나타내고 그 후 미국 망명 생활을 통해 히틀러의 '악한 독일'에 대하여 '선한 독일'의 문화를 대표·대변하는 일련의 활동을 벌였다. 또한 『바이마르에서의 로테(Lotte in Weimar)』(1939)를 써서 히틀러 독일의 '그릇된 신화'에다 괴테적·바이마르적 독일 문화의 신화를 대안으로 제시하고자 했고, 4부작 대소설 『요젭과 그의 형제들(Joseph und seine Brüder)』(1934~1943)을 펴냄으로써 인간성의 기원과 진정한 도덕성을 그려 보이며 망명자 요젭의 활동과 자세를 통해 독재하에 신음하고 있는 독일 본토의 국민들에게 망명작가인 자기 자신의 목소리를 전하고자 했다. 소설 『파우스트 박사(Doktor Faustus)』(1947)를 통해서는 독일인의 선한 본성과 그 정치적 순진성 및 위험성을 그려 냄으로써, 외국인에게는 독일인과 독일 문화를 변호하고 독일인에게는 자기 인식의 계기를 마련해 주고자 혼신의 노력을 기울였다. 그는 또한 '독일의 청취자 여러분!(Deutsche Hörer!)'이라는 영국 방송 프로그램을 통해 2차 세계대전 중에도 독일 본토 안에 갇혀 독재 체제하에서 전쟁 준비에 시달리고 있는 독일 국민들과 직접 대화를 시도하기도 했다. 그러나 이 모든 만회(挽回) 활동에도 불구하고 독일의 진보적 지식인들은 그를 용서할 수 없는 보수주의자로 몰아붙였으며, 독일의 국수주의자들은 그를 민족의 배반자로 낙인 찍기도 했다.

　아무튼 정치적 개안이 늦었다는 것은 작가 토마스 만의 중대한 결점이 아닐 수 없다. 그럼에도 토마스 만은──그의 형 하인리히 만이 정치적 선각자 및 지도자로서 기억되고 추앙되는 것과 마찬가지로──20세기 초반의 가장 위대한 독일 작가로 손꼽히고 있고, 이 사실은 지금도 이론의 여지가 있을 수 없다. 왜냐하면 그는 작가로서 거의 완벽에 가까운 정교한 세공품들을 세상에 내놓았기 때문이다.

　괴테와 마찬가지로 토마스 만도 부모로부터 상이한 성격을 물려받았다. 그의 어머니는 독일인과 포르투갈계 브라질 여인 사이에 태어난 혼혈로서, 뤼베크의 시민 계급적 분위기와는 어울리지 않는 이국적 정취를 지니고 있었다. 그녀의 이러한 모습은 나중에 토마스 만의 첫 장편『부덴브로크가의 사람들(Buddenbrooks)』(1901)에서 게르다 부덴브로크로 형상화된다. 이러한 어머니의 영향으로 토마스 만은 하노 부덴브로크와 마찬가지로 어릴 적부터 자연스럽게 음악과 친근해졌으며, 군국주의적 학교 생활보다는 자연히 감성적인 음악과 연극의 세계에 경도되었다. 이런 모습은 그로부터 시민적 활동성을 기대하던 그의 아버지에게 큰 실망을 안겨주었다.

　부친이 세상을 떠나자 토마스 만은 시민적 굴레로부터 더욱 자유로워져, 더 이상 공부 따위에는 신경을 쓰지 않고,《봄의 폭풍우(Frühlingssturm)》라는 잡지를 발간하고 학교와 시민사회의 낡은 분위기에 저항하는 글들을 썼다. 그러나 그 당시 그의 문학적 태도가 저항적·참여적인 것이라고 하기는 어렵고, 답답하고 경직된 학교 및 시민 사회에 대한 정서적인 혐오감을 표현하는 것이 고작이었다. 그러나 이 혐오감은 그로 하여금 좁은 도시 뤼베크란 감옥을 벗어나도록 하기에는 충분히 강한 것이어서, 그는 될 수 있는 대로 빨리 지루한 학교와 답답한 뤼베크를 벗어나 남쪽의 예술가 도시 뮌헨으로 떠났다.

그러나 많은 사람들에게 고향이 그런 것처럼 그에게도 뤼벡은 결코 영원히 떠나 버릴 수는 없는 도시였다. 그가 세기말의 예술가로서 데카당스적 타락의 구렁텅이에 깊이 빠져들려고 할 때마다 이 뤼베크의 혼은 그를 시민 계급의 후예에 걸맞는 윤리적 덕성 쪽으로 인도해 주었다. 그의 첫 장편『부덴브로크가의 사람들』도 고향과 타향, 북국과 남국, 시민성과 예술성이라는 이와 같은 그의 원초적 갈등을 그리고 있는 4대에 걸친 가문 이야기인데, 독자들에게는 단순히 어느 특정한 집안의 이야기가 아니라 바로 자기 자신의 집안 이야기로 받아들여진다. 이것이 이 소설의 큰 장점으로 이 작품은 19세기 독일 시민 계급 일반의 도덕성과 그 몰락을 전형적으로 그려 냈기 때문에 당대의 수많은 시민 계급 독자들의 심금을 울렸다.

이 소설을 전후해서 나온 토마스 만의 많은 단편들 역시 크게 보자면 모두 경건한 시민적 세계인 북국(뤼베크)과 그가 접한 새로운 관능적·예술적 세계인 남국(뮌헨과 이탈리아)의 긴장의 자장(磁場)에서 나온 산물이라고 할 수 있다. 토마스 만의 문학을 논할 때 항상 문제가 되는 시민성과 예술성, 삶과 예술, 도덕과 관능 등 모든 양극성의 문제의 근원이 바로 여기에 있다. 시민 계급의 도덕과 근면성이 뿌리를 내리고 있는 반면, 고루하고 편협한 속물근성이 지배하고 있는 고향 뤼베크에 기초하고 있는 모든 긍정적·부정적 기질이 바로 시민성이며, 고귀한 인식과 형식의 아름다움을 추구한답시고 타락의 구렁텅이에 빠져들거나 방종한 생활을 영위하면서 알량한 명예를 좇는 허영심 많은 뮌헨의 보헤미안들의 기질이 예술성인데, 원래 전자에서 태어나고 자라나 후자의 세계로 빠져든 작가 토마스 만은 이 두 세계 사이에서 항상 갈등을 느끼며 어느 하나도 온전한 자기 고유의 세계로서 사랑할 수 없는 입장이다. 그리고 여기서 바로 토마스 만 문학의 특징인 '반어(Ironie)'가 나타난다. 반어란 이 두 양극적인 세계 중에서 하나를 택하지 못하고 두 세계에 대해서 항상 다 같이 거리를 두고 선호를 유보하는 비판적인 태도를 가리키는데, 이 반어와 반어적 기법은 특히 초기 토마스 만 문학에서 문제가 되고, 후기 토마스 만 문학에서는 그것을 어느 정도 극복한 '해학(Humor)'이나 '종합(Synthese)'의 면모로 옮아간다.

여기에 골라 본 토마스 만의 대표적 단편 8편은 「마리오와 마술사(Mario und der Zauberer)」를 제외한 7편이 모두, 그의 대표작인 장편 『마의 산(Der Zauberberg)』(1924)을 중심으로 놓고 볼 때 그 이전인 초기 작품인데, 이것은 의도적으로 그렇게 고른 것이 아니라 그의 주요 단편들을 선별하다 보니 결과적으로 그렇게 된 것으로서, 토마스 만의 경우 적어도 단편은 주요 작품이 거의 모두가 초기에 몰려 있으며 시민성과 예술성의 문제가 그 중심적 테마라고 보면 좋을 것이다.

「타락(Gefallen)」은 1894년 《사회》 지(誌)에 발표된 것인데, 19세의 청년이 처음으로 쓴 단편치고는 괄목할 만한 작품이다. 한 순진무구한 젊은이가 어느 여배우에게 홀딱 반하여 그녀와 첫사랑을 나누지만, 그녀에게 애인 겸 후원자가 있다는 사실을 알게 되어 둘의 관계가 깨어지고 만다는 이야기인데, 괴테의 『빌헬름 마이스터의 수업시대』의 처음에 나오는 빌헬름과 마리아네의 에피소드를 연상시키는 사랑 이야기 자체는 진부하지만, 바깥 이야기를 통해 속 이야기를 여러 가지 관점에서 재해석할 수 있게 만들고 있는 틀 이야기를 만들어 낸 청년 작가 토마스 만의 반어적 기법이 돋보이며, 후일 토마스 만의 소설에서 중요한 역할을 하게 되는 에로틱한 요소도 이 작품에서 이미 그 싹이 엿보이고 있다.

1896년 가을 《짐플리치시무스》 지에 단편소설 「행복에의 의지(Der Wille zum Glück)」가 실리게 되었다. 이 작품은 토마스 만이 이탈리아 여행에서 돌아온 직후, 그러니까 1895년에 쓴 작품으로, 이것을 계기로 무명의 토마스 만은 일약 문단의 인정을 받게 되었다. 뤼베크에서의 학교 생활 체험, 뮌헨과 이탈리아에서의 예술가적 방랑 생활 등 초기 토마스 만의 주요 체험들이 바탕에 깔려 있는 일종의 예술가 소설인데, 질병과 인간 의지의 상관관계를 그리고 있다는 점에서 오 헨리의 「마지막 잎새」를 연상시키는 작품이기도 하다. 한 병약한 화가의 사랑과, 그 사랑을 획득하기 위한 집요한 의지, 그리고 행복을 얻은 직후의 파멸을, 그의 친구의 보고를 통해 섬세하게 그려

낸 수작(秀作)으로서, 토마스 만의 작품치고는 비교적 가볍게 읽힌다. 혼혈아로 자란 특이한 성격의 예술가 주인공은 토니오 크뢰거의 경우와 흡사하고, 예술가의 생애를 동창생의 시각으로 그려 나가고 있는 서술 형식은 후기 소설 『파우스트 박사』를 연상시킴으로써, 나중에 나타날 토마스 만의 주요 모티프와 기법이 이 작품에서 이미 선취되어 있다.

젊은 토마스 만이 특히 주목한 인물 유형은 기인(奇人)이나 병자였다. 피셔 출판사에서 아직 무명의 토마스 만에게 책으로 출판해 주겠다고 최초로 허락해 준 단편 「키 작은 프리데만 씨(Der kleine Herr Friedemann)」(1898)도 한 불구자를 주인공으로 다루고 있다. 당시의 독자들은——요즘의 독자들도 사정은 비슷하겠지만——이 작품이 도대체 무엇을 말하려는 것인지 당황하지 않을 수 없었다. 그러면서도 이것이 한 비범한 세공가의 공들인 작품이라는 것만은 느낄 수 있었는데, 그것은 잘 다듬어진 언어를 통해 한 불구자의 내면 생활이 너무나도 선명하게 묘사되어 있기 때문이었다. 오늘날의 토마스 만 연구 성과를 잣대로 이 작품을 살펴보자면, 이것은 한 예술가 기질의 청년이 자기 사춘기의 체험을 좀 다른 색칠을 하고 변형시켜서 세상에 내놓은 작품으로서, 국외자의 슬픈 체념과 체념한 자의 금욕적 평화를 니체의 심리학을 원용하여 묘사한 것이며, 빌헬름 시대의 활동적 삶으로부터 일단 물러나 앉아 있는 '한 비정치적 인간'의 '인생에 대한 소극적 복수'로 이해될 수 있다. 다시 말하자면, 키 작은 프리데만은 어린 나이에 죽지 않고 성년이 된 하노 부덴브로크의 또 다른 모습이라 하겠다. 이 단편은 건실하지만 잔인한 삶과 섬세하지만 무력한 예술에 대해 다 같이 거리를 취하고 있는 초기 토마스 만의 대표적 작품으로서, 빌헬름 시대의 독일 시민 계급의 생활에 대한 은밀한 비판과, 세기말의 예술적 성향을 띠고 있으나 삶과 인생에는 아무 소용이 없는 작가 자신에 대한 냉소를 동시에 품고 있다.

단편집 『키 작은 프리데만 씨』에 수록되어 있는 작품 「어릿광대(Der Bajazzo)」(1897) 역시 삶에서 이탈한 국외자를 그리고 있는데, 이 '어릿광대'가 프리데만 씨나 하노 부덴브로크와 공유하고 있는 것은 삶의 세계에서 태어났으나 일단 그 세계를 떠나 예술의 세계 근처를 헤매고 있다는 점이다. 그런데 이 '어릿광대'는 불구자 프리데만 씨나 병약해서 일찍 죽는 하노보다는 그래도 강한 편이어서 어느 정도의 자의식까지 표출하고 있다. 이런 유형이야말로 토마스 만이 말하는 딜레탕트적 인간으로서, 삶과 예술의 중간을 배회하면서 삶의 꿀도, 예술가의 월계관도 다 차지하지 못하는 우스꽝스러운 인간인 것이다. 오늘날의 관점에서 보자면 이 「어릿광대」는 작가 토마스 만이 지나치다 싶을 정도로 자기 자신의 예술가 기질을 희화해 놓은 작품으로서, 초기 토마스 만의 자기 비판의 극치라할 만하다. 이 작품에서 묘사되고 있는 도시와 양친의 집, 학교 생활, 이탈리아 여행 등 거의 모든 것이 작가 토마스 만의 체험 세계와 대부분 일치하고 있다. 요컨대 이 단편은 자전적

작품 해설

요소가 여과 없이 너무 많이 들어 있고 이른바 시민성과 예술성의 갈등이 너무 극명하게 드러나 있어서 토마스 만 자신이 싫어할 정도였으며, 작품 자체의 예술성보다도 초기 토마스 만을 이해하는 데에 중요한 열쇠가 된다.

「어릿광대」의 여러 모티프들이 「토니오 크뢰거(Tonio Kröger)」(1903)에서는 매우 아름답고 격조 높게 형상화되어 있다. 학교 공부를 등한히 하면서 시를 쓰고 있는 소년 토니오는 매사에 모범적이고 적응력이 뛰어난 우등생 한스 한젠을 짝사랑하는데, 이 토니오라는 혼혈아를 통해 토마스 만은 시민 사회의 아웃사이더로서 고독하게 살아갈 수밖에 없는 한 예술가의 숙명을 그리고 있으며, 이 인물은 바로 토마스 만 자신의 소년 시절의 자화상이기도 하다. 햄릿과 같이 성찰하고 인식하는 인간이 자신의 예술가적 사명을 성공적으로 수행하기 위해서는 일상인들과 같이 생활해서는 안 되고 항상 아웃사이더로서 관찰해야 하며, 인생이란 본 무대에서 활동해서는 안 되고 언제나 고독이란 짐을 지고 뒷전에서 창조해야만 한다는 것이다.

"당신은 그릇된 길에 접어든 시민입니다, 토니오 크뢰거 씨. 길 잃은 시민이지요."

뮌헨의 화가이며 토니오 크뢰거의 여자 친구인 리자베타 이바노브나는 이 말로써 뤼베크적 삶에서 뮌헨적 예술가의 세계로 길을 잘못 든 시민적 예술가 토니오 크뢰거의 좌표를 극명하게 규정하고 있다. 한편, 토니오 크뢰거가 자기 고향과 가까운 북쪽 해변에서 남쪽에 있는 리자베타에게 보내는 다음과 같은 편지 대목도 토니오 크뢰거의 예술가적 입장을 잘 나타내고 있다.

"정말이지 나로 하여금 모든 예술성 속에서, 모든 비상한 것과 모든 천재성 속에서 무엇인가 매우 모호한 것, 매우 불명예스러운 것, 매우 의심스러운 것을 알아차리도록 해 주는 것은 바로 이 시민적 양심이며, 나라는 인간의 내부를 단순한 것, 진심인 것, 유쾌하고 정상적인 것, 비천재적인 것, 단정한 것에 대한 맹목적인 사랑으로 가득 채워 주는 것도 바로 이 시민적 양심인 것입니다.

나는 두 세계 사이에 서 있습니다. 그래서 그 어느 세계에도 안주할 수 없습니다. 그 결과 약간 견디기가 어렵지요. 당신들 예술가들은 나를 시민이라 부르고, 또 시민들은 나를 체포하고 싶은 충동을 느끼게 됩니다."

토니오 크뢰거의 이 말에서 초기 토마스 만의 이상적 예술가상이 분명히 드러나는데, 그것은 '미의 오솔길 위에서 모험을 일삼으면서 인간을 경멸하는 오만하고 냉철한' 예술가의 모습이 아니라, '인간적인 것, 생동하는 것, 일상적인 것에 대한 (······) 시민적 사랑'을 간직하고 있는 예술가의 모습이다.

"내가 지금까지 이룩한 것은 아무것도 아니고 별로 많지 않습니다. 아무것도 하지 않은 것이나 마찬가지입니다. 리자베타, 나는 더 나은 것을 만들어 보겠습니다. 이것은 일종의 약속입니다. 지금 이 글을 쓰고 있는 동안, 바다의 물결 소리가 내게까지 올라옵니다. 그래서 나는 눈을 감습니다. 그러면 아직 태어나지 않은, 그림자처럼 어른거리고 있는 한 세계가 들여다보입니다. 그 세계는 나한테서 질서와 형상을 부여받고 싶어 안달입니다."

토니오 크뢰거의 이 '약속'은 한마디로 당시 독일의 세기말적 예술가들과는 다른 '인간적인' 세계를 그려 보겠다는 1903년 무렵의 토마스 만의 포부이기도 하다. 그래서 「토니오 크뢰거」는 「어릿광대」와는 달리 토마스 만의 가장 성공한, 잘 은폐된 자서전이며, 그의 가장 내밀하고도 순수한 자기 고백의 작품이기도 하다.

「트리스탄(Tristan)」(1903)은 「토니오 크뢰거」와 비슷한 시기의 작품으로서 그 주제 역시 시민성과 예술성의 또 다른 변주에 불과하지만, 「토니오 크뢰거」처럼 아름답고 서정적인 이야기가 아니라, 시민적 인간과 예술적 인간의 특징과 행동 양태가 객관적이고도 반어적으로 묘사되어 있는 작품이다. 즉 주위의 소박한 세계를 그냥 두고 볼 수 없어서, 자기 힘이 닿는 한, 주변의 모든 것을 정화시키고, 말로 드러내고, 의식하게 만들고 싶은 충동을 느끼는, 그러나 현실적으로 무력하고 우스꽝스럽기 짝이 없는 작가 슈피넬과, 예술과는 상관없이 둔감하게 현실을 살아가는, 야비하지만 건전하고 당당한 시민 클뢰터얀 씨가 객관적으로 대비되고 있다. 그 어느 쪽 편도 들지 않고 담담하고도 냉소적으로 서술하고 있는 토마스 만의 반어적 수법이 잘 드러나 있는 단편이다.

1911년 5월 18일 토마스 만은 브리오니 섬에서 휴양 중에 평소 존경해 오던 작곡가 구스타프 말러(Gustav Mahler)의 사망 소식을 듣게 되는데, 온 세계가 애도와 충격을 느끼며 존경하는 대가의 죽음을 접한 다음, 계속 베네치아로 여행을 간 적이 있었다. 이 대수롭지 않은 체험이 계기가 되어 그의 유명한 단편소설 「베네치아에서의 죽음(Der Tod in Venedig)」(1912)이 쓰여지게 되었다. 이 작품은 한마디로 말해서 대가로 인정받는 한 예술가의 죽음을 그린 것인데, 장편 『부덴브로크가의 사람들』의 대성공과 단편집 『트리스탄』(여기에 「토니오 크뢰거」도 수록되어 있었다.)에 대한 호평으로 일약 대가의 반열에 오른 토마스 만의 작가로서의 자부심과 커다란 자의식을 전제로 할 때에만 이 작품의 생성을 이해할 수 있을 것이다.

　　"그가 처음 등단하자 관계자들 사이에서 많은 박수갈채와 큰 환성이 터져 나왔다. 왜냐하면 그가 내놓은 것은 값지게 세공한 물건으로서 유머에 가득 차 있었고 괴로움을 알고 있는 작품이었기 때문이다. 그리하여 그의 이름은, 한때 그의 선생님들이 꾸짖으면서 부르던 그 이름, 그가 호두나무와 분수와 바다에 부치는 그의 첫 시 아래에다 서명했던 그 이름, 남국과 북국이 복합된 그 울림, 이국적인 입김이 서린 이 시민계급의 이름이 순식간에 탁월한 것을 지칭하는 대명사가 되었다. 왜냐하면 거기에는 그의 체험의 고통스러운 철저성에다가 끈질기게 견디면서 명예를 추구하는 희귀한 근면성이 한데 어울렸기 때문이며, 또한 이 근면성이 꾀까다롭고 신경 과민한 그의 취향과 싸우면서 격렬한 고통을 느끼는 가운데 비상한 작품을 창조해 냈기 때문이다."

이것은 「토니오 크뢰거」에서 작가 토니오 크뢰거를 설명하고 있는 대목이지만, 그대로 토마스 만 자신에 대한 설명으로 이해될 수도 있으며, 나아가서는 「베네치아에서의 죽음」의 주인공 구스타프 폰 아셴바흐와도 절묘하게 맞아떨어지고 있다. 말하자면 이 작품은 '고통스러운 철저성에다가 끈질기게 견디면서 명예를 추구하는 희귀한 근면성이 한데 어울려' 비상한 작품들을 창조해 냄으로써 귀족의 칭호까지 받은 한 시인이 어느 날 갑자기 맞닥뜨릴 수 있는 무서운 위기와 위험성을 그리고 있는데, 니체의 폭로심리학을 원용하여 한 시인의 내면의 취약점을 여지없이 파헤치고 있는 것이다.

여기서 토마스 만은 자기 자신을 포함한 예술가라는 유형일반에 대한 비판을 가하고 있으며, 나아가서는 빌헬름 시대 독일의 청교도적 군인 정신 및 프로이센적 도덕주의가 지니고 있는 위험성까지도 아울러 비판함으로써, 은연중에 암시만 하는 정도이긴 하지만, 1차 세계대전 직전의 독일 사회의 분위기와 경직된 도덕 규준에 대해서도 아울러 비판하고 있다.

토마스 만에게는 이와 같이 예술가에 대한 비판 속에 동시에 사회 비판까지도 포함되는 작품이 많이 생기게 되는데, 1930년에 출간된 그의 단편 「마리오와 마술사(Mario und der Zauberer)」(1930)가 그 대표적인 작품이다. 여기서는 토레 디 베네레라는 이탈리아의 어느 가공(架空)의 해수욕장에서 일어난 어떤 우발적 살인 사건이 그려지고 있는데, 작가 토마스 만은 해변을 지배하고 있는 파시즘의 분위기와 마술사 치폴라의 공연장 분위기를 거의 동일시하는 수법을 쓰고 있다.

"공연장 안의 분위기는 토레의 전반적인 분위기와 (……) 똑같이 기묘하고, 긴장되고, 불편하고, 모욕적이고, 답답한 분위기였다. 어쩌면 더 심하다고도 할 수 있었다. 그 홀은 이 휴양지의 분위기를 짓누르는 온갖 기묘함과 섬뜩함 그리고 긴장감이 망라된 집합소였던 것이다."

이 대비를 통해 토마스 만이 얻으려는 것은 파시즘의 본성에 대한 폭로인데, 이 목표를 달성하기 위해 그는 일종의 예술가 유형이기도 한 마술사(여기서는 실은 최면술사)의 권력 획득 및 그 유지 방법을 묘사하고 있다. 여기서 토마스 만은 나치즘이나 파시즘의 본성을 묘사하기 위해 자신의 본령인 예술가의 특성을 원용하고 있으며, 이 작품에서 치폴라는 바로 독재자의 화신이며, 관객을 지배하고 모욕하는 그의 채찍은 바로 이탈리아나 독일의 정치적 테러리스트들이 국민을 지배하는 수단으로 이해될 수 있다. 그리고 마리오가 쏜 두 발의 권총 실탄은 인간성을 모독한 '독재자' 치폴라에 대한 민중의 항거로 해석된다.

토마스 만은 이미 1922년 경부터 신생 바이마르 공화국과 민주주의를 옹호하고 나선 바 있었지만, 이 작품으로 비로소 그는 자신의 정치적 개안을 문학적으로 형상화하기 시작했다.

이 이후의 토마스 만은 앞에서 이미 언급한 바와 같이 민주주의와 인간성을 옹호하고 독일 문화의 본성을 변호하는 도정을 걸어갔으며, 그 결과 그는 1955년 8월 12일, 비록 독일이 아닌 스위스에서이긴 하지만, 뤼베크의 명예시민으로 죽었다. 뤼베크를 떠나 예술의 세계 안에서 길을 잃었던 한 시민이 정신적으로는 결국 뤼베크로 다시 되돌아온 것이다.

이 책의 번역에는 1975년에 피셔(Fischer) 출판사에서 나온 토마스 만 선집 제8권을 원본으로 사용했음을 밝혀 둔다.

토마스 만과 같은 대가의 작품을 문화적 콘텍스트와 언어 구조가 판이하게 다른 우리말로 번역한다는 것 자체가 거의 무모한 모험에 가까운 일임을 익히 알면서도, 다만 몇 작품이라도 제대로 소개해야겠다는 충정에서 작품 고르는 일과 옮기는 일 일부를 기꺼이 맡아 했다. 바쁜 중에도 불구하고 번역을 맡아 준 한성자, 임홍배 선생에게 진심으로 감사의 뜻을 표하는 바이며, 남달리 까다로운 갖가지 주문에도 귀찮다 않으시고 항상 성의껏 응해 주신 민음사 박맹호 사장님과 편집부 직원 여러분에게도 이 자리를 빌려 심심한 감사를 드리고 싶다.

1998년 7월
독일 바이마르에서
안삼환

작가 연보

1875년 6월 6일 북독일의 유서 깊은 도시 뤼베크(Lübeck)에서
참정관 토마스 요한 하인리히 만의 차남으로 태어났다.

1892년 부친 사망. 요한 지크문트 만 회사가 청산·해체되었다.

1893년 《봄의 폭풍우(Frühlingssturm)》지(誌)의 간행위원으로
활동했다. 김나지움 11학년 때 학교를 그만두고 뮌헨으
로 이주했다.

1894년 화재보험회사의 견습사원으로 일했다. 첫 단편 「타락
(Gefallen)」을 발표했다.

1895년 2년간 뮌헨 공과대학에서 수학했다.

1896년 1898년까지 로마와 팔레스트리나에서 체류했다.

1897년 장편 『부덴브로크가의 사람들(Buddenbrooks)』의 집필
을 시작했다.

1898년	2년간 《짐플리치시무스(Simplicissimus)》 지(誌)의 편집 위원으로 활동했다. 단편집 『키 작은 프리데만 씨(Der kleine Herr Friedemann)』를 출간했다.
1900년	군 복무를 했다.
1901년	2권으로 된 첫 장편 『부덴브로크가의 사람들: 어느 가문의 몰락(Buddenbrooks: Verfall einer Familie)』을 출간했다.
1903년	유명한 자서전적 단편 「토니오 크뢰거(Tonio Kröger)」가 포함된 제2의 단편집 『트리스탄(Tristan)』을 출간했다.
1905년	카타리나 프링스하임(Katharina Pringsheim)과 결혼했다. 딸 에리카(Erika)가 태어났다.
1906년	희곡 「피오렌차(Fiorenza)」를 집필했다. 아들 클라우스(Klaus)가 태어났다.
1909년	장편 『대공전하(Königliche Hoheit)』를 집필했다. 바트 튈츠(Bad Tölz)에 별장을 구입했다. 아들 골로(Golo)가 태어났다.
1910년	장편 『사기사 펠릭스 크룰의 고백』의 일부를 집필했다. 딸 모니카(Monika)가 태어났다.
1912년	단편 「베네치아에서의 죽음(Der Tod in Venedig)」을 집필했다. 장편 『마의 산(Der Zauberberg)』의 집필에 착수했다.
1914년	뮌헨 포싱어 가 1번지의 저택에 입주했다.
1918년	논설집 『한 비정치적 인간의 고찰(Betrachtungen eines

Unpolitischen)』을 통해 형 하인리히 만과 이른바 '형제 싸움'을 전개했다. 이 싸움의 전개 과정에서 토마스 만은 차츰 자신의 보수주의의 허점과 시대적 낙후성을 깨닫게 되었다. 딸 엘리자베트(Elisabeth)가 태어났다.

1922년 '독일적인 공화국에 대하여(Von Deutscher Republik)'라는 연설문을 통해 민주주의자로 변신하기 시작했다.

1924년 장편『마의 산』이 출간됐다.

1926년 단편「무질서와 어린 시절의 고뇌(Unordnung und frühes Leid)」를 집필했다. 장편『요젭과 그의 형제들(Joseph und seine Brüder)』의 집필에 착수했다.

1929년 노벨 문학상을 수상했다.

1930년 단편「마리오와 마술사(Mario und der Zauberer)」를 집필했다. 이집트와 근동 지역을 여행했다.

1933년 『요젭과 그의 형제들』의 1권인『야콥의 이야기(Die Geschichten Jaakobs)』를 출간했다. 당초 여행지였던 스위스에 계속 체류하고 나중에 취리히 근교의 퀴스나흐트(Küsnacht)에 정착함으로써 독일 외 거주를 통한 사실상의 망명에 들어갔다.

1934년 『요젭과 그의 형제들』의 2권인『청년 요젭(Der junge Joseph)』을 출간했다. 미국으로의 첫 여행을 떠났다.

1936년 『요젭과 그의 형제들』의 3권인『이집트에서의 요젭(Joseph in Ägypten)』을 출간했다. 자신이 망명 작가임을 밝힘으로써 히틀러 정권에 의해 독일 국적을 박탈당하고, 본(Bonn) 대학 명예박사 학위도 박탈당했다.

1939년	장편 『바이마르에서의 로테(Lotte in Weimar)』를 집필 했다.
1940년	캘리포니아로 이주했다.
1941년	퍼시픽 팰리세이즈(Pacific Palisades)에 자택을 건축하 고 1942년부터 1952년까지 여기서 거주했다.
1942년	『독일의 청취자 여러분! 25회의 대독(對獨) 라디오 방 송 연설문집(Deutsche Hörer! 25 Radiosendungen nach Deutschland)』을 출간했다.
1943년	『요젭과 그의 형제들』의 4권인 『부양자 요젭(Joseph der Ernährer)』을 출간함으로써 4부작을 완간했다.
1944년	단편 「율법(Das Gesetz)」을 집필했다. 미국 시민권을 취 득했다.
1945년	'독일과 독일인(Deutschland und die Deutschen)'이라는 연설을 통해 전후 미국 사회에 독일의 문화와 독일인의 입장을 변호했다.
1947년	장편 『파우스트 박사: 친구가 이야기하는 독일의 작곡 가 아드리안 레버퀸의 생애(Doktor Faustus: Das Leben des deutschen Tonsetzers Adrian Leverkühn, erzählt von einem Freunde)』를 집필했다. 전후 처음으로 유럽을 여 행했다.
1949년	『'파우스트 박사'의 생성 과정: 소설의 소설(Die Entstehung des Doktor Faustus: Roman eines Romans)』 을 집필했다. 프랑크푸르트와 바이마르에서 괴테 탄생 200주년 기념 연설을 했다. 아들 클라우스가 자살했다.

1950년   형 하인리히 만이 사망했다.

1951년   장편 『선택된 인간(Der Erwählte)』을 집필했다.

1952년   스위스에 정착했다.

1953년   단편 「속은 여자(Die Betrogene)」를 집필했다.

1954년   장편 『사기사 펠릭스 크룰의 고백: 회고록 제1부(Be-
         kenntnisse des Hochstaplers Felix Krull: Memoiren
         erster Teil)』를 출간했다.(이 소설은 결국 미완으로 남게
         됐다.) 취리히 근교의 킬히베르크(Kilchberg)에 저택을
         구입했다.

1955년   뤼베크 시 명예시민 칭호 수여식에서 기념연설을 했다.
         슈투트가르트에서 쉴러 사망 150주년 기념연설을 했
         다. 8월 12일 취리히 주립병원에서 사망했다.

세계문학전집 8

토니오 크뢰거·트리스탄
베네치아에서의 죽음

1판 1쇄 펴냄 1998년 8월 5일
1판 59쇄 펴냄 2024년 8월 28일

지은이 토마스 만
옮긴이 안삼환, 임홍배, 한성자
발행인 박근섭, 박상준
펴낸곳 (주)민음사

출판등록 1966. 5. 19. (제 16-490호)
서울특별시 강남구 도산대로1길 62(신사동) 강남출판문화센터 5층 (우편번호 06027)
대표전화 02-515-2000 팩시밀리 02-515-2007
www.minumsa.com

ISBN 978-89-374-6008-1 04800
ISBN 978-89-374-6000-5 (세트)

* 잘못 만들어진 책은 구입처에서 교환해 드립니다.

세계문학전집 목록

세계문학전집은 계속 간행됩니다.